La Roche · Fräulein von Sternheim

SOPHIE VON LA ROCHE

Geschichte des
Fräuleins von Sternheim

HERAUSGEGEBEN VON
BARBARA BECKER-CANTARINO

PHILIPP RECLAM JUN. STUTTGART

Universal-Bibliothek Nr. 7934[5]
Alle Rechte vorbehalten
© 1983 Philipp Reclam jun. GmbH & Co., Stuttgart
Gesamtherstellung: Reclam, Ditzingen. Printed in Germany 1990
RECLAM und UNIVERSAL-BIBLIOTHEK sind eingetragene
Warenzeichen der Philipp Reclam jun. GmbH & Co., Stuttgart
ISBN 3-15-007934-9

Sophie von La Roche (1731–1807)
Gemälde von Langenbeck (1762)
(Wieland-Museum, Biberach an der Riß)

Geschichte

des

Fräuleins von Sternheim.

Von einer Freundin derselben aus Original-
Papieren und andern zuverläßigen Quellen
gezogen.

Herausgegeben

von

C. M. Wieland.

Erster Theil.

Leipzig,

bey Weidmanns Erben und Reich. 1771.

An D. F. G. R. V.*******

Erschrecken Sie nicht, meine Freundin, anstatt der Handschrift von Ihrer Sternheim eine gedruckte Copey zu erhalten, welche Ihnen auf einmal die ganze Verräterei entdeckt, die ich an Ihnen begangen habe. Die Tat scheint beim ersten Anblick unverantwortlich. Sie vertrauen mir unter den Rosen der Freundschaft ein Werk Ihrer Einbildungskraft und Ihres Herzens an, welches bloß zu Ihrer eigenen Unterhaltung aufgesetzt worden war. »Ich sende es Ihnen (schreiben Sie mir) damit Sie mir von meiner Art zu empfinden, von dem Gesichtspunkt, woraus ich mir angewöhnt habe, die Gegenstände des menschlichen Lebens zu beurteilen, von den Betrachtungen, welche sich in meiner Seele, wenn sie lebhaft gerührt ist, zu entwickeln pflegen, Ihre Meinung sagen, und mich tadeln, wo Sie finden, daß ich unrecht habe. Sie wissen, was mich veranlaßt hat, einige Nebenstunden, die mir von der Erfüllung wesentlicher Pflichten übrig blieben, dieser Gemüts-Erholung zu widmen. Sie wissen, daß die Ideen, die ich in dem Charakter und in den Handlungen des Fräuleins von Sternheim und ihrer Eltern auszuführen gesucht habe, immer meine Lieblings-Ideen gewesen sind; und womit beschäftigt man seinen Geist lieber als mit dem, was man liebt? Ich hatte Stunden, wo diese Beschäftigung eine Art von Bedürfnis für meine Seele war. So entstund unvermerkt dieses kleine Werk, welches ich anfing und fortsetzte, ohne zu wissen, ob ich es würde zum Ende bringen können; und dessen Unvollkommenheiten Sie selbst nicht besser einsehen können, als ich sie fühle. Aber es ist nur für Sie und mich – und, wenn Sie, wie ich hoffe, die Art zu denken und zu handeln dieser Tochter meines Geistes gutheißen, für unsre Kinder bestimmt. Wenn diese durch ihre Bekanntschaft mit jener in tugendhaften Gesinnungen, in einer wahren, allgemeinen, tätigen Güte und Rechtschaffenheit gestärket würden – welche Wol-

lust für das Herz Ihrer Freundin!« – So schrieben Sie
mir, als Sie mir Ihre Sternheim anvertrauten; – und nun,
meine Freundin, lassen Sie uns sehen, ob ich Ihr Vertrauen beleidiget, ob ich würklich ein Verbrechen begangen habe, da ich dem Verlangen nicht widerstehen
konnte, allen tugendhaften Müttern, allen liebenswürdigen jungen Töchtern unsrer Nation ein Geschenke mit
einem Werke zu machen, welches mir geschickt schien,
Weisheit und Tugend – die einzigen großen Vorzüge der
Menschheit, die einzigen Quellen einer wahren Glückseligkeit – unter Ihrem Geschlechte, und selbst unter dem
meinigen, zu befördern.
Ich habe nicht vonnöten, Ihnen von dem ausgebreiteten
Nutzen zu sprechen, welchen Schriften von derjenigen
Gattung, worunter Ihre Sternheim gehört, stiften können, wofern sie gut sind. Alle Vernünftigen sind über
diesen Punkt einer Meinung, und es würde sehr überflüs-
sig sein, nach allem, was Richardson, Fielding und so
viele andre hierüber gesagt haben, nur ein Wort zur
Bestätigung einer Wahrheit, an welcher niemand zweifelt, hinzuzusetzen. Ebenso gewiß ist es, daß unsre
Nation noch weit entfernt ist, an Originalwerken dieser
Art, welche zugleich unterhaltend und geschickt sind,
die Liebe der Tugend zu befördern, Überfluß zu haben.
Sollte diese gedoppelte Betrachtung nicht hinlänglich
sein, mich zu rechtfertigen? Sie werden, hoffe ich, versucht werden, dieser Meinung zu sein, oder wenigstens
mir desto leichter verzeihen, wenn ich Ihnen ausführli-
cher erzähle, wie der Gedanke, Sie in eine Schriftstellerin
zu verwandeln, in mir entstanden ist.
Ich setzte mich mit allem Phlegma, welches Sie seit
mehrern Jahren an mir kennen, hin, Ihre Handschrift zu
durchlesen. Das Sonderbare, so Sie gleich in den ersten
Blättern der Mutter Ihrer Heldin geben, war, meinem
besondern Geschmack nach, geschickter mich wider sie
als zu ihrem Vorteil einzunehmen. Aber ich las fort, und
alle meine kaltblütige Philosophie, die späte Frucht einer

vieljährigen Beobachtung der Menschen und ihrer grenzenlosen Torheit, konnte nicht gegen die Wahrheit und Schönheit Ihrer moralischen Schilderungen aushalten; mein Herz erwärmte sich; ich liebte Ihren Sternheim, seine Gemahlin, seine Tochter, und sogar – seinen Pfarrer, einen der würdigsten unter allen Pfarrern, die ich jemals kennengelernt habe. Zwanzig kleine Mißtöne, welche der sonderbare und an das Enthusiastische angrenzende Schwung in der Denkensart Ihrer Sternheim mit der meinigen macht, verloren sich in der angenehmsten Übereinstimmung ihrer Grundsätze, ihrer Gesinnungen und ihrer Handlungen mit den besten Empfindungen und mit den lebhaftesten Überzeugungen meiner Seele. Möchten doch, so dacht' ich bei hundert Stellen, möchten meine Töchter so denken, so handeln lernen wie Sophie Sternheim! Möchte mich der Himmel die Glückseligkeit erfahren lassen, diese ungeschminkte Aufrichtigkeit der Seele, diese sich immer gleiche Güte, dieses zarte Gefühl des Wahren und Schönen, diese aus einer innern Quelle stammende Ausübung jeder Tugend, diese ungeheuchelte Frömmigkeit, welche, anstatt der Schönheit und dem Adel der Seele hinderlich zu sein, in der ihrigen selbst die schönste und beste aller Tugenden ist, dieses zärtliche, mitleidsvolle, wohltätige Herz, diese gesunde, unverfälschte Art von den Gegenständen des menschlichen Lebens und ihrem Werte, von Glück, Ansehen und Vergnügen zu urteilen – kurz, alle Eigenschaften des Geistes und Herzens, welche ich in diesem schönen moralischen Bilde liebe, dereinst in diesen liebenswürdigen Geschöpfen ausgedrückt zu sehen, welche schon in ihrem kindischen Alter die süßeste Wollust meiner itzigen, und die beste Hoffnung meiner künftigen Tage sind! Indem ich so dachte, war mein erster Einfall, eine schöne Abschrift von Ihrem Manuskripte machen zu lassen, um in einigen Jahren unsrer kleinen Sophie (denn Sie sind so gütig, sie auch die Ihrige zu nennen) ein Geschenke damit zu machen; – und wie erfreute mich der Gedanke, die Empfindungen unsrer vieljährigen, wohlgeprüften und immer lauter befundenen Freundschaft auch durch dieses Mittel auf unsre Kinder fortgepflanzt zu sehen! An diesen Vorstellungen ergötzte ich mich eine Zeitlang, als mir, ebenso natürlicherweise, der Gedanke aufsteigen mußte: Wie manche Mutter, wie mancher Vater lebt itzt in dem weiten Umfang der Provinzen Germaniens, welche in diesem Augenblicke ähnliche Wünsche zum Besten ebenso zärtlich geliebter, ebenso hoffnungsvoller Kinder tun! Würde ich diesen nicht Vergnügen machen, wenn ich sie an einem Gute, welches durch die Mitteilung nichts verliert, Anteil nehmen ließe? Würde das Gute, welches durch das tugendhafte Beispiel der Familie Sternheim gewürkt werden kann, nicht dadurch über viele ausgebreitet werden? Ist es nicht unsre Pflicht, in einem so weiten Umfang als möglich Gutes zu tun? Und wie viele edelgesinnte Personen würden nicht durch dieses Mittel den würdigen Charakter des Geistes und des Herzens meiner Freundin kennenlernen, und, wenn Sie und ich nicht mehr sind, ihr Andenken segnen! – Sagen Sie mir, meine Freundin, wie hätte ich, mit dem Herzen, welches Sie nun so viele Jahre kennen, und unter allen meinen äußerlichen und innerlichen Veränderungen immer sich selbst gleich befunden haben, solchen Vorstellungen widerstehen können? Es war also sogleich bei mir beschlossen, Copeyen für alle unsre Freunde und Freundinnen, und für alle, die es sein würden, wenn sie uns kennten, machen zu lassen; ich dachte so gut von unsern Zeitgenossen, daß ich eine große Menge solcher Copeyen nötig zu haben glaubte; und so schickte ich die meinige an meinen Freund Reich, ihm überlassend, deren so viele zu machen, als ihm selbst belieben würde. Doch nein! So schnell ging es nicht zu. Bei aller Wärme meines Herzens blieb doch mein Kopf kalt genug, um alles in Betrachtung zu ziehen, was vermögend schien, mich von meinem Vorhaben abzuschrecken. Niemals, daß ich wüßte, hat mich das Vorurteil für diejenige, die ich liebe, gegen ihre Mängel blind gemacht. Sie kennen diese Eigenschaft an mir, und Sie sind ebenso wenig fähig zu erwarten, oder nur zu wünschen, daß man Ihnen schmeicheln soll, als ich geneigt bin, gegen meine Empfindung zu reden. Ihre Sternheim, so liebenswürdig sie ist, hat als ein Werk des Geistes, als eine dichterische Komposition, ja nur überhaupt als eine deutsche Schrift betrachtet, Mängel, welche *den Auspfeifern* nicht verborgen bleiben werden. Doch diese sind es nicht, vor denen ich mich in Ihrem Namen fürchte. Aber die Kunstrichter auf der einen Seite, und auf der andern die ekeln Kenner aus der Klasse der Weltleute – soll ich Ihnen gestehen, meine Freundin, daß ich nicht gänzlich ohne Sorgen bin, wenn ich daran denke, daß Ihre Sternheim durch meine Schuld dem Urteil so vieler Personen von so unterschiedlicher Denkensart ausgestellt wird? Aber hören Sie, was ich mir selbst sagte, um mich wieder zu beruhigen. Die *Kunstrichter* haben es, in Absicht alles dessen, was an der *Form* des Werkes und an der *Schreibart* zu tadeln sein kann, lediglich mit mir zu tun. Sie, meine Freundin, dachten nie daran, für die Welt zu schreiben, oder ein Werk der Kunst hervorzubringen. Bei aller Ihrer Belesenheit in den besten Schriftstellern verschiedener Sprachen, welche man lesen kann ohne gelehrt zu sein, war es immer Ihre Gewohnheit, weniger auf die Schönheit der Form als auf den Wert des Inhalts aufmerksam zu sein; und schon dieses einzige Bewußtsein würde Sie den Gedanken für die Welt zu schreiben allezeit haben verbannen heißen. Mir, dem eigenmächtigen Herausgeber Ihres Manuskripts, wäre es also zugekommen, den Mängeln abzuhelfen, von denen ich selbst erwarte, daß sie den Kunstrichtern, wo nicht anstößig sein, doch den Wunsch, sie nicht zu sehen, abdringen könnten. Doch, indem ich von Kunstrichtern rede, denke ich an Männer von feinem Geschmack und reifem Urteil; an Richter, welche von kleinen Flecken an einem schönen Werke

13

nicht beleidiget werden, und zu billig sind, von einer freiwillig hervorgekommenen Frucht der bloßen Natur und von einer durch die Kunst erzogenen, mühsam gepflegten Frucht (wiewohl, was den Geschmack anbetrifft, diese nicht selten jener den Vorzug lassen muß) einerlei Vollkommenheit zu fodern. Solche Kenner werden vermutlich, ebensowohl wie ich, der Meinung sein, daß eine moralische Dichtung, bei welcher es mehr um die Ausführung eines gewissen lehrreichen und interessanten Hauptcharakters, als um Verwicklungen und Entwicklungen zu tun ist, und wobei überhaupt die moralische Nützlichkeit der erste Zweck, die Ergötzung des Lesers hingegen nur eine Nebenabsicht ist, einer künstlichen Form um so eher entbehren könne, wenn sie innerliche und eigentümliche Schönheiten für den Geist und das Herz hat, welche uns wegen des Mangels eines nach den Regeln der Kunst angelegten Plans und überhaupt alles dessen, was unter der Benennung *Autors-Künste* begriffen werden kann, schadlos halten. Eben diese Kenner werden (oder ich müßte mich sehr betrügen) in der Schreibart des Fräuleins von Sternheim eine gewisse Originalität der Bilder und des Ausdrucks und eine so glückliche Richtigkeit und Energie des letztern, oft gerade in Stellen, mit denen der Sprachlehrer vielleicht am wenigsten zufrieden ist, bemerken, welche die Nachlässigkeit des Stils, das Ungewöhnliche einiger Redensarten und Wendungen, und überhaupt den Mangel einer vollkommnern Abglättung und Rundung – einen Mangel, dem ich nicht anders als auf Unkosten dessen, was mir eine wesentliche Schönheit der Schreibart meiner Freundin schien, abzuhelfen gewußt hätte – reichlich zu vergüten scheinen. Sie werden die Beobachtung machen, daß unsre Sternheim, ungeachtet die Vorteile ihrer Erziehung bei aller Gelegenheit hervorschimmern, dennoch ihren Geschmack und ihre Art zu denken, zu reden und zu handeln, mehr der Natur und ihren eigenen Erfahrungen und Bemerkungen, als dem Unterricht und der

Nachahmung zu danken habe; daß es eben daher komme, daß sie so oft anders denkt und handelt als die meisten Personen ihres Standes; daß dieses Eigene und Sonderbare ihres Charakters, und vornehmlich der individuelle Schwung ihrer Einbildungskraft natürlicherweise auch in die Art ihre Gedanken einzukleiden oder ihre Empfindungen auszudrücken einen starken Einfluß haben müsse; und daß es eben daher komme, daß sie für einen Gedanken, den sie selbst *gefunden* hat, auch selbst auf der Stelle einen eigenen Ausdruck *erfindet*, dessen Stärke der Lebhaftigkeit und Wahrheit der anschauenden Begriffe angemessen ist, aus welchen sie ihre Gedanken entwickelt: – und sollten die Kenner nicht geneigt sein mit mir zu finden, daß eben diese völlige Individualisierung des Charakters unsrer Heldin einen der seltensten Vorzüge dieses Werkes ausmacht, gerade denjenigen, welchen die Kunst am wenigsten, und gewiß nie so glücklich erreichen würde, als es hier, wo die Natur gearbeitet hat, geschehen ist? Kurz, ich habe eine so gute Meinung von der feinen Empfindung der Kunstrichter, daß ich ihnen zutraue, sie werden die Mängel, wovon die Rede ist, mit so vielen, und so vorzüglichen Schönheiten verwebt finden, daß sie es mir verdenken würden, wenn ich das Privilegium der Damen, welche keine Schriftstellerinnen von Profession sind, zum Vorteil meiner Freundin geltend machen wollte. Und sollten wir uns etwan vor dem feinen und verwöhnten Geschmacke der *Weltleute* mehr zu fürchten haben als vor den Kunstrichtern? In der Tat, die Singularität unsrer Heldin, ihr Enthusiasmus für das sittliche Schöne, ihre besondern Ideen und Launen, ihre ein wenig eigensinnige Prädilektion für die Mylords und alles, was ihnen gleich sieht und aus ihrem Lande kommt, und, was noch ärger ist als dies alles, der beständige Kontrast, den ihre Art zu empfinden, zu urteilen und zu handeln mit dem Geschmack, den Sitten und Gewohnheiten der großen Welt macht – scheint ihr nicht die günstigste Aufnahme in der letztern vorherzusagen. Gleichwohl gebe ich noch nicht alle Hoffnung auf, daß sie nicht, eben darum, weil sie eine *Erscheinung* ist, unter dem Namen der *liebenswürdigen Grillenfängerin* ansehnliche Eroberungen sollte machen können. In der Tat, bei aller ihrer moralischen Sonderlichkeit, welche zuweilen nahe an das Übertriebene, oder was einige Pedanterei nennen werden, zu grenzen scheint, ist sie ein liebenswürdiges Geschöpfe; und wenn auf der einen Seite ihr ganzer Charakter mit allen ihren Begriffen und Grundsätzen als eine in Handlung gesetzte Satire über das Hofleben und die große Welt angesehen werden kann: so ist auf der andern ebenso gewiß, daß man nicht billiger und nachsichtlicher von den Vorzügen und von den Fehlern der Personen, welche sich in diesem schimmernden Kreise bewegen, urteilen kann als unsre Heldin. Man sieht, daß sie von Sachen spricht, welche sie in der Nähe gesehen hat, und daß die Schuld weder an ihrem Verstand noch an ihrem Herzen liegt, wenn sie in diesem Lande, wo die Kunst die Natur gänzlich verdrungen hat, alles unbegreiflich findet, und selbst allen unbegreiflich ist.

Vergeben Sie mir, meine Freundin, daß ich Ihnen so viel über einen Punkt, worüber Sie Ursache haben sehr ruhig zu sein, vorschwatze. Es gibt Personen, bei denen es gar niemals eine Frage sein soll, ob sie auch gefallen werden; und ich müßte mich außerordentlich irren, wenn unsre Heldin nicht in diese Klasse gehörte. Die naive Schönheit ihres Geistes, die Reinigkeit, die unbegrenzte Güte ihres Herzens, die Richtigkeit ihres Geschmacks, die Wahrheit ihrer Urteile, die Scharfsinnigkeit ihrer Bemerkungen, die Lebhaftigkeit ihrer Einbildungskraft und die Harmonie ihres Ausdrucks mit ihrer eigenen Art zu empfinden und zu denken, kurz, alle ihre Talente und Tugenden sind mir Bürge dafür, daß sie mit allen ihren kleinen Fehlern gefallen wird; daß sie allen gefallen wird, welche dem Himmel einen gesunden Kopf und ein gefühlvolles Herz zu danken haben; – und wem wollten wir sonst zu gefallen wünschen? – Doch der liebste Wunsch unsrer Heldin ist nicht der Wunsch der Eitelkeit; nützlich zu sein, wünscht sie; Gutes *will* sie tun; und Gutes *wird* sie tun, und dadurch den Schritt rechtfertigen, den ich gewaget habe, sie ohne Vorwissen und Erlaubnis ihrer liebenswürdigen Urheberin in die Welt einzuführen. Ich bin, usw.

Der Herausgeber.

Geschichte des
Fräuleins von Sternheim

Sie sollen mir nicht danken, meine Freundin, daß ich so viel für Sie abschreibe. Sie wissen, daß ich das Glück hatte, mit der vortrefflichen Dame erzogen zu werden, aus deren Lebensbeschreibung ich Ihnen Auszüge und Abschriften von den Briefen mitteile, welche Mylord Seymour von seinen englischen Freunden und meiner Emilia sammelte. Glauben Sie, es ist ein Vergnügen für mein Herz, wenn ich mich mit etwas beschäftigen kann, wodurch das geheiligte Andenken der Tugend und Güte einer Person, welche unserm Geschlechte und der Menschheit Ehre gemacht, in mir erneuert wird.

Der Vater meiner geliebten *Lady Sidney* war der Oberste *von Sternheim*, einziger Sohn eines Professors in W., von welchem er die sorgfältigste Erziehung genoß. Edelmut, Größe des Geistes, Güte des Herzens, waren die Grundzüge seines Charakters. Auf der Universität L. verband ihn die Freundschaft mit dem jüngern Baron von P. so sehr, daß er nicht nur alle Reisen mit ihm machte, sondern auch aus Liebe zu ihm mit in Kriegsdienste trat. Durch seinen Umgang und durch sein Beispiel wurde der vorher unbändige Geist des Barons so biegsam und wohldenkend, daß die ganze Familie dem jungen Mann dankte, der ihren geliebten Sohn auf die Wege des Guten gebracht hatte. Ein Zufall trennte sie. Der Baron mußte nach dem Tode seines ältern Bruders die Kriegsdienste verlassen, und sich zu Übernehmung der Güter und Verwaltung derselben geschickt machen. Sternheim, der von Offizieren und Gemeinen auf das vollkommenste geehrt und geliebt wurde, blieb im Dienste, und erhielt darin von dem Fürsten die Stelle eines Obersten, und den Adelstand. »Ihr Verdienst, nicht das Glück hat Sie erhoben«, sagte der General, als er ihm im

Namen des Fürsten in Gegenwart vieler Personen das Obersten-Patent und den Adelsbrief überreichte; und nach dem allgemeinen Zeugnisse waren alle Feldzüge Gelegenheiten, wo er Großmut, Menschenliebe und Tapferkeit in vollem Maß ausübte.

Bei Herstellung des Friedens war sein erster Wunsch, seinen Freund zu sehen, mit welchem er immer Briefe gewechselt hatte. Sein Herz kannte keine andere Verbindung. Schon lange hatte er seinen Vater verloren; und da dieser selbst ein Fremdling in W. gewesen war, so blieben seinem Sohne keine nahe Verwandte von ihm übrig. Der Oberste von Sternheim ging also nach P., um daselbst das ruhige Vergnügen der Freundschaft zu genießen. Der Baron P., sein Freund, war mit einer liebenswürdigen Dame vermählt, und lebte mit seiner Mutter und zwoen Schwestern auf den schönen Gütern, die ihm sein Vater zurückgelassen, sehr glücklich. Die Familie von P., als eine der angesehensten in der Gegend, wurde von dem zahlreichen benachbarten Adel öfters besucht. Der Baron P. gab wechselsweise Gesellschaft und kleine Feste; die einsamen Tage wurden mit Lesung guter Bücher, mit Bemühungen für die gute Verwaltung der Herrschaft, und mit edler anständiger Führung des Hauses zugebracht.

Zuweilen wurden auch kleine Konzerte gehalten, weil die jüngere Fräulein das Klavier, die ältere aber die Laute spielte, und schön sang, wobei sie von ihrem Bruder mit etlichen von seinen Leuten akkompagniert wurde. Der Gemütszustand des ältern Fräuleins störte dieses ruhige Glück. Sie war das einzige Kind, welches der Baron P. mit seiner ersten Gemahlin, einer *Lady Watson*, die er auf einer Gesandtschaft in England geheiratet, erzeugt hatte. Dieses Fräulein schien zu aller sanften Liebenswürdigkeit einer Engländerin auch den melancholischen Charakter, der diese Nation bezeichnet, von ihrer Mutter geerbt zu haben. Ein stiller Gram war auf ihrem Gesichte verbreitet. Sie liebte die Einsamkeit, verwendete sie aber allein auf fleißiges Lesen der besten Bücher; ohne gleichwohl die Gelegenheiten zu versäumen, wo sie, ohne fremde Gesellschaft, mit den Personen ihrer Familie allein sein konnte.

Der Baron, ihr Bruder, der sie zärtlich liebte, machte sich Kummer für ihre Gesundheit, er gab sich alle Mühe, sie zu zerstreuen, und die Ursache ihrer rührenden Traurigkeit zu erfahren.

Etlichemal bat er sie, ihr Herz einem treuen zärtlichen Bruder zu entdecken. Sie sah ihn bedenklich an, dankte ihm für seine Sorge, und bat ihn mit tränenden Augen, ihr ihr Geheimnis zu lassen, und sie zu lieben. Dieses machte ihn unruhig. Er besorgte, irgendein begangener Fehler möchte die Grundlage dieser Betrübtnis sein; beobachtete sie in allem auf das genaueste, konnte aber keine Spur entdecken, die ihm zu der geringsten Bestärkung einer solchen Besorgnis hätte leiten können.

Immer war sie unter seinen oder ihrer Mutter Augen, redete mit niemand im Hause, und vermied alle Arten von Umgang. Einige Zeit überwand sie sich, und blieb in Gesellschaft; und eine ruhige Munterkeit machte Hoffnung, daß der melancholische Anfall vorüber wäre.

Zu diesem Vergnügen der Familie, kam die unvermutete Ankunft des Obersten von Sternheim, von welchem diese ganze Familie so viel reden gehört, und in seinen Briefen die Vortrefflichkeit seines Geistes und Herzens bewundert hatte. Er überraschte sie abends in ihrem Garten; die Entzückung des Barons, und die neugierige Aufmerksamkeit der übrigen ist nicht zu beschreiben. Es währte auch nicht lange, so flößte sein edles liebreiches Betragen dem ganzen Hause eine gleiche Freude ein.

Der Oberste wurde als ein besonderer Freund des Hauses bei allen Bekannten vom Adel aufgeführt, und kam in alle ihre Gesellschaften.

In dem Hause des Barons machte er die Erzählung seines Lebens, worin er ohne Weitläuftigkeit das Merkwürdige und Nützliche, was er gesehen, mit vieler Anmut und mit dem männlichen Tone, der den *weisen* Mann und den Menschenfreund bezeichnet, vortrug. Ihm wurde hingegen das Gemälde vom Landleben gemacht, wobei bald der Baron von den Vorteilen, welche die Gegenwart des Herrn den Untertanen verschafft, bald die alte Dame von demjenigen Teil der ländlichen Wirtschaft, der die Familienmutter angeht, bald die beiden Fräulein von den angenehmen Ergötzlichkeiten sprachen, die das Landleben in jeder Jahrszeit anbietet. Auf diese Abschilderung folgte die Frage:

»Mein Freund, wollten Sie nicht die übrigen Tage Ihres Lebens auf dem Lande zubringen?«

»Ja, lieber Baron! aber es müßte auf meinen eignen Gütern und in der Nachbarschaft der Ihrigen sein.«

»Das kann leicht geschehen, denn es ist eine kleine Meile von hier ein artiges Gut zu kaufen; ich habe die Erlaubnis hinzugehen, wenn ich will; wir wollen es morgen besehen.«

Den Tag darauf ritten die beiden Herren dahin, in Begleitung des Pfarrers von P., eines sehr würdigen Mannes, von welchem die Damen die Beschreibung des rührenden Auftritts erhielten, der zwischen den beiden Freunden vorgefallen war.

Der Baron hatte dem Obersten das ganze Gut gewiesen, und führte ihn auch in das Haus, welches gleich an dem Garten und sehr artig gelegen war. Hier nahmen sie das Frühstück ein.

Der Oberste bezeugte seine Zufriedenheit über alles, was er gesehen, und fragte den Baron: ob es wahr sei, daß man dieses Gut kaufen könne?

»Ja, mein Freund; gefällt es Ihnen?«

»Vollkommen; es würde mich von nichts entfernen, was ich liebe.«

»O wie glücklich bin ich, teurer Freund«, sagte der Baron, da er ihn umarmte; »ich habe das Gut schon vor drei Jahren gekauft, um es Ihnen anzubieten; ich habe das Haus ausgebessert, und oft in diesem Kabinette für

Ihre Erhaltung gebetet. Nun werde ich den Führer meiner Jugend zum Zeugen meines Lebens haben!«

Der Oberste wurde außerordentlich gerührt; er konnte seinen Dank und seine Freude über das edle Herz seines Freundes nicht genug ausdrücken; er versicherte ihn, daß er sein Leben in diesem Hause zubringen würde; aber zugleich verlangte er zu wissen, was das Gut gekostet habe. Der Baron mußte es sagen, und es auch durch die Kaufbriefe beweisen. Der Ertrag belief sich höher, als es nach dem Ankaufsschilling sein sollte. Der Baron versicherte aber, daß er nichts als seine eigne Auslage annehmen würde.

»Mein Freund (sagte er) ich habe nichts getan, als seit drei Jahren alle Einkünfte des Guts auf die Verbesserung und Verschönerung desselben verwendet. Das Vergnügen des Gedankens; du arbeitest für die Ruhetage des Besten der Menschen; hier wirst du ihn sehen, und in seiner Gesellschaft die glücklichen Zeiten deiner Jugend erneuern; sein Rat, sein Beispiel, wird zu der Zufriedenheit deiner Seele und dem Besten deiner Angehörigen beitragen – Diese Gedanken haben mich belohnt.«

Wie sie nach Hause kamen, stellte der Baron den Obersten als einen neuen Nachbar seiner Frau Mutter und seinen Schwestern vor. Alle wurden sehr froh über die Versicherung, seinen angenehmen Umgang auf immer zu genießen.

Er bezog sein Haus sogleich, als er Besitz von der kleinen Herrschaft genommen hatte, die nur aus zweien Dörfern bestund. Er gab auch ein Festin für die kleine Nachbarschaft, fing gleich darauf an zu bauen, setzte noch zween schöne Flügel an beide Seiten des Hauses, pflanzte Alleen und einen artigen Lustwald, alles in englischem Geschmack. Er betrieb diesen Bau mit dem größten Eifer. Gleichwohl hatte er von Zeit zu Zeit eine düstre Miene, die der Baron wahrnahm, ohne anfangs etwas davon merken zu lassen, bis er in dem folgenden Herbst einer Gemütsveränderung des Obersten überzeugt zu sein glaubte, bei welcher er nicht länger ruhig sein konnte. Sternheim kam nicht mehr so oft, redete weniger, und ging bald wieder weg. Seine Leute bedaurten die ungewöhnliche Melancholie, die ihren Herrn befallen hatte.

Der Baron wurde um so viel mehr bekümmert, als sein Herz von der zurückgefallnen Traurigkeit seiner ältern Schwester beklemmt war. Er ging zum Obersten, fand ihn allein und nachdenkend, umarmte ihn mit zärtlicher Wehmut, und rief aus: – »O mein Freund! wie nichtig sind auch die edelsten, die lautersten Freuden unsers Herzens! – Lange fehlte mir nichts als Ihre Gegenwart; nun seh ich Sie; ich habe Sie in meinen Armen, und sehe Sie traurig! Ihr Herz, Ihr Vertrauen ist nicht mehr für mich; haben Sie vielleicht der Freundschaft zu viel nachgegeben, indem Sie hier einen Wohnsitz nehmen? – Liebster bester Freund! quälen Sie sich nicht; Ihr Vergnügen ist mir teurer als mein eignes, ich nehme das Gut wieder an; es wird mir wert sein, weil es mir Ihr schätzbares Andenken, und Ihr Bild an allen Orten erneuern wird.«

Hier hielt er inne; Tränen füllten sein Auge, welches auf dem Gesicht seines Freundes geheftet war – Er sah die größte Bewegung der Seele in demselben ausgedrückt.

Der Oberste stund auf, und umfaßte den Baron. »Edler P., glauben Sie ja nicht, daß meine Freundschaft, mein Vertrauen gegen Sie vermindert sei; noch weniger denken Sie, daß mich die Entschließung gereue, meine Tage in Ihrer Nachbarschaft hinzubringen. – O Ihre Nachbarschaft ist mir lieber, als Sie sich vorstellen können! – Ich habe eine Leidenschaft zu bekämpfen, die mein Herz zum erstenmal angefallen hat. Ich hoffte, vernünftig und edelmütig zu sein; aber ich bin es noch nicht in aller der Stärke, welche der Zustand meiner Seele erfodert. Doch ist es nicht möglich, daß ich mit Ihnen davon spreche; mein Herz und die Einsamkeit sind die einzigen Vertrauten, die ich haben kann.«

Der Baron drückte ihn an seine Brust; »ich weiß«, sagte er, »daß Sie in allem wahrhaft sind, ich zweifle also nicht an den Versicherungen Ihrer alten Freundschaft. Aber warum kommen Sie so selten zu mir? Warum eilen Sie so kalt wieder aus meinem Hause?«

»Kalt, mein Freund! Kalt eile ich aus Ihrem Hause? O P.! Wenn Sie das brennende Verlangen kennten, das mich zu Ihnen führt; das mich stundenlang an meinem Fenster hält, wo ich das geliebte Haus sehe, in welchem alle mein Wünschen, all mein Vergnügen wohnt; Ach P.! –«

Der Baron P. wurde unruhig, weil ihm auf einige Augenblicke der Gedanke kam, sein Freund möchte vielleicht seine Gemahlin lieben, und meide deswegen sein Haus, weil er sich zu bestreiten suche. Er beschloß, achtsam und zurückhaltend zu sein. Der Oberste hatte still gesessen, und der Baron war auch aus seiner Fassung. Endlich fing der letztere an: »Mein Freund, Ihr Geheimnis ist mir heilig; ich will es nicht aus Ihrer Brust erpressen. Aber Sie haben mir Ursache gegeben zu denken, daß ein Teil dieses Geheimnisses mein Haus angehe: Darf ich nicht nach diesem Teile fragen?«

»Nein! Nein, fragen Sie nichts, und überlassen Sie mich mir selbst –« Der Baron schwieg, und reiste traurig und tiefsinnig fort.

Den andern Tag kam der Oberste, bat den Baron um Vergebung, daß er ihn gestern so trocken heimreisen lassen, und sagte, daß es ihn den ganzen Abend gequält hätte. »Lieber Baron«, setzte er hinzu, »Ehre und Edelmut binden meine Zunge! Zweifeln Sie nicht an meinem Herzen, und lieben Sie mich!«

Er blieb den ganzen Tag in P. – Fräulein Sophie und Fräulein Charlotte wurden von ihrem Bruder gebeten, alles zu Ermunterung seines Freundes beizutragen. Der Oberste hielt sich aber meistens um die alte Dame und die Gemahlin des Barons auf. Abends spielte Fräulein Charlotte die Laute, der Baron und zween Bediente akkompagnierten sie, und Fräulein Sophie wurde so inständig gebeten, zu singen, daß sie endlich nachgab.

Der Oberste stellte sich in ein Fenster, wo er bei halb zugezognem Vorhang das kleine Familien-Konzert anhörte, und so eingenommen wurde, nicht wahrzunehmen, daß die Gemahlin seines Freundes nahe genug bei ihm stund, um ihn sagen zu hören: »O Sophie, warum bist du die Schwester meines Freundes! Warum bestreiten die Vorzüge deiner Geburt die edle, die zärtliche Neigung meines Herzens! –«

Die Dame wurde bestürzt; und um die Verwirrung zu vermeiden, in die er geraten sein würde, wenn er hätte denken können, sie habe ihn gehört, entfernte sie sich; froh, ihrem Gemahl die Sorge benehmen zu können, die ihn wegen der Schwermut des Obersten plagte. – Sobald alles schlafen gegangen war, redete sie mit ihm von dieser Entdeckung. Der Baron verstund nun, was ihm der Oberste sagen wollte, da er sich wegen des vermeinten Kaltsinns verteidigte, dessen er beschuldigt wurde. »Wäre Ihnen der Oberste als Schwager ebenso lieb, wie er es Ihnen als mein Freund ist?« fragte er seine Gemahlin.

»Gewiß, mein Liebster! Sollte denn das Verdienst des rechtschaffnen Mannes nicht so viel Wert haben als die Vorzüge des Namens und der Geburt!«

»Werte edle Hälfte meines Lebens«, rief der Baron, »so helfen Sie mir die Vorurteile bei meiner Mama, und bei Sophien überwinden!«

»Ich fürchte die Vorurteile nicht so sehr als eine vorgefaßte Neigung, die unsre liebe Sophie in ihrem Herzen nährt. Ich kenne den Gegenstand nicht, aber sie liebt, und liebt schon lange. Kleine Aufsätze von Betrachtungen, von Klagen gegen das Schicksal, gegen Trennung – die ich in ihrem Schreibetische gefunden habe, überzeugten mich davon. Ich habe sie beobachtet, aber weiter nichts entdecken können.« »Ich will mit ihr reden«, sagte der Baron, »und sehen, ob ihr Herz nicht durch irgendeine Lücke auszuspähen ist.«

Den Morgen darauf ging der Baron zu Fräulein Sophie, und nach vielen freundlichen Fragen um ihre Gesundheit, nahm er ihre Hände in die seinigen. »Liebe teure Sophie«, sprach er, »du gibst mir Versicherung deines Wohlseins; aber warum bleibt dir die leidende Miene? Warum der Ton des Schmerzens; warum der Hang zur Einsamkeit; warum entfliehen diesem edeln gütigen Herzen so viele Seufzer? – O wenn du wüßtest, wie sehr du mich diese lange Zeit deiner Melancholie durch bekümmert hast; du würdest mir dein Herz nicht verschlossen haben!«

Hier wurde ihre Zärtlichkeit überwältigt. – Sie zog ihre Hände nicht weg, sie drückte ihres Bruders seine an ihre Brust, und ihr Kopf sank auf seine Schulter. »Bruder, du brichst mein Herz! Ich kann den Gedanken nicht ertragen, dir Kummer gemacht zu haben! Ich liebe dich wie mein Leben; ich bin glücklich, ertrage mich, und rede mir niemals vom Heiraten.«

»Warum das, mein Kind? Du würdest einen rechtschaffnen Mann so glücklich machen!«

»Ja, ein rechtschaffener Mann würde auch mich glücklich machen; aber ich kenne –« Tränen hinderten sie, mehr zu sagen. –

»O Sophie – hemme die aufrichtige Bewegung deiner Seele nicht; schütte ihre Empfindungen in den treuen Busen deines Bruders aus – Kind! ich glaube, es gibt einen Mann, den du liebst, mit dem dein Herz ein Bündnis hat.«

»Nein, Bruder! mein Herz hat kein Bündnis –«

»Ist dieses wahr, meine Sophie?«

»Ja, mein Bruder, ja ––«

Hier schloß sie der Baron in seine Arme. »Ach wenn du die entschloßne, die wohltätige Seele deiner Mutter hättest!«

Sie erstaunte. »Warum, mein Bruder? was willst du damit? Bin ich übeltätig gewesen?«

»Niemals, meine Liebe, niemals – aber du könntest es werden, wenn Vorurteile mehr als Tugend und Vernunft bei dir gälten.«

»Bruder, du verwirrest mich! In was für einem Falle sollte ich der Tugend und Vernunft entsagen?«

»Du mußt es nicht so nehmen! Der Fall, den ich denke, ist nicht wider Tugend und Vernunft; und doch könnten beide ihre Ansprüche bei dir verlieren?«

»Bruder, rede deutlich; ich bin entschlossen nach meinen geheimsten Empfindungen zu antworten –«

»Sophie, die Versicherung, daß dein Herz ohne Bündnis sei, erlaubt mir, dich zu fragen: was du tun würdest, wenn ein Mann, voll Weisheit und Tugend, dich liebte, um deine Hand bäte, aber nicht von altem Adel wäre?«

Sie geriet bei diesem letzten Wort in Schrecken, sie zitterte, und wußte sich nicht zu fassen. Der Baron wollte ihr Herz nicht lange quälen! sondern fuhr fort: »Wenn dieser Mann der Freund wäre, dem dein Bruder die Güte und Glückseligkeit seines Herzens zu danken hätte – Sophie; was würdest du tun?«

Sie redete nicht, sondern ward nachdenkend und wechselsweise rot und blaß.

»Ich beunruhige dich, meine Schwester; der Oberste liebt dich. Diese Leidenschaft macht seine Schwermut; denn er zweifelt, ob er werde angenommen werden. Ich bekenne dir freimütig, daß ich wünschte, alle seine mir erwiesene Wohltaten durch dich zu vergelten. Aber wenn dein Herz darwider ist, so vergiß alles, was ich dir sagte.«

Das Fräulein bemühete sich einen Mut zu fassen; schwieg aber eine gute Weile; endlich fragte sie den Baron: »Bruder, ist es gewiß, daß der Oberste mich liebt?« Der Baron erklärte ihr hierauf alles, was er durch seine Unterredungen mit dem Obersten, und endlich durch die Wünsche, welche seine Gemahlin gehört hatte, von seiner Liebe wußte.

»Mein Bruder«, sprach Sophie, »ich bin freimütig, und du verdienst alle mein Vertrauen so sehr, daß ich nicht lange warten werde, dir zu sagen, daß der Oberste der einzige Mann auf Erden ist, dessen Gemahlin ich zu werden wünsche.«

»Der Unterschied der Geburt ist dir also nicht anstößig?«

»Gar nicht; sein edles Herz, seine Wissenschaft, und seine Freundschaft für dich ersetzen bei mir den Mangel der Ahnen.«

»Edelmütiges Mädchen! du machst mich glücklich durch deine Entschließung, liebste Sophie! – Aber warum batest du mich, dir nichts vom Heiraten zu sagen?«

»Weil ich fürchtete, du redetest von einem andern«, sagte sie, mit leisem Ton, indem ihr glühendes Gesicht auf der Schulter ihres Bruders lag –

Er umarmte sie, küßte ihre Hand; »diese Hand«, sagte er, »wird ein Segen für meinen Freund sein! Von mir wird er sie erhalten! Aber, mein Kind, die Mama und Charlotte werden dich bestreiten; wirst du standhaft bleiben?«

»Bruder, du sollst sehen, daß ich ein engländisches Herz habe. – Aber da ich alle deine Fragen beantwortete, so muß ich auch eine machen: Was dachtest du von meiner Traurigkeit, weil du mich so oft fragtest? –«

»Ich dachte, eine heimliche Liebe, und ich fürchtete mich vor dem Gegenstand, weil du so verborgen warest.«

»Mein Bruder glaubte also nicht, daß die Briefe seines Freundes, die er uns vorlas, und alles übrige, was er von dem teuren Mann erzählte, einen Eindruck auf mein Herz machen könnte?«

»Liebe Sophie, es war also das Verdienst meines Freundes, was dich so beunruhigte? – Glücklicher Mann, den ein edles Mädchen wegen seiner Tugend liebt! – Gott segne meine Schwester für ihre Aufrichtigkeit! Nun kann ich das Herz meines Freundes von seinem nagenden Kummer heilen.«

»Tu alles, mein Bruder, was ihn befriedigen kann; nur schone meiner dabei! Du weißt, daß ein Mädchen nicht ungebeten lieben darf.«

»Sei ruhig, mein Kind; deine Ehre ist die meinige.«

Hier verließ sie ihn, ging zu seiner Gemahlin und teilte ihr das Vergnügen dieser Entdeckung mit. Sodann eilte er zum Obersten, welchen er traurig und ernsthaft fand. – Mancherlei Unterredungen, die er anfing, wurden kurz beantwortet. Eine tödliche Unruhe war in allen seinen Gebärden. »Habe ich Sie gestört, Herr Oberster?« sagte der Baron mit der Stimme der zärtlichen Freundschaft eines jungen Mannes gegen seinen Führer, indem er den Obersten zugleich bei der Hand faßte.

»Ja, lieber Baron, Sie haben mich in der Entschließung gestört, auf einige Zeit wegzureisen.«

»Wegzureisen? und – allein?«

»Lieber P., ich bin in einer Gemütsverfassung, die meinen Umgang unangenehm macht; ich will sehen, was die Zerstreuung tun kann.«

»Mein bester Freund! darf ich nicht mehr in Ihr Herz sehen? Kann ich nichts zu Ihrer Ruhe beitragen?«

»Sie haben genug für mich getan! Sie sind die Freude meines Lebens. – Was mir itzt mangelt, muß die Klugheit und die Zeit bessern.«

»Sternheim, Sie sagten letzt von einer zu bekämpfenden Leidenschaft. – Ich kenne Sie; Ihr Herz kann keine unanständige, keine böse Leidenschaft nähren; es muß Liebe sein, was die Qual Ihrer Tage macht!«

»Niemals P., niemals sollen Sie wissen, was meinen itzigen Kummer verursacht.«

»Rechtschaffner Freund, ich will Sie nicht länger täuschen; ich kenne den Gegenstand Ihrer Liebe; Ihre Zärtlichkeit hat einen Zeugen gefunden; ich bin glücklich; Sie lieben meine Sophie!« Der Baron hielt den Obersten, der ganz außer sich war, umarmt; er wollte sich loswinden; es war ihm bange.

»P., was sagen Sie? Was wollen Sie von mir wissen?«

»Ich will wissen: ob die Hand meiner Schwester ein gewünschtes Glück für Sie wäre?«

»Unmöglich! denn es wäre für Sie alle ein Unglück.«

»Ich habe also Ihr Geständnis; aber wo soll das Unglück sein?«

»Ja, Sie haben mein Geständnis; Ihre Fräulein Schwester ist das erste Frauenzimmer, welches die beste Neigung meiner Seele hat; aber ich will sie überwinden; man soll Ihnen nicht vorwerfen, daß Sie Ihrer Freundschaft die schuldige Achtung für Ihre Voreltern aufgeopfert haben. Fräulein Sophie soll durch mich keinen Anspruch an Glück und Vorzug verlieren. Schwören Sie mir, kein Wort mit ihr davon zu reden; oder Sie sehen mich heute zum letztenmal!«

»Sie denken edel, mein Freund; aber Sie sollen nicht ungerecht werden. Ihre Abreise würde nicht allein mich, sondern Sophien und meine Gemahlin betrüben. Sie *sollen* mein Bruder sein!«

»P., Sie martern mich mit diesem Zuspruch mehr, als mich die Unmöglichkeit marterte, die meinen Wünschen entgegen ist.«

»Freund! Sie haben die freiwillige, die zärtliche Zusage meiner Schwester – Sie haben die Wünsche meiner Gemahlin und die meinige. *Wir* haben alles bedacht, was *Sie* bedenken können – soll ich Sie *bitten* der Gemahl von Sophien von P. zu werden?«

»O Gott! wie hart beurteilen Sie mein Herz! Sie glauben also, daß es eigensinniger Stolz sei, der mich unschlüssig macht?«

»Ich antworte nichts, umarmen Sie mich, und nennen Sie mich Ihren Bruder! Morgen sollen Sie es sein! Sophie ist die Ihrige. Sehen Sie sie nicht als das Fräulein von P., sondern als ein liebenswürdiges und tugendhaftes Frauenzimmer an, dessen Besitz alle Ihre künftigen Tage beglücken wird; und nehmen Sie diesen Segen von der Hand Ihres treuen Freundes mit Vergnügen an!«

»Sophie mein? mit einer freiwilligen Zärtlichkeit mein? Es ist genug; Sie geben alles; ich kann nichts tun, als auf alles freiwillig entsagen!«

»Entsagen? – Nach der Versicherung, daß Sie geliebt sind? – O meine Schwester, wie übel bin ich mit deinem vortrefflichen Herzen umgegangen!«

»P., was sagen Sie! und wie können Sie mein Herz durch einen solchen Vorwurf zerreißen? Wenn *Sie* edelmütig sind: soll *ich* es nicht auch sein? Soll ich die Augen über die Mienen des benachbarten Adels zuschließen?«

»Sie sollen es, wenn die Frage von Ihrer Freude und Ihrem Glück ist.«

»Was wollen Sie dann, daß ich tun soll?«

»Daß Sie mich mit dem Auftrage zurückreisen lassen, mit meiner Mutter von meinem Wunsche zu sprechen, und daß Sie zu uns kommen wollen, wenn ich Ihnen ein Billet schicke.«

Der Oberste konnte nicht mehr reden; er umarmte den Baron. Dieser ging zurück, gerade zu seiner Frau Mutter, bei welcher die beiden Fräulein und seine Gemahlin waren. Er führte die ältere Fräulein in ihr Zimmer, weil er ihr den Bericht von seinem Besuch allein machen wollte, und bat sie, ihn eine Zeitlang bei der Frau Mutter und Charlotten zu lassen. Hier tat er einen förmlichen Antrag für seinen Freund. Die alte Dame wurde betroffen; er sah es, und sagte: »Teure Frau Mutter! alle Ihre Bedenklichkeiten sind gegründet. Der Adel soll durch adeliche Verbindungen fortgeführt werden. Aber die Tugenden des Sternheim sind die Grundlagen aller großen Familien gewesen. Man hatte nicht unrecht zu denken, daß große Eigenschaften der Seele bei Töchtern und Söhnen erblich sein könnten, und daß also jeder Vater für einen edlen Sohn eine edle Tochter suchen sollte. Auch wollt' ich der Einführung der *Heiraten außer Stand* nicht gerne das Wort reden. Aber hier ist ein besonderer Fall; ein Fall, der sehr selten erscheinen wird: Sternheims Verdienste, mit dem Charakter eines wirklichen Obersten, der schon als adelich anzusehen ist, rechtfertigen die Hoffnung, die ich ihm gemacht habe.«

»In Wahrheit, mein Sohn, ich habe Bedenklichkeiten. Aber der Mann hat meine ganze Hochachtung erworben. Ich würde ihn gern glücklich sehen.«

»Meine Gemahlin: was sagen Sie?«

»Daß bei einem Mann, wie dieser ist, eine gerechte Ausnahme zu machen sei. Ich werde ihn gerne Bruder nennen.«

»Ich nicht«, sagte Fräulein Charlotte. –

»Warum, meine Liebe?«

»Weil diese schöne Verbindung auf Unkosten *meines Glücks* gemacht wird.«

»Wie das, Charlotte?«

»Wer wird denn unser Haus zu einer Vermählung suchen, wenn die ältere Tochter so verschleudert ist?«

»Verschleudert? Bei einem Mann von Tugend und Ehre, bei dem Freunde deines Bruders?«

»Vielleicht hast du noch einen Universitätsfreund von dieser Tugend, der sich *um mich* melden wird, um seiner aufkeimenden Ehre eine Stütze zu geben, und da wirst du auch Ursachen zu deiner Einwilligung bereit haben?«

»Charlotte, meine Tochter: was für eine Sprache?«

»Ich muß sie führen, weil in der ganzen Familie niemand auf mich und seine Voreltern denkt.«

»So, Charlotte! und wenn man an die Voreltern denkt; muß man den Bruder und einen edelmütigen Mann beleidigen?« sagte die junge Frau von P.

»Ich habe Ihre Ausnahme schon gehört, die Sie für den edelmütigen Mann machen. Andre Familien werden auch Ausnahmen haben, wenn ihr Sohn Charlotten zur Gemahlin haben wollte.«

»Charlotte, wer dich um Sternheims willen verläßt, ist

deiner Hand und einer Verbindung mit mir nicht wert. Du siehst, daß ich auf die böse jüngere Schwester noch stolz bin, wenn ich schon die gute ältere an einen Universitätsfreund verschleudere.«

»Freilich muß die jüngere Schwester böse sein, wenn sie sich nicht zum Schuldenabtrag will gebrauchen lassen!«

»Wie unvernünftig boshaft meine Schwester sein kann! Du hast nichts von meinen Anträgen zu besorgen. Ich werde für niemand als einen Sternheim reden, und für diesen ist ein Gemütscharakter wie der deinige nicht edel genug, wenn du auch eine Fürstin wärest.«

»Gnädige Mama; Sie hören zu, wie ich wegen des elenden Kerls mißhandelt werde?«

»Du hast die Geduld deines Bruders mißbraucht. Kannst du deine Einwendungen nicht ruhiger vorbringen?«

Sie wollte eben reden; aber der Bruder fiel ihr ins Wort: »Charlotte, rede nicht mehr; der Ausdruck *elender Kerl* hat dir deinen Bruder genommen! Die Sachen meines Hauses gehen dich nichts mehr an. Dein Herz entehrt die Ahnen, auf deren Namen du stolz bist! O wie klein würde die Anzahl des Adels werden, wenn sich nur die dazu rechnen dürften, die ihre Ansprüche durch die Tugenden der edeln Seele des Stifters ihres Hauses beweisen könnten!«

»Lieber Sohn, werde nicht zu eifrig, es wäre würklich nicht gut, wenn unsre Töchter so leichte geneigt wären, außer Stand zu heiraten.«

»Das ist nicht zu befürchten. Es gibt selten eine Sophie, die einen Mann nur wegen seiner Klugheit und Großmut liebt.«

Fräulein Charlotte entfernte sich.

»Hast du aber nicht selbst einmal deine dir so lieben Engländer angeführt, welche die Heirat außer Stand den Töchtern viel weniger vergeben als den Söhnen, weil die Tochter ihren Namen aufgeben, und den von ihrem Manne tragen muß, folglich sich erniedriget?«

»Dies bleibt alles wahr, aber in England würde mein Freund tausendmal von diesem Grundsatz ausgenommen werden, und das Mädchen, das ihn liebte, würde den Ruhm eines edeldenkenden Frauenzimmers erhalten.«

»Ich sehe wohl, mein Sohn, daß diese Verbindung eine schon beschlossene Sache ist. Aber hast du auch überlegt, daß man sagen wird, du opferst deine Schwester einer übertriebnen Freundschaft auf, und ich handle als Stiefmutter, da ich meine Einwilligung gebe?«

»Liebe Mama! lassen Sie es immer geschehen, unser Beweggrund wird uns beruhigen, und das Glück meiner Schwester wird, neben den Verdiensten meines Freundes, allen so deutlich in die Augen glänzen, daß man aufhören wird, übel zu denken.«

Hierauf wurde Fräulein Sophie von ihrem Bruder geholt. Sie warf sich ihrer Frau Mutter zu Füßen; die gute Dame umarmte sie: »Liebe Fräulein Tochter«, sprach sie, »Ihr Bruder hat mich versichert, daß dieses Band nach Ihren Wünschen wäre, sonst hätte ich nicht eingewilliget. Es ist wahr, es fehlt dem Manne nichts als eine edle Geburt. Aber, Gott segne Sie beide!«

Indessen war der Baron fort, er holte den Obersten, welcher halb außer sich in das Zimmer trat, aber gleich zu der alten Dame ging, ihr mit gebognem Knie die Hände küßte, und mit männlichem Anstand sagte:

»Gnädige Frau! glauben Sie immer, daß ich Ihre Einwilligung als eine herablassende Güte ansehe; bleiben Sie aber auch versichert, daß ich dieser Güte niemals unwürdig sein werde.«

Sie war so lieblich zu sagen: »Es erfreuet mich, Herr Oberster, daß Ihre Verdienste in meinem Hause eine Belohnung gefunden haben.« Er küßte hierauf die Hände der Gemahlin seines Freundes; »wie viel Dank und Verehrung«, rief er aus, »bin ich der großmütigen Vorsprecherin der Angelegenheiten meines Herzens schuldig!«

»Nichts, Herr Oberster! ich bin stolz, zu dem Glück

Ihres Herzens etwas beizutragen; Ihre brüderliche Freundschaft soll meine Belohnung sein.«

Er wollte mit seinem Freunde reden; aber dieser wies ihn an Fräulein Sophie. Bei dieser kniete er stillschweigend, und endlich sprach der edle Mann: »Gnädiges Fräulein! mein Herz ist zu Verehrung der Tugend geboren; wie war es möglich, eine vortreffliche Seele wie die Ihrige mit allen äußerlichen Annehmlichkeiten begleitet zu sehen, ohne daß meine Empfindungen lebhaft genug wurden, Wünsche zu machen? Ich hätte diese Wünsche erstickt; aber die treue Freundschaft Ihres Bruders hat mir Mut gegeben, um Ihre Zuneigung zu bitten. Sie haben mich nicht verworfen. Gott belohne Ihr liebreiches Herz, und lasse mich die Tugend niemals verlieren, die mir Ihre Achtung erworben hat!«

Fräulein Sophie antwortete nur mit einer Verbeugung, und reichte ihm die Hand mit dem Zeichen aufzustehen; darauf näherte sich der Baron, und führte beide an seinen Händen zu seiner Frau Mutter.

»Gnädige Mama«, sagte er, »die Natur hat Ihnen an mir einen Sohn gegeben, von welchem Sie auf das vollkommenste geehrt und geliebt werden; das Schicksal gibt Ihnen an meinem Freunde einen zweiten Sohn, der aller Ihrer Achtung und Güte würdig ist. – Sie haben oft gewünscht, daß unsre Sophie glücklich sein möge. Ihre Verbindung mit dem geistvollen rechtschaffnen Mann wird diesen mütterlichen Wunsch erfüllen. Legen Sie Ihre Hand auf die Hände Ihrer Kinder; ich weiß, daß der mütterliche Segen ihren Herzen heilig und schätzbar ist.«

Die Dame legte ihre Hand auf, und sagte: »Meine Kinder! wenn Euch Gott so viel Gutes und Vergnügen schenkt, als ich von ihm für Euch erbitten werde, so wird Euch nichts mangeln.« Und nun umarmte der Baron den Obersten als seinen Bruder, und auch die glückliche Braut, welcher er für die Gesinnungen, die sie gegen seinen Freund bezeugt hatte, zärtlich dankte. Der Oberste speiste mit ihnen. Fräulein Charlotte kam nicht zur Tafel. Die Trauung geschah ohne vieles Gepränge. Etliche Tage nach der Hochzeit schrieb

Frau von Sternheim an ihre Frau Mutter

Da mich das schlimme Wetter und eine kleine Unpäßlichkeit abhalten meiner gnädigen Mama selbst aufzuwarten, so will ich doch meinem Herzen das edle Vergnügen nicht versagen, mich schriftlich mit Ihnen zu unterhalten.

Die Gesellschaft meines teuren Gemahls und die Überdenkung der Pflichten, welche mir in dem neuen Kreise meines Lebens angewiesen sind, halten mich in Wahrheit für alle andre Zeitvertreibe und Vergnügungen schadlos; aber sie erneuern auch mit Lebhaftigkeit alle übrigen edlen Empfindungen, die mein Herz jemals genährt hat. Unter diese gehört auch die dankvolle Liebe, welche Ihre Güte seit so vielen Jahren von mir verdient hat, da ich in Ihrer vortrefflichen Seele alle treue und zärtliche Sorgfalt gefunden habe, die ich nur immer von meiner wahren Mutter hätte genießen können. Und doch muß ich bekennen, daß Ihre gnädige Einwilligung in mein Bündnis mit Sternheim die größte Wohltat ist, die Sie mir erzeigt haben. Dadurch ist das ganze Glück meines Lebens befestiget worden; welches ich in nichts anderm suche noch erkenne, als in Umständen zu sein, worin man nach seinem eignen Charakter und nach seinen Neigungen leben kann. Dieses war mein Wunsch, und diesen hab ich von der Vorsehung erhalten – einen nach seinem Geist und Herzen aller meiner Verehrung würdigen Mann; und mittelmäßiges, aber unabhängiges Vermögen, dessen Größe und Ertrag hinreichend ist, unser Haus in einer edlen Genügsamkeit und standesgemäß zu erhalten, dabei aber auch unsern Herzen die Freude gibt, viele Familien des arbeitsamen Landmanns durch Hülfe zu erquicken, oder durch kleine Gaben aufzumuntern.

Erlauben Sie, daß ich eine Unterredung wiederhole, welche der teure Mann mit mir gehalten, dessen Namen ich trage.

Nachdem meine gnädige Mama, mein Bruder, meine Schwester und meine Schwägerin abgereiset waren, empfand ich sozusagen das erstemal die ganze Wichtigkeit meiner Verbindung.

Die Veränderung meines Namens zeigte mir zugleich die Veränderung meiner Pflichten, die ich alle in einer Reihe vor mir sah. Diese Betrachtungen, welche meine ganze Seele beschäftigten, wurden, denke ich, durch die äußerlichen Gegenstände lebhafter. Ein anderer Wohnplatz; alle, mit denen ich von Jugend auf gelebt, von mir entfernt; die erste Bewegung über Ihre Abreise usw.

Alles dieses gab mir, ich weiß nicht welch ein ernsthaftes Ansehen, das dem Auge meines Gemahls merklich wurde.

Er kam mit dem Ausdruck einer sanften Freudigkeit in seinem Gesichte zu mir in mein Kabinett, wo ich gedankenvoll saß; blieb in der Mitte des Zimmers stehen, betrachtete mich mit zärtlicher Unruhe, und sagte:

»Sie sind nachdenklich, liebste Gemahlin: darf ich Sie stören?«

Ich konnte nicht antworten, reichte ihm aber meine Hand. Er küßte sie, und nachdem er sich einen Stuhl zu mir gerückt hatte, fing er an:

»Ich verehre Ihre ganze Familie; doch muß ich sagen, daß mir der Tag lieb ist, wo alle Gesinnungen meines Herzens allein meiner Gemahlin gewidmet sein können. Gönnen Sie mir Ihr Vertrauen, so wie Sie mir Ihre Hochachtung geschenkt haben; und glauben Sie, daß Sie mit dem Mann, den Sie andern so edelmütig vorgezogen haben, nicht unglücklich sein werden. Ihr väterlich Haus ist nicht weit von uns entfernt, und in diesem hier wird Ihr wohlgesinntes Herz sein Vergnügen finden, mich, meine und Ihre Bediente, meine und Ihre Untertanen glücklich zu machen. Ich weiß, daß Sie seit vielen Jahren bei Ihrer Frau Mutter die Stelle einer Hauswirtin versehen haben. Ich werde Sie bitten, dieses Amt, mit allem, was dazu gehört, auch in diesem Hause zu führen. Sie werden mich dadurch sehr verbinden; indem ich gesinnet bin, alle meine Muße für das Beste unsrer kleinen Herrschaft zu verwenden. Ich setze dieses nicht allein darin, Güte und Gerechtigkeit auszuüben, sondern auch in der Untersuchung: ob nicht die Umstände meiner Untertanen in andrer Austeilung der Güter, in Besorgung der Schulen, des Feldbaues und der Viehzucht zu verbessern seien? Ich habe mir von allen diesen Teilen einige Kenntnis erworben; denn in dem glücklichen Mittelstande der menschlichen Gesellschaft, worin ich geboren wurde, sieht man die Anbauung des Geistes, und die Ausübung der meisten Tugenden nicht nur als Pflichten, sondern auch als den Grund unsers Wohlergehens an; und ich werde mich dieser Vorteile allezeit dankbarlich erinnern, weil ich ihnen das unschätzbare Glück Ihrer Liebe schuldig bin. Wäre ich mit dem Rang und Vermögen geboren worden, die ich itzt besitze, so wäre vielleicht mein Eifer, mir einen Namen zu machen, nicht so groß gewesen. Was ich aber in dem Schicksal meiner verfloßnen Jahre am meisten liebe, ist der Vater, den es mir gab; weil ich gewiß in andern Umständen keinen so treuen und weisen Führer meiner Jugend gehabt hätte, als er für mich war. Er verbarg mir aus weiser Überlegung und Kenntnis meines Gemüts (vielleicht des ganzen menschlichen Herzens überhaupt) den größten Teil seines Reichtums; einmal um der Nachlässigkeit vorzubeugen, mit welcher einzige und reiche Söhne den Wissenschaften obliegen; und dann die Verführung zu vermeiden, denen diese Art junger Leute ausgesetzt ist; und weil er dachte, wann ich einmal die Kräfte meiner Seele, für mich und andere, wohl zu gebrauchen gelernt hätte, so würde ich einst auch von den Glücksgütern einen klugen und edeln Gebrauch zu machen wissen. Daher suchte mich mein Vater zuerst, durch Tugend und Kenntnisse, moralisch gut und glücklich zu machen, ehe er mir die Mittel in die Hände gab, durch welche man alle Gattungen von sinnlichem Wohlstand und Vergnügen für sich und andre erlangen und austeilen kann. ›Die Liebe und Übung der Tugend und der Wissenschaften‹, sagte er, ›geben ihrem Besitzer eine von Schicksal und Menschen unabhängige Glückseligkeit, und machen ihn zugleich durch das Beispiel, das seine edle und gute Handlungen geben, durch den Nutzen und das Vergnügen, das sein Rat und Umgang schaffen, zu einem moralischen Wohltäter an seinen Nebenmenschen.‹ Durch solche Grundsätze und eine darauf gegründete Erziehung machte er mich zu einem würdigen Freund Ihres Bruders; und wie ich mir schmeichle, zu dem nicht unwürdigen Besitzer Ihres Herzens. Die Hälfte meines Lebens ist vorbei. Gott sei Dank, daß sie weder mit sonderbaren Unglücksfällen noch Vergehungen wider meine Pflichten bezeichnet ist! – Der gesegnete Augenblick, wo das edle gütige Herz der Sophie P. zu meinem Besten gerührt war, ist der Zeitpunkt, in welchem der Plan für das wahre Glück meiner übrigen Tage vollführt wurde. Zärtliche Dankbarkeit und Verehrung wird die stete Gesinnung meiner Seele für Sie sein.«

Hier hielt er inne, küßte meine beiden Hände, und bat mich um Vergebung, daß er so viel geredet hätte.

Ich konnte nichts anders, als ihn versichern, daß ich mit Vergnügen zugehört, und ihn bäte fortzufahren, weil ich glaubte, er hätte mir noch mehr zu sagen.

»Ich möchte Sie nicht gerne ermüden, liebste Gemahlin; aber ich wünsche, daß Sie mein ganzes Herz sehen könnten. – Ich will also, weil Sie es zu wünschen scheinen, nur noch einige Punkte berühren.

Ich habe mir angewöhnt, in allen Stufen, die ich in Erlernung der Wissenschaften oder in meinen Militär-Diensten zu ersteigen hatte, mich sorgfältig nach allen

Pflichten umzusehen, die ich darin in Absicht auf mich selbst, meine Obern und die übrigen zu erfüllen verbunden war. Nach dieser Kenntnis teilte ich meine Aufmerksamkeit und meine Zeit ab. Mein Ehrgeiz trieb mich, alles, was ich zu tun schuldig war, ohne Aufschub und auf das vollkommenste zu verrichten. War es geschehen, so dachte ich auch an die Vergnügungen, die meiner Gemütsart die gemäßesten waren. Gleiche Überlegungen habe ich über meine itzige Umstände gemacht; und da finde ich mich mit vierfachen Pflichten beladen. Die erste gegen meine liebenswürdige Gemahlin, welche mir leicht sind, weil immer mein ganzes Herz zu ihrer Ausübung bereit sein wird. – Die zwote gegen Ihre Familie und den übrigen Adel, denen ich, ohne jemals schmeichlerisch und unterwürfig zu sein, durch alle meine Handlungen den Beweis zu geben suchen werde, daß ich der Hand von Sophien P., und der Aufnahme in die freiherrliche Klasse nicht unwürdig war. Die dritte Pflicht geht die Personen von demjenigen Stande an, aus welchem ich herausgezogen worden bin. Diese will ich niemals zu denken veranlassen, daß ich meinen Ursprung vergessen habe. Sie sollen weder Stolz noch niederträchtige Demut bei mir sehen. Viertens treten die Pflichten gegen meine Untergebene ein, für deren Bestes ich auf alle Weise sorgen werde, um ihrem Herzen die Unterwürfigkeit, in welche sie das Schicksal gesetzt hat, nicht nur erträglich, sondern angenehm zu machen, und mich so zu bezeugen, daß sie mir den Unterschied, welchen zeitliches Glück zwischen mir und ihnen gemacht hat, gerne gönnen sollen.

Der rechtschaffene Pfarrer in P. will mir einen wackern jungen Mann zum Seelsorger in meinem Kirchspiele schaffen, mit welchem ich gar gerne einen schon lang gemachten Wunsch für einige Abänderungen in der gewöhnlichen Art, das Volk zu unterrichten, veranstalten möchte. Ich habe mich gründlich von der Güte und dem Nutzen der großen Wahrheiten unsrer Religion überzeugt; aber die wenige Wirkung, die ihr Vortrag auf die Herzen der größten Anzahl der Zuhörer macht, gab mir eher einen Zweifel in die Lehrart, als den Gedanken ein, daß das menschliche Herz durchaus so sehr zum Bösen geneigt sei, als manche glauben. Wie oft kam ich von Anhörung der Kanzelrede eines berühmten Mannes zurück, und wenn ich dem moralischen Nutzen nachdachte, den ich daraus gezogen, und dem, welchen der gemeine Mann darin gefunden haben könnte, so fand ich in Wahrheit viel Leeres für den letztern dabei; und derjenige Teil, welchen der Prediger dem Ruhme der Gelehrsamkeit oder dem ausführlichen aber nicht allzu verständlichen Vortrag mancher spekulativer Sätze gewidmet hatte, war für die *Besserung* der meisten verloren, und das gewiß nicht aus bösem Willen der letztern.

Denn wenn *ich*, der von Jugend auf meine Verstandskräfte geübt hatte, und mit abstrakten Ideen bekannt war, Mühe hatte, nützliche Anwendungen davon zu machen; wie sollte der Handwerksmann und seine Kinder damit zurechte kommen? Da ich nun weit von dem unfreundlichen Stolz entfernt bin, der unter Personen von Glück und Rang den Satz erdacht hat, man müsse dem gemeinen Mann weder aufgeklärte Religionsbegriffe geben, noch seinen Verstand erweitern: so wünsche ich, daß mein Pfarrer, aus wahrer Güte gegen seinen Nächsten, und aus Empfindung des ganzen Umfangs seiner Obliegenheiten, zuerst bedacht wäre, seiner anvertrauten Gemeine das *Maß von Erkenntnis* beizubringen, welches ihnen zu *freudiger* und *eifriger* Erfüllung ihrer *Pflichten gegen Gott, ihre Obrigkeit, ihrem Nächsten und sich selbst* nötig ist. Der geringe Mann ist mit der nämlichen Begierde zu Glück und Vergnügen geboren wie der größere, und wird, wie dieser, von den Begierden oft auf Abwege geführt. Daher möchte ich ihnen auch *richtige Begriffe von Glück und Vergnügen* geben lassen. Den *Weg zu ihren Herzen*, glaube ich, könne man am ehesten durch Betrachtungen über die *physikalische Welt* finden, von der sie am ersten gerührt werden, weil jeder Blick ihrer Augen, jeder Schritt ihrer Füße sie dahin leitet. – Wären erst ihre Herzen durch Erkenntnis der wohltätigen Hand ihres Schöpfers geöffnet, und durch historische Vergleichungen von ihrem Wohnplatz und ihren Umständen mit dem Aufenthalt und den Umständen andrer Menschen, die ebenso wie sie Geschöpfe Gottes sind, zufriedengestellt; so zeigte man ihnen auch *die moralische Seite der Welt*, und die Verbindlichkeiten, welche sie darin zu einem ruhigen Leben für sich selbst, zum Besten der Ihrigen, und zur Versicherung eines ewigen Wohlstands zu erfüllen haben. Wenn *mein Pfarrer* nur mit dem guten Bezeugen der *letzten* Lebenstage seiner Pfarrkinder zufrieden ist, so werde *ich* sehr unzufrieden mit *ihm* sein. Und wenn er die Besserung der Gemüter nur durch sogenannte *Gesetz- und Strafpredigten* erhalten will, ohne den Verstand zu öffnen und zu überzeugen, so wird er auch nicht mein Pfarrer sein. – Wenn er aufmerksamer auf den Fleiß im Kirchengehen ist als auf die Handlungen des täglichen Lebens; so werde ich ihn für keinen wahren Menschenfreund und für keinen guten Seelsorger halten.

Auf die Schule, die gute Einrichtung derselben, und die angemessene Belohnung des Schulmeisters, werde ich alle Sorge tragen; mit der nötigen Nachsicht verbunden, welche die Schwachheit des kindlichen Alters erfodert. Es soll darin ein doppelter Katechismus gelehrt werden; nämlich der von den Christenpflichten, wie er eingeführt ist, und bei jedem Hauptstück eine deutliche, einfache Anwendung dieser Grundsätze auf ihr tägliches Leben; und dann ein Katechismus von gründlicher Kenntnis des Feld- und Gartenbaues, der Viehzucht, der Besorgung der Gehölze und Waldungen, und dergleichen als Pflichten des Berufs und der Wohltätigkeit gegen die Nachkommenschaft. Überhaupt wünsche ich, meine Untertanen erst *gut gegen ihren Nächsten* zu sehen, ehe sie einen Anspruch an das Lob der *Frömmigkeit* machen.

Dem Beamten, den ich hier angetroffen, werde ich seinen Gehalt und die Besorgung der Rechnung lassen; aber zur Justizverwaltung und Aufsicht auf die Befolgung der Gesetze und auf Polizei und Arbeitsamkeit werde ich den wackern jungen Mann gebrauchen, dessen Bekanntschaft ich in P. gemacht habe. Diesem, und mir selbst will ich suchen, das *Vertrauen* meiner Untertanen zu erwerben, um alle ihre Umstände zu erfahren, und als wahrer Vater und Vormünder ihre Angelegenheiten besorgen zu können. *Guter Rat, freundliche Ermahnung*, auf *Besserung*, nicht auf *Unterdrückung* abzielende *Strafen* sollen die Hülfsmittel dazu sein; und mein Herz müßte sich in seiner liebreichen Hoffnung sehr traurig betrogen finden, wenn die sorgfältige Ausübung der Pflichten des Herrn auf meiner, und eine gleiche Bemühung des Pfarrers und der Beamten auf ihrer Seite, nebst dem Beispiel der Güte und Wohltätigkeit, nicht einen heilsamen Einfluß auf die Gemüter meiner Untergebenen hätte.«

Hier hörte er auf, und bat mich um Vergebung so viel und so lange geredet zu haben.

»Sie müssen müde worden sein, teure Sophie«, sagte er, indem er einen seiner Arme um mich schlang.

Was blieb mir in der vollen Regung meines Herzens übrig zu tun, als ihn mit Freudentränen zu umarmen?

»Müde, mein liebster Gemahl? Wie könnte ich müde werden über die glückliche Aussicht in meine künftigen Tage, die von Ihrer Tugend und Menschenliebe bezeichnet sein werden?«

Geliebte Frau Mutter, wie gesegnet ist mein Los! Gott erhalte Sie noch lange, um ein Zeuge davon zu sein. –

Niemand war glücklicher als Sternheim und seine Gemahlin, deren Fußstapfen von ihren Untertanen verehrt wurden. Gerechtigkeit und Wohltätigkeit wurde in dem kleinen Umkreis ihrer Herrschaft in gleichem Maße ausgeübt. Alle Proben von Landbau-Verbesserung wurden auf herrschaftlichen Gütern zuerst gemacht; alsdann den Untertanen gelehrt, und dem Armen, der sich am ersten willig zur Veränderung zeigte, der nötige Aufwand umsonst dazu gereicht; – weil Herr von Sternheim wohl einsah, daß der Landmann auch das Nützlichste, wenn es Geldauslagen, und die Missung eines Stücks Erdreichs erforderte, ohne solche Aufmunterungen niemals eingehen werde. »Aber was ich ihnen anfangs gebe«, sagte er, »trägt mir mit der Zeit der vermehrte Zehnte ein, und die guten Leute werden durch die Erfahrung am besten überzeugt, daß es wohl mit ihnen gemeint war.«

Ich kann nicht umhin (ungeachtet es mich von dem Hauptgegenstand meiner Erzählung noch länger entfernt) Ihnen zu einer Probe der gemeinnützlichen und wohltätigen Veranstaltungen, in deren Erfindung und Ausführung dieses vortreffliche Paar einen Teil seiner Glückseligkeit setzte, einige Nachricht von dem Armenhause zu S** zu geben, welches nach meinem Begriff ein Muster guter Einrichtung ist; und ich kann es nicht besser tun, als indem ich Ihnen einen Auszug eines Schreibens des Baron von P. an seine Frau Mutter über diesen Gegenstand mitteile.

Wie getreu erfüllt mein Freund das Versprechen, welches ich Ihnen für das Glück unsrer Sophie gemacht habe! – Wie angenehm ist der Eintritt in dieses Haus, worin die edelste Einfalt und ungezwungenste Ordnung der ganzen Einrichtung ein Ansehn von Größe geben! Die Bedienten mit freudiger Ehrerbietung und Emsigkeit auf Ausübung ihrer Pflichten bedacht! – Der Herr und die Frau mit dem Ausdruck der Glückseligkeit, die aus Güte und Klugheit entspringt; beide, mich für meine entschlossene Verwendung für ihr Bündnis segnend! Und wie sehr unterscheiden sich die zwei kleinen Dörfer meines Bruders von allen größern und volkreichern, die ich bei meiner Zurückreise von Hofe gesehen habe! Beide gleichen durch die muntere und emsige Arbeitsamkeit ihrer Einwohner zween wohlangelegten Bienenstökken; und Sternheim ist reichlich für die Mühe belohnt, die er sich gegeben, eine schicklichere Einteilung der Güter zu machen, durch welche jeder von den Untertanen just so viel bekommen hat, als er Kräfte und Vermögen hatte anzubauen. Aber die Verwendung des neu erkauften Hofguts von dem Grafen A., welches gerade zwischen den zween Dörfern liegt, dies wird ein segensvoller Gedanke in der Ausführung sein!

Er ist zu einem Armenhause für seine Untertanen zugerichtet worden. Auf einer Seite; *unten*, die Wohnung für einen wackern Schulmeister, der zu alt geworden, dem Unterricht der Kinder noch nützlich vorzustehen, und nun zum Oberaufseher über Ordnung und Arbeit bestellt wird; *oben*, die Wohnung des Arztes, welcher für die Kranken des Armenhauses und der beiden Dörfer sorgen muß. Arbeiten sollen alle nach Kräften – zur Sommerszeit in einer nahe daran angelegten Sämerei und einem dazugehörigen Gemüsgarten. Beider Ertrag ist für die Armen bestimmt. An Regen- und Wintertagen sollen die Weibsleute Flachs, und die dazu taugliche Männer Wolle spinnen, welche auch für ihr und anderer Notleidenden Leinen und Kleidung verwandt wird. Sie bekommen gut gekochtes gesundes Essen. Der Hausmeister betet morgens und abends mit ihnen. Die Weibspersonen arbeiten in einer, und die Mannspersonen in der andern Stube, welche beide durch einen Ofen erwärmt werden. In der von den Weibsleuten ißt man; denn weil diese den Tisch decken, und für die Näharbeit und die Wäsche sorgen müssen, so ist ihre Stube größer. Diejenige arme Witwe, oder alte ledige Weibsperson, welche das beste Zeugnis von Fleiß und gutem Wandel in den Dörfern hatte, wird Oberaufseherin und Anordnerin, so wie es der arme Mann, der ein solches Zeugnis hat, unter den Männern ist. Zu ihrem Schlafplatz ist der obere Teil des Hauses in zween verschiedne Gänge durch eine volle Mauer geteilt, auf deren jedem fünf Zimmer sind, jedes mit zween Betten, und allen Notdürftigkeiten für jedes insbesondere; auf einer Seite gegen den Garten die Männer; und auf der gegen das Dorf die Weiber; je zwei in einem Gemach, damit, wenn einem was zustößt, das andre Hülfe leisten oder suchen kann. Von der Mitte des Fensters an geht eine hölzerne Schiedwand von der Decke bis auf den Boden, etliche Schuh lang über die Länge der Bettstellen, so daß beide auf eine gewisse Art allein sein können, und auch, wenn eines krank wird, das andre seinen Teil gesunde Luft besser erhalten kann. Auf diese zween Gänge führen zwo verschiedne Stiegen, damit keine Unordnung entstehen möge.

Unter dem guten Hausmeister stehen auch die Knechte, die den Bau des Feldguts besorgen müssen; und da ihnen ein besserer Lohn als sonstwo bestimmt ist, so nimmt man auch die besten und des Feldbaues verständigsten Arbeiter, wobei zugleich auf solche, die einen guten Ruf haben, vorzüglich gesehen wird.

Fremden Armen soll ein mäßiges Almosen abgereicht, und dabei Arbeit angeboten werden, wofür sie Taglohn bekommen, und eine Stunde früher aufhören dürfen, um das nächste fremde Ort, so fünfviertel Stunden davon liegt, noch bei Tag erreichen zu können. Sternheim hat auf seine Kosten einen schnurgeraden Weg mit Bäumen umpflanzt dahin machen lassen; so wie er auch von dem einen seiner Dörfer zum andern getan hat. Nachts müssen die bestellten Wächter der beiden Ortschaften wechselsweise bis ans Armenhaus gehen, und die Stunden ausrufen. Meine Schwester will ein klein Fündelhaus für arme Waisen dabei stiften, um Segen für das Kind zu sammeln, welches sie unter ihrem liebreichen wohltätigen Herzen trägt. Mein Gedanke, gnädige Mama, ist, in meiner größern und weitläuftigern Herrschaft auch eine solche Armenanstalt zu machen, und wo möglich, mehrere Edelleute ein Gleiches zu tun zu überreden.

Fremde und einheimische Bettler bekommen bei keinem Bauren nichts. Diese geben bloß nach Vermögen und freiem Willen nach jeder Ernte ein Almosen in das Haus, und so werden alle Armen menschlich und ohne Mißbrauch der Wohltäter versorgt. Auf Säufer, Spieler, Ruchlose und Müßiggänger ist eine Strafe, teils an Fronarbeit, teils an Geld gelegt, welches zum Nutzen des Armenhauses bestimmt ist. – Künftigen Monat werden vier Manns- und fünf Weibspersonen das Haus beziehen, meine Schwester fährt alle Tage hin, um die völlige Einrichtung zu machen. In der Sonntagspredigt wird der Pfarrer über die Materie vom wahrem Almosen und von würdigen Armen eine Rede halten, und der ganzen Gemeinde die Stiftung und die Pflichten derer, welche darin aufgenommen werden, vorlesen. Sodann ruft er die Aufgenommene mit ihren Namen vor den Altar, und redt ihnen insbesondere zu über die rechte Anwendung dieser Wohltat, und ihr Verhalten in den letzten und ruhigen Tagen ihres Lebens gegen Gott und ihren Nächsten; dem Hausmeister, dem Arzt und der Hausmeisterin desgleichen über ihre obliegenden Pflichten. Zu diesem Vorgang werden wir alle von P. aus kommen, ich bin's gewiß.

Der benachbarte Adel ehrte und liebte den Obersten Sternheim so sehr, daß man ihn bat auf einige Zeit junge Edelleute in sein Haus zu nehmen, welche von ihren Reisen zurückgekommen waren, und nun vermählt werden sollten, um den Stamm fortzuführen. Da wollte man sie die wahre Landwirtschaft eines Edelmanns einsehen und lernen lassen. Unter diesen war der junge Graf Löbau, welcher in diesem Hause die Gelegenheit hatte, das endlich ruhig gewordne Fräulein Charlotte P. kennenzulernen und sich mit ihr zu verbinden.

Herr von Sternheim nahm die edle Beschäftigung, diesen jungen Herren richtige Begriffe von Regierung der Untertanen zu geben, recht gerne auf sich. Seine Menschenliebe erleichterte ihm diese Mühe durch den Gedanken: Vielleicht gebe ich ihnen den so nötigen Teil von Mitleiden gegen Geringe und Unglückliche, deren hartes mühseliges Leben durch die Unbarmherzigkeit und den Stolz der Großen so oft erschwert und verbittert wird. Überzeugt, daß das Beispiel mehr würkt als weitläuftige Gespräche, nahm er seine jungen Leute überall mit sich, und, wie es der Anlaß erfoderte, handelte er vor ihnen. Er machte ihnen die Ursachen begreiflich, warum er dieses verordnet, jenes verboten, oder diese, oder jene andere Entscheidung gegeben; und je nach der Kenntnis, die er von den Gütern eines jeden hatte, fügte er kleine Anwendungen für sie selbst hinzu. Sie waren Zeugen von allen seinen Beschäftigungen, und nahmen Anteil an seinen Ergötzlichkeiten; bei Gelegenheit der letztern, bat er sie oft inständig, die ihrigen ja niemals auf Unkosten ihrer armen Untertanen zu suchen; wozu vornehmlich die Jagd einen großen Anlaß gebe. Er nannte sie ein anständiges Vergnügen, welches aber ein liebreicher menschlicher Herr allezeit mit dem Besten seiner Untertanen zu verbinden suche. Auch die Liebe zum Lesen war eine von den Neigungen, die er ihnen zu geben suchte, und besonders gab ihm die Geschichte Gelegenheit von der moralischen Welt, ihren Übeln und Veränderungen zu reden, die Pflichten der Hof- und Kriegsdienste auszulegen, und ihren Geist in der Überlegung und Beurteilung zu üben. »Die Geschichte der moralischen Welt«, sagte er, »macht uns geschickt mit den Menschen umzugehen, sie zu bessern, zu tragen und mit unserm Schicksal zufrieden zu sein; aber die Beobachtung der physikalischen Welt macht uns zu guten Geschöpfen in Absicht auf unsern Urheber. Indem sie uns unsre Unmacht zeigt, hingegen seine Größe, Güte und Weisheit bewundern lehrt, lernen wir ihn auf eine edle Art lieben und verehren; außerdem, daß uns diese Betrachtungen sehr glücklich über mancherlei Kummer und Verdrüßlichkeiten trösten und zerstreuen, die in der moralischen Welt über dem Haupte des Großen und Reichen oft in größerer Menge gehäuft sind als in der Hütte des Bauren, den nicht viel mehr Sorgen als die für seine Nahrung drücken.«

So wechselte er mit Unterredungen und Beispiel ab. In seinem Hause sahen sie, wie glücklich die Vereinigung eines rechtschaffenen Mannes mit einer tugendhaften Frau seie. Zärtliche, edle Achtung war in ihrem Bezeugen; und die Dienerschaft ehrfurchtsvoll, und bereit, ihr Leben für die ebenso gnädige als ernstliche Herrschaft zu lassen.

Sternheim hatte auch die Freude, daß alle diese junge Herren erkenntliche und ergebene Freunde von ihm wurden, welche in ihrem Briefwechsel sich immer bei ihm Rats erholten. Der Umgang mit dem verehrungswürdigen Baron P., der ihnen öfters kleine Feste gab, hatte viel zu ihrer Vollkommenheit beigetragen.

Seine Gemahlin hatte ihm eine Tochter gegeben, welche sehr artig heranwuchs und von ihrem neunten Jahr an (da Sternheim das Unglück hatte, ihre Mutter in einem Wochenbette zugleich mit dem neugebornen Sohne zu verlieren) der Trost ihres Vaters und seine einzige Freude auf Erden war, nachdem auch der Baron P. durch einen Sturz vom Pferde in so schlechte Gesundheitsumstände geraten, daß er wenige Monate darauf ohne Erben verstorben war. Dieser hatte in seinem Testamente nicht nur seine vortreffliche Frau wohl bedacht, sondern, nach den Landesrechten, die Gräfin von Löbau, seine jüngere Schwester, und die junge Sophie von Sternheim, als die Tochter der ältern Schwester, zu Haupterben eingesetzt; welches zwar dem Grafen und der Gräfin als unrecht vorkam, aber dennoch Bestand hatte.

Die alte Frau von P., von Kummer über den frühen Tod ihres Sohns beinahe ganz niedergedrückt, nahm ihren Wohnplatz bei dem Herrn von Sternheim, und diente der jungen Fräulein zur Aufsicht. Der Oberste machte ihr durch seine ehrerbietige Liebe und sein Beispiel der geduldigsten Unterwerfung viele Erleichterung in ihrem Gemüte. Der edeldenkende Pfarrer und seine Töchter waren beinahe die einzige Gesellschaft, in welcher sie Vergnügen fanden. Gleichwohl genoß das Fräulein von Sternheim die vortrefflichste Erziehung für ihren Geist und für ihr Herz. Eine Tochter des Pfarrers, die mit ihr gleiches Alter hatte, wurde ihr zugegeben, teils einen Wetteifer im Lernen zu erregen, teils zu verhindern, daß die junge Dame nicht in ihrer ersten Jugend lauter düstre Eindrücke sammeln möchte; welches bei ihrer Großmutter und ihrem Vater leicht hätte geschehen können. Denn beide weinten oft über ihren Verlust, und dann führte Herr von Sternheim das zwölfjährige Fräulein bei der Hand zu dem Bildnis ihrer Mutter, und sprach von ihrer Tugend und Güte des Herzens mit solcher Rührung, daß das junge Fräulein kniend bei ihm schluchzte, und oft zu sterben wünschte, um bei ihrer Frau Mutter zu sein. Dieses machte den Obersten fürchten, daß ihre empfindungsvolle Seele einen zu starken Hang zu melancholischer Zärtlichkeit bekommen, und durch eine allzusehr vermehrte Reizbarkeit der Nerven unfähig werden möchte, Schmerzen und Kummer zu ertragen. Daher suchte er sich selbst zu bemeistern und seiner Tochter zu zeigen, wie man das Unglück tragen müsse, welches die Besten am empfindlichsten rührt; und weil das Fräulein eine große Anlage von Verstand zeigte, beschäftigte er diesen mit der Philosophie, nach allen ihren Teilen, mit der Geschichte und den Sprachen, von denen sie die englische zur Vollkommenheit lernte. In der Musik brachte sie es, auf der Laute und im Singen, zur Vollkommenheit. Das Tanzen, soviel eine Dame davon wissen soll, war eine Kunst, welche eher von *ihr* eine

Vollkommenheit erhielt, als daß sie dem Fräulein welche hätte geben sollen; denn, nach dem Ausspruch aller Leute, gab die unbeschreibliche Anmut, welche die junge Dame in allen ihren Bewegungen hatte, ihrem Tanzen einen Vorzug, den der höchste Grad der Kunst nicht erreichen konnte.

Neben diesen täglichen Übungen erlernte sie mit ungemeiner Leichtigkeit alle Frauenzimmerarbeiten, und von ihrem sechzehnten Jahre an bekam sie auch die Führung des ganzen Hauses, wobei ihr die Tag- und Rechnungsbücher ihrer Frau Mutter zum Muster gegeben wurden. Angeborne Liebe zur Ordnung und zum tätigen Leben, erhöht durch eine enthusiastische Anhänglichkeit für das Andenken ihrer Mutter, deren Bild sie in sich erneuern wollte, brachten sie auch in diesem Stücke zu der äußersten Vollkommenheit. Wenn man ihr von ihrem Fleiß und von ihren Kenntnissen sprach, war ihre bescheidene Antwort: »Willige Fähigkeiten, gute Beispiele und liebreiche Anführung haben mich so gut gemacht, als tausend andre auch sein könnten, wenn sich alle Umstände so zu ihrem Besten vereinigt hätten wie bei mir.«

Übrigens war zu allem, was engländisch hieß, ein vorzüglicher Hang in ihrer Seele, und ihr einziger Wunsch war, daß ihr Herr Vater einmal eine Reise dahin machen, und sie den Verwandten ihrer Großmutter zeigen möchte.

So blühte das Fräulein von Sternheim bis nach ihrem neunzehnten Jahre fort, da sie das Unglück hatte, ihren würdigen Vater an einer auszehrenden Krankheit zu verlieren, der mit kummervollem Herzen seine Tochter dem Grafen Löbau und dem vortrefflichen Pfarrer in S. als Vormündern empfahl. An den letztern hatte er einige Wochen vor seinem Tode folgenden Brief geschrieben.

Herr von St. an den Pfarrer zu S**

Bald werde ich mit der besten Hälfte meines Lebens wieder vereinigt werden. Mein Haus und die Glücksumstände meiner Sophie sind bestellt; dies war das Letzte und Geringste, was mir für sie zu tun übriggeblieben ist. Ihre gute und gesegnete Erziehung als die erste und wichtigste Pflicht eines treuen Vaters habe ich nach dem Zeugnis meines Herzens niemals verabsäumt. Ihre mit der Liebe zur Tugend geborne Seele läßt mich auch nicht befürchten, daß Sie, in meine Stelle eintretender väterlicher Freund, den Sorgen und Verdrüßlichkeiten ausgesetzt sein werden, welche gemeindenkende Mädchen in ihren Familien machen. Besonders wird die Liebe, bei aller der Zärtlichkeit, die sie von ihrer würdigen Mutter geerbt hat, wenig Gewalt über sie erhalten; es müßte denn sein, daß das Schicksal einen *nach ihrer Phantasie tugendhaften Mann**[*] in die Gegend ihres Aufenthalts führte. Was ich Sie, mein teurer Freund, zu besorgen bitte, ist, daß das edeldenkende Herz des besten Mädchens durch keine *Scheintugend* hingerissen werde. Sie faßt das Gute an ihrem Nebenmenschen mit so vielem Eifer auf, und schlüpft dann über die Mängel mit so vieler Nachsicht hinweg, daß ich *nur darüber* mit Schmerzen auf sie sehe. Unglücklich wird keine menschliche Seele durch sie gemacht werden; denn ich weiß, daß sie dem Wohl ihres Nächsten tausendmal das ihrige aufopfern würde, ehe sie nur ein minutenlanges Übel auf andre legte, wenn sie auch das Glück ihres ganzen eignen Lebens damit erkaufen könnte. Aber da sie lauter Empfindung ist, so haben viele, viele die *elende Macht, sie zu kränken.* Ich habe bis itzt meine Furcht vor dem

---

[*] Der Verfolg und der ganze Zusammenhang dieser Geschichte gibt die Auslegung über diesen Ausdruck. Er soll ohne Zweifel nichts anders sagen als einen Mann, der dem besondern Ideal von Tugend und moralischer Vollkommenheit, welches sich in ihrer Seele ausgebildet hatte, bis auf die kleinsten Züge ähnlich wäre.   A. d. H.

Gemütscharakter der Gräfin Löbau geheimgehalten; aber der Gedanke, meine Sophie bei ihr zu wissen, macht mich schaudern! Die äußerliche Sanftmut und Güte dieser Frau sind *nicht in ihrem Herzen*; der bezaubernd angenehme Witz, der feine gefällige Ton, den ihr der Hof gegeben, verbergen viele moralische Fehler. Ich wollte meiner Tochter niemals Mißtrauen in diese Dame beibringen, weil ich es für unedel, und auch, solang ich meiner Gesundheit genoß, für unnötig hielt. Aber wenn meine teure Frau Schwiegermutter auch unter der Last von Alter und Kummer erliegen sollte, so nehmen *Sie* meine Sophie in Ihren Schutz! Gott wird Ihnen diese Sorge erleichtern helfen, indem ich hoffe, daß er das letzte Gebet eines Vaters erhören wird, der für sein Kind nicht Reichtum, nicht Größe, sondern Tugend und Weisheit erbittet. Vorsehen und verhindern kann *ich* nichts mehr. Also übergebe ich sie der göttlichen Güte, und der treuen Hand eines versuchten Freundes. – Doch trenne ich mich leichter von der ganzen Erde als von dem Gedanken an meine Tochter. Ich erinnere mich hier an eine Unterredung zwischen uns, von der Stärke der Eindrücke, die wir in unsrer Jugend bekommen. Ich empfinde würklich ein Stück davon mit aller der Macht, die die Umstände dazu beitragen. Mein Vater hatte mir zwo Sachen sehr eingeprägt, nämlich die *Gewißheit des Wiedervergeltungsrechts* und den Lehrsatz der *Wohltätigkeit unsers Beispiels*. Die Gründe, welche er dazu anführte, waren so edel, sein Unterricht so liebreich, daß es notwendigerweise in meiner empfindlichen Seele haften mußte. Von dem ersten bin ich seit langer Zeit wieder eingenommen, weil er mir oft sagte, daß der Kummer oder das Vergnügen, die ich ihm geben würde, durch meine Kinder an mir würde gerächt oder belohnt werden; Gott sei Dank, daß ich durch meine Aufführung gegen meinen ehrwürdigen Vater den Segen verdient habe, ein gehorsames tugendvolles Kind zu besitzen, welches mich an dem Ende meines Lebens das Glück der

Erinnerung genießen läßt, daß ich die letzten Tage meines Vaters mit dem vollkommensten Vergnügen gekrönt habe, das ein treues väterliches Herz empfinden kann, nämlich zu sagen – »Du hast mich durch keine böse Neigung, durch keinen Ungehorsam jemals gekränkt, deine Liebe zur Tugend, dein Fleiß deinen Verstand zu üben und nützlich zu machen, haben mein Herz, so oft ich dich ansah, mit Freude erfüllt. Gott segne dich dafür und belohne dein Herz für die Erquickung, die dein Anblick deinem sterbenden Vater durch die Versicherung gibt, daß ich meinen Nebenmenschen an meinem Sohn einen rechtschaffenen Mitbürger zurücklasse.« Dieses Vergnügen, mein Freund, fühle ich itzt auch, indem ich meiner Tochter das nämliche Zeugnis geben kann, in der ich noch eine traurige Glückseligkeit mehr genossen habe. Ich sage traurige Glückseligkeit, weil sie als das wahre Bild meiner seligen Gemahlin das Andenken meiner höchstglücklichen Tage und den Schmerz ihres Verlusts bei jedem Anblick in mir erneuerte. Wie oft riß mich der Jammer von dem Tisch oder aus der Gesellschaft fort, wenn ich in den zwei letztern Jahren (da sie den ganzen Wuchs ihrer Mutter hatte, und Kleider nach meinem Willen trug) den eignen Ton der Stimme, die Gebärden, die ganze Güte und liebenswürdige Fröhlichkeit ihrer Mutter an ihr sah!
Gott gebe, daß dieses Beispiel des Wiedervergeltungsrechts von meiner Tochter bis auf ihre späteste Enkel fortgepflanzt werde; denn ich habe ihr ebenso viel davon gesprochen als mein Vater mir!

Mit lebhafter Wehmut erinnere ich mich der letzten Stunden dieses edeln Mannes, und seiner Unterredungen während den Tagen seiner zunehmenden Krankheit. Das teure Fräulein konnte wenig weinen, sie lag auf ihren Knien neben dem Bette ihres Vaters; aber der Ausdruck des tiefsten Schmerzens war in ihrem Gesicht und in

ihrer Stellung. Die Augen ihres Vaters auf sie geheftet –
eine Hand in den ihrigen; ein Seufzer des Vaters »Meine
Sophie!« und dann die Arme des Fräuleins gegen den
Himmel ausgebreitet, ohne einen Laut – aber eine trostlose bittende Seele in allen ihren Zügen! O dieser Anblick
des feierlichen Schmerzens, der kindlichen Liebe, der
Tugend, der Unterwerfung zerriß uns allen das Herz.
»Sophie, die Natur tut uns kein Unrecht, sechzig Jahre
sind nicht zu früh. Der Tod ist kein Übel für mich; er
vereinigt meinen Geist mit seinem liebreichen Schöpfer,
und mein Herz mit deiner würdigen Mutter ihrem!
Gönne mir dieses Glück auf Unkosten des Vergnügens,
das dir das längere Leben deines Vaters gegeben
hätte.«
Sie überwand ihren Kummer; sie selbst war es, welche
ihren Herrn Vater aufs sorgfältigste und ruhigste pflegte.
Er sah diese Überwindung, und bat sie, ihm in den
letzten Tagen den Trost zu geben, die Frucht seiner
Bemühungen für Sie in der Fassung ihrer Seele zu zeigen.
Sie tat alles. »Bester Vater! Sie haben mich leben gelernt,
Sie lernen mich auch sterben; Gott mache Sie zu meinem
Schutzgeist, und zum Zeugen aller meiner Handlungen
und Gedanken! Ich will Ihrer würdig sein!«
Wie er dahin war, und sein ganzes Haus voll weinender
Untertanen, sein Sterbezimmer voll kniender schluch-
zender Hausbedienten war, das Fräulein vor seinem
Bette die kalten Hände küssend nichts sagen konnte, bald
bald kniend, bald sich erhebend die Hände rang – o
meine Freundin! wie leicht grub sich das Andenken
dieses Tages in mein Herz! Wie viel Gutes kann eine
empfindende Seele an dem Sterbebette des Gerechten
sammeln! –
Mein Vater sah stillschweigend zu; er war selbst so stark
gerührt, daß er nicht gleich reden konnte. Endlich nahm
er das Fräulein bei der Hand: »Gott lasse Sie die Erbin
der Tugend Ihres Herrn Vaters sein, zu deren Belohnung
er nun gegangen ist! Erhalten Sie in diesen gerührten

Herzen (wobei er auf uns wies) das gesegnete Andenken Ihrer verehrungswürdigen Eltern durch die Bemühung, in ihren Fußstapfen zu wandeln!«

Die alte Dame war auch da, und dieser bediente sich mein Vater zum Vorwand, das Fräulein aus dem Zimmer zu bringen, indem er sie bat, ihre Frau Großmutter zur Ruhe zu führen. Wie das Fräulein anfing zu gehen, machten wir alle Platz. Sie sah uns an, und Tränen rollten über ihre Backen; da drängten sich alle, und küßten ihre Hände, ihre Kleider; und gewiß, es war nicht die Bewegung sich der Erbin zu empfehlen, sondern eine Bezeugung der Ehrfurcht für den Überrest des besten Herrn, den wir in ihr sahn.

Mein Vater und der Beamte sorgten für die Beerdigung.

Niemals ist ein solches Leichbegängnis gewesen. Es war vom Herrn von Sternheim befohlen, daß es nachts und ruhig sein sollte: weil er seine Sophie mit der Marter verschonen wollte, ihn beisetzen zu sehen. Aber die Kirche war voller Leute; alle feierlich angezogen, der Chor beleuchtet, wie es die traurige Ursache erfoderte; alle wollten ihren Herrn, ihren Wohltäter noch sehen. Greise, Jünglinge weinten, segneten ihn, und küßten seine Hände und Füße, das Leichentuch, den Deckel des Sarges – und erbaten von Gott, er möchte an der Tochter alles das Gute, so ihnen der Vater bewiesen, belohnen!

Noch lange Zeit hernach war alles traurig zu S., und das Fräulein so still, so ernsthaft, daß mein Vater ihrenthalben in Sorgen geriet; besonders da auch die alte Dame, welche gleich gesagt hatte, daß ihr dieser Fall das Herz gebrochen hätte, von Tag zu Tage schwächlicher wurde. Das Fräulein wartete sie mit einer Zärtlichkeit ab, welche die Dame sagen machte: »Sophie, die Sanftmut, die Güte deiner Mutter, ist ganz in deiner Seele! Du hast den Geist deines Vaters, du bist das glückseligste Geschöpf auf der Erde, weil die Vorsicht die Tugenden deiner Eltern in dir vereiniget hat! Du bist nun dir selbst überlassen, und fängst den Gebrauch deiner Unabhängigkeit mit Ausübung der Wohltätigkeit an deiner Großmutter an. Denn es ist eine edlere Wohltat, das Alter zu beleben, und liebreich zu besorgen, als den Armen Gold zu schenken.«

Sie empfahl sie auch dem Grafen und der Gräfin von Löbau auf das eifrigste, als sie von ihnen noch vor ihrem Ende einen Besuch erhielt. Diese beiden Personen waren, dem Ansehen nach, gegen das Fräulein sehr verbindlich, und wollten sie sogleich mit sich nehmen; aber sie bat sich aus, ihr Trauerjahr in unserm Hause zu halten.

In dieser Zeit bildete sich die vertraute Freundschaft, welche sie in der Folge allezeit mit meiner Schwester Emilia unterhielt. Mit dieser ging sie oft in die Kirche zum Grabstein ihrer Eltern, kniete da, betete, redete von ihnen. – »Ich habe keine Verwandten mehr, als diese Gebeine«, sagte sie. »Die Gräfin Löbau ist nicht meine Verwandtin; ihre Seele ist mir fremde, ganz fremde, ich liebe sie nur, weil sie die Schwester meines Oheims war.«

Mein Vater suchte ihr diese Abneigung, als eine Ungerechtigkeit, zu benehmen, und war überhaupt bemüht, alle Teile ihrer Erziehung mit ihr zu erneuern, und besonders auch ihr Talent für die Musik zu unterhalten. Er sagte uns oft: daß es gut und wahr wäre, daß die Tugenden alle an einer Kette gingen, und also die Bescheidenheit auch mit dabei sei. Und was würde auch aus der Fräulein von Sternheim geworden sein, wenn sie sich aller ihrer Vorzüge in der Vollkommenheit bewußt gewesen wäre, worin sie sie besaß?

Der Sternheimische Beamte, ein rechtschaffener Mann, heiratete um diese Zeit meine älteste Schwester; und sein Bruder, ein Pfarrer, der ihn besuchte, nahm meine Emilia mit sich; mit dieser führte unser Fräulein einen Briefwechsel, welcher mir Gelegenheit geben wird, sie künftig öfter selbst reden zu lassen.

Aber vorher muß ich Ihnen noch das Bild meiner jungen Dame malen. Sie müssen aber keine vollkommene Schönheit erwarten. Sie war etwas über die mittlere Größe; vortrefflich gewachsen; ein länglich Gesicht voll Seele; schöne braune Augen voll Geist und Güte, einen schönen Mund, schöne Zähne. Die Stirne hoch, und, um schön zu sein, etwas zu groß, und doch konnte man sie in ihrem Gesichte nicht anders wünschen. Es war so viel Anmut in allen ihren Zügen, so viel Edles in ihren Gebärden, daß sie, wo sie nur erschien, alle Blicke auf sich zog. Jede Kleidung ließ ihr schön, und ich hörte Mylord Seymour sagen, daß in jeder Falte eine eigne Grazie ihren Wohnplatz hätte. Die Schönheit ihrer lichtbraunen Haare, welche bis auf die Erde reichten, konnte nicht übertroffen werden. Ihre Stimme war einnehmend, ihre Ausdrücke fein, ohne gesucht zu scheinen. Kurz, ihr Geist und Charakter waren, was ihr ein unnachahmlich edles und sanftreizendes Wesen gab. Denn ob sie gleich bei ihrer Kleidung die Bescheidenheit in der Wahl der Stoffe auf das Äußerste trieb, so wurde sie doch hervorgesucht, wenn die Menge von Damen noch so groß gewesen wäre.

So war sie, als sie von ihrer Tante an den Hof nach D. geführt wurde.

Unter den Zubereitungen zu dieser Reise, wozu sie mein Vater mit bereden half, muß ich nur eine anmerken. Sie hatte die Bildnisse ihres Herrn Vaters und ihrer Frau Mutter in Feuer gemalt, und zu Armbändern gefaßt, welche sie niemals von den Händen ließ. Diese wollte sie umgefaßt haben, und es mußte ein Goldarbeiter kommen, mit welchem sie sich allein beredete.

Die Bildnisse kamen wieder mit Brillanten besetzt, und zween Tage vor der Abreise nahm sie meine Emilia, und ging zum Grab ihrer Eltern, wo sie einen feierlichen Abschied von den geliebten Gebeinen nahm, Gelübde der Tugend erneuerte, und endlich ihre Armbänder losmachte, an welchen sie die Bildnisse hatte hohl fassen lassen, so daß sie mitten ein verborgenes Schloß hatten. Dieses machte sie auf, und füllte den kleinen Raum mit Erde, die sie in der Gruft zusammen faßte. Tränen rollten über ihre Wangen, indem sie es tat, und meine Emilia sagte: »Liebes Fräulein, was tun Sie? Warum diese Erde?« – »Meine Emilie«, antwortete sie, »ich tue nichts, als was bei dem weisesten und edelsten Volke für eine Tugend geachtet wurde; den Staub der Rechtschaffenen zu ehren; und ich glaube, es war ein empfindendes Herz, wie das meinige, welches in spätern Zeiten die Achtung der Reliquien anfing. Dieser Staub, meine Liebe, der die geheiligte Überbleibsel meiner Eltern bedeckte, ist mir schätzbarer als die ganze Welt, und wird in meiner Entfernung von hier das Liebste sein, was ich besitzen kann.«

Meine Schwester kam in Sorgen darüber und sagte uns, es hätte sie eine Ahndung von Unglück befallen; sie fürchte, das Fräulein nicht mehr zu sehen. Mein Vater beruhigte uns, und dennoch wurde auch er bestürzt, da er erfuhr, das Fräulein sei in den Dörfern, die ihr gehörten, von Haus zu Haus gegangen, hätte allen Leuten liebreich zugesprochen, sie beschenkt, zu Fleiß und Rechtschaffenheit ermahnt, die Almosen für Witwen, Waisen, Alte und Kranke vermehrt, dem Schulmeister eifrig zugeredet, seine Besoldung verbessert, und Preise für die Kinder ausgesetzt, meinen Schwager, den Amtmann, mit einer Tabatiere, und meine Schwester mit einem Ring zum Andenken beschenkt, und den ersten um wahre Güte und Gerechtigkeit für ihre Untertanen gebeten. Wir weinten alle über diese Beschreibung. Mein Vater sprach uns Mut ein, indem er sagte: alle melancholisch-zärtliche Charakter hätten die Art, ihren Handlungen eine gewisse Feierlichkeit zu geben, es wäre ihm lieb, daß sie mit so starken Eindrücken des wahren Edeln und Guten in die große Welt träte, worin doch manche von diesen Empfindungen geschwächt werden dürften, also, daß durch eine unmerkliche Mischung von Leichtsinn und glänzender Munterkeit und die Vermehrung ihrer Kenntnis vom menschlichen Herzen der Enthusiasmus ihrer Seele gemildert und in den gehörigen Schranken würde gehalten werden.

Meine Emilia bekam ihr Bildnis und ein artiges Kästgen, worin Geld zu einer Haussteuer war. Ihren Bedienten ließ sie zurück, weil er verheuratet war, und der Graf von Löbau geschrieben hatte, daß seine Leute zu ihren Diensten sein sollten.

Etliche Tage hernach kam der Graf, ihr Oncle, sie abzuholen, und ich begleitete sie, wie sie sich's ausgebeten hatte. Der Abschied von meinem Vater war rührend. Sie haben ihn gekannt, den ehrwürdigen Mann, Sie wissen, daß er alle Hochachtung, alle Liebe verdient. Wir reisten erst auf das Löbauische Gut, und von da mit der Gräfin nach D.; wo sich nun der fatale Zeitpunkt anfängt, worin Sie diese liebenswürdigste junge Dame in Schwierigkeiten und Umstände verwickelt sehen werden, die den schönen Plan eines glücklichen Lebens, den sie sich gemacht hatte, auf einmal zerstörten, aber durch die Probe, auf welche sie ihren innerlichen Wert setzten, ihre Geschichte für die Besten unsers Geschlechts lehrreich machen. Ich glaube, daß ich am besten tun werde, wenn ich hier, anstatt die Erzählung fortzusetzen, Ihnen eine Reihe von Originalbriefen, oder Abschriften, welche in der Folge in die Hände meines geliebten Fräuleins gekommen sind, vorlege, aus denen Sie, teils den Charakter ihres Geistes und Herzens, teils die Geschichte ihres Aufenthalts in D. weit besser als durch einen bloßen Auszug werden kennenlernen.

Fräulein von Sternheim an Emilien

Ich bin nun vier Tage hier, meine Freundin, und in Wahrheit nach allen meinen Empfindungen in einer ganz neuen Welt. Das Geräusch von Wagen und Leuten habe ich erwartet; doch plagte es mein an die ländliche Ruhe gewöhntes Ohr die ersten Tage über gar sehr. Was mir noch beschwerlicher fiel, war, daß meine Tante den Hoffriseur rufen ließ, meinen Kopf nach der Mode zuzurichten. Sie hatte die Gütigkeit, selbst mit in mein Zimmer zu kommen, wo sie meine Haare losband, und ihm sagte: »Monsieur le Beau, dieser Kopf kann ihrer Kunst Ehre machen; wenden sie alles an; aber haben sie ja Sorge, daß diese schönen Haare durch kein heißes Eisen verletzt werden!«

Diese Schmeichelei meiner Tante nahm ich noch mit Vergnügen an; aber der Friseur ärgerte mich mit seinen Lobsprüchen. Es dünkte meinem Stolz, der Mensch hätte mich sorgfältig bedienen, und stillschweigend bewundern sollen. Aber der Schneider und die Putzmacherin waren noch unerträglicher. Fragen Sie meine Rosine über ihr albernes Geschwätz, und über die etwas boshafte Anmerkung die mir entfiel: die Eitelkeit der Damen in D. müßte sehr heißhungrig sein, weil sie diese Art Leute gewöhnt hätten, ihr eine so grobe und mir sehr unschmackhafte Nahrung zu bringen. Das Lob des *Schlössers*, welches der schönen *Montbason* so viel besser gefiel als der Hofleute ihres, war von einer ganz andern Art, weil es das Gepräge einer wahren Empfindung hatte, die durch den Anblick dieser schönen Frau in ihm entstund, da er ganz mit seiner Arbeit beschäftigt ungefähr aufsah, als eben die Dame bei seiner Werkstatt vorbei fuhr. Aber was heißt der Beifall derer, welche ihren Nutzen von mir suchen? Und wie froh bin ich, mit keiner besondern Schönheit bezeichnet zu sein; weil ich diese Art von Ekel für allgemeinem Lob in mir fühle.

Diesen Nachmittag habe ich etliche Damen und Kavaliere gesehen, denen meine Tante ihre Ankunft hatte wissen lassen, indem sie die Unterlassung ihres eignen Besuchs mit dem Vorwand einer großen Müdigkeit von der Reise entschuldigte. Wiewohl die wahre Ursache nichts anders war, als daß die Hof- und Stadtkleider noch nicht fertig sind, in welchen ich meine Erscheinung machen soll. Vielleicht stutzen Sie über das Wort *Erscheinung*, aber es wurde heute von einem witzigen Kopf in der Tat sehr richtig gebraucht, wiewohl er es nur auf mein Kleid und meine erste Reise in die Stadt anwandte. Sie wissen, Emilia, daß mein teurer Papa mich immer in den Kleidern meiner Mama sehen wollte, und daß ich sie auch am liebsten trug. Diese sind hier alle aus der Mode, und ich konnte nach dem Ausspruch meiner Tante (der ich dieses Stück von Herrschaft über meinen Geschmack gerne einräume) kein anderes als das von weißem Taft tragen, welches sie mir zu Ende der Trauer hatte machen lassen. Ende der Trauer, meine Emilia! O glauben Sie es nicht so wörtlich; die äußerlichen Kennzeichen davon habe ich abgelegt; aber sie hat ihren alten Sitz in dem Grunde meines Herzens behalten, und ich glaube, sie hat einen Bund mit der geheimen Beobachterin unsrer Handlungen (ich meine das Gewissen) gemacht: Denn bei der Menge Stoffe und Putzsachen, die mir letzthin vorgelegt wurden, und wovon dieses zur nächsten Galla, jenes auf den bevorstehenden Ball, ein anderes zur Assemblee bestimmt war, wendete sich, indem ich das eine und andere betrachtete, unter der Bewegung meiner Hände das Bild meiner Mama an dem Armband, und indem ich, im Zurechtemachen, meine Augen darauf heftete, und ihre feine Bildung mit dem simpelsten Aufsatz und Anzug gezieret sah, überfiel mich der Gedanke, wie unähnlich ich ihr in kurzer Zeit in diesem Stück sein werde! Gott verhüte, daß diese Unähnlichkeit ja niemals weiter als auf die Kleidung gehe! – die ich als ein Opfer ansehe, welches auch die Besten und Vernünftigsten der Gewohnheit, den Umständen und ihrer Verhältnis mit andern, bald in diesem, bald in jenem Stücke bringen müssen. Dieser Gedanke dünkte mich ein gemeinschaftlicher Wink der Trauer und des Gewissens zu sein. Aber ich komme von meiner Erscheinung ab. Doch Sie, mein väterlicher Freund, haben verlangt, ich soll, wie es der Anlaß gebe, das, was mir begegnet, und meine Gedanken dabei aufschreiben, und das will ich auch tun. Ich werde von andern wenig reden, wenn es sich nicht besonders auf mich bezieht. Alles, was ich an ihnen selbst sehe, befremdet mich nicht, weil ich die große Welt aus dem Gemälde kenne, welches mir mein Papa und meine Großmama davon gemacht haben.

Ich kam also in das Zimmer zu meiner Tante, da schon etliche Damen und Kavaliere da waren. Ich hatte mein weißes Kleid an, welches mit blauen italienischen Blumen garniert worden war; mein Kopf nach der Mode in D. gar schön geputzt. Meinen Anstand und meine Gesichtsfarbe weiß ich nicht; doch mag ich blaß ausgesehen haben; weil, kurz nachdem mich die Gräfin als ihre *geliebte* Nichte vorgestellt hatte, ein von Natur artig gebildeter junger Mann mit einem verkehrt lebhaften Wesen sich näherte, und Brust und Achseln mit einer seltsamen Beugung gegen meine Tante, den Kopf aber seitwärts gegen mich mit einer Art Erschrockenheit gewendet, ausrief: »Meine gnädige Gräfin, ist es würklich ihre Niece?« – »Und warum wollen Sie meinem Zeugnis nicht glauben?« – »Der erste Anblick ihrer Gestalt, die Kleidung und der leichte Sylphidengang haben mich auf den Gedanken gebracht, es wäre die Erscheinung eines liebenswürdigen Hausgespenstes.« – »Armer F**«, sagte eine Dame; »und Sie fürchten sich vielleicht vor Gespenstern?«

»Vor den häßlichen«, versetzte der witzige Herr, »habe ich natürlichen Abscheu, aber mit denen, welche dem Fräulein von Sternheim gleichen, getraue ich mir ganze Stunden allein hinzubringen.«

»So, und Sie brächten mit diesem schönen Einfall mein Haus in den Ruf, daß es darin spüke!«

»Das möchte ich wohl; um alle übrige Kavaliere abzuhalten, hieher zu kommen; aber dann würde ich auch den

reizenden Geist zu beschwören suchen, daß er sich weg-
tragen ließe.«

»Gut, Graf F**, gut, das ist artig gesagt!« wurde in dem
Zimmer von allen wiederholt.

»Nun, meine Nichte, würden Sie sich beschwören
lassen?«

»Ich weiß sehr wenig von der Geisterwelt«, antwortete
ich; »doch glaube ich, daß für jedes Gespenst eine eigne
Art von Beschwörung gewählt werden müsse, und die
Entsetzung, die ich dem Grafen bei meiner Erscheinung
verursachte, läßt mich denken, daß ich unter dem Schutz
eines mächtigern Geistes bin, als der ist, der ihn
beschwören lernt.«

»Vortrefflich, vortrefflich; Graf F**, wie weiter?« rief
der Oberste von Sch***.

»Ich habe doch mehr erraten als Sie alle«, antwortete der
Graf; »denn wenngleich das Fräulein kein Geist ist, so
sehe ich doch, daß sie unendlich viel Geist haben
müsse.«

»Das mögen Sie erraten haben, und das war vermutlich
auch der Grund, warum Sie in dieses Schrecken gerie-
ten«, sagte das Fräulein von C**, Hofdame bei der
Prinzessin von W***, die bisher sehr stille gewesen
war.

»Sie mißhandeln mich immer, meine ungnädige C**.
Denn Sie wollen doch damit sagen, der kleine Geist hätte
sich vor dem größern zu fürchten angefangen.«

Ja, dachte ich, in diesem Scherz ist in Wahrheit viel
Ernst. Ich bin würklich eine Gattung von Gespenstern,
nicht nur in diesem Hause, sondern auch für die Stadt
und den Hof. Jene kommen, wie ich, mit der Kenntnis
der Menschen unter sie, und verwundern sich über
nichts, was sie sehen und hören, machen aber, wie ich,
Vergleichungen zwischen dieser Welt, und der, woher
sie kommen, und jammern über die Sorglosigkeit, womit
die Zukunft behandelt wird; die Menschen aber bemerken an ihnen, daß diese Geschöpfe, ob sie wohl ihre

Form haben, dennoch ihrem innerlichem Wesen nach nicht unter sie gehören.

Das Fräulein von C** ließ sich hierauf in eine Unterredung mit mir ein, an deren Ende sie mir viele Achtung bewies, und den höflichen Wunsch äußerte, öfters in meiner Gesellschaft zu sein. Sie ist sehr liebenswürdig, etwas größer als ich, wohl gewachsen, ein großes Ansehn in ihrem Gang und der Bewegung ihres Kopfs; ein länglicht Gesicht, nach allen Teilen schön gebildet, blonde Haare und die vortrefflichste Gesichtsform; einnehmende Züge von Sanftmut; nur manchmal, dünkte mich, wären ihre freimütige ganz liebreiche Augen zu lang und zu bedeutend auf die Augen der Mannsleute geheftet gewesen. Ihr Verstand ist liebenswürdig, und alle ihre Ausdrücke sind mit dem Merkmal des gutgesinnten Herzens bezeichnet. Sie war in der ganzen Gesellschaft die Person, die mir am besten gefiel, und ich werde mir das Anerbieten ihrer Freundschaft zunutze machen.

Endlich kam die Gräfin F***, für welche mir meine Tante viele Achtung zu haben empfohlen hatte, weil ihr Gemahl meinem Oncle in seinem Prozesse viele Dienste leisten könne. Ich tat alles, aber doch fühlte ich einen Unmut über die Vorstellung, daß die Gefälligkeit der Nichte gegen die Frau des Ministers die Gerechtsamen des Oheims sollte stützen helfen. An seinem Platze würde ich weder meine noch des Ministers Frau in diese Sache mengen, sondern eine männliche Sache mit Männern behandeln. Der Minister, den seine Frau führt, steht mir auch nicht an; doch ist alles dieses eine eingeführte Gewohnheitssache, worüber der eine nichts klagt, und der andre nicht stutzig wird.

Das Fräulein C** und die Gräfin F*** blieben beim Abendessen. Die Unterredungen waren belebt, aber so verflochten, daß ich keinen Auszug machen kann. Die Frau von F*** schmeichelte mir bei allen Gelegenheiten, ich mochte reden oder vorlegen. Wenn sie im Sinn hat, sich dadurch bei mir beliebt zu machen, so verfehlt sie ihren Zweck. Denn diese Frau werde ich nimmer lieben, wenn ich der Stimme meines Herzens folge; und dann glaube ich nicht, daß mich eine Pflicht verbinde, meine Abneigung gegen sie zu überwinden, wie ich bei meiner Tante getan habe; wiewohl auch diese manchmal aufwachte. Aber das Fräulein C** werde ich lieben. Sie war mit mir auf meinem Zimmer, wo wir so freundlich redeten, als kennten wir uns viele Jahre her. Sie sprach viel von ihrer Prinzessin, und wie diese mich lieben würde, indem ich ganz nach ihrem Geschmack wäre. Wie ich meine Laute und meine Stimme hören lassen mußte, gab sie mir noch mehr Versicherungen darüber, und ich erhielt überhaupt viele Lobsprüche. Der Ton und die Bezeugung der Hofleute sind in der Tat dadurch angenehm, weil die Eigenliebe eines jeden so wohl in acht genommen wird.

Meine Tante war mit mir zufrieden, wie sie sagte; denn sie hatte befürchtet, ich würde ein gar zu fremdes, gar zu ländliches Ansehen haben. Die Gräfin F. hätte mich gelobt, aber etwas stolz und trocken gefunden. Ich war es auch. Ich kann die Versicherungen meiner Freundschaft und Hochachtung nicht entheiligen. Ich kann niemand betrügen, und sie geben, wenn ich sie nicht fühle. Meine Emilia! mein Herz schlägt nicht für alle, ich werde in diesem Stücke vor der Welt immer ein Gespenst bleiben. Dies ist meine Empfindung. Kein fliegender unwilliger Gedanke. Ich war billig; ich legte keinem nichts zum Argen aus. Ich sagte zu mir: Eine Erziehung, welche falsche Ideen gibt, das Beispiel, so sie ernährt, die Verbundenheit wie andere zu leben, haben diese Personen von ihrem eignen Charakter und von der natürlichen sittlichen Bestimmung, wozu wir da sind, abgeführt: Ich betrachte sie als Leute, auf die eine Familienkränklichkeit fortgepflanzt ist; ich will liebreich mit ihnen umgehen, aber nicht vertraut, weil ich mich der Sorge mit ihrer Seuche angesteckt zu werden nicht enthalten kann.

So wünschen Sie mir dann eine dauerhafte Seelengesundheit, meine liebe Freundin, und lieben Sie mich. Unserm ehrwürdigen Papa alles Gute! Wie wird er sich von seiner ihn so zärtlich besorgenden Emilie trennen können? Aber wie glücklich treten Sie den Kreis des ehlichen Lebens an, da Sie den treuen Segen eines würdigen Vaters und alle Tugenden ihres Geschlechts mit sich bringen! Grüßen Sie mir den auserwählten Mann, dessen Eigentum Sie mit allen diesen Schätzen werden.

Zweiter Brief

Es ist mir lieb, meine Emilia, daß Sie diesen Brief noch in dem väterlichen Hause erhalten, weil er Ihnen eine scheinbare Verwirrung meiner Ideen zeigen wird, wo unser Papa das beste Mittel, sie in Ordnung zu bringen, anzeigen kann. Ich bin bei der Prinzessin von W* und dem ganzen Adel zur Erscheinung gebracht worden, und kenne nun den Hof und die große Welt durch mich selbst.

Ich habe Ihnen schon gesagt, daß ich beide aus der Abschilderung kenne, so mir davon gemacht worden. Lassen Sie mich dieses Gleichnis noch weiter brauchen; es war meinem Auge nichts fremde. Aber denken Sie sich eine Person voll Aufmerksamkeit und Empfindung, die schon lange mit einem großen Gemälde von reicher und weitläuftiger Komposition bekannt ist! Oft hat sie es betrachtet, und über den Plan, die Verhältnisse der Gegenstände, und die Mischung der Farben nachgedacht, alles ist ihr bekannt; aber auf einmal kommt durch eine fremde Kraft das stillruhende Gemälde mit allem, was es enthält, in Bewegung; natürlicherweise erstaunt diese Person, und ihre Empfindungen werden auf mancherlei Art gerührt. Diese erstaunte Person bin ich; die

Gegenstände und Farben machen es nicht; die Bewegung, die fremde Bewegung ist's, die ich sonderbar finde.

Soll ich Ihnen sagen, wie ich hier und da aufgenommen wurde? Gut, allenthalben gut! denn für solche Begebenheiten hat der Hof eine allgemeine Sprache, die der Geistlose ebenso fertig zu reden weiß als der Allervernünftigste. Die Prinzessin, eine Dame von beinahe funfzig Jahren, hat einen sehr feinen Geist; in ihrem Bezeugen, und in ihren Ausdrücken herrscht ein Ton von Güte, dessen *allgemeine* Gefälligkeit mir die Überbleibsel von einer Zeit zu sein schienen, wo sie die Freundschaft aller Arten von Leuten für nötig halten mochte. Denn ich sehe schlechterdings diesen Beweggrund *allein* für fähig an, jene Würkung in einem edeln Herzen zu machen. Die niederträchtige Begierde, sich allen ohne Unterschied beliebt zu machen, kann ich ihr unmöglich zuschreiben. Sie unterredete sich lange mit mir, und sagte viel Gutes von meinem geliebten Papa, den sie als Hauptmann und Obersten gekannt hatte. Sie nennete mich die würdige Tochter des rechtschaffenen Mannes, und sagte, sie wolle mich öfters holen lassen. Sie glauben nun gewiß, meine Emilia, daß ich diese Fürstin um so mehr liebe, weil das Andenken meines Vaters von ihr geehrt wird.

Mehrere Charakter kann ich Ihnen nicht bezeichnen. Die meisten sehen einander ähnlich, insofern man sie in dem Vorzimmer der Fürstin, oder bei gewöhnlichen Besuchen sieht.

Gestern wurde ich im Schreiben unterbrochen, weil Assemblee (wie sie es nennen) bei der Prinzessin angesagt wurde. Da mußte ich die Zeit, welche mein Herz der Freundschaft gewidmet hatte, vor dem Putztisch verschwenden.

Glauben Sie wohl, daß meine liebe Rosine ebenso ungeschickt ist, eine methodische Kammerjungfer zu sein, als ich es bin, meinen Damenstand durch die lange Verweilung am Putztisch und durch unschlüssige ekle Wahl meiner Kleidung und Schmucks zu beweisen? – Meine Tante sucht diesen Fehlern abzuhelfen, und ich muß alle Tage neben dem Friseur eine ihrer Jungfern um mich haben, welche beide durch ihr geziertes Wesen und die vielen Umstände, die sie machen, meine Geduld in einer mir sehr unangenehmen Übung erhalten. Doch diesmal war ich am Ende wohl zufrieden, weil ich würklich artig gekleidet war.

Dies ist eine Freude, die Sie noch nicht an mir kannten; Sie sollen auch die Ursache dazu nicht lange suchen; ich will sie aufrichtig sagen, da sie mir bedeutend scheint. Ich war nur deswegen über meinen wohlgeratnen Putz froh, weil ich von zween Engländern gesehen wurde, deren Beifall ich mir in allem zu erlangen wünschte. Der eine war Mylord G., englischer Gesandter, und der andere Lord Seymour, sein Neffe, Gesandtschafts-Kavalier, der sich unter der Anführung seines Oheims zu dieser Art von Geschäften geschickt machen, und die deutschen Höfe kennenlernen will.

Der Gesandte macht mit seiner Figur, einer edeln und geistvollen Physionomie, und einer gewissen Würde, die seine Höflichkeit begleitet, seinem Charakter Ehre. Ich hörte ihn auch allgemein loben.

Den jungen Lord Seymour sah ich eine halbe Stunde in Gesellschaft des Fräuleins C**, mit der ich in Unterredung war, und mit welcher er als ein zärtlicher und hochachtungsvoller Freund umgeht. Sie stellte mich ihm als ihre neue, aber liebste Freundin dar, von der sie unzertrennlich sein würde, wenn sie über ihr eigenes und mein Schicksal zu gebieten hätte. Mylord machte nichts als eine Verbeugung; aber seine Seele redete so deutlich in allen seinen Mienen, daß man zugleich seine Achtung für alles, was das Fräulein C* sagte, und auch den Beifall lesen konnte, den er ihrer Freundin gab.

Wenn ich den Auftrag bekäme den Edelmut und die Menschenliebe, mit einem aufgeklärten Geist vereinigt,

in einem Bilde vorzustellen, so nähme ich ganz allein die
Person und Züge des Mylord Seymour; und alle, welche
nur jemals eine Idee von diesen drei Eigenschaften hätten, würden jede ganz deutlich in seiner Bildung und in
seinen Augen gezeichnet sehen. Ich übergehe den sanften
männlichen Ton seiner Stimme, die gänzlich für den
Ausdruck der Empfindungen seiner edeln Seele gemacht
zu sein scheint; das durch etwas Melancholisches
gedämpfte Feuer seiner schönen Augen, den unnachahmlich angenehmen und mit Größe vermengten
Anstand aller seiner Bewegungen, und, was ihn von allen
Männern, deren ich in den wenigen Wochen, die ich hier
bin, eine Menge gesehen habe, unterscheidet, ist (wenn
ich mich schicklich ausdrücken kann) der tugendliche
Blick seiner Augen, welche die einzigen sind, die mich
nicht beleidigten, und keine widrige antipathetische
Bewegung in meiner Seele verursachten.
Der Wunsch des Fräuleins C* mich immer um sich zu
sehen, verursachte bei ihm die Frage: ob ich denn nicht
in D. bleiben würde? Meine Antwort war, ich glaubte
nicht, weil ich nur auf die Zurückkunft meiner Tante,
der Gräfin R., wartete, die mit ihrem Gemahl eine Reise
nach Italien gemacht, und mit welcher ich alsdann auf
ihre Güter ginge.
»Es scheint mir unmöglich«, sagte er, »daß ein lebhafter
Geist, wie der ihrige, bei den immer gleichen Szenen des
Landlebens sollte vergnügt sein können.«
»Und mich dünkt unglaublich, daß Mylord Seymour im
Ernste denken sollte, daß ein lebhafter und sich also gern
beschäftigender Geist auf dem Lande einem Mangel von
Unterhaltung ausgesetzt sei.«
»Ich denke keinen gänzlichen Mangel, gnädiges Fräulein,
aber den Ekel und die Ermüdung, welche notwendiger-
weise erfolgen müssen, wenn wir unsre Betrachtungen
beständig auf einerlei Vorwurf eingeschränkt sehen.«
»Ich bekenne, Mylord, daß ich seit meinem Aufenthalt
in der Stadt, bei den Vergleichungen beider Lebensarten,

gefunden habe, daß man auf dem Lande die nämliche Sorge trägt, seine Beschäftigungen und Ergötzlichkeiten abzuändern, wie ich hier sehe; nur mit dem Unterschied, daß bei den Arbeiten und Belustigungen der Landleute, eine Ruhe in dem Grunde der Seele bleibt, die ich hier nicht bemerkt habe; und diese Ruhe dünkt mich etwas sehr Vorzügliches zu sein.«

»Ich halte es auch dafür, und ich glaube dabei (sagte er gegen dem Fräulein von C*) nach dem entschloßnen Ton Ihrer verehrungswürdigen Freundin, daß sie diese Ruhe behalten wird, wenn auch hier Tausende durch sie in Unruh gesetzt würden.«

Da er mich nicht ansah, als er dies sagte, und das Fräulein nur lächelte, so blieb ich auch stille; denn einmal fühlte ich bei dieser seiner Höflichkeit eine Verwirrung, die ich ungern möchte gezeigt haben; und dann wollte ich ihn nicht länger mit mir in ein Gespräche halten, sondern seiner ältern Freundin den billigen Vorzug lassen; zumal, da er sich ganz beflissen gegen sie gewendet hatte.

Sie sagen, ich höre es: »Warum *ältere Freundin*? Waren Sie denn auch schon seine Freundin, Sie, die ihn erst eine halbe Stunde gesehen hatten?«

Ja, meine liebe Emilia, ich war seine Freundin, eh ich ihn sah; das Fräulein C* hatte mir von seinem vortrefflichen Charakter gesprochen, ehe er von einer kleinen Reise, die er mit seinem Oncle während der Abwesenheit des Fürsten machte, zurückkam, und was ich Ihnen von ihm geschrieben, war nichts anders, als daß ich alles Edle, alles Gute, so mir das Fräulein von ihm erzählt, in seiner Physionomie ausgedrückt sah.

Noch mehr, Emilia, rührte mich die tiefsinnige Traurigkeit, mit welcher er sich an den Pfeiler des Fensters setzte, wo wir beide auf der kleinen Bank waren, und unsre Unterredung fortführten. Ich deutete dem Fräulein C* auf ihren Freund und sagte leise: »Geschieht dies oft?«

»Ja, dies ist *Spleen*.«

Sie machte mir hierauf allerlei Fragen über die Art von Zeitvertreiben, welche ich mir, im Ernst, auf dem Lande machen könnte. Ich erzählte ihr kurz, aber mit vollem Herzen, von den seligen Tagen meiner Erziehung, und von denen, welche ich in dem geliebten Hause meines Pflegvaters zugebracht, und versicherte sie: daß ihre Person und Freundschaft das einzige Vergnügen sei, welches ich in D. genossen hätte. Sie drückte mir zärtlich die Hand, und bezeugte mir ihre Zufriedenheit. Ich fuhr fort, und sagte, ich könnte das Wort *Zeitvertreib* nicht leiden; einmal, weil mir in meinem Leben die Zeit nicht einen Augenblick zu lang worden wäre (»auf dem Lande«, raunte ich ihr ins Ohr) und dann, weil es mir ein Zeichen einer unwürdigen Bewegung der Seele zu sein scheine. »Unser Leben ist so kurz, wir haben so viel zu betrachten, wenn wir unsre Wohnung, die Erde kennen, und so viel zu lernen, wenn wir alle Kräfte unsers Geistes (die uns nicht umsonst gegeben sind) gebrauchen wollen; wir können so viel Gutes tun – daß es mir einen Abscheu gibt, wenn ich von einer Sache reden höre, um welche man sich selbst zu betrügen sucht.«

»Meine Liebe, Ihre Ernsthaftigkeit setzt mich in Erstaunen, und dennoch höre ich Sie mit Vergnügen! Sie sind in Wahrheit, wie die Prinzessin sagte, eine außerordentliche Person.«

Ich weiß nicht, Emilia, wie mir war. – Ich merkte wohl, daß dieser Ton meiner Gedanken gar nicht der wäre, der sich in diese Gesellschaft schickte; aber ich konnte mir nicht helfen. Es hatte mich eine Bangigkeit befallen, eine Begierde weit weg zu sein, eine innerliche Unruh; ich hätte sogar weinen mögen, ohne eine bestimmte Ursache angeben zu können.

Mylord G. näherte sich schleichend seinem Neffen, faßte ihn beim Arm, und sagte: »Seymour, Sie sind wie das Kind, das am Rande des Brunnens sicher schläft. Sehen Sie um sich. (Indem er auf uns beide wies.) Bin ich nicht das Glück, das Sie erweckt?«

»Sie haben recht, mein Oncle; eine entzückende Harmonie, die ich hörte, nahm mich ein, und ich dachte an keine Gefahr dabei.« Während er dies sagte, waren seine Augen mit dem lebhaftesten Ausdruck von Zärtlichkeit auf mich gewendet, so daß ich die meine niederschlug, und den Kopf wegkehrte. Darauf sagte Mylord auf englisch: »Seymour, nimm dich in acht, diese Netze sind nicht vergeblich so schön und so ausgebreitet.« Ich sah seine Hand, die auf meinen Kopf und meine Locken wies; da wurde ich über und über rot. Die Koketterie, die er mir zuschrieb, ärgerte mich, und ich empfand auch den Unmut, den er haben mußte, wenn er hörte, daß ich Englisch verstünde. Ich war verlegen; doch um ihm und mir mehrere Verwirrung zu ersparen, sagte ich ganz kurz: »Mylord, ich verstehe die englische Sprache.« Er stutzte ein wenig, lobte meine Freimütigkeit, und Seymour entfärbte sich; doch lächelte er dabei, und wandte sich gleich zum Fräulein C*. – »Wollen Sie nicht auch Englisch lernen?«

»Von wem?«

»Von mir, gnädiges Fräulein, und von dem Fräulein von Sternheim; mein Oncle hälfe auch Lektionen geben, und Sie sollten bald reden können.«

»Niemals so gut als meine Freundin, der es angeboren ist, denn sie ist eine halbe Engländerin.«

»Wie das?« sagte Mylord G., indem er sich zu mir wandte.

»Meine Großmutter war eine Watson und Gemahlin des Baron P., welcher mit der Gesandtschaft in England war.«

Das Fräulein C* bat, er möchte Englisch mit mir reden. Er tat es, und ich antwortete so, daß er meine Aussprache lobte, und dem Fräulein C* sagte, sie sollte von mir lernen, ich spräche sehr gut. Wie er sich entfernte, so lag Mylord Seymour dem Fräulein an, sie möchte sich doch die Mühe nehmen, nur lesen zu lernen; sie versprach's, und sagte dabei, alle Tage, wo sie den Hofdienst nicht ganz hätte, wollte sie zu mir kommen.

»Dann habe aber ich kein Verdienst dabei«, sagte er traurig.

»Sie sollen alle Wochen einmal zuhören, wie viel ich gelernt habe.«

Er antwortete mit einer bloßen Verbeugung.

Die Fürstin ließ mich rufen. Ich mußte ihr in ihr Kabinett folgen. »Da hat Sie meine Laute, liebe Sternheim«, sagte sie, »alles spielt; lassen Sie mich allein ihre Stimme und Geschicklichkeit hören.« Was konnte ich tun? Ich spielte und sang das erste Stück, das mir in die Finger kam. Sie umarmte mich; »liebenswürdiges Mädchen«, sagte sie, »wie beschämen sie alle bei Hof erzogene Damen durch die vielen Talente, die Sie auf dem Lande gesammelt haben!« Sie führte mich an der Hand zurück in den Saal; ich mußte bis zu Ende der Assemblee bei ihr bleiben, und sie sprach von hundert Sachen mit mir. Mylord Seymour sah mich oft an, und meine Emilia (lesen Sie dies meinem lieben Pflegvater vor!), seine Achtsamkeit freute mich. Manche Augen gafften nach mir, aber sie waren mir zur Last, weil mich immer dünkte, es wäre ein Ausdruck darin, welcher meine Grundsätze beleidigte.

Heute machten wir einen Besuch bei der Gräfin F., gegen die ich mich bemühte gefällig zu sein. Man sieht wohl, daß ihr Gemahl ein Liebling des Fürsten ist; denn sie sprach beinahe von nichts als von Gnadenbezeugungen, welche sie genössen; machte auch viel Aufhebens von der Ergebenheit ihres Gemahls gegen einen Herrn, der alles würdig wäre. Diesem folgten große Lobeserhebungen des Prinzen; sie rühmte die Schönheit seiner Person, allerhand Geschicklichkeiten, seinen guten Geschmack in allem, besonders in Festins, seine prächtige Freigebigkeit, worin er eine fürstliche Seele zeigte. (Ich dachte, die Dame möge freilich Ursache haben, diese letzte Eigenschaft so sehr anzupreisen.) Von seiner Neigung gegen das schöne Geschlecht sagte sie: »Wir sind Menschen; es sind freilich darin Ausschweifungen geschehen; aber das Unglück war nur, daß der Herr noch keinen Gegenstand gefunden hat, der seinen Geist ebensosehr als seine Augen gefesselt hätte; denn gewiß, eine solche Person würde Wunder für das Land und für den Ruhm des Herrn gewürkt haben.«

Meine Tante stimmte ein. Ich saß stille, und fand in diesem Bild eines Landesherrn keinen einzigen Zug von demjenigen, welches die Anmerkungen meines Vaters über den *wahren Fürsten*, bei Durchlesung der Historie, in meinem Gedächtnis gelassen hatten. Zumal, wenn ich es noch dabei nach den Grundzügen des deutschen Nationalcharakters beurteilte. – Ich war froh, daß man meine Gedanken nicht zu wissen verlangte; denn da mich die Gräfin in ihr Zimmer führte, um mir sein Bildnis in Lebensgröße zu weisen, konnte ich wohl sagen, daß die Figur schön sei, wie sie es denn würklich ist. – Ich soll auch gemalt werden, will meine Tante. Ich kann es leiden; und schicke dann meiner Emilia eine Kopie; ich weiß, daß sie mir dafür dankt. Ich bitte mir die Gedanken meines Pflegvaters über diesen Brief aus.

Dritter Brief

Alles, was Sie in meinem letztern Briefe gesehen haben, ist, daß Mylord Seymour seine beste Freundin in mir gefunden hat; und mein lieber Pflegvater betet für mich, weil es für menschliche Kräfte das einzige ist, das man nun für mich tun kann.

Emilia, Sie lieben mich; Sie kennen mich, und Sie dachten nicht an den Kummer, den mir dieser so viel bedeutende Gedanke Ihres Vaters geben konnte?

Ich erkenne alles; die lebhafte Hochachtung, welche ich für die Verdienste, für die Vorzüge des Charakters vom

Mylord Seymour gezeigt habe, macht Sie besorgt für mich. Sein Sie ruhig, werte Freunde! Aller Anteil, den ich je an Mylord Seymour nehmen kann, ist der, den mir meine Liebe für das Fräulein C* gibt; denn diese ist's, die er liebt; diese ist's, die er glücklich machen wird. Der Teil, den ich davon genieße, ist allein die Freude, die ein edles Herz in der Zufriedenheit seiner Freunde und in der Betrachtung der guten Eigenschaften seiner Nebenmenschen findet.

Noch eins, meine Emilia, ist für mich dabei: Weil ich von der Würklichkeit eines vollkommenen, edlen, gütigen und weisen, liebenswürdigen Mannes überzeugt bin, so wird der *Niederträchtige*, oder der bloße *Witzling* und der *nur allein artige Mann* niemals, niemals keine Gewalt über mein Herz erhalten; und dies ist viel Vorteil, den ich von der Bekanntschaft des Mylords habe.

Ich bedaure, daß die Krankheit des rechten Arms Ihres Papa ihm nicht zuläßt selbst an mich zu schreiben; nicht weil ich mit Ihren Briefen unzufrieden bin, sondern weil er mir mehr von seinen eignen Gedanken über mich sagen würde als Sie. Ich hoffe, der Zufall verliert sich, und dann bitte ich ihn, es zu tun.

Gestern waren wir bei einer großen Mittagstafel bei Mylord G. Der Graf F. kam nachmittags dazu, und noch abends spät reiseten alle zum Fürsten. Der Graf ist ein angenehmer Mann von vielem Verstand. Seine Gemahlin führte ihn zu mir; »da reden Sie selbst mit meinem Liebling«, sprach sie, »und sagen: ob ich unrecht habe, mir eine solche Tochter zu wünschen?« Er sagte mir sehr viel Höfliches, beobachtete mich aber dabei mit einer Aufmerksamkeit, die mich sonderbar dünkte, und mich beinahe aus aller Fassung brachte.

Mylord Seymour hatte an der Tafel seinen Platz zwischen dem Fräulein C* und mir bekommen, sich meistens nur mit uns unterhalten, auch beim Kaffee uns beide mit der liebenswürdigsten Galanterie bedient, englische Verse auf Karten geschrieben, und mich gebeten, sie dem Fräulein zu übersetzen. Wie die Gräfin F. ihren Gemahl zu mir führte, entfernten sich beide in etwas und redeten lang an einem andern Fenster. Der Graf begab sich von mir zu Mylord G., und nahm im Weggehen Mylord Seymour am Arm mit sich zu dem ersten hin. Das Fräulein C* und ich gingen, die mit Gemälden und Kupferstichen ausgezierten Zimmer zu besehen, bis man uns zum Spielen holte. In der Zwischenzeit redeten Graf F. und Mylord G. mit mir von meinem Vater, welchen F. sehr wohl gekannt hatte, und von meiner Großmutter Watson, die er gleich bei ihrer Ankunft gesehen hatte, und von welcher er behauptete, daß ich viele Ähnlichkeit mit ihr hätte. Mylord S. war neben dem Fräulein C*, sah ernsthaft und nachdenklich aus, und es schien mir, als ob seine Augen einigemal mit einer Art von Schmerzen auf mich und die beiden Herren geheftet wären. Das Getrippel vieler Leute, das man auf einmal in der Straße hörete, machte alles an die Fenster laufen. Ich ging an das, wo Mylord Seymour und das Fräulein C* stunden. Es waren Leute, die von einer kleinen, aber sehr artig angestellten Spazierfahrt des Fürsten auf dem Wasser, zurückekamen, welche zu sehen sie haufenweise gegangen waren. Da ich sehr viele in armseliger Gestalt und Kleidung, und uns hingegen in möglichster Pracht, und die Menge Goldes auf den Spieltischen zerstreut sah; das Fräulein C* aber von einem dergleichen Festin erzählte, dessen Aufwand berechnete, und auch die unzählige Menge Volks anführte, die von allen Orten herzugelaufen, es zu sehen; kam ich in Bewegung, und sagte: »O wie wenig bin ich für diese Ergötzlichkeiten geschaffen!«

»Warum das? Wenn Sie es einmal sehen, werden Sie ganz anders denken.« (Mylord Seymour war die ganze Zeit still und kalt.) »Nein, meine liebe C*, ich werde nicht anders denken, sobald ich die Pracht des Festins, des Hofes, das auf den Spieltischen verschleuderte Gold neben einer Menge Elender, welche Hunger und Bedürfnis im abgezehrten Gesichte und in den zerrißnen Kleidern zeigen, sehen werde! Dieser Kontrast wird meine Seele mit Jammer erfüllen; ich werde mein eignes glückliches Aussehen, und das von andern hassen; der Fürst und sein Hof werden mir eine Gesellschaft unmenschlicher Personen scheinen, die ein Vergnügen in dem unermeßlichen Unterschied finden, der zwischen ihnen und denenjenigen ist, die ihrem Übermut zusehen.«

»Liebes, liebes Kind; was für eine eifrige Strafpredigt halten Sie da!« sagte das Fräulein; »reden Sie nicht so stark!« »Liebe C*, mein Herz ist aufgewallt. Die Gräfin F. machte gestern so viel Rühmens von der großen Freigebigkeit des Fürsten; und heute sehe ich so viele Unglückliche!«

Das Fräulein hielt meine Hände: »St. st.« Mylord Seymour hatte mich mit ernstem unverwandtem Blick betrachtet, und erhob seine Hand gegen mich: »Edles rechtschaffenes Herz!« sagte er. »Fräulein C*, lieben Sie ihre Freundin, sie verdient's! Aber«, setzte er hinzu, »Sie müssen den Fürsten nicht verurteilen; man unterrichtet die großen Herren sehr selten von dem wahren Zustande ihrer Untertanen.«

»Ich will es glauben«, versetzte ich; »aber Mylord, stand nicht das Volk am Ufer, wo die Schiffahrt war? Hat der Fürst nicht Augen, die ihm ohne fremden Unterricht tausend Gegenstände seines Mitleidens zeigen konnten? Warum fühlte er nichts dabei?«

»Teures Fräulein; wie schön ist Ihr Eifer! Zeigen Sie ihn aber nur bei dem Fräulein C*.«

Hier rief Mylord G. seinen Vetter ab, und kurz darauf gingen wir nach Hause.

Heute spielte meine Tante eine seltsame Szene mit mir. Sie kam, sobald ich angezogen war, in mein Zimmer, wo ich schon bei meinen Büchern saß. »Ich bin eifersüchtig auf deine Bücher«, sagte sie, »du stehst früh auf, und bist gleich angezogen; da könntest du *zu mir kommen*; du weißt, wie gern ich mich mit dir unterrede. Dein Oncle ist immer mit seinen düstern Prozeßsachen geplagt; ich arme Frau muß schon wieder an ein Wochenbette denken, und du unfreundliches Mädchen bringst den ganzen Morgen mit deinen trocknen Moralisten hin. Schenke *mir* die Stunde, und gib mir deine ernsthafte Herren zum Unterpfand.«

»Meine Tante, ich will gerne zu Ihnen kommen; aber meine besten Freunde kann ich nicht von mir entfernt wissen.«

»Komme immer mit, wir wollen in meinem Zimmer zanken.«

Sie setzte sich an ihren Putztisch; da hatte ich auf eine Viertelstunde Unterhalt mit ihren beiden artigen Knaben, die um diese Tageszeit die Erlaubnis haben, ihre Mama zu sehen. Aber sobald sie fort waren, so blieb ich recht einfältig da sitzen, sah der außerordentlichen Mühe zu, die sie sich um ihren Putz gab, und hörte Hoferzählungen an, die mir mißfielen; Ehrgeiz und Liebes-Intrigen, Tadel, Satiren, aufgetürmte Ideen zu dem Glücksbau meines Oncles. »Sei doch recht gefällig gegen die Gräfin F.«, setzte sie hinzu; »du kannst deinem Oncle große Dienste tun, und selbst ein ansehnliches Glück machen.«

»Dies sehe und wünsche ich nicht, meine Tante; aber was ich für Sie tun kann, soll geschehen.«

»Liebste Sophie, du bist eines der reizendesten Mädchen; aber der alte Pfarrer hat dir eine Menge pedantische Ideen gegeben, die mich plagen. Laß dich ein wenig davon zurückbringen.«

»Ich bin überzeugt, meine Frau Tante, daß das Hofleben für meinen Charakter nicht taugt; mein Geschmack, meine Neigungen gehen in allem davon ab; und ich bekenne Ihnen, gnädige Tante, daß ich froher abreisen werde, als ich hergekommen bin.«

»Du kennest ja den Hof noch nicht; wenn der Fürst kömmt, dann lebt alles auf. Dann will ich dein Urteil hören! Und mache dich nur gefaßt; du kömmst vor künftigem Frühjahr nicht aufs Land.«

»O ja, meine gnädige Tante, auf den Herbst geh ich zur Gräfin R., sobald sie zurückgekommen sein wird.«

»Und mein Wochenbette soll ich allein ohne dich halten müssen?«

Sie sah mich zärtlich an, indem sie dies sagte, und reichte mir die Hand. Ich küßte ihre Hand, versicherte sie, bei ihr zu bleiben, wenn diese Zeit käme.

Vor der Tafel ging ich in mein Zimmer. Da fand ich meine Büchergestelle leer: »Was ist dies, Rosine?« Der Graf, sagte sie, wäre gekommen, und hätte alles wegnehmen lassen. Es wäre ein Spaß von der Gräfin, hätte er gesagt.

Ein unartiger Spaß, der sie nichts nützen wird; denn ich will desto mehr schreiben; neue Bücher will ich nicht kaufen, um sie nicht über meinen Eigensinn böse zu machen. O wenn nur meine Tante R. bald käme! Zu dieser, Emilia, zu dieser geh ich mit Vergnügen. Sie ist zärtlich, ruhig, sucht und findet in den Schönheiten der Natur, in den Wissenschaften und in guten Handlungen das Maß von Zufriedenheit, das man hier sucht, wo man es nicht findet, und darüber das Leben vertändelt.

Mein Fräulein C* hat Lektion im Englischen angenommen; ich denke, sie wird bald lernen. Sie weiß schon viele, lauter zärtliche Redensarten, an denen ich den Lehrmeister erkenne. Sie hat mit uns gespeist. Ich klagte meine Tante, über ihren Bücherraub, im Scherz an. Das Fräulein stund ihr bei: »Das ist gut ausgedacht«, sagte sie, »wir wollen sehen, was der Geist unsrer Sternheim macht, wenn sie ohne Führer, ohne Ausleger mit uns lebt.« Ich lachte mit, und sagte: »Ich verlasse mich auf den rechtschaffenen Gelehrten, der einmal sagte: die *Empfindungen* der *Frauenzimmer* wären oft richtiger als die *Gedanken* der *Männer*.* – Darauf erhielt ich die Erlaubnis zu arbeiten. Ich sagte, es wäre mir unmöglich am Putztisch immer zuzusehen, nachmittags allezeit zu

* Eine Bemerkung, welche der Herausgeber aus vieler Erfahrung an sich und andern von Herzen unterschreibt.

spielen, oder müßig zu sein; und es wurde eine schöne Tapetenarbeit angefangen, woran ich sehr fleißig zu sein gedenke.

Morgen kommt der Fürst und der ganze Hof mit ihm: Diesen Abend sind die fremden Ministers angekommen. Mylord G. besuchte uns noch spät, und brachte Mylord Seymour nebst einem andern Engländer, Lord Derby genannt, mit, den er als einen Vetter vorstellte, der durch ihn und Lord Seymour ein großes Verlangen bekommen, mich zu sehen, besonders weil ich eine halbe Landsmännin von ihm wäre. Lord Derby redete mich sogleich auf englisch an. Er ist ein feiner Mann von ungemein vielem Geist und angenehmen Wesen. Man bat diese Herren zum Abendessen; es wurde freudig angenommen, und meine Tante schlug vor, im Garten zu speisen, weil Mondschein sein würde, und der Abend schön sei.

Gleich war der kleine Saal erleuchtet, und meine Tante fing bei der Türe, da sie mit Mylord G. hinausging, ganz zärtlich an: »Sophie, meine Liebe, deine Laute bei Mondschein wäre recht vielen Dank wert.«

Ich befahl, sie zu holen; Lord Derby gab mir die Hand, Seymour war schon mit dem Fräulein C* voraus. Der kleine Saal war am Ende des Gartens, unmittelbar am Flusse, so, daß man lange zu gehen hatte. Lord Derby unterhielt mich mit einem ehrerbietigen Ton von lauter schmeichelhaften Sachen, die er von mir gehört hätte. Mein Oncle kam zu uns, und wie wir kaum etliche Schritte über den halben Weg waren, stieß er mich mit dem Arme, und sagte: »Seht, seht, wie der trockne Seymour bei Mondschein so zärtlich die Hände küssen kann!« Ich sah auf; und, liebe Emilia, es dünkte mich, ich fühlte einen Schauer. Es mag von der kühlen Abendluft gekommen sein; weil wir dem Wasser ganz nahe waren. Aber da mich ein Zweifel darüber ankam, als ob dieser Schauer zweideutig wäre, weil ich ihn nur in diesem Augenblick empfand, so mußten Sie es wissen. Der junge Graf F., Neveu des Ministers, kam auch noch, und da er den Bedienten, der die Laute trug, angetroffen, und gefragt hatte, »für wen?« nahm er sie, und klimperte vor dem Saal, bis mein Oncle hinaussah und ihn einführte. Ich mußte gleich noch vor dem Essen spielen und singen. Ich war nicht munter, und sang mehr aus Instinkt als Wahl ein Lied, in welchem Sehnsucht nach ländlicher Freiheit und Ruhe ausgedrückt war. Ich empfand selbst, daß mein Ton zu gerührt war; meine Tante rief auch: »Kind, du machst uns alle traurig; warum willst du uns zeigen, daß du uns so gerne verlassen möchtest? Singe was anders.« Ich gehorchte still, und nahm eine Gärtnerarie aus einer Opera, welche mit vielem Beifall aufgenommen wurde. Mylord G. fragte: ob ich nicht englisch singen könnte? Ich sagte, nein; aber wenn ich was hörte, so fiele mir's nicht schwer. Derby sang gleich, seine Stimme ist schön, aber zu rasch. Ich akkompagnierte ihn, sang auch mit. Daraus machte man viel Lobens von meinem musikalischen Ohr.

Die Gräfin F. sagte mir Zärtlichkeiten; Lord Seymour nichts; er ging oft in den Garten allein, und kam mit Zügen einer gewaltsamen Bewegung in der Seele zurück, redete aber nur mit Fräulein C*, die auch gedankenvoll aussah. G. sah mich bedeutend an, doch war Vergnügen in seinem Gesichte; Lord Derby hatte ein feuriges Falkenauge, in welchem Unruhe war, auf mich gerichtet. Mein Oncle und meine Tante liebkosten mir. Um eilf Uhr gingen wir schlafen, und ich schrieb noch diesen Brief. Gute Nacht, teure Emilia! Bitten Sie unsern ehrwürdigen Vater, daß er für mich bete! Ich finde Trost und Freude in diesem Gedanken.

* * *

Ich wünsche, daß meine Tante immer kleine Reisen machte, ich würde sie mit viel mehr Vergnügen begleiten, als ich es unter dem immerwährenden Kreislauf unserer Hof- und Stadtvisiten tun kann. Mein Oncle hat eine Halbschwester in dem Damenstift zu G., die er wegen einem reichen Erbe, so ihr zugefallen ist, zum Besten seiner Kinder zu gewinnen sucht. Und aus dieser Ursache mußte meine Tante mit ihren beiden Söhnen die Reise zu ihr machen. Sie nahm mich mit, und verschaffte mir dadurch einen Teil des Vergnügens, für welches ich am empfindlichsten bin, abwechselnde Szenen der Natur und Kunst, in ihren mannichfaltigen Abänderungen, zu betrachten. Wäre es auch nichts als der Anblick der auf- und niedergehenden Sonne gewesen, so würde ich diese Ausflucht von D. geliebt haben; aber ich sah mehr. Der Weg, den wir zurückzulegen hatten, zeigte mir ein großes Stück unsers deutschen Bodens, und darin manchmal ein rauhes stiefmütterliches Land, welches von seinen leidenden geduldigen Einwohnern mit abgezehrten Händen angebaut wurde.

Zärtliches Mitleiden, Wünsche und Segen erfüllten mein Herz, als ich ihren sauren Fleiß und die traurigen, doch gelaßnen Blicke sah, mit welchen sie den Zug unsrer zwoen Chaisen betrachteten. Die Ehrerbietung, mit der sie uns als Günstlinge der Vorsicht grüßten, hatte etwas sehr Rührendes für mich; und ich suchte durch Gegenzeichen meiner menschlichen Verbrüderung mit ihnen, und auch durch einige Stücke Gelds, die ich den Nächsten an unserm Wege ungebeten zuwarf, ihnen einen guten Augenblick zu schaffen. Besonders gab ich armen Weibern, die bei ihrer Arbeit hie und da ein Kind auf dem Felde sitzen hatten. Ich dachte, meine Tante macht eine Reise zum verhofften Vorteil ihrer Söhne, und diese Frau verrichtet zum Besten der ihrigen eine kümmerliche Arbeit; ich will dieser Mutter auch eine unerwartete Güte genießen lassen.

Der reitende Bediente erzählte uns dann die Freude der armen Leute, und den Dank, den sie uns nachriefen.

Reiche Felder, fette Triften und große Scheuren der Bauren in andern Gegenden bewiesen mir das Glück ihrer günstigen Lage, und ich wünschte ihnen einen guten Gebrauch ihres Segens. Meine Empfindungen waren angenehm, wie sie es allezeit beim ersten Anblick der Kennzeichen des Glücks zu sein pflegen; bis nach und nach aus ihrer Betrachtung der Gedanke der Vergleichung unserer minder guten Umständen entspringt, und der bittern Unzufriedenheit einen Zugang in die Seele gibt.

Wir kehrten unterwegs auf dem Schlosse des Grafen von W. ein, dessen Beschreibung ich unmöglich vorbeigehen kann. Es ist an der Spitze eines Bergs erbaut, und hat auf vierzehn Stunden weit die schönste Gegend eines mit Feldern, Wiesen und zerstreuten Bauerhöfen gezierten Tales vor sich liegen, welches ein fischreicher Bach durchfließt, und waldichte Anhöhen umfassen. Auf dem Berge sind weitläufige Gärten und Spaziergänge nach dem edeln Geschmack des vorigen Besitzers angelegt, in welchem ich seinen Lieblingsgrundsatz, »das Angenehme immer mit dem Nützlichen zu verbinden«, sehr schön ausgeführt sah.

Dieses und die vollkommene Edelmanns-Landwirtschaft, die auserlesene Bibliothek, die Sammlung physikalischer Instrumenten, die edle, von Üppigkeit und Kargheit gleichweit entfernte Einrichtung des Hauses, die Stiftung eines Arztes für die ganze Herrschaft, der lebenslängliche Unterhalt, dessen sich alle Hausbedienten zu erfreuen haben, die Wahl geschickter und rechtschaffener Männer auf den Beamtungen, und eine Menge kluger Verordnungen zum Besten der Untertanen, etc., alles sind lebende Denkmale des Geschmacks, der Einsichten, und der edeln Denkungsart des vormaligen Besitzers, der, nachdem er mit größtem Ruhm viele Jahre die erste Stelle an einem großen Hofe bekleidet hatte, seine letzten Tage auf diesem angenehmen Landsitz verlebte. Seine Güte und Leutseligkeit scheint seinen Erben, mit den Gütern, eigen geworden zu sein, daher sich immer die beste Gesellschaft der umliegenden Einwohner bei ihnen versammelt. Die sechs Tage über, welche wir da zubrachten, kam ich durch das Spielen auf eine

Idee, die ich gern von Herrn Br. untersucht haben möchte. Es waren viele Fremde gekommen, zu deren Unterhaltung man notwendigerweise Spieltische machen mußte. Denn unter zwanzig Personen waren gewiß die meisten von sehr verschiedenem Geist und Sinnesart, welches sich bei der Mittagstafel und dem Spaziergang am stärksten äußerte, wo jeder nach seinen herrschenden Begriffen und Neigungen von allen vorkommenden Gegenständen redete, und wo öfters teils die feinern Empfindungen der Tugend, teils die Pflichten der Menschenfreundlichkeit beleidigt worden waren. Bei dem Spielen aber hatten alle nur einen Geist, indem sie sich denen dabei eingeführten Gesetzen ohne den geringsten Widerspruch unterwarfen; keines wurde unmutig, wenn man ihm sagte, daß hier und da wider die Regeln gefehlt worden sei; man gestund es, und besserte sich sogleich nach dem Rat eines Kunsterfahrnen.

Ich bewunderte und liebte die Erfindung des Spielens, da ich sie als ein Zauberband ansah, durch welches in einer Zeit von wenigen Minuten Leute von allerlei Nationen, ohne daß sie sich sprechen können, und von Personen von ganz entgegengesetzten Charaktern viele Stunden lang sehr gesellig verknüpft werden; da es ohne dieses Hülfsmittel beinahe unmöglich wäre, eine allgemeine gefällige Unterhaltung vorzuschlagen. Aber ich konnte mich nicht enthalten, der Betrachtung nachzuhängen: woher es komme, daß eine Person vielerlei Gattungen von Spielen lernt, und sehr sorgfältig allen Fehlern wider die Gesetze davon auszuweichen sucht, so daß alles, was in dem Zimmer vorgeht, diese Person zu keiner Vergessenheit oder Übertretung der Spielgesetze bringen kann; und eine Viertelstunde vorher war nichts vermögend, sie bei verschiednen Anlässen von Scherzen und Reden abzuhalten, die alle Vorschriften der Tugend und des Wohlstandes beleidigten. Ein andrer, der als ein edler Spieler gerühmt wurde, und in der Tat ohne Gewinnsucht mit einer gleichgelassenen und freundlichen Miene spielte, hatte einige Zeit vorher, bei der Frage von Herrschaft und Untertan, von den letztern als Hunden gesprochen, und einem jungen, die Regierung seiner Güter antretenden Kavalier die heftigste und liebloseste Maßregeln angeraten, um die Bauren in Furcht und Unterwürfigkeit zu erhalten, und die Abgaben alle Jahre richtig einzutreiben, damit man in seinem standesgemäßen Aufwand nicht gestört würde. –

Warum? sagte mein Herz, warum kostet es die Leute weniger, sich den oft bloß willkürlichen Gesetzen eines Menschen zu unterwerfen, als den einfachen, wohltätigen Vorschriften, die der ewige Gesetzgeber zum Besten unsrer Nebenmenschen angeordnet hat? Warum darf man niemand erinnern, daß er wider *diese* Gesetze fehle? Meiner Tante hätte ich diesen zufälligen Gedanken nicht sagen wollen; denn sie macht mir ohnehin immer Vorwürfe über meine strenge und zu scharf gespannte moralische Ideen, die mich, wie sie sagt, alle Freuden des Lebens mißtönend finden ließen. Ich weiß nicht, warum man mich immer hierüber anklagt. Ich kann munter sein; ich liebe Gesellschaft, Musik, Tanz und Scherz. Aber die Menschenliebe und den Wohlstand kann ich nicht beleidigen sehen, ohne mein Mißvergnügen darüber zu zeigen; und dann ist es mir auch unmöglich, an geist- und empfindungslosen Gesprächen einen angenehmen Unterhalt zu finden, oder von nichtswürdigen Kleinigkeiten tagelang reden zu hören.

O fände ich nur in jeder großen Gesellschaft oder unter den Freunden unsers Hauses in D. *eine* Person wie die Stiftsdame zu **, man würde den Ton meines Kopfs und Herzens nicht mehr mürrisch gestimmt nennen! Diese edelmütige Dame lernte mich zu G. kennen, ihre erste Bewegung für mich war Achtung, mich als eine Fremde etwas mehr als gezwungene Höflichkeit genießen zu lassen. Ich hatte das Glück ihr zu gefallen, und erhielt dadurch den Vorteil den liebenswürdigen Charakter ihres Geistes und Herzens ganz kennenzulernen. Niemals habe ich die Fähigkeiten des einen und die Empfindungen des andern in einem so gleichen Maß *fein, edel* und *stark* gefunden als in dieser Dame. Ihr Geist und die angenehme Laune, die ihren Witz charakterisiert, machen sie zu der angenehmsten Gesellschafterin, die ich jemals gesehen habe; [und beinahe möchte ich glauben, daß einer unsrer Dichter an sie gedacht habe, da er von einer liebenswürdigen Griechin sagte:

>»Es hätt’ ihr Witz auch Wangen ohne Rosen
>Beliebt gemacht, ein Witz, dem’s nie an Reiz
>   gebrach,
>Zu stechen oder liebzukosen
>Gleich aufgelegt, doch lächelnd, wenn er stach,
>Und ohne Gift – –«]*

Sie besitzt die seltene Gabe, für alles, was sie sagt und schreibt, Ausdrücke zu finden, ohne daß sie das geringste Gesuchte an sich haben; alle ihre Gedanken sind wie ein schönes Bild, welches die Grazien in ein leichtes natürlich fließendes Gewand eingehüllt haben. Ernsthaft, munter oder freundschaftlich, in jedem Licht nimmt die Richtigkeit ihrer Denkensart und die natürliche ungeschmückte Schönheit ihrer Seele ein; und ein Herz voll Gefühl und Empfindung für alles, was gut und schön ist, ein Herz, das gemacht ist durch die Freundschaft glücklich zu sein, und glücklich zu machen, vollendet die Liebenswürdigkeit ihres Charakters.
Nur um dieser Dame willen habe ich mir zum erstenmal alte Ahnen gewünscht, damit ich Ansprüche auf einen Platz in ihrem Stifte machen, und alle Tage meines Lebens mit ihr hinbringen könnte. Die Beschwerlichkeiten der Präbende würden mir an ihrer Seite sehr leichte werden.

* Um die vortreffliche Schreiberin für nichts responsabel zu machen, was nicht würklich von ihr kömmt, gesteht der Herausgeber, daß die in [] eingeschlossenen Zeilen von ihm selbst eingeschoben worden, da er das Glück hat, die Dame, deren getreues Bildnis hier entworfen wird, persönlich zu kennen.

Urteilen Sie selbst, ob es mir empfindlich war, diese liebenswürdige Gräfin wieder verlassen zu müssen; wiewohl sie die Gütigkeit hat, mich durch ihren Briefwechsel für den Verlust ihres reizenden Umgangs zu entschädigen. Sie sollen Briefe von ihr sehen, und dann sagen, ob ich zu viel von den Reizungen ihres Geistes gesagt habe.

Die Bescheidenheit, welche einen besondern Zug des Charakters ihrer Freundin, der Gräfin von G., ausmacht, soll mich, da sie diesen Brief nicht zu sehen bekommen kann, nicht verhindern, Ihnen zu sagen, daß diese vortreffliche Dame nächst jener den meisten Anteil an dem Wunsch hatte, mein Leben, wenn es möglich gewesen wäre, in dieser glücklichen Entfernung von der Welt hinzubringen. Stilles Verdienst, das nur desto mehr einnimmt, weil es nicht glänzen *will*, ein feiner, durch Belesenheit und Kenntnisse ausgeschmückter Geist, verbunden mit ungefärbter Aufrichtigkeit und Güte des Herzens, macht diese Dame der Hochachtung und der Freundschaft jeder edlen Seele wert. Selbst der dichte Schleier, den ihre beinahe allzu große, wiewohl unaffektierte Bescheidenheit über ihre Vorzüge wirft, erhöht in meinen Augen den Wert derselben. Selten legt sie diesen anderswo als in dem Zimmer der Gräfin S. von sich; deren Beifall ihr eine Art von Gleichgültigkeit gegen alles andere Lob zu geben scheint; so wie sie auch der seltenen Geschicklichkeit, womit sie das Klavier spielt, und welche genug wäre, hundert andere stolz zu machen, nur darum, weil sie ihrer Freundin dadurch Vergnügen machen kann, einigen Wert beizulegen scheint. Ich kann nicht vergessen unter den übrigen würdigen Damen dieses Stifts, der Gräfin T. W., welche alle ihre Tage mit übenden Tugenden bezeichnet, und einen Teil ihrer besondern Geschicklichkeiten zum Unterricht armer Mädchen in allerlei künstlichen Arbeiten verwendet – und besonders der *Fürstin*, welche die Vorsteherin des Stifts ist, mit der zärtlichen Ehrerbietung zu erwähnen, welche sie durch die vollkommenste Leutseligkeit, eine sich selbst immer gleiche Heiterkeit der Seele, und die Würde voll Anmut, womit sich diese Eigenschaften in ihrer ganzen Person ausdrücken, allen die sich ihr nähern, einflößt. Wenn ich etwas beneiden könnte, so würde es das Glück sein, unter der Leitung der erfahrnen Tugend und Klugheit einer so würdigen mütterlichen Vorsteherin meine Tage hinzubringen.

Ich begnüge mich, Ihnen, was den Hauptpunkt meiner Tante bei dieser Reise betrifft, zu melden, daß er vollkommen erreicht wurde; wir sind nun wieder in D., und der Menge von Besuchen, welche wir zu geben und anzunehmen hatten, messen Sie die Schuld bei, daß Sie so lange ohne Nachricht von mir geblieben sind.

Mylord Seymour an den Doktor T**

Lieber Freund, ich hörte Sie oft sagen, die Beobachtungen, die Sie auf Ihren Reisen durch Deutschland über den Grundcharakter dieser Nation gemacht, hätte in Ihnen den Wunsch hervorgebracht, auf einer Seite den Tiefsinn unsrer Philosophen mit dem methodischen Vortrag der Deutschen, und auf der andern das kalte und langsam gehende Blut ihrer übrigen Köpfe, mit der feurigen Einbildungskraft der unsern, vereinigt zu sehen. Sie suchten auch lang eine Mischung in mir hervorzubringen, wodurch meine heftige Empfindungen möchten gemildert werden, indem Sie sagten, daß dieses die einzige Hindernis sei, warum ich in den Wissenschaften, die ich doch liebte, niemals zu einer gewissen Vollkommenheit gelangen würde. Sie gingen sanft und gütig mit mir um, weil Sie durch die Zärtlichkeit meines Herzens den Weg zu der Biegsamkeit meines Kopfs finden wollten; ich weiß nicht, mein teurer Freund, wie weit Sie damit gekommen sind; Sie haben mich das wahre Gute und Schöne erkennen und lieben gelehrt, ich wollte auch immer lieber sterben, als etwas Unedles oder Bösartiges tun, und doch zweifle ich, ob Sie mit der Ungeduld zufrieden sein würden, mit welcher ich das Ansehen meines Oheims über mich ertrage. Es deucht mir eine dreifache Last zu sein, die meine Seele in allen ihren Handlungen hindert: Mylord G. *als Oheim, als reicher Mann, den ich erben soll, und als Minister, dem mich meine Stelle als Gesandtschaftsrat unterwirft.* Fürchten Sie dennoch nicht, daß ich mich vergesse oder Mylorden beleidige; nein, so viel Gewalt habe ich über meine Bewegungen; sie werden durch nichts anders sichtbar, als eine tötende Melancholie, die ich vergebens zu unterdrücken suche; aber warum mache ich so viele Umschweife, um Ihnen am Ende meines Briefs etwas zu sagen, das ich gleich anfangs sagen wollte, daß ich in einer jungen Dame die schöne und glückliche Mischung der beiden Nationalcharaktere gesehen habe. Ihre Großmutter mütterlicher Seite war eine Tochter des alten Sir Watson, und ihr Vater, der verdienstvollste Mann, dessen Andenken in dem edelsten Ruhme blühte. Diese junge Dame ist eine Freundin des Fräulein C*, von welchem ich Ihnen schon geschrieben habe, das Fräulein Sternheim ist aber erst seit einigen Wochen hier, und zwar zum erstenmal; vorher war sie immer auf dem Lande gewesen. Erwarten Sie keine Ausrufungen über ihre Schönheit; aber glauben Sie mir, wenn ich sage, daß alle mögliche Grazien, deren die Bildung und Bewegung eines Frauenzimmers fähig ist, in ihr vereinigt sind: eine holde Ernsthaftigkeit in ihrem Gesicht, eine edle anständige Höflichkeit in ihrem Bezeugen, die äußerste Zärtlichkeit gegen ihre Freundin, eine anbetungswürdige Güte und die feinste Empfindsamkeit der Seele; ist dies nicht die Stärke des englischen Erbes von ihrer Großmutter?* Einen mit Wissenschaft und richtigen Begriffen

---

* Ich habe der kleinen Parteilichkeit des Fräulein von Sternheim für die englische Nation bereits in der Vorrede als eines Fleckens erwähnt, den ich von diesem vortrefflichen Werke hätte wegwischen mögen, wenn es ohne zu große

gezierten Geist ohne das geringste Vorurteil, männlichen Mut Grundsätze zu zeigen und zu behaupten, viele Talente mit der liebenswürdigsten Sittsamkeit verbunden; dieses gab ihr der rechtschaffene Mann, der das Glück hatte ihr Vater zu sein. Nach dieser Beschreibung, mein Freund, können Sie den Eindruck beurteilen, welchen sie auf mich machte. Niemals, niemals ist mein Herz so eingenommen, so zufrieden mit der Liebe gewesen! Aber was werden Sie dazu sagen, daß man dieses edle reizende Mädchen zu einer Mätresse des Fürsten bestimmt? daß mir Mylord verboten ihr meine Zärtlichkeit zu zeigen, weil der Graf F. ohnehin befürchtet, man werde Mühe mit ihr haben? Doch behauptet er, daß sie deswegen an den Hof geführt worden sei. Ich zeigte meinem Oncle alle Verachtung, die ich wegen dieser Idee auf den Grafen Löbau, ihren Oncle, geworfen; ich wollte das Fräulein von dem abscheulichen Vorhaben benachrichtigen, und bat Mylorden fußfällig, mir zu erlauben, durch meine Vermählung mit ihr, ihre Tugend, ihre Ehre und ihre Annehmlichkeiten zu retten. Er bat mich, ihn ruhig anzuhören, und sagte mir: er selbst verehre das Fräulein, und sei überzeugt, daß sie das ganze schändliche Vorhaben zernichten werde; und er gab mir die Versicherung, daß, wenn sie ihrem würdigen Charakter gemäß handle, er sich ein Vergnügen davon machen wolle, ihre Tugend zu krönen. »Aber solang der ganze Hof sie als bestimmte Mätresse ansieht, werde ich nichts tun. Sie sollen keine Frau von zweideutigem Ruhme nehmen; halten Sie sich an das Fräulein C*, durch diese können Sie alles von den Gesinnungen der Sternheim erfahren; ich will Ihnen von den Unterhandlungen Nachricht geben, die der Graf F. auf sich genommen hat.

Veränderungen tunlich gewesen wäre. – Wenn wir den weisesten Engländern selbst glauben dürfen, so ist eine Dame von so schöner Sinnesart als Fräulein St., in England nicht weniger selten als in Deutschland. Doch, hier spricht ein junger Engländer, welcher billig für seine Nation eingenommen sein darf, und ein Enthusiast, der das Recht hat, zuweilen unrichtig zu räsonieren.   A. d. H.

Alle Züge des Charakters der Fräulein geben mir Hoffnung zu einem Triumphe der Tugend. Aber er muß vor den Augen der Welt erlanget werden.«

Mein Oheim erregte in mir die Begierde, den Fürsten gedemütigt zu sehen, und ich stellte mir den Widerstand der Tugend als ein entzückendes Schauspiel vor. Diese Gedanken brachten mich dahin, meine ganze Aufführung nach der Vorschrift meines Oheims einzurichten. Mylord Derby hat mir einen neuen Bewegungsgrund dazu gegeben. Er sah sie, und faßte gleich eine Begierde nach den seltnen Reizungen, die sie hat; denn Liebe kann man seine Neigung nicht nennen. Er ist mir mit seiner Erklärung schon zuvorgekommen; wenn er sie rührt, so ist mein Glück hin; ebenso hin, als wenn sie der Fürst erhielte; dann wenn sie einen Ruchlosen lieben kann, so hätte sie mich niemals geliebt. Aber ich bin elend, höchst elend durch die zärtlichste Liebe für einen würdigen Gegenstand, den ich unglücklicherweise mit den Fallstricken des Lasters umgeben sehe. Die Hoffnung in ihre Grundsätze, und die Furcht der menschlichen Schwachheit martern mich wechselsweise. Heute, mein Freund, heute wird sie in der Hofkomödie dem Blick des Fürsten zum erstenmal ausgesetzt; ich bin nicht wohl; aber ich muß hingehen, wenn es mir das Leben kosten sollte.

Ich lebe auf, mein Freund, der Graf von F. zweifelt, daß man etwas über den Geist des Fräuleins gewinnen werde.

Mylord befahl mir, mich in der Komödie nahe an ihn zu halten. Das Fräulein kam mit ihrer unwürdigen Tante in die Loge der Gräfin F.; sie sah so liebenswürdig aus, daß es mich schmerzte. Eine Verbeugung, die ich zugleich mit Mylord an die drei Damen machte, war der einzige Augenblick, wo ich mir getrauete sie anzusehen. Bald darauf war der ganze Adel und der Fürst selbst da, dessen lüsternes Auge sogleich auf die Loge der Gräfin F. gewendet war; das Fräulein verbeugte sich mit so vieler Anmut, daß ihn auch dieses hätte aufmerksam machen müssen, wenn es ihre übrige Reize nicht getan hätten. Er redete sogleich mit dem Grafen F. und sah wieder auf das Fräulein, die er jetzt besonders grüßte. Alle Augen waren auf sie geheftet, aber eine kleine Weile darauf verbarg sich das Fräulein halb hinter der Gräfin F. Die Opera ging an; der Fürst redete viel mit F., der endlich in die Loge seiner Gemahlin ging, um Mylorden und den Gräfinnen zu verweisen, daß sie dem Fräulein den Platz wegnähmen, da sie beide das Spiel schon oft, das Fräulein aber es noch niemals gesehen hätte.

»Die Damen sein nicht Ursache, Herr Graf«, sagte das Fräulein, etwas ernsthaft; »ich habe diesen Platz gewählt, ich sehe genug, und gewinne dabei das Vergnügen, weniger gesehen zu *werden*.«

»Aber Sie berauben so viele des Vergnügens Sie zu sehen?« – Darüber hätte sie nur eine Verbeugung gemacht, die an sich nichts als Geringschätzigkeit seines Kompliments angezeigt habe. Er hätte ihre Meinung von der Komödie begehrt; darauf hätte sie wieder mit einem ganz eignen Ton gesagt: sie wundere sich nicht, daß diese Ergötzlichkeit von so vielen Personen geliebt würde.

»Ich wünsche aber zu wissen, wie es Ihnen gefällt, was Sie davon denken? Sie sehen so ernsthaft.«

»Ich bewundere die vereinigte Mühe so vieler Arten von Talente.«

»Ist das alles, was Sie dabei tun, empfinden Sie nichts für die Heldin oder den Helden?«

»Nein, Herr Graf, nicht das geringste«; hätte sie mit Lächeln geantwortet.

Man speiste bei der Fürstin von W*; der Fürst, die Gesandtschaften und übrige Fremde, worunter der Graf Löbau, Oncle des Fräuleins Sternheim, auch gerechnet wurde. Die Gräfin F* stellte das Fräulein mit vielem Gepränge dem Fürsten vor. Dieser affektierte viel von ihrem Vater zu sprechen. Das Fräulein soll kurz und in einem gerührten Tone geantwortet haben. Die Tafel war vermengt, immer ein Kavalier bei einer Dame. Graf

F., ein Neffe des Ministers, war an der Seite des Fräuleins, welche gerade so gesetzt wurde, daß sie der Fürst im Gesicht hatte; er sah sie unaufhörlich an. Ich nahm mich in acht, nicht oft nach dem Fräulein zu sehen; doch bemerkte ich Unzufriedenheit an ihr. Man hob die Tafel bald auf, um zu spielen; die Prinzessin nahm das Fräulein zu sich, ging bei den Spieltischen mit ihr herum, setzte sich auf den Sofa, und redete sehr freundlich mit ihr. Der Fürst kam, nachdem er eine Tour mit Mylorden gespielt hatte, auch dazu.

Den zweeten Tag sagte Graf F. zu Mylord: er wünschte dem Löbau alles Böse auf den Hals, das Fräulein hieher gebracht zu haben. Sie ist ganz dazu gemacht, um eine heftige Leidenschaft zu erwecken; aber ein Mädchen, das keine Eitelkeit auf ihre Reize hat, bei einem Schauspiel nichts als die vereinigte Mühe von vielerlei Talenten betrachtet, an einer ausgesuchten Tafel nichts als eine Äpfel-Kompotte ißt, Wasser dazu trinkt, an einem Hofe nach dem Hause eines Landpfarrers seufzet, und bei allem dem voll Geist und voll Empfindung ist – ein solches Mädchen ist schwer zu gewinnen!

Gott wolle es, dacht' ich; lange kann ich den gewaltsamen Stand, in dem ich bin, nicht aushalten!

Schreiben Sie mir bald; sagen Sie mir, was Sie von mir denken, und was ich hätte tun sollen.

Das Fräulein von Sternheim an Emilia

O meine Emilia! wie nötig ist mir eine erquickende Unterhaltung mit einer zärtlichen und tugendhaften Freundin!

Wissen Sie, daß ich den Tag, an dem ich mich zu der Reise nach D. bereden ließ, für einen unglücklichen Tag ansehe. Ich bin ganz aus dem Kreise gezogen worden, den ich mit einer so seligen Ruhe und Zufriedenheit durchging. Ich bin hier niemanden, am wenigsten mir selbst, nütze; das Beste, was ich denke und empfinde, darf ich nicht sagen, weil man mich *lächerlich-ernsthaft* findet; und so viel Mühe ich mir gebe, aus Gefälligkeit gegen die Personen, bei denen ich bin, ihre Sprache zu reden, so ist doch meine Tante selten mit mir zufrieden, und ich, Emilia, noch seltener mit ihr. Ich bin nicht eigensinnig, mein Kind, in Wahrheit ich bin es nicht; ich fodere nicht, daß jemand hier denken solle wie ich; ich sehe zu sehr ein, daß es eine moralische Unmöglichkeit ist. Ich nehme keinem übel, daß der Morgen am Putztische, der Nachmittag in Besuchen, der Abend und die Nacht mit Spielen hingebracht wird. Es ist hier die große Welt, und diese hat die Einrichtung ihres Lebens mit dieser Haupteinteilung angefangen. Ich bin auch sehr von der Verwunderung zurückgekommen, in die ich sonst geriet, wenn ich an Personen, die meine selige Großmama besuchten, einen so großen Mangel an guten Kenntnissen sah, da sie doch von Natur mit vielen Fähigkeiten begabt waren. Es ist nicht möglich, meine Liebe, daß eine junge Person in diesem betäubenden Geräusche von lärmenden Zeitvertreiben einen Augenblick finde, sich zu sammeln. Kurz, alle hier sind an diese Lebensart und an die herrschenden Begriffe von Glück und Vergnügen gewöhnt, und lieben sie ebenso, wie ich die Grundsätze und Begriffe liebe, welche Unterricht und Beispiel in meine Seele gelegt haben. Aber man ist mit meiner Nachsicht, mit meiner Billigkeit nicht zufrieden; ich soll denken und empfinden wie sie, ich soll freudig über meinen wohlgeratnen Putz, glücklich durch den Beifall der andern, und entzückt über den Entwurf eines Soupé, eines Balls werden. Die Opera, weil es die erste war, die ich sah, hätte mich außer mir selbst setzen sollen, und der Himmel weiß, was für elendes Vergnügen ich in dem Lob des Fürsten habe finden sollen. Alle Augenblicke wurde ich in der Komödie gefragt: »Nun wie gefällt's Ihnen, Fräulein?«

»Gut«, sagte ich ganz gelassen; »es ist vollkommen nach

der Idee, die ich mir von diesen Schauspielen machte.«
Da war man mißvergnügt, und sah mich als eine Person
an, die nicht wisse, was sie rede. Es mag sein, Emilia, daß
es ein Fehler meiner Empfindungen ist, daß ich die
Schauspiele nicht liebe, und ich halte es für eine Würkung des Eindrucks, den die Beschreibung des Lächerli-
chen und Unnatürlichen eines auf dem Schlachtfeld sin-
genden Generals und einer sterbenden Liebhaberin, die
ihr Leben mit einem Triller schließt, so ich im Englischen
gelesen habe, auf mich machte. Ich kann auch niemand
tadeln, der diese Ergötzlichkeiten liebt. Wenn man die
Verbindung so vieler Künste ansieht, die für unser Aug
und Ohr dabei arbeiten, so ist schon dieses angenehm zu
betrachten; und ich finde nichts natürlicher als die Leidenschaften, die eine Aktrice oder Tänzerin einflößt. Die
Intelligenz (lassen Sie mir dieses Wort), mit welcher die
erste ihre Rolle spielt, da sie ganz in den Charakter, den
sie vorstellt, eintritt, von edeln zärtlichen Gesinnungen
mit voller Seele redt, selbst schön dabei ist, und die
ausgesuchte Kleidung, die affektvolleste Musik, mit allen
Verzierungen des Theaters dabei zu Gehülfen hat – wo
will sich der junge Mann retten, der mit einem empfindlichen Herzen in den Saal tritt, und da von Natur und
Kunst zugleich bestürmt wird?
Die Tänzerin, von muntern Grazien umgeben, jede
Bewegung voll Reiz, in Wahrheit, Emilia, man soll sich
nicht wundern, nicht zanken, wenn sie geliebt wird!
Doch dünkt mich der Liebhaber der Aktrice *edler* als der
von der Tänzerin. Ich habe irgendwo gelesen, daß die
Linie der Schönheit für den Maler und Bildhauer sehr
fein gezogen sei; geht er darüber, so ist sie verloren;
bleibt er unter ihr, so fehlt seinem Werk die Vollkommenheit.
Die Linie der sittlichen Reize der Tänzerin dünkt mich
ebenso fein gezogen; dann sie schien mir sehr oft über-
treten zu werden.
Überhaupt bin ich es sehr zufrieden, ein Schauspiel

gesehen zu haben, weil die Vorstellung, die ich davon hatte, dadurch ganz bestimmt worden ist; aber ich bin es auch zufrieden, wenn ich keines mehr sehe.

Nach der Komödie speiste ich mit der Prinzessin von W*, da wurde ich dem Fürsten vorgestellt. Was soll ich Ihnen davon sagen? Daß er ein schöner Mann und sehr höflich ist, daß er meinen werten Papa sehr gelobt hat, und daß ich mißvergnügt damit war. Ja, meine Emilia, ich kann nicht mehr so froh über die Lobsprüche sein, die man ihm gibt; der Ton, worin es geschieht, klingt mir gerade, als wenn man sagte: »Ich weiß, daß Sie von Ihrem Vater sehr eingenommen sind, ich sage Ihnen also Gutes von ihm.« Und dann, mein Kind, muß ich Ihnen sagen, daß die Blicke, die der Fürst auf mich warf, auch das Beste verdorben hätten, das er hätte sagen können.

Was für Blicke, meine Liebe! Gott bewahre mich, sie wieder zu sehen! Wie haßte ich die spanische Kleidung, die mir nichts als eine Palatine erlaubte. Wäre ich jemals auf meine Leibesgestalt stolz gewesen, so hätte ich gestern dafür gebüßt. Der bitterste Schmerz durchdrang mich bei dem Gedanken, der Gegenstand so häßlicher Blicke zu sein. Meine Emilia, ich mag nicht mehr hier sein; ich will zu Ihnen, zu den Gebeinen meiner Eltern. Die Gräfin R. bleibt zu lange weg.

Heute erzählte mir die Gräfin F. mit vielem Wortgepränge das Lob des Fürsten über meine Person und meinen Geist.

Morgen gibt der Graf ein großes Mittagessen, und ich soll dabei sein. Niemals, seitdem ich hier bin, hatte ich die Empfindungen eines Vergnügens nach meinem Geschmack. Die Freundschaft des Fräulein C* war das einzige, was mich erfreute; aber auch diese ist nicht mehr, was sie war. Sie spricht so kalt; sie besucht mich nicht mehr; wir kommen beim Spiel nicht mehr zusammen: Und wenn ich mich ihr, oder dem Mylord Seymour nähere, welche immer zusammen reden, so schweigen sie, und Mylord entfernt sich traurig, bewegt;

und das Fräulein sieht ihm nach, und ist zerstreut. Was soll ich denken? Will das Fräulein nicht, daß ich Mylorden spreche? Geht er weg, um ihr seine vollkommene Ergebenheit zu zeigen? Denn er redt mit keiner andern Seele als mit ihr. O mein Kind, wie fremd ist mein Herz in diesem Lande! Ich, die mein Glück für anderer ihres hingäbe, ich muß die Sorge sehen, daß ich es zu stören denke. Liebes Fräulein C*, ich will Ihnen diese Unruhe nehmen; denn ich werde meinen Augen das Vergnügen versagen, Mylord Seymour anzuschauen. Meine Blicke waren ohnehin flüchtig genug. Ich will Sie selbst nicht mehr aufsuchen, wenn Sie in einem glücklichen Gespräche mit dem liebenswerten Manne begriffen sind. – Sie sollen sehen, daß Sophie Sternheim das Glück ihres Herzens durch keinen Raub zu erhalten sucht! – Emilia, eine Träne füllte mein Auge bei diesem Gedanken. Aber der Verlust einer geliebten Freundin, der einzigen, die ich hier hatte, der Verlust des Umgangs eines würdigen Mannes, den ich hochschätze, dieser Verlust verdient eine Träne. D. wird mich keine andre kosten: Morgen, mein Kind, morgen wünsche ich abzureisen.

Warum sagt mir Ihr Brief nichts von meinem Pflegvater; warum nichts von Ihrer Reise und von Ihrem Gesellschafter?

Emilia, Ihre Briefe, Ihre Liebe und Vertrauen sind alles Gute, so ich noch erwarte.

D. hat nichts – nichts für mich.

Mylord Derby an seinen Freund in Paris

Bald werde ich Deinen albernen Erzählungen ein Ende machen, die ich bisher nur deswegen geduldet, weil ich sehen wollte, wie weit Du deine Prahlerei in dem Angesichte deines Meisters treiben würdest. Auch solltest Du heute die Geißel meiner Satire fühlen, wenn ich nicht im Sinne hätte, Dir den Entwurf einer deutsch-galanten

Historie zu zeigen, zu deren Ausführung ich mich fertigmache. Was wollen die Pariser Eroberungen sagen, die Du nur durch Gold erhältst? Dann was würde sonst eine Französin mit Deinem breiten Gesicht und hagern Figürchen machen; die Eroberungen der Herren Mylords in Paris, was sind die? Eine Kokette, eine Aktrice, beide artig, einnehmend; aber sie waren es schon für so viele Leute, daß man ein Tor sein muß, sich darüber zu beloben. War ich nicht auch da, meine schönen Herren? Und weiß ich nicht ganz sicher, daß die wohlerzogne Tochter eines angesehenen Hauses und die geistvolle achtungswerte Frau gar nicht die Bekanntschaften sind, die man uns machen läßt? Also prahle mir nicht mehr, mein guter B*, denn von Siegen wie die eurige, ist kein Triumphlied zu singen. Aber ein den Göttern gewidmetes Meisterstück der Natur und der Kunst zu erbeuten, den Argus der Klugheit und Tugend einzuschläfern, Staatsminister zu betrügen, alle weithergesuchte Vorbereitungen eines gefährlichen und geliebten Nebenbuhlers zu zernichten, ohne daß man die Hand gewahr wird, welche an der Zerstörung arbeitet; dies verdient angemerkt zu werden!

Du weißt, daß ich der Liebe niemals keine andre Gewalt als über meine Sinnen gelassen habe, deren feinstes und lebhaftestes Vergnügen sie ist. Daher war die Wahl meiner Augen immer fein, daher meine Gegenstände immer abgewechselt. Alle Klassen von Schönheiten haben mir gefrönet; ich wurde ihrer satt, und suchte nun auch die Häßlichkeit zu meiner Sklavin zu machen; nach dieser mußten mir Talente und Charakter unterwürfig werden. Wie viel Anmerkungen könnten nicht die Philosophen und Moralisten über die feinen Netze und Schlingen machen, in denen ich die Tugend, oder den Stolz, die Weisheit, oder den Kaltsinn, die Koketterie, und selbst die Frömmigkeit der ganzen weiblichen Welt gefangen habe. Ich dachte schon mit Salomo, daß für mich nichts Neues mehr unter der Sonne wäre. Aber Amor lachte meiner Eitelkeit. Er führte aus einem elenden Landwinkel die Tochter eines Obersten herbei, deren Figur, Geist und Charakter so neu und reizend ist, daß meinen vorigen Unternehmungen die Krone fehlte, wenn sie mir entwischen sollte. Wachsam muß ich sein; Seymour liebt sie, läßt sich aber durch Mylord G. leiten, weil diese Rose für den Fürsten bestimmt ist, bei dem sie einen Prozeß für ihren Oheim gewinnen soll. Der Sohn des Grafen F. bietet sich zur Vermählung mit ihr an, um den Mantel zu machen; wenn sie ihn aber liebt, so will er die Anschläge des Grafen Löbau und seines Vaters zunichte machen; der schlechte Pinsel! Er soll sie nicht haben. Seymour mit seiner schwermütigen Zärtlichkeit, die auf den Triumph ihrer Tugend wartet, auch nicht; und der Fürst – der ist sie nicht wert! Für mich soll sie geblüht haben, das ist festgesetzt; allem meinem Verstand ist aufgeboten, ihre schwache Seite zu finden. *Empfindlich* ist sie; ich hab es ihren Blicken angesehen, die sie manchmal auf Seymouren wirft, wenn es gleich ich bin, der mit ihr redet. *Freimütig* ist sie auch; dann sie sagte mir, es dünkte sie, daß es meinem Herzen an Güte fehle. »Halten Sie Mylord Seymour für besser als mich?« fragte ich sie. Sie errötete, und sagte, er wäre es. Damit hat sie mir eine wütende Eifersucht gegeben, aber zugleich den Weg zu ihrem Herzen gezeigt. Ich bin zu einer beschwerlichen Verstellung gezwungen, da ich meinen Charakter zu einer Harmonie mit dem ihrigen stimmen muß. Aber es wird eine Zeit kommen, wo ich sie nach dem meinigen bilden werde. Dann mit ihr werd ich diese Mühe nehmen, und gewiß, sie soll neue Entdeckungen in dem Lande des Vergnügens machen, wenn ihr aufgeklärter und feiner Geist alle seine Fähigkeiten dazu anwenden wird. Aber das Lob ihrer Annehmlichkeiten und Talenten rührt sie nicht; die allgemeinen Kennzeichen einer eingeflößten Leidenschaft sind ihr auch gleichgültig. Hoheit des Geistes und Güte der Seele scheinen in einem seltenen Grad in ihr verbunden zu sein; so wie in ihrer

Person alle Reize der vortrefflichsten Bildung mit dem ernsthaften Wesen, welches große Grundsätze geben, vereinigt sind. Jede Bewegung, die sie macht, der bloße Ton ihrer Stimme, lockt die Liebe zu ihr; und ein Blick, ein einziger ungekünstelter Blick ihrer Augen, scheint sie zu verscheuchen; so eine reine unbefleckte Seele wird man in ihr gewahr. – Halt einmal: Wie komme ich zu diesem Geschwätz? – So lauteten die Briefe des armen Seymour, da er in die schöne Y** verliebt war: Sollte mich diese Landjungfer auch zum Schwärmer machen? So weit es zu meinen Absichten dient, mag es sein; aber, beim Jupiter, sie soll mich schadlos halten! Ich habe Mylord G**s zweiten Sekretär gewonnen! Der Kerl ist ein halber Teufel. Er hatte die Theologie studiert, aber sie wegen der strengen Strafe, die er über eine Büberei leiden müssen, verlassen; und seitdem sucht er sich an allen frommen Leuten zu rächen. »Es ist gut, wenn man ihren Stolz demütigen kann«, sagte er; durch ihn will ich Mylord Seymouren ausforschen. Er kann den letzten wegen der Moral, die er immer predigt, nicht ausstehen. Du siehst, daß der Theologe eine starke Verwandlung erlitten hat; aber so einen Kerl brauche ich itzt, weil ich selbst nicht frei agieren kann; heute nichts mehr, man unterbricht mich.

Fräulein von Sternheim an Emilia

Emilia! Ich erliege fast unter meinem Kummer; mein Pflegvater tot! Warum schrieben Sie mir, oder doch Rosinen nichts, als da alles vorbei war? Die gute Rosine vergeht vor Jammer. Ich suche sie zu trösten, und meine eigne Seele ist niedergeschlagen. Meine werte Freundin, die Erde deckt nun das Beste, das sie uns gegeben hatte, gütige verehrungswürdige Eltern! – Kein Herz kennt Ihren Verlust so wohl als das meinige; ich empfinde Ihren Schmerz doppelt. – Warum konnte ich seinen

Segen nicht selbst hören? Warum benetzen meine Tränen seine heilige Grabstätte nicht! da ich mit gleichen kindlichen Gesinnungen wie seine Töchter um ihn weine. – Die arme Rosine! Sie kniet bei mir, ihr Kopf liegt auf meinem Schoße, und ihre Tränen träufeln auf die Erde. Ich umarme sie und weine mit. Gott lasse durch unsern Kummer Weisheit in unsrer Seele aufblühen; und erfülle dadurch den letzten Wunsch unserer Väter! besonders den, welchen mein Pflegvater für seine Emilia machte, da seine zitternde Hand noch ihre Ehe einsegnete, und sie so dem Schutz eines treuen Freundes übergab. Tugend und Freundschaft sei mein und Rosinens Teil, bis die Reihe des Loses der Sterblichkeit auch uns in einer glückseligen Stunde trifft! Möchte alsdann ein edles Herze mir Dank für das gegebene Beispiel im Guten nachrufen, und ein durch mich erquickter Armer mein Andenken segnen! Dann würde der Weise, der Menschenfreund sagen können, daß ich den Wert des Lebens gekannt habe!

Ich kann nicht mehr schreiben, unsre Rosine gar nicht; sie bittet um ihres Bruders und ihrer Schwester Liebe, und will immer bei mir leben. Ich hoffe, Sie sind es zufrieden, und befestigen dadurch das Band unsrer Freundschaft. Edelmut und Güte soll es unzertrennlich machen. Ich umarme meine Emilia mit Tränen; Sie glauben nicht, wie traurig mir ist, daß ich diesen Brief schließen muß, ohne etwas an meinen väterlichen Freund beizusetzen. Ewige Glückseligkeit lohne ihn und meinen Vater! Lassen Sie uns, meine Emilia, meine Rosina, so leben, daß wir ihnen einmal als würdige Erbinnen ihrer Tugend und Freundschaft dargestellt werden können!

Mylord Seymour an den Doktor B.

Immer wird mir das Fräulein liebenswürdiger und ich –
ich werde immer unglücklicher. Der Fürst und Derby
suchen ihre Hochachtung zu erwerben; beide sehen, daß
dies der einzige Weg zu ihrem Herzen ist. Der doppelte
Eigensinn, den meine Leidenschaft angenommen, hindert mich ein Gleiches zu tun. Ich bin nur bemüht sie zu
beobachten, und eine untadelhafte Aufführung zu
haben. Sie hingegen meidet mich und das Fräulein C*.
Ich höre sie nicht mehr reden; aber die Erzählungen des
Derby, dem sie Achtung erweiset, sind mir beständige
Beweise des Adels ihrer Seele. Ich glaube, daß sie die
erste tugendhafte Bewegung in sein Herz gebracht hat.
Denn vor einigen Tagen sagt' er mir; er hätte das Fräulein
in eine Gesellschaft führen sollen, und wie er in ihr
Zimmer gegangen sie abzuholen, habe er ihre Kammerjungfer vor ihr knien gesehen; das Fräulein selbst halb
angezogen, ihre schönen Haare auf Brust und Nacken
zerstreut, ihre Arme um das kniende Mädchen
geschlungen, deren Kopf sie an sich gedrückt, während
sie ihr mit beweglicher Stimme von dem Wert des Todes
der Gerechten und der Belohnung der Tugend gesprochen. Tränen wären aus ihren Augen gerollt, die sie
endlich gen Himmel gehoben, und das Andenken ihres
Vaters und noch eines Mannes für ihren Unterricht
gesegnet hätte. Dieser Anblick hätte ihn staunen
gemacht; und wie das Fräulein ihn gewahr worden, habe
sie gerufen: »O Mylord, Sie sind gar nicht geschickt mich
in diesem Augenblicke zu unterhalten; haben Sie die
Güte zu gehen, und mich bei meiner Tante zu entschuldigen; ich werde heute niemand sehen.« Das feierliche
und rührende Ansehen, so sie gehabt, hätte ihm ihren
Vorwurf zweifach verbittert, da er die Geringschätzung
gefühlt, die sie für seine Denkensart habe. Er hätte auch
geantwortet; wenn sie die Ehrfurcht sehen könnte, die er
in diesem Augenblicke für sie fühlte, so würde sie ihn

ihres Vertrauens würdiger achten. Da sie aber, ohne ihm zu antworten, ihren Kopf auf den von ihrem Mädchen gelegt, wäre er fortgegangen, und hätte von der Gräfin L* gehört, daß diese Szene den Tod des Pfarrers von P. anginge, der das Fräulein zum Teil erzogen und der Vater ihrer Kammerjungfer gewesen; der Graf Löbau und seine Gemahlin wären froh, daß der schwärmerische Briefwechsel, den das Fräulein mit diesem Manne unterhalten, nun ein Ende hätte, und man sie auf eine ihrem Stande gemäßere Denkungsart leiten könne. Sie wären auch beide mit ihm zu dem Fräulein gegangen, und hätten ihr ihre Traurigkeit und den Entschluß verwiesen, daß sie nicht in die Gesellschaft gehen wolle. »Meine Tante«, habe sie geantwortet, »so viele Wochen habe ich der schuldigen Gefälligkeit gegen Sie, und den Gewohnheiten des Hofes aufgeopfert; die Pflichten der Freundschaft und der Tugend mögen wohl auch einen Tag haben!« »Ja«, habe die Gräfin versetzt, »aber deine Liebe ist immer nur auf *eine* Familie eingeschränkt gewesen; du bist gegen die Achtung und Zärtlichkeit, so man dir hier beweist, zu wenig empfindlich.« *Das Fräulein:* »Meine gnädige Tante, es ist mir leid, wenn ich Ihnen undankbar scheine; aber verdiente der Mann, der meine Seele mit guten Grundsätzen, und meinen Geist mit nützlichen Kenntnissen erfüllte, nicht ein größeres Maß von Erkenntlichkeit als der höfliche Fremdling, der mich *nötigt*, an seinen vorübergehenden *Ergötzlichkeiten* Anteil zu nehmen?« *Die Gräfin:* »Du hättest schicklicher das Wort abwechselnde Ergötzlichkeiten gebrauchen können.« *Das Fräulein:* »Alle diese Fehler beweisen Ihnen, daß ich für den Hof sehr untauglich bin.« *Die Gräfin:* »Ja, heute besonders, du sollst auch zu Hause bleiben.«

Derby erzählte mir dieses mit einem leichtsinnigen Ton, aber gab genau auf meine Bewegungen acht. Sie wissen, daß ich sie selten verbergen kann, und in diesem Falle war mir's ganz unmöglich. Der Charakter des Fräuleins rührte mich. Ich mißgönnte Derbyn, sie gesehen und gehört zu haben. Unzufrieden auf mich, meinen Oncle und den Fürsten, brach ich in den Eifer aus, zu sagen: *»Das Fräulein hat den edelsten und seltensten Charakter; wehe den Elenden, die sie zu verderben suchen!«* »Sie sind ein ebenso seltener Mann«, erwiderte ich, »als das Fräulein ein seltenes Frauenzimmer ist. Sie wären der schicklichste Liebhaber für sie gewesen, und ich hätte ihr Vertrauter und Geschichtschreiber sein mögen.«

»Ich glaube nicht, Mylord Derby, daß Ihnen das Fräulein oder ich diesen Auftrag gemacht hätte«, sagte ich. Über diese Antwort sah ich eine Miene an ihm, die mir gänzlich mißfiel; sie war lächelnd und nachdenkend; aber, mein Freund, ich konnte mich nicht enthalten in meinem Herzen zu sagen, so lächelt Satan, wenn er sich eines giftigen Anschlags bewußt ist.

Fräulein von Sternheim an Emilien

Ihr Stilleschweigen, meine Freundin, dünket mich und Rosinen sehr lange und unbillig; aber ich werde mich wegen der Unruhe, die Sie mir dadurch gemacht, nicht anders rächen, als Ihnen, wenn ich einmal eine lange Reise mache, auf halbem Wege zu schreiben; denn da ich weiß, wie Sie mich lieben, so könnte ich den Gedanken nicht ertragen, Ihrem zärtlichen Herzen den Kummer für mich zu geben, den das meinige in dieser Gelegenheit für Sie gelitten. Aber Ihre glückliche Ankunft in W. und Ihr Vergnügen über Ihre Aussicht in die Zukunft hat mich dafür belohnt. Auch ohne dies, wie sehr, meine Emilia, bin ich erfreut, daß mir mein Schicksal zu gleicher Zeit einen vergnügenden Gegenstand zu etlichen Briefen an Sie gegeben hat! Denn hätte ich fortfahren müssen, über verdrießliche Begegnisse zu klagen, so wäre Ihre Zufriedenheit durch mich gestört worden, da Ihr liebreiches Herz einen so lebhaften Anteil an allem nimmt, was mich und die seltene Empfindsamkeit meiner Seele betrifft. Ich habe in dieser für mich so dürren moralischen Gegend, die ich seit drei Monaten durchwandre, zwei angenehme Quellen und ein Stück urbares Erdreich angetroffen, wobei ich mich eine Zeitlang aufhalten werde, um bei dem ersten meinen Geist und mein Herz zu erfrischen, und für die Anpflanzung und Kultur guter Früchte bei dem letztern zu sorgen. Doch ich will ohne Gleichnis reden. Sie wissen, daß die Erziehung die ich genossen, meine Empfindungen und Vorstellungen von Vergnügen, mehr auf das Einfache und Nützliche lenkte als auf das Künstliche und nur allein Belustigende. Ich sah die Zärtlichkeit meiner Mama niemals in Bewegung als bei Erzählung einer edeln großmütigen Handlung, oder einer, so von der Ausübung der Pflichten und der Menschenliebe und andern Tugenden gemacht wurde. Niemals drückte sie mich mit mehr Liebe an ihr Herz, als wenn ich etwas sagte, oder etwas für einen Freund des Hauses, für einen Bedienten oder Untertanen unternahm, so die Kennzeichen der Wohltätigkeit und Freude über anderer Vergnügen an sich hatte; und ich habe sehr wohl bemerkt, daß, wenn mir, wie tausend andern Kindern, ungefähr eine feine und schickliche Anmerkung oder ein Gedanke beigefallen, worüber oft die ganze Gesellschaft in Bewunderung und Lob ausgebrochen, sie nur einen Augenblick gelächelt, und sofort die Achtung, welche mir ihre Freunde zeigen wollten, auf die Seite des tätigen Lebens zu lenken gesucht, indem sie entweder etwas von meinem Fleiß in Erlernung einer Sprache, des Zeichnens, der Musik oder anderer Kenntnisse lobte, oder von einer erbetenen Belohnung oder Wohltat für jemand redte, und mir also dadurch zu erkennen gab, daß *gute Handlungen* viel ruhmwürdiger sein als die *feinsten Gedanken*. Wie einnehmend bewies mein Papa mir diesen Grundsatz, da er mich in dem Naturreiche auf die Betrachtung führte, daß die Gattungen der Blumen, welche nur zu Ergötzung des Auges dienten, viel weniger zahlreich und ihre Fruchtbarkeit weit schwächer wäre* als der nützlichen Pflanzen, die zur Nahrung der Menschen und Tiere dienen; und waren nicht alle Tage seines Lebens, mit der Ausübung dieses Satzes bezeichnet? Wie nützlich suchte er seinen Geist und seine Erfahrungen seinen Freunden zu machen? Was tat er für seine Untergebenen und für seine Untertanen? Nun, meine Emilie! mit diesen Grundsätzen, mit diesen Neigungen kam ich in die große Welt, worin der meiste Teil nur für Aug und Ohr lebt, wo dem vortrefflichen Geist nicht erlaubt ist, sich anders als in einem vorübergehenden witzigen Einfalle zu zeigen; und Sie sehen, mit wie vielem Fleiße meine Eltern die Anlage zu diesem Talent in mir zu zerstören suchten.

Ganz ist es nicht von mir gewichen; doch bemerkte ich seine Gegenwart niemals mehr als in einem Anfalle von Mißvergnügen oder Verachtung über jemands Ideen oder Handlungen. Urteilen Sie selbst darüber! Letzthin wurde ich durch meine Liebe für Deutschland in ein Gespräch verflochten, worin ich die Verdienste meines Vaterlandes zu verteidigen suchte; ich tat es mit Eifer; meine Tante sagte mir nachher, ich hätte einen schönen Beweis gegeben, daß ich die Enkelin eines Professors sei. – Dieser Vorwurf ärgerte mich. Die Asche meines Vaters und Großvaters war beleidigt, und meine Eigenliebe auch. Diese antwortete für alle drei. »Es wäre mir lieber durch meine Gesinnungen den Beweis zu geben, daß ich von edeldenkenden Seelen abstamme, als wenn ein schöner Name allein die Erinnerung gäbe, daß ich aus einem ehemals edeln Blute entsprossen sei.« Dieses verursachte eine Kälte von einigen Tagen unter uns beiden; doch

---

* Man kann schwerlich sagen, daß es Gattungen von Blumen oder Pflanzen gebe, welche ›nur zur Ergötzung des Auges dienten‹; und, soviel mir bekannt ist, kennt man keine einzige Gattung, welche nicht entweder einen ökonomischen oder offizinalischen Nutzen für den Menschen hätte, oder zum Unterhalt einiger Tiere, Vögel, Insekten und Gewürme diente, folglich in Absicht des ganzen Systems unsers Planeten würklich einen Nutzen hätte.   A. d. H.

unvermerkt erwärmten wir uns wieder. Meine Tante, denke ich, weil sie nach dem altadelichen Stolz fühlte, wie empfindlich es sein müsse, wenn einem der Mangel an Ahnen vorgeworfen würde; und ich, weil ich meine rächende Antwort mißbilligte, die mich just auf eben die niedre Stufe setzte, auf welcher mir meine Tante den unedeln Vorwurf gemacht hatte. Doch es ist Zeit, Sie zu einer von den zwoen Quellen zu führen, wovon ich Ihnen nach meiner Liebe zur Bildersprache geredet habe.

Die erste hat sich in Privatbesuchen gezeiget, welche meine Tante empfängt, und ablegt, worin ich eine Menge abwechselnder Betrachtungen über die unendliche Verschiedenheit der Charakter und Geister machen kann, die sich in Beurteilungen, Erzählungen, Wünschen und Klagen abdrücken. Aber was für ein Zirkel von Kleinigkeiten damit durchloffen wird; mit was für Hastigkeit die Leute bemüht sind, einen Tag ihres Lebens auf die Seite zu räumen; wie oft der Hofton, der Modegeist, die edelsten Bewegungen eines von Natur vortrefflichen Herzens unterdrückt, und um das Auszischen der Modeherren und Modedamen zu vermeiden, mit ihnen lachen und beistimmen heißt: dies erfüllt mich mit Verachtung und Mitleiden. Der Durst nach Ergötzlichkeiten, nach neuem Putz, nach Bewunderung eines Kleides, eines Meubles, einer neuen schädlichen Speise – o meine Emilia! Wie bange, wie übel wird meiner Seele dabei zumute, weil ich gewöhnt bin, allen Sachen ihren eigentlichen Wert zu geben! Ich will von dem falschen Ehrgeiz nicht reden, der so viele niedrige Intrigen anspinnt, vor dem im Glücke sitzenden Laster kriecht, Tugend und Verdienste mit Verachtung ansieht, ohne Empfindung Elende macht – wie glücklich sind Sie, meine Freundin! Ihre Geburt, Ihre Umstände haben Sie nicht von dem Ziel unserer moralischen Bestimmung entfernt; Sie können ohne Scheu, ohne Hindernis alle Tugenden, alle edeln und nützlichen Talente üben; in den Tagen Ihrer

Gesundheit, in den Jahren Ihrer Kräfte alles Gute tun, was die meisten in der großen Welt in ihren letzten Stunden wünschen getan zu haben!

Indessen genießen dennoch Religion und Tugend ganz schätzbare Ehrenbezeugungen. Die Hofkirchen sind prächtig geziert, die besten Redner sind zu Predigern darin angestellt, die Gottesdienste werden ordentlich und ehrerbietig besucht; der Wohlstand im Reden, im Bezeugen wird genau und ängstlich beobachtet; kein Laster darf ohne Maske erscheinen; ja selbst die Tugend der Nächstenliebe erhält eine Art von Verehrung, in den ausgesuchten und feinen Schmeicheleien, die immer eines der Eigenliebe des andern macht. Alles dieses ist eine Quelle zu moralischen Betrachtungen für mich worden, aus welcher ich den Nutzen schöpfe, in den Grundsätzen meiner Erziehung immer mehr und mehr bestärkt zu werden. Oft beschäftiget sich meine Phantasie mit dem Entwurf einer Vereinigung der Pflichten einer Hofdame, zu denen sie von ihrem Schicksal angewiesen worden, mit den Pflichten der vollkommenen Tugend, welche zu dem Grundbau unserer ewigen Glückseligkeit erfodert wird. Es läßt sich eine Verbindung denken; allein es ist so schwer sie immer in einer gleichen Stärke zu erhalten, daß mich nicht wundert, so wenig Personen zu sehen, die darum bekümmert sind. – Wie oft denke ich: wenn ein Mann, wie mein Vater war, den Platz des ersten Ministers hätte, dieser Mann wäre der verehrungswürdigste und glücklichste der Menschen.

Es ist wahr, viele Mühseligkeit würde seine Tage begleiten; doch die Betrachtung des großen Kreises, in welchem er seine Talente und sein Herz zum Besten vieler tausend Lebenden und Nachkommenden verwenden könnte; diese Aussicht, die schönste für eine wahrhaft erhabene und gütige Seele, müßte ihm alles leicht und angenehm machen. Die Kenntnis des menschlichen Herzens würde seinem feinen Geiste den Weg weisen, das Vertrauen des Fürsten zu gewinnen; seine Rechtschaffenheit, tiefe Einsicht und Stärke der Seele fänden dadurch ihre natürliche Obermacht unterstützt, so daß die übrigen Hof- und Dienstleute sich für den Zügel und das Leitband des weisen und tugendhaften Ministers ebenso lenksam zeigen würden, als man sie täglich bei den Unvollkommenheiten des Kopfs und den Fehlern des Herzens derjenigen sieht, von welchen sie Glück und Beförderung erwarten. So, meine Emilia, beschäftigt sich meine Seele oft, seitdem ich von den Umständen, dem Charakter und den Pflichten dieser oder jener Person unterrichtet bin. Meine Phantasie stellt mich nach der Reihe an den Platz derer, die ich beurteile; dann messe ich die allgemeinen moralischen Pflichten, die unser Schöpfer jedem Menschen, wer er auch sei, durch ewige unveränderliche Gesetze auferlegt hat, nach dem Vermögen und der Einsicht ab, so diese Person hat, sie in Ausübung zu bringen. Auf diese Weise, war ich schon Fürst, Fürstin, Minister, Hofdame, Favorit, Mutter von *diesen* Kindern, Gemahlin *jenes* Mannes, ja sogar auch einmal in dem Platz einer regierenden und alles führenden *Mätresse*; und überall fand ich Gelegenheit auf mannichfaltige Weise Güte und Klugheit auszuüben, ohne daß die Charakter oder die politische Umstände in eine unangenehme Einförmigkeit gefallen wären. Bei vielen habe ich Ideen und Handlungen angetroffen, deren Richtigkeit, Güte und Schönheit ich so leicht nicht hätte erreichen, noch weniger verbessern können; aber auch bei vielen war ich mit meinem Kopf und Herzen besser zufrieden als mit dem ihrigen. Natürlicherweise führte mich die Billigkeit nach diesen phantastischen Reisen meiner Eigenliebe auf mich selbst, und die Pflichten zurück, die *mir* auszurichten angewiesen sind. Sie verband mich so genau und streng in Berechnung *meiner* Talente und Kräfte für meinen Würkungs-Kreis zu sein, als ich es gegen andre war; und dadurch, meine Emilia, habe ich eine Quelle entdeckt, meine Aufmerksamkeit auf mich selbst zu verstärken, Kenntnisse, Empfindung und Überzeugung des Guten tiefer in mein Herz zu graben, und mich von Tag zu Tag mehr zu versichern, wie sehr ein großer Beobachter der menschlichen Handlungen recht hatte, zu behaupten: daß sehr wenige Personen sein, welche das ganze Maß ihrer moralischen und physikalischen Kräfte nützten. Denn in Wahrheit, ich habe viele leere Stellen in dem Zirkel meines Lebens gefunden, zum Teil auch solche, die mit verwerflichen Sachen und nichts werten Kleinigkeiten ausgefüllt waren. Das soll nun weggeräumet werden, und weil ich nicht unter der glücklichen Klasse von Leuten bin, die gleich von Haus aus ganz klug, ganz gut sind; so will ich doch unter die gehören, die durch Wahrnehmungen des Schadens der andern weise und rechtschaffen werden; um ja nicht unter die zu geraten, welche nur durch Erfahrung und eignes Elend besser werden können.

Fräulein von Sternheim an Emilien

Ich danke Ihnen, meine wahre Freundin, daß Sie mich an den Teil meiner Erziehung zurückgewiesen, der mich anführte, mich an den Platz der Personen zu stellen, wovon ich urteilen wollte; aber nicht allein, um zu sehen, was ich in ihren Umständen würde getan haben, sondern auch mir die so nötige menschenfreundliche Behutsamkeit zu geben, »nicht alles, was meinen Grundsätzen, meinen Neigungen zuwider ist, als böse oder niedrig anzusehen«. Sie haben mich daran erinnert, weil Ihnen meine Unzufriedenheit mit den Hofleuten zu unbillig und zu lebhaft und beinahe ungerecht schien. Ich habe Ihnen gefolgt, und dadurch die zwote Quelle meiner Verbesserung gefunden, indem ich meine Abneigung vor dem Hofe durch die Vorstellung gemäßigt, daß gleichwie in der materiellen Welt alle mögliche Arten von Dingen ihren angewiesnen Kreis haben, darin sie alles antreffen, was zu ihrer Vollkommenheit beitragen kann:

so möge auch in der moralischen Welt das Hofleben der Kreis sein, in welchem allein gewisse Fähigkeiten unsers Geistes und Körpers ihre vollkommene Ausbildung erlangen können; als z. E. die höchste Stufe des feinen Geschmacks in allem, was die Sinnen rührt, und von der Einbildungskraft abhängt; dahin nicht allein eine unendliche Menge Sachen aller Künste und beinahe aller Notdürftigkeiten von Nahrung, Kleidung, Gerätschaft nebst allen Arten von Verzierungen gehören, deren alle Gattungen von äußerlichen Gegenständen fähig sind, sich beziehen. Der Hof ist auch der schicklichste Schauplatz die außerordentliche Biegsamkeit unsers Geistes und Körpers zu beweisen; eine Fähigkeit die sich daselbst in einer unendlichen Menge feiner Wendungen in Gedanken, Ausdruck und Gebärden, ja selbst in moralischen Handlungen äußert, je nach dem Politik, Glück oder Ehrgeiz von einer oder andern Seite eine Bewegung in der Hofluft verursachen. Viele Teile der schönen Wissenschaften haben ihre völlige Auspolierung in der großen Welt zu erhalten; gleichwie Sprachen und Sitten allein von den da wohnenden Grazien eine ausgesuchte angenehme Einkleidung bekommen. Alles dieses sind schätzbare Vorzüge, die auf einen großen Teil der menschlichen Glückseligkeit ihren Einfluß haben, und wohl ganz sicher Bestandteile davon ausmachen. Das Pflanzen- und Tierreich hat seine Züge von Schönheit und Zierlichkeit in Form, Ebenmaß und Farbenmischung; auch die rauhesten Nationen haben Ideen von Verschönerung. Unser Gesicht, Geschmack und Gefühl sind auch nicht umsonst mit so großer Empfindlichkeit im Vergleichen, Wählen, Verwerfen und Zusammensetzen begabt, so daß es ganz billig ist, diese Fähigkeiten zu benutzen, wenn nur die Menschen nicht so leicht und so gerne über die Grenzen träten, die für alles gezogen sind. Doch wer weiß, ob nicht selbst dieses Überschreiten der Grenzen seine Triebfeder in der Begierde nach Vermehrung der Vollkommenheit unsers Zustandes hat? Einer

Begierde, die der größte Beweis der Güte unsers Schöpfers ist, weil sie, so sehr sie in gesunden und glücklichen Tagen irrig und übel verwendet wird, dennoch im Unglück, in dem Zeitpunkt der Auflösung unsers Wesens, ihre Aussicht und Hoffnung auf eine andre Welt, und dort immer daurende unabänderliche Glückseligkeiten und Tugenden wendet, und dadurch allein einen Trost erteilt, welchen alle andre Hülfsmittel nicht geben können. Sie denken leicht, meine Emilia, in wie viel Stunden des Nachdenkens und Überlegens sich alle diese, hier nur flüchtig berührte Gegenstände abteilen lassen, und Sie sehen auch, daß mir dabei neben den übrigen Zerstreuungen, die mir das Haus meiner Tante gibt, kein Augenblick zu Langerweile bleibt.

Nun will ich Sie zu dem Stück urbaren Erdreichs führen, das ich angetroffen habe. Dieses geschah auf dem Landgute des Grafen von F*. Eine Brunnenkur, deren sich die Gräfin bedient, gab Gelegenheit, daß wir auf ein paar Tage zu einem Besuch dahin reisten. Meine Tante hatte die Gräfin B* und das Fräulein R. auch hinbestellt, und der Zufall brachte den Lord Derby dazu. Gut, Haus und Garten ist sehr schön. Die Damen hatten viel kleine weibliche Angelegenheiten unter sich auszumachen; man schickte also das Fräulein R. und mich mit Herrn Derby auf einen Spaziergang. Erst durchliefen wir das ganze Haus und den Garten, wo Mylord in Wahrheit ein angenehmer Gesellschafter war, indem er uns von der Verschiedenheit unterhielt, die der Nationalgeist eines jeden Volks in die Bauart und die Verzierungen legte. Er machte uns Beschreibungen und Vergleichungen von englischen, italienischen und französischen Gärten und Häusern, zeichnete auch wohl eines und das andre mit einer ungemeinen Fertigkeit und ganz artig ab. Kurz, wir waren mit unserm Spaziergang so wohl zufrieden, daß wir Abrede nahmen, den andern Tag nach dem Frühstück auf das freie Feld und in dem Dorfe herumzugehen.

Es waren zween glückliche Tage für mich. Landluft, freie Aussicht, Ruhe, schöne Natur, der Segen des Schöpfers auf Wiesen und Kornfeldern, die Emsigkeit des Landmanns. – Mit wie viel Zärtlichkeit und Bewegung heftete ich meine Blicke auf dies alles! Wie viel Erinnerungen brachte es in mein Herz von verflossenen Zeiten, von genossener Zufriedenheit! Wie eifrig machte ich Wünsche für meine Untertanen; für Segen zu ihrer Arbeit, und für die Zurückkunft meiner Tante R.! Sie wissen, meine Emilia, daß mein Gesicht allezeit die Empfindungen meiner Seele ausdrückt. Ich mag zärtlich und gerührt ausgesehen haben; der Ton meiner Stimme stimmte zu diesen Zügen. Aber Lord Derby erschreckte mich beinahe durch das Feuer, mit dem er mich betrachtete, durch den Eifer und die Hastigkeit, womit er mich bei der Hand faßte, und auf englisch sagte: »Gott! Wenn die Liebe einmal diese Brust bewegt, und diesen Ausdruck von zärtlicher Empfindung in diese Gesichtszüge legt, wie groß wird das Glück des Mannes sein, der – –«

Meine Verwirrung, die Art von Furcht, die er mir gab, war ebenso sichtbar als meine vorige Bewegungen; sogleich hielt er in seiner Rede inne, zog seine Hand ehrerbietig zurück, und suchte in allem seinem Bezeugen den Eindruck von Heftigkeit seines Charakters zu mildern, den er mir gegeben hatte.

Wir gingen in die Hauptgasse des schönen Dorfs; da wir in der Hälfte waren, mußten wir einem Karrn ausweichen, der hinter uns gefahren kam. Er war mit einer dichten Korbflechte bedeckt, doch sah man eine Frau mit drei ganz jungen Kindern darin. Die rührende Traurigkeit, die ich auf dem Gesichte der Mutter erblickte, das blasse, hagere Aussehen der Kinder, die reinliche, aber sehr schlechte Kleidung von allen zeugte von Armut und Kummer dieser kleinen Familie. Mein Herz wurde bewegt; die Vorstellung ihrer Not und die Begierde zu helfen, wurden gleich stark. Froh sie an dem Wirtshaus absteigen zu sehen, bedacht' ich mich nicht lange. Ich gab vor, ich kennte diese Frau und wollte etwas mit ihr reden; und bat den Lord Derby, das Fräulein R. zu unterhalten, bis ich wiederkäme. Er sah mich darüber mit einem ernsthaften Lächeln an, und küßte den Teil seines Ärmels, wo ich im Eifer meine Hand auf seinen Arm gelegt hatte. Ich errötete und eilte zu der armen Familie.

Bei dem Eintritt in das Haus fand ich alle im Gang an einer Stiege sitzen; die Frau mit weinenden Augen beschäftigt aus einem kleinen Sack ein seiden Halstuch und eine Schürze zu nehmen, die sie der Wirtin zu kaufen anbot, um Geld genug zu bekommen den Fuhrmann zu bezahlen. Zwei Kinder riefen um Brod und Milch; ich faßte mich, so äußerst gerührt ich war, näherte mich, und sagte der armen Frau mit der Miene einer Bekannten, es wäre mir lieb sie wiederzusehen. Ich tat dieses, um ihr die Verwirrung zu vermeiden, die ein empfindliches Herz fühlt, wenn es viele Zeugen seines Elends hat, und weil der Unglückliche eine Art von Achtung, so ihm Angesehene und Begüterte erweisen, auch als einen Teil Wohltat aufnimmt. Ich sagte der Wirtin, sie sollte mir ein Zimmer anweisen, in welchem ich mit der Frau allein reden könnte, und bestellte, den Kindern ein Abendbrod zurechte zu machen. Während ich dieses sagte, machte die Wirtin ein Zimmer auf, und die gute arme Frau stund mit ihrem kleinen Kind im Arm da, und sah mich mit fremdem Erstaunen an. Ich reichte ihr die Hand und bat sie in das Zimmer zu gehen, wohin ich die zwei ältern Kinder führte. Da ich die Türe zugemacht, leitete ich die zitternde Mutter zu einem Stuhl mit dem Zeichen, sich zu setzen; bat sie ruhig zu sein, und mir zu vergeben, daß ich mich ihr so zudringe. Ich wollte auch nicht unbescheiden mit ihr handeln; sie solle mich für ihre Freundin ansehen, die nichts anders wünsche, als ihr an einem fremden Orte nützlich zu sein. Eine Menge Tränen hinderten sie zu reden, dabei sah sie mich mit einem von Hoffnung und Jammer bezeichneten Gesichte an.

Ich reichte ihr wehmütig die Hand. »Sie leiden für Sie und Ihre Kinder unter einem harten Schicksal«, sagte ich, »ich bin reich und unabhängig, mein Herz kennt die Pflichten, welche Menschlichkeit und Religion den Begüterten auflegen; gönnen Sie mir das Vergnügen diese Pflichten zu erfüllen, und Ihren Kummer zu erleichtern.« Indem ich dieses sagte, nahm ich von meinem Gelde, bat sie, es anzunehmen, und mir den Ort ihres Aufenthalts zu sagen. Die gute Frau rutschte von ihrem Stuhle auf die Erde, und rief mit äußerster Bewegung aus:

»O Gott, was für ein edles Herz läßt du mich antreffen!«

Die zwei größern Kinder liefen der Mutter zu, fielen um ihren Hals und fingen an zu weinen. Ich umarmte sie, hob sie auf, umfaßte die Kinder, und bat die Frau sich zu fassen und stille zu reden. Es sollte hier niemand als ich ihr Herz und ihre Umstände kennen; sie sollte glauben, daß ich mich glücklich achten würde, ihr Dienste zu beweisen; voritzt aber wollte ich nichts als den Ort ihres Aufenthalts wissen, und ihr meinen Namen aufschreiben, welches ich auch sogleich mit Reißblei tat, und ihr das Papier überreichte.

Sie sagte mir, daß sie wieder nach D*, wo ihr Mann wäre, zurückginge, nachdem sie von einem Bruder, zu dem sie Zuflucht hätte nehmen wollen, abgewiesen worden wäre. Sie wollte mir alle Ursachen ihres Elends aufschreiben, und sich dann meiner Güte in Beurteilung ihrer Fehler empfehlen. Nach diesem las sie mein Papier. »Sind Sie das Fräulein von Sternheim? O was ist der heutige Tag für mich? Ich bin die Frau des unglücklichen Rats T. Wenn Sie mich Ihrer Tante, der Gräfin L., nennen, so verliere ich vielleicht Ihr Mitleiden; aber verdammen Sie mich nicht ungehört!« Dies sagte sie mit gefalteten Händen. Ich versprach es ihr gerne, umarmte sie und die Kinder, und nahm Abschied mit dem Verbot, daß sie nichts von mir reden, und die Wirtin glauben lassen sollte, daß wir einander kenneten. Im Weggehen befahl ich der Wirtin, der Mutter und den Kindern gute Betten, Essen, und den folgenden Morgen eine gute Kutsche zu geben, ich wollte für die Bezahlung sorgen. Mylord und das Fräulein R. waren in dem Garten des Wirtshauses, wo ich sie antraf und ihnen für die Gefälligkeit dankte, daß sie auf mich gewartet hätten. Mein Gesicht hatte den Ausdruck des Vergnügens etwas Gutes getan zu haben; aber meine Augen waren noch rot von Weinen. Der Lord sah mich oft und ernsthaft an, und redete den ganzen übrigen Spaziergang sehr wenig mit mir, sondern unterhielt das Fräulein R.; dies war mir desto angenehmer, weil es mich an einen Entwurf denken ließ, dieser ganzen Familie so viel mir möglich aufzuhelfen, und dies, meine Emilia, ist das Stück urbaren Erdreichs, so ich angetroffen: wo ich Sorgen, Freundschaft und Dienste aussäen will. Die Ernte und der Nutzen soll den drei armen Kindern zugute kommen. Denn ich hoffe, daß die Eltern der Pflichten der Natur getreu genug sein werden, um davon keinen andern Gebrauch als zum Besten ihrer unschuldigen und unglücklichen Kinder zu machen. Gelingt mir alles, was ich tun will, und was mir mein Herz angibt, so will ich meinen Aufenthalt segnen; dann nun achte ich die Zeit, die ich hier bin, nicht mehr für verloren. Ich soll in wenigen Tagen von den Ursachen des Unglücks dieser Familie Nachricht erhalten, nach dem werde ich erst eigentlich wissen, was ich zu tun habe. Der Rat T* ist sehr krank, deswegen konnte die Frau noch nicht schreiben. Vorgestern kamen wir zurück.

Mylord Derby an Mylord B* in Paris

Du bist begierig den Fortgang meiner angezeigten Intrige zu wissen. Ich will Dir alles sagen. Weil man doch immer einen Vertrauten haben muß, so kannst Du diese Ehrenstelle vertreten, und dabei für Dich selbst lernen.

Laß Dir nicht einfallen zur Unzeit ein dummes Gelächter anzufangen, wenn ich Dir frei bekenne, daß ich noch nicht viel würde gewonnen haben, wenn der Zufall nicht mehr als mein Nachdenken und die feinste Wendung meines Kopfs zu Beförderung meiner Absichten beigetragen hätte. Ich bin damit zufrieden; denn meine Liebesgeschichte stehet dadurch in der nämlichen Klasse wie die Staatsgeschäfte der Höfe; der Zufall tut bei vielen das meiste, und die Weisheit manches Ministers besteht allein darin, durch die Kenntnis der Geschichte der vergangenen und gegenwärtigen Staaten, diesen Augenblick des Zufalls zu benutzen, und die übrige Welt glauben zu machen, daß es die Arbeit seiner tiefen Einsichten gewesen sei.* Nun sollst Du sehen, wie ich diese Ähnlichkeit gefunden, und wie ich mir eine unvorgesehene Gelegenheit durch die Historie der Leidenschaften und die Kenntnis des weiblichen Herzens zu bedienen gewußt habe.

Ich war vor einigen Tagen in einer ungeduldigen Verlegenheit über die Auswahl der Mittel, die ich brauchen müßte, um das Fräulein von Sternheim zu gewinnen. Hätte sie nur gewöhnlichen Witz und gewöhnliche Tugend, so wäre mein Plan leicht gewesen; aber da sie ganz eigentlich nach Grundsätzen denkt und handelt, so ist alles, wodurch ich sonst gefiel, bei ihr verloren.

---

* Es gehört immer noch viele Einsicht dazu, den Zufall so wohl zu benutzen, und vielleicht mehr, als einen wohlausgedachten Entwurf zu machen. Aber das ist der große Haufe nicht fähig zu begreifen; und daher pflegt man ihn immer gerne glauben zu lassen, was, seinen Begriffen nach, denen, die ihn regieren, die meiste Ehre macht. Die Welt wird nur darum so viel betrogen, weil sie betrogen sein will. A. d. H.

Besitzen *muß* ich sie, und das mit ihrer Einwilligung. Dazu gehört, daß ich mir ihr Vertrauen und ihre Neigung erwerbe. Nun bleibt mir nichts übrig, als mir, wie der Minister, zufällige Anlässe nützlich zu machen. Von beiden erfuhr ich letzthin die Probe auf dem Landgut der Gräfin F*. Ich wußte, daß das Fräulein mit ihrer Tante auf etliche Tage hinging, und fand mich auch ein. Ich kam zweimal mit meiner Göttin und dem Fräulein R. allein auf den Spaziergang, und hatte Anlaß etwas von meinen Reisen zu erzählen. Du weißt, daß meine Augen gute Beobachter sind, und daß ich manche halbe Stunde ganz artig schwatzen kann. Der Gegenstand war von Gebäuden und Gärten. Das Fräulein von Sternheim liebt Verstand und Kenntnisse. Ich machte mir ihre Aufmerksamkeit ganz vorteilhaft zunutze, und habe ihre Achtung für meinen Verstand so weit erhalten, daß sie eine Zeichnung zu sich nahm, die ich während der Erzählung von einem Garten in England machte. Sie sagte dabei zu Fräulein R. »Dieses Papier will ich zu einem Beweis aufheben, daß es Kavaliere gibt, die zu ihrem Nutzen, und zum Vergnügen ihrer Freunde reisen.« Dies ist ein wichtiger Schritt, der mich weit genug führen wird. Keine lächerliche Grimasse, dummer Junge, daß Du mich über diese Kleinigkeit froh siehst, da ich es sonst kaum über den ganzen Sieg war; ich sage Dir, das Mädchen ist außerordentlich. Aus ihren Fragen bemerkte ich eine vorzügliche Neigung für England, die mir ohne meine Bemühung von selbst Dienste tun wird. Ich redete vergnügt und ruhig fort; denn da sie durch die gleichgültigen Gegenstände unserer Unterredung zufrieden und vertraut wurde, so hütete ich mich sehr, meine Liebe, und eine besondere Aufmerksamkeit zu entdekken. Aber bald wäre ich aus meiner Fassung geraten, weil ich eine Veränderung der Stimme und Gesichtszüge des Fräuleins von Sternheim wahrnahm. Sie schien bewegt; ihre Antworten waren abgebrochen; ich redete aber mit Fräulein R., so viel ich konnte, gleichgültig fort, beobachtete aber die Sternheim genau. Indem brachte uns ein erhöheter Gang in den Garten auf einen Platz, wo man das freie Feld entdeckte. Wir blieben stehen. Das bezaubernde Fräulein von Sternheim heftete ihre Blicke auf eine gewisse Gegend; eine feine Röte überzog ihr Gesicht und ihre Brust, die von der Empfindung des Vergnügens eine schnellere Bewegung zu erhalten schien. Sehnsucht war in ihrem Gesicht verbreitet, und eine Minute darauf stand eine Träne in ihren Augen. B*, alles, was ich jemals Reizendes an andern ihres Geschlechts gesehen, ist nichts gegen den einnehmenden Ausdruck von Empfindung, der über ihre ganze Person ausgegossen war. Kaum konnte ich dem glühenden Verlangen widerstehen, sie in meine Arme zu schließen. Aber ganz zu schweigen war mir unmöglich. Ich faßte eine ihrer Hände mit einem Arme, der vor Begierde zitterte, und sagte ihr auf englisch: ich weiß nicht mehr was; aber die Wut der Liebe muß aus mir gesprochen haben; denn ein ängstlicher Schrecken nahm sie ein und entfärbte sie bis zur Totenblässe. Da war's Zeit mich zu erholen, und ich befleiß mich den ganzen übrigen Abend recht ehrerbietig und gelassen zu sein. Mein Täubchen ist noch nicht kirre genug, um das Feuer meiner Leidenschaft in der Nähe zu sehen. Dieses loderte die ganze Nacht durch in meiner Seele; keinen Augenblick schlief ich; immer sah ich das Fräulein vor mir, und meine Hand schloß sich zwanzigmal mit der nämlichen Heftigkeit zu, mit welcher ich die ihrige gefaßt hatte. Rasend dachte ich, Sehnsucht und Liebe in ihr gesehen zu haben, die einen Abwesenden zum Gegenstand hatten; aber ich schwur mir, sie mit oder ohne ihre Neigung zu besitzen. Wenn sie Liebe, feurige Liebe für mich bekömmt, so kann es sein, daß sie mich *fesselt*; aber auch kalt soll sie mein Eigentum werden.

Der Morgen kam und fand mich wie einen tollen brennenden Narren mit offner Brust und verstörten Gesichtszügen am Fenster. Der Spiegel zeigte mich mir unter

einer Satansgestalt, die fähig gewesen wäre, das gute
furchtsame Mädchen auf immer vor mir zu verscheuchen. Wild über die Gewalt, so sie über mich gewonnen,
und entschlossen, mich dafür schadlos zu halten, warf
ich mich aufs Bette, und suchte einen Ausweg aus diesem
Gemische von neuen Empfindungen und meinen alten
Grundsätzen zu finden. Geduld brauchte es auf dem
langweiligen Weg, den ich vor mir sah; weil ich nicht
wissen konnte, daß der Nachmittag mir zu einem großen
Sprung helfen würde. Als ich wieder in ihre Gesellschaft
kam, war ich lauter Sanftmut und Ehrfurcht; das Fräulein stille und zurückhaltend. Nach dem Essen ließ man
uns junge Leute wieder gehen, weil die Tante und die
Gräfin F* die Charte noch vollends zu mischen hatten,
mit welcher sie das Fräulein dem Fürsten zuspielen wollten. Nach unserer Abrede vom vorigen Tage gingen wir
in das Dorf. Als wir gegen das Wirtshaus kamen, wo
meine Leute einquartiert waren, begegnete uns ein kleiner Wagen mit einer Frau und Kindern beladen, der
langsam vorbeiging, und uns hinderte vorzukommen.
Meine Sternheim sieht die Frau starr an, wird rot, nachdenklich, betrübt, alles schier in einem Anblick, und
sieht dem Wagen melancholisch nach. Dieser hält an dem
Wirtshause, die Leute steigen aus; die Blicke des Fräuleins sind unbeweglich auf sie geheftet; Unruhe nimmt
sie ein; sie sieht mich und das Fräulein R* an, wendet die
Augen weg, endlich legt sie ihre Hand auf meinen Arm,
und sagt mir auf englisch mit einem verschönerten
Gesichte und bittender zärtlicher Stimme: »Lieber Lord,
unterhalten Sie doch das Fräulein R* einige Augenblicke
hier, ich kenne diese Frau, und will ein paar Worte mit
ihr reden.« Ich stutzte, machte eine einwilligende Verbeugung und küßte den Platz meines Rocks, wo ihre
Hand gelegen war und mich sanft gedrückt hatte. Sie
sieht dieses. Brennend rot und verwirrt eilt sie weg. Was,
T—, dachte ich, muß das Mädchen mit dem Weibe
haben; sie mag wohl irgend einmal Briefträgerin, oder

sonst eine dienstfertige Kreatur in einem verborgenen Liebeshandel gewesen sein. Gestern nach meiner zärtlichen Anrede war das Mädchen stutzig; heute den ganzen Tag trocken, hoch, sah mich kaum an; ein Bettelkarrn führt eine Art Kupplerin herbei, und ihre Gesichtszüge verändern sich, sie hat mit sich zu kämpfen, und endlich werde ich der *liebe Lord*, auf den man die schöne Hand legt, seinen Arm zärtlich drückt, die Stimme, den Blick beweglich macht, um zu einer ungehinderten Unterredung mit diesem Weibe zu kommen. Hm! Hm! wie sieht's mit dieser strengen Tugend aus? Ich hätte das Fräulein R* in der Mistpfütze ersäufen mögen, um mich in dem Wirtshause zu verbergen und zuzuhören. Diese sieht der Sternheim nach; und sagt: »Was macht das Fräulein in dem Wirtshause?« Ich antwortete kurz: sie hätte mir gesagt, daß sie diese Bettelfrau kenne, und mit ihr etwas zu reden hätte. Sie lacht, schüttelt den Kopf mit der Miene des Affengesichts, das lang über die Vorzüge der Freundin neidisch war, nichts tadeln konnte, und nun eine innerliche Freude über den Schein eines Fehlers fühlte. »Es wird wohl eine alte gute Bekanntin vom Dorfe P. sein«, zischte die Natter, mit einem Ansehen, als ob sie ganz unterrichtet wäre. Ich sagte ihr: ich wollte einen meiner Leute horchen lassen, denn ich wäre selbst über diesen Vorgang in Erstaunen; schickte auch einen nach ihr, und suchte indessen die R* vollends auszulocken: was sie wohl von Fräulein Sternheim denke?

»Daß sie ein wunderliches Gemische von bürgerlichem und adelichem Wesen vorstellt, und ein wunderlich Gezier von Delikatesse macht, die sich doch nicht soutteniert. Denn was für ein Bezeugen von einer Person vom Stande ist das, von einer Dame und einem Kavalier wegzulaufen, um – ich weiß nicht, wie ich sagen soll – eine Frau zu sprechen, die sehr schlecht aussieht, und die vielleicht am besten die Art angeben könnte; wie dieses Herz zu gewinnen ist, ohne daß die vielen Anstalten und Vorkehrungen nötig wären, die man mit ihr macht –«

Ich sagte wenig darauf, doch so viel, um sie in Atem zu halten, weiter zu reden. Die Genealogie des Fräuleins Sternheim wurde also vorgenommen, ihr Vater und ihre Mutter verleumdet, und die Tochter lächerlich gemacht; mehr habe ich nicht behalten, der Kopf war mir warm. Die Sternheim blieb ziemlich lange weg. Endlich kam sie mit einem gerührten, doch zufriednen Gesichte, etwas verweinten Augen und ruhigem Lächeln gegen uns, und mit einem Ton der Stimme, so weich, so voll Liebe, daß ich noch toller als vorher wurde, und gar nicht mehr wußte, was ich denken sollte.

Das Fräulein R* betrachtete sie auf eine beleidigende Weise, und meine Göttin mochte unsere Verlegenheit gemerkt haben, denn sie schwieg, wie wir, in einem fort, bis wir wieder zu Hause kamen. Ich eilte abends fort, um meine Nachrichten zu hören. Da erzählte mir mein Kerl: er hätte die Wirtin und die Frau heulend über die Güte des Fräuleins angetroffen; die Frau sei dem Fräulein ganz fremd gewesen, hätte sich über das Anreden dieser Dame verwundert, und wäre ihr mit sorgsamem Gesicht in die Stube gefolgt, wohin sie sie mit den Kindern geführt. Da hätte ihr das Fräulein zugesprochen, sie um Vergebung über ihr Zudringen gebeten, und Hülfe angeboten, auch würklich Geld gegeben, und nachdem sie erfahren, daß sie nach D* gehe, und dort wohne, hätte sie ihren Namen und Aufenthalt der Frau aufgeschrieben, und ihr auf das liebreichste fernere Dienste versichert, auch bei der Wirtin eine gute Kutsche bestellt, welche die Frau und Kinder nach Hause bringen sollte.

Ich dachte, mein Kerl oder ich müßte ein Narr sein, und widersprach ihm alles; aber er fluchte mir für die Wahrheit seiner Geschichte; und ich fand, daß das Mädchen den wunderlichsten Charakter hat. Was, T—, wird sie rot und verwirrt, wenn sie etwas Gutes tun will, was hatte sie uns zu belügen, sie kenne diese Frau; besorgte sie, wir möchten Anteil an ihrer Großmut nehmen?

Aber diese Entdeckung, das Ungefähr, werde ich mir

zunutze machen; ich will diese Familie aufsuchen, und ihr Gutes tun, wie Engländer es gewohnt sind, und dieses, ohne mich merken zu lassen, daß ich etwas von ihr weiß. Aber gewiß werde ich keinen Schritt machen, den sie nicht sehen soll. Durch diese Wohltätigkeit werde ich mich ihrem Charakter nähern, und da man sich allezeit mit einer gewissen zärtlichen Neigung an die Gegenstände seines Mitleidens und seiner Freigebigkeit heftet: so muß in ihr notwendigerweise eine gute Gesinnung für denjenigen entstehen, der, ohne ein Verdienst dabei zu suchen, das Glück in eine Familie zurückrufen hilft. Ich werde schon einmal zu sagen wissen, daß ihr edles Beispiel auf mich gewürkt habe, und wenn ich nur eine Linie breit Vorteil über ihre Eigenliebe gewonnen habe, so will ich bald bei Zollen und Spannen weitergehen.

Sie beobachtet mich scharf, wenn ich nahe bei ihr in ein Gespräch verwickelt bin. Dieser kleinen List, mich ganz zu kennen, setzte ich die entgegen, allezeit, wenn sie mich hören konnte, etwas Vernünftiges zu sagen, oder den Diskurs abzubrechen und recht altklug auszusehen. Aber obschon ihre Zurückhaltung gegen mich schwächer geworden ist, so ist es doch nicht Zeit von Liebe zu reden; die Waagschale zieht noch immer für Seymour. Ich möchte wohl wissen, warum das gesunde junge Mädchen den blassen traurigen Kerl meiner frischen Farbe und Figur vorzieht, und seinen krächzenden Ton der Stimme lieber hört als den muntern Laut der meinigen, seine toten Blicke sucht, und mein redendes Auge flieht? Sollte so viel Wasser in ihre Empfindungen gegossen sein? Das wollen wir beim Ball sehen, der angestellt ist, denn da muß eine Lücke ihres Charakters zum Vorschein kommen, wenigstens sind alle möglichen Anstalten gemacht worden, um die tiefschlafendsten Sinnen in eine muntere Geschäftigkeit zu bringen. Deinem Freund wird das Erwachen der ihrigen nicht entgehen, und dann will ich schon Sorge tragen, sie nicht einschlummern zu lassen.

Fräulein von Sternheim an Emilia

Ich komme von der angenehmsten Reise zurück, die ich jemals mit meiner Tante gemacht habe. Wir waren zehn Tage bei dem Grafen von T*** auf seinem Schlosse, und haben da die verwittibte Gräfin von Sch*, welche immer da wohnt, zwei andere Damen von der Nachbarschaft, und zu meiner unbeschreiblichen Freude den Herrn ** gefunden, dessen vortreffliche Schriften ich schon gelesen, und so viel Feines für mein Herz und meinen Geschmack daraus erlernt hatte. Der ungezwungene ruhige Ton seines Umgangs, unter welchen er seinen Scharfsinn und seine Wissenschaft verbirgt; und die Gelassenheit, mit welcher er sich in Zeitvertreibe und Unterredungen einflechten ließ, die der Größe seines Genies und seiner Kenntnisse ganz unwürdig waren, erregten in mir für seinen leutseligen Charakter die nämliche Bewunderung, welche die übrige Welt seinem Geiste widmet. Immer hoffte ich auf einen Anlaß, den man ihm geben würde, uns allen etwas Nützliches von den schönen Wissenschaften, von guten Büchern, besonders von der deutschen Literatur zu sagen, wodurch unsere Kenntnisse und unser Geschmack hätte verbessert werden können; aber wie sehr, meine Emilia, fand ich mich in meiner Hoffnung betrogen! Niemand dachte daran, die Gesellschaft dieses feinen, gütigen Weisen für den Geist zu benützen; man mißbrauchte seine Geduld und Gefälligkeit auf eine unzählbare Art mit geringschätzigen Gegenständen, auf welchen der Kleinigkeitsgeist haftet, oder mit neu angekommenen französischen Broschüren, wobei man ihm übel nahm, wenn er nicht darüber in Entzückung geriet, oder wenn er auch andre Sachen nicht so sehr erhob, als man es haben wollte. Oh! wie geizte ich nach jeder Minute, die mir dieser hochachtungswerte Mann schenkte; wenn er mit dem liebreichsten, meiner Wißbegierde und Empfindsamkeit angemeßnen Tone meine Fragen beantwortete, oder mir vorzügliche Bücher nannte, und mich lehrte, wie ich sie mit Nutzen lesen könne. Mit edler Freimütigkeit sagte er mir einst: ob sich schon Fähigkeiten und Wissensbegierde in beinahe gleichem Grade in meiner Seele zeigten, so wäre ich doch zu keiner *Denkerin* geboren; hingegen könnte ich zufrieden sein, daß mich die Natur durch die glücklichste Anlage, den eigentlichen Endzweck unsers Daseins zu erfüllen, dafür entschädiget hätte; dieser bestehe eigentlich im Handeln, nicht im Spekulieren;* und da ich die Lücken, die andre in ihrem moralischen Leben und in dem Gebrauch ihrer Tage machen, so leicht und fein empfände, so sollte ich meine Betrachtungen darüber durch edle Handlungen, deren ich so fähig sei, zu zeigen suchen.**

Niemals, meine Emilia, war ich glücklicher als zu der Zeit, da dieser einsichtsvolle Ausspäher der kleinsten Falten des menschlichen Herzens, dem meinigen das Zeugnis edler und tugendhafter Neigungen beilegte. Er verwies mir, mit der achtsamsten Güte, meine Zaghaftigkeit und Zurückhaltung in Beurteilung der Werke des Geistes, und schrieb mir eine richtige Empfindung zu, welche mich berechtigte, meine Gedanken so gut als andre zu sagen. Doch bat er mich weder im Reden noch im Schreiben einen männlichen Ton zu suchen. Er behauptete, daß es die Wirkung eines falschen Geschmacks sei, männliche Eigenschaften des Geistes

* Wohlverstanden, daß die Spekulationen der Gelehrten, sobald sie einigen Nutzen für die menschliche Gesellschaft haben, eben dadurch den Wert von guten Handlungen bekommen. H.
** Herr ** (den wir zu kennen die Ehre haben) hat uns auf Befragen gesagt, seine Meinung sei eigentlich diese gewesen: Er habe an dem Fräulein von St. eine gewisse Neigung über moralische Dinge aus allgemeinen Grundsätzen zu räsonieren, Distinktionen zu machen, und ihren Gedanken eine Art von systematischer Form zu geben, wahrgenommen, und zugleich gefunden, daß ihr gerade dieses am wenigsten gelingen wolle. Ihn habe bedünkt, das, worin ihre Stärke liege, sei die Feinheit der Empfindung, der Beobachtungsgeist, und eine wunderbare, und gleichsam zwischen allen ihren Seelenkräften abgeredete Geschäftigkeit derselben, bei jeder Gelegenheit die Güte ihres Herzens tätig zu machen; und dieses habe er eigentlich dem Fräulein von St. sagen wollen. H.

und Charakters in einem Frauenzimmer vorzüglich zu loben. Wahr sei es, daß wir überhaupt gleiche Ansprüche wie die Männer an alle Tugenden und an alle die Kenntnisse hätten, welche die Ausübung derselben befördern, den Geist aufklären oder die Empfindungen und Sitten verschönern; aber daß immer in der Ausübung davon die Verschiedenheit des Geschlechts bemerkt werden müsse. Die Natur selbst habe die Anweisung hiezu gegeben, als sie z. E. in der Leidenschaft der Liebe den Mann heftig, die Frau zärtlich gemacht; in Beleidigungen jenen mit Zorn, diese mit rührenden Tränen bewaffnet; zu Geschäften und Wissenschaften dem männlichen Geiste Stärke und Tiefsinn, dem weiblichen Geschmeidigkeit und Anmut; in Unglücksfällen dem Manne Standhaftigkeit und Mut, der Frau Geduld und Ergebung vorzüglich mitgeteilt; im häuslichen Leben jenem die Sorge für die Mittel die Familie zu erhalten, und dieser die schickliche Austeilung derselben aufgetragen habe, usw. Auf diese Weise, und wenn ein jeder Teil in seinem angewiesnen Kreise bleibe, liefen beide in der nämlichen Bahn, wiewohl in zwoen verschiednen Linien, dem Endzweck ihrer Bestimmung zu; ohne daß durch eine erzwungene Mischung der Charakter die moralische Ordnung gestört würde. – Er suchte mich mit mir selbst und meinem Schicksale, über welches ich Klagen führte, zufrieden zu stellen; und lehrte mich, *immer die schöne Seite einer Sache zu suchen*, den Eindruck der *widrigen* dadurch zu schwächen, und auf diese nicht mehr Aufmerksamkeit zu wenden, als vonnöten sei, den Reiz und Wert des Schönen und Guten desto lebhafter zu empfinden.

O Emilia! in dem Umgang dieses Mannes sind die besten Tage meines Geistes verflossen! Es ist etwas in mir, das mich empfinden läßt, daß sie nicht mehr zurückkommen werden, daß ich niemals so glücklich sein werde nach meinen Wünschen und Neigungen, so einfach, so wenig fodernd sie sind, leben zu können! Schelten Sie mich nicht gleich wieder über meine zärtliche Kleinmütigkeit; vielleicht ist die Abreise des Herrn ** daran Ursache, die für mich eine abscheuliche Leere in diesem Hause läßt. Er kommt nur manchmal hieher. Wie Pilgrime einen verfallenen Platz besuchen, wo ehemals ein Heiliger wohnte, besucht er dieses Haus, um noch den Schatten des großen Mannes zu verehren, der hier lebte, dessen großen Geist und erfahrne Weisheit er bewunderte, der sein Freund war und ihn zu schätzen wußte.

Den Tag nach seiner Abreise langte *ein kleiner französischer Schriftsteller* an, den ein Mangel an Pariser Glück und die seltsame Schwachheit unsers Adels *die französische Belesenheit immer der deutschen vorzuziehen* in dieses Haus führte. Die Damen machten viel Wesens aus der Gesellschaft eines Mannes, der geradenwegs von *Paris* kam, viele *Marquisinnen* gesprochen hatte, und ganze Reihen von Abhandlungen über *Moden, Manieren* und *Zeitvertreibe* der schönen Pariser Welt zu machen wußte; der bei allen Frauenzimmerarbeiten helfen konnte, und der galanten Wittib sein Erstaunen über die Delikatesse ihres Geistes und über die Grazien ihrer Person und ihrer *gar nicht deutschen Seele* in allen Tönen und Wendungen seiner Sprache vorsagte.

So angenehm es mir anfangs war, ein Urbild der Gemälde zu sehen, die mir schon oft in Büchern von diesen Mietgeistern der Reichen und Großen in Frankreich vorgekommen waren; so wurde ich doch schon am vierten Tag seiner leeren, und nur in andern Worten wiederholten Erzählungen von Meubles, Putz, Gastereien und Gesellschaften in Paris herzlich müde. Aber die Szene wechselte bei der Rückkunft des Herrn **, der sich die Mühe nahm, diesen aus Frankreich berufenen Hausgeist an den Platz seiner Bestimmung zu setzen.

Das Gepränge, womit das sklavische Vorurteil, so unser Adel für Frankreich hat, dem Herrn ** den *Pariser* vorstellte; das Gezier, die Selbstzufriedenheit, womit der Franzose sich als den Autor sehr artiger und beliebter

Büchergen anpreisen hörte, würde meine Emilia, wie mich, geärgert haben.

Aber wie schön leuchtete die Bescheidenheit unsers weisen Landsmannes hervor, der mit der Menschenfreundlichkeit, womit der echte Philosoph die Toren zu ertragen pflegt, den Eindruck verhehlte, den der fade Belesprit auf ihn machen mußte, ja sogar sich mit wahrer Herablassung erinnerte, eines von seinen Schriftchen gelesen zu haben.

Mir schien der ganze Vorgang, als ob ein armer Prahler mit lächerlichem Stolze dem edeln Besitzer einer Goldmine ein Stückgen zackigt ausgeschnittenes Flittergold zeigte, es zwischen seinen Fingern hin und her wendete, und sich viel mit dem Geräusche zugute täte, so er damit machen könnte, und wozu freilich der Vorrat gediegenen Golds des edelmütigen Reichen nicht tauglich ist; aber dieser lächelte den Toren mit seinem Spielwerk leutselig an, und dächte, es schimmert und tönt ganz artig, aber du mußt es vor dem Feuer der Untersuchung und dem Wasser der Widerwärtigkeit* bewahren, wenn dein Vergnügen dauerhaft sein soll.

Herr ** fragte den Bel-esprit nach den großen Männern in Frankreich, deren Schriften er gelesen hätte und hochschätzte; aber er kannte sie, wie wir andern, nur dem Namen nach, und schob immer anstatt eines Mannes von gelehrten Verdiensten den Namen eines reichen oder großen Hauses ein.

Ich, die schon lange über den übeln Gebrauch, den man von der Gesellschaft und Gefälligkeit des Herrn ** machte, erbost war, zumal da ihn dem ungeachtet alle um sich haben wollten, und mich wie neidisch sumsende

---

* Ich habe so viel Wahres und zugleich dem eigentümlichen Charakter des Geistes der Fräulein von St. so Angemessenes in diesem Gleichnisse gefunden, daß ich mich nicht entschließen konnte, etwas daran zu ändern, ungeachtet ich sehr wohl empfinde, daß das ›Feuer der Untersuchung‹ und das ›Wasser der Widerwärtigkeit‹ keine Gnade vor der Kritik finden können, und würklich in Bunyans »Pilgrimsreise« besser an ihrem Platze sind als in diesem Buche. H.

Wespen hinderten, etwas Honig für mich zu sammeln, auch nur den Pariser immer reden machten: ich warf endlich die Frage auf: was für einen Gebrauch die französischen Damen von dem Umgang ihrer Gelehrten machten? Ich vernahm aus der Antwort,

sie lernten von ihnen:

die Schönheiten der Sprache und des Ausdrucks;

von allen Wissenschaften eine Idee zu haben, um hie und da etliche Worte in die Unterredung mischen zu können, die ihnen den Ruhm vieler Kenntnisse erhaschen hälfen;

wenigstens die Namen aller Schriften zu wissen, und etwas, das einem Urteil gleiche, darüber zu sagen;

sie besuchten auch mit ihnen die öffentlichen physikalischen Lehrstunden, wo sie ohne viele Mühe sehr nützliche Begriffe sammelten;

ingleichem die Werkstätte der Künstler, deren Genie für Pracht und Vergnügen arbeitet, und alles dieses trüge viel dazu bei, ihre Unterredungen so angenehm und abwechselnd zu machen.

Da fühlte ich mit Unmut die vorzügliche Klugheit der französischen Eigenliebe, die sich in so edle nützliche Auswüchse verbreitet. Immer genug, wenn man begierig ist die Blüte der Bäume zu kennen; bald wird man auch den Wachstum und die Reife der Früchte erforschen wollen.

Wie viel hat diese Nation voraus, denn nichts wird schneller allgemein als der Geschmack des Frauenzimmers.

Warum brachten seit so vielen Jahren die meisten unserer Kavaliere von ihren Pariser Reisen ihren Schwestern und Verwandtinnen, unter tausenderlei verderblichen Modenachrichten, nicht auch diese mit, die alles andere verbessert hätte? Aber da sie *für sich* nichts als lächerliche und schädliche Sachen sammeln, wie sollten sie das Anständige und Nutzbare *für uns* suchen?

Ich berechnete noch überdies den Gewinn, den selbst das

Genie des Gelehrten durch die Fragen der lehrbegierigen Unwissenheit erhält, die ihn oft auf Betrachtung und Nachdenken über eine neue Seite gewisser Gegenstände führt, die er als gering übersah, oder die, weil sie allein an das Reich der Empfindungen grenzte, von einem Frauenzimmer eher bemerkt wurde als von Männern. Gewiß ist es, daß die Bemühung andere in einer Kunst oder Wissenschaft zu unterrichten, unsere Begriffe feiner, deutlicher und vollkommener macht. Ja, sogar des Schülers verkehrte Art etwas zu fassen, die einfältigsten Fragen desselben können der Anlaß zu großen und nützlichen Entdeckungen werden; wie diese von dem Gärtner zu Florenz, über die bei abwechselnder Witterung bemerkte Erhöhung oder Erniedrigung des Wassers in seinem Brunnen, die vortreffliche Erfindung des Baromets veranlaßte. Aber ich komme zu weit von dem liebenswürdigen Deutschen weg, dessen feines und mit unendlichen Kenntnissen bereichertes Genie in unserer aus so verschiednen Charakteren zusammengesetzten Gesellschaft, *moralische Schattierfarben zu seinen reizenden Gemälden der Menschen sammelte.* Er sagte mir dieses, als ich seine Herablassung zu manchen nichtsbedeutenden Gesprächen lobte.

Mit Entzücken lernte ich in ihm das Bild der echten Freundschaft kennen, da er mir von einem hochachtungswürdigen Manne erzählte, der von dem ehemaligen Besitzer dieses Hauses erzogen worden, und als ein lebender Beweis der unzähligen Fähigkeiten unsers Geistes anzuführen sei; weil er die Wissenschaft des feinsten Staatsmannes mit aller Gelehrsamkeit des Philosophen, des Physikers und des schönen Geistes verbände, alle Werke der Kunst gründlich beurteilen könne, die Staatsökonomie und Landwirtschaft in allen ihren Teilen verstehe, verschiedene Sprachen gut rede und schreibe, ein Meister auf dem Klavier und ein Kenner aller schönen Künste sei, und mit so vielen Vollkommenheiten des Geistes das edelste Herz und den großen Charakter eines Menschenfreundes in seinem ganzen Umfang verbinde – –.

Sie sehen aus diesem Gemälde, ob Herr ** Ursache hat, die Freundschaft eines solchen Mannes für das vorzügliche Glück seines Lebens zu halten! Und Sie werden sich mit mir über die Entschließung freuen, welche er gefaßt hat, den ältesten Sohn seines Freundes an den seit kurzem veränderten Ort seiner Bestimmung mitzunehmen. Durch die halbe Länge Deutschlands von den Freunden seines Herzens entfernt, will er alle die Gesinnungen, die er für die Eltern hat, auf das Haupt dieses Knaben versammeln; ihn zu einem tugendhaften Mann erziehn, und dadurch, weit von seinen Freunden, die Verbindung seines Herzens mit den ihrigen unterhalten. O Emilia! Was ist Gold? was sind Ehrenstellen, die die Fürsten manchmal dem Verdienste zuteilen, gegen diese Gabe der Freundschaft des Herrn ** an den Sohn seiner glücklichen Freunde? Wie sehr verehrt ihn mein Herz! Wie viele Wünsche mache ich für seine Erhaltung! Und wie selig müssen seine Abendstunden nach so edel ausgefüllten Tagen sein!

Mein Brief ist lang; aber meine Emilia hat eine Seele, die sich mit Ergötzen bei der Beschreibung einer übenden Tugend verweilt, und mir Dank dafür weiß. Herr ** reiste abends weg, und wir, zu meinem Vergnügen, den zweeten Morgen darauf. Denn jeder Platz des Hauses und Gartens, wo ich ihn gesehen hatte, und itzt mit Schmerzen vermißte, stürzte mich in einen Anfall innerlicher Traurigkeit, die mir an unserm Hof nicht vermindert wird. Doch ich will nach seinem Rat immer die schöne Seite meines Schicksals suchen, und Ihnen in Zukunft nur diese zeigen.

Nun muß ich mich zu einem Fest anschicken, welches Graf F* auf seinem Landgut geben wird. Ich liebe die aufgehäuften Lustbarkeiten nicht; aber man wird tanzen, und Sie wissen, daß ich von allen andern Ergötzungen für diese die meiste Neigung habe. –

Mylord Derby an seinen Freund B*

Ich schreibe Dir, um der Freude meines Herzens einen Ausbruch zu schaffen; denn hier darf ich sie niemand zeigen. Aber es ist lustig zu sehen, wie alle Anstalten, die man dem Fürsten zu Ehren macht, sich nur allein dazu schicken müssen, das schöne schüchterne Vögelchen in mein verstecktes Garn zu jagen. Der Graf F*, der den Oberjägermeister in dieser Gelegenheit macht, gab letzthin dem ganzen Adel auf seinem Gute ein recht artig Festin, wobei wir alle in Bauerkleidungen erscheinen mußten.

Wir kamen nachmittags zusammen, und unsre Bauerkleider machten eine schöne Probe, was natürlich edle, oder was nur erzwungene Gestalten waren. Wie manchem unter uns fehlte nur die Grabschaufel oder die Pflugschare, um der Bauerknecht zu sein, den er vorstellte; und gewiß unter den Damen war auch mehr als eine, die mit einem Hühnerkorbe auf dem Kopfe, oder bei der Melkerei nicht das geringste Merkmal einer besondern Herkunft oder Erziehung behalten hätte. Ich war ein schottischer Bauer, und stellte den kühnen entschloßnen Charakter, der den Hochländern eigen ist, ganz natürlich vor; und hatte das Geheimnis gefunden, ihn mit aller der Eleganz, die, wie Du weißt, *mir* eigen ist, ohne Nachteil meines angenommenen Charakters, zu verschönern. Aber diese Zauberin von Sternheim war in ihrer Verkleidung lauter Reiz und schöne Natur; alle ihre Züge waren unschuldige ländliche Freude; ihr Kleid von hellblauem Taft, mit schwarzen Streifen eingefaßt, gab der ohnehin schlanken griechischen Bildung ihres Körpers ein noch feineres Ansehen, und den Beweis, daß sie gar keinen erkünstelten Putz nötig habe. Alle ihre Wendungen waren mit Zauberkräften vereinigt, die das neidische Auge der Damen, und die begierigen Blicke aller Mannsleute an sich hefteten. Ihre Haare schön geflochten und mit Bändern zurückgebunden, um nicht auf der

Erde zu schleppen, gaben mir die Idee, sie einst in der Gestalt der miltonischen Eva zu sehen, wenn ich ihr Adam sein werde. Sie war munter, und sprach mit allen Damen auf das gefälligste. Ihre Tante und die Gräfin F* überhäuften sie mit Liebkosungen, sie dachten dadurch das Mädchen in der muntern Laune zu erhalten, in welcher sie ihre Gefälligkeit auch auf den Fürsten ausbreiten könnte.

Seymour fühlte die ganze Macht ihrer Reizungen, verbarg aber, nach der politischen Verabredung mit seinem Oncle, seine Liebe unter einem Anfall von Spleen, der den sauertöpfischen Kerl stumm und unruhig, bald unter diesen, bald unter jenen Baum führte, wohin ihm Fräulein C*, als seine Bäuerin, wie ein Schatten folgte. Meine Leidenschaft kostete mich herkulische Mühe, sie im Zügel zu halten; aber schweigen konnte ich nicht, sondern haschte jede Gelegenheit, wo ich an dem Fräulein von Sternheim vorbeigehen, und ihr auf englisch etwas Bewunderndes sagen konnte. Aber etlichemal hätte ich sie zerquetschen mögen, da ihre Blicke, wiewohl nur auf das flüchtigste, mit aller Unruh der Liebe nach Seymour gerichtet waren. Endlich entschlüpfte sie unter dem Volke, und wir sahen sie auf die Türe des Gartens vom Pfarrhofe zueilen; man beredete sich darüber, und ich blieb an der Ecke des kleinen Milchhauses stehen, um sie beim Zurückkommen zu beobachten. Ehe eine Viertelstunde vorbei war, kam sie heraus. Die schönste Karminfarbe, und der feinste Ausdruck des Entzückens war auf ihrem Gesicht verbreitet. Mit leutseliger Güte dankte sie für die Bemühung etlicher Zuseher, die ihr Platz geschafft hatten. Niemals hatte ich sie so schön gesehen als in diesem Augenblick; sogar ihr Gang schien leichter und angenehmer als sonst. Jedermann hatte die Augen auf sie gewandt; sie sah es; schlug die ihre zur Erden, und errötete außerordentlich. In dem nämlichen Augenblick kam der Fürst auch mitten durch das Gedränge des Volks aus dem Pfarrgarten heraus. Nun hättest du den Ausdruck des Argwohns und des boshaften Urteils der Gedanken über die Zusammenkunft der Sternheim mit dem Fürsten sehen sollen, der auf einmal in jedem spröden, koketten und devoten Affengesicht sichtbar wurde; und die albernen Scherze der Mannsleute über ihre Röte, da sie der Fürst mit Entzücken betrachtete. Beides wurde als der Beweis ihrer vergnügten Zusammenkunft im Pfarrhaus aufgenommen, und alle sagten sich ins Ohr: »Wir feiern das Fest der Übergabe dieser für unüberwindlich gehaltenen Schönen.« Die reizende Art, mit welcher sie dem Fürsten etwas Erfrischung brachte; die Bewegung, mit der er aufstund, ihr entgegenging, und bald ihr Gesichte, bald ihre Leibesgestalt mit verzehrenden Blicken ansah, und nachdem er den Sorbet getrunken hatte, ihr den Teller wegnahm, und dem jungen F* gab, sie aber neben ihn auf die Bank sitzen machte; die Freude des Alten von F*, der Stolz ihres Oncles und ihrer Tante, der sich schon recht sichtbar zeigte – alles bestärkte unsre Mutmaßungen. Wut nahm mich ein, und im ersten Anfall nahm ich Seymourn, der außer sich war, beim Arm und redete mit ihm von dieser Szene. Die heftigste äußerste Verachtung belebte seine Anmerkungen über ihre vorgespiegelte Tugend, und die elende Aufopferung derselben; über die Frechheit sich vor dem ganzen Adel zum Schauspiel zu machen, und die vergnügteste Miene dabei zu haben. Dieser letzte Zug seines Tadels brachte mich zur Vernunft. Ich überlegte, der Schritt wäre in Wahrheit zu frech und dabei zu dumm; die Szene des Wirtshauses in F* fiel mir ein; ein Zweifel, der sich darüber bei mir erhob, machte mich meinen *Will* rufen. Ich versprach ihm hundert Guineen, um die Wahrheit dessen zu erfahren, was im Pfarrhause zwischen dem Fürsten und der Sternheim vorgegangen. In einer Stunde, wovon mir jede Minute ein Jahr dünkte, kam er mit der Nachricht, daß die Fräulein den Fürsten nicht gesehen, sondern allein mit dem Pfarrer gesprochen, und ihm zehn Karolinen für die Armen des Dorfs gegeben habe mit der inständigsten Bitte, ja niemand nichts davon zu sagen. Der Fürst wäre nach ihr gekommen, und hätte dem Adel von weitem zusehen wollen, wie sie sich belustigten, ehe er komme, um sie desto ungestörter fortfahren zu machen.

Da stund ich und fluchte über die Schwärmerin, die uns zu Narren machte. Und dennoch war das Mädchen würklich edler als wir alle, die wir nur an unser Vergnügen dachten, während sie ihr Herz für die armen Einwohner des Dorfs eröffnete, um einen der Freude gewidmeten Tag bis auf sie auszudehnen. Was war aber ihre Belohnung davor? Die niederträchtigste Beurteilung ihres Charakters, wozu sich das elendeste Geschöpf unter uns berechtigt zu sein glaubte. In Wahrheit, eine schöne Aufmunterung zur Tugend! Willst Du mir sagen, daß die innerliche Zufriedenheit unsre wahre Belohnung sei, so darf ich nur denken, daß just der Ausdruck dieser Zufriedenheit auf dem Gesichte des englischen Mädchens, da es vom Pfarrhof zurückkam, zu einem Beweis ihres Fehlers gemacht wurde. Aber wie dankte ich meiner Begierde, die Sache ganz zu wissen, die mich berufenen Bösewicht zu der besten Seele der ganzen Gesellschaft machte; denn ich allein wollte die Sache ergründen, ehe ich ein festes Urteil über sie faßte, und siehe, ich wurde auf der Stelle für diese Tugend mit der Hoffnung belohnt, das liebenswerte Geschöpfe ganz rein in meine Arme zu bekommen; dann nun soll es nur ihr oder mein Tod verhindern können; mein ganzes Vermögen und alle Kräfte meines Geistes sind zu Ausführung dieses Vorhabens bestimmt.

Mit triumphierendem Gesichte eilte ich zur Gesellschaft, nachdem ich *Willen* verboten, keiner Seele nichts von seiner Entdeckung zu sagen, und ihm noch hundert Guineen für sein Schweigen versprochen hatte. Du wirst fodern, daß ich meine Entdeckung zum Besten des Fräuleins hätte mitteilen sollen. Dann, meinst Du, wäre mein Triumph edel gewesen! Sachte, mein guter Herr! Sachte!

Ich konnte auf dem Weg der guten Handlungen nicht so eilend fortwandern, noch weniger gleich mein ganzes Vergnügen aufopfern. Und wozu hätte meine Entdekkung gedient, als des Fürsten und meine Beschwerlichkeiten zu vergrößern? Wie vielen Spaßes hätte ich mich beraubt, wenn ich die Unterredungen des vorigen Stoffs unterbrochen hätte? Denn indes ich weg war, hatte eine mißverstandne Antwort des Fürsten die ganze Sache ins Reine gebracht. Denn da der Graf F. den Fürsten gefragt: ob er das Fräulein im Pfarrgarten gesehen habe? und der Fürst ihm ganz kurz mit »Ja« antwortete, und die Augen gleich nach ihr kehrte; da war der Vorgang gewiß; ja sie war, weil man doch auch dem Pfarrer eine Rolle dabei zu spielen geben wollte, zur linken Hand vermählt, und viele bezeugten ihr schon besondere Aufwartungen als der künftigen Gnadenausspenderin. Der Graf F*, seine Frau, der Oncle und die Tante des Fräuleins führten den Reigen dieser wahnsinnigen Leute. Selbst Mylord G. spielte die Rolle mit, ob sie gleich etwas gezwungen bei ihm war. Aber Seymour, durch die Beleidigung seiner Liebe und der Vollkommenheit des Ideals, das er sich von ihr in den Kopf phantasiert hatte, in einen unbiegsamen Zorn gebracht, konnte sich kaum zu der gewöhnlichen Höflichkeit entschließen, einen Menuet mit ihr zu tanzen; sein frostiges störrisches Aussehen, womit er die freundlichsten Blicke ihrer schönen Augen erwiderte, machte endlich, daß sie ihn nicht mehr ansah; aber goß zugleich eine Niedergeschlagenheit über ihr ganzes Wesen aus, welche die edle Anmut ihres unnachahmlichen Tanzes auf eine entzückende Art vergrößerte. Jeder Vorzug, den ihm ihr Herz gab, machte mich rasend, aber verdoppelte meine Aufmerksamkeit auf alles, was zu Erhaltung meines Endzwecks dienen konnte. Ich sah, daß sie die außerordentlichen Bemühungen und Schmeicheleien der Hofleute bemerkte, und Mißfallen daran hatte. Ich nahm die Partie, ihr lauter edle feine Ehrerbietung zu beweisen; es gefiel ihr, und sie redete in schönem Englischen mit mir recht artig und aufgeweckt vom Tanzen als der einzigen Ergötzlichkeit, die sie liebte. Da ich die Vollkommenheit ihres Menuet lobte, wünschte sie, daß ich dieses von ihr bei den englischen Landtänzen sagen möchte, in denen sie die schöne Mischung von Fröhlichkeit und Wohlstand rühmte, die der Tänzerin keine Vergessenheit ihrer selbst und dem Tänzer keine willkürliche Freiheiten mit ihr erlaubte; wie es bei den deutschen Tänzen gewöhnlich sei. Mein Vergnügen über diese kleine freundschaftliche Unterredung wurde durch die Wahrnehmung des sichtbaren Verdrusses, den Seymour darüber hatte, unendlich vergrößert. Der Fürst, dem es auch nicht gefiel, näherte sich uns, und ich entfernte mich, um dem Grafen F* zu sagen, daß das Fräulein gerne englisch tanze. Gleich wurde die Musik dazu angefangen, und jeder suchte seine Bäuerin auf. Der junge F* als Kompagnon des Fräuleins von Sternheim stellte sich in der halben Reihe an; aber sein Vater machte alle Paare zurücktreten, um dem Fräulein den ersten Platz zu geben; die ihn mit Erstaunen annahm, und die Reihe mit der seltensten Geschwindigkeit und vollkommensten Anmut durchtanzte. Ich blieb bei der ersten Partie mit Fleiß zurück, und ging an der Reihe mit Mylord G. und dem Fürsten auf und ab. Dieser hatte kein Auge als für Fräulein Sternheim, und sagte immer: »Tanzt sie nicht wie ein Engel?« Da nun Lord G. versicherte, daß eine geborne Engländerin Schritt und Wendungen nicht besser machen könnte, so bekam der Fürst den Gedanken, das Fräulein sollte mit einem Engländer tanzen. Ich trat in ein Fenster, um zu warten, auf wen die Wahl kommen würde; als einige Ruhezeit vorbei war, ersuchte der Fürst das Fräulein um die Gefälligkeit, noch mit der zweiten Reihe, aber mit einem von uns zween Engländern zu tanzen. Eine schöne Verbeugung, und das Umsehen nach uns zeigte ihre Bereitwilligkeit an. Wie zärtlich ihr Blick den spröden Seymourn auffoderte, dem es F* zuerst, als Mylord G. Nepoten, antrug, und der es verbat. Die jähe Errötung des Verdrusses färbte ihr Gesicht und ihre Brust; aber sogleich war eine freundliche Miene für mich da, der ich mit ehrerbietiger Eilfertigkeit meine Hand anbot; aber diese Miene hielt mich nicht schadlos, und preßte mir den Gedanken ab: O Sternheim! eine solche Empfindung für mich hätte dir und der Tugend mein Herz auf ewig erworben! Die Bemühung, dich andern zu entreißen, vermindert meine Zärtlichkeit; Begierde und Rache bleiben mir allein übrig. – Mein äußerliches Ansehen sagte nichts davon; ich war lauter Ehrfurcht. Sie tanzte vortrefflich; man schrieb es der Begierde zu, dem Fürsten zu gefallen. Ich allein wußte, daß es eine Bemühung ihrer beleidigten Eigenliebe war, um den Seymour durch die Schönheit und Munterkeit ihres Tanzes über seine abschlägige Antwort zu strafen. Und gestraft war er auch! Sein Herz voll Verdruß war froh bei mir Klagen zu führen, und sich selbst zu verdammen, daß er, ungeachtet sie alle seine Verachtung verdiente, sich dennoch nicht erwehren könnte, die zärtlichste Empfindlichkeit für ihre Reizungen zu fühlen.

»Warum hast du denn nicht mit ihr getanzt?«

»Gott bewahre mich«, sagte er; »ich wäre gewiß unter dem Kampfe zwischen Liebe und Verachtung an ihrer Seite zu Boden gesunken.« Ich lachte ihn aus, und sagte: er sollte lieben wie ich, so würde er mehr Vergnügen davon haben, als ihm seine übertriebene Ideen jemals gewähren würden.

»Ich fühle, daß du glücklicher bist, als ich«, sagte der Pinsel, »aber ich kann mich nicht ändern.« Verdammt sei die Liebe, dacht' ich, die diesen und mich zu so elenden Hunden macht. Seymour, zwischen dem Schmerz der Verachtung für einen angebeteten Gegenstand, und allen Reizungen der Sinne herumgetrieben, war unglücklich, weil er nichts von ihrer Unschuld und Zärtlichkeit wußte. Ich, der meiner Hochachtung und Liebe nicht entsagen konnte, war ein Spiel des Neides und der

Begierde mich zu rächen, und genoß wenig Freude dabei als diese, andern die ihrige sicher zu zerstören, es folge daraus, was da wolle. – Arbeit habe ich! – Denn so künstlich und sicher ich sonst meine Schlingen zu flechten wußte, so nützen mich doch meine vorigen Erfahrungen *bei ihr* nichts, weil sie so viele Entfernung von allen sinnlichen Vergnügungen hat. Bei einem Ball, wo beinahe alle Weibspersonen Koketten, und auch die Besten von der Begierde zu gefallen eingenommen sind, hängt *sie* der Übung der Wohltätigkeit nach. Andre werden durch die Versammlung vieler Leute und den Lärmen eines Festes, durch die Pracht der Kleider und Verzierungen betäubt, durch die Musik weichlich gemacht, und durch alles zusammen den Verführungen der Sinnlichkeit bloßgegeben. *Sie* wird auch gerührt, aber zum Mitleiden für die Armen; und diese Bewegung ist so stark, daß sie Gesellschaft und Freuden verläßt, um ein Werk der Wohltätigkeit auszuüben. Ha! wenn diese starke und geschäftige Empfindlichkeit ihrer Seele, zum Genuß des Vergnügens umgestimmt sein wird, und die ersten Töne für mich klingen werden! – Dann, B., dann werde ich Dir aus Erfahrung von der feinen Wollust erzählen können, die *Venus* in Gesellschaft der *Musen* und *Grazien* ausgießt. Aber ich werde mich dazu vorbereiten müssen. Wie Schwärmer, die in den persönlichen Umgang mit Geistern kommen wollen, eine Zeitlang mit Fasten und Beten zubringen; muß ich dieser enthusiastische Seele zu gefallen, mich aller meiner bisherigen Vergnügungen entwöhnen. Schon hat mir meine, von ungefähr entdeckte Wohltätigkeit an der Familie T* große Dienste bei ihr getan; nun muß ich sie einmal in diesem Hause überraschen. Sie geht manchmal hin, den Kindern Unterricht, und den Eltern Trost zu geben. Dennoch hat alle ihre Moral den Einfluß meiner Guineen nicht verhindern können, durch die ich bei diesen Leuten Gelegenheit finden werde, sie zu sehen, und einen Schritt zu ihrem Herzen zu machen; während, daß ich auf der andern Seite die *magische Sympathie der Schwärmerei* zu schwächen suche, die in einem einzigen Augenblick zwischen ihr und Seymourn entstehen könnte, wenn sie jemals einander im Umgang nahe genug kämen, den so gleich gestimmten Ton ihrer Seelen zu hören. Doch dem bin ich ziemlich zuvorgekommen, indem sich Seymour just des Sekretärs seines Oncles, der mein Sklave ist, bedient, um Nachrichten einzuziehen, die dieser bei mir holt, ohne mit mir zu reden. Denn wir schreiben uns nur, und stecken unsre Billets hinter ein alt Gemälde im obern Gang des Hauses. Dieser Jünger des Luzifers leistet mir vortreffliche Dienste. Doch muß ich Seymourn die Gerechtigkeit widerfahren lassen, daß er uns die Mühe, so viel an ihm ist, erleichtert. Er flieht die Sternheim wie eine Schlange, ungeachtet er sich um alle ihre Bewegungen erkundigt; und diese werden durch die Farbe, welche ihnen meine Nachrichten geben, schielend und zweideutig genug, um auf seinen schon eingenommenen Kopf alle Würkung zu machen, die ich wünsche. Den Fürsten fürchte ich nicht; jeder Schritt, den er machen wird, entfernt ihn vom Ziel. Von allem, was Fürsten geben können, liebt sie nichts. Das Mädchen macht eine ganz neue Gattung von Charakter aus!

Mylord Seymour an den Doktor B.

Ich bin seit vier Stunden von einem prächtigen und wohl ausgesonnenen Feste zurückgekommen; und da ich ungeachtet der heftigen Bewegungen, die meine Lebensgeister erlitten, keinen Schlaf finden kann, so will ich wenigstens die Ruhe suchen, welche eine Unterredung mit einem würdigen Freund einem bekümmerten Herzen gibt. Warum, o mein teurer Lehrmeister, konnte Ihre erfahrne Weisheit kein Mittel finden, meine Seele gegen die Heftigkeit *guter* Eindrücke zu bewaffnen, so wie Sie eins gefunden haben, mich gegen das Beispiel und die

Aufmunterung der Bosheit zu bewahren. Ich will Ihnen die Ursache erzählen; so werden Sie selbst sehen, wie glücklich ich durch eine vernünftige Gleichgültigkeit geworden wäre.

Der erste Minister des Hofs gab dem Adel, oder vielmehr der Fürst gab unter dem Namen des Grafen F* dem Fräulein von Sternheim eine Fête auf dem Lande, welche die Nachahmung auf den höchsten Grad der Gleichheit führte, denn die Kleidungen, die Musik, der Platz, wo die Lustbarkeit gegeben wurde, alles bezeichnete das Landfest. Mitten auf einer Matte waren eigne Bauren-häuser und eine Tanzscheure erbaut. Der Gedanke und die Ausführung entzückte mich in den ersten zwo Stunden, da ich nichts als die Schönheit des Festes und die alles übertreffende Liebenswürdigkeit des Fräulein von Sternheim vor mir sah. Niemals, mein Freund, niemals wird das Bild der lautern Unschuld, der reinen Freude wieder so vollkommen erscheinen, als es diese zwo Stunden durch in der edeln schönen Figur der Sternheim abgezeichnet war! Verdammt sein die Künste, welche es an ihr auszulöschen wußten! Aber in einer Person von so vielem Geiste, von einer so vortrefflichen Erziehung, muß der Wille dabei gewesen sein; es war unmöglich sie zu berücken; unmöglich ist es auch, daß es allein die Würkung ihrer von Musik, Pracht und Geräusch empör-ten Sinnen gewesen sei. Ich weiß wohl, daß man bei diesen Umständen unvermerkt von der Bahn der morali-schen Empfindungen abweicht und sie aus dem Gesichte verliert. Aber da sie die letzte Warnung ihres guten Genius verwarf, und wenige Minuten darauf der ange-stellten Unterredung mit dem Fürsten entgegeneilte, und sich dadurch die Geringschätzung des Elendesten unter uns zuzog; da hatte ich Mühe, den hohen Grad von Verachtung und Abscheu, die mich gegen sie einnahmen, zu verbergen. Ich muß Ihnen erklären, was ich unter dem letzten Wink ihres Genius verstehe. Es war eine Bilderbude da, wo die Damen Lotteriezettel zogen;

sagen Sie, ob es wohl ein bloßes Ungefähr, oder nicht ein letzter Wink der Vorsicht war, daß das Fräulein von Sternheim *die vom Apollo verfolgte Daphne* bekam! Die Partie des Fürsten sah es nicht gerne; sie dachte, es würde ihre Widerspenstigkeit bestärken. *Ihr* gefiel es, sie wies es jedermann, und redete als eine gute Kennerin von der Zeichnung und Malerei. Meine Freude war nicht zu beschreiben; ich hielt die Besorgnisse der Hofleute gegründet, und die Freude des Fräuleins bekräftigte mich in der Idee, daß sie durch ihre Tugend eine neue fliehende Daphne sein würde. Aber wie schmerzhaft, wie niederträchtig hat mich nicht ihre Scheintugend betrogen, da sie sich gleich darauf dem Apollo in die Arme warf! Ich sah sie mit ihrer ehrlosen Tante, und der Gräfin F* einige Zeit auf und abgehen; die zwo elenden Unterhändlerinnen schmeichelten ihr in die Wette. Endlich merkte ich, daß sie mit einer zärtlichen und sorgsamen Miene, bald die Gesellschaft, bald die Türe des Pfarrgartens ansah; und auf einmal mit dem leichtesten freudigsten Schritt durch die Zuseher drang und in den Garten eilte. Lang war sie nicht darin, aber ihr Hineingehen hatte schon Aufsehen erweckt. Wie vieles verursachte erst der Ausdruck von Zufriedenheit und Beschämung, mit welchem sie zurückkam; da der Fürst bald nach ihr heraus trat, der sein Vergnügen über sie nicht verbergen konnte, und seine Leidenschaft in vollem Feuer zeigte. Mit wie viel niederträchtiger Gefälligkeit bot sie ihm Sorbet an, schwatzte mit ihm, tanzte ihm zuliebe englisch, mit einem Eifer, den sie sonst nur für die Tugend zeigte. Und wie reizend, o Gott, wie reizend war sie! Wie unnachahmlich ihr Tanz; alle Grazien in ihr vereinigt, so wie es die Furien in meinem Herzen waren! Denn ich fühlte es von dem Gedanken zerrissen, daß ich, der ihre Tugend angebetet hatte, der sie zu meiner Gemahlin gewünscht, ein Zeuge sein mußte, wie sie Ehre und Unschuld aufgab, und im Angesicht des Himmels und der Menschen, ein triumphierendes Aussehen dabei hatte. Unbegreiflich ist mir eine Beobachtung über mein Herz in dieser Gelegenheit. Sie wissen, wie heftig ich einst eine unserer Schauspielerinnen liebte; ich wußte, daß ihre Gunst zu erkaufen war, und daß sie für ihr Herz ganz keine Achtung verdiente. Ich hatte auch keine, und dennoch dauerte meine Leidenschaft in ihrer ganzen Stärke fort. Itzt hingegen verachte, verfluche ich diese Sternheim und ihr Bild. Ihre Reize und meine Liebe liegen noch in dem Grunde meiner Seele; aber ich hasse beide, und mich selbst, daß ich zu schwach bin, sie zu vernichten.

Mein Oncle redete mir im Nachhausefahren zu, wie ein Mann dessen Leidenschaften schon lange gesättigt sind, und der, wenn er als Minister zu Vergnügung des Ehrgeizes seines Fürsten tausend Schlachtopfer für nichts achtet, natürlicherweise die Aufopferung der Tugend eines Mädchens zu Befriedigung der Leidenschaft eines Großen für eine sehr wenig bedeutende Kleinigkeit ansehen muß. O wäre sie ein gemeines Mädchen mit Papageien-Schönheit und Papageien-Verstand gewesen, so könnte ich es ansehen wie er! Aber die edelste Seele, und Kenntnisse zu besitzen, an die Verehrung der ganzen Welt Anspruch zu haben, und sich hinzuwerfen! Sie soll zur linken Hand vermählt worden sein. Elende lächerliche Larve, eine verstellte Tugend vor Schande sicher zu stellen! – Alle schmeichelten ihr; *Sie*, mein Freund, kennen mich genug, um zu wissen, ob *ich* es tat. Ich werde nicht an den Hof gehen, bis ich ruhiger bin; niemals liebte ich das Hofleben ganz, nun verabscheue ich es! Die Reisen meines Oncles will ich aushalten; aber meine Frau Mutter soll nicht fodern, daß ich Hofdienste nehme, oder mich verheirate; das Fräulein von Sternheim hat mich beidem auf ewig entsagen gemacht. Derby, der ruchlose Derby, verachtet sie auch, aber er hilft sie betäuben; denn er erzeigt ihr mehr Ehrerbietung als sonst; – der Bösewicht!

Kommen Sie, meine Emilia, Sie sollen auch einmal eine
aufgeweckte Erzählung von mir erhalten. Sie wissen, daß
ich gerne tanze, und daß F* einen Ball geben wollte.
Dieser ist nun vorbei, und ich war so vergnügt dabei, daß
das Andenken davon mir noch itzt angenehm ist. Alle
Anstalten dieses niedlichen Festins waren völlig nach
meinem Geschmack, nach meinen eigensten Ideen einge-
richtet. Ländliche Einfalt und feine Hofkünste fanden
sich so artig miteinander verwebt, daß man sie nicht
trennen konnte, ohne dem einen oder dem andern seine
beste Annehmlichkeit zu rauben. Ich will versuchen, ob
eine Beschreibung davon diese Vorstellung bei Ihnen
bekräftigen wird.

Der Graf F* wollte auf dem Gut, wo seine Gemahlin die
Kur gebraucht, und die Besuche des ganzen Adels empfangen hatte, zum Beweis seiner Freude über das Wohlsein der Gräfin und seines Danks für die ihr bewiesene
Achtung an dem nämlichen Orte eine Ergötzung für uns
alle anstellen. Wir wurden acht Tage voraus geladen, und
gebeten, paarweise in schönen Bauerkleidungen zu
erscheinen, weil er ein Landfest vorstellen wollte. Der
junge Graf F*, sein Nepote, wurde in der Liste ein Bauer
und ich bekam die Kleidung eines Alpenmädchens; licht-
blau und schwarz; die Form davon brachte meine Leibesgestalt in das vorteilhafteste Ansehen, ohne im
geringsten gesucht oder gezwungen zu scheinen. Das
feine ganz nachlässig aufgesetzte Strohhütgen und meine
simpel geflochtnen Haare machten meinem Gesicht
Ehre. Sie wissen, daß mir viele Liebe für die Einfalt und
die ungekünstelten Tugenden des Landvolks eingeflößt
worden ist. Diese Neigung erneuerte sich durch den
Anblick meiner Kleidung. Mein edel einfältiger Putz
rührte mich; er war meinem die Ruhe und die Natur
liebenden Herzen noch angemeßner als meiner Figur,
wiewohl auch diese damals, in meinen Augen, im schön-

sten Lichte stund. Als ich völlig angezogen den letzten Blick in den Spiegel warf und vergnügt mit meinem ländlichen Ansehen war, machte ich den Wunsch, daß, wenn ich auch diese Kleidung wieder abgelegt haben würde, doch immer reine Unschuld und unverfälschte Güte meines Herzens den Grund einer heitern wahren Freude in meiner Seele erhalten möchte! Mein Oncle, meine Tante, und der Graf F* hörten nicht auf, mein zärtliches und reizendes Aussehen zu loben, und so kamen wir auf das Gut; wo wir in der halben Allee, die auf schönen Wiesengrund gepflanzt ist, abstiegen, und gleich den Ton der Schalmei hörten, verschiedene Paare von artigen Bauren und Bäuerinnen erblickten, und im Fortfahren, bald eine Maultrommel, bald eine kleine Landpfeife, oder irgendein andres Instrument dieser Art, das völlige Landfest ankündigen hörten. Simpel gearbeitete hölzerne Bänke waren zwischen den Bäumen gesetzt, und zwei artige Bauerhäuser an beiden Seiten der Allee erbaut, wo in einem auf alle mögliche Art zubereitete Milch und andre Erfrischungen in kleinen porcelainen Schüsselchen bereit waren. Jedes hatte seinen hölzernen Teller und seinen Löffel von Porcelain. Unter der Türe dieses Hauses war die Gräfin F* als Wirtin gekleidet, und bewillkommte die Gäste mit einer reizenden Gefälligkeit. Alle Bedienten des Hauses waren als Kellerjungen oder Schenkknechte, und auch die Musikanten nach bäuerischer Art angezogen; auf einem Platz waren Bäcker und Bilderkrämer, wo unsre Bauren uns hinführten und eine Bäuerin eine Prezel oder sonst ein Stück aus feiner Pastille gearbeitetes Brod bekam, welches der Bauer zerbrach und dann entweder ein Stück Spitzen, Bänder oder andre artige Sachen darin fand. Bei dem Bilderkrämer bekamen wir niedliche Miniatur-Gemälde zu sehen, welche wie aus einer Lotterie gezogen wurden. Ich bekam die vom Apollo verfolgte Daphne, ein feines niedliches Stück; es schien auch, daß mich andere darum beneideten, weil es für das schönste gehalten wurde. Es dünkte mich vielerlei Veränderungen und Ausdrücke auf den Gesichtern einiger Damen zu lesen, da sie es ansahen.

Wie der ganze Adel beisammen war, wurden wir junge Fräulein gebeten, die ältern Damen und Kavaliere mit Erfrischungen bedienen zu helfen; unsre Geschäftigkeit war artig zu sehen; für eine fremde Person aber müßten die forschenden halb verborgnen Blicke, die immer eine Dame nach der andern schickte, zu vielen kleinen Betrachtungen Anlaß gegeben haben. Ich war voll herzlicher Freude; es war Grasboden, den ich betrat, Bäume, unter deren Schatten ich eine Schüssel Milch verzehrte, frische Luft, was ich atmete, ein heitrer offner Himmel um mich her, nur zwanzig Schritte von mir ein schöner Bach und wohlangebaute reiche Kornfelder! Mir schien's, als ob die unbegrenzte Aussicht in das Reich der Natur meinen Lebensgeistern und Empfindungen eine freiere Bewegung verschaffte, sie von dem einkerkernden Zwang des Aufenthalts in den Mauren eines Palastes voller gekünstelten Zieraten und Vergoldungen, in ihre natürliche Freiheit und in ihr angebornes Element setzte. Ich redete auch mehr und freudiger als sonst, und war von den ersten, die Reihentänze zwischen den Bäumen anfingen. Diese zogen alle Einwohner des Dorfs aus ihren Hütten, um uns zuzusehen. Nach einigem Herumhüpfen ging ich mit meiner Tante und der Gräfin F*, die mich sehr lobten und liebkosten, auf und ab; wo mir denn bald der fröhliche und glänzende Haufen von Landleuten, die wir vorstellten, in die Augen fiel, bald auch der, welchen unsre Zuseher ausmachten, darunter ich viele arme und kummerhafte Gestalten erblickte. Ich wurde durch diesen Kontrast und das gutherzige Vergnügen, womit sie uns betrachteten, sehr gerührt, und sobald ich am wenigsten bemerkt wurde, schlüpfte ich in den Pfarrgarten, der ganz nahe an die Wiese stößt, wo wir tanzten; gab dem Pfarrer etwas für die Armen des Dorfs und ging mit einem glücklichen Herzen zurück in die Gesellschaft. Mylord Derby schien auf meine Schritte gelauert zu haben; denn wie ich aus dem Pfarrgarten heraus trat, sah ich, daß er an dem einem Ende des Milchhauses stand, und seine Augen unverwandt auf die Türe des Gartens geheftet hatte; mit forschenden und feurigen Blicken sah er mich an, ging mir hastig entgegen, um mir einige außerordentliche, ja gar verliebte Sachen über meine Gestalt und Physionomie zu sagen. Dieses und die neugierige Art, womit mich alle ansahen, machte mich erröten und die Augen zur Erde wenden; als ich sie in die Höhe hob, war ich einem Baume, an welchen sich Mylord Seymour ganz traurig und zärtlich aussehend lehnte, so nahe, daß ich dachte, er müßte alles gehört haben, was Mylord Derby mir gesagt hatte. Ich weiß nicht ganz, warum mich diese Vorstellung etwas verwirrte; aber bestürzt wurde ich, da ich alles aufstehen und sich in Ordnung stellen sah, weil der Fürst eben aus dem Pfarrgarten kam. Der Gedanke, daß er mich da hätte antreffen können, machte mir eine Art Entsetzen, so daß ich zu meiner Tante floh, gleich, als ob ich fürchtete allein zu sein. Aber meine innerliche Zufriedenheit half mir wieder zu meiner Fassung, so daß ich dem Fürsten meine Verbeugung ganz gelassen machte. Er betrachtete und lobte meine Kleidung in sehr lebhaften Ausdrücken. Die Gräfin F*, welche mich nötigte, ihm eine Schale Sorbet anzubieten, brachte mich in eine Verlegenheit, die mir ganz zuwider war; denn ich mußte mich zu ihm auf die Bank setzen, wo er mir über meine Person und zum Teil auch über den übrigen Adel, ich weiß nicht mehr was für wunderliches Zeug, vorsagte. Die meisten fingen an einsam spazieren zu gehen. Da ich ihnen mit Aufmerksamkeit nachsahe, fragte mich der Fürst: ob ich auch lieber herumgehen, als bei ihm sein wollte? Ich sagte ihm, ich dächte, es würden wieder Reihen getanzt, und ich wünschte dabei zu sein. Sogleich stund er auf, und begleitete mich zu den übrigen. Ich dankte mir den Einfall, und mengte mich eilends unter den Haufen junger Leute, die alle beisammen stunden. Sie lächelten über mein Eindringen, waren aber sehr höflich bis auf Fräulein C*, die immer ganz mürrisch den Kopf nach einer Seite kehrte. Ich wandte mich auch hin, und erblickte Seymourn und Derby, die einander am Arm führten und mit hastigen Schritten am Bach auf und nieder gingen. Indessen wurde es etwas dunkel, und man lud uns zu dem Abendessen, welches in der andern Bauerhütte bereit stund. Man blieb nicht lange bei Tische; denn alles eilte in den Tanzsaal, der in einer dazu aufgebaueten Scheuer versteckt war. Niemand konnte über das Ende der Tafel froher sein als ich; denn als die Ranglose gezogen wurden, setzte mich mein widriges Geschicke gleich an den Fürsten, der beständig mit mir redte, und mich alle Augenblicke etwas kosten machte. Dieser Vorzug des Ungefähr* zeigte mir die Hofleute in einem neuen aber sehr kleinen Lichte; denn ihr Betragen gegen mich war, als ob ich eine große Würde erhalten hätte, und sie sich mir gefällig machen müßten. Es war niemand, der mir nicht irgendeine schickliche oder unschickliche Schmeichelei sagte, den einzigen Seymour ausgenommen, welcher nichts redete. Sein Oncle G. und Mylord Derby sagten mir dagegen desto feinere Höflichkeiten vor; besonders hatte dieser die gefälligste Ehrerbietigkeit in seinem ganzen Bezeugen gegen mich. Er sprach vom Tanzen mit dem eigentlichen Ton, der für diesen Gegenstand gehört, so daß er mir aufs neue Achtung für seine Talente und Bedauern über die schlimme Verwendung derselben einflößte. Ich fand bei dem Tanzen, daß es nicht für alle vorteilhaft ist, daß der Ball sich mit Menuetten anfängt, weil dieser Tanz so viel

---

* Wenige Leser werden der Erinnerung bedürfen, daß es der Unschuld und Unerfahrenheit des Fräuleins von St. in den Wegen der Welt ganz natürlich war, für eine Würkung des Zufalls zu halten, was Absicht und Kunst war. An Höfen versteht man keine Kunst besser, als ungefähre Zufälle zu machen, wenn die Absicht ist, die Leidenschaften des Herrn auf eine feine Art zu befördern. H.

Anmut in der Wendung und so viel Nettigkeit des Schritts erfodert, daß es manchen Personen sehr schwer fiel, diesen Gesetzen Genüge zu leisten. Der außerordentliche Beifall, den ich erhielt, führte mein Herz auf ein zärtliches Andenken meiner teuren Eltern zurück, die unter andern liebreichen Bemühungen für meine Erziehung auch das frühzeitige und öftere Tanzen betrieben, weil mein schnelles Wachsen eine große Figur versprach, und mein Vater sagte: daß der frühe Unterricht im Tanzen einer großen Person am nötigsten sei, um durch die Musik ihre Bewegungen harmonisch und angenehm zu machen, indem es immer bemerkt worden sei, daß die Grazien sich leichter mit einer Person von mittlerer Größe verbinden als mit einer von mehr als gewöhnlicher Länge. Dieses war die Ursache, warum ich alle Tage tanzen, und bei meinen Handarbeiten, wenn wir alleine waren, eine Menuett-Arie singen mußte, denn mein Vater behauptete, daß durch diese Übung unvermerkt alle meine Wendungen natürliche Grazien erhalten würden. Sollte ich alles Lob glauben, das man meinem Tanzen und Anstand gibt, so sind seine Vermutungen alle eingetroffen; so wie ich seinen Ausspruch über den Vorzug der Anmut vor der Schönheit ganz wahr gefunden habe, weil ich gesehen, daß die holdselige Miene der mit sehr wenig Schönheit begabten Gräfin Zin*** ihr beinahe mehr Neiderinnen zuzog, als die Fräulein von B* mit ihrer Venus-Figur nicht hatte; und die Neiderinnen waren selbst unter der Zahl der Frauenzimmer von Verdiensten. Woher dieses Emilia? *Fühlen* etwan vernünftige Personen den *Vorzug* der Anmut vor der Schönheit stärker als andere, und wünschen sie daher begieriger zu ihrem Eigentum? Oder kam dieser Neid von der Beobachtung, daß die ganz anmutsvolle Gräfin Z*** die hochachtungswürdigste Mannspersonen an sich zog? Oder wagt die feine Eigenliebe eher einen Anfall auf Reize des Angenehmen als auf die ganze Schönheit, weil jene nicht gleich von allen Augen bemerkt werden, und der Mangel der äußersten Vollkommenheit sehr leicht mit dem Gedanken eines fehlerhaften Charakters oder Verstandes verbunden wird, und also der Tadlerin wohl noch den Ruhm eines scharfen Auges geben kann, da hingegen die kleinsten Schmähungen über ein schönes Frauenzimmer von jedem Zuhörer an die Rechnung des Neides kommen? Edle und kluge Eigenliebe sollte sich immer die Gunst der Huldgöttinnen wünschen, weil sie ihre Geschenke niemals zurücknehmen, und weder Zeit noch Zufälle uns derselben berauben können. Ich gestehe ganz aufrichtig, daß wenn ich in den schönen griechischen Zeiten geboren gewesen wäre, so hätte ich meine besten Opfer dem Tempel der Grazien geweiht. – Aber, ich sehe meine Emilia, ich errate, was sie denkt; denn indem sie dieses Schreiben liest, fragt der Ausdruck ihrer Physionomie: »War meine Freundin Sternheim so ganz fehlerfrei, weil sie die von den andern so dreuste bezeichnet? Neid mag sie nicht gehabt haben, denn der Plan, dem sich ihre Eitelkeit nachzugehen vorgenommen hatte, meint durch nichts gestört worden zu sein; der Dank für die Tanzübungen in ihrer Erziehung zeigt es an; oft ist es bloß ein großer Grad der Zufriedenheit mit sich selbst, was uns vom Neide frei macht, anstatt, daß es die wahre Tugend tun sollte.«

Sein Sie ruhig, meine liebe strenge Freundin, ich empfinde, daß Sie recht haben; ich war eitel und sehr mit mir zufrieden; aber ich wurde dafür gestraft. Ich hielt mich für ganz liebenswürdig, aber ich war es nicht in den Augen desjenigen, bei dem ich es vorzüglich zu sein wünschte. Ich befleiß mich so sehr gut englisch zu tanzen, daß Mylord G. und Derby zu dem Fürsten sagten, eine geborne Engländerin könnte den Schritt, die Wendungen und den Takt nicht besser treffen. Man bat mich, mit einem Engländer eine Reihe durchzutanzen. Mylord Seymour wurde dazu aufgefodert, und, Emilia, er schlug es aus; mit einer so unfreundlichen, beinahe verächtlichen Miene, daß es mir eine schmerzliche Empfindung gab. Mein Stolz suchte diese Wunde zu verbinden; doch beruhigte mich sein düstres Bezeugen gegen alle Welt am allermeisten; er redete mit gar niemand mehr als mit seinem Oncle und Herrn Derby, welcher mit entzückter Eilfertigkeit der Auffoderung entgegenging. Ich suchte ihn auch dafür durch mein bestes Tanzen zu belohnen, und zugleich Seymourn durch meine Munterkeit zu zeigen, daß mich sein Widerwille nicht gerührt habe. Sie kennen mich. Sie urteilen gewiß, daß dieser Augenblick nicht angenehm für mich war; aber meine voreilige Neigung verdiente eine Strafe! Warum ließ ich mich durch die Lobreden der Liebhaberin des Mylord Seymour so sehr zu seinem Besten einnehmen, daß ich die Gerechtigkeit für andre darüber vergaß, und auf dem Wege war, die Achtung für mich selbst zu vergessen? Aber ich habe ihm Dank, daß er mich zum Nachdenken und Überlegen zurückführte; ich bin nun ruhiger in mir selbst, billiger für andre, und habe auch deswegen neue Ursache mit diesem Feste vergnügt zu sein. Ich habe für meinen Nächsten eine Pflicht der Wohltätigkeit ausgeübt, und für mich eine Lektion der Klugheit gelernt, und nun hoffe ich, meine Emilia ist mit mir zufrieden, und liebt mich wie sonst.

Fräulein von Sternheim an Emilia

Nun habe ich den Brief, den mir die arme Madam T* auf dem Gute des Grafen F* versprochen, und worin sie mir die Ursachen ihres Elends erzählt; er ist so weitläufig und auf so dichtes Papier geschrieben, daß ich ihn nicht beischlüßen kann. Sie werden aber aus dem Entwurf meiner Antwort das meiste davon sehen, und einige Hauptzüge will ich hier bemerken.
Sie ist aus einer guten, aber armen Rats-Familie entsprossen; ihre Mutter war eine rechtschaffene Frau und sorgfältige Hauswirtin, die ihre Töchter sehr gering in Speise

und Kleidung hielt, wenig aus dem Hause gehen ließ, und zu beständigem Arbeiten anstrengte, auch ihnen immer von ihrem wenigen Vermögen redete, welches die Hindernis sei, warum sie und die Ihrigen in Kleidung, Tisch und übrigem Aufwande andern, die reicher und glücklicher wären, nicht gleichkämen. Die Kinder ließen sich's, wiewohl ungern, gefallen. Die Mutter stirbt, der Rat T* wirbt um die zwote Tochter, und erhält sie sehr leicht, weil man wußte, daß er ein artiges Vermögen von seinen Eltern ererbt hatte. Der junge Mann will seinen Reichtum zeigen, macht seiner Frau schöne Geschenke, die Einrichtung seines Hauses wird auch so gemacht, sie geben Besuche, laden Gäste ein, und diese werden nach der Art begüterter Leute bedient; sie ziehen sich dadurch eine Menge Tischfreunde zu, und die gute Frau, welche in ihrem Leben nichts als den Mangel dieser Glückseligkeiten des Reichtums gekannt hatte, übergibt sich mit Freuden dem Genuß des Wohllebens, der Zerstreuung in Gesellschaften und dem Vergnügen schöner und abwechselnder Kleidung. Sie bekömmt Kinder; diese fängt man auch an standesmäßig zu erziehen; und das Vermögen wird aufgezehrt; man macht Schulden, und führt mit entlehntem Gelde den gewohnten Aufwand fort, bis die Summe so groß wird, daß die Gläubiger keine Geduld mehr haben und sie mit ihren Mobilien und dem Hause selbst die Bezahlung machen müssen; und nun verschwanden auch alle ihre Freunde. Die Gewohnheit eines guten Tisches und die Liebe zu schöner Kleidung nahm ihnen das übrige. Das Einkommen von seinem Amte wurde in den ersten Monaten des Jahres verbraucht; in den andern fand sich Mangel und Kummer ein; der Mann konnte seinen Stolz, die Frau ihre Liebe zur Gemächlichkeit nicht vergnügen; bei ihm fehlte der Wille, bei ihr die Klugheit sich nach ihren Umständen einzurichten; es wurden Wohltäter gesucht; es fanden sich einige; aber ihre Hülfe war nicht zureichend. Der Mann wurde unmutig, machte den Leuten, welche seine Freunde gewesen, Vorwürfe, beleidigte sie, und sie rächten sich, indem sie ihn seines Amts verlustig machten. Nun war Verzweiflung und Elend in gleichem Maß ihr Anteil; beides wurde noch durch den Anblick von sechs Kindern vergrößert. Alle Verwandten hatten die Hände abgezogen, und da ihr Elend sie zu allerhand kleinen, oft niederträchtigen Hülfsmitteln zwang, so wurden sie endlich ein Gegenstand der Verachtung und des Hasses. In diesem Zustand lernte ich sie kennen, und bot ihnen meine Hülfe an. Geld, Kleidung und Leinengeräte und andrer nötiger Hausrat war der Anfang davon. Ich sehe aber wohl, daß dieses nicht hinreichen wird, wenn das Übel nicht in der Wurzel gehoben, und ihre Denkensart von den falschen Begriffen von Ehre und Glück geheilt wird. Ich habe einen Entwurf dazu gemacht, und Ihrem rechtschaffenen Mann, den einsichtvollen Herrn Br*, bitte ich, ihn auszuarbeiten, und zu verbessern. Denn ich sehe wohl ein, daß die Erfahrung und das Nachdenken eines zwanzigjährigen Mädchens nicht hinreichend ist, die dieser Familie auf allen Seiten nötige Anweisung zu einer richtigen Denkungsart zu geben. Sie, meine Emilia, werden sehen, daß meine Gedanken meistens Auszüge aus den Papieren meiner Erziehung sind, die ich auf diesen Fall anzupassen suchte. Es ist für den Reichen schwer, dem Armen einen angenehmen Rat zu geben; denn dieser wird den Ernst des erstern bei seinen moralischen Ideen immer in Zweifel ziehen, und seine Ermahnungen zu Fleiß und Genügsamkeit als Kennzeichen annehmen, daß er seiner Wohltätigkeit müde sei; und dieser Gedanke wird alle gute Würkungen verhindern. Zwei Tage von Zerstreuung haben mein Schreiben, wo ich bei dem Rat T* stehen blieb, unterbrochen. Wollte Gott, ich hätte ihn reich machen können, und hätte nur die Bitte zu dieser Gabe setzen dürfen, sie mit Klugheit zu brauchen. Das Wohlergehn dieser Familie hat mich mehr gekostet, als wenn ich ihnen die Hälfte meines Vermögens gegeben hätte.

Ich habe ihr einen Teil meiner Denkungsart aufgeopfert; der Rat T* lag mir sehr an, ihm durch meinen Oncle wieder ein Amt zu verschaffen. Ich sagte es diesem, und er antwortete mir: er könne die Gnade, welche er wieder anfange bei den Fürsten zu genießen, für niemand als seine Kinder verwenden, indem er seinen Familien-Prozeß zu gewinnen suchte. Ich war darüber traurig, aber meine Tante sagte mir: ich sollte bei nächster Gelegenheit selbst mit dem Fürsten sprechen; ich würde finden, daß er gerne Gutes tue, wenn man ihm einen würdigen Gegenstand dazu zeigte, und ich würde gewiß keine Fehlbitte tun. Nachmittags kamen der Graf F* und seine Gemahlin zu uns; mit diesen beredete ich mich auch, und ersuchte beide, sich bei dem Fürsten dieser armen Familie wegen zu verwenden; aber auch sie sagten mir: weil es die erste Gnade wäre, die ich mir ausbäte, so würde ich sie am leichtesten durch mich selbst erhalten. Zudem würde er es, der Seltenheit wegen, zusagen, weil sich noch niemals eine junge muntere Dame mit so vielem Eifer um eine verunglückte Familie angenommen habe, und dieser neue Zug meines Charakters würde die Hochachtung vermehren, die er für mich zeigte. Ich wurde unmutig keine Hand zu finden, die sich mit der meinigen zu diesem Werk der Wohltätigkeit vereinigen wollte; mit dem Fürsten redete ich sehr ungern, ich konnte auf seine Bereitwilligkeit zählen, denn seine Neigung für mich hatte ich schon deutlich genug gesehen, aber eben daher entstund meine Unschlüssigkeit, ich wünschte immer in einer Entfernung von ihm zu bleiben, und meine Fürbitte, seine Zusage und mein Dank nähern mich ihm und seinen Lobsprüchen nebst den Erzählungen, die er mir schon von neuen ihm bisher unbekannten Gesinnungen, die ich ihm einflößte, zweimal gemacht hat. Etliche Tage kämpfte ich mit mir, aber da ich den vierten Abend einen Besuch in dem trostlosen Hause machte, die Eltern froh über meine Gaben, das Haus aber noch leer von Notdürftigkeiten und mit sechs teils großen, teils kleinen

Kindern besetzt sahe, o da hieß ich meine Empfindlichkeit für meine Ruhe und Ideen derjenigen weichen, welche mich zum Besten dieser Kinder einnahm; sollte die Delikatesse meiner Eigenliebe nicht der Pflicht der Hülfe meines notleidenden Nächsten Platz machen, und der Widerwille, den mir die aufglimmende Liebe des Fürsten erreget, sollte dieser das Bild der Freude verdrängen, welche durch die Erhaltung eines Amts und Einkommens in diese Familie kommen würde. Ich war der Achtung gewiß, die er für denselben hätte; und was dergleichen mehr war. Man hatte mich der Hülfe versichert; mein Herz wußte, daß mir die Liebe des Fürsten ohne meine Einwilligung nicht schädlich sein konnte; ich führte also gleich den andern Tag meinen Entschluß aus, da wir bei der Prinzessin von W* im Konzert waren, und ich meine Stimme hören lassen mußte. Der Fürst schien entzückt, und ersuchte mich einigemal mit ihm im Saal auf und abzugehen. Sie können denken, daß er mir viel von der Schönheit meiner Stimme und der Geschicklichkeit meiner Finger redete, und daß ich diesem Lob einige bescheidne Antworten entgegen setzte; aber da er den Wunsch machte, mir seine Hochachtung durch etwas anders als Worte beweisen zu können; so sagte ich, daß ich von seiner edeln und großmütigen Denkungsart überzeugt wäre, und mir daher die Freiheit nähme, seine Gnade für eine unglückliche Familie zu erbitten, die der Hülfe ihres Landesvaters höchst bedürftig und würdig sei.

Er blieb stille stehen, sahe mich lebhaft und zärtlich an: »Sagen Sie mir, liebenswürdiges Fräulein Sternheim: Wer ist diese Familie? Was kann ich für sie tun?« Ich erzählte ihm kurz, deutlich und so rührend, als ich konnte, das ganze Elend, in welchem sich der Rat T* samt seinen Kindern befänden, und bat ihn, um der letztern willen, Gnade und Nachsicht für den ersten zu haben, der seine Unvorsichtigkeit schon lange durch seinen Kummer gebüßet hätte. Er versprach mir alles Gute, lobte mich wegen meinem Eifer, und setzte hinzu, wie gerne er Unglücklichen zu Hülfe komme; aber, daß er wohl einsehe, daß diejenigen, die ihn umgäben, immer zuerst für sich und die Ihrigen besorgt wären; ich würde ihm vieles Vergnügen machen, wenn ich ihm noch mehr Gegenstände seiner Wohltätigkeit anzeigen wollte.

Ich versicherte ihn, daß ich seine Gnade nicht mißbrauchen würde, und wiederholte nochmals ganz kurz meine Bitte für die Familie T*.

Er nahm meine Hand, drückte sie mit seinen beiden Händen, und sagte mit bewegtem Ton: »Ich verspreche Ihnen, meine liebe, eifrige Fürbitterin, daß alle Wünsche Ihres Herzens erfüllt werden sollen, wenn ich erhalten kann, daß Sie gut für mich denken.«

Diesen Augenblick verwünsche ich beinahe mein mitleidendes Herz und die Familie T*; denn der Fürst sah mich so bedeutend an, und da ich meine Hand wegziehen wollte, so hielt er sie stärker, und erhob sie gegen seine Brust; »ja«, wiederholte er, »alles werde ich anwenden um Sie gut für mich denken zu machen.«

Er sagte dieses laut und mit einem so feurigen und unruhvollen Ausdruck in seinem Gesichte, daß sich viele Augen nach uns wendeten, und mich ein kalter Schauer ankam. Ich riß meine Hand los, und sagte mit halb gebrochner Stimme: daß ich nicht anders als gut von dem Fürsten denken könne, der so willig wäre seinen unglücklichen Landeskindern väterliche Gnade zu beweisen; machte dabei eine große Verbeugung, und stellte mich mit etwas Verwirrung hinter den Stuhl meiner Tante. Der Fürst soll mir nachgesehen und mit dem Finger gedroht haben. Mag er immer drohen; ich werde nicht mehr mit ihm spazierengehen, und will meinen Dank für seine Wohltat an T* nicht anders als mitten im Kreis ablegen, den man allezeit bei seinem Eintritt im Saal bei Hofe um ihn schließt.

Alle Gesichter waren mit Aufmerksamkeit bezeichnet, und noch niemals hatte ich an den Spieltischen eine so allgemeine Klage über zerstreute Spieler und Spielerinnen gehört. Ich fühlte, daß ihre Aufmerksamkeit auf mich und den Fürsten Ursache daran war, und konnte mich kaum von meiner Verwirrung erholen. Mylord Derby sah etwas traurig aus, und schien mich mit Verlegenheit zu betrachten; er war in ein Fenster gelehnt und seine Lippen bewegten sich wie eines Menschen, der stark mit sich selbst redet; er näherte sich dem Spieltische meiner Tante just in dem Augenblick, da sie sagte: »Sophie, du hast gewiß mit dem Fürsten für den armen Rat T* gesprochen; denn ich sehe dir an, daß du bewegt bist.«

Niemals war mir meine Tante lieber als diesen Augenblick, da sie meinen Wunsch erfüllte, daß alle wissen möchten, was der Inhalt meines Gesprächs mit dem Fürsten gewesen sei. Ich sagte auch ganz munter: er hätte meine Bitte in Gnaden angehört und zugesagt. Die Düsternheit des Mylords Derby verlor sich und blieb nur nachdenkend, aber ganz heiter, und die übrigen zeigten mir ihren Beifall über meine Fürbitte mit Worten und Gebärden. Aber was denken Sie, meine Emilia, wie mir war, als ich nach der Gesellschaft mich nur auszog und einen Augenblick mit meiner Rosine in einem Tragsessel mich zum Rat T* bringen ließ, der gar nicht weit von uns wohnt; ich wollte den guten Leuten eine vergnügte Ruhe verschaffen, indem ich ihnen die Gnade des Fürsten versicherte. Ich hatte mich nahe an das Fenster, welches in eine kleine Gasse gegen einen Garten geht, gesetzt. Eltern und Kinder waren um mich versammelt; der Rat T* hatte auf mein Zureden neben mir auf der Bank Platz genommen, und ich zog die Frau mit einer Hand an mich, indem ich beiden sagte: »Bald, meine lieben Freunde, werde ich Sie mit einem vergnügten Gesichte sehen, denn der Fürst hat dem Herrn Rat ein Amt und andre Hülfe versprochen.«

Die Frau und die zwei ältesten Kinder knieten vor mich hin mit Ausrufung voll Freude und Danks. Im nämlichen

Augenblick pochte jemand an den Fensterladen; der Rat T* machte das Fenster und den Laden auf, und es flog ein Paquet mit Geld herein, das ziemlich schwer auffiel, und uns alle bestürzt machte. Eilends näherte ich meinen Kopf dem Fenster und hörte ganz deutlich die Stimme des Mylords Derby, der auf englisch sagte: »Gott sei Dank, ich habe etwas Gutes getan, mag man mich wegen meiner Lustigkeit immer für einen Bösewicht halten!«

Ich bekenne, daß mich seine Handlung und seine Rede in der Seele bewegte, und mein erster Gedanke war: Vielleicht ist Mylord Seymour nicht so gut, als er scheint, und Derby nicht so schlimm, als von ihm gedacht wird. Die Frau T* war an die Haustüre geloffen und rief: »Wer sind Sie?« Aber er eilte davon wie ein fliehender Vogel. Das Paquet wurde aufgemacht und funfzig Karolinen darin gefunden. Urteilen Sie von der Freude, die darüber entstand. Eltern und Kinder weinten und drückten sich wechselsweise die Hände; wenig fehlte, daß sie nicht das Geld küßten und an ihr Herz drückten. Da sah ich den Unterschied zwischen der Würkung, welche die Hoffnung eines Glücks und der, die der würkliche Besitz desselben macht. Die Freude über das versprochne Amt war groß, doch deutlich mit Furcht und Mißtrauen vermengt; aber funfzig Karolinen, die man in die Hände faßte, zählte, und ihrer sicher war, brachten alle in Entzückung. Sie fragten mich; was sie mit dem Gelde anfangen sollten? Ich sagte zärtlich: »Meine lieben Freunde, gebrauchen Sie es so sorgfältig, als wenn Sie es mit vieler Mühe erworben hätten, und als ob es der ganze Rest Ihres Glücks wäre; denn wir wissen noch nicht, wann oder wie der Fürst für sie sorgen wird.« Ich ging sodann nach Hause und war mit meinem Tage vergnügt.

Ich hatte durch meine Fürbitte die Pflicht der Menschenliebe ausgeübt und den Fürsten zu einer Ausgabe der Wohltätigkeit gebracht, wie ihn andre zu Ausgaben von Wollust und Üppigkeit verleiteten. Ich hatte die Herzen trostloser Personen mit Freude erfüllt, und das Vergnügen genossen, von einem für sehr boshaft gehaltenen Mann eine edle und gute Handlung zu sehen. Denn wie schnell hat Mylord D. die Gelegenheit ergriffen Gutes zu tun? An dem Spieltische meiner Tante hört er ungefähr von einem mitleidenswürdigen Hause reden, und erkundigt sich gleich mit so vielem Eifer darnach, daß er noch den nämlichen Abend eine so freigebige, wahrhaftig engländische Hülfe leistet.

Er dachte wohl nicht, daß ich da wäre, sondern zu Hause an der Tafel sitzen würde, sonst sollte er nicht englisch geredet haben. In Gesellschaften hörte ich ihn ofte gute Gesinnungen äußern; aber ich hielte sie für Heucheleien eines feinen Bösewichts; allein diese freie, allen Menschen unbekannte Handlung kann unmöglich Heuchelei sein. O möchte er einen Geschmack an der Tugend finden und ihr seine Kenntnisse weihen! Er würde einer der hochachtungswürdigsten Männer werden.

Ich kann mich nun nicht verhindern, ihm einige Hochachtung zu bezeugen, weil er sie verdient. Seinen feinen Schmeicheleien, seinem Witz und der Ehrerbietung, die er mir beweist, hätte ich sie niemals gegeben. Es kann oft geschehen, daß äußerliche Annehmlichkeit uns die Aufwartung, und vielleicht die stärkste Leidenschaft des größten Bösewichts zuzieht. Aber wie verachtungswert ist ein Frauenzimmer, die einen Gefallen daran bezeugt, und sich wegen diesem armen Vergnügen ihrer Eigenliebe zu einer Art von Dank verbunden hält. Nein! niemand als der Hochachtungswürdige soll hören, daß ich ihn hochschätze. Zu meiner Höflichkeit ist die ganze Welt berechtigt; aber bessere Gesinnungen müssen durch Tugenden erworben werden.

Nun glaube ich aber nötig zu sagen, daß mein ganzer Plan für die Familie T* umgearbeitet werden müsse, wenn sie ein sicheres Einkommen erhalten. Ich überlasse es Ihrem gutdenkenden und aller Klassen der Moral und Klugheit kundigen Manne, diesen Plan brauchbar zu

machen. Ich bitte Sie aber bald darum. Und da meine
Augen vor Schlaf zufallen, wünsche ich Ihnen, meine
teure Emilia, gute Nacht.

Fräulein von Sternheim an Frau T*

Ich danke Ihnen, werte Madam T*, für das Vergnügen,
welches Sie mir durch Ihre Offenherzigkeit gemacht
haben; ich versichere Sie dagegen meiner wahren Freundschaft und eines unermüdeten Eifers Ihnen zu dienen.
Sie wissen von meinem letzten Besuch, daß das Verlangen des Herrn T* nach einem Amte durch die gnädigen
Gesinnungen Ihres Fürsten zufrieden gestellt wird. Sie
kennen meine Freude über den Gedanken, Sie bald aus
dem sorgenvollen Stande gezogen zu sehen, in welchem
Sie schmachten. Darf ich Ihnen aber auch sagen, daß
diese Freude mit dem Wunsch begleitet ist: daß Sie sich
bemühen möchten, Ihren künftigen Wohlstand für Sie
und Ihre Kinder *dauerhaft* zu machen. Die Vergleichung
Ihres vorigen Wohlstandes und der kummervollen Jahre,
die darauf erfolgten, könnte die Grundlage eines Plans
werden, den Sie itzt mit Ihren Kindern befolgten. Die
Geschenke des Lord Derby haben Sie in den Stand
gesetzt, sich mit Kleidung und Hausgeräte zu besorgen,
so daß das Einkommen Ihres Amts ganz rein zu Unterhaltung und Erziehung Ihrer Kinder gewidmet werden
kann.
Ich trauete meinen jungen Einsichten nicht zu, den Entwurf eines solchen Plans zu machen, und habe einen
Freund geistlichen Standes darum gebeten, der mir fol-
gendes zuschrieb.
Bei den drei ältern Kindern ist (wie ich aus der Nachricht
ersehe) der Verstand und die Empfindung reif genug, um
jene Vergleichung in ihrer Stärke und Nutzbarkeit einzu-
sehen. Wenn Sie Ihnen sodann die Berechnung ihres
Einkommens und der nötigen Ausgaben machen, wer-

den Sie sich gerne nach Ihrem Plan führen lassen. Sagen Sie Ihnen alsdann:

Gott habe zwo Gattungen Glückseligkeit für uns bestimmt, wovon die erste *ewig* für unsre Seele verheißen ist, und deren wir uns durch die Tugend würdig machen müssen.* Die zwote geht unser Leben auf dieser Erde an. Diese können wir durch Klugheit und Kenntnisse erhalten. Reden Sie Ihnen von der Ordnung, die Gott unter den Menschen durch die *Verschiedenheit der Stände* eingesetzt hat. Zeigen Sie Ihnen die *Höhere* und *Reichere*, aber auch die *Ärmere* und *Niedrigere* als *Sie* sind. Reden Sie von den Vorteilen und Lasten, die jede Klasse hat, und lenken Sie alsdenn ihre Kinder zu einer ehrerbietigen Zufriedenheit mit ihrem Schöpfer, der sie durch die Eltern, die er ihnen gab, zu einem gewissen Stande bestimmte, und ihnen darin ein eigenes Maß besonderer Pflichten zu erfüllen auflegte; sagen Sie ihnen, zu den Pflichten der Tugend und der Religion sei der Fürst wie der Geringste unter den Menschen verbunden.

Der erste Rang des Privatstandes habe die edle Pflicht, durch nützliche Kenntnisse und Gelehrsamkeit, auf den verschiedenen Stufen öffentlicher Bedienungen, oder in der höhern Klasse des Kaufmannsstandes dem gemeinen Wesen nützlich zu sein.

Von diesem Begriffe machen Sie die Anwendung, daß Ihre Söhne durch den Stand des Herrn Rat T* in den ersten Rang der Privatpersonen gehören, darin sie, nach Erfüllung der Pflichten für ihr ewiges Wohl, auch denen nachkommen müssen, ihre Fähigkeiten des Geistes durch Fleiß im Lernen und Studieren so anzubauen, daß

---

* Der Herausgeber überläßt dem Herrn Pfarrer, von welchem diese Distinktion herrühren soll, die Rechtfertigung derselben. Seiner Meinung nach, welche nichts Neues ist, läßt sich auch in diesem Leben weder öffentliche noch Privatglückseligkeit ohne Tugend denken; und nach den Grundsätzen der Offenbarung gehört noch etwas mehr als nur Tugend zur Erlangung der ewigen Glückseligkeit.   H.

sie einst als geschickte und rechtschaffene Männer ihren Platz in der Gesellschaft einnehmen könnten. Der Ursprung des Adels wäre kein besonderes Geschenk der Vorsicht, sondern die Belohnung der zum Nutzen des Vaterlandes ausgeübten vorzüglichen Tugenden und Talente gewesen. Der Reichtum sei die Frucht des unermüdeten Fleißes und der Geschicklichkeit; es stünde bei ihnen, sich auch auf diese Art vor andern ihresgleichen zu zeigen, weil Tugend und Talente noch immer die Grundsteine der Ehre und des Glücks sein.

Ihren Töchtern sollen Sie sagen, daß sie neben den Tugenden der Religion auch die Eigenschaften edelgesinnter liebenswürdiger Frauenzimmer besitzen müssen, und daß sie dieses ohne großen Reichtum werden und bleiben könnten.

Unser Herz und Verstand sind dem Schicksal nicht unterworfen. Wir können ohne eine adeliche Geburt *edle Seelen*, und ohne großen Rang einen großen Geist haben; ohne Reichtum glücklich und vergnügt, und ohne kostbaren Putz durch unser Herz, unsern Verstand und unsre persönliche Annehmlichkeiten sehr liebenswürdig sein, und also durch gute Eigenschaften die Hochachtung unsrer Zeitgenossen als die erste und sicherste Stufe zu Ehre und Glück erlangen.

Dann sagen Sie ihnen ihre Einkünfte und die Anwendung, da sie davon, nach den Pflichten für die Bedürfnisse ihres *Körpers in Nahrung und Kleider*, für die Bedürfnisse ihres *Geistes* und Vergnügens an *Lehrmeistern, Büchern* und *Gesellschaften* machen wollten. Nennen Sie auch den zurücklegenden Pfennig als eine Pflicht der Klugheit für künftige Zufälle.

Wir brauchen Nahrung, um die Kräfte unseres Körpers zu unterhalten. Und diesen Endzweck der Natur können wir durch die simpelsten Speisen am leichtesten erreichen. Diese werden von dem kleinen Einkommen nicht zu viel wegnehmen, und wir folgen dadurch der Stimme der Natur für unsre Gesundheit, und geben zugleich unserm Schicksal nach, welches uns die Ausschweifungen unsrer Einbildung ohnehin nicht erlaubte. Und da der Reiche nach dem schwelgerischen Genuß des Überflusses seine Zuflucht zu einfachen Speisen und Wasser nehmen muß, um seine Gesundheit wieder herzustellen, warum sollten wir uns beklagen, weil wir durch unser Verhängnis gezwungen sind in gesunden Tagen den einfachen Foderungen der Natur gemäß zu leben? Kleider haben wir zur Bedeckung und zum Schutz gegen die Anfälle der Witterung nötig; diesen Dienst erhalten wir von den geringen und wohlfeilen Zeugen wie von den kostbaren. Die meinem Gesichte *anständige Farbe* und die *Schönheit der Form* muß bei dem ersten wie bei dem letzten gesucht werden; habe ich diese, so habe ich die erste Zierde des Kleides. Ein edler Gang, eine gute Stellung, die Bildung, so mir die Natur gab, können meinem netten einfachen Putz ein Ansehen geben, das der Reiche bei alle seinem Aufwand nicht allezeit erhält; und bei Vernünftigen wird mir meine Mäßigung ebenso viel Ehre machen, als der Reiche in dem Wechsel seiner Pracht immer finden kann.

Müssen wir in unserm Hausgeräte den Mangel vieles Schönen und Gemächlichen ertragen, so wollen wir in dem höchsten Grade der Reinlichkeit den Ersatz des Kostbaren suchen, und uns gewöhnen, wie der weise Araber, froh zu sein, daß wir zu unserm Glück den Überfluß nicht nötig haben. Und wie edel können einst die Töchter des Herrn Rats die Würde ihres Hauses zieren, wenn die Zimmer mit schönen Zeichnungen, die Stühle und Ruhebänke mit Tapetenarbeit von ihren geschickten Händen bekleidet sein werden! Sollten Sie nach dieser edelmütigen Ergebung in ihr Schicksal, durch den Anblick des *Reichen*, in eine traurige Vergleichung zwischen ihren und seinen Umständen verfallen, so halten Sie sich nicht bloß an die Idee des Vergnügens, das der Reiche in seiner Pracht und Wollust genießt, sondern wenden Sie Ihre Gedanken auf den Nutzen, den *Kauf-*

leute, Künstler und *Handarbeiter* davon haben; denn bei dem ersten Gedanken fühlen Sie nichts als Schmerzen der Unzufriedenheit mit Ihrem Geschicke, welches Sie alle dieser Freuden beraubte; aber bei der zweiten Betrachtung empfinden Sie das Vergnügen einer edeln Seele, die sich über das Wohl ihres Nächsten erfreut, und je kleiner Ihr Anteil an allgemeinem Glück ist, desto edler ist Ihre Freude.

Prüfen Sie das Maß der Fähigkeiten Ihrer Kinder, lassen Sie keines unbebauet, und so bescheiden sie in Kleidung und anderm Aufwand von Personen Ihres Standes sein mögen, so verwenden Sie alles auf die Erziehung, Zeichnen, Musik, Sprachen, alle schönen Arbeiten des Frauenzimmers für ihre Töchter; für ihre Söhne alle Kenntnisse, die man von wohlerzogenen jungen Mannsleuten fodert. Flößen Sie beiden Liebe und Geschmack für die edle und unserm Geiste so nützliche Beschäftigung des Lesens ein, besonders alles dessen, was zu der besten Kenntnis unsrer Körperwelt gehört. Es ist eine Pflicht des guten Geschöpfs die Werke seines Urhebers zu kennen, von denen wir alle Augenblicke unsers Lebens so viel Gutes genießen; da die ganze physikalische Welt lauter Werke und Zeugnisse der Wohltätigkeit und Güte unsers Schöpfers in sich faßt, deren Anblick und Kenntnis das reinste und vollkommenste, keinem Zufall, keinem Menschen unterworfene Vergnügen in unsre Seele gießt. Je mehr Geschmack Ihre Kinder an der natürlichen Geschichte unsers Erdbodens, je mehr Kenntnisse sie von seinen Gewächsen, Nutzbarkeit und Schönheit erlangen, je sanfter werden ihre Gesinnungen, Leidenschaften und Begierden sein, und um so viel mehr wird ihr Geschmack am Edeln und Einfachen gestärkt und befestigt werden, und um so weiter entfernen sie sich von der Idee, daß Pracht und Wollust das größte Glück sei.

Die Geschichte der moralischen Welt sollen Ihre Kinder auch kennen; die Veränderungen, welche ganze Königreiche und erhabne Personen betroffen, werden sie zu

Betrachtungen leiten, deren Würkung die Zufriedenheit mit ihren eingeschränkten Umständen sein, und den Eifer für die Vermehrung der Tugend ihrer Seele und der Kenntnisse ihres Geistes vergrößern wird; weil sie durch die Geschichte finden werden, daß Tugend und Talente allein die Güter sind, welche Verhängnis und Menschen nicht rauben können.

Heute abend sollen Ihre Kinder alle Bücher erhalten, welche zu Erlangung dieses Nutzens erfoderlich sind. Der beste Segen meines Herzens wird den Korb begleiten, damit diese Arbeiten wohltätiger und liebenswürdiger Männer auch für Sie eine Quelle nutzbarer Kenntnisse und der besten Vergnügungen Ihres Lebens werden, gleich wie sie es für mich sind.

Noch eins bitte ich Sie, teure Madam T*. Suchen Sie ja keine Tischfreunde mehr. Beweisen Sie denen, so Ihnen in Ihrem Unglücke dienten, Ihre Dankbarkeit und Achtung, Freundschaft und alle Gesinnungen der Ehre; tun Sie nach allen Ihren Kräften andern Notleidenden Gutes, und leben Sie mit Ihren Kindern ruhig und einsam fort, bis Ihr Umgang von Rechtschaffnen gesucht wird. Halten Sie Ihre heranwachsenden Töchter, je mehr Schönheit, je mehr Talente sie haben werden, je mehr zu Hause; das Lob ihrer Lehrmeister, und die Bescheidenheit und Klugheit ihrer Lebensart soll sie bekannt machen, ehe man mit ihren Gesichtern sehr bekannt sein wird. Ich bin überzeugt, daß Sie einst sehr zufrieden sein werden, dieser Phantasie Ihrer Freundin gefolgt zu haben.

Mylord Derby an seinen Freund in Paris

»Heida, Brüderchen«, rufen sich die Landsleute meiner Sternheim zu, wenn sie sich recht lustig machen wollen. Und weil ich meine englischen Netze auf deutschem Boden ausgesteckt habe, so will ich Dir auch zurufen:

»Heida, Brüderchen! die Schwingen meines Vögelchens sind verwickelt!« Zwar sind Kopf und Füße noch frei, aber die kleine Jagd, welche auf der andern Seite nach ihr gemacht wird, soll sie bald ganz in meine Schlingen treiben, und sie sogar nötigen, mich als ihren Erretter anzusehen. Vortrefflich war mein Gedanke, mich nach ihrem Geiste der Wohltätigkeit zu schmiegen, und dabei das Ansehen der Gleichgültigkeit und Verborgenheit zu behalten. Beinahe hätte ich es zu lange anstehen lassen, und die beste Gelegenheit versäumt, mich ihr in einem vorteilhaften Lichte zu zeigen; aber die Geschwätzigkeit ihrer Tante half mir alles einbringen.

In der letzten Gesellschaft bei Hofe wurden wir alle durch ein langes Gespräch der Sternheim mit dem Fürsten besonders aufmerksam gemacht; ich hatte ihren Ton behorcht, welcher süß und einnehmend gestimmt war, und da ich nachdachte: was das Mädchen vorhaben möchte? sah ich den Fürsten ihre Hände ergreifen, und wie mich dünkte, eine küssen. Der Kopf wurde mir schwindlicht, ich verlor meine Karten, und legte mich voll Gift an ein Fenster; aber wie ich sie zum Spieltische ihrer Tante eilen und ihre Augen voller Bewegung und verwirrt auf das Spiel richten sah, näherte ich mich. Sie warf einen heftigen halbscheuen Blick nach mir. Ihre Tante fing an: Sie sähe ihr an, daß sie mit dem Fürsten für den Rat T* geredet habe: Das Fräulein bejahte es, sagte freudig, daß er ihr Gnade für die Familie versprochen, und setzte etwas von dem Notstande dieser Leute hinzu. Dieses faßte ich mir, um gleich den andern Tag etwas für sie zu tun, ehe der Fürst die Bitte der Sternheim erfüllte. Ich ging nach meiner Gewohnheit in dem Überrock meines Kerls an die Fenster des Speisesaals vom Grafen Löbau, weil ich alle Tage wissen wollte, wer mit meiner Schönen zur Nacht esse; kaum war ich in der Gasse, so sah ich Tragsessel kommen, die an dem Hause hielten: zwo ziemlich verkappte Frauenzimmer kamen an die Tür, und ich hörte die Stimme der Sternheim deutlich sagen, »zu Rat T* am S*** Garten«. Ich wußte das Haus, lief in mein Zimmer, holte mir Geld, und warf es, da sie noch da war, bei dem Rat T* durchs Fenster, an welchem das Fräulein saß, murmelte einige Worte von Freude über die Wohltätigkeit, und als man an die Türe kam, eilte ich davon. Zauberkraft war in meinen Worten; denn da ich zween Tage darauf dem Fräulein in Graf F*s Hause entgegenging, um ihr meine angenommene Ehrerbietung zu bezeugen, bemerkte ich, daß ihr schönes Auge sich mit einem Ausdruck von Achtung und Zufriedenheit auf meinem Gesichte verweilte; sie fing an mir etliche Worte auf englisch zu sagen, aber da sie sehr spat gekommen war, wurde ihr gleich vom jungen Grafen F* eine Karte zu ziehen angeboten; sie sah sich unschlüssig, wie durch eine Ahndung um, und zog einen König, der sie zur Partie des Fürsten bestimmte.

»Mußte ich just diese ziehen«, sagte sie mit unmutiger Stimme; aber sie hätte lange wählen können, sie würde nichts als Könige gezogen haben, dann der Graf F* hatte keine andre Karten in der Hand, und ihre Tante war mit Bedacht spat gekommen, da alle Spieltische besetzt, und der Fürst just als von ungefähr in die Gesellschaft gekommen, und so höflich war, keinem sein Spiel nehmen zu wollen, sondern dem Zufall unter der Leitung des diskreten F. die Sorge übertrug, ihm jemand zu schaffen. Der französische Gesandte und die Gräfin F* machten die Partie mit; mein Pharaon erlaubte mir manchmal hinter den Stuhl des Fürsten zu treten, und meine Augen dem Fräulein etwas sagen zu lassen; bezaubernde, unnachahmliche Anmut begleitete alles, was sie tat, der Fürst fühlte es einst, als sie mit ihrer schönen Hand Karten zusammenraffte, so stark, daß er hastig die seinige ausstreckte, einen ihrer Finger faßte, und mit Feuer ausrief: »Ist es möglich, daß in P** alle diese Grazien erzogen wurden? Gewiß, Herr Marquis, Frankreich kann nichts Liebenswürdigers zeigen.«

Der Gesandte hätte kein Franzose und kein Gesandter

sein müssen, wenn er es nicht bekräftiget hätte, wäre er auch nicht davon überzeugt gewesen; und meine Sternheim glühete von Schönheit und Unzufriedenheit. Denn die Blicke des Fürsten mögen noch lebhafter gewesen sein als der Ton, mit welchem er redete. Mein Mädchen mischte die Karte mit niedergeschlagnem Auge fort. Als sie selbige austeilte; machte ich eine Wendung; sie blickte mich an; ich zeigte ihr ein nachdenkendes trauriges Gesichte, mit welchem ich sie ansah, meine Augen auf den Fürsten heftete und mit schnellem Schritte mich an den Pharao-Tisch begab, wo sie mich spielen sehen konnte. Ich setzte stark, und spielte zerstreut; meine Absicht war, die Sternheim denken zu machen, daß meine Beobachtung der Liebe des Fürsten gegen sie Ursache an der Nachlässigkeit für mein Glück, und der scheinbaren Zerstreuung meiner Gedanken sei. Dieses konnte sie nicht anders als der Stärke meiner Leidenschaft für sie zuschreiben, und es ging, wie ich es haben wollte. Sie war auf alle meine Bewegungen aufmerksam. Als die Spiele geendigt waren, ging ich schwermütig zu dem Piquet, eben da das Fräulein ihr gewonnenes Geld zusammen faßte; es war viel und alles von dem Fürsten.

»Heute noch«, sagte sie, »sollen es die Kinder des Rat T* bekommen, denen ich sagen werde, daß Euere Durchlaucht ihnen zulieb es so großmütig verloren haben.«

Der Fürst sah sie lächelnd und vergnügt an, und ich riß mich aus dem Zimmer weg mit dem Entschluß, auf sie zu lauren, wenn sie zum Rat T* ginge, um mich dort einzudringen und ihr von meiner Liebe zu reden. Den ganzen Nachmittag hatte sie mich mit Tiefsinn und Heftigkeit wechselsweise behaftet gesehen; mein Eindringen konnte auf die Rechnung meiner starken Leidenschaft geschrieben werden. Ich habe ohnehin während meinem Aufenthalt in Deutschland gefunden, daß ein günstiges Vorurteil für uns darin herrschet, kraft dessen man von unsern verkehrtesten Handlungen auf das

Gelindeste urteilt; ja, sie noch manchmal als Beweise unsrer großen und freien Seelen ansieht.

Bei dieser Kunst den Augenblick des Zufalls zu benutzen, habe ich mehr gewonnen als ich durch ein ganzes Jahr Seufzen und Winseln erhalten hätte. Lies diese Szene und bewundere die Gegenwart des Geistes und die Gewalt, die ich über meine sonst unbändige Sinnen in der ganzen halben Stunde hatte, die ich allein, ganz allein mit meiner Göttin in einem Zimmer war, und ihre schöne Figur in der allerreizendsten Gestalt vor mir sah. Sie war nach Hause gegangen, um ihr Oberkleid und ihren Kopfputz abzulegen, und warf nur einen großen Mantel und eine Kappe über sich, als sie sich zu Rat T* tragen ließ. Die Kappe, welche sie abzog, nahm allen Puder von ihren Kastanien-Haaren hinweg, und brachte auch die Locken etwas in Unordnung; ein kurzes Unterkleid; und die schöne erhöhete Farbe, die ihr mein Anblick und meine Unterredung gab, machten sie unbeschreiblich reizend.

Als sie einige Minuten da war, pochte ich an die Türe, und rief sachte nach der Madam T*. Sie kam; ich sagte ihr, daß ich Sekretär bei Mylord G. wäre, der mich mit einem Geschenk für ihre Familie zu dem Fräulein von Sternheim geschickt hätte, der ich es selbst übergeben solle, und mit ihr deswegen zu reden habe; die Frau hieß mich einen Augenblick warten, und lief hin, ihren Mann und ihre Kinder in ein ander Zimmer zu schaffen; sie winkte mir sodann. Ich Narr zitterte beinahe, als ich den ersten Schritt in die Türe trat; aber die kleine Angst, die das Mädchen befiel, erinnerte mich noch zu rechter Zeit an die Oberherrschaft des männlichen Geistes, und eine überbleibende Verwirrung mußte mir dazu dienen, mein gezwungenes Eindringen zu beschönen. Ehe sie sich von ihrem Erstaunen mich zu sehen erholen konnte, war ich zu ihren Füßen; machte in unsrer Sprache einige lebhafte Entschuldigungen wegen des Überfalls, und wegen des Schreckens, den ich ihr verursacht, aber es sei mir unmöglich gewesen noch länger zu leben, ohne ihr das Geständnis der lebhaftesten Verehrung zu machen, und daß, da mir durch Mylord G. die vielen Besuche in dem Hause ihres Oncles untersagt worden, und ich gleichwohl mit Augen gesehen, daß andere die Kühnheit hätten, ihr ihre Gesinnungen zu zeigen: so wollte ich nur das Vorrecht haben, ihr zu sagen, daß ich sie wegen ihrem seltenen Geist verehrte, daß ich Zeuge von ihrer ausübenden Tugend gewesen wäre, und sie allein mich an den Ausspruch des Weisen erinnert hätte, der gesagt, daß wenn die Tugend in sichtbarer Gestalt erschiene, niemand der Gewalt ihrer Reizungen würde widerstehen können; daß ich dieses Haus als einen Tempel betrachtete, in welchem ich zu ihren Füßen die Gelübde der Tugend ablegte, welche ich durch sie in ihrer ganzen Schönheit hätte kennenlernen, daß ich mich nicht würdig schätzte, ihr von Liebe zu reden, ehe ich mich ganz umgebildet hätte, wobei ich ihr Beispiel zum Muster nehmen würde. Meine Erscheinung und die Jast der Leidenschaften, in welchem ich zu ihr sprach, hatte sie wie betäubt, und auch anfangs etwas erzürnt; aber das Wort Tugend, welches ich etlichemal aussprach, war die Beschwörung, durch welche ich ihren Zorn besänftigte, und ihr alle Aufmerksamkeit gab, die ich nötig hatte, um mir ihre Eitelkeit gewogen zu machen. Ich sah auch, wie mitten unter den Runzeln, die der Unmut der jungfräulichen Sittsamkeit über ihre Stirne gezogen hatte, da sie mich etlichemal unterbrechen und forteilen wollte, mein Plato mit seiner sichtbar gewordenen Tugend diese ernsthaften Züge merklich aufheiterte und der feinste moralische Stolz auf ihren zur Erde geschlagnen Augen saß. Diese Bemerkung war mir für diesmal genug, und ich endigte meine ganz zärtlich gewordene Rede mit einer wiederholten demütigen Abbitte meiner Überraschung.

Sie sagte mit einer etwas zitternden Stimme: sie bekenne, daß mein Anblick und meine Anrede ihr sehr unerwartet gewesen sei, und daß sie wünschte, daß mich meine Gesinnungen, wovon ich ihr redete, abgehalten hätten, sie in einem fremden Hause zu überraschen.

Ich machte einige bewegliche Ausrufungen, und mein Gesicht war mit der Angst bezeichnet ihr mißfallen zu haben; sie betrachtete mich mit Sorgsamkeit und sagte: »Mylord; Sie sind der erste Mann, der mir von Liebe redt, und mit dem ich mich allein befinde; beides macht mir Unruhe; ich bitte Sie, mich zu verlassen, und mir dadurch eine Probe der Hochachtung zu zeigen, die Sie für meinen Charakter zu haben vorgeben.«

»*Vorgeben!* O Sternheim, wenn es vorgebliche Gesinnungen wären, so hätte ich mehr Vorsicht gebraucht um mich gegen Ihren Zorn zu bewahren. Anbetung und Verzweiflung war's, die mich zu der Verwegenheit führten hieher zu kommen; sagen Sie, daß Sie mir meine Verwegenheit vergeben und meine Verehrung nicht verwerfen.«

»Nein, Mylord, die wahre Hochachtung des rechtschaffenen Mannes werde ich niemals verwerfen; aber wenn ich die Ihrige erhalten habe, so verlassen Sie mich.«

Ich erhaschte ihre Hand, küßte sie und sagte zärtlich und eifrig: »Göttliches, anbetungswertes Mädchen! Ich bin der erste Mann, der dir von Liebe redet: O wenn ich der erste wäre, den du liebtest!«

Seymour fiel mir ein, es war gut, daß ich ging; an der Tür legte ich mein Paquet Geld hin, und sagte zurück: »Geben Sie es der Familie.«

Sie sah mir mit einer leutseligen Miene nach; und seitdem habe ich sie zweimal in Gesellschaften gesehen, wo ich mich in einer ehrerbietigen Entfernung halte und nur sehr gelegen etliche Worte von Anbetung, Kummer oder so etwas sage, und wenn sie mich sehen oder hören kann, mich sehr weislich und züchtig aufführe.

Von Mylord G. weiß ich, daß man bei Hof verschiedene Anschläge macht, ihren *Kopf* zu gewinnen; das Herz, denken sie, haben sie schon; weil sie gerne Gutes tut, und ihr der Fürst alles bewilligen wird. Man hält in ihrer Gegenwart immer Unterredungen von der Liebe und galanten Verbindungen, die man leicht, und was man in der Welt »philosophisch« heißt, beurteilt. Alles dieses dient *mir*; denn je mehr sich die andern bemühen, ihre Begriffe von Ehre und Tugend zu schwächen, und sie zum Vergessen derselben zu verleiten; je mehr wird sie gereizt mit allem weiblichen Eigensinn ihre Grundsätze zu behaupten. Die trockne Höflichkeit des Mylord G., die argwöhnische und kalte Miene des Seymour beleidigt die Überzeugung, die sie von dem Werte ihrer Tugend hat. *Ich* beweise ihr Ehrerbietung; ich bewundere ihren seltnen Charakter, und achte mich nicht würdig ihr von Liebe zu reden, bis ich nach ihrem Beispiel umgebildet sein werde, und so werde ich sie, in dem Harnisch ihrer Tugend und den Banden der Eigenliebe verwickelt zum Streit mit mir untüchtig sehen; wie man die Anmerkung von den alten Kriegsrüstungen machte, unter deren Last endlich der Streiter erlag und mit seinem schönen festen Panzer gefangen wurde. Sage mir nichts mehr von der frühen Sättigung, in welche mich der so lange gesuchte Genuß der schönen frommen *** brachte, und daß mich, nach aller Mühe, mit *dieser* Tugend das nämliche Schicksal erwarte. Du bist weit entfernt eine richtige Idee von der seltenen Kreatur zu haben, von der ich Dir schreibe. Eine zärtliche Andächtige hat freilich ebenso viel übertriebne Begriffe von der Tugend als meine Sternheim, und es ist angenehm alle diese Gespenster aus einer liebenswürdigen Person zu verjagen; aber der Unterschied ist dieser; so wie die Devote bloß aus Zärtlichkeit für sich selbst den schrecklichen Schmerzen der Hölle durch Frömmigkeit zu entfliehen und hingegen den Genuß der ewigen Wonne zu erhalten sucht, folglich aus lauter *Eigennutz* tugendhaft ist, und Furcht der Hölle und Begierde nach dem Himmel, allein aus dem feinen Gefühl ihrer Sinnen quillt: So kann auch ihre Ergebung an einen Liebhaber, allein aus der Vorstellung des Vergnügens der Liebe kommen; denn wenn die Sinnen nicht so viel bei frommen Leuten gälten, woher kämen wohl die sinnlichen Beschreibungen ihrer himmlischen Freuden, und woher die entzückte Miene, mit welcher sie Leckerbissen verkäuen?

Aber meine Moralistin ist ganz anders gestimmt; sie setzt ihre Tugend und ihre Glückseligkeit in lauter Handlungen zum Besten des Nebenmenschen. Pracht, Gemächlichkeit, delikate Speisen, Ehrenbezeugungen, Lustbarkeiten – nichts kann bei ihr dem Vergnügen Gutes zu tun, die Waagschale halten, und aus diesem Beweggrunde wird sie einst die Wünsche ihres Verehrers krönen, und das nämliche Nachdenken, das sie hat, alles Übel der Gegenstände ihrer Wohltätigkeit zu erleichtern und neues Glück für sie zu schaffen, dieses Nachdenken wird sie auch zur Vergrößerung meines Vergnügens verwenden, und ich halte für unmöglich, daß man ihrer satt werden sollte. Doch in kurzer Zeit werde ich Dir Nachricht davon geben können, denn die Komödie eilt zum Schlusse, weil die Leidenschaft des Fürsten so heftig wird, daß man die Anstalten zu ihrer Verwicklung eifriger betreibt, und Feste über Feste veranstaltet.

Fräulein von Sternheim an Emilia

Würden Sie, liebste Emilia, jemals geglaubt haben, daß es eine Stunde meines Lebens geben könnte, in der mich reuete Gutes getan zu haben? Und sie ist gekommen, diese Stunde, in welcher ich mit dem warmen Eifer meines Herzens für das verbesserte Wohlergehen meines Nächsten unzufrieden war, und den Streit zwischen Mein und Dein empfunden habe. Sie wissen aus meinen vorigen Briefen, was es mich kostete den Fürsten um eine Gnade für die Familie T* zu bitten. Sie kennen die Beweggründe meiner Abneigung und Überwindung derselben; aber die verdoppelte Beunruhigung, die mir damit durch den Fürsten und Mylord Derby zugekommen ist, gab mir die Stärke des Unmuts, der mich zur Unzufriedenheit mit meinem Herzen brachte. Der Fürst, welcher mich in Gesellschaften mit seinen Blicken und Unterredungen mehr als vorher verfolgt, scheute sich nicht bei einem Piquet, das ich mit ihm spielte, Ausrufungen über meine Annehmlichkeiten zu machen, und dieses mit einem Ton, worin Leidenschaft war, und der alle Leute aufmerksam machte. Mylord Derby war eben vom Pharao-Tisch zu uns gekommen, und da ich in der Verwirrung, in die ich aus Zorn und Verlegenheit über die Aufführung des Fürsten geriet, ungefähr meine Augen auf Derby richtete, sahe ich wohl den Ausdruck einer heftigen Bewegung in seinem Gesicht, und daß er sich, nachdem seine Augen den Fürsten etwas wild angesehen, wegbegab, und wie ein verwirrter Mensch spielte: Aber das konnte ich nicht sehen, daß ich von ihm noch den nämlichen Abend auf das äußerste beunruhigt werden sollte. Der Fürst verlor viel Geld an mich; ich hatte bemerkt, daß er mit Vorsatz schlecht spielte, wenn er allein gegen mich war; dieses verdroß mich; seine Absicht mag gewesen sein, was sie will, sein Geld freute mich nicht, und ich sagte: daß ich es den Kindern des Rats T* noch den Abend geben wollte. Derby mußte es gehört haben, und faßte den Entschluß mich zu belauschen und bei dem Rat T* zu sprechen. Listig fing er es an; denn als ich eine kleine Weile da war, kam er an das Haus, fragte nach der Frau T* und sagte dieser; er sei Sekretär bei Mylord G. und hätte mir etwas für ihre Familie zu bringen. Die Frau, von der Hoffnung eines großen Geschenks eingenommen, holte ihren Mann und Kinder samt der Rosine aus dem Zimmer, wo ich war, und ehe ich sie fragen konnte, was sie wollte, trat sie mit Mylord Derby herein, meldete mir ihn als Sekretär, redete von seinem an sie habenden Geschenke und begab sich weg. Erstaunen und Unmut betäubten mich lange genug, daß Mylord zu meinen Füßen knien und mir seine Entschuldigungen und Abbitten machen konnte, ehe ich fähig war über sein Eindringen meine Klage zu führen. Ich tat es mit wenigen ernsthaften Worten; da fing er an von einer langen verborgnen Leidenschaft und der Verzweiflung zu reden, in welche ihn Mylord G. stürzte, da er ihm verboten, nicht mehr in unser Haus zu gehen, und er doch sehen müßte, daß andre mir von ihrer Liebe redeten. Mylords G. Verbot machte mich stutzend und nachdenkend; Derby redete immer in der heftigsten Bewegung fort; ich dachte an den Jast, worin ich ihn den ganzen Abend in der Gesellschaft gesehen hatte, und meine Verlegenheit vergrößerte sich dadurch. Ich foderte, daß er mich verlassen sollte, und wollte zugleich der Tür zugehen; er widersetzte sich mit sehr ehrerbietigen Gebärden, aber mit einer Stimme und Blicken so voll Leidenschaft, daß mir bange und übel wurde. Dies war der Augenblick, wo ich böse auf mein Herz war, daß es mich gerade diesen Abend noch mein Spielgeld den Kindern bringen hieß und mich dadurch dieser Verlegenheit ausgesetzt hatte.

Ich erholte mich endlich, da ich ihn den geheiligten Namen der Tugend aussprechen hörte, in welchem er mich beschwur, ihn nur noch einen Augenblick reden zu lassen. Wiederholen kann ich nichts; aber er redete gut; wenig von meinen äußerlichen Annehmlichkeiten, aber er behauptete meinen Charakter zu kennen, den er als selten ansieht, und am Ende legte er auf eine rührende Weise eine feierliche Gelübde von Tugend und Liebe ab.

Unzufrieden mit ihm und mit mir selbst, bestürzt und bewegt, machte ich an ihn die Bitte, mir den Beweis von seinen Gesinnungen zu geben, daß er mich verließe. Er ging gleich mit ermunterter Abbitte seines Überraschens, und legte an der Tür noch ein schweres Paquet Geld für die arme Familie hin.

Ein ungewöhnlicher Kummer beklemmte mein Herz; das beste Glück, das ich mir in dieser Minute wünschte, war einsam zu sein. Aber die Frau T* kam herein, ich übergab ihr das Geschenk samt dem gewonnenen Gelde. Ihre Freude erleichterte mich ein wenig, aber ich eilte mit dem festen Vorsatz fort, dieses Haus nicht mehr zu betreten, solange Mylord Derby in D* sein würde. Mein Oncle und meine Tante spielten noch, als ich nach Hause kam, und ich legte mich zu Bette. Traurige Nächte hatte ich schon durch meinen an Eltern und Freunden erlittenen Verlust gehabt; aber die mit Unruhe und Schmerzen der Seele erfüllte schlaflose Stunden habe ich niemals gekannt, welche auf die Betrachtung folgten, daß mein Schicksal und meine Umstände meinen Wünschen und meinem Charakter völlig entgegen sind. Meine äußerste Bemühung war immer, unsträflich in meiner Aufführung zu sein, und doch wurde ich durch Mylord Derby der Nachrede einer Zusammenkunft ausgesetzt. Mylord G., dessen Achtung ich zu verdienen glaubte, verbietet seinen Verwandten den vorzüglichen Umgang mit mir. Ich hatte die Freundschaft eines tugendhaften Mannes gewünscht, und dieser flieht mich, während daß mich der Fürst und der Graf F* zu verfolgen anfangen. Und was soll ich von Mylord Derby sagen: Ich bekenne, die Liebe eines Engländers ist mir vorzüglich angenehm, aber – Und doch; warum wählte ich einen und verwarf den andern, ehe ich sie kannte; ich war gewiß voreilig und unbillig. Derby ist rasch und unbesonnen; aber voller Geist und Empfindsamkeit. Wie schnell, wie eifrig tut er Gutes? Sein Herz kann nicht verdorben sein, weil er so viele Aufmerksamkeit für gute Handlungen hat; ich möchte bald hinzusetzen, weil er mich und meine Denkungsart lieben kann. Aber alle halten ihn für einen bösen Menschen; er muß Anlaß zu einer so allgemeinen Meinung gegeben haben; und gleichwohl hat die Tugend Ansprüche auf sein Herz. Emilia! wenn ihn die Liebe ganz von Irrwegen zurückführte, wenn sie es um meinetwillen unternähme: wäre ich ihr da nicht das Opfer des Vorzugs schuldig, den ich einem andern ohne sein Verlangen gab? Aber itzt wünsche ich aller Wahl überhoben zu sein, und daß meine Tante R. bald käme. Vergeblicher Wunsch! Sie ist in Florenz und wird da ihre Wochen halten. Sie sehen also, daß alle Umstände wider mich sind. Der ländliche Frieden, die Ruhe, die edle Einfalt, welche mein einsames S*** bewohnen, wären meinem armen Kopf und Herzen so erquickend, als Hofleuten der Anblick einer freien Gegend ist, wenn sie lange in Kunstgärten herumgeirrt, und ihr Auge durch Betrachtungen der gesuchten und gezwungenen Schönheiten ermüdet haben. Wie gerne stellen sie ihre durch zerstoßnen Marmor ermattete Füße auf ein mit Moos bewachsnes Stück Erde, und sehen sich in dem unbegrenzten schönen Gemische von Feld, Waldungen, Bächen und Wiesen um, wo die Natur ihre besten Gaben in reizender Unordnung verbreitet! Bei vielen beobachtete ich in dieser Gelegenheit die Stärke der reinen ersten Empfindungen der Natur. Sogar ihr Gang und ihre Gebärden wurden freier und ungezwungener, als sie in den sogenannten Lustgärten waren; aber einige Augenblicke darauf sah ich auch die Macht der Gewohnheit, die, durch einen einzigen Gedanken rege gemacht, die sanfte Zufriedenheit störte, welche die Herzen eingenommen hatte. Urteilen Sie, meine Emilia, wie ermüdet mein moralisches Auge über den täglichen Anblick des Erkünstelten im Verstande, in den Empfindungen, Vergnügungen und Tugenden ist! Dazu kommt nun der Antrag einer Verbindung mit dem jungen Grafen F*, die ich, wenn mir auch der Mann gefiele, nicht annehmen würde, weil sie mich an den Hof fesseln würde. So sehr auch diese Fesseln übergüldet und mit Blumen bestreut wären, so würden sie doch mein Herz nur desto mehr belästigen. Ich leide durch den Gedanken, jemand eine Hoffnung von Glück zu rauben, deren Erfüllung in meiner Gewalt steht; aber warum machen die Leute keine Vergleichung zwischen ihrer Denkart und der meinigen? Sie würden darin ganz deutlich die Unmöglichkeit sehen, mich jemals auf den Weg ihrer Gesinnungen zu lenken. Mein Oncle und meine Tante machen mich erstaunen. Sie, die meine Eltern und meine Erziehung kannten, sie, die von der Festigkeit meiner Ideen und Empfindungen überzeugt sind, sie dachten mich durch glänzende Spielwerke von Rang, Pracht und Ergötzlichkeiten zur Übergabe meiner Hand und meines Herzens zu bewegen? Ich kann nicht böse über sie werden; sie suchen mich nach ihren Begriffen von Glück durch eine vornehme Verbindung glücklich zu machen, und geben sich alle ersinnliche Mühe, mir den Hof von seiner verführerischen Seite vorzustellen. Sie haben gesucht, meine Liebe zur Wohltätigkeit als eine Triebfeder anzuwenden. Weil der Graf F* versicherte, daß mich der Fürst sehr hochschätze, daß er mit Vergnügen alle Gnaden bewilligen würde, die ich mir immer ausbitten könnte; so haben sie, denke ich, Leute angestellt, mich um Fürsprache bei dem Herrn anzuflehen. Ihre Vermutung, daß dieses die stärkste Versuchung für mich sei, ist ganz richtig; dann die Gewalt Gutes zu tun, ist das einzige wünschenswerte Glück, das ich kenne.

Zu meinem Vergnügen war die erste Bitte ein Wunsch von Eitelkeit, welcher etwas begehrte, dessen man wohl entbehren konnte; so daß ich ohne Unruhe mein Vorwort versagen konnte. Ich zeigte dabei meinen Entschluß an, den Fürsten niemals mehr zu beunruhigen, indem mich nur die äußerste Not und Hülflosigkeit der Familie T* dazu veranlaßt habe. Wäre es eine notleidende Person gewesen, die mich um Fürbitte angesprochen hätte, so wäre mein Herz wieder in eine traurige Verlegenheit geraten, zwischen meiner Pflicht und Neigung ihr zu dienen, und zwischen meinem Widerwillen dem Fürsten für eine Gefälligkeit zu danken, einen Entschluß zu machen. Für meines Oncles Prozeß *muß* ich noch reden, und es soll auf einem Maskenball geschehen, dazu man schon viele Anstalten macht. Eine allgemeine Anstrengung der Erfindungskraft ist aus diesem Vorhaben erfolgt; ein jedes will sinnreich und gefällig gekleidet sein, Hof- und Stadtleute werden dazu geladen, es soll eine Nachahmung der englischen Maskenbälle zu Vauxhall werden. Ich bekenne, daß der ganze Entwurf etwas Angenehmes für mich hat; einmal, weil ich das Bild der römischen Saturnalien, die ich Gleichheitsfeste nennen möchte, sehen werde, und dann, weil ich mir ein großes Vergnügen aus der Betrachtung verspreche, den Grad der Stärke und Schönheit der Einbildungskraft so vieler Personen in ihren verschiedenen Erfindungen und Auswahlen der Kleidungen zu bemerken. Der Graf F*, sein Nepote, mein Oncle, meine Tante und ich werden eine Truppe spanischer Musikanten vorstellen, die des Nachts auf die Straße ziehn, um vor den Häusern etwas zu ersingen. Der Gedanke ist artig, unsre Kleidung in Carmoisi mit schwarzem Taft, sehr schön; aber meine Stimme vor so vielen Leuten erschallen zu lassen, dies vergället meine Freude; es scheint so zuversichtlich auf ihre Schönheit und so begierig nach Lob. Doch man will damit dem Fürsten, der mich gerne singen hört, gefällig sein, weil man glaubt, der Prozeß meines Oncles gewinne dabei, und ich will ihm lieber vor der ganzen Welt singen, als noch einmal in unserm Garten wie gestern; wo ich darauf mit ihm spazierengehen, und ihn von Liebe reden hören mußte. Er hatte sie zwar in Ausdrücke der Bewunderung meines Geistes und meiner Geschicklichkeit eingewickelt; aber meine Augen, meine Gestalt und meine Hände hätten viel Verwirrung an seinem Hof angerichtet, ihm wäre es unmöglich Rat darin zu schaffen, weil die Macht meiner Reize den Herrn ebenso wenig verschonet hätte als seine Diener.

»Meine Entfernung wird also das beste Mittel wider diese Unordnung sein«, sagte ich.

»Das sollen Sie nicht tun, Sie sollen meinen Hof der Zierde nicht berauben, die er durch Sie erhalten; einen Glücklichen sollen Sie wählen, und sich niemals, niemals von D* entfernen.«

Ich wußte ihm Dank, daß er dieses hinzusetzte; er muß es getan haben, weil er bemerkte, daß ich in Verwirrung geraten war, und auf einmal traurig und ernsthaft aussah. Denn wie er von der Wahl eines Glücklichen redete, wandte er sich zu mir und blickte mich so sehnsuchtsvoll an, daß ich mir vor seinen weitern Erklärungen fürchtete. Er fragte mich zärtlich nach der Ursache meiner Ernsthaftigkeit; ich faßte mich, und sagte ihm ziemlich munter: der Gedanke von einer Auswahl wäre schuld daran; weil ich in D* nach meiner Phantasie keine zu machen wüßte.

»Gar keine? Nehmen Sie den, der Sie am meisten liebt, und Ihnen seine Liebe am besten beweisen kann.« – Mit diesem Gespräche kamen wir zur Gesellschaft an. Alle suchten etwas in den Gesichtszügen des Fürsten zu lesen; er war sehr höflich gegen sie; ging aber bald darauf weg, und sagte mir noch mit Lächeln: ich möchte seinen Rat nicht vergessen. Ich redete meiner Tante ernsthaft von den Gesinnungen, die ich bemerkt hätte, und daß ich in keinem Menschen Liebe sehen und ernähren würde, die ich nicht billigen könnte; daß ich also auf dem Ball nicht singen wollte, und sie bäte mich nach Sternheim zurück zu lassen.

Da war Jammer über meine zu weit getriebne grillenhafte Ideen, die nicht einmal eine zärtliche Höflichkeit ertragen könnten; ich möchte doch um des Himmels und ihrer Kinder willen die Ball-Partie nicht verschlagen; wenn ich nach diesem unzufrieden wäre, so versprach sie mir, mich nach Sternheim zu begleiten, und den Überrest des Jahres dort zu bleiben. Bei diesem Versprechen hielt ich sie und erneuerte ihr das meinige. Dies ist also die letzte Tyrannei, welche die Gefälligkeit für andre an mir ausüben wird, und dann werde ich mein Sternheim wiedersehen. O Emilia! mit was für Entzücken der Freude werde ich dieses Haus betreten, wo jeder Platz an die ausgeübten Tugenden meiner Eltern mich erinnern, mich aufmuntern wird, ihrem Beispiel zu folgen! Tugenden und Fehler der großen Welt sind nichts für meinen Charakter; die ersten sind mir zu glänzend und die andern zu schwarz. Ein ruhiger Zirkel von Beschäftigung für meinen Geist und für mein Herz ist das mir zugemessene Glück, und dieses finde ich auf meinem Gute. Ehemals wurde es durch den freundschaftlichen Umgang meiner Emilia vergrößert; aber die Vorsicht wollte ihre Tugenden in einer andern Gegend leuchten machen, ließ mir aber ihren Briefwechsel.

Sehr lieb ist mir, daß ich die große Welt und ihre Herrlichkeiten kennengelernt habe. Ich werde sie nun in allen Teilen richtiger zu beurteilen wissen. Ich habe ihr die Verfeinerung meines Geschmacks und Witzes, durch die Kenntnis des Vollkommnen in den Künsten zu danken. Ihr Luxus, ihre lärmende ermüdende Ergötzungen haben mir die edle Einfalt und die ruhigen Freuden meines Stammhauses angenehmer gemacht; der Mangel an Freunden, den sie mich erdulden ließ, hat mich den Wert meiner Emilia höher schätzen gelehrt; und ob ich schon gefühlt habe, daß die Liebe Ansprüche auf mein Herz hat, so freut mich doch, daß es allein durch den Sohn der *himmlischen* Venus verwundet werden kann, und daß die Tugend ihre Rechte ungestört darin erhalten hat. Denn gewiß wird meine Zärtlichkeit niemals einen Gegenstand wählen, der sie verdrängen wird.

Schönheit und Witz haben keine Gewalt über mein Herz, ungeachtet ich den Wert von beiden kenne; eine feurige Leidenschaft und zärtliche Reden auch nicht; am wenigsten aber die Lobeserhebungen meiner persönlichen Annehmlichkeiten; denn da sehe ich in meinem Liebhaber nichts als die Liebe seines Vergnügens. Die Achtung für die gute Neigungen meines Herzens und für die Bemühungen meines Geistes, um Talente zu sammeln, dieses allein rührt mich, weil ich es für ein Zeichen einer gleichgestimmten Seele und der wahren dauerhaften Liebe halte; aber es wurde mir von niemand gesagt, von dem ich es zu hören wünsche. Derby hatte diesen

Ton: Aber nicht eine Saite meines Herzens hat darauf geantwortet. Auch dieses Mannes Liebe, oder was es ist, vermehrt meine Sehnsucht und Eile nach Ruhe und Einsamkeit. In acht Tagen ist der Ball; vielleicht, meine Emilia, schreibe ich Ihnen meinen nächsten Brief in dem Kabinette zu Sternheim zu den Füßen des Bildnisses meiner Mama, dessen Anblick meine Feder zu einem andern Inhalt meiner Briefe begeistern wird.

Mylord Derby an seinen Freund

Die Komödie des Fürsten mit meiner Sternheim, wovon ich Dir letzthin geschrieben, ist durch die romantischen Grillen des Vetters Seymour zu einem so tragischen Ansehen gestiegen, daß nichts als der Tod oder die Flucht der Heldin zu einer Entwicklung dienen kann; das erste, hoffe ich, solle die Göttin der Jugend verhüten, und für das zweite mag Venus durch meine Vermittlung sorgen.

Man hat, weil das Fräulein gerne tanzt, die Hoffnung gefaßt, sie durch Ball-Lustbarkeiten eher biegsam und nachgebend zu machen; und da sie noch niemals einen Maskenball gesehen, so wurden auf den Geburtstag des Fürsten, die Anstalten dazu gemacht. Man bewog das Mädchen zu dem Entschluß bei dieser Gelegenheit zu singen, und sie geriet auf den artigen Einfall, in Gesellschaft etlicher Personen einen Trupp spanischer Musikanten vorzustellen. Der Fürst erhielt die Nachricht davon und ersuchte den Grafen Löbau, ihm das Vergnügen zu lassen, die Kleidung des Fräuleins zu besorgen, um ihr dadurch unversehens ein Geschenk zu machen. Oncle und Tante nahmen es an, weil ihre Masken zugleich angeschafft wurden; aber zween Tage vor dem Ball war es dem Hof und der Stadt bekannt, daß der Fürst dem Fräulein die Kleidung und den Schmuck gäbe, und auch selbst ihre Farben tragen werde. Seymour geriet in den höchsten Grad von Wut und Verachtung; ich selbst wurde zweifelhaft, und nahm mir vor, die Sternheim schärfer als jemals zu beobachten.

Nichts kann reizender sein, als ihr Eintritt in den Saal gewesen ist. Die Gräfin Löbau, als eine alte Frau bekleidet, ging mit einer Laterne und etlichen Rollen Musikalien voraus. Der alte Graf F* mit einer Baßgeige; Löbau mit der Flötetraverse und das Fräulein mit einer Laute kamen nach. Sie stellten sich vor die Loge des Fürsten, fingen an zu stimmen, die Tanzmusik mußte schweigen, und das Fräulein sang eine Arie; sie war in Carmoisi und schwarzen Taft gekleidet, ihre schönen Haare in fliegenden nachlässigen Locken verbreitet; ihre Brust ziemlich, doch weniger als sonst verhüllt; überhaupt schien sie mit vielem Fleiß auf eine Art gekleidet zu sein, die alle reizenden Schönheiten ihrer Figur wechselsweise entwickelte; denn der weite Ärmel war gewiß allein da, um, während sie die Laute schlug, zurückzufallen und ihren vollkommen gebildeten Arm in sein ganzes Licht zu setzen. Die halbe Maske zeigte uns den schönsten Mund, und ihre Eigenliebe bemühete sich die Schönheit ihrer Stimme zu aller Zauberkraft der Kunst zu erhöhen.

Seymour in einem schwarzen Domino an ein Fenster gelehnt, sah sie mit konvulsivischen Bewegungen an. Der Fürst in einem venetianischen Mantel in seiner Loge, Begierde und Hoffnung in seinen Augen gezeichnet, klatschte fröhlich die Hände zusammen und kam, einen Menuet mit ihr zu tanzen, nachdem er vieles Lob von ihren Fingern gemacht hatte. Mein Kopf fing an warm zu werden und ich empfahl meinem Freunde *John*, dem Sekretär von Mylord G., seine Aufmerksamkeit zu verdoppeln, weil mein aufkochendes Blut nicht mehr Ruhe genug dazu hatte. Doch machte ich noch in Zeiten die Anmerkung, daß unser Gesicht, und das, was man Physionomie nennt, ganz eigentlich der Ausdruck unsrer Seele ist. Denn ohne Maske war meine Sternheim allezeit das Bild der sittlichen Schönheit, indem ihre Miene und

der Blick ihrer Augen eine Hoheit und Reinigkeit der
Seele über ihre ganze Person auszugießen schien,
wodurch alle Begierden, die sie einflößte, in den Schranken der Ehrerbietung gehalten wurden. Aber nun waren
ihre Augenbraunen, Schläfe und halbe Backen gedeckt,
und ihre Seele gleichsam unsichtbar gemacht; sie verlor
dadurch die sittliche charakteristische Züge ihrer
Annehmlichkeiten, und sank zu der allgemeinen Idee
eines *Mädchens* herab. Der Gedanke, daß sie ihren ganzen Anzug vom Fürsten erhalten, ihm zu Ehren gesungen hatte, und schon lange von ihm geliebt wurde, stellte
sie uns allen als würkliche Mätresse vor; besonders, da
eine Viertelstunde darauf der Fürst in einer Maske von
nämlichen Farben als die ihrige kam, und sie, da eben
deutsch getanzt wurde, an der Seite ihrer Tante, mit der
sie stehend redte, wegnahm, und einen Arm um ihren
Leib geschlungen, die Länge des Saals mit ihr durchtanzte. Dieser Anblick ärgerte mich zum Rasendwerden,
doch bemerkte ich, daß sie sich vielfältig sträubte und
loswinden wollte; aber bei jeder Bemühung drückte er
sie fester an seine Brust, und führte sie endlich zurück,
worauf der Graf F* ihn an ein Fenster zog, und eifrig
redte. Einige Zeit hernach stund eine weiße Maske en
Chauve-Souris neben dem Fräulein, die ich auf einmal
eine heftige Bewegung mit ihrem rechten Arm gegen ihre
Brust machen, und einen Augenblick darauf, ihre linke
Hand nach der weißen Maske ausstrecken sah. Diese
entschlüpfte durch das Gedränge, und das Fräulein ging
mit äußerster Schnelligkeit den Saal durch. Ich folgte der
weißen Maske auf die Ecke eines Gangs, wo sie die
Kleider fallen ließ, und mir den Lord Seymour in seinem
schwarzen Domino zeigte, der in der stärksten Bewegung die Treppe hinunter lief, und mich über seine
Unterredung mit dem Fräulein in der größten Verlegenheit ließ. *John*, der sie nicht aus dem Gesichte verlor, war
ihr nachgegangen, und sah, daß sie in das Zimmer, wo
ihr Oncle und die Gräfin F* waren, ging, gleich beim

Eintritt allen Schmuck ihres Aufsatzes vom Kopfe riß, mit verachtungs- und schmerzensvollen Ausdrücken zu Boden warf, ihren Oncle, der sich ihr näherte, mit Abscheu ansah, und mit der kummervollesten Stimme ihn fragte: »Womit habe ich verdient, daß Sie meine Ehre und meinen guten Namen zum Opfer der verhaßten Leidenschaft des Fürsten machten?«

Mit zitternden Händen band sie ihre Maske los, riß die Spitzen ihres Halskragens, und ihre Manschetten in Stücken, und streute sie vor sich her. John hatte sich gleich nach ihr an die Türe gedrungen, und war Zeuge von allen diesen Bewegungen. Der Fürst eilte mit dem Grafen F* und ihrer Tante herbei, die übrigen entfernten sich, und John wickelte sich in den Vorhang der Türe, welche sogleich verschlossen wurde. Der Fürst warf sich zu ihren Füßen, und bat sie in den zärtlichsten Ausdrükken, ihm die Ursache ihres Kummers zu sagen; sie vergoß einen Strom von Tränen, und wollte von ihrem Platz gehen; er hielt sie auf und wiederholte seine Bitten.

»Was soll diese Erniedrigung von Ihnen? Sie ist kein Ersatz für die Erniedrigung meines guten Namens. – O meine Tante, wie elend, wie niederträchtig sind Sie mit dem Kind ihrer Schwester umgegangen! – O mein Vater, was für Händen haben Sie mich anvertraut!«

Der feierliche schmerzvolle Ton, mit welchem sie dieses sagte, hätte das innerste seiner Seele bewegt. Ihre Tante fing an: sie begreife kein Wort von ihren Klagen und von ihrem Unmut; aber sie wünschte, sich niemals mit ihr beladen zu haben.

»Erweisen Sie mir die letzte Güte, und führen Sie mich nach Hause. Sie sollen nicht lange mehr mit mir geplagt sein.«

Dieses sprach meine Sternheim mit einer stotternden Stimme. Ein außerordentliches Zittern hatte sie befallen; sie hielt sich mit Mühe an einem Stuhl aufrecht, der Fürst war mit der Zärtlichkeit eines Liebhabers bemüht, sie zu beruhigen. Er versicherte sie, daß seine Liebe alles in der Welt für sie tun würde, was in seiner Gewalt stünde.

»O es ist nicht in Ihrer Gewalt«, rief sie, »mir die Ruhe meines Lebens wiederzugeben, deren Sie mich beraubt haben. – Meine Tante, haben Sie Erbarmen mit mir, bringen Sie mich nach Hause!«

Ihr Zittern nahm zu; der Fürst geriet in Sorgen und ging selbst in das Nebenzimmer, um eine Kutsche anspannen und seinen Medicum rufen zu lassen.

Die Gräfin Löbau hatte die Grausamkeit dem Fräulein Vorwürfe über ihr Betragen zu machen. Das Fräulein antwortete mit nichts als einem Strom von Tränen, die aus ihren gen Himmel gerichteten Augen flossen, und ihre gerungenen Hände benetzten.

Der Fürst kam mit dem Medico, der das Fräulein mit Staunen ansah, ihr den Puls fühlte, und den Ausspruch tat, daß das heftigste Fieber mit starken Zückungen vorhanden wäre; der Fürst empfohl sie seiner Aufsicht und Sorgfalt auf das inständigste. Als die angespannte Kutsche gemeldet wurde, sah sich das Fräulein sorgsam und erschrocken um, fiel vor dem Fürsten nieder, und indem sie ihre Hände gegen ihn erhob, rief sie:

»O wenn es wahr ist, daß Sie mich lieben, lassen Sie mich nirgend anderswohin führen als in *mein* Haus.«

Der Fürst hob sie auf, und sagte ihr bewegt: er schwöre ihr die ehrerbietigsten Gesinnungen, und hätte keinen Gedanken sie zu betrügen; er bäte sie nur, daß sie sich fassen möchte, der Doktor sollte sie begleiten.

Sie gab dem Alten ihre Hand, nachdem sie ihr Halstuch um ihren Hals gelegt hatte, und ging mit wankenden Füßen aus dem Zimmer. Ihre Tante blieb und fing an über das Mädchen zu reden. Der Fürst hieß sie schweigen, und sagte ihr mit Zorn: sie hätten ihm alle eine falsche Idee von dem Charakter des Fräuleins gegeben, und ihn lauter verkehrte Wege geführt. Damit ging er fort, die Gräfin auch, und John wurde seines Gefängnisses erledigt.

Im Saal hatte man fort getanzt, aber daneben viel von der Begebenheit gezischelt. Fast bei allen wurde die Aufführung des Fräuleins als ein übertriebenes Geziere getadelt. »Man kann tugendhaft sein, ohne ein großes Geräusch zu machen; sollte man nicht denken, der Fürst hätte noch keine Dame als sie geliebt? Aber es gibt eine sanftere und edlere Art von Verteidigung seiner Ehre, zu der man just nicht die ganze Welt zu Zeugen nimmt«, und dergleichen.*

Andre hielten es für eine schöne Komödie, und waren begierig, wie weit sie die Rolle treiben würde.

Ich war überzeugt, daß Seymour die Ursache dieses aufwallenden Jastes von Tugend gewesen sein müsse, aber was er ihr gesagt, und was für einen Eindruck er dadurch auf sie gemacht hätte, das wünschte ich zu wissen, um meine Maßregeln darnach zu nehmen. Ich verbarg diese Unruhe, und spottete eins mit; indem ich die Zurückkunft des Johns erwartete, der nach Hause geeilt war, um den Seymour auszuspähen.

Aber stelle Dir, wenn Du kannst, das Erstaunen vor, als mein John sagte, Seymour wäre gleich nach seiner Zurückkunft in einer Post-Chaise mit Sechsen und einem einzigen Kerl davon gefahren. Was, T—, konnte das anders bedeuten als eine verabredete Entführung! Ich riß John am Arm zum Saal hinaus, warf auf der Straße meine Maske ab, und zog den Überrock meines Kerls an, in welchem ich an das Löbauische Haus eilte, um Nachricht von der neuen Aktrice zu hören. Eifersucht, Wut und Liebe jagten sich in meinem Kopfe herum; und gewiß derjenige, der mir gesagt hätte, sie wäre fort, hätte es mit seinem Leben bezahlen müssen; aber ehe eine Viertelstunde um war, lief jemand aus dem Hause nach der Apothek. Die Tür blieb offen; ich schlich in den Hof und sah Licht in den Zimmern der Sternheim. Es wurde mir leichter, aber meine Zweifel blieben; diese Lichter konn-

* Und diejenige, welche so sagten, hatten an sich selbst eben nicht so gar unrecht. H.

ten Blendwerk sein. Ich wagte mich in das Zimmer ihrer Kammerjungfer; die Tür des Kabinetts war offen, und ich hörte mein Mädchen reden. Also war Seymour allein fort. Ich sann auf eine taugliche Entschuldigung meines Daseins, und gab dem Kammermädchen ganz herzhaft ein Zeichen zu mir zu kommen. Sie kannte mich nicht, rannte auf die Tür zu, die sie den Augenblick hinter sich zuschloß und fragte hastig: wer ich sei, was ich haben wollte?

Ich gab mich zu erkennen, bat sie in kummervollen ehrerbietigen Ausdrücken um Nachricht von des göttlichen Fräuleins Befinden, und beschwur sie auf den Knien, alle Tage einem meiner Leute etwas davon zu sagen. Ich sagte ihr, ich wäre Zeuge gewesen, wie edel und anbetungswürdig sich der Charakter des Fräuleins gezeigt hätte, ich verehrte und liebte sie über allen Ausdruck; ich sei bereit mein Leben und alles zu ihrem Dienste aufzuopfern; aber mir sei für ihre Gesundheit bange, indem ich den Medicum von einem Fieber hätte reden hören.

Die Katze war froh, die Geschichte des Abends von mir zu hören, indem, wie sie sagte, das Fräulein fast nichts als weinte und zitterte. Ich putzte die Geschichte so sehr, als mir möglich war, zur Verherrlichung des Fräuleins aus, und nannte die weiße Maske; da fiel mir das Mädchen ein: »O diese Maske ist's, die mein Fräulein krank gemacht hat! Denn sie sagte ihr ganz frei: ob sie denn alle Gesetze der Ehre und Tugend so sehr unter die Füße getreten habe, daß sie sich in einer Kleidung und in einem Schmuck sehen lasse, welche der Preis von ihrer Tugend sein werde; daß es ihr alle Masken sagen würden; daß alle sie verachteten, weil man von ihrem Geist und ihrer Erziehung etwas Bessers erwartet hätte.«

»Und wer war diese Maske?« Dies wisse das Fräulein nicht; aber sie nenne sie eine edle wohltätige Seele, ungeachtet sie ihr das Herz zerrissen habe.

Ich dachte: Der Himmel segne den wohltätigen Seymour

für seine Narrheit! Sie soll meinem Verstande schöne Dienste tun. Ich versprach dem Mädchen, mich um die Entdeckung zu bemühen, und erzählte ihr noch die Urteile der Gesellschaft, mit dem Zusatz, daß ich der Verteidiger des Fräuleins werden wollte, und sollte es auch auf Unkosten meines Halses sein; sie sollte mir nur sagen, was ich für sie tun könnte. Das Mädchen war gerührt. Mädchen sehen die Gewalt der Liebe gerne; sie nehmen Anteil an der Macht, die ihr Geschlecht über uns ausübt, und helfen mit Vergnügen an den Kränzen flechten, womit unsre Beständigkeit belohnt wird. Sie sagte mir den folgenden Abend eine zweite Unterredung zu, und ich ging recht munter und voller Anschläge zu Bette.

Meine Hauptsorge war, dem pinselhaften Seymour den Widerstand des Fräuleins und die heroisch ausgezeichnete Würkung seiner unartigen Vorwürfe zu verbergen. Aber da ich nicht erfahren konnte, wo er sich aufhielt, mußte ich meine Guineen zu Hülfe nehmen, und einen Post-Offizier gewinnen, der mir alle Briefe zu liefern versprochen hat, die an das Fräulein, an Löbau und an alle Bekannten des Seymour einlaufen werden. Daß sie in ihrem eignen Hause keine bekommen kann, bin ich sicher. Sie wollte zwar unverzüglich auf ihre Güter; aber ihr Oncle erklärte, daß er sie nicht reisen lasse. Ihr Fieber dauert; sie wünscht zu sterben; sie läßt niemand als den Doktor und ihre Katze vor sich. Die letzte habe ich ganz gewonnen; ich sehe sie alle Nacht, wo ich viel von den Tugenden ihres Fräuleins muß erzählen hören: »*Sie ist sehr zärtlich, aber sie wird niemand als einen Gemahl lieben.*«

Merkst du den Wink?

»Hat sie niemals geliebt?« fragte ich unschuldig.

»Nein; ich hörte sie nicht einmal davon reden, oder einen Kavalier loben, als im Anfang unsers Hierseins den Lord Seymour; aber schon lange nennt sie ihn nicht mehr. Von Euer Gnaden Wohltätigkeit hält sie viel.«

Ich tat sehr bescheiden und vertraut gegen das Tierchen; und da sie mir im Namen ihres Fräuleins alle Verteidigung ihrer Ehre, die ich ihr angeboten, untersagte, so setzte ich kläglich hinzu: »Wird sie meine Anwerbung auch verwerfen?« Ungeachtet ich sie auch wider den Willen des Lord G. machen müßte, so würde ich doch alles wagen, um sie aus den Händen ihrer unwürdigen Familie zu ziehen, und sie in England einer bessern vorzustellen. Ich mußte diese Saite anstimmen, weil sie mir selbst den Ton dazu angegeben, und weil ich ihren Ekel für D* und ihren Hang für England benutzen wollte, ehe der Jast von Seymour verlöschen würde, und er bei seiner Zurückkunft im Enthusiasmus der Belohnung ihrer Tugend so weit ginge, als ihn seine Verachtung geführt hatte. Sie hatte ihn sonst vorzüglich gelobt, itzt sprach sie nicht mehr von ihm, sie nennte auch den Lord G. nicht. Lauter Kennzeichen einer glimmenden Liebe. Ich fand Wege, ihr kleine satirische Briefchen zuzuschicken, worin ihrer Krankheit und der Szene, die sie auf dem Ball gespielt hatte, gespottet wurde. Die Geringschätzigkeit, welche Lord G. für sie bezeugte, wurde auch angemerkt. Neben diesem wiederholte ich beinahe alle Tage das Anerbieten meiner Hand, da ich zugleich ihrer freien Wahl überließ: ob ich es bekannt machen sollte, oder ob sie sich meiner Ehre und Liebe anvertrauen wollte. Diese Mine überlasse ich nun dem Schicksal. Lange kann ich nicht mehr herumkriechen. Zwo Wochen daurt es schon, und ohne die Anstalten, die der Hof auf die Ankunft zweier Prinzen von ** macht, hätte ich vielleicht meine Arbeit unterbrechen müssen. John ist ein vortrefflicher Kerl; er will im Fall der Not die Trauungs-Formeln auswendig lernen, und die Person des englischen Gesandtschaftspredigers spielen. Meine letzten Vorschläge müssen etwas fruchten, denn mit allen ihren strahlenden Vollkommenheiten ist sie doch – nur ein Mädchen. Ihr Stolz ist beleidigt, und es ist schwer der Gelegenheit zur Rache zu entsagen. Keine

Seele nimmt sich ihrer an als ich; auch findet sie mich großmütig und weiß mir vielen Dank für meine Gesinnungen. Niemals hätte sie dies vermutet; aber sie will mich nicht unglücklich machen, es soll niemand in ihr Elend verwickelt werden. Meine Zurückhaltung, daß ich auf keinen Besuch in ihrem Zimmer dringe, erfreut sie auch, vielleicht deswegen, weil sie sich nicht gerne mit ihrer Fieberfarbe sehen lassen will.

In wenig Tagen muß meine Mine springen, und es dünkt mich, sie soll geraten. Gibst Du mir keinen Segen dazu?

Mylord Derby an seinen Freund

Sie ist mein, unwiderruflich mein; nicht eine meiner Triebfedern hat ihren Zweck verfehlt. Aber ich hatte eine teuflische Gefälligkeit nötig, um bei ihr gewisse Gesinnungen zu unterhalten, und daneben zu hindern, daß andre keinen Gebrauch von ihrer Empfindlichkeit machten. Aber ihr guter Engel muß sie entweder verlassen haben, oder er ist ein phlegmatisches träges Geschöpfe; denn er tat auf allen Seiten nichts, gar nichts für sie. – Sagte ich Dir nicht, daß ich sie durch ihre Tugend fangen würde? Ich habe ihre Großmut erregt, da ich mich für sie aufopfern wollte; dafür war sie, um nicht meine Schuldnerin zu bleiben, so großmütig, und opferte sich auf. Solltest Du es glauben? Sie willigte in ein geheimes Bündnis; einige Bedingungen ausgenommen, die nur einer Schwärmerin, wie sie ist, einfallen konnten. Meine satirischen Briefe hatten ihr gesagt, daß ihr Oncle sie dem Interesse seines Prozesses habe aufopfern wollen; daß man sich um so weniger darüber bedacht hätte, weil man gesagt, die Mißheirat ihrer Mutter verdiene ohnehin nicht, daß man für sie die nämliche Achtung trüge als für eine Dame.

Nun war alles aufgebracht; Tugend, Eigenliebe, Eitelkeit; und ich bekam das ganze Paquet satirischer Briefe zu lesen. Sie schrieb einen Auszug aus den meinigen, und fragte mich: ob ich durch meine Beobachtungen über ihren Charakter genugsame Kenntnis ihres Herzens und Denkungsart hätte, um der Falschheit dieser Beschuldigungen überzeugt zu sein? Sie wisse, daß man in England einem Manne von Ehre keinen Vorwurf mache, wenn er nach seinem Herzen und nach Verdiensten heirate. Sie könne an meiner Edelmütigkeit nicht zweifeln, weil sie solche mich schon oft gegen andre ausüben sehen; sie hätte mich deswegen hochgeschätzt; und nun, da das Schicksal sie zu einem Gegenstande meiner Großmut gemacht habe, so trüge sie kein Bedenken, die Hülfe eines edeln Herzens anzunehmen; ich könnte auf ewig ihres zärtlichen Danks und ihrer Hochachtung versichert sein; sie ginge alle Bedenklichkeiten wegen der Bekanntmachung unsers Bündnisses ein; es wäre ihr selbst angenehm, wenn alles stille bleiben könnte, und wenn sie mich nichts als die Sorgen der Liebe kostete. Nur bäte sie mich um die Gewährung von vier Bedingnissen, davon die erste beschwerlich, aber unumgänglich nötig für ihre Ruhe sei, nämlich zu sorgen, daß ich mit ihr vermählt würde, ehe sie das Haus ihres Oncles verließe, indem sie nicht anders als an der Hand eines würdigen Gemahls daraus gehen wolle. Die zweite; daß ich ihr erlauben möchte, von den Einkünften ihrer Güter auf drei Jahre eine Vergabung zu machen. (Die gute Haustaube!) Drittens möchte ich sie gleich zu ihrem Oncle, dem Grafen R*, nach Florenz führen, denn diesem wolle sie ihre Vermählung sagen; ihre Verwandten in D* verdienten ihr Vertrauen nicht. Von Florenz aus wäre sie mein, und würde in ihrem übrigen Leben keinen andern Willen als den meinigen haben; übrigens und viertens möchte ich ihre Kammerjungfer bei ihr lassen.

Ich machte bei dem ersten Artikel die Einwendung der Unmöglichkeit, weil Lord G., oder der Fürst alles erfahren würden: wir wollten uns an einem andern sichern Orte trauen lassen. Aber da war die entscheidende Antwort; so bliebe sie da, und wollte ihr Verhängnis abwarten. – Nun rückte John an, und ich schrieb ihr in zween Tagen, daß ich unsern Gesandtschafts-Prediger gewonnen hätte, der uns trauen würde; sie möchte nur ihre Jungfer schicken, um abends selbst ihn zu sprechen. Dies geschah; das Mädchen brachte ihn einen in englischer Sprache geschriebenen Brief, worin meine Heldin die Ursachen einer geheimen Heirat auskramte und ihren Entschluß entschuldigte, sich seinem Gebet und seiner Fürsorge empfahl und einen schönen Ring beilegte.

John, der Teufel, hatte die Kleider des Doktors an, und seine Perucke auf; und redete gebrochen, aber sehr pathetisch deutsch. Das Kätzchen kroch sehr andächtig um ihn herum; ich gab ihr eine Verschreibung mit, die John unterzeichnete, und sagte ihr, daß das bevorstehende Fest den besten Anlaß geben würde unser Vorhaben auszuführen, weil man sie wegen ihrer andaurenden Kränklichkeit nicht einladen und nicht beobachten würde.

Alles geschah nach Wunsche; sie war froh über mein Papier und meine Gefälligkeit gegen ihre Vorschriften. Warum haben doch gute Leute so viel Schafmäßiges an sich, und warum werden die Weibsbilder nicht klug, ungeachtet der unzähligen Beispiele unserer Schelmereien, welche sie vor sich haben? Aber die Eitelkeit beherrscht sie unumschränkt, daß eine jede glaubt, sie hätte das Recht eine Ausnahme zu fodern, und sie sei so liebenswürdig, daß man unmöglich nur seinen Spaß mit ihr treiben könne. Da mögen sie nun die angewiesne natürliche Bestrafung ihrer Torheiten annehmen, indessen wir die Belohnung unsers Witzes genießen. Gewiß, da meine Sternheim keine Ausnahme macht, so gibt es keine in der Welt. Indessen ist ihr Verderben deswegen nicht beschlossen. Wenn sie mich liebt, wenn mir ihr Besitz alle die abwechselnden lebhaften Vergnügungen gibt, die ich mir verspreche; so soll sie Lady Derby sein, und mich zum Stammvater eines neuen närrisch genug gemischten Geschlechtes machen. Für mein erstes Kind ist es ein Glücke, daß seine Mutter eine so sanfte fromme Seele ist; denn wenn sie von dem nämlichen Geist angefeuert würde wie ich, so müßte der kleine Balg zum Besten der menschlichen Gesellschaft in den ersten Stunden erstickt werden; aber so gibt es eine schöne Mischung von Witz und Empfindungen, welche alle Junge von unsrer Art auszeichnen wird. Wie zum Henker komme ich zu diesem Stücke von Hausphysik! Freund, es sieht schlimm aus, wenn es fortdauert; doch ich will die Probe bis auf den letzten Grad durchgehen.

Mein Mädchen ließ sich noch Medizin machen, und packte daneben einen Koffer mit Weißzeug und etwas leichten Kleidern voll, den ich und John an einem Abend fortschleppten. Sie schrieb einen großen Brief im gigantischen Ton der hohen Tugend, worin sie sagt, daß sie mit einem würdigen Gemahl von der Gefahr und Bosheit fliehe; sie wies ihrem Oncle den dreijährigen Genuß aller ihrer Einkünfte an, um seinen Prozeß damit zu betreiben; sie hoffte, sagt sie, er würde dadurch mehr Segen für seine Kinder erlangen, als er durch die Grausamkeit erhalten, die er an ihr ausgeübt habe. Von Florenz werde er Nachricht von ihr erhalten. Ihre reichen Kleider schenkte sie in die Pfarre für Arme. Von dieser Art von Testamente schickte sie auch dem Fürsten und dem Lord G. Kopien zu.

Den Tag, wo das große Festin auf dem Lande gegeben wurde, waren meine Anstalten gemacht, ich war den ganzen Tag bei Hofe überall mit vermengt. Als das Getümmel recht arg wurde, schlich ich in meinen Wagen, und flog nach D*. John eilte mit mir in den kleinen Gartensaal des Grafen Löbau, wo ich in Wahrheit mit einem das erstemal pochenden Herzen das artige Mädchen erwartete. Sie wankte endlich am Arm ihres Kätzchens herein, niedlich gekleidet, und vom Haupt bis zu den Füßen mit Adel und rührender Grazie bewaffnet.

Sie zagte einen Augenblick an der Türe, ich lief gegen ihr, sie machte einen Schritt, und ich kniete bei ihr mit einer *wahren* Bewegung von Zärtlichkeit. Sie gab mir ihre Hände, konnte aber nicht reden; Tränen fielen aus ihren Augen, die sich zu lächeln bemühten; ich konnte ihre Bestürzung genau nachahmen, denn ich fühlte mich ein wenig beklemmt, und John sagte mir nachher, daß es Zeit gewesen wäre, ihm das Zeichen zu geben, sonst würde er nichts mehr geantwortet haben, indem ihn seine Entschlossenheit beinahe verlassen habe.

Doch das waren leere Ausstoßungen unserer noch nicht genug verdauten jugendlichen Vorurteile.

Ich drückte die rechte Hand meines Mädchens an meine Brust.

»Ist sie mein, diese segensvolle Hand? Wollen Sie mich glücklich machen?« sagte ich mit dem zärtlichsten Tone.

Sie sagte ein stotterndes »Ja!« und zeigte mit ihrer linken Hand auf ihr Herz. John sah mein Zeichen und trat herbei, tat auf englisch eine kurze Anrede, plapperte die Trauformel her – segnete uns ein, und ich – hob meine halb ohnmächtige Sternheim triumphierend auf, drückte sie das erstemal in meine Arme, und küßte den schönsten Mund, den meine Lippen jemals berührten. Ich fühlte eine mir unbekannte Zärtlichkeit und sprach ihr Mut zu. Einige Minuten blieb sie in stillschweigendes Erstaunen verhüllt. Endlich legte sie mit einer bezaubernden Vertraulichkeit ihren schönen Kopf an meine Brust, erhob ihn wieder, drückte meine Hände an ihren Busen; und sagte:

»Mylord, ich habe nun niemand auf der Erde als Sie, und das Zeugnis meines Herzens. Der Himmel wird Sie für den Trost belohnen, den Sie mir geben, und dieses Herz wird Ihnen ewig danken.«

Ich umarmte sie und schwur ihr alles zu. Nachdem mußte sie mit ihrem Mädchen beiseite gehen und Mannskleider anziehen. Ich ließ sie allein dabei, weil ich meiner

Leidenschaft nicht traute, und die Zeit nicht verlieren durfte. Wir kamen unbemerkt aus dem Hause, und da wegen des Festes, welches man dem Prinzen von ** gab, viel Kutschen aus und einfuhren, achtete man die meinige nicht, in welcher ich meine Lady und ihr Mädchen fortschickte. John, der seine eigne Gestalt wieder angenommen, war ihr Begleiter. Ich redete ihren Ruheplatz in dem Dorfe Z* unweit B* mit ihm ab, und eilte zum Ball zurück, wo niemand meine Abwesenheit wahrgenommen hatte.* Ich tanzte meine Reihen mit Fröhlichkeit durch, und lachte, als der Fürst dem Englischtanzen nicht zusehen wollte, indem ihn das Andenken der Sternheim quälte.

Das Gelärme, Mutmaßen und Nachschicken des zweiten Tages will ich Dir in einem andern Briefe beschreiben. Ich reise itzt auf acht Tage zu meiner Lady, die, wie mir John schreibt, sehr tiefsinnig ist und viel weint.

Sie sehen, meine Freundin, aus den Briefen des ruchlosen Lords Derby, was für abscheuliche Ränke gebraucht wurden, um die beste junge Dame an den Rand des größten Elendes zu führen. Sie können sich auch vorstellen, wie traurig ich die Zeit zugebracht habe, von dem Augenblick an, da sie vom Ball kam, krank war und dabei immer aus einer bekümmernden Unruhe des Gemüts in die andre gestürzt wurde. Da sie von keinem Menschen mehr Briefe bekam, vermuteten wir, der Fürst und der Graf Löbau ließen sie auffangen. Die Art, mit welcher ihr abgeschlagen wurde auf ihre Güter zu gehn, und ein Besuch des Fürsten beförderten die Absichten des Lord Derby. Unglücklicherweise betäubte mich der unmenschliche Mann auch, daß ich zu allem half, um meine Fräulein aus den Händen ihres Oncle zu ziehen. Sie sehen aus seinen Briefen, wie viel Arglist und Ver-

---

* Heureusement!

stand er hatte. Daneben war er ein sehr schöner Mann; und mein Fräulein freuete sich, ihre Begierde nach England zu befriedigen.

O wie viel werden Sie noch zu lesen bekommen, worüber Sie erstaunen werden. Ich will so fleißig sein, als mir möglich ist, um Sie nicht lange darauf warten zu lassen.

Geschichte

des

Fräuleins von Sternheim.

Von einer Freundin derselben aus Original-
Papieren und andern zuverläßigen Quellen
gezogen.

Herausgegeben

von

C. M. Wieland.

Zweyter Theil.

Leipzig,

bey Weidmanns Erben und Reich. 1771.

Geschichte des
Fräuleins von Sternheim

Seymour an Doktor T.

Zween Monate sind's, seit ich Ihnen schrieb; seit ich, von
Zweifel und Argwohn gemartert, mich von aller Gesellschaft enthielte, und mich endlich durch einen übelver-
standenen Eifer für die Tugend zu dem elendesten
Geschöpfe auf der Erde machte. Oh, wär ich es allein,
ich würde mich glücklich dabei achten; aber ich habe die
beste, die edelste Seele zu einem Entschluß der Verzweiflung gebracht; ich bin die Ursache des Verderbens meines angebeteten Fräuleins von Sternheim. Kein Mensch
kann mir was von ihrem Schicksal sagen; aber mein Herz
sagt mir, daß sie unglücklich ist. Dieser Gedanke frißt
das Herz, in welchem er sich ernährt. Aber ich sage
Ihnen unbegreifliche Dinge; ich muß mich verständlich
machen; Sie wissen, wie mißvergnügt ich von dem Feste
des Grafen F. zurückkam, und daß ich von diesem
Augenblick mich aller Gesellschaft entäußerte. Meine
Liebe war verwundet, aber nicht getötet; ich dachte, sie
würde durch Verachtung und Fliehen geheilt werden; ich
wollte sogar nichts von dem Fräulein reden hören; als
endlich mein Oheim meine Leidenschaften auf einmal zu
löschen glaubte, da er mir die Nachricht gab: daß auf das
Geburtsfest des Fürsten ein Maskenball angestellt wäre;
daß der Fürst die Maske des Fräuleins tragen würde, und
sie Kleidung und Schmuck von ihm bekomme. Ich
könnte also schließen, daß sie sich aufgeopfert habe; sie
hätte schon vorher Gnaden von ihm erbeten, und alles
erhalten, was sie verlangt habe; der Fürst käme abends in
den Garten des Grafen Löbau, allein von seinem Liebling
begleitet usw. – Mein Oheim erreichte seinen Zweck; die
Sorge meiner Liebe verlor sich mit meiner Hochachtung,

und mit der Hoffnung, die ich immer blindlings behalten hatte. Aber gleichgültig war ich noch nicht; meine Seele war durch das Andenken ihres Geistes und ihrer Tugend gekränkt. »Wie glücklich, o Gott, wie glücklich hätte sie mich machen können (rief ich) wenn sie ihrer Erziehung und ihrer ersten Anlage getreu geblieben wäre!« Ohne Erinnerung und Bestrafung wollt' ich sie nicht lassen, und der Maskenball dünkte mich ganz bequem zu meinem Vorhaben. Ich machte eine doppelte Maske. In der ersten wollt' ich mich noch von allem überzeugen, was mir von der Vergessenheit ihres Werts und ihrer Pflichten gesagt worden war. Sie kam von allen Grazien begleitet in den Saal; sie trug den Schmuck, welchen der Hofjuwelier dem Lord gewiesen hatte. Sie war so niederträchtig gefällig, ihre schöne Stimme hören zu lassen und ihn nebst der Gesellschaft zur Freude aufzumuntern. Hätte ich Kräfte gehabt, sie ihrer reizenden Gestalt und aller ihrer Talenten zu berauben, ich würd' es in diesem Augenblick getan haben. Leichter wär' es mir gewesen, sie elend, häßlich, ja gar tot zu sehen, als Zeuge ihrer moralischen Zernichtung zu sein. Der tiefste Schmerz war in meiner Seele, als ich sie singen hörte, und mit dem Fürsten und mit andern Menuette tanzen sah. Aber als er sie um den Leib faßte, an seine Brust drückte, und den sittenlosen, frechen Wirbeltanz der Deutschen mit einer aller Wohlstandsbande zerreißenden Vertraulichkeit an ihrer Seite daherhüpfte – da wurde meine stille Betrübnis in brennenden Zorn verwandelt; ich eilte in meine zwote Maske, näherte mich ihr darin, und machte ihr bittere und heftige Vorwürfe über ihre Frechheit, sich mit so vieler Lustigkeit in ihrem schändlichen Putz zu zeigen. Ich setzte hinzu: daß alle Welt sie verachtete, sie, die man angebetet habe – Meine erste Anrede brachte das vollkommenste Erstaunen in ihr hervor; sie konnte nichts sagen, als ihre Hand gegen die Brust heben, »*ich – ich*«, stotterte sie, mit der andern wollte sie mich haschen. Aber ich Elender entfloh, ohne auf die Würkung achten zu wollen, die meine Rede machen würde. Nach Hause eilte ich, ließ mir sechs Postpferde vor meine Chaise geben, nahm meinen alten *Dik* mit, und fuhr sechs Tage ohne zu wissen, wohin; bis ich endlich in einem Dorfe liegen bleiben mußte, wo ich Diken auf das äußerste verbot, jemanden Nachricht von mir zu geben. Mein Gemütszustand ist nicht zu beschreiben; gefühllos, geistlos war ich, mißvergnügt, unruhig, und dennoch versagt' ich mir die einzige Hülfe, die meine Leiden erforderten – Nachrichten von D. zu haben. Dieser unselige Eigensinn legte den Grund zu der tiefen Traurigkeit, die mich bis an mein Ende begleiten wird. Denn während ich das stumme Wüten meiner unüberwindlichen Liebe in dem äußersten Winkel eines einsamen Dorfes verbarg, um die ersten Triumphtage des Fürsten vorbeirauschen zu lassen, hatte das Fräulein den edelsten Widerstand gemacht, hatte aus Kummer beinahe das Leben verloren, und war endlich aus dem Hause ihres Oheims entwichen, weil man sie nicht auf ihre Güter gehen lassen wollte. Einen Monat nach diesem Vorgang kam ich abgezehrt und finster zurück; Mylord empfing mich mit väterlicher Zuneigung; er sagte mir alle Sorgen, die ich ihm verursacht hätte, auch daß er auf den Gedanken geraten sei, ich möchte das Fräulein entführt haben.

»Wollte Gott, Sie hätten mir's erlaubt«, rief ich; »ich wäre nicht so elend. Aber reden Sie mir nicht mehr von ihr.«

Er umarmte mich und sagte:

»Lieber Carl, du mußt doch hören, was geschehen ist. Sie war doch edel, tugendhaft, alles, was uns zu ihrem Nachteil gesagt wurde, war Betrug, und sie ist entflohen.«

Meine Begierde, alles zu wissen, war nun so groß, als vorher meine Sorge darüber gewesen war.

Das Fräulein soll geglaubt haben, ihre Tante hätte ihren Schmuck neu fassen lassen, und lehnte ihn ihr zum Ball;

die Kleider habe sie ihrem Kaufmann schuldig zu sein
geglaubt; ihr Singen wäre eine gezwungene Gefälligkeit
gewesen, und sie hätte in einem Brief an den Fürsten eine
weiße Maske gesegnet, die ihr alle Bosheiten entdeckt
habe, welche ihren Ruhm zernichtet hätten.

»O Mylord«, rief ich; »diese weiße Maske war ich; ich
habe mit ihr gesprochen, und ihr Vorwürfe gemacht;
aber gleich nach dieser Unterhaltung eilt' ich fort.« Er
fuhr fort mir zu erzählen: das Fräulein hätte noch auf
dem Ball dem Fürsten seinen Schmuck vor die Füße
geworfen, und wäre in der äußersten Beängstigung nach
Haus gefahren; sie wäre aber acht Tage sehr krank
gelegen, und hätte keinen Menschen vor sich gelassen.
Bei ihrer Wiederherstellung hätte sie auf ihre Güter zu
gehen verlangt, ihr Oncle aber hätte sie nicht gehen
lassen, und acht Tage darauf, als man dem Prinzen von
P. zu Ehren bei Hofe Lustbarkeiten angestellt, sei sie mit
ihrer Kammerjungfer verschwunden. Der Graf und die
Gräfin Löbau, die bis morgens bei dem Ball gewesen,
und ihre Leute, welche auch nicht früh munter geworden, hätten nicht an das Fräulein gedacht, bis nachmittags, da man die Tafel für den Grafen gedeckt hatte, man
erst angefangen, das Fräulein und ihr Mädchen zu vermissen; aber als man ihre Zimmer aufgesprengt, an ihrer
Statt bloß Briefe gefunden habe, einen an den Fürsten,
einen an Mylord C., und einen an ihren Oheim, dem sie
noch ein Verzeichnis angeschlossen von den Kleidern,
die sie an den Pfarrer geschickt habe, um sie zu verkaufen, und das Geld den Armen des Kirchspiels zu geben.
Ihrem Oheim hätte sie kurz, aber mit vieler Würde und
Rührung von den Klagen gesprochen, die sie über ihn
und seine Frau zu führen habe, und von den Ursachen,
warum sie sich von ihnen entferne, und sich in den
Schutz eines Gemahls begebe, den sie sich gewählt hätte,
und mit welchem sie als seine vermählte Frau aus ihrem
Hause gehe, um sich nach Florenz zum Grafen R. zu
begeben, woher sie wieder Nachricht von ihr erhalten

sollten; indessen überlasse sie ihm auf drei Jahre den Genuß aller Einkünfte ihrer Güter, um damit die Beendigung seines Rechtshandels zu betreiben, die er auf eine so niederträchtige Art durch die Aufopferung ihrer Ehre zu erhalten gesucht hätte; es wäre ein Geschenk, welches sie seinen zweenen Söhnen machte, und wodurch sie mehr Segen erhalten würden als durch den Entwurf ihres Untergangs. Dem Fürsten hätte sie geschrieben: sie fliehe an der Hand eines edelmütigen und würdigen Gemahls vor den Verfolgungen seiner verhaßten und entehrenden Leidenschaft; sie habe inzwischen ihrem Oncle die Einkünfte von ihren Gütern auf drei Jahre überlassen, hoffe aber nach Verfluß dieser Zeit sie von der Gerechtigkeit des Landesfürsten wieder zurückzuerlangen; gegen Mylord aber hätte sie sich erklärt: daß sie seinen Geist und seinen Gemütscharakter jederzeit verehrt, und gewünscht habe, einigen Anteil an seiner Achtung zu haben; es wäre sehr wahrscheinlich, daß die Umstände, in welche man sie gestellt, ihre Gemütsart mit einem so starken Nebel umhüllet hätten, daß er sich keinen richtigen Begriff davon habe machen können; sie versichere ihn aber, daß sie seiner Hochachtung niemals unwürdig gewesen, und seine harte nachteilige Beurteilung nicht verdient habe; und dieses möchte er auch seinen Neffen Seymour lesen lassen; Löbau sei nach dieser Entdeckung zum Fürsten geeilt, der darüber ins größte Erstaunen geraten, und aller Orten habe nachschicken wollen; aber Graf F. hätte es mißraten, und es wäre allein ein Kurier an den Grafen R. nach Florenz abgeschickt worden, von wannen man aber bis itzt keine Nachricht von dem Fräulein erhalten habe.

Solange die Erzählung von Mylord dauerte, schienen alle Triebfedern meiner Seele zurückgehalten zu sein; aber als er aufhörte, kamen sie in volle Bewegung. Er mußte meine bittersten Klagen über seine Politik hören, durch die er mich verhindert hatte, mich mit dem edelsten Herzen zu verbinden. Ihre großmütige Wohltätigkeit an ihrem Oncle, diese edle Rache für seine abscheuliche Beleidigung, ihr Andenken an die Arme; und an mich, bei dem sie gerechtfertigt zu sein suchte; wie viele Risse in mein Herz! Wie verhaßt wurde mir D., wie viele Mühe hatte ich, die Ausdrücke meines Zorns zu verbergen, wenn ich ihre Feinde sah, oder wenn mir jemand von ihr reden wollte! Denn der herzhafte Schritt, welchen sie zu ihrer Rettung gemacht, wurde von jedermann getadelt, alle ihre vortrefflichen Eigenschaften verkleinert, und ihr Fehler und Lächerlichkeiten angedichtet, deren sie gänzlich unfähig war. Wie elend, aber auch wie allgemein ist das Vergnügen, Fehler am Verdienst aufzuspähen! Tausend Herzen sind eher bereit, sich zu der Bosheit zu erniedrigen, an einer vortrefflichen Person die Gebrechen der Menschheit zu entdecken, als eines zu finden ist, das die edle Billigkeit hat, einem andern den größten Anteil an Kenntnissen und Tugend einzugestehen, und ihn aufrichtig zu verehren.

Ich schickte einen Kurier nach Florenz, und schrieb dem Grafen R. die Geschichte seiner würdigen Nichte. Aus der Antwort, so ich von ihm erhielt, erfuhr ich, daß er nicht das geringste von ihrem Aufenthalte wisse. Alle Bemühungen, welche er bis itzt angewandt, sie auszuspähen; sind vergeblich gewesen; – und alles dies vergrößert die Vorwürfe, die ich mir wegen meiner übereilten Abreise von D. mache. Warum wartete ich nicht auf die Folge meiner Unterredung? – Wenn man bessern will, ist es genug, bittere Verweise zu geben? – Mein ganzes Herz würde sich empören, wenn ich einen Kranken schlagen oder mißhandeln sähe: und ich gab einer Person, die ich liebte, die ich für verblendet hielt, Streiche, die ihre Seele verwunden mußten! Aber ich sah sie als eine freiwillig weggeworfene meiner Achtung unwürdige Kreatur an, und dünkte mich berechtiget, ihr auch so zu begegnen. Wie grausam war meine Eigenliebe gegen das liebenswerte Mädchen! Erst wollte ich nicht von meiner Liebe reden, bis sie sich ganz nach meinen Begriffen in dem vollen Glanz einer triumphierenden Tugend gezeigt haben würde. Sie ging ihren eigenen schönen Weg, und weil sie meinen idealischen Plan nicht befolgte, eignete ich mir die Gewalt zu, sie darüber auf das empfindlichste zu bestrafen. Wir beurteilten und verdammten sie alle; aber sie – wie edel, wie groß wird sie, in dem Augenblick, da ich sie für erniedrigt hielt! Sie segnete in der weißen Maske mich wütenden Menschen, der sie an den Rand eines frühen Grabes gestoßen hatte – Oh, was kann sie itzt von dem Geschöpfe sagen, durch dessen Unbesonnenheit sie in eine übereilte und gewiß unglückliche Ehe gestürzt wurde, die sie schon bereut, und nicht wieder brechen kann. Sie schrieb meinen Namen noch, sie wollte, daß ich Gutes von ihr glauben soll! O Sternheim, selbst in deinem von mir verursachten Elende würde deine großmütige, unschuldige Seele die Marter meines Herzens beweinen, wenn du darin das Bild meiner ersten Hoffnungen mit allen Schmerzen der Selbstberaubung vereinigt sehen würdest!

Derby ist nach einer Abwesenheit von acht Wochen wieder von einer Reise nach H. zurückgekommen, und bewies mir eine ganz besondere Achtsamkeit; ich goß allen meinen zärtlichen Kummer bei ihm aus; er belachte mich, und behauptete, daß er mit dem Ruf seiner Bosheit viel weniger schädlich sei, als ich es durch diesen Tugendeifer gewesen; seine Bosheit führe eine Art von Verwarnung bei sich, die alle Menschen vorsichtig machen könne. Die Strenge meiner Grundsätze hätte mir eine Grausamkeit gegen die anscheinenden, und unvermeidlichen Fehler der Menschen gegeben, welche die Widerspenstigkeit der Bösen vermehre, und die guten Leute zur Verzweiflung bringe. Wie kömmt Derby zu diesem Anspruch der Wahrheit? Ich fühlte, ja ich fühlte, daß er recht hatte, daß ich grausam war, daß ich es war, ich – Elender! der die Beste ihres Geschlechts unglücklich gemacht!

O mein Freund, mein Lehrer, das Maß meines Verdrusses ist voll; alle Stunden meines Lebens sind vergiftet. John, unser Sekretär, ist zwei Tage vor der Flucht des Fräuleins abgereiset, und seitdem nicht mehr gekommen. Die Kammerjungfer des Fräuleins war einmal bei ihm, und unter seinen Papieren hat man ein zerrissenes Blatt gefunden, wo mit der Hand meiner Sternheim geschrieben stund »– ich gehe in alle Ursachen ein, die Sie wegen der Verborgenheit unserer Verbindung angeben; sorgen Sie nur für unsere Trauung; denn ohnvermählt werd ich nicht fortgehen, ob ich gleich die Verbindung mit einem Engländer allen andern vorziehe –«

So ist sie also das Eigentum eines der verwerflichsten Menschen aller Nationen geworden! Oh – ich verfluche den Tag, wo ich sie sah, wo ich die sympathetische Seele in ihr fand! – Und, ewig verdamme Gott den Bösewicht, dem sie sich in die Arme warf! Was für Ränke muß der Kerl gebraucht haben! Es ist nicht anders möglich, der Kummer hat ihren Verstand zerrüttet. Aber die Briefe, die sie zurückließ, sind in einem so wohltätigen, so edlem Ton, und mit so vielem Geiste geschrieben! – Doch dünkt mich einst gelesen zu haben, daß just in einer Zerrüttung der künstlichen und gelernten Bewegung des Verstandes die Triebfedern an den Tag kämen, durch welche er von unsern natürlichen und vorzüglichen Neigungen gebraucht wird. Urteilen Sie also von dem edlen Grund des Charakters unsers Fräuleins. –

Fräulein von Sternheim an Emilia

Hier in einem einsamen Dorfe, allen die mich sehen, unbekannt, denen, die mich kannten, verborgen, hier fand ich mich wieder, nachdem ich durch meine Eigenliebe und Empfindlichkeit so weit von mir selbst geführt worden, daß ich mit hastigen Schritten einen Weg betrat, vor welchem ich in gelassenen denkenden Tagen mit Schauer und Eifer geflohen wäre; o wenn ich mir nicht sagen könnte, wenn meine Rosine, wenn Mylord Derby selbst nicht zeugen müßten, daß alle Kräfte meiner Seele durch Unmut und Krankheit geschwächt und unterdrückt waren; wo, meine Emilia, wo nähme ich einen Augenblick Ruhe und Zufriedenheit bei dem Gedanken, daß ich heimliche Veranstaltungen getroffen – ein heimliches Bündnis gemacht, und aus dem Hause entflohen bin, in welches ich selbst durch meinen Vater gegeben wurde.

Es ist wahr, ich wurde in diesem Hause grausam gemißhandelt; es war ohnmöglich, daß ich mit Vertrauen und Vergnügen darin bleiben konnte; gewiß war meine Verbitterung nicht ungerecht; denn wie konnte ich ohne den äußersten Unmut denken, daß mein Oncle, und meine Tante mich auf eine so niederträchtige Weise ihrem Eigennutze aufopferten, und Fallstricke für meine Ehre flechten, und legen halfen?

Ich hatte sonst keinen Freund in D., mein Herz empörte sich bei der geringsten Vorstellung, daß ich nach wiedererlangter Gesundheit, Verwandte, die mich meines Ruhms beraubt, und diejenige wiedersehen müßte, die über meinen Widerstand und Kummer gespottet hatten, und alle schon lange zuvor die Absichten wußten, welche man durch meine Vorstellung bei Hofe erreichen wollte. Ja, alle wußten es, sogar mein Fräulein C., und keines von allen war edel und menschlich genug, mir, nachdem man doch meinen Charakter kannte, nur den geringsten Fingerzeig zu geben; mir, die ich keine Seele beleidigte, mich bemühte, meine Gesinnungen zu verbergen, sobald sie die ihrige zu tadeln, oder zu verdrießen schienen! Wie bereit war ich, alles, was mir Fehler deuchte, zu entschuldigen! Aber sie dachten, es wäre nicht viel an einem Mädchen aus einer ungleichen Ehe verloren. Konnte ich bei diesem vollen Übermaße von Beleidigungen, die über meinen Charakter, meine Geburt und meinen Ruhm ausgegossen wurden, den Trost von mir werfen, den mir die Achtung und Liebe des Mylord Derby anbot? Die

Entfernung des Grafen, und der Gräfin R., ihr Stillschweigen auf meine letzten Briefe, die Unart, mit welcher mir die Zuflucht auf meine Güter versagt wurde; und, meine Emilia, ich berge es Ihnen nicht, meine Liebe zu England, der angesehene Stand zu welchem mich Mylord Derby durch seine Hand und seine Edelmütigkeit erhob; auch diese zwo Vorstellungen hatten große Reize für meine verlassene und betäubte Seele. Ich war vorsichtig genug, nicht unvermählt aus meinem Hause zu gehen, ich schrieb es dem Fürsten, dem Mylord Craston und meinem Oheim. Ich nannte meinen Gemahl nicht; wiewohl er so großmütig war, mir die volle Freiheit dazu zu lassen, ohngeachtet er damit die Gnade des Gesandten und seines Hofes verwürkt hätte, weil man den Gedanken fassen konnte, Mylord Craston hätte dazu geholfen, und dieser Argwohn widrige Folgen hätte haben können; sollte ich da nicht auch großmütig sein, und denjenigen, der mich liebte und rettete, durch mein Stillschweigen vor Verdruß und Verantwortung bewahren? Es war genug, daß er den Gesandtschaftsprediger gewann, dem ich die ganze Geschichte meiner geheimen Trauung schrieb, und welchem Mylord eine Pension gibt, wovon er wird leben können, wenn er auch die Stelle bei dem Gesandten verliert. Durch alles dieses unterstützt, reiste ich mit frohem Herzen von D. ab, von einem der getreuesten Leute des Lords begleitet; mein Gemahl mußte, um allen Verdacht auszuweichen, zurückbleiben, und den Festen beiwohnen, welche zween fremden Prinzen zu Ehren angestellt wurden. Dieser Umstand war mir angenehm, denn ich würde an seiner Seite gezittert und gelitten haben, da ich hingegen mit unserer Rosine glücklich und ruhig meinen Weg fortsetzte, bis ich in diesem kleinen Dorfe meinen Aufenthalt nahm, wo ich vier Wochen war, ehe Mylord den schicklichen Augenblick finden konnte, ohne Besorgnis zu mir zu eilen. Mein erster Gedanke war immer, meine Reise nach Florenz zu verfolgen, und Mylorden da zu erwarten; aber ich konnte seine Einwilligung dazu nicht erlangen, und auch itzt will er sich vorher völlig von Mylord Craston losmachen, und erst alsdann mit mir zum Grafen R., nach diesem aber gerade in sein Vaterland gehen.

In diesen vier Wochen, da ich allein war, hielt ich mich eingesperrt, und hatte keine andere Bücher, als etliche englische Schriften von Mylord, die ich nicht lesen mochte, weil sie übergebliebene Zeugnisse seiner durch Beispiel und Verführung verderbten Sitten waren. Ich warf sie auch alle an dem ersten kalten Herbsttag, der mich nötigte Feuer zu machen, in den Ofen, weil ich nicht vertragen konnte, daß diese Bücher und ich einen gemeinsamen Herrn, und Wohnplatz haben sollten. Die Tage wurden mir lang, meine Rosina nahm sich Näharbeit von unsrer Wirtin, und ich fing an mit dem zunehmenden Gefühl der sich wieder erholten Kräfte meines Geistes, Betrachtungen über mich und mein Schicksal anzustellen.

Sie sind traurig, diese Betrachtungen, durch den Widerspruch, der seit dem Tod meines geliebten ehrwürdigen Vaters, noch mehr aber seit dem Augenblick meines Eintritts in die große Welt zwischen meinen Neigungen und meinen Umständen herrschet.

O hätte ich meinen Vater nur behalten, bis meine Hand unter seinem Segen an einen würdigen Mann gegeben gewesen wäre! Meine Glücksumstände sind vorteilhaft genug, und da ich nebst meinem Gemahl den Spuren der edlen Wohltätigkeit meiner Eltern gefolgt wäre, so würde die selige Empfindung eines wohlangewandten Lebens, und die Freude über das Wohl meiner Untergebenen alle meine Tage gekrönt haben. Warum hörte ich die Stimme nicht, die mich in P. zurückhalten wollte, als meine Seele ganz mit Bangigkeit erfüllt, sich der Zuredungen meines Oheims, und Ihres Vaters widersetzte? Aber ich selbst dachte endlich, daß Vorurteil und Eigensinn in meiner Abneigung sein könnte, und willigte ein, daß der arme Faden meines Lebens, der bis dahin so rein und gleichförmig fortgeloffen war, nun mit dem verworrnen, ungleichen Schicksal meiner Tante verwebt wurde, woraus ich durch nichts als ein gewaltsames Abreißen aller Nebenverbindungen loskommen konnte. Mit diesem vereinigte sich die Verschwörung wider meine Ehre, und meine von Jugend auf genährte Empfindsamkeit, die nur ganz allein für meine beleidigte Eigenliebe arbeitete. Oh, wie sehr hab ich den Unterschied der Würkungen, der *Empfindsamkeit für andere*, und der *für uns allein* kennengelernt!

Die zwote ist billig, und allen Menschen natürlich; aber die erste allein ist edel; sie allein unterhält die Wahrscheinlichkeit des Ausdrucks, daß wir nach dem Ebenbild unsers Urhebers geschaffen sein, weil diese Empfindsamkeit für das Wohl und Elend unsers Nebenmenschen die Triebfeder der Wohltätigkeit ist, der einzigen Eigenschaft, welche ein zwar unvollkommnes, aber gewiß echtes Gepräge dieses göttlichen Ebenbildes mit sich führt; ein Gepräge, so der Schöpfer allen Kreaturen der Körperwelt eindrückte, als in welcher das geringste Grashälmchen durch seinen Beitrag zur Nahrung der Tiere ebenso wohltätig ist, als der starke Baum es auf so mancherlei Weise für uns wird. Das kleinste Sandkörnchen erfüllt seine Bestimmung wohltätig zu sein, und die Erde durch Lockernheit fruchtbar zu erhalten, so wie die großen Felsen, die uns staunen machen, unsern allgemeinen Wohnplatz befestigen helfen. Ist nicht das ganze Pflanzen- und Tierreich mit lauter Gaben der Wohltätigkeit für unser Leben erfüllt? Die ganze physikalische Welt bleibt diesen Pflichten getreu; durch jedes Frühjahr werden sie erneuert; nur die Menschen arten aus, und löschen dieses Gepräge aus, welches in uns viel stärker, und in größerer Schönheit glänzen würde, da wir es auf so vielerlei Weise zeigen könnten.

Sie erkennen hier, meine Emilia, die Grundsätze meines Vaters; meine Melancholie rief sie mir sehr lebhaft

zurück, da ich in der Ruhe der Einsamkeit mich umwandte, und den Weg abmaß, durch welchen mich meine Empfindlichkeit gejagt, und so weit von dem Orte meiner Bestimmung verschlagen hatte. Oh, ich bin den Pflichten der *Wohltätigkeit des Beispiels* entgangen!*
Niemand wird sagen, daß Kummer und Verzweiflung Anteil an meinem Entschluß hatten; aber jede Mutter wird ihre Tochter durch die Vorstellung meiner Fehler warnen; und jedes bildet sich ein, es würde ein edlers und tugendhafters Hülfsmittel gefunden haben. Ich selbst weiß, daß es solche gibt; aber mein Geist sah sie damals nicht, und es war niemand gütig genug, mir eines dieser Mittel zu sagen. Wie unglücklich ist man, meine Emilia, wenn man Entschuldigungen suchen muß, und wie traurig ist es, sie zu leicht, und unzulänglich zu finden! So lang ich für andere unempfindlich war, fehlte ich nur gegen die Vorurteile der fühllosen Seelen, und wenn es auch schien, daß meine Begriffe von Wohltätigkeit übertrieben wären, so bleiben sie doch durch das Gepräge des göttlichen Ebenbildes verehrungs- und nachahmungswürdig. Aber itzt, da ich nur für mich empfand, fehlte ich gegen den Wohlstand und gegen alle gesellschaftliche Tugenden eines guten Mädchens. – Wie dunkel, o wie dunkel ist dieser Teil meines vergangenen Lebens! Was bleibt mir übrig, als meine Augen auf den Weg zu heften, den ich nun vor mir habe, und darin einen geraden Schritt bei klarem Lichte fortzugehen?
Meine ersten Erquickungsstunden hab ich in der Beschäftigung gefunden, zwo arme Nichten meiner Wirtin arbeiten und denken zu lehren. Sie wissen, Emilia, daß ich gerne beschäftigt bin. Mein Nachdenken, und meine Feder machten mich traurig; ich konnte am Geschehenen nichts mehr ändern, mußte den Tadel, der

---

* Aber werden nicht eben durch dieses warnende Beispiel ihre Fehler selbst wohltätig? Warum findet sie nichts Tröstendes in dieser Betrachtung? – Weil auch die edelmütigsten Seelen nicht auf Unkosten ihrer Eigenliebe wohltätig sind. H.

über mich erging, als eine gerechte Folge meiner irrege-
gangenen Eigenliebe ansehen, und meine Ermunterung
außer mir suchen, teils in dem Vorsatze, Mylord Derby
zu einem glücklichen Gemahl zu machen, teils in der
Bestrebung meinen übrigen Nebenmenschen alles mögliche Gute zu tun. Ich erkundigte mich nach den Armen
des Orts, und suchte ihnen Erleichterung zu schaffen.
Bei dieser Gelegenheit, sagte mir die gute Rosina, von
zwoen Nichten der Wirtin, armen verwaisten Mädchen,
die der Wirt haßte, und auch seiner Frau, deren Schwe-
ster-Töchter sie sind, wegen dem wenigen, so sie genießen, sehr übel begegnete. Ich ließ sie zu mir kommen,
forschte ihre Neigungen aus, und was jede schon gelernt
hätte, oder noch lernen möchte; beide wollten die Künste der Jungfer Rosine wissen; ich teilte mich also mit ihr
in dem Unterricht der guten Kinder; ich ließ auch beide
kleiden, und sie kamen gleich den andern Tag, um
meinem Anziehen zuzusehen. Vierzehn Tage darauf
bedienten sie mich wechselsweise. Ich redete ihnen von
den Pflichten des Standes, in welchen Gott sie, und von
denen, in welchen er mich gesetzt habe, und brachte es
so weit, daß sie sich viel glücklicher achteten, Kammerjungfern als Damen zu sein, weil ich ihnen sehr von der
großen Verantwortung sagte, die uns wegen dem
Gebrauch unsrer Vorzüge und unsrer Gewalt über
andere aufgelegt sei. Ihre Begriffe von Glück, und ihre
Wünsche waren ohnehin begrenzt, und die kleinen Pro-
phezeiungen, die ich jeder nach ihrer Gemütsart machen
kann, vergnügen sie ungemein; sie glauben, ich wisse
ihre Gedanken zu lesen. Ich zahle dem Wirt ein Kostgeld
für sie, und kaufe alles, was sie zu ihren Lehrarbeiten
nötig haben. Ich halte ihnen Schreibe- und Rechnungs-
stunden, und suche auch, ihnen einen Geschmack im
Putz einer Dame zu geben, besonders lehre ich sie alle
Gattung von Charakter zu kennen, und mit guter Art zu
ertragen. Die Wirtin und ihre Nichten sehen mich als
ihren Engel an, und würden alle Augenblicke vor mir

knien, und mir danken, wenn ich es dulden wollte. Süße glückliche Stunden, die ich mit diesen Kindern hinbringe! Wie oft erinnere ich mich an den Ausspruch eines neuern Weisen, welcher sagte: »Bist du melancholisch, siehst du nichts zu deinem Trost um dich her –
lies in der Bibel;
befreie dich von einem anklebenden Fehler; oder suche deinem Nebenmenschen Gutes zu tun: so wird gewiß die Traurigkeit von dir weichen –«
Edles unfehlbares Hülfsmittel! Wie höchst vergnügt gehe ich mit meinen Lehrmädchen spazieren, und rede ihnen von der Güte unsers gemeinsamen Schöpfers! Mit welchem innigen Vergnügen erfüllt sich mein Herz, wenn ich beide, über meine Reden bewegt, ihre Augen mit Ehrfurcht und Dankbarkeit gen Himmel wenden seh, und sie mir dann meine Hände küssen und drücken: In diesen Augenblicken, Emilia, bin ich sogar mit meiner Flucht zufrieden, weil ich ohne sie diese Kinder nicht gefunden hätte.

Fräulein von Sternheim an Emilien

Oh – noch einmal so lieb sind mir meine Mädchen geworden, seitdem Mylord da war; denn durch die Freude an den unschuldigen Kreaturen hat sich mein Geist und mein Herz gestärkt. Mylord liebt das Ernsthafte meiner Gemütsart nicht; er will nur meinen Witz genährt haben; meine schüchterne und sanfte Zärtlichkeit ist auch die rechte Antwort nicht, die ich seiner raschen und heftigen Liebe entgegensetze, und über das Verbrennen seiner Bücher hat er einen männlichen Hauszorn geäußert. Er war drei Wochen da. Ich durfte meine Mädchen nicht sehen; seine Gemütsverfassung schien mir ungleich: bald äußerst munter, und voller Leidenschaft; bald wieder düster und trocken; seine Blicke oft mit Lächeln, oft mit denkendem Mißvergnügen auf mich geheftet. Ich mußte ihm die Ursachen meines anfänglichen Widerwillens gegen ihn, und meine Ändrung erzählen; sodann fragte er mich über meine Gesinnungen für Lord *Seymour*. Mein Erröten bei diesem Namen gab seinem Gesicht einen mir entsetzlichen Ausdruck, den ich Ihnen nicht beschreiben kann, und in einer noch viel empfindlichern Gelegenheit merkte ich, daß er eifersüchtig über Mylord *Seymour* ist; ich werde also beständig wegen anderer zu leiden haben. Mylord liebt die Pracht, und hat mir viel kostbare Putzsachen gegeben, ich werde in seine Gesinnung eingehen, ungeachtet ich mich lieber in Bescheidenheit als in Pracht hervortun möchte. Gott gebe, daß dieses der einzige Punkt sein möge, in welchem wir verschieden sein; aber ich fürchte mehrere. – O Emilie, beten Sie für mich! – Mein Herz hat Ahnungen; ich will keine Gefälligkeit, keine Bemühung versäumen, meinem Gemahl angenehm zu sein; aber ich werde oft ausweichen müssen; wenn ich nur meinen Charakter, und meine Grundsätze nicht aufopfern muß! – –

Ich wählte ihn, ich übergab ihm mein Wohl, meinen Ruhm, mein Leben; ich bin ihm mehr Ergebenheit, und mehr Dank schuldig, als ich einem Gemahl unter andern Umständen schuldig wäre.

O wenn ich einst in England in meinem eigenen Hause bin, und Mylord in Geschäften sein wird, die dem Stolz seines Geistes angemessen sind: dann wird, hoffe ich, sein wallendes Blut im ruhigen Schoße seiner Familie sanfter fließen lernen, sein Stolz in edle Würde sich verwandeln, und seine Hastigkeit tugendhafter Eifer für rühmliche Taten werden. Diesen Mut werd ich unterhalten, und, da ich nicht so glücklich war, eine Griechin der alten Zeiten zu sein, mich bemühen, wenigstens eine der besten Engländerinnen zu werden.

Mylord Derby an seinen Freund

Verwünscht seist Du mit Deinen Vorhersagungen; was hattest Du sie in meine Liebesgeschichte zu mengen? *Meine Bezauberung würde nicht lange dauern*, sagtest Du! Wie, zum Henker, konnte Dein Dummkopf dieses in Paris sehen, und ich hier so ganz verblendet sein? – Aber Kerl, Du hast doch nicht ganz recht! Du sprachst von Sättigung; diese hab ich nicht, und kann sie nicht haben, weil mir noch viel von der Idee des Genusses fehlt; und dennoch kann ich sie nicht mehr sehen! – Meine Sternheim, meine eigene Lady nicht mehr sehen! Sie, die ich fünf Monate lang bis zum Unsinn liebte! Aber ihr Verhängnis hat mein Vergnügen, und ihre Gesinnungen gegeneinandergestellt; mein Herz wankte zwischen beiden; sie hat die Macht der Gewohnheit mißkannt; sie hat die feurigen Umarmungen ihres Liebhabers bloß mit der matten Zärtlichkeit einer frostigen Ehefrau erwidert; kalte – mit Seufzern unterbrochene Küsse gab sie mir, sie, die so lebhaft mitleidend, sie, die so geschäftig, so brennend eifrig für Ideen, für Hirngespenster sein kann! Wie süß, wie anfesselnd hab ich mir ihre Liebe, und ihren Besitz vorgestellt! Wie begierig war ich auf die Stunde, die mich zu ihr führte! Pferde, Postknechte, und Bedienten hätte ich der Geschwindigkeit meiner Reise aufopfern wollen. Stolz auf ihre Eroberung, sah ich den Fürsten und seine Helfer mit Verachtung an. Mein Herz, mein Puls klopften vor Freude, als ich das Dorf erblickte, wo sie war, und beinah hätt' ich aus Ungeduld meine Pistole auf den Kerl losgefeuert, der meine Chaise nicht gleich aufmachen konnte. In fünf Schritten war ich die Treppe hinauf. Sie stand oben in englischer Kleidung, weiß, schön, majestätisch sah sie aus; mit Entzückung schloß ich sie in meine Arme. Sie bewillkommte mich stammelnd; wurde bald rot, bald blaß. Ihre Niedergeschlagenheit hätte mich glücklich gemacht, wenn sie nur einmal die Miene des Schmachtens der Liebe gehabt hätte; aber alle ihre Züge waren allein mit Angst und Zwang bezeichnet. Ich ging mich umzukleiden, kam bald wieder, und sah durch eine Türe sie auf der Bank sitzen, ihre beiden Arme um den Vorhang des Fensters geschlungen, alle Muskeln angestrengt, ihre Augen in die Höhe gehoben, ihre schöne Brust von starkem tiefen Atemholen langsam bewegt; kurz, das Bild der stummen Verzweiflung! Sage, was für Eindrücke mußte das auf mich machen? Was sollt' ich davon denken? Meine Ankunft konnte ihr neue, unbekannte Erwartungen geben; etwas bange mochte ihr werden; aber wenn sie Liebe für mich gehabt hätte, war wohl dieser starke Kampf natürlich? Schmerz und Zorn bemächtigten sich meiner; ich trat hinein; sie fuhr zusammen, und ließ ihre Arme, und ihren Kopf sinken; ich warf mich zu ihren Füßen, und faßte ihre Knie mit starren bebenden Händen.

»Lächeln Sie, Lady Sophie, lächeln Sie, wenn Sie mich nicht unsinnig machen wollen –« schrie ich ihr zu.

Ein Strom von Tränen floß aus ihren Augen. Meine Wut vergrößerte sich, aber sie legte ihre Arme um meinen Hals, und lehnte ihren schönen Kopf auf meine Stirne.

»Teurer Lord, oh, sein Sie nicht böse, wenn Sie mich noch empfindlich für meine unglückliche Umstände sehen; ich hoffe, durch Ihre Güte alles zu vergessen.«

Ihr Hauch, die Bewegung ihrer Lippen, die ich, indem sie redte, auf meiner Wange fühlte, einige Zähren, die auf mein Gesicht fielen, löschten meinen Zorn, und gaben mir die zärtlichste, die glücklichste Empfindung, die ich in dreien Wochen mit ihr genoß. Ich umarmte, ich beruhigte sie, und sie gab sich Mühe den übrigen Abend, und beim Speisen zu lächeln. Manchmal deckte sie mir mit allem Zauber der jungfräulichen Schamhaftigkeit die Augen zu, wenn ihr meine Blicke zu glühend schienen. Reizende Kreatur, warum bliebst du nicht so gesinnt? Warum zeigtest du mir deine sympathetische Neigung zu *Seymour*.

Die übrigen Tage suchte ich munter zu sein. Ich hatte ihr eine Laute mitgebracht, und sie war gefällig genug, mir ein artiges welsches Liedchen zu singen, welches sie selbst gemacht hatte, und worin sie die Venus um ihren Gürtel bat, um das Herz, so sie liebte, auf ewig damit an sich zu ziehen. Die Gedanken waren schön und fein ausgedrückt, die Melodie rührend, und ihre Stimme so voll Affekt, daß ich ihr mit der süßesten und stärksten Leidenschaft zuhörte. Aber mein schöner Traum verflog durch die Beobachtung, daß sie bei den zärtlichsten Stellen, die sie am besten sang, nicht mich, sondern mit hängendem Kopfe die Erde ansah, und Seufzer ausstieß, welche gewiß nicht mich zum Gegenstande hatten. Ich fragte sie am Ende, ob sie dieses Lied heute zum erstenmale gesungen? »Nein«, sagte sie errötend; dieses veranlaßte noch einige Fragen, über die Zeit, da sie angefangen hätte, gut für mich zu denken, und über ihre Gesinnungen für Seymour. Aber verdammt sei die Freimütigkeit, mit welcher sie mir antwortete; denn damit hat sie alle Knoten losgemacht, die mich an sie banden. Hundert Kleinigkeiten, und selbst die Mühe, die es sie kostete, zärtlich und fröhlich zu sein, überzeugten mich, daß sie mich nicht liebte. Ein wenig Achtung für meinen Witz und für meine Freigebigkeit, die Freude nach England zu kommen, und kalter Dank, daß ich sie von ihren Verwandten, und dem Fürsten befreit hatte: dies war alles, was sie für mich empfand, alles, was sie in meine Arme brachte! Ja, sie war unvorsichtig genug, mir auf meine verliebte Bitte, die Eigenschaften zu nennen, die sie am meisten an mir lieben würde – nichts anders als ein Gemälde von Seymour vorzuzeichnen; und immer betrieb sie unsere Reise nach Florenz; deutliches Anzeigen, daß sie nicht für das Glück meiner Liebe, sondern für die Befriedigung ihres Ehrgeizes bedacht war! Denn sie vergiftete alle Tage ihres Besitzes durch diese Erinnerung, welcher sie alle mögliche Wendungen gab, sogar, daß sie mich versicherte, sie würde mich erst in Florenz lieben können. Sie vergiftete, sagt' ich Dir, mein Glück, aber auch zugleich mein Herz, welches närrisch genug war, sich zuweilen meine falsche Heurat gereuen zu lassen, und sehr oft ihre Partie wider mich ergriff. In der dritten Woche fraß das Übel um sich. Ich hatte ihr englische Schriften gegeben, die mit den feurigsten und lebendigsten Gemälden der Wollust angefüllt waren. Ich hoffte, daß einige Funken davon die entzündbare Seite ihrer Einbildungskraft treffen sollten: aber ihre widersinnige Tugend verbrannte meine Bücher, ohne ihr mehr zu erlauben, als sie durchzublättern, und zu verdammen. Der Verlust der Bücher, und meiner Hoffnung brachte einen kleinen Ausfall von Unmut hervor, den sie mit gelassener Tapferkeit aushielt. Zween Tage hernach kam ich an ihren Nachttisch, just wie ihre schönen Haare gekämmt wurden; ihre Kleidung war von weißen Musse-lin, mit roten Taft, nett an den Leib angepaßt, dessen ganze Bildung das vollkommenste Ebenmaß der griechi-schen Schönheit ist; wie reizend sie aussah! Ich nahm ihre Locken, und wand sie unter ihrem rechten Arme um ihre Hüften. Miltons Bild der Eva kam mir in den Sinn. Ich schickte ihr Kammermensch weg, und bat sie, sich auf einen Augenblick zu entkleiden, um mich so glück-lich zu machen, in ihr den Abdruck des ersten Meister-stücks der Natur zu bewundern.* Schamröte überzog ihr ganzes Gesicht; aber sie versagte mir meine Bitte gera-dezu; ich drang in sie, und sie sträubte sich so lange, bis Ungeduld und Begierde mir eingaben ihre Kleidung vom Hals an durchzureißen, um auch wider ihren Willen zu meinem Endzweck zu gelangen. Solltest Du glauben, wie sie sich bei einer in unsern Umständen so wenig bedeu-tenden Freiheit gebärdete? – »Mylord«, rief sie aus, »Sie zerreißen mein Herz, und meine Liebe für Sie; niemals werd ich Ihnen diesen Mangel feiner Empfindungen vergeben! O Gott, wie verblendet war ich!« – Bittere

---

* Welche Zumutung, Mylord Derby? Konnten Sie ihre Zeit nicht besser nehmen. H.

Tränen, und heftiges Zurückstoßen meiner Arme, begleiteten diese Ausrufungen. Ich sagte ihr trocken: ich wäre sicher, daß sie dem Lord Seymour diese Unempfindlichkeit für sein Vergnügen nicht gezeigt haben würde. »Und ich bin sicher«, sagte sie im hohem tragischen Ton, »daß Mylord Seymour mich einer edlern, und feinern Liebe wert gehalten hätte.«

Hast Du jemals die Narrenkappe einer sonderbaren Tugend mit wunderlichern Schellen behangen gesehen, als daß ein Weib ihre vollkommenste Reize nicht gesehen, nicht bewundert haben will? Und wie albern, eigensinnig war der Unterschied, den sie zwischen meinen Augen, und meinem Gefühl machte? Ich wollt' es nachmittags von ihr selbst erklärt wissen, aber sie konnte mit allem Nachsinnen nichts anders sagen, als daß sie bei Entdeckung der besten moralischen Eigenschaften ihrer Seele die nämliche Widerstrebung äußern würde, ungeachtet sie mir gestund, daß sie mit Vergnügen bemerkte, wenn man von ihrem Geist, und von ihrer Figur vorteilhaft urteile; dennoch wolle sie lieber dieses Vergnügen entbehren, als es durch ihre eigene Bemühung erlangen.*

Denkst Du wohl, daß ich mit diesem verkehrten Kopfe vergnügt sollte leben können? Dieses Gemische von Verstand und Narrheit hat ihr ganzes Wesen durchdrungen, und gießt Trägheit und Unlust über alle Bewegungen meiner muntern Fibern aus. Sie ist nicht mehr die Kreatur, die ich liebte; ich bin also auch nicht mehr verbunden, das zu bleiben, was ich ihr damals zu sein schien. – Sie selbst hat mir den Weg gebahnt, auf welchem ich ihren Fesseln entfliehen werde. Der Tod meines

* In der Tat löset diese Antwort das Rätsel gar nicht auf. Mylord Derby ersparte ihr ja diese eigene Bemühung. – Warum wurde sie dennoch so ungehalten? Warum sagte sie, er zerreiße ihr Herz, da er doch nur ihr Deshabille zerriß? – Vermutlich, weil sie ihn nicht liebte, nicht zu einer solchen Szene durch die gehörige Gradation vorbereitet, und überhaupt in einer Gemütsverfassung war, welche einen zu starken Absatz von der seinigen machte, um sich zur Gefälligkeit für einen Einfall, in welchem mehr Mutwillen als Zärtlichkeit zu sein schien, herabzulassen. H.

Bruders stimmt ohnehin die Saiten meiner Leier auf einen andern Ton; ich muß vielleicht bald nach England zurücke, und dann kann Seymour sein Glücke bei *meiner Witwe* versuchen; denn ich denke, sie wird's bald sein; und bloß ihrem eigenen Betragen wird sie dies zu danken haben. Da sie sich für meine Ehefrau hält, war es nicht ihre Pflicht, sich in allem nach meinem Sinne zu schicken? Hat sie diese Pflicht nicht gänzlich aus den Augen gesetzt? Liebt sie nicht sogar einen andern? Und ist es also nicht billig und recht, daß der Betrug, den ihr Ehrgeiz an mir begangen, auch durch mich an ihrem Ehrgeiz gerächet werde? Freudig seh ich um mich her, wenn ich bedenke, das ich das auserwählte Werkzeug war, durch welches die Niederträchtigkeit ihres Oheims, die Lüsternheit des Fürsten, und die Dummheit der übrigen Helfer gestraft wurde! Es ist ja ein angenommener Lehrsatz; daß die Vorsicht sich der Bösewichter bediene, um die Vergehungen der Frommen zu ahnden. Ich war also nichts als die Maschine, durch welche das Weglaufen der Sternheim gebüßt werden sollte; dazu wurde mir auch das nötige Pfund von Gaben und Geschicklichkeit gegeben. Meine Belohnung hab ich genossen. Sie mögen sich nun samt und sonders ihre erhaltene Züchtigung zunutz machen!

Wisse übrigens, daß ich würklich der Vertraute von *Seymourn* geworden bin. Auf einem Dorfe saß er, und beheulte den Verlust der Tugend des Mädchens, während, daß ich es in aller Stille auf der andern Seite unter Dach brachte, und ihn belachte. Er wollte von mir wissen, wer wohl der Gemahl, mit dem sie, nach ihrem Briefe, entflohen wäre, sein könnte? Er hat Kuriere nach Florenz abgeschickt; aber ich hab ein Mittel gefunden, seinen Nachspürungen Einhalt zu tun, da ich in dem letzten Billet, das mir die Sternheim nach D. geschrieben hatte, alle Worte abriß, die mich hätten verraten können, und das übrige Stück unter die Papiere des Sekretärs John warf, über dessen Ausbleiben man stutzig wurde, und sein Zimmer auf mein Anraten aussuchte. Bei diesem Stück Papier wurden dann die Vermutungen auf ihn festgesetzt, und er für den Erlöser erklärt, den sich das feine Mädchen erwählt habe. Eine Sache, die man als den Beweis ansah, daß lauter *bürgerliche* Begriffe und Neigungen in ihrer Seele herrschen; und ein Text, worüber nun die adelichen Mütter ihren Töchtern gegen die Heuraten außer Stand jahrelang predigen werden. *Seymours* Liebe versinkt in Unmut und Verachtung; er nennt ihren Namen nicht mehr, und schickt keine Kuriere mehr fort – ich aber erwarte einen aus England, und dann wirst du erfahren, ob ich zu dir komme oder nicht.

Rosina an ihre Schwester Emilia

O meine Schwester, wie soll ich Dir den entsetzlichen Jammer beschreiben, der über unser geliebtes Fräulein gekommen ist! – Lord Derby! Gott wird ihn strafen, und muß ihn strafen! Der abscheuliche Mann! er hat sie verlassen, und ist allein nach England gereist. Seine Heurat war falsch; ein gottloser Bedienter, wie sein Herr, in einen Geistlichen verkleidet, verrichtete die Trauung. Ach, meine Hände zittern es zu schreiben; der schändliche Bösewicht kam selbst mit dem Abschiedsbriefe, damit uns sein Gesicht keinen Zweifel an unserm Unglück übriglassen sollte. Der Lord sagt: die Dame hätte ihn nicht geliebt, sondern nur immer Mylord *Seymourn* im Herzen gehabt; dieses hätte seine Liebe ausgelöscht, sonst wäre er unverändert geblieben. Der ruchlose Mensch! Ewiger Gott! Ich, ich habe auch zu der Heurat geholfen! Wär ich nur zum Lord *Seymour* gegangen! Ach wir waren beide verblendet – ich darf unsere Dame nicht ansehen; das Herz bricht mir; sie ißt nichts; sie ist den ganzen Tag auf den Knien vor einem Stuhl, da hat sie ihren Kopf liegen; unbeweglich, außer, daß sie manchmal ihre Arme gen Himmel streckt, und mit einer sterbenden Stimme ruft: »*Ach Gott, ach mein Gott!*«

Sie weint wenig, und nur seit heute; die ersten zween Tage fürchtete ich, wir würden beide den Verstand verlieren, und es ist ein Wunder von Gott, daß es nicht geschehen ist.

Zwo Wochen hörten wir nichts vom Lord; sein Kerl reiste weg, und fünf Tage darnach kam der Brief, der uns so unglücklich machte. Der verfluchte Bösewicht gab ihn ihr selbst. Blaß und starr wurde sie; endlich, ohne ein Wort zu sagen, zerriß sie mit der größten Heftigkeit seinen Brief, und noch ein Papier, warf die Stücke zu Boden, deutete mit einer Hand darauf, und mit einem erbärmlichen Ausdruck von Schmerzen sagte sie dem Kerl: »Geh, geh«; zugleich aber fiel sie auf ihre Knie, faltete ihre Hände, und blieb über zwo Stunden stumm, und wie halb tot liegen. Was ich ausstund, kann ich Dir nicht sagen; Gott weiß es allein! Ich kniete neben sie hin, faßte sie in meine Arme, und bat sie so lange mit tausend Tränen, bis sie mir mit gebrochener matter Stimme und stotternd sagte: Derby verlasse sie – ihre Heurat wäre falsch, und sie hätte nichts mehr zu wünschen als den Tod. – Sie will sich nicht rächen; bei Dir, liebste Schwester, will sie sich verbergen. Übermorgen reisen wir ab; ach Gott sei uns gnädig auf unserer Reise! Du mußt sie aufnehmen; Dein Mann wird es auch tun, und ihr raten. Wir nehmen nichts mit, was vom Lord da ist; seinen Wechselbrief von sechshundert Karolinen hat sie zerrissen. All ihr Geld beläuft sich auf dreihundert; davon gibt sie den zwoen Mädchen noch funzig, und den andern Armen noch funzig. Ihr Schmuck und ein Coffre mit Kleidern ist alles, was wir mitbringen. Du wirst uns nicht mehr kennen, so elend sehen wir aus. Sie spricht mit niemand mehr, der Bruder von den zwoen Mädchen führt uns den halben Weg zu Dir. Wir suchen Trost bei Dir, liebe Schwester! Sie möchte Dir selbst schreiben, und kann kaum die lieben wohltätigen Hände bewegen.

Ich darf nicht nachdenken, wie gut sie gegen alle Menschen war, und nun muß sie so unglücklich sein! Aber Gott muß und wird sich ihrer annehmen.

Fräulein Sternheim an Emilien

O meine Emilia, wenn aus diesem Abgrunde von Elend die Stimme Ihrer Jugendfreundin noch zu Ihrem Herzen dringt, so reichen Sie mir Ihre liebreiche Hand; lassen Sie mich an Ihrer Brust meinen Kummer und mein Leben ausweinen. O wie hart, wie grausam werde ich für den Schritt meiner Entweichung bestraft! O Vorsicht –
Ach! ich will nicht mit meinen Schicksal rechten. Das erstemal in meinem Leben erlaubte ich mir einen Gedanken *von Rache, von heimlicher List*; muß ich es nicht als eine billige Bestrafung annehmen, daß ich in die Hände der Bosheit und des Betrugs gefallen bin? Warum glaubte ich dem Schein? – Aber, o Gott! wo soll ein Herz wie dies, das du mir gabst, wo soll es den Gedanken hernehmen, bei einer edlen, bei einer guten Handlung böse Grundsätze zu argwohnen!
Eigenliebe, du machtest mich elend; du hießest mich glauben, Derby würde durch mich die Tugend lieben lernen! – Er sagt: *er hätte nur meine Hand, ich aber sein Herz betrogen.* Grausamer, grausamer Mann! was für einen Gebrauch machst du von der Aufrichtigkeit meines Herzens, das so redlich bemüht war, dir die zärtlichste Liebe und Achtung zu zeigen! Du glaubst nicht an die Tugend, sonst würdest du sie in meiner Seele gesucht und gefunden haben.
Wahr ist es, meine Emilia, ich hatte Augenblicke, wo ich meine Befreiung von den Händen des Mylord *Seymour* zu erhalten gewünscht hätte; aber ich riß den Wunsch aus meinem Herzen; Dankbarkeit und Hochachtung erfüllten es für den Mann, den ich zu meinem Gemahl nahm – tötender Name, wie konnte ich dich schreiben –

aber mein Kopf, meine Empfindungen sind verwüstet, wie es mein Glück, mein Ruhm, und meine Freude sind. Ich bin in den Staub erniedriget; auf der Erde liege ich, und bitte Gott, mich nur so lange zu erhalten, bis ich bei Ihnen bin, und den Trost genieße, daß Sie die Unschuld meines Herzens sehen, und eine mitleidige Träne über mich weinen. Alsdann, o Schicksal, dann nimm es, dieses Leben, welches mit keinem Laster beschmutzt, aber seit vier Tagen durch deine Zulassung so elend ist, daß es ohne die Hoffnung eines baldigen Endes unerträglich wäre.

Derby an seinen Freund

Ich reise nach England, und komme vorher zu Dir. Sage mir nichts von meiner letzten Liebe; ich will nicht mehr daran denken; es ist genug an der unruhigen Erinnerung, die sich mir wider meinen Willen aufdringt. Meine halbe Lady ist fort aus dem Dorfe, wo ihrem abenteuerlichen Charakter ein abenteuerliches Schicksal zugemessen wurde; mit stolzem Zorn ist sie fort; meinen Wechselbrief zerriß sie in tausend Stücke, und alle meine Geschenke hat sie zurückgelassen. Ich hätte sie bald deswegen wieder eingeholt, aber wenn sie mir meine Streiche vergeben könnte, so würde ich sie verachten. Lieben kann sie mich nach allem diesem unmöglich, und ich hätte nicht mehr glücklich mit ihr sein können; wozu würde also die Verlängerung meiner Rolle gedient haben? Sie muß doch immer meine Wahrheitsliebe verehren, und meine Kenntnisse der geheimsten Triebfedern unsrer Seele bewundern. Ich verließ sie, unschlüssig, was ich mit ihr und meinem Bündnis machen sollte; aber ihre unaufhörliche Anfoderung, sie nach Florenz zu führen, und die Drohung auch ohne mich abzureisen, brachte mich dahin, ihr ganz trocken zu schreiben:
Ich sehe wohl, daß sie sich meiner Liebe nur bedient

habe, um ihrem Oheim Löbau zu entgehen, und ihren Ehrgeiz in Sicherheit zu setzen, daß sie das Glück meiner Liebe, und meines Herzens niemals in Betrachtung gezogen, indem sie mir nicht den geringsten Zug meines eigenen Charakters zugut gehalten, und mich nur dann geachtet habe, wenn ich mich nach ihren Phantasien gebogen, und meine Begriffe mit ihren Grillen geputzt; es sei mir unmöglich dem Gemälde gleich zu werden, welches sie mir von den beliebten Eigenschaften ihres Mannes vorgezeichnet, indem ich nicht Seymour wäre, für welchen allein sie die zärtliche Leidenschaft nährte, die ich von ihr zu verdienen gewünscht hätte; ihre Bestürzung, wenn ich ihn genennt, ihre Sorgsamkeit nicht von ihm zu reden, ja selbst die Liebkosungen, die sie mir zu Vertilgung meines Argwohns gemacht – wären lauter Bekräftigungen der Fortdauer ihrer Neigung zu Seymour. Sie wäre die erste, welche mich zu dem Entschlusse mich zu vermählen gebracht hätte; dennoch aber hätt' ich noch so viel Vorsichtigkeit übrig behalten, mich zuvor ihrer ganzen Gesinnungen versichern zu wollen; hierzu hätte mir die Maske des Priesterrocks, den einer meiner Leute angezogen, die Gelegenheit verschafft. Meine Liebe und Ehre würde dadurch ebenso fest gebunden gewesen sein, als durch die Trauung, und wenn sie der Primas von England, oder der Papst selbst verrichtet hätte; aber da die Vereinigung unserer Gemüter als das erste Hauptstück fehlte, so wäre es gut, daß wir uns ohne Zeugen und Gepränge trennten, wie wir uns verbunden hätten, weil ich nicht niederträchtig genug sei, mich mit dem bloßen Besitz ihrer reizenden Person zu vergnügen, ohne Anteil an ihrem Herzen zu haben, und nicht einfältig genug, um sie für den Lord Seymour nach England zu führen; sie hätte nur Ursache über mich zu klagen, denn ich wäre es, der sie den Verfolgungen des Fürsten, und der Gewalt ihres Oncles entrissen; ich hätte nur ihre Hand, sie aber, weil sie die Liebe nicht für mich gefühlt habe, welcher sie mich versichert, hätte mein Herz betrogen; und nun schenke ich ihr ihre volle Freiheit wieder.

Ich schickte den Kerl ab, und ging nach B. bei meiner Tänzerin ein ohnfehlbares Mittel gegen alle Gattungen von unruhigen Gedanken zu suchen; auch gab sie mir einen guten Teil meiner Munterkeit wieder.

Mein Bruder könnte zu keiner gelegnern Zeit gestorben sein als itzt. Meine Gelder wurden seltner geschickt, und dieser närrische Roman war ein wenig kostbar; doch, sie verdiente alles. Hätte sie mich nur geliebt, und ihre Schwärmerei abgeschworen! – Ich war närrisch genug, mich meinen Brief gereun zu lassen, und ließ vor zween Tagen nach ihr fragen; aber weg war sie; und alles wohl erwogen, hat sie recht daran getan; wir können und sollen uns nicht mehr sehen. Ihre Briefe, ihr Bildnis hab ich zerrissen wie sie meinen Wechsel: Aber D., wo alles von ihr spricht, wo mich alles an sie erinnert, ist mir unerträglich. Halte mir eine lustige Bekanntschaft zurechte, wie sie für einen englischen Erben gehört, um meine wieder erhaltene Portion Freiheit mit ihr zu verzehren. Denn mein Vater wird mir das Joch über den Hals werfen, sobald ich ihm nahe genug dazu sein werde. Er kann mir geben, welche er will; keine Liebe bring ich ihr nicht zu. Das wenige, was von meinem Herzen noch übrig war, hat mein deutsches Landmädchen aufgezehrt; – der Platz ist nun völlig leer, ich fühle es; hier und da schwärmen noch einige verirrte Lebensgeister herum, und wenn ich ihnen glaubte, so flüsterten sie mir was von dem Bilde meiner vierzigtägigen Gemahlin zu, deren Schatten noch darin herumwandern soll; aber ich achte nicht auf dieses Gesumse. Meine Vernunft und die Umstände reden meinem ausgeführten Plan das Wort; und am Ende ist es doch nichts anders als die Gewohnheit, die mir ihr Bild in D. zurückruft, wo ich sie in allen Gesellschaften zu sehen pflegte, und immer von ihr reden höre. – Aber bei dem allen schwör ich Dir, nimmermehr soll eine Methaphysikerin, noch eine

Moralistin meine Geliebte werden. Ehrgeiz und Wollust allein haben Leute in ihren Diensten, die Unternehmungen wagen, und ausführen helfen; auch sind dieses die einzigen Gottheiten, die ich künftig verehren will; jener, weil ich von ihm so viel Ansehen und Gewalt zu erlangen hoffe, um alle Gattungen des Vergnügens in meinen Schutz zu nehmen und zu verteidigen, bis ich einst die liebenswürdigste davon bei einer Parlamentswahl ersäufe, oder bei einem Pferderennen den Kopf zerquetsche. Ha, siehst du, wie schön die gewöhnlichen Lordseigenschaften in mir erwacht sind; erst durch alle seine Ränke ein artiges Mädchen an mich gezogen, und sie denen entrissen, durch welche sie glücklich geworden wäre; unsinnige Verschwendungen gemacht, und wenn man alles dessen satt ist, den Ton eines Patrioten bei Wetterennen und Wahlen angenommen und der Zeit überlassen, was nach diesen verschiedenen Aufgärungen in dem Faß Nützliches übrigbleiben mag. –

Hier, meine Freundin, muß ich selbst wieder das Wort nehmen, um Ihnen von dem, was auf die unglückliche Veränderung in dem Schicksal meiner geliebten Dame gefolget ist, eine zusammenhangende Geschichte zu liefern.

Das Haus meiner Schwester war itzt der einzige Ort, wohin wir in diesen Umständen Zuflucht nehmen konnten. Man durfte ihr weder von Rache, noch von Behauptung ihrer Rechte sprechen; und der Gedanke, auf ihre Güter zu gehen, war in diesen Umständen auch nicht zu fassen. Ihr Kummer war so groß, daß sie hoffte, er würde sie töten; ich glaube auch, daß es geschehen wäre, wenn wir uns länger in dem Hause aufgehalten hätten, wo die unglückliche Heurat vollzogen worden war. Da ich bei den Zurüstungen auf unsre Abreise ein paarmal die Türe des Wohnzimmers von Lord Derby öffnete, und sie einen Blick hinwarf, glaubte ich, ihr Schmerz würde sie auf der Stelle ersticken. Sie blieb mit dem äußersten Jammer beladen in meinem Zimmer, während, daß ich einpacken mußte. Aber alle Geschenke von Lord Derby, welche sehr schön und in großer Menge da waren, mußte ich der Wirtin übergeben. Wir nahmen nichts als das wenige zusammen, so wir von unsrer Flucht aus D. mitgebracht hatten. Die Wirtin, welche auf einen Monat voraus bezahlt war, wollte uns noch behalten; aber wir reisten den zweiten Tag, von ihrem Segen für uns, und Flüchen über den gottlosen Lord begleitet, morgens um vier Uhr ab.

Still und blaß wie der Tod, die Augen zur Erde geschlagen, saß meine liebe Dame bei mir; kein Wort, keine Träne erleichterte ihr beklemmtes Herz; zween Tage reisten wir durch herrliche Landschaften, ohne daß sie auf etwas achtete; nur manchmal umfaßte sie mich mit einer heftigen gichterischen Bewegung, und legte ihren Kopf einige Augenblicke auf meine Brust; ich wurde immer ängstiger, und weinte mit lauter Stimme; darüber sah sie mich rührend an, und sagte mit ihrem himmlischen Ton, indem sie mich an sich drückte:

»O meine Rosina, dein Kummer zeigt mir erst den ganzen Umfang meines Elends. Sonst lächeltest du, wenn du mich sahst, und nun betrübt mein Anblick dein Herz! Oh, laß mich nicht denken, daß ich auch dich unglücklich gemacht habe! Sei ruhig, du siehst ja mich ganz gelassen.«

Ich war froh, sie wieder so viel reden zu hören, und einige Zähren aus ihren erstorbenen Augen fallen zu sehen; ich antwortete:

»Ich wollte gerne ruhig sein, wenn ich Sie nicht so niedergeschlagen sähe, und wenn ich nur noch einige Funken der Zufriedenheit bei Ihnen bemerkte, die Sie sonst bei dem Anblick einer schönen Gegend fühlten.«

Sie schwieg einige Minuten, und betrachtete den Himmel um uns her; dann sagte sie unter zärtlichem Weinen:

»Es ist wahr, liebe Rosina, ich lebe, als ob mein Unglück

alles Gute und Angenehme auf Erden verschlungen hätte; und dennoch liegt die Ursache meines Jammers weder in den Geschöpfen, noch in ihrem wohltätigen Urheber. Warum bin ich von der vorgeschriebenen Bahn abgewichen?«

Sie fing darauf eine Wiederholung ihres Lebens, und der merkwürdigsten Umstände ihres Schicksals an. Ich suchte sie mit sich selbst, und den Beweggründen ihrer Handlungen, besonders mit den Ursachen ihrer heimlichen Heurat, und Flucht aus D., zufriedenzustellen, und gewann doch so viel, daß sie bei dem Anblick der vollen Scheuren, und dem Gewühle der Herbstgeschäfte in den Dörfern, die wir durchfuhren, vergnügt aussah, und sich über das Wohl der Landleute freute. Aber der Anblick junger Mädchen, besonders, die in einerlei Alter mit ihr zu sein schienen, brachte sie in ihre vorige Traurigkeit, und sie bat Gott mit gefalteten Händen, daß er ja jede reine wohldenkende Seele ihres Geschlechts, vor dem Kummer bewahren möge, der ihr zärtliches Herz durchnage.

Unter diesen Abwechslungen kamen wir glücklich in Vaels an. Mein Schwager und meine Schwester empfingen uns mit allem Trost der tugendhaften Freundschaft, und suchten meine liebe Dame zu beruhigen; aber am fünften Tage wurde sie krank, und zwölf Tage lang dachten wir nichts anders, als daß sie sterben würde. Sie schrieb auch einen kleinen Auszug ihres Verhängnisses, und ein Testament. Aber sie erholte sich wider ihr Wünschen; und als sie wieder aufsein konnte, setzte sie sich in die Kinderstube meiner Emilia, und lehrte ihr kleines Patchen lesen; diese Beschäftigung, und der Umgang mit meinem Schwager und meiner Schwester beruhigten sie augenscheinlich; so, daß mein Schwager es einmal wagte, sie über ihre Entschließungen, und Entwürfe für die Zukunft zu befragen. Sie sagte: sie hätte noch nichts bedacht, als daß sie auf ihren Gütern ihr Leben beschließen wollte; aber bis zu Ende der drei Jahre, für welche sie dem Graf Löbau ihre Einkünfte versichert hätte, wollte sie nichts von sich wissen lassen; – und wir mußten ihrem eifrigen Anhalten hierin nachgeben. Sie nahm eine fremde Benennung an; sie wollte in Beziehung auf ihr Schicksal *Madam Leidens* heißen, und als eine junge Offizierswitwe bei uns wohnen. Sie verkaufte die schönen Brillanten, welche die Bildnisse ihres Herrn Vaters und ihrer Frau Mutter umfasseten, und entschloß sich auch den übrigen Teil ihres Schmucks zu Geld zu machen, und von den Zinsen zu leben; daneben aber wollte sie Gutes tun, und einige arme Mädchen im Arbeiten unterrichten.

Dieser Gedanke wurde nachher die Grundlage zu dem übrigen Teil ihres Schicksals. Denn eines dieser Mädchen, welche von einer der reichsten Frauen in der Gegend aus der Taufe gehoben worden, ging zu ihrer Pate, um ihr etwas von der erlernten Arbeit zu weisen. Diese Frau fragte nach der Lehrmeisterin, und drang hernach in meinen Schwager, daß er die Madam Leidens zu ihr bringen möchte, um eine wohltätige Schule in ihrem Hause zu errichten, und als Gesellschafterin bei ihr zu leben. Meine Dame wollte es anfangs nicht eingehen, indem sie fürchtete, zuviel bekannt zu werden; aber mein Schwager stellte ihr so eifrig vor, daß sie eine Gelegenheit versäume, viel Gutes zu tun, daß er sie endlich überredte, zumal da sie dadurch das Haus ihrer Emilia zu erleichtern glaubte, wo sie befürchtete, Beschwerden zu machen, ohngeachtet sie Kostgeld bezahlte.

Sie kleidete sich bloß in streifige Leinwand, zu Leibkleidern gemacht, mit großen weißen Schürzen, und Halstüchern, weil ihr noch immer etwas Engländisches im Sinne lag; ihre schöne Haare und Gesichtsbildung versteckte sie in außerordentliche große Hauben; sie wollte sich damit verstellen, aber ihre schönen Augen, das Lächeln der edlen Güte, so unter den Zügen des innerlichen Grams hervorleuchtete, ihre feine Gestalt und Stellung, und der artigste Gang zogen alle Augen nach sich, und Madam Hills war stolz auf ihre Gesellschaft. Ihre Abreise schmerzte uns, denn der Wohnort von Madam Hills war drei Stunden entfernt; aber ihre Briefe trösteten uns wieder. Auch Sie werden sie gewiß lieber lesen als mein Geschmier.

Fräulein von Sternheim als Madam Leidens an Emilia

Erst den zehnten Tag meines Hierseins schreibe ich Ihnen, meine schwesterliche Freundin! Bisher konnte ich nicht; meine Empfindungen waren zu stark und zu wallend, um den langsamen Gang meiner Feder zu ertragen. Nun haben mir Gewohnheit und zween heitere Morgen, und die Aussicht in die schönste und freieste Gegend das Maß von Ruhe wiedergegeben, das nötig war, um mich ohne Schwindel und Beängstigung die Stufen betrachten zu lassen, durch welche mein Schicksal mich von der Höhe des Ansehens und Vorzugs heruntergeführt hat. Meine zärtlichsten Tränen flossen bei der Erinnerung meiner Jugend und Erziehung; Schauer überfiel mich bei dem Gedanken an den Tag, der mich nach D. brachte, und ich eilte mit geschlossenen Augen bei der folgenden Szene vorüber. Nur bei dem Zeitpunkte meiner Ankunft in Ihrem Hause verweilte ich mit Rührung; denn nachdem mir das Verhängnis alles geraubt hatte, so war ich um so viel aufmerksamer auf den Zufluchtsort, den ich mir gewählt hatte, und auf die Aufnahme, die ich da fand. Zärtliches Mitleiden war in dem Gesichte meiner treuen Emilia, Ehrfurcht und Freundschaft in dem von ihrem Manne gezeichnet; ich sah, daß sie mich unschuldig glaubten, und mein Herz bedauerten; ich konnte sie als Zeugen meiner Unschuld und Tugend ansehen. Oh, wie erquickend war dieser Gedanke für meine gekränkte Seele! Meine Tränen des ersten Abends waren der Aus-

druck des Danks für den Trost, den mich Gott in der treuen Freundschaft meiner Emilia hatte finden lassen. Der zweite Morgen war hart durch die wiederholte Erzählung aller Umstände meiner jammervollen Geschichte. Die Betrachtungen und Vorstellungen Ihres Mannes trösteten mich, noch mehr aber meine Spaziergänge in ihrem Hause, der armen, übelgebauten Hütte, worin mit Ihnen alle Tugenden unsers Geschlechts, und mit ihrem Manne alle Weisheit und Verdienste des seinigen wohnen. Ich aß mit Ihnen, ich sah Sie bei Ihren Kindern; sah die edle Genügsamkeit mit Ihrem kleinen Einkommen, Ihre zärtliche mütterliche Sorgen, die vortreffliche Art, mit der Ihr Mann seine arme Pfarrkinder behandelt. Dieses, meine Emilia, goß den ersten Tropfen des Balsams der Beruhigung in meine Seele. Ich sahe Sie, die in ihrem ganzen Leben alle Pflichten der Klugheit und Tugend erfüllet hatten, mit Ihrem hochachtungswürdigen Manne und fünf Kindern unter der Last eines eisernen Schicksals, ohne daß Ihnen das Glück jemals zugelächelt hätte; Sie ertrugen es mit der rühmlichsten Unterwerfung; und ich! ich sollte fortfahren über mein selbstgewebtes Elend gegen das Verhängnis zu murren? Eigensinn und Unvorsichtigkeit hatten mich, ungeachtet meiner redlichen Tugendliebe, dem Kummer, und der Verächtlichkeit entgegengeführt; ich hatte vieles verloren, vieles gelitten; aber sollte ich deswegen das genossene Glück meiner ersten Jahre vergessen, und die vor mir liegende Gelegenheit, Gutes zu tun, mit gleichgültigem Auge betrachten, um mich allein der Empfindlichkeit meiner Eigenliebe zu überlassen? Ich kannte den ganzen Wert alles dessen, was ich verloren hatte; aber meine Krankheit und Betrachtungen zeigten mir, daß ich noch in dem wahren Besitz der wahren Güter unsers Lebens geblieben sei.
Mein Herz ist unschuldig und rein;
die Kenntnisse meines Geistes sind unvermindert;
die Kräfte meiner Seele und meine guten Neigungen

haben ihr Maß behalten; und ich habe noch das Vermögen, Gutes zu tun.

Meine Erziehung hat mich gelehrt, daß *Tugend* und *Geschicklichkeiten* das einzige wahre Glück, und *Gutes tun*, die einzige wahre Freude eines edlen Herzens sei; das Schicksal aber hat mir den Beweis davon in der Erfahrung gegeben.

Ich war in dem Kreise, der von großen und glänzenden Menschen durchloffen wird; nun bin ich in den versetzt, den mittelmäßiges Ansehen und Vermögen durchwandelt, und grenze ganz nahe an den, wo Niedrigkeit und Armut die Hände sich reichen. Aber so sehr ich nach den gemeinen Begriffen vom Glück gesunken bin, so viel Gutes kann ich in diesen zween Kreisen ausstreuen.

Meine reiche Frau Hills laß ich durch meinen Umgang und meine Unterredungen das Glück der Freundschaft und der Kenntnisse genießen. Meinen armen Mädchen gebe ich das Vergnügen, geschickt und wohlunterrichtet zu werden, und zeige ihnen eine angenehme Aussicht in ihre künftigen Tage.

Madam Hills hat mir ein artiges Zimmer, wovon zwei Fenster ins Feld gehen, eingeräumt; von da geh ich in ihren Saal, der für die Unterrichtsstunden meiner dreizehn Mädchen bestimmt ist. Sie ernährt und kleidet sie, schafft Bücher und Arbeitsvorrat an; nicht eine Stunde versäumt sie, und hört meinen Unterricht mit vieler Zufriedenheit; manchmal vergießt sie Tränen, oder drückt mir die Hände, und wohl zwanzigmal nickt sie mir den freundlichsten Beifall zu. So oft es geschieht, fällt ein Strahl von Freude in mein Herz. Es ist angenehm um sein selbst willen geliebt zu werden! Und nun hab ich einen Gedanken, Emilia; aber Ihr Mann muß mir ihn ausarbeiten helfen.

Madam Hills hat eine Art von Stolz, aber er ist edel und wohltätig. Sie möchte ihr großes Vermögen zu einer ewig daurenden Stiftung verwenden; aber sie sagt, es müßte eine Stiftung sein, die ganz neu wäre, und die ihr Ehre

und Segen brächte; und sie will, daß ich auf etwas sinne.
– – Könnte itzt nicht meine kleine Mädchenschule der
Anlaß dazu werden, *ein Gesindhaus* zu stiften, worin
arme Mädchen zu guten und geschickten Dienstmädchen
gezogen würden? Ich wollte an meinen dreizehn Schüle-
rinnen die Probe machen, und teilte sie nach der Anlage
von Geist und Herzen in Klassen.

1. Sanfte, gutherzige Geschöpfe bildete ich zu Kinder-
   wärterinnen;
2. die Anlage zu Witz, und geschickte Finger zur Kammerjungfer;
3. nachdenkende und fleißige Mädchen zu Köchinnen
   und Haushälterinnen; und
4. die letzte Klasse von dienstfähigen zu Haus-,
   Küchen- und Gartenmägden. –

Dazu muß ich nun ein schickliches Haus mit einem
Garten haben; einen vernünftigen Geistlichen, der sie die
Pflichten ihres Standes kennen und lieben lehrte; und
dann wackere und wohldenkende arme Witwen, oder
betagte ledige Personen, die den verschiedenen Unterricht in Arbeiten besorgten.

Diese Idee beschäftigt mich genug, um dem vergangenen schmerzhaften Teil meines Lebens das meiste meines
Nachdenkens zu entziehen, und über meinen bittern
Kummer den süßen Trost zu streuen, daß ich die Ursache so vieler künftigen Wohltaten werden könnte. Aber
hierbei fällt mir ein Gleichnis ein, so ich mit der Eigenliebe machen möchte; – daß sie von Polypen-Art sei;
man kann ihr alle Zweige und Arme nehmen, ja sogar
den Hauptstamm verwunden; sie wird doch Mittel finden, sich in neue Auswüchse zu verbreiten. Wie verwundet, wie gedemütiget war meine Seele! Und nun – lesen
sie nur die Blätter meiner Betrachtungen durch, und
beobachten sie es, was für schöne Stützen meine schwan-
kende Selbstzufriedenheit gefunden hat, und wie ich
allmählig zu der Höhe eines großen Entwurfs emporge-
stiegen bin – oh, wenn die wohltätige Nächstenliebe

nicht so tiefe Wurzeln in meinem Herzen gefasset hätte, daß sie mit meiner Eigenliebe ganz verwachsen wäre, was würde aus mir geworden sein?

Zweiter Brief von Madam Leidens

Sie sind, liebste Freundin, mit dem Ton meines letzten Briefs besser zufrieden, als Sie es seit meiner Abreise aus D. niemals waren. Darf ich wohl meine Emilia einer Ungerechtigkeit anklagen, weil sie mir von der Veränderung meiner Ideen und Ausdrücke spricht. Ich fühle diese Verschiedenheit selbst; aber ich finde auch, daß sie eine ganz natürliche Würkung der großen Abänderung meines Schicksals ist. Zu D. war ich angesehen, mit Glücksaussichten umgeben, und mit mir selbst zufrieden, daher auch geschickter, muntere Beobachtungen über fremde Gegenstände zu machen. Mein Witz spielte frei mit kleinen Beschreibungen, und mit Lob und Tadel alles dessen, was mit meinen Ideen stimmte, und darin. Nach dem wurde ich von Glück und Selbstzufriedenheit entfernt; Tränen und Jammer sind mein Anteil worden. War es da möglich, daß sich die Schwingen meiner Einbildungskraft unbeschränkt und freudig hätten bewegen können, da das Beste, was alle Kräfte meiner Seele tun konnten, *gelassene Ertragung meines Schicksals war* – eine Tugend, wobei der Geist wenig Geschäftigkeit äußern kann. Ihr Mann kannte mich; er sah: daß er mich gleichsam aus mir selbst herausführen, und mir beweisen mußte, daß es noch in meiner Gewalt stehe, Gutes zu tun. Dieser Gedanke allein konnte mich ins tätige Leben zurückführen.

Haben Sie Dank, beste Freunde, daß Sie meinen Entwurf zu einem Gesindhaus so sehr billigen und erheben; es dünkt mich, als ob jemand meiner gebeugten Seele die Hand reiche und sie liebreich ermuntere, sich wieder zu erheben, und mit einem edlen Schritte vorwärts zu gehen, da sie von dem kleinen dornichten Pfad, auf welchen sie durch einen blendenden Schein geraten war, nun auf einen ebenen Weg geleitet worden ist, dessen Seiten freilich mit keinen glänzenden Palästen und prächtigen Auftritten der großen Welt umfaßt sind, aber dagegen jedem ihrer Blicke die reinen Reize der unverdorbenen Natur in ihren physischen und moralischen Würkungen zeiget.

Diese Ermunterung hatte ich nötig, meine Freunde, weil ich schon so lange dachte, daß ich an dem edeln Stolz eines fehlerfreien Lebens keinen Anspruch mehr zu machen habe, indem ich die Hälfte meines widrigen Schicksals meiner eignen Unbedachtsamkeit zuzuschreiben hätte; und die Frucht dieser Betrachtung war *Unterwerfung und Geduld*. Hätte ich nach den Regeln der Klugheit gehandelt, und durch mein heimliches Verbindnis und Fliehn keine Gesetze beleidiget, so hätte ich in der Idee einer *übenden Standhaftigkeit* und Großmut schon eine Stütze des edlen Stolzes gefunden, welche der Schuldlose ergreift, wenn er durch Bosheit anderer, und unvorgesehenes Unglück in dem Genuß seines Vergnügens gestört wird. Er kann seine Beleidiger mit Herzhaftigkeit ansehen, oder seinen Blick mit ruhiger Verachtung von ihnen wenden; er sieht sich nicht nach Freunden, die ihn bedauren, sondern nach Zeugen seines bewundernswürdigen Betragens um; unter diesen Beschäftigungen seines Geistes stärkt sich seine Seele, und sammelt ihre Kräfte, um den Berg der Ehre, und des Wohlergehens auf einer andern Seite zu ersteigen. Ich aber mußte mich durch die Erinnerung meiner Unvorsichtigkeit in den Schleier der Verborgenheit hüllen, ehe ich mich der neuern Führung meines Geschickes überließ. Dennoch sehe ich blühende Blumen, welche die Hoffnung eines guten Erfolgs, zum Besten vieler Nachkommen, auf meine nun betretenen Wege ausstreuet; Ruhe und Zufriedenheit lächeln mir zu; die Tugend, hoffe ich, wird mein Flehen erhören, und meine beständige Begleiterin sein. Das Glück meines Herzens wird größer und edler, da es Anteil an dem Wohlergehen so vieler anderer nimmt, seine angenehmsten Gewohnheiten und Wünsche vergißt, und sein Leben und seine Talente zum Besten seines Nächsten verwendet. Aber bei jedem Schritte meines jetzigen Lebens vergrößert sich das Glück meiner genossenen Erziehung, worin mir alles in den richtigen moralischen Gesichtspunkt gestellet wurde. Nach diesem bildete man meine Empfindungen, währenddem mein Verstand zu Beobachtungen über verkehrte Begriffe, und dadurch eingewurzelte Gewohnheiten geleitet wurde.

Wie glücklich ist es für mein Herz, daß mir die Wahrheit: daß vor Gott kein anderer, als der moralische Unterschied unserer Seelen stattfinde; so tief eingeprägt wurde! Was hätte ich in meinen itzigen Umständen zu leiden, wenn ich mit den gewöhnlichen Vorurteilen meiner Geburt behaftet wäre! Wie verehrungswürdig, wie verdienstvoll ist der kluge Gebrauch, den meine geliebte Eltern von der uns allen angebornen Eigenliebe bei meiner Erziehung machten! Wären kostbare Kleider und Putz jemals ein Teil meiner Glückseligkeit gewesen; wie schmerzhaft wäre mir der Anzug meiner gestreiften Leinwand? Reinlichkeit, und wohlausgesuchte Form meiner Kleider lassen meine ganze Weiblichkeit zufrieden vom Spiegel gehen; und was bleibt meiner höchsten Einbildung noch zu wünschen übrig, da ich mich in dieser geringen Kleidung mit Liebe und Ehrfurcht betrachtet sehe, und diese Gesinnungen allein dem Ausdruck meines moralischen Charakters zu danken habe?

Ich stehe früh auf, ich lege mich an mein Fenster, und sehe, wie getreu die Natur die Pflichten des ihr aufgelegten ewigen Gesetzes der Nutzbarkeit in allen Zeiten und Witterungen des Jahres erfüllt. Der Winter nähert sich; die Blumen sind verschwunden, und auch bei den Strahlen der Sonne hat die Erde kein glänzendes Ansehen mehr; aber einem empfindsamen Herzen gibt auch das leere Feld ein Bild des Vergnügens. Hier wuchs Korn, denkt es, und hebt ein dankbares Auge gen Himmel; der Gemüsgarten, die Obstbäume stehen beraubt da, und der Gedanke des Vorrats von Nahrung, den sie gegeben, mischet unter den Schauer des anfangenden Nordwindes ein warmes Gefühl von Freude. Die Blätter der Obstbäume sind abgefallen, die Wiesen verwelkt, trübe Wolken gießen Regen aus; die Erde wird locker, und zu Spaziergängen unbrauchbar; das gedankenlose Geschöpf murret darüber; aber die nachdenkende Seele sieht die erweichende Oberfläche unsers Wohnplatzes mit Rührung an. Dürre Blätter und gelbes Gras werden durch Herbstregen zu einer Nahrung der Fruchtbarkeit unsrer Erde bereitet; diese Betrachtung läßt uns gewiß nicht ohne eine frohe Empfindung über die Vorsorge unsers Schöpfers, und gibt uns eine Aussicht auf den nachkommenden Frühling. Mitten unter dem Verlust aller äußerlichen Annehmlichkeiten, ja selbst dem Widerwillen ihrer genährten und ergötzten Kinder ausgesetzt, fängt unsere mütterliche Erde an, in ihrem Innern für das künftige Wohl derselben zu arbeiten. Warum, sag ich dann, warum ist die moralische Welt ihrer Bestimmung nicht ebenso getreu, als die physikalische? Die Frucht der Eiche brachte niemals was anders als einen Eichbaum hervor; der Weinstock allezeit Trauben; warum ein großer Mann klein denkende Söhne? – warum der nützliche Gelehrte und Künstler unwissende elende Nachkömmlinge? – tugendhafte Eltern Bösewichter? – Ich denke über diese Ungleichheit, und der Zufall zeigt mir eine unzählige Menge Hindernisse, die in der moralischen Welt (so wie es auch öfters in der physikalischen begegnet) Ursache sind, daß der beste Weinstock aus Mangel guter Witterung saure, unbrauchbare Trauben trägt – und vortreffliche Eltern schlechte Kinder erwachsen sehen. Etliche Schritte weiter in meiner Vorstellung stehe ich still, kehre in mich selbst zurück, und sage: Ist nicht die helle Aussicht meiner glücklichen Tage auch trübe geworden, und der äußerliche Schimmer wie vertrocknetes Laub von mir abgefallen? Vielleicht hat unser Schicksal auch Jahreszeiten? Ist es: So will ich die Früchte meiner Erziehung und Erfahrung während dem traurigen Winter meines Verhängnisses zu meiner moralischen Nahrung anwenden; und da die Ernte davon so reich war, dem Armen, dessen kleiner, ungebesserter Boden wenig trug, davon mitteilen, was ich kann. Würklich hab ich einen Teil guter Samenkörner in eine dritte Hand gelegt, um einen magern, dürren Boden anzubauen. Der sanften Freundschaft ist die Pflege anvertraut, und ich werde acht Tage lang die Oberaufsicht haben. Leben Sie wohl!

Madam Hills an Herrn Prediger Br**

Erschrecken Sie nicht, lieber Herr Prediger, daß Sie anstatt eines Briefes von Madam Leidens einen von mir bekommen. Sie ist nicht krank, gewiß nicht; aber die liebe Frau hat mich auf vierzehn Tage verlassen, und wohnt in einem ganz fremden Hause, wo sie viel arbeitet, und – was mir leid tut – auch gar schlecht ißt; hören Sie nur, wie dies zuging! Oh, ein solcher Engel ist noch nie in eines Reichen, noch in eines Armen Hause gewesen! Ich kann das nicht so sagen, was ich denke, und schreiben kann ich gar nicht. Doch sehen Sie: Ihre Frau weiß, wie arm der Herr G. nach Verlust seines Amts mit Frau und Kindern geworden ist. Nun, ich gab immer was; aber ich konnte die Leute nicht dulden; jedermann sagte auch, daß er hochmütig und sie nachlässig wäre, und daß alles Gute an ihnen verloren sei. Dies machte mich böse, und ich redte davon mit der Jungfer Lehne, der ich auch Hülfe gebe; sie arbeitet aber auch; Madam Leidens war dabei, und fragte die Jungfer nach den Leuten; und sie erzählte ihr den ganzen Lebenslauf, weil sie von Kind auf beisammen gewesen waren. Den andern Tag besuchte Madam Leidens die Frau G., und kam sehr gerührt nach Hause. Beim Nachtessen sagte sie mir von den Leuten so viel Bewegliches, daß ich über sie weinte, und ihnen so gut wurde, daß ich gleich sagte: ich wollte Eltern und Kinder versorgen. Aber dies wollte sie nicht haben. Den folgenden Morgen aber brachte sie mir dies Papier. Sie müssen mir's wiedergeben, es soll bei meinem Testamente liegen mit meiner Unterschrift, und ein Lob auf Madam Leidens von meiner eigenen Hand, und noch etwas für Madam Leidens, das ich itzt nicht sage. Sie ging zu ihren Mädchen, und ließ mir das Papier. Ich habe mein Tage nichts klüger ausgedacht gesehen. Zween Fische mit einer Angel zu fangen, und die Leute klug und geschickt zu machen, nun dies versteht sie recht schön. Ich verwunderte mich, und weinte zweimal, weil ich es zweimal durchlesen mußte, um es recht zu fassen. Ich schrieb darunter: »Alles, alles bewilligt, und gleich auf Morgen«, – aber dies sagte ich ihr mündlich, und ich schrieb es auch auf das Papier, wenn ich's zum Testament lege, daß sie mich nicht ihre Wohltäterin nennen soll. Was gab ich ihr dann? – Ein bißchen Essen und ein Zimmerchen. – Aber warten Sie nur, ich will schon was aussinnen; sie soll nicht aus meinem Hause kommen, wie sie meint. Wenn ich nur noch den Bau meines Gesindhauses erlebe; da laß ich ihren Namen zu dem meinigen in Stein hauen, und da heiße ich sie meine angenommene Tochter, und da wird sich jeder wundern, daß sie mein Geld nicht für sich behalten, und einen andern hübschen Mann genommen habe, und da lobt man mich und sie zusammen, und dies gönn' ich ihr recht wohl. Sie muß mir auch arme Kinder aus der Taufe heben, damit es Kinder mit ihrem Namen hier gibt, und diese sollen, wie meine *Ännchens*, vorzüglich in mein Gesindhaus kommen.

Meine Brille machte mich müde; ich konnte heute früh nicht weiterschreiben und da mir die Zeit nach Madam

Leidens lang war: so ging ich schnurgerad hin ins Haus der Frau G. Es reute mich, weil mir die Leute so viel dankten, und vielleicht geglaubt haben, ich wäre deswegen gekommen; und es geschah doch bloß, um meine Tochter zu sehen; denn ich sag Ihnen, wenn sie zurückkömmt, muß sie mich ihre Mutter nennen.

Ich ließ mein Aufwartmädchen die Türe ein wenig aufmachen, und es war gewiß schön in dem Zimmer durch die Leute darin, nicht durch die Möbeln, denn es sind keine schöne da: – Strohstühlchen und ein paar Tische. In einer Ecke war der Vater mit dem ältesten Sohne, der bei ihm schrieb und rechnete; im halben Zimmer der andre Tisch; Frau G. strickte; Jungfer Lehne saß zwischen den zwo kleinen Mädchen, und lehrte sie nähen; Madam Leidens hatte ein Bouquet italienische Blumen vor sich, die sie für Stühle zum Verkauf abzeichnet. Der jüngere Sohn und die älteste Tochter sahen ihr auf die Finger, und sie redte recht süß und freundlich mit ihnen. Ich mußte über sie weinen, und auch über die Kinder, die sie so lieb haben, und mir so dankten. Der wilde Mann wurde rot, wie er mir dankte, und die Frau lachte ganz leichtsinnig dabei; das tut aber nichts, ich will ihnen, wie es Madam Leidens veranstaltete, aufhelfen, bis sie ganz auf den Beinen sind; und Jungfer Lehne soll den ersten Platz der Lehrmeisterinnen für Kammerjungfern haben. Ich ließ zartes Abendbrot und gutes Obst holen; Sie können nicht glauben, wie die Kinder Freude daran hatten; aber Madam Leidens war nicht damit zufrieden. Sie fürchtet, die geringen Speisen, welche das wenige Vermögen zuläßt, möchten itzt den Kindern nicht mehr so lieb sein; sie sagt: *sie wolle sie nicht durch den Magen belohnen*, und itzt gebe ich nichts wieder; sie aß auch nur einen Apfel und ein Stück Hausbrot. Ich fragte sie darum, und sie sagte zu der Tochter: »Solche Äpfel können wir in unserm Garten ziehen, aber dies Brot kann nur eine Madam Hills backen lassen.« Da hatte ich's! Aber ich wurde nicht böse; sie hatte recht; sie will nicht, daß man Gewöhnliches-Brot-Essen für Unglück halte. – Nun sind acht Tage vorbei, daß sie bei den Leuten ist; künftige Woche kömmt sie wieder zu mir; und da wird sie Ihnen schreiben. Beten Sie für das liebe Kind, und für mein Leben. – Oh, niemals werde ich vergessen, daß Sie mir diese Person anvertrauten; ich war mein Tage nicht so fröhlich mit allem meinem Gelde, als ich es bin, seit ich sie bei mir habe! –

Plan der Hülfe für die Familie G. und die Jungfer Lehne

Meine liebe Wohltäterin hat mir aufgetragen, meine Gedanken der Hülfe für die Familie G. aufzuschreiben. Ich möchte mit diesen aus eigner Schuld elend gewordenen Leuten gerne umgehen wie der Arzt mit einem Kranken, der seine Gesundheit mutwillig verdorben hat; er tut alles, was zur Hülfe nötig ist, aber er verbindet seine Verordnungen zugleich mit Ausübung einer Diät, die er ihm durch Vorstellung der künftigen Gefahr und der vergangenen Leiden augenscheinlich notwendig macht; durch eine langsame, aber anhaltende Kur hilft er ihm zu neuen Kräften, so, daß er endlich wieder ohne Arzt leben kann. Zu sehr stärkende Mittel gleich anfangs gebraucht, würden das Übel in dem Körper befestigen, und also für die Zukunft schädlich sein. Der Familie G. würde es mit großen Geschenken auch so ergehen; wir wollen ihr also mit Vorsicht zu Hülfe kommen, und die *Wurzel* des Übels zu heilen suchen.

Die wohltätige Güte der Madam Hills gibt anfangs die nötigen Kleider, Leinen und Hausgeräte. Von den ersten würden nur die allerunentbehrlichsten Stücke schon verfertigt gegeben; das übrige aber im Ganzen, damit die Frau und ihre Töchter es mit eigner Handarbeit zurechtemachen; und wenn sie damit fertig sind, so bekommen sie einen Vorrat an Flachs und Baumwolle, um selbige zu verarbeiten, und in Zukunft das Abgehende an Leinen- und baumwollenen Zeuge ersetzen zu können, und dieses ist die Sache der Mütter und Töchter.

Die Talente und den Stolz des Herrn G. will ich dahin zu bringen suchen, seinen zerfallenen Ruhm durch die Bemühung einer guten Kinderzucht wieder aufzubauen. Erziehung ist er seinen Kindern schuldig; das Vermögen hat er nicht, Lehrmeister zu bezahlen; wie edel wär' es, wenn er mit Fleiß und Vatertreue den Schaden des verschwendeten Vermögens ersetzte, und seinen Kindern Schreib- und Rechnungsunterricht gäbe! Für das Latein der Söhne erhalten Madam Hills zween Plätze, welche armen Schülern bestimmt sind; Herr G. hält aber die Lehr- und Wiederholungsstunden selbst mit ihnen; und gewiß würde man einem Mann, der seine väterliche Pflichten so getreu erfüllte, mit der Zeit ein Amt des Vaterlandes anvertrauen. Nun kömmt die Betrachtung, daß die beschuldigte Nachlässigkeit der Frau G. alles wieder zugrunde richten würde; diesem Übel hoffe ich durch die Jungfer Lehne zuvorzukommen.

Sie war die Jugendfreundin der Frau G., und hat von ihren Eltern Gutes genossen. Ich denke, sie würde es der Tochter gerne vergelten, wenn sie nicht selbst arm wäre; da sie aber einen vorzüglichen Reichtum an Geschicklichkeit besitzt, so könnte sie dadurch eine Wohltäterin ihrer Freundin werden, wenn sie das Amt einer Aufseherin über den Gebrauch der Wohltaten und der Lehrmeisterin bei den Töchtern der Frau G. verwalten wollte.

Madam Hills tun der Jungfer Lehne Gutes, ich weiß, daß sie dankbar sein möchte, und wie kann sie es auf eine rühmlichere Art werden, als wenn sie ihrer eigenen Beschützerin die Hände reicht, um ihre unglückliche Freundin aus dem Verderben zu ziehen? Und mit wie vieler Achtung wird sie von den besten Einwohnern angesehen werden, wenn sie durch die Güte ihres Herzens die Grundlage der Wohlfahrt von drei unschuldigen Kindern befestigen und bauen hilft?

Wenn meine teure Frau Hills mit diesen Gedanken zufrieden sind, so will ich sie dem Herrn und der Frau G., wie auch der Jungfer Lehne vortragen; und, dann bitte ich, mir zu erlauben, auf zwo Wochen in dem Hause des Herrn G. zu wohnen, um ihnen zu zeigen, daß diese Vorschriften zu der Verwendung ihres Lebens nicht hart und nicht unangenehm sind. Denn ich will durch gute Worte und Achtung den Mann an sein Haus und an seine Familie gewöhnen, und dann einige Tage die Stelle der Mutter, und wieder einige die Stelle der Jungfer Lehne bekleiden, und daneben die Herzen der Kinder zu guten Neigungen zu lenken, und ihre Fähigkeiten ausfindig zu machen suchen, um sie mit der Zeit nach ihrem besten Geschicke anzubauen. Aber in Kleidung, Essen, Hausgeräte sollen sie noch den Mangel fühlen, und durch dieses Gefühl zu Erkenntnis und Aufmerksamkeit kommen; bis sie durch Genügsamkeit, Fleiß und gute Gesinnungen wieder in die Klasse eintreten können, aus der sie durch Verschwendung und Sorglosigkeit gefallen sind. Vorwürfe werde ich ihnen nicht machen; aber ich werde ihnen durch Erzählung einiger Umstände meines Lebens die Zufälligkeit des Glücks beweisen, und den Kindern sagen, daß mir nichts als meine Erziehung übrig geblieben sei, welche mir die Freundschaft von Madam Hills, und die Gelegenheit gegeben hätte, ihnen Dienste zu leisten. Dann werde ich auch von dem Stolze reden können, der uns bloß führen soll, einen edlen Gebrauch von Glück und Unglück zu machen. Denn ich möchte nicht bloß ihren Körper ernährt und gekleidet sehen, sondern auch die schlechten Gesinnungen ihrer Seele gebessert, und ihren Verstand mit schicklichen Begriffen erfüllet wissen.

Madam Leidens an Emilien

Nun bin ich wieder zu Haus, und wollte Ihnen von der Aussaat reden, wovon mein letzter Brief sagte, daß ich sie einer dritten Hand anvertrauen würde; aber Madam Hills erzählt mir: daß sie Ihnen alles geschrieben habe. O meine Freundin! wie schön wäre der moralische Teil unsers Erdkreises, wenn alle Reichen so dächten wie Madam Hills, die sich freut, wenn man ihr Gelegenheit gibt, ihre Glücksgüter wohl anzuwenden! Sie, meine Emilia, sollen die Beweggründe sehen, die mich dazu brachten, der Jungfer Lehne das Verwaltungsamt zu geben. Sie wissen: wie ich die arme Familie kennenlernte: eben diese Person redte bei Frau Hills von ihren Umständen. Ich bemerkte in ihrem halb mitleidigen, halb anklagendem Ton eine Art von Neid über die Wohltaten, welche jene genossen, und die Begierde, sie allein an sich zu ziehen. Sie sprach zugleich viel davon, wie sie es an der Stelle von Frau G. machen würde. Ich ärgerte mich, so kalte, und übeltätige Überbleibsel einer so stark gewesenen Jugendfreundschaft anzutreffen, und hatte Mut genug den Plan zu fassen, dieses halb vermoderte Herz zu dem Nutzen seiner ersten Freundin brauchbar zu machen. Ich ließ sie nichts von meinen Betrachtungen über sie merken, und sagte ihr nur, daß sie mich in das Haus führen sollte. Der Anblick des Elends, und die Zärtlichkeit, welche ihr die Frau bewies, rührte sie, und in dieser Bewegung nahm ich sie in mein Zimmer, las ihr meinen Plan vor, und malte mit den lebhaftesten Farben die Schönheit der Rolle, die ich ihr auftrüge, worin sie sich das Wohlgefallen Gottes, und die Achtung und die Segnungen aller Rechtschaffenen zu versprechen hätte. Ich überzeugte sie, daß sie mehr Gutes tue als Frau Hills, welche bei ihren Geldgaben nur das Vergnügen genösse, von ihrem Überflusse von Zeit zu Zeit etwas abzugeben; da hingegen ihre tägliche Bemühungen und ihre Geduld die Tugenden des edelsten Herzens sein würden. Ich gewann sie um desto leichter, weil ich ihr das Lob der Madam Hills dadurch zuzog, daß ich sagte: der Einfall wäre ihr selbst gekommen. Mein Plan wurde bewilligt, und ich führte ihn die ersten zwo Wochen selbst aus.

Die Annahme einer Verwalterin schien beschwerlich, aber ich erhielt doch die Einwilligung, besonders da ich sagte, daß ich selbst vierzehn Tage bei ihnen wohnen würde.

Den ersten Tag legte ich ihnen die Geschenke der Madam Hills vor, teilte jedem das Seinige, mit Ermahnung zur Sorgfalt, zu, und sagte ihnen: daß sie durch Schonen, und sparsamen Gebrauch der Wohltaten, teils ihre Dankbarkeit, teils ein edles Herz zeigen würden, welches die Güte, die man ihm beweist, nicht mißbrauchen möchte. Hierauf sagte ich, wie ich ihre Umstände ansähe, und was ich für einen Plan ihres Lebens, und ihrer Beschäftigungen daraus gezogen hätte; bat aber jedes: mir seine Wünsche, und Einwendungen zu sagen.

Ehe ich diese beantwortete, machte ich ihnen einen kurzen und nützlichen Auszug meiner eigenen Geschichte. Ich blieb besonders bei dem Artikel des Ansehens und Reichtums stehen, worin ich geboren und erzogen worden; sagte ihnen meine ehemaligen Wünsche und Neigungen, auch wie ich mir sie itzt versagen müsse, und schloß diese Erzählung mit freundlichen Anwendungen, und Zusprüchen für sie. Durch dieses öffnete sich ihr Herz zum Vertrauen, und zur Bereitwilligkeit meinem Rate zu folgen. Die besten Sachen, so eine reiche und glückliche Person gesagt hätte, würden wenig Eindruck gemacht haben; aber der Gedanke, daß auch ich arm sei, und andern unterworfen leben müsse, brachte Biegsamkeit in ihre Gemüter. Ich fragte: was sie an meiner Stelle würden getan haben? Sie fanden aber meine Moral gut, und wünschten auch so zu denken. Darauf ging ich in den Vorschlag ein, was ich an ihrem Platze tun würde; und sie waren es herzlich zufrieden. Oh, dachte ich, wenn man bei Beweggründen zum Guten allezeit in die Umstände und Neigungen der Leute einginge, und der uns allen gegebenen Eigenliebe nicht schnurstracks Gewalt antun wollte, sondern sie mit eben der Klugheit zum Hülfsmittel verwände, wodurch der schmeichelnde Verführer sie zu seinem Endzweck zu lenken weiß: so würde die Moral schon längst die Grenzen ihres Reichs und die Zahl ihrer Ergebenen vergrößert haben.

Eigenliebe! angenehmes Band, welches die liebreiche Hand unsers gütigen Schöpfers dem freien Willen anlegte, um uns damit zu unsrer wahren Glückseligkeit zu ziehen; wie sehr hat dich Unwissenheit und Härte verunstaltet, und die Menschen zu einem unseligen Mißbrauch der besten Wohltat gebracht! Lassen Sie mich zurückkommen.

Am zweiten Tage stellte ich die Frau G. vor, und in ihrer Person sprach ich mit Jungfer Lehne von unsrer alten Liebe, und wie gern ich ihr die Stelle gönnte, die sie in meinem Hause zu verteten hätte, da ich glaubte: sie würde den Gebrauch eines guten Herzens davon machen. Ich sagte, was ich (nach dem Willen der Frau G., mit der ich allein vorher gesprochen hatte) von ihr wünschte, wies die Töchter an sie an, und setzte hinzu: daß wir allezeit alles gemeinschaftlich überlegen und vornehmen wollten. Sodann war ich zween Tage Jungfer Lehne – und die folgenden drei in der Stelle der drei Töchter.

Unter dem Arbeiten machte ich sie durch Hülfe der Religion mit dem beruhigenden Vergnügen bekannt, welches die Betrachtung der Natur in verschiedenem Maße in unser Herz gießt. Frau Hills schaffte Bücher an, die ich ausgesucht hatte, und die beiden Söhne mußten wechselsweise etwas daraus vorlesen, wobei ich die Kinder immer Betrachtungen und Anwendungen machen lehrte. Die zwo ältesten Mädchen haben viel Geschicke und Verstand. Ich lehrte sie meine Tapetenarbeit, und die älteste Zeichnungen dazu zu machen. Ich ermunterte ihren Fleiß durch den Stolz, indem ich ihnen sagte: daß sie diese Arbeit entweder ganz an Kaufleute verhandeln, oder sich um die Hälfte wieder neue Wolle schaffen, und für die andre etwas eintauschen könnten, so ihnen nötig wäre; ich versprach ihnen auch, diese Arbeit sonst niemanden zu lehren. Nun sitzen des Tags die zwo Mädchen und die Mutter daran, weil die Vorstellung vom Verhandeln ihrer Eitelkeit schmeichelt.

Jungfer Lehne sagt: daß alles gut fortgehe, und ist selbst ungemein vergnügt, da sie wegen ihrer Aufsicht und Probe einer wahren Freundschaft so sehr gelobt wird.

Ich habe das Haus mit Tränen verlassen, und werde alle Wochen zween halbe Tage hingehen. Die vierzehn Tage, die ich da zubrachte, flossen voll Unschuld und Friede dahin; eine jede Minute davon, war mit einer übenden Tugend erfüllt, da ich Gutes tat und Gutes lehrte. Nun bitten Sie Gott, liebste Emilia, daß er diese kleine Saat meiner verarmten Hand zur reichen Ernte für das Wohl dieser Familie werden lasse. Niemals, nein, niemals haben mir die Einkünfte meiner Güter, welche mich in Stand setzten, dem Armen durch Geldgaben zu Hülfe zu kommen, so viel wahre Freude gegeben, als der Gedanke: daß mein Herz ohne Gold, allein durch Mitteilung meiner Talente, meiner Gesinnungen, und etlicher Tage meines Lebens das Beste für diese Familie getan hat.

Meine kleinen Zeichnungen sind Ursache, daß der zweite Sohn zu einem Mignatürmaler kömmt, weil der junge Knabe sie mit der größten Pünktlichkeit und außerordentlich fein nachahmte.

Die ganze Familie liebt und segnet mich. Madam Hills läßt bereits die Steine zum Gesindhaus führen und behauen. Denken Sie nicht, beste Freundin, daß sich zu gleicher Zeit dauerhafte Grundteile eines neuen moralischen Glücksbaues in meiner Seele sammlen, worin meine Empfindungen Schutz und Nahrung finden werden, bis der Sturm von sinnlichem Unglück vorüber sein wird, der den Wohnplatz meines äußerlichen Wohlergehens zerstörte?

Madam Leidens an Emilien

Emilia! fragen Sie den metaphysischen Kopf ihres Mannes, woher der Widerspruch käme, der sich zwischen meinen stärksten immerwährenden Empfindungen und meinen Ideen zeigte, als ich von Frau Hills gebeten wurde: ihre liebste Freundin, die schöne anmutsvolle Witwe von C—, zu einem gütigen Entschluß, für einen ihrer Verehrer, bereden zu helfen? Woher kam es, daß ich der Liebe und dem aus ihr kommenden Glück irgendeines Mannes das Wort reden konnte, da die Fortdauer meiner durch die Liebe erfahrnen Leiden mich eher zur Unterstützung der Kaltsinnigkeit der schönen Witwe hätte bringen sollen? Ich kann nicht denken: daß allein der Geist des Widerspruchs, durch welchen es uns natürlich ist anders zu denken als andre Leute, daran Ursache sei. Oder wäre es möglich, daß in einem Stücke meines durch die Hände der Liebe zerrissenen Herzens noch ein Abdruck der wohltätigen Gestalt geblieben wäre, worunter ich mir einst in den heitern Tagen meiner lächelnden Jugend ihr Bild vormalte? Oder konnte wohl der lange Gram meine junge Vernunft zu dem Grade der Reife gebracht haben, welcher nötig ist: mich über die Umstände einer andern Person ohne alle Einmischung meiner eignen Empfindungen nachdenken und urteilen zu lassen? Sie sehen, daß ich über mich zweifelhaft bin; helfen Sie mir zurechte.

Hier ist mein Gespräch mit der Witwe.

»Vier rechtschaffene Männer bewerben sich um Ihre Gunst, woher kömmt es, teuerste Frau von C—, daß Sie so lange wählen?«

»Ich wähle nicht; ich will meine Freiheit genießen, die ich durch so viele Bitterkeit erkaufen mußte.«

»Sie haben nicht unrecht Ihre Freiheit zu lieben, und auf alle Weise zu genießen, der edelste Gebrauch davon wäre aber doch derjenige: aus freiem Willen jemanden glücklich zu machen.«

»Oh, das Glück, wovon Sie reden, ist meistens nur in der feurigen Phantasie eines itzt brennenden Liebhabers, und verschwindet, sobald die erloschene Flamme ihr Zeit gibt, sich wieder abzukühlen.«

»Dieses, meine geliebte Frau von C—, kann wahr sein, wenn die Liebe eines jungen Mannes allein durch die Augen entstanden ist, und an der Seite des blühenden Mädchens lodert, deren unausgebildeter Charakter diesem Feuer keine dauerhafte Nahrung geben kann. Aber Sie, die wegen Ihrem Geist, wegen Ihrem edlen Herzen geliebet werden, Sie sind sicher es unauslöschlich zu machen.«

»Meine Verdienste hätten also die Eigenschaft des persischen Naphtha; aber in welchem meiner Liebhaber liegt das Herz, welches ein gleichdauerndes Feuer aushalten könnte?«

»In jedem; denn Liebe und Glückseligkeit sind der unverzehrbare Stoff, woraus unsere Herzen gebauet sind.«[*]

»Jeder hat aber auch eine eigene Idee von der Glückseligkeit; ich könnte also bei meiner zwoten Wahl wieder just das Herz treffen, dessen Begriffe von Glückseligkeit nicht mit meinem Charakter übereinstimmten, und da verlören wir beide.«

»Ihre Ausflucht ist fein, aber nicht richtig. Zehn Jahre, welche zwischen der ersten und letzten Wahl stehen, haben durch viele Erfahrungen Ihren Einsichten die

---

[*] Der ziemlich ins Preziöse fallende und von der gewöhnlichen schönen Simplizität unsrer Sternheim so stark abstechende Stil dieses Dialogen scheint zu beweisen, daß sie bei dieser Unterredung mit Frau von C. nicht recht à son aise war.

254

Kraft gegeben, die Verschiedenheit der Personen und Umstände zu beurteilen, und besonders die Gewalt zu bemerken, mit welcher die letztere Sie in Ihre erste Verbindung hineingezogen.«

»Wie genau Sie alles hervorsuchen; aber sagen Sie, liebe Madam Leidens, wen würden Sie wählen, wenn Sie an meiner Stelle wären?«

»Den, von dem ich hoffte, ihn am meisten glücklich machen zu können.«

»Und dies wäre in ihren Augen –«

»Der liebenswürdige Gelehrte, dessen schöner und aufgeklärter Geist Ihnen das Vergnügen gewährte, daß nicht die geringste Schattierung Ihrer Verdienste ungefühlt, und ungeliebt blieben, in dessen Umgang der edelste Teil Ihres Wesens unendliche Vorteile genießen könnte, indem er Sie an der Hand der Zärtlichkeit durch das weite Gebiet seiner Wissenschaft führen würde, wo sich Ihr Geist so angenehm unterhalten und stärken könnte. Wie glücklich würde sein gefühlvolles Herz durch das Vergnügen, durch die Verdienste und die Liebe seiner schätzbaren Gattin werden; und wie glücklich würde Ihre empfindsame Seele durch das von Ihnen geschaffene Glück dieses würdigen Mannes sein! Wie süß wäre Ihr Anteil an seinem Ruhm, und an seinen Freunden!«

»O Madam Leidens! wir stark malen Sie die schöne Seite! Soll ich nicht sehen, daß alle Stärke dieser schätzbaren Empfindlichkeit sich auch bei meinen wahren, und zufälligen Fehlern zeigen würde, und wohin neigt sich da die Waagschale der Glückseligkeit?«

»Dahin, wo Ihre angeborne Sanftmut, und Gefälligkeit sie festhalten wird.«

»Gefährliche Frau, wie viele Blumen Sie auf die versteckte Kette streuen!«

»Sie tun mir unrecht, ich zeige nur den Vorrat von Blumen, deren Wert ich kenne, und die Ihnen die Liebe anbietet, um eine Kette von Zufriedenheit daraus zu binden –«

»Und übersehen die Menge von Dornen, welche unter diesen Rosen verborgen sind –«

»Darauf antworte ich nicht, ich würde Ihre Klugheit und Billigkeit beleidigen.«

»Werden Sie nicht böse, und weisen Sie mir noch die schönen Farben der übrigen Bänder, wovon Sie mir Schleifen knüpfen wollen.«

»Kommen Sie, vielleicht wird der artige Übermut, den Ihnen Ihre vorzügliche Liebenswürdigkeit gibt, durch die Eigenschaften der Geburt und Person eines der edelsten Söhne des preußischen Kriegesgotts leichter gezähmt als durch die sanfte Hand der Musen: dies Band ist schön, ein glänzender Name, Edelmütigkeit der Seele, wahre Liebe und Verehrung Ihres Charakters ist darein verwebt; goldene Streifen des angesehenen Rangs, des neuen schönen Kreises, in den Sie dadurch versetzt werden, liegen im Grunde, Blicke in angenehme Gegenden, wo Ihnen die Briefe der hochachtungswürdigen Frau von *** zeigen, daß seine Liebe Ihnen schon Freundinnen und Verehrer bereitet hat; und verdiente nicht schon die großmütige Aufopferung aller Vorrechte des alten Adels das Gegenopfer Ihrer Unschlüssigkeit und Ihres Mißtrauens?«

»Zauberin! wie künstlich mischen Sie Ihre Farben!«

»Warum Zauberin, liebste Frau von C—? Fühlen Sie den starken Reiz der strahlenden Fäden, womit der Zufall dies Band umwunden hat?«

»Ja, aber dem Himmel sei Dank, Sie schrecken mich just deswegen, weil Sie mich blenden.«

»Liebenswürdige Schüchternheit, oh, könnte ich dich in die Seele jedes gefühlvollen Geschöpfs legen, welches von den schönen Farben eines Kunstfeuers angelockt, verblendet, und auf einmal in der grausamen Finsternis eines traurigen Schicksals verlassen wird!«

»Liebe Frau! wie rührend loben Sie mich; wie sehr erwecken Sie die mütterliche Sorgen für meine anwachsende Tochter!«

Zärtlich umarmte ich Sie für diese edle Bewegung ihres, von wahrer Güte belebten Herzens; »gönnen Sie mir«, sagte ich, »in diesem, der Empfindung geweihten Augenblicke Ihre Aufmerksamkeit, für die in Wahrheit wenig schimmernde, aber fest gegründete Zufriedenheit, die Sie in dem artigen Landhause des Herrn T. erwartet, worin Sie durch einen edelmütigen Entschluß zugleich drei der heiligsten Pflichten erfüllen könnten; – die sehnlichen Wünsche eines verdienstvollen angenehmen Mannes zu krönen, der Sie nicht um der Reize Ihrer Person willen (denn diese kennt er nicht), sondern wegen dem reizenden Bilde liebt, so ihm von Ihrer Seele gemacht wurde; der, nachdem er allen Ausdruck seiner Empfindungen für Sie erschöpft hatte; mit der edelsten Bewegung, die jemals das Herz eines Reichen erschütterte, hinzusetzte: Ihre Tochter sollte das Kind Ihres Herzens werden, und alles sein Vermögen ihr zugewandt sein. Würden sie nicht dadurch zugleich der mütterlichen Pflicht, auch für die äußerliche Glückseligkeit Ihres Kindes zu sorgen, genug tun? Und konnte die gehorsame Ergebung des Willens Ihrer jugendlichen Jahre dem Herzen Ihres ehrwürdigen Vaters jemals so viele Freude machen, als Sie ihm in den itzigen Jahren Ihrer Freiheit machen würden, wenn Sie seinen Rat, seine zärtlichen Wünsche für eine Verbindung befolgten, wodurch Sie ihm genähert, und in den Stand gesetzt würden, sein väterliches Herz in dem letzten Teile seines Lebens für alle Mühe der Erziehung seiner Kinder zu belohnen? Bedenken Sie sich, liebreiche und gegen alle Menschen leutselige und wohltätige Frau! Ich will Ihnen nichts von der hochachtungswürdigen Hand sagen, die in einer unsrer schönsten Residenzstädte auf den gütigen Wink der Ihrigen wartet, wo eine Anzahl verdienstvoller Personen Ihnen Bürge für die Tugend des Herzens, für die Kenntnisse des Geistes, und für die zärtliche Neigung sind, die einer der schönsten und besten Männer für Sie ernährt, und der darum der glücklichste wurde, weil er in Ihnen die beste würdigste Mutter für seine zwei Kinder zu erhalten hoffte. Sie wissen, daß er ein edler Besitzer eines schönen Vermögens ist, und kennen alle gesellschaftlichen Annehmlichkeiten, die in dieser Stadt auf sie warten. – – Aber tun Sie, liebenswürdige Frau von C., was Sie wollen, ich habe Ihnen die Beweggründe meines Herzens gesagt; ich weiß wohl, daß wir alle einen verschiedenen Gesichtspunkt über den nämlichen Gegenstand haben, und unser Gefühl darnach richten; doch ist eine Seite, die wir alle betrachten müssen – die Glückseligkeit unsers Nächsten ebensosehr als die unsrige zu lieben, und sie nicht aus kleinen Beweggründen zu verzögern.«

»Sie haben mein Herz in die äußerste Verlegenheit gebracht (sagte sie mir mit Tränen) aber meine traurige Erfahrung empört sich wider jede Idee von Verbindung; ich wünsche diesen Männern würdigere Gattinnen, als sie sich mich abschildern; aber mein Nacken ist von dem ersten Joche so verwundet worden, daß mich das leichteste Seidenband drücken würde.«

»Ich habe die Bitte Ihrer Freundin erfüllt, und nichts anders bei Ihrem Entschlusse zu sagen, als daß Sie immer glücklich sein mögen.«

Sie umarmte mich, und ich bat Madam Hills: bei meiner Zurückkunft die liebe Frau ruhig zu lassen; wunderte mich aber in meinem Zimmer über den Eifer, womit ich mich in diese Sache gemischt hatte.

Klären Sie mir das Dunkle in meiner Seele darüber auf; es dünkt mich: daß ich lauter unrechte Ursachen hasche.

Lord Seymour an Doktor T.

Bester Freund, geben Sie mir Ihren Rat, um mich in dem Kummer zu erhalten, in welchen ich aufs neue, und, gewiß auf ewig gefallen bin! Sie wissen, daß ich meine Leidenschaft für das Fräulein von Sternheim ganz unterdrückt hatte, weil die Versicherung ihres niederträchtigen Bündnisses mit *John* ihren Geist und Charakter aller meiner Hochachtung beraubte. Ich fing auch an, eine ruhige und reizende Liebe zu kosten, indem ich meine ganze Zärtlichkeit dem Fräulein von C— widmete, und der ihrigen völlig versichert war: als mein Oheim unversehens den Befehl vom Hofe erhielt, eine Reise nach W. zu machen. Die Empfindlichkeit des liebenswürdigen Fräuleins von C— hatte vieles bei unserer Trennung zu leiden, und ich war ebenso traurig als sie. Mißvergnügt und murrend über die Fesseln, welche mir der Ehrgeiz meiner Familie, und die Zuneigung von Mylord Crafton anlegten, saß ich stumm und finster neben dem liebreichsten Manne, dessen feste Ruhe des Geistes meinen empörten Empfindungen ärgerlich war, so, daß ich der Geduld nicht achtete, mit welcher er meine Unart ertrug. Aber, mein Freund, stellen Sie sich, wenn es möglich ist, die Bewegungen vor, in die ich geriet, als wir den zweiten Tag abends bei sehr schlimmen Wetter, durch Versehen des Postillions, auf ein Dorf kamen, wo wir übernachten mußten, am Wirtshause anfuhren, und eben aussteigen wollten, als die Wirtin auf einmal anfing: »Was, Sie sind Engländer? fahren Sie fort, ich lasse Sie nicht in mein Haus; Sie können meinetwegen im Walde bleiben, aber meine Schwelle soll kein Engländer mehr betreten –« Während dem letztern Worte zog sie ihren Sohn, der wie ein wackerer Mensch aussah, und ihr immer zuredete, beim Arme gegen die Türe des Hauses, so sie zuschließen wollte. Der schreiende Unwille dieser Frau war seltsam genug, um mich aufmerksam zu machen; unsere Kerls schrien und zankten wieder, die Postillions auch. Mylord befahl unsern Leuten zu schweigen, und sagte zu mir: »Hier muß etwas Ernsthaftes vorgegangen sein, da es wichtig genug ist, die gewöhnliche Gewinnbegierde dieser Leute zu unterdrücken.«

Er rief der Frau freundlich zu: sie möchte ihm die

Ursache sagen, warum sie uns nicht aufnehmen wollte?

»Weil die Engländer gewissenlose Leute sind, die sich nichts aus dem Unglücke der besten Menschen machen, und ich meine Tage keinen mehr beherbergen will; fahren Sie mit ihren schönen Worten nur fort, sie können alle so schöne Worte geben.«

Sie wandte sich von uns weg, und sagte zu ihrem Sohne, der ihr vermutlich wegen dem Gewinn zuredete. »Nein, und wenn sie meine Stube voll Gold steckten, so brech ich mein Gelübde nicht, das ich der lieben Dame wegen tat –«

Ich kochte vor Ungeduld; aber Mylord, der von seiner Parlamentsstelle her gewohnt war, den wütenden Aufwallungen des Pöbels nachzugeben, winkte ganz ruhig dem Sohne, und fragte ihn um die Ursache der Abneigung und der Vorwürfe seiner Mutter.

»Vor einem halben Jahre«, antwortete dieser, »führte ein Engländer seine Frau, eine schöne gütige Dame, zu uns; er ging weg und kam wieder, nachdem er viele Wochen weggewesen, indessen hatte die junge Frau, die immer sehr traurig war, meine Basen gekleidet, sie viele hübsche Sachen gelehret, und den Armen viel Gutes getan! Oh, sie war so sanft als ein Lamm; sogar mein Vater wurde sanft, seit sie in unserm Hause war,; wir mußten sie alle lieben. Aber einen Tag, da der böse Lord lange weg gewesen, kam einer seiner Leute geritten, und sagte, er hätte Briefe an die Dame; wir fragten: ob sein Herr bald käme? ›Nein‹ – sagt' er, ›er kömmt nicht wieder; hier ist noch Geld für den übrigen Monat‹; und dies sagte er wild und trotzig wie ein böser Hund. Meiner Mutter ahndete nichts Gutes, und sie schlich sich in eine Nebenkammer, um auf den Brief zu horchen; da sah sie unsre liebe schöne Dame auf der Erde knien und weinen, und ihrem Kammermädchen erzählen: in dem Briefe stünde: ihre Heurat wäre falsch gewesen: der Bote, der ihn gebracht, wäre in einen Geistlichen verkleidet gewesen, und hätte sie eingesegnet; sie könne hin, wo sie wolle; da ist sie auch zwei Tage darauf fort; aber sie muß unterwegs gestorben sein, so krank und betrübt war sie; da will nun meine Mutter keinen Engländer mehr ins Haus aufnehmen.«

Mylord sah mich gerührt an:

»Carl, was sagt dein Herz zu dieser Erzählung?«

»O Mylord, es ist mein Fräulein Sternheim«, schrie ich, »aber der Bösewicht soll es bezahlen! Aufsuchen will ich ihn; es ist Derby; kein andrer ist dieser Grausamkeit fähig.«

»Junger Freund«, sagte Mylord dem Sohne der Wirtin; »sag Er seiner Mutter: sie hätte recht, den bösen Engländer zu hassen; auch soll er vom König nach der Schärfe abgestraft werden. Aber mach Er, daß ich ins Haus komme.«

»Steigen Sie aus, ich will meine Mutter befriedigen.«

Er lief hinein, und bald darauf kam uns die Frau selbst entgegen: »Wenn Sie den abscheulichen Mann recht strafen wollen, wie Sie sagen, so kommen Sie, ich will Ihnen alles erzählen, wie es war; Sie sind ein alter Herr, gnädiger Lord, Sie können das Unrecht junger Leute gut einsehen, machen Sie ein Exempel aus dem bösen Mann, er könnte noch viele Streiche anfangen.«

Still, und langsam folgte ich ihr und Mylorden die Treppe hinauf. »Hier«, sagte sie oben, »hier ist der liebe Engel gestanden, wie ihr Herr das erstemal kam, sie zu besuchen, nun, er herzte sie recht schön, und sie hatte ihre lieben Hände so hübsch nach ihm ausgestreckt, daß mich ihre Einigkeit freute; aber sie redte so sanft und wenig, und er so laut, seine Augen waren so groß, und beschauten sie so geschwind, er rufte auch gleich so viel nach seinen Kerls, daß man wohl daraus hätte etwas vermuten können. Mein Mann war wild, doch hat er im Anfange allezeit leise und freundlich geredt, und geblinzelt; aber man denkt, jeder Mensch hat seine Weise, und wie sollte einem einfallen: daß man ein schönes frommes Tugendbild betrügen könne?«

Nun waren wir im Zimmer, wo ihre Kammerfrau gewohnt hatte; hernach wies sie uns das von der Dame; sie rufte Gretchen, die sich hinsetzen und zeigen mußte, wo die Dame gesessen, wie sie die Mädchen gelehrt hätte; hernach nahm sie ein Bild von der Wand, und sagte: »Da, mein Gärtchen, meine Bienengestelle, und das Stück Matte, wo meine Kühe auf der Weide gingen, zeichnete sie.« Indem sie es Mylorden hingab, küßte sie das Stück, und sagte mit Weinen: »Du liebe, liebe Dame, Gott habe dich selig, denn du lebst gewiß nicht mehr.«

Ein einziger Blick überzeugte mich völlig: daß es die Sternheim gemacht hatte; die richtigen Umrisse, die feinen Schattierungen erkannte ich; mein Herz wurde beklemmt; ich mußte mich setzen; Tränen füllten meine Augen; das Schicksal des edlen Mädchens, die rauhe, aber herzliche Liebe dieser Frau rührten mich; es gefiel ihr, sie klopfte mich auf die Achsel: »Das ist recht, daß Sie betrübt sind, bitten Sie Gott um ein gutes Herz, daß Sie niemanden verführen; denn Sie sind auch ein Engländer, und ein hübscher Mensch; Sie können einem in die Augen gehen.«

Nun mußte das Mädchen und der Sohn, und die übrigen Leute erzählen, wie gut die Dame gewesen, und was sie gemacht hatte; dann wies sie uns das Schlafzimmer. »Seit dem Brief«, fuhr sie fort, »ist sie nicht mehr hineingegangen, sondern schlief im Bette ihrer Jungfer; ich denke es wohl, wer möchte noch unter der Decke eines Spitzbuben schlafen? – Hier ist der Schrank, worein sie alle Kostbarkeiten von Gold, von Geschmeide, oh, gar viele Sachen legte, die er ihr mitgebracht hatte, und die ich ihm zurückgeben sollte; denn sie nahm nichts davon mit; zween Tage nachdem sie weg war, kam wieder ein Brief; er wolle kommen, sagte der Mensch; aber ich gab ihm seinen Pack Sachen, und schaffte ihn aus dem Hause.«

Mylord fragte sie noch genauer um alles, was geschehen war; halb hörte ich's, halb nicht; ich war außer mir; und da die Frau nicht sagen konnte: wo die Dame hingereiset wäre; so war mir am übrigen nichts gelegen. Ich hatte genug gehöret, um in Mitleiden zu zerschmelzen, und das geliebte Bild der leidenden Tugend mit erneuerter Zärtlichkeit in meine Seele zu fassen. Ich nahm das Zimmer ihrer Jungfer, weil ich darin den Platz bemerket hatte, wo sie gekniet, wo sie den unaussprechlichen Schmerzen gefühlt hatte, betrogen und verlassen zu sein. Derbys Schlafzimmer gab mir den nämlichen Abscheu wie ihr selbst, und ich warf mich unausgekleidet mit halb zerrütteten Sinnen auf das Bette, worin Sternheim so kummervolle Nächte zugebracht hatte. Trostlose Zärtlichkeit, und ein Gemische von bitterm Vergnügen bemächtigten sich meiner mit der Empfindung, welche mir sagte: hier lag das liebenswürdige Geschöpfe, in dessen Armen ich alle meine Glückseligkeit gefunden hätte; hier beweinte ihr blutendes Herz die Treulosigkeit des verruchtesten Bösewichts! Und ich – o Sternheim, ich beweine dein Schicksal, deinen Verlust, und meine verdammte Saumseligkeit, deine Liebe für mich zu gewinnen! – Vergnügen, ja ein schmerzhaftes Vergnügen genoß ich bei dem Gedanken: daß meine verzweiflungs-volle Tränen noch die Spuren der ihrigen antreffen, und sich mit ihnen vereinigen würden. Ich stand auf, ich kniete auf den nämlichen Platz, wo der stumme zerrei-ßende Jammer über ihre Erniedrigung sie hingeworfen hatte; wo sie sich Vorwürfe über das blinde Vertrauen machte, womit sie sich dem grausamsten Manne ergab, und wo – ich ihrem Andenken schwur: sie zu rächen.
O mein Freund, warum, warum konnte Ihre Weisheit meinen Mut nicht stählen? – Wie elend, wie beklagungs-wert war ich, da ich mit ihr jeden Augenblick verfluchte, worin sie das Eigentum von Derby war! alle ihre Schön-heit, alle ihre Reize sein Eigentum waren! Sie liebte ihn; sie empfing ihn mit offenen Armen an der Treppe. –

Wie war es möglich: daß die edle reine Güte ihres Herzens den gefühllosen boshaften Menschen lieben konnte? –

Ich habe das kleine Hauptküssen vom Sohn der Wirtin gekauft; ihr Kopf hatte sich mit der nämlichen Bedrängnis darauf gewälzt wie meiner; ihre und meine Tränen haben es benetzt; ihr Unglück hat meine Seele auf ewig an sie gefesselt; von ihr getrennt, vielleicht auf immer getrennt, mußten sich in dieser armen Hütte die sympathetischen Bande ganz in meine Seele verwinden, welche mich stärker zu ihr als zu allem, was ich jemals geliebt habe, zogen.

Mylord fand mich am Morgen in einem Fieber; sein Wundarzt mußte mir eine Ader öffnen, und eine Stunde hernach folgte ich ihm in dem Wagen, nachdem ich die kleine Zeichnung des Gärtchens geraubt, und dem Mädchen, welches die Schülerin meiner Sternheim gewesen, einige Guineen zugeworfen hatte.

Die Kälte, welche die Politik ohnvermerkt bald in größerem, bald in kleinerem Maße auch in das wärmste Herz zu gießen pflegt, und es über einzelne Übel hinausgehen heißt, gab Mylorden eine Menge Vernunftgründe ein, womit er mich zu zerstreuen, und gegen meinen Kummer und Zorn zu bewaffnen suchte. Ich mußte ihn anhören und schweigen; aber nachts hielt mich mein Küssen schadlos; ich zehrte mich ab, und erschöpfte mich. Mein Schmerz ist ruhiger, und meine Kräfte erholen sich in dem Vorsatze, das Unglück des Fräuleins an Derby zu rächen, wenn er auch den ersten Rang des Königreichs besitzen sollte. Beobachten Sie ihn, wenn Sie nach London kommen, ob Sie nicht Spuren von Unruhe und quälender Reue an ihm sehen. Ewigkeiten durch möchte ich ihm die Marter der Reue empfinden lassen, dem ewig hassenswürdigen Mann!

Ich gebe mir alle mögliche Mühe, die Folgen des Schicksals des Fräuleins zu erfahren, aber bis itzt war alles vergeblich; so wie Ihre Bemühungen vergeblich sein werden, wenn Sie ihr Andenken in mir auslöschen wollten; – mein Kummer um sie ist meine Freude, und mein einziges Vergnügen geworden.

Graf R— an Lord Seymour

Sie geben mir Nachricht von meiner teuren unglücklichen Nichte. Aber, o Gott, was für Nachrichten, Mylord! Das edelste, beste Mädchen der Raub eines teuflischen Bösewichts! Ich dachte wohl, als Sie mir den Sekretär Ihres Oheims nannten, daß ein gemeiner schlecht denkender Mensch ihre Hand niemals hätte erhalten können. Ein Heuchler, ein die Klugheit und Tugend lebhaft spielender Heuchler mußte es sein, der ihren Geist blendete, und sie aus den Schranken zu führen wußte. Ich flehe den Lord Crafton um seine Beihülfe an, den nichtswürdigen Mann auch unter dem Schutze der ganzen Nation zur Verantwortung zu ziehen.

Nichts als die schlechten Gesundheitsumstände meiner Gemahlin, und meines einzigen Sohns hindern meine Abreise von hier; aber ich habe für das Andenken dieser liebenswürdigen Person doch dieses getan: von dem Fürsten zu begehren, daß er ihre Güter durch einen fürstlichen Rat besorgen lasse. Die Einkünfte sollen ihrer Gesinnung gemäß für die Kinder des Grafen Löbau gesammlet werden; aber der Vater und die Mutter sollen nichts davon genießen, sie, die zuerst das Herz des guten Kindes zerrissen haben, und allein die Ursache sind, daß sie von Angst betäubt ihrem Verderben zulief. –

Käme ich nur bald nach D. und hätten wir nur einiges Licht von ihrem Aufenthalt! Aber es geschehe das eine und das andere, wenn es will: so soll der Elende, der ihren Wert nicht zu schätzen wußte, Rechenschaft von ihrer Entführung und Verlassung geben.

Ich bedaure Sie, Mylord, wegen der Leiden Ihres

Gemüts, die nun durch die wiederkehrende Liebe vergrößert sind. – Aber wie konnte ein Mann, dem die weibliche Welt bekannt sein muß, dieses auserlesene Mädchen mißkennen, und den allgemeinen Maßstab vornehmen, um ihre Verdienste zu prüfen? Unterschied sie sich nicht in allem? Verzeihen Sie, Mylord, es ist unbillig Ihren Kummer zu vermehren! Die Zärtlichkeit meiner nahen Verwandtschaft übertrieb meinen Unmut, und machte mich das Geschehene und Ungeschehene mit gleichem Haß verfolgen.

Fliehen Sie keinen Aufwand, um den Aufenthalt des geliebten Kindes zu erfahren; ich fürchte, oh, ich fürchte, daß wir sie nur tot wiederfinden werden! – Wehe dem Lord Derby; – wehe Ihnen, wenn Sie nicht Ihre Hand mit der meinigen vereinigen, um sie zu rächen! Aber alles, was Sie tun werden, um Ihre edelmütige Liebe, obwohl zu spät, zu beweisen, soll Sie in dem Oheim des edelsten Mädchens den besten Freund und Diener finden lassen. Allen Aufwand teile ich mit Ihnen, wie ich alle Ihre Sorgen und Schmerzen teile. – Hier halte ich alles geheim, weil ich meiner Gemahlin zärtliches Herz nicht mit unmäßigem Jammer beladen will.

Madam Leidens an Emilien

Meine liebenswürdige Witwe, Frau von C., hat eine schöne Seele voll zärtlicher Empfindungen. Sie bemerkte letzlich das kurz abgebrochene Ende meiner Vorstellungen sehr genau, und kam etliche Tage nachher zu mir, um mit freundlicher Sorgsamkeit nach der Ursache davon zu fragen. Ich hatte die stutzige Art meines schnellen Stillschweigens selbst empfunden, aber da meine Beweggründe so stark in mir arbeiteten, und ich ihren Empfindungen nicht zu nahe treten wollte, so sah ich keinen andern Weg, als abzubrechen, und nach Hause zu gehen, wo ich den Unmut recht deutlich fühlte, den ich bloß deswegen über sie hatte, weil sie den Aussichten von Wohltätigkeit nicht so eifrig zueilte, als ich an ihrer Stelle würde getan haben. Es freut mich auch, daß der Mann meiner Emilie den warmen Ton meiner Fürsprache zum Besten der Liebe allein in meiner Neigung zum Wohltun suchte, ob er mich schon einer Schwärmerei in dieser Tugend beschuldigt.

(Oh! möchte doch dieses Übermaß einer guten Leidenschaft der einzige Fehler meiner künftigen Jahre sein!) –

Ich antwortete der lieben Frau von C. ganz aufrichtig: daß es mich sehr befremdet hätte: eine Seele voller Empfindlichkeit so frostige Blicke in das Gebiete der Wohltätigkeit werfen zu sehen – Sie antwortete:

»Ich erkenne ganz wohl: daß Ihr tätiger Geist mißvergnügt über meine Unentschlossenheit werden mußte; Sie wußten nicht, daß die Idee des Wohltuns meine erste Wahl bestimmte; aber ich habe so sehr erfahren, daß man andere glücklich machen kann, ohne es selbst zu werden; daß ich nicht Herz genug habe, mich noch einmal auf diesen ungewissen Boden zu wagen, wo die Blumen des Vergnügens so bald unter dem Nebel der Sorgen verblühen. –«

Der äußerste Grad der Rührung war in allen Zügen der reizenden Bildung dieser sanften Blondine ausgedrückt; ihr Ton stimmte mit ein, und rief in mir die Erinnerung des jähen Verderbens zurück, welches meine kaum ausgesäete Hoffnung betroffen hatte. Meine eignen Leiden haben die Empfindung der Menschlichkeit in mir erhöhet, und ich fühlte nun ihre Sorgen so stark, als ich die Vorstellung der Glückseligkeit der andern empfunden hatte.

»Vergeben Sie mir, liebe Madam C—! (sagte ich) ich erkenne: daß ich gegen Sie die beinahe allgemeine Unbilligkeit ausübte, zu fodern: daß Sie in alle Gründe meiner Denkensart eingeben sollten; und ich foderte es um so viel eifriger, als ich von der innerlichen Güte meiner

Bewegursachen überzeugt war. Warum hab ich mich nicht früher an Ihren Platz gestellet; die Seite, welche Sie von meinen Vorschlägen sehen, hat in Wahrheit viel Abschreckendes, und ich werde, ohne Ihnen unrecht zu geben, nichts mehr von allem diesem reden.«

»Es freut mich: daß Sie mit mir zufrieden scheinen; aber Sie haben mir viele Unruhe und Mißvergnügen über mich selbst gegeben.«

Ich fragte sie eilig, wie, und worin?

»Durch die Vorstellung aller dieser Gelegenheiten glückliche Personen zu machen. Mein Widerwille und Ausweichen schmerzt mich; ich möchte es in irgend etwas anders ersetzen. Können Sie mir nichts bei Ihrem Gesindhause zu tun geben?«

Sie bekam ein freimütiges Nein zur Antwort. »Aber«, sagte ich lächelnd, da ich sie bei der Hand nahm: »Ich möchte mir bald das Gefühl Ihrer Reue, und die Begierde des Ersatzes zunutze machen, und Sie verbinden: daß, da Sie durch Ihr eigen Herz keinen Mann mehr glücklich machen wollen, Sie die liebreiche Mühe nähmen, durch Ihren Umgang und gefälligen Unterricht den Töchtern Ihrer Verwandten und Freunde Ihre edle Denkensart mitzuteilen, und dadurch Ihrem Wohnorte liebenswürdige Frauenzimmer zu bilden, und für der Madam Hills gute Mädchen auf ihrer Seite *gute Frauen* zu ziehen.

Dieser Vorschlag gefiel ihr; aber gleich wollte sie von mir einen Plan dazu haben.

»Das werde ich nicht tun, Madam C—, ich kann mich nicht von meinem Selbst so losmachen, daß der Plan zu Ihrer Absicht und Ihrem Vergnügen zugleich paßte. Sie haben Klugheit, Erfahrung, Kenntnis der Gewohnheiten des Orts, und ein Herz voll Freundlichkeit. Diese vereinigte Stücke werden Ihnen alles anweisen, was zu diesem Plan das Beste sein kann.«

»Daran zweifle ich sehr; sagen Sie mir nur ein Buch, darin ich eine Ordnung für meinen Unterricht finden würde.«

»Nach der Ordnung eines Buchs zu verfahren, würde Sie und Ihre junge Freundinnen bald müde machen. Diese sind nach verschiedener Art erzogen; die Umstände der meisten Eltern leiden keine methodische Erziehung, und funfzehnjährige Mädchen, wie die Gespielinnen Ihrer Tochter, gewöhnen sich nicht gerne mehr daran. Sie sollen auch keine Schule halten; nur einen zufälligen abwechselnden Unterricht in dem Umgange mit dem jungen Frauenzimmer ausstreuen. Zum Beispiel: es klagte eine über den Schnee, der während der Zeit fiel, da sie bei Ihnen zum Besuch wäre, und sie wegen ihres Zurückgehens ungeduldig über die Beschwerde machte; – so würden Sie fragen: ob sie nicht wissen möchte, woher der Schnee kömmt? – es kurz und deutlich erzählen, die Nutzbarkeit davon nach der weisen Absicht des Schöpfers anführen, sanft von der Unbilligkeit ihrer Klagen reden, und ihr mit einem muntern liebreichen Ton in dem heut unangenehmen Schnee nach etlichen Tagen das Vergnügen einer Schlittenfahrt zeigen. Dieses wird Ihre jungen Zuhörerinnen auf die Unterredungen von schöner Winterkleidung, schöner Gattung Schlitten, usw. führen. Unterbrechen Sie selbige ja nicht durch irgendeine ernste oder mißvergnügte Miene; sondern zeigen Sie, daß Sie gerne ihre verschiedenen Gedanken anhörten. Sagen Sie etwas vom guten Geschmack in Putz, in Verzierungen, und wie Sie ein Fest anstellen und halten würden; lassen Sie Ihren Witz alles dieses mit der Farbe der heitersten Freude malen; gestehen Sie Ihren jungen Leuten das Recht ein, diese Freude zu genießen, und setzen Sie mit einem zärtlichen rührenden Ton dazu: daß Sie aber Sorge haben würden den Schauplatz dieser Ergötzlichkeit durch die Fackeln der Tugend, und des feinen Wohlstandes zu beleuchten.

Bei dieser ersten Probe können Sie die Herzen und Köpfe Ihrer Mädchen ausspähen; aber ich müßte mich sehr betrügen, wenn sie nicht gerne wiederkämen, Sie von etwas reden zu hören.«

»Das denke ich sicher; aber erlauben Sie mir einen Zweifel! – Sie führen das Mädchen zur physikalischen Kenntnis des Schnees, und zum moralischen Gedanken der Wohltätigkeit Gottes darüber; aber wird nicht die Schlittenfahrt das Andenken des erstern auslöschen, und also den Nutzen des ernsten Unterrichts verlieren machen?«

»Dies glaube ich nicht; denn wir vergessen nur die Sachen gerne, die mit keinem Vergnügen verbunden sind; und die lächelnde, zu der Schwachheit der Menschen sich herablassende Weisheit will daher, daß man die Pfade der Wahrheit mit Blumen bestreue. Die Tugend braucht nicht mit ernsten Farben geschildert zu werden, um Verehrung zu erhalten; ihr inneres Wesen, jede Handlung von ihr ist lauter Würde. Würde ist ein unzertrennbarer Teil von ihr, auch wenn sie in der Kleidung der Freude und des Glücks erscheint. In dieser Kleidung allein erhält sie Vertrauen und Ehrfurcht zugleich. Lassen Sie sie die Hand ja niemals zu strengem Drohen, sondern allein zu freundlichen Winken erheben! Denn, solange wir in dieser Körperwelt sind, wird unsere Seele allein durch unsere Sinnen handeln; wenn diese auf eine widerwärtige Weise und zu unrechter Zeit zurückgestoßen werden, so kommen aus dem Kontrast des Zwanges der Lehre, und der Stärke der durch die Natur in uns gelegten Liebe zum Vergnügen lauter schlimme Folgen für den Wachstum unsers moralischen Lebens hervor. Umsonst hat der Schöpfer die süßen Empfindungen der Freude nicht in uns gelegt; umsonst uns nicht die Fähigkeit gegeben, tausenderlei Arten des Vergnügens zu genießen. Mischen Sie nur eine fröhliche Tugend unter den Reihen der Ergötzlichkeiten, und sehen Sie, ob die junge Munterkeit noch von ihr fliehen, und in entlegenen Orten, mit Unmäßigkeit und wilder Lust vereinigt, sich über versagten Freuden schadlos halten wird. Gibt nicht die *göttliche Sittenlehre* selbst reizende Aussichten in ewige, himmlische Glückseligkeiten, wenn sie uns auf die Wege der Tugend und Weisheit leitet?«

Das schöne Auge der Madam C— war mit einem staunenden Vergnügen auf mich geheftet. Ich bat sie um Verzeihung so viel geredet zu haben; sie versicherte mich aber ihrer Zufriedenheit, und wollte wissen: warum ich nicht lieber gesucht hätte, als Hofmeisterin junger Frauenzimmer zu erscheinen, als eine Lehrerin von angehenden Dienstmädchen abzugeben?

Ich sagte ihr: weil ich in Vergleichung des Anteils von Glückseligkeit, so jedem Stande zugemessen wurde, den von der niedrigen Gattung so klein, und unvollständig gefunden, daß ich mich freute etwas dazuzusetzen. Die Großen und Mittlern haben mündlichen und schriftlichen Unterricht neben allen Vorteilen des Reichtums und Ansehens; und die geringe, so nützliche Klasse bekömmt kaum den Abfall des Überflusses von Kenntnissen und Wohlergehen.

»Sie reden von Kenntnissen; soll ich suchen meine junge Frauenzimmer gelehrt zu machen?«

»Gott bewahre Sie vor diesem Gedanken, der unter tausend Frauenzimmern des Privatstandes kaum bei einer mit ihren Umständen paßt! Nein, liebe Madame C—, halten Sie sie zur Übung jeder häuslichen Tugend an: aber lassen Sie sie daneben eine einfache Kenntnis von der Luft, die sie atmen, von der Erde, die sie betreten, der Pflanzen und Tiere, von welchen sie ernährt und gekleidet werden, erlangen; einen Auszug der Historie, damit sie nicht ganz fremde dasitzen und Langeweile haben, wenn Männer sich in ihrer Gegenwart davon unterhalten, und damit sie sehen, daß Tugend und Laster beständig einen Kreislauf durch das ganze menschliche Geschlecht gemacht haben; lassen Sie sie jedes Wort, so eine Wissenschaft bezeichnet, verstehen. Zum Ex., was Philosophie, was Mathematik sei – aber von der Bedeutung des Ausdrucks *Edle Seele*, von jeder wohltätigen Tugend geben Sie ihnen den vollkommensten Begriff, teils durch Beschreibung, teils und am meisten durch Beispiele von Personen, welche diese oder jene Tugend auf eine vorzügliche Art ausgeübt haben.«

»Soll ich sie auch Romane lesen lassen?«

»Ja, zumal da Sie es ohnehin nicht werden verhindern können. Aber suchen Sie, so viel Sie können, nur solche, worin die Personen nach edlen Grundsätzen handeln, und wo wahre Szenen des Lebens beschrieben sind. Wenn man das Romanenlesen verbieten wollte, so müßte man auch in Gesellschaft vermeiden, vor jungen Personen, bald einen kurzen, bald weitläufigen Auszug von einer Liebesgeschichte zu erzählen, die in der nämlichen Stadt oder Straße, wo man wohnt, vorging; unsere Väter, Mütter und Brüder müßten nicht so viel von ihren artigen Begebenheiten und Beobachtungen auf Reisen usw. sprechen; sonst machte auch dieses Verbot und die Gegenübung wieder einen schädlichen Kontrast. Ein vortrefflicher Mann und Kenner des Menschen wünscht: daß man jungen Personen beiderlei Geschlechts zur Stillung der Neugierde die meisten großen Reisebeschreibungen gäbe, wo von der Naturhistorie und den Sitten des Landes viel vorkömmt, weil dadurch viele nützliche Wissenschaft in ihnen ausgebreitet würde. – Moralische Gemälde von Tugenden aller Stände, besonders von unsrem Geschlechte, möchte ich gesammlet haben; und darin sind die Französinnen glücklicher als wir. Das weibliche Verdienst erhält unter ihnen öffentliche und dauernde Ehrenbezeugungen.«

»Vielleicht aber verdienen wir mehr als sie, weil wir uns auch ohne Belohnung um Verdienste bemühen.«

»Dies ist wahr, aber nur für die kleine Anzahl von Seelen, die sich über alle Schwierigkeiten erheben, die sie antreffen, und worüber andere durch nichts als Ermunterungen siegen. Ich möchte daher in jeder Standesklasse Beispiele aufstellen, die aus ihrem Mittel gezogen wären, damit man sagen könnte: ihre Geburt, ihre Umstände waren wie die eurige; der Eifer der Tugend, und die gute

Verwendung ihres Verstandes haben sie verehrungswert gemacht. Ein vorzüglicher Platz in einer öffentlichen Versammlung, ein besonderes Stück Kleidung könnte den Wert der Belohnung erhalten, wie es die alten großen Kenner der menschlichen Herzen gemacht haben. Aber wir sind nicht mit dem Auftrag beladen, diese Einrichtung anzuordnen, sondern allein mit der Pflicht so viel Gutes zu tun, als wir können. Ich stehe würklich in dem Kreise armer und dienender Personen; also achte ich mich verbunden: diese durch Unterricht und Beispiel zu ihrem Maß von Tugend und Glück zu führen; wobei ich aber sehr vermeiden werde, ihnen Begriffe oder Gesinnungen einzuflößen, die meinen glänzenden und angesehenen Umständen gemäß waren, weil ich fürchten würde: daß aus der vermischten Denkensart vermischte Begierden und Wünsche mit allen ihren Fehlern entstehen möchten. Sie sind eine Witwe von erstem Range Ihres Orts. Ihre Leutseligkeit, Ihr vernünftiger angenehmer Umgang macht, daß Sie von allen Personen Ihres Standes gesucht werden. Sie haben eine Tochter zu erziehen. Sie würden also an allen Mädchen ihres Alters und Standes Edelmütigkeit ausüben, wenn diejenigen unter denselben mit bei den Lehrstunden Ihrer Tochter wären, deren Mütter durch Haussorgen oder kleinere Kinder verhindert sind: mit ihren Töchtern viel zu lesen, oder zu reden. Machen Sie sie denken, und handeln wie Frauenzimmer vom Privatstande es sollen, um in ihrer Klasse vortrefflich zu werden. Dieses wird das einzige Mittel sein, womit Sie den Schaden ersetzen können, welchen Sie durch den Vorsatz verursachen, unverheuratet zu bleiben.« Sie lächelte über dieses, und über meine Abbitte ihr eine Vorschrift gemacht zu haben, und gab mir alle Merkmale von Freundschaft und Zufriedenheit.

Madam Leidens an Emilien

Ungern, sehr ungern, meine Emilia, begleite ich die Madam Hills ins Bad. Es ist wahr, meine Gesundheit zerfällt, aber ich erkenne, daß ich die Hülfe brauche, die mir die Wasserkur verspricht: denn mein stillschweigender Gram benagt die Kräfte meines Körpers, und der jastige Eifer, den ich diese Zeit über in mein moralisches Leben legte, hat auch vieles zu der Schwächlichkeit beigetragen, über welche Sie, liebe Freundin, so jammerten, als ich die letzten zehn glückliche Tage bei Ihnen zubrachte. Ihr Mann hat gestern meinen Widerwillen überwältigt, aber allein damit, daß er die erste Woche bei uns bleiben wird; bis dahin, hofft er, werde mein Haß gegen große und fremde Gesellschaft gemindert sein. Er behauptet auch: daß mein Herz diesen Winter über alle Kräfte meines Geistes in Dienstbarkeit gehalten und ermüdet hätte, und daß dieser sich allein in freier Luft und durch Umgang erholen würde. Ich bin so hager und blaß, meine Augen, denen man Anzüglichkeit zuschrieb, erheben sich so selten, und meine Kleidung ist so einfach, daß ich keine Verfolgungen von Mannsleuten zu befürchten habe. Also auf zwei Monate adieu, liebste Freundin; morgen früh reisen wir mit Ihrem Manne, einem Aufwartmädchen und einem Bedienten ab.

Madam Leidens an Emilien aus Spaa

Sagen Sie mir, meine Freundin, woher kommt die Gewalt, mit welcher Ihr Mann über meine Seele herrschet? Erst führte er mich in den geschäftigen Kreis, den ich bei Madam Hills durchlief; dann brachte er mich, ungeachtet meines Widerstandes, nach Spaa, macht mich den vierten Tag mit *Lady Summers* bekannt, und nun, meine Liebe, bin ich durch seine Hände an die Lady gebunden, und ich werde mit ihr nach England gehen.

Sie wissen von ihm, daß unsere Reise glücklich war; daß der Reichtum der Madam Hills uns vier sehr bequeme Zimmer verschaffte, und uns ein Ansehen gibt, so wir nicht einmal suchten. – Er ging gleich den ersten Abend zur Lady; den zweiten Tag wies er mir sie auf dem Spaziergang. Ihre Gestalt ist edel, obgleich sehr schwächlich; ihre Gesichtsbildung lauter Leutseligkeit; ihr schönes großes Auge voller Empfindung, und alle ihre Bewegungen Würde voller Anmut. Sie grüßte und betrachtete uns zwei Frauenzimmer mit Aufmerksamkeit, ohne uns etwas zu sagen, ob sie schon den Herrn B. von uns wegrief. Den folgenden Tag nahm sie ihn auch von unsrer Seite weg zum Mittagsessen, und sagte nur auf englisch zu mir: »Diesen Abend sollen Sie meine Gesellschaft sein.« Als ich mich verbeugt hatte, und antworten wollte, war sie schon weit weg. Aber ich würde auch gestottert haben, denn Sie können nicht glauben, was für einen Schmerzen der Seele ich bei dem wahren Akzent der englischen Sprache fühlte; schnell wie die Würkung des Blitzes fühlte ich ihn, und ebenso schnell drangen sich traurige Erinnerungen und Bilder in meine Seele. Gut war es, Emilia, daß die Lady mich nicht gleich mit sich begehrte, meine Verlegenheit war zu sichtbar. Abends speiste Madam Hills und Herr B. mit mir bei der Lady; sie war sehr gütig, aber mit untersuchenden Blicken war ihr Auge bei allem, was ich vornahm und redete. Sie lobte Madam Hills wegen der Stiftung des Gesindhauses, und setzte hinzu, daß sie ihrem Beispiel folgen, und auch eins in England errichten wollte. Herr B., welcher der Madam Hills dieses übersetzte, machte der guten Frau viel Freude damit, und ihr redliches Herz lächelte durch tränende Augen, da sie schnell meine Hand nahm und zu Herrn B. sagte: er möchte die Lady unterrichten: daß sie nur ein überflüssiges Geld, ich aber die Erfindung dazu gegeben hätte. Ich errötete außerordentlich dabei, und die Lady streichelte meine Wange, indem sie sagte: »Das ist gut, meine Tochter, wahre Tugend muß bescheiden sein.«

Die Achtsamkeit, welche ich hatte, Madam Hills zu unterhalten, und ihr alles zu übersetzen, wovon die Lady mit mir oder Herrn B. in gleichgültigen Dingen redte, erhielt auch den ganzen Beifall der Lady.

»Sie muß noch gute Tage erleben«, sagte sie, »weil ihre Tugend das Alter glücklich zu machen sucht.«

Diese Anweisung auf meine künftige Tage bewegte mein Innerstes, und unmöglich war's meine Augen trocken zu erhalten. Die Lady sah es, und neigte sich gegen mich mit festem zärtlichem Blick.

»Arme, gute Jugend«, sagte sie, »ich weiß eine Hand, die alle deine künftige Zähren abwischen wird.«

Ich verbeugte mich und sah Herrn B. an; er antwortete mir mit munterm Nicken; die Lady winkte ihm. »Heute nichts«, sagte sie; »aber morgen sollen Sie alles versichern.«

Und dieser Morgen war vor sechs Tagen, wo mein Herz zwischen Vorschlägen und Entschließungen wankte, und endlich auf den Gedanken befestigt wurde, dieses Jahr bei der Lady auf ihrem Landhause zuzubringen, und künftige Wasserzeit wieder mit ihr zurückzukommen.

Nach London würde ich nicht gegangen sein; Gott bewahre mich vor der Gelegenheit Engländer, die ich schon kenne, zu sehen! Aber keiner von diesen wird eine alte Frau in ihrem einsamen Wohnorte suchen, und ich kann ruhig meine lange Begierde stillen, dieses Land zu sehen, und nach der Familie Watson mich zu erkundigen. Herr B. hat der Madam Hills eine Pflicht daraus gemacht: mich nicht aufzuhalten, weil ich ein Gesindhaus einrichten solle, und hat sie am meisten durch den Gedanken beruhigt: daß es in England heißen werde, es sei nach dem Plan des ihrigen und durch ihr edles Beispiel erbauet worden.

Meine Lady, Emilia – Oh! diese ist ein Engel, der lange

Jahre unter den Menschen wandelte, um den süßen Balsam der edelsten Freundschaft in fühlbare Seelen zu gießen. Meine Seele lebt wieder ganz auf.

Madam Leidens an Emilia aus Summerhall

Mein erster Brief hat Ihnen schon gesagt, daß ich glücklich, sehr glücklich mit der gütigen Lady angelangt bin. Ich hoffe auch, meine Rosina und Herr B. sind ebenso wohl zurückgekommen. Es war mir leid, daß Rosina nicht über die See wollte; Übelkeit macht sie, aber es ist leicht zu überstehen.

Gewiß haben Sie schon Beschreibungen von englischen Landhäusern gelesen. Denken Sie sich das schönste im alten Geschmacke davon, und nennen es Summerhall; legen Sie aber an die Seite des Parks ein großes hübsches Dorf, und stellen Sie sich meine Lady und mich vor, wie wir, einander im Arme, die Gassen durchgehen, mit Kindern oder Arbeitern reden, einen Kranken besuchen, und den Bedürftigen Hülfe reichen. Dies ist nachmittags und abends das Geschäfte meiner Lady; morgens lese ich ihr vor, und besorge ihr Haus; Besuche, die sie von der wenigen Nachbarschaft erhält, und der Umgang mit dem vortrefflichen Pfarrherrn des Orts füllen das übrige der Zeit so aus, daß mir wenig zu meinem besondern Lesen übrig bleibt. Die Bücher, welche sich meine Lady ausgesucht hat, bezeichnen den Nationalgeist, und die Empfindung der sich immer nähernden Grenzen Ihres Lebens. Jenes Fach füllen die Geschichtschreiber von England und die Hofzeitungen, dieses die besten englischen Prediger aus. Ich habe mir die Naturhistorie von England dazu genommen, und hievon reden wir in den Spaziergängen mit des Pfarrers Familie, weil seine Frau und zwo Töchter sehr vernünftig sind, und ich meine Lieblingskenntnisse gern vermehre und ausbreite. Ich bin wohl, und genieße einer sanften Zufriedenheit, die aber eher einer Beruhigung als einem Vergnügen gleichet, indem ich die eifrige Geschäftigkeit nicht in mir fühle, welche sonst meine Empfindungen und Gedanken beherrschte. Vielleicht hat mich der Hauch der sanften Schwermut getroffen, welche die besten Seelen der britischen Welt beherrschet, und die lebhaften Farben des Charakters wie mit einem feinen Duft überzieht. Ich habe meine Laute und meine Stimme wieder hervorgesucht; beide sind mir unschätzbar, wenn ich bei meinem Singen meine Lady mir einen Kuß zuwerfen, oder bei einem wohlgespielten Adagio ihre Hände falten sehe. Aber urteilen Sie überhaupt, wie stark meine Liebe zu England sein mußte, da ich, ungeachtet der grausamen Erinnerungen, die ich von einem Eingebornen habe, dennoch mit einiger Freude die Luft eines Parks atme, und dieses Land für mein väterliches Land ansehe. Ich habe die Kleidung und den Ton der Sprache ganz, und wünschte auch das Tun, und das Bezeigen der Engländerinnen zu haben; aber meine Lady sagt, daß alle meine Bemühungen den liebenswürdigen fremden Genius nicht verjagen würden, der jede meiner Bewegungen regierte. Das Vertrauen ihrer Leute, welches ich erworben; die außerordentliche Aufmerksamkeit auf ihre Lady, und die Ergebenheit, die sie ihr beweisen, welches sie als Folgen von jenem ansieht, und meinem Einfluß auf ihre Gemüter zuschreibt, dies ist von allem, was ich für sie tue, dasjenige, wovon sie am meisten gerührt scheint, und wofür sie mir die zärtliche Dankbarkeit bezeugt. Wenige Abende bin ich hier ohne Empfindung einer reinen Glückseligkeit schlafen gegangen, wenn mich die gute alte Lady aus ihrem Bette segnete, und ihre Hausbediente mit zufriedener Miene und einem liebenden Ton mir gute Ruhe wünschten; und mit einer süßen Bewegung gehe ich morgens bei Aufgang der Sonne in den Park, wo der Hirt mich wundernd ansieht, und mir mit seinem Knaben *guten Morgen, gute Miß*, zuruft. Dieser Zuruf dünkt mich in dem Augenblick, wo ich auf der

Flur die Wohltaten Gottes verbreitet sehe, ein Zeugnis zu sein, daß ich auch gerne die Pflicht des Wohltuns übe; mit tränenden Augen danke ich dann unserm Urheber, daß er mir diese Macht meines Herzens gelassen hat. Sie wissen, daß mir ein Mooswäldchen und die geringsten Arten von Blümchen vergnügte Stunden geben können; und Sie denken also wohl, daß ich in unserm Park diese alten Freunde meiner besten Lebenszeit aufsuche, und mit Rührung betrachte. Denn immer binden sich in mir die Ideen des Vergangenen mit der Empfindung des Gegenwärtigen bei allen Anlässen zusammen. Ein freundliches Moos, und Zweige, die aus der Wurzel eines gestürzten Baums aufgewachsen waren, machten mich sagen: bin ich nicht wie ein junger Baum, der in seiner vollen Blüte durch Schläge eines unglücklichen Schicksals seiner Krone und seines Stammes beraubt wurde? Lange Zeit steht der Überrest traurig und trocken da, endlich aber sprossen aus der Wurzel neue Zweige hervor, die unter dem Schutz der Natur wieder stark und hoch genug werden können, in einem gewissen Zeitlauf wieder wohltätige Schatten um sich zu verbreiten. Mein Ruhm, mein glückliches Aussehen, meine Stelle in der großen Welt hab ich verloren; lange betäubte der Schmerz meine Seele, bis die Zeit meine Empfindlichkeit verringerte, die Wurzeln meines Lebens, welche mein Schicksal unberührt ließ, neue Kräfte sammleten, und die guten Grundsätze meiner Erziehung, frische, obwohl kleine Zweige von Wohltätigkeit und Nutzen für meine Nebenmenschen emportrieben. Sie sind, wie die Wurzelzweige meines Ebenbildes bei niedrigem Moos, und kleinen Grasarten aufkeimten, auch unter der geringen Klasse meiner Nebenmenschen entsprossen; aber es erfreut mich diese Klasse in der Nähe gesehen zu haben; denn ich habe manche schöne Blume darunter entdeckt, die dem erhabenen Haupte eines großen hochgewachsenen Baums ungekannt verblühet; und kann ich nicht zu meinem süßesten Troste sagen, daß unter dem Schatten meines Umgangs und meiner Sorgen die freigebige Aussaat der liebreichen Stifterin des Gesindhauses so viele nützliche Kreaturen erwachsen macht? Und nun ruhet das edle Herz meiner geliebten Lady Summers von großen und kleinen Lebenssorgen ungestört unter der vereinigten Bemühung aller meiner Fähigkeiten und meiner Dankbegierde von den mühsamen Schritten aus, welche das sechzigste Jahr unsers Alters zwischen fliehenden Freuden, und ankommenden Schwächlichkeiten zu machen hat.

Madam Leidens an Emilien

Nicht wahr, meine Emilia, es gibt Reiche, die eine Art von Mangel fühlen, welchen sie durch Häufung aller Arten von Ergötzlichkeiten zu heben suchen, und dennoch dem Übel nicht abhelfen können, weil sie von niemand unterrichtet wurden, daß unser Geist und Herz *auch ihre Bedürfnisse* haben, zu deren Befriedigung alles Gold von Indien, und alle schönen wollüstigen Kostbarkeiten Frankreichs nichts vermögen, weil die wahren Hülfsmittel dagegen allein in der Hand eines empfindungsvollen Freundes, und in einem lehrreichen und unterhaltenden Umgang zu finden sind. Wie klein ist die Anzahl glücklicher Reichen, welche diese Vorteile kennen? Würklich bin ich im Besitze mancher angenehmen Güter des Lebens, ich fühle den vergnügenden Reiz, welcher darin liegt, ich genieße die Geschenke des Glücks mit aller Empfindung, welche das Schicksal für diese Gaben fordern kann; aber es mangelt meinem Herzen der Busen einer vertrauten Freundin, in den es das Übermaß seiner Empfindungen ausgießen könnte. Ich bin beliebt; meine hie und da mit Bescheidenheit erscheinende Grundsätze ziehen mir Verehrung zu; das Gefühl der Schönheiten Schakspears, Thomsons, Addisons und Popes haben meinem Geiste eine neue lebendige Nahrung in den Unterhaltungen unsers Pfarrers und eines sehr philosophisch denkenden Edelmanns in der Nachbarschaft erworben. Die älteste Tochter des Pfarrers ist sanft, gefühlvoll, und dabei mit wahrem Verstande begabt; ich liebe sie; aber mitten in einer zärtlichen Umarmung empfinde ich, wie viel mein Herz noch zu wünschen hat, um den Ersatz für meine Emilia zu erhalten. Schelten Sie mich deswegen nicht undankbar; ich weiß, daß ich Ihre Freundschaft noch besitze, und die von der liebenswürdigen Emma zugleich habe; Ihnen schreibe ich von dem Teile meiner Seele, den ich hier nicht zeigen kann, und mit Emma rede ich von dem, der in dem Zirkel meines englischen Aufenthalts sichtbar wird; aber ich kann mich nicht verhindern die Länge des Weges abzumessen, den meine armen Briefe durchlaufen müssen, bis sie zu Ihnen kommen, und zu fühlen, daß diese Entfernung der liebsten Gewohnheit meines Herzens schmerzlich fällt. Vielleicht, meine Emilia, bin ich bestimmt die ganze Reihe moralischer Empfindnisse durchzugehen, und werde dadurch geschickt, mit schneller Genauigkeit ihre mannichfaltige Grade und Nuancen im Bittern und Süßen zu bemerken. Ich will mich auch diesem Teile meines Geschickes gerne unterwerfen, wenn ich nur zugleich den nämlichen Grad von Fühlbarkeit für alles Weh und Wohl meines Nächsten behalte, und, so viel ich kann, seine Leiden zu vermindern suche.

Lady Summers hat zu gleicher Zeit für ihre Ehre und für meinen vermuteten Stolz zu sorgen geglaubt, da sie mich als eine Person von sehr edlem Herkommen dargestellt hat, welche elternlos sich mit wenigem Vermögen verheuratet, und ihren Mann gleich wieder verloren hätte. Meine Hände, meine feine Wäsche und Spitzen, die in Feuer so schön gemalten Bildnisse meiner Eltern, und der Ton meines gesellschaftlichen Bezeugens haben mehr zu Bekräftigung dieser Idee beigetragen, als meine eigentliche Denkungsart hätte tun können. Aber ein schönes, und für die Tugend der Lady Summers fest errichtetes Denkmal ist der Glaube an die Reinigkeit meiner Sitten, in welche, weil sie mich liebt, keine Seele den geringsten Zweifel setzt; denn, sagt der Pfarrer, die Luftsäule, in welcher die Lady atme, wäre so moralisch geworden, daß der Lasterhafte sich ihr niemals nähern würde. Denken Sie nicht mit mir, daß dieses die erhabenste Stelle des wahren Ruhms ist? O was für ein Kenner der Menschen, des Guten und Edlen ist Ihr Mann, der mir in den ehrwürdigen Falten der Stirne meiner Lady alles dies zeigte, als er mir in ihrem Hause die Bestärkung meiner Tugend, und Übung meiner Geisteskräfte versprach! Lord *Rich*, der philosophische Edelmann, von dem ich im Anfange dieses Briefes schrieb, hat sein Haus nur eine Meile von hier; es ist ganz einfach, aber in dem edelsten Geschmacke gebauet. Die besten Auszierungen des Innern bestehen aus verschiedenen schönen Sammlungen von Naturalien, aus einem vollständigen Vorrat mathematischer Instrumenten, und einer großen Büchersammlung, worunter zwanzig Folianten sind, in denen er beinahe alle merkwürdige Pflanzen des Erdbodens mit eigner Hand getrocknet hat. Sein wohlangelegter Garten, in welchem er selbst arbeitet, und sein Park, der an den unsern stößt, haben uns das erstemal angelockt hinzugehen. Aber die simple deutliche Art, womit er uns alle seine Schätze vorlegte und benennte, die großen asiatischen Reisen, welche er gemacht, und seine weitläuftige Kenntnis schöner Wissenschaften machen seinen Umgang so reizend, daß die Lady selbst entschlossen ist, ihn öfters zu besuchen, weil es ihr, wie sie sagt, sehr erfreulich ist, nah an dem Abend ihres Lebens so ergötzende Blicke in die Schöpfung zu tun. Lord Rich, der bisher ganz einsam gelebet, und niemand als den Pfarrer zu sehen pflegte, ist sehr vergnügt über unsre Bekanntschaft, und kömmt oft zu uns. Sein Tun und Lassen scheint mit lauter Ruhe bezeichnet zu sein, gleich als ob seine Handlungen die Natur der

Pflanzenwelt angenommen hätten, die unmerksam, aber unablässig arbeitet; doch dünkt mich auch, daß sein Geist den moralischen Teil der Schöpfung nun ebenso untersuchend betrachtet wie ehemals den physikalischen. Meine Emma, und meine Lady Summers gewinnen viel dabei; aber mich hat er schüchtern gemacht. Da ich letzthin seine Meinung über meine Gedanken wissen wollte, sagte er: »Gerne möchte ich von den Wurzeln der schönen Früchte Ihrer Empfindungen reden, aber wir erhalten sie nur von der Hand Ihrer Gefälligkeit, welche sie uns mitten aus dem dichten Nebel darbietet, der ihr ursprüngliches Land beständig umgibt.« – Ich fand mich in Verlegenheit, und wollte mir durch den Witz helfen lassen, der ihn fragte: ob er denn meinen Geist für benebelt hielte? – Er sah mich durchdringend und zärtlich an; »gewiß nicht auf die Art, wie Sie meinen«, sagte er; »beweist nicht diese Träne in Ihren Augen, daß ich recht hatte, da ich Ihren Geist für umwölkt hielte? Denn warum kann die kleinste Bewegung Ihrer Seele diesen Nebel, wovon ich rede, in Wassertropfen verwandeln? Aber, liebe Madam Leidens, ich will niemals mehr davon sprechen; aber fragen Sie auch mein Herz nicht mehr um sein Urteil von dem Ihrigen.«

Sehen Sie, Emilia, wie viel mir mit Ihnen fehlt; alle Empfindungen, die sich in mir zusammendringen, würde ich Ihnen sagen; da wäre mein Herz erleichtert, und schien' nicht durch diesen bemerkten Nebel hindurch. Ich war froh, mich genug zu fassen, um ihm in seinem physikalischen Ton zu antworten, daß er glauben möchte, diese Wolken würden durch meine Umstände, und nicht durch die Natur meines Herzens hervorgebracht. »Ich bin es überzeugt«, sagte er, »auch sein Sie ruhig! Es gehört alle meine Beobachtung dazu, dieses feine Gewölke zu sehen. Andere sind nicht so aufmerksam und erfahren, als ich es bin.« Unsere Unterredung wurde durch Miß Emma unterbrochen, und Mylord Rich trägt seitdem Sorge, daß er mich nicht zu genau betrachtet.

Madam Leidens an Emilia

Sagen Sie, meine Emilia, woher kömmt es, daß man auch bei der besten Gattung Menschen eine Art von eigensinniger Befolgung eines Vorurteils antrifft. Warum darf ein edeldenkendes, tugendhaftes Mädchen nicht zuerst sagen, diesen würdigen Mann liebe ich? Warum vergibt man ihr nicht, wenn sie ihm zu gefallen sucht, und sich auf alle Weise um seine Hochachtung bemühet?*

Den Anlaß dieser Fragen gab mir Lord Rich, dessen Geist alle Fesseln des Wahns abgeworfen zu haben scheint, und der allein der wahren Weisheit und Tugend zu folgen denkt. Er bezeugt eine Art Widerwillen gegen die zärtliche Neigung der Miß Emma, von welcher er doch allezeit mit der größten Achtung sprach, ihren Verstand, ihr Herz rühmte, alle ihre Handlungen seines Beifalls würdigte, und den ihrigen liebte. Nun setzt er der sanften Glut, die seine Verdienste in ihrem Herzen angefacht haben, nichts als die kälteste Heftigkeit entgegen; und gewiß aus dem nämlichen Eigensinne fängt er an, mir, die ich außer meiner Hochachtung für seine Kenntnisse ganz gleichgültig gesinnt bin, eine anhaltende zärtliche Aufmerksamkeit, die mir Zwang antut, zu bezeigen. Ich unterdrücke zehnmal die Aussprüche einer Empfindung, oder eines Gedankens, nur um seinen Beifall zu vermeiden, und nicht einen Tropfen Öl wissentlich in das anglimmende Feuer zu gießen. Denn, da ich nicht geneigt bin, seine Liebe anzunehmen, warum sollte ich sie meiner weiblichen Eitelkeit zu Gefallen vergrößern? Wir werden heute nach Mittag zu ihm gehen, um einem neuen Versuch von Besäung der Äcker mit einer Maschine zuzuschauen. Meine liebe Lady ist gar zu gerne dabei, wenn etwas umgegraben oder gepflanzet wird; »jeder Tag«, sagt sie, »führt mich näher zu der

---

* Diese Frage ist eben nicht schwer zu beantworten; das edeldenkende, tugendhafte Mädchen darf dies nicht, weil man keine eigene Moral für sie machen kann.

Vereinigung mit unserer mütterlichen Erde, und ich glaube, daß dieses meine innerliche Neigung gegen sie bestärkt.« Ich würde, liebste Emilia, einen glücklichen Tag gehabt haben, wenn nicht der Zufall wider mich und den guten Lord Rich gearbeitet hätte. Der Pfarrer war da, ich kam neben ihm zu sitzen, als uns Lord Rich von dem Feldbau und der Verschiedenheit der Erde, und der daher erforderlichen Verschiedenheit des Anbaues redte. Sein Ton war edel, einfach, und deutlich; er erzählte uns von den vielfachen Erfindungen, wozu der schlechte Ertrag der Güter die Landleute dieser und jener Nation getrieben hätte, und wie weit ihre Mühe belohnet worden sei. Da er zu reden aufhörte, konnte ich mich nicht hindern dem Pfarrer zuzulispeln, daß ich wünschte, die Moralisten möchten durch ihre Kenntnis der verschiedenen Stärke und Gattung angeborner Neigungen und Leidenschaften auch auf Vorschriften der mannichfaltigen Mittel geraten, wie alle auf ihre Art nützlich und gut gemacht werden könnten.

»Es ist schon lang geschehen«, sagte er, »aber es gibt zu viel unverbesserlichen moralischen Boden, wo der beste Bau und Samen verloren ist.«

»Es ist mir leid«, erwiderte ich; »daß ich denken muß, es gebe in der moralischen Welt auch sandige Striche, in denen nichts wächst – Heiden, die kaum kleines trocknes Gesträuche hervorbringen, und morastige Gegenden, welche die allgemeine moralische Verbesserung ebenso weit hinaussetzen, wie in der physikalischen viele Menschenalter vorbeigehen, ehe Not und Umstände sich vereinigen, den Sand mit Bäumen und Hecken durchzuziehen, um dadurch wenigstens zu verhindern, daß ihn der Wind nicht auf gutes Land treibe, und auch dieses verderbe. Lange braucht's, bis man Heiden anbaut, Morästen ihr Wasser abzapft, und sie nützlich macht; dennoch beweisen alle Ihre Versuche, daß die Tugend der Nutzbarkeit in der ganzen Erde liege, wenn man nur die Hindernisse ihrer Wirkung wegnimmt. Der Grund-

stoff der moralischen Welt hält gewiß auch durchgehends die Fähigkeiten der Tugend in sich; aber sein Anbau wird oft vernachlässiget, oft verkehrt angefangen, und dadurch Blüte und Früchte verhindert. Die Geschichte beweist es, wie mich dünkt. Barbarische Völker werden edel, tugendhaft; andere, die es waren, durch Nachlässigkeit wieder verwildert: wie ein Acker, der einst Weizen trug, und eine ganze Familie ernährte, durch Unterlassung des Anbaues Dornbüsche und schädliches Gehecke zu tragen anfängt.« Mit ruhiger Geduld hörte der Pfarrer mir zu; aber Lord Rich, der sich hinter uns gesetzt hatte, stund auf einmal lebhaft auf, und indem er mich über meinen Stuhl bei den Armen faßte, sagte er gerührt: »Madam Leidens, was haben Sie mit dem Ton Ihres Herzens in der großen Welt gemacht? Sie können nicht glücklich darin gewesen sein.« – »Dannoch Mylord«, antwortete ich: »Man lernt da die wahre Verschiedenheit zwischen Geist und Herz kennen, und sieht, daß der erste als ein schöner Garten angelegt werden kann.« Mit Enthusiasmus sagte er:
»Edelangebaute Seele, in einer gesegneten Gegend bist du erwachsen, und die schöne Menschlichkeit pflegte dich!«
Aus Bewegung meines Herzens küßte ich die Bildnisse meiner Eltern, die ich immer an meinen Händen trage; Tränen fielen auf sie; ich ging ans Fenster; Lord Rich folgte mir; eine anteilnehmende Traurigkeit war in seinen Zügen, als ich nach einigen Minuten ihn ansah, und er seine Blicke auf die Bilder heftete. »Dies sind die Bildnisse Ihrer Eltern, Madam Leidens, leben sie noch? –« sagte er sanft. – »Oh, nein, Mylord, sonst wäre ich nicht hier, und meine Augen würden nur Freudentränen zu vergießen haben.« – »Also hat Sie ein Sturm nach England geführt?« – »Nein, Mylord, denn Freundschaft und freie Wahl ist kein Sturm«, versetzte ich, indem ich mich zu lächeln bemühte. Lebhaft sagte Lord Rich, »Dank sei Ihrer *halben* Aufrichtigkeit, daß sie mich Ihrer Freiheit

zu wählen versichert. Die edelste Neigung, welche jemals ein Mann ernährte, wird auf diesen Grund ihre Hoffnung bauen.« – »Das kann nicht sein, Mylord, denn ich sage Ihnen, daß die Eigentümerin dieses Grunds auf ewig mit der Hoffnung entzweiet ist.« Lady Summers war bei uns, als ich dieses sagte, und streckte bei den letzten Worten ihre Hand aus, mir den Mund zuzuhalten; »das sollen Sie nicht sagen«, sprach sie; »wollen Sie eigenmächtig die künftigen Tage zu den vergangenen werfen? Die Vorsicht wird Ihrer nicht vergessen, meine Liebe, machen Sie nur keine eigensinnigen Foderungen an sie.« Dieser Vorwurf machte mich aus Empfindlichkeit erröten, ich küßte die Hand der Lady, mit welcher sie meinen Mund hatte zuhalten wollen, und fragte sie zärtlich: »Teure Lady, wenn Sie mich eigensinnig in meinen Foderungen gefunden?« – »In Ihrer beständigen Traurigkeit über das Vergangene, wo Sie Zurückfoderungen aus dem Reiche der Toten machen«, war ihre Antwort. – »O meine geliebte würdige Lady Summers, warum, ach – warum –« Diese Ausrufung entfloh mir, weil ich, gerührt über ihre Güte, innig bedaurte, daß wir sie durch eine falsche Erzählung betrügen mußten; aber sie nahm es anders, und fiel mir ein: »Meine Tochter, sagen Sie mir kein ›Ach warum‹ mehr; leiten Sie das Gefühl Ihres Herzens auf die Gegenstände der Zufriedenheit, die sich Ihnen anbieten, und zählen Sie auf meine mütterliche Zärtlichkeit, solange Sie sie genießen mögen.« Ich drückte ihre Hand an meine Brust, und sah sie voll Rührung an mit dem vollkommnesten Gefühle kindlicher Liebe; ihr Herz empfand es, und belohnte mich durch eine mütterliche Umarmung. Lord Rich hatte uns mit Bewegung betrachtet, und ich sah den nämlichen Augenblick die schönen Augen der Emma voll schmelzender Liebe auf ihn geheftet; ich sagte ihm auf italienisch, dort wären unvermischte Empfindungen, die allein fähig sein, die Tage eines edeldenkenden Mannes mit der feinsten Glückseligkeit zu erfüllen. Er ant-

wortete in nämlicher Sprache: »Nicht so, Madam Leidens, denn diese Art Empfindlichkeit ist nicht diejenige,
welche eine einsamwohnende Person beglücken kann.«
Was wollte er damit sagen? Ich schüttelte den Kopf halb
mißvergnügt und sagte nur: »O Mylord, von was für
einer Farbe sind Ihre Empfindungen?« – »Von der aller-
dauerhaftesten, denn sie sind aus übender Tugend entstanden.« – Ich gab keine Antwort, sondern wandte
mich, nach einer Verbeugung gegen ihn, zur Emma, die
an meinem Arm, aber ganz in ein trauriges Stillschweigen
gehüllt, nach Summerhall zurückging; und nun höre ich,
daß sie wegreisen wird.

Madam Leidens an Emilia

Überfluß, ist, wenn Sie ihm die Gewalt der Wohltätigkeit nehmen, kein Glück, meine liebe Emilia; er zerstört
den echten Gebrauch der Güter, er zerbricht in der Seele
des Leichtsinnigen die Schranken unserer Begierden,
schwächt das Vergnügen des Genusses, und setzt, wie
ich erfahre, ein genügsames Herz und seine mäßigen
Wünsche in eine Art unangenehmer Verlegenheit. – Sie
wissen vermutlich nicht, meine Freundin, wo Sie die
Ursache dieses Ausfalls auf einen Zustand, der von meinem dermaligen so weit entfernt ist, suchen sollen. Aber
Sie wissen doch, daß mich alle Gegenstände auf eine
besondere Art rühren, und werden sich nicht wundern,
wenn ich Ihnen sage, daß die Gesinnungen des Lord
Rich der eigentliche Anlaß zu meiner unmutigen
Betrachtung des Überflusses waren. Er verfolgt mich mit
Liebe, mit Bewunderung, mit Vorschlägen, und (was mir
Kummer macht) mit der Überzeugung, daß ich ihn
glücklich machen würde. Oh, hätte ich denken können,
daß die Sympathie unsers Geschmacks an den Vergnügungen und Beschäftigungen des Geistes in ihm die Idee
hervorbringen würde, daß ich auch eine sympathetische

Liebe empfinden müßte, so sollte er nicht die Hälfte der Gewalt gesehen haben, womit die Reize der Schöpfung auf meine Seele würken, und niemals hätte ich mich in Gespräche mit ihm eingelassen. Aber ich war um so ruhiger, da ich wußte, daß er ein niedliches Bild griechischer Schönheiten von der Insel Scio mit sich gebracht, und in seinem Hause hatte. Ich hielt lange Zeit sein Aufsuchen meiner Gesellschaft und das Ausfragen meiner Gedanken für nichts anders als für die Lust der Befriedigung seiner Lieblingsideen, weil ich, ohne die geringste Zerstreuung, mit ununterbrochener Aufmerksamkeit bald die Historie eines Landes, bald einer Pflanze, bald eines griechischen Ruins, bald eines Metalls, bald eines Steins anhörte, nicht müde wurde, und ihm also die Freude gab, seine Kenntnisse zu zeigen, und zu sehen, daß ich die edle Verwendung seines Reichtums und Lebens zu schätzen, und zu loben wußte. Sein Umgang war mir durch seine Wissenschaft und Erzählungen unendlich wert; sein Entschluß, nach zehnjährigen Reisen durch die allerentferntesten Gegenden des Weltkreises seine übrigen Tage in Anbauung eines Teils seiner mütterlichen Erde zuzubringen, machte mir ihn vorzüglich angenehm; dieses erfreute mich; aber seine Liebe ist der Überfluß davon, der mich belästigt und in Verlegenheit setzt. Er hat sich bei der Lady um mich erkundiget; ihre Antwort hat seinen Eifer nicht vermehrt, aber anhaltender gemacht; und ein einziges Wort von mir gegen die Lady brachte ihn zu dem Entschluß seine Griechin zu verheuraten, und mit ihrem Manne nach London zu schicken. Sie können nicht glauben, wie schwer meinem Herzen dieses vermeinte Opfer wiegt, da er, wegen leerer Hoffnungen des künftigen Vergnügens meiner Gesellschaft, die Ermunterung von ihm entfernt, welche der Besitz des reizenden Mädchens ihm gegeben hätte. Sein Sekretär liebte sie, sagt er, schon lang, und das Mädchen ihn auch; beide hätten ihn auf den Knien für ihre Vereinigung gedankt. Er fühlt aber das Leere, so ihre Abreise in seinem Herzen gelassen hat, denn er ist seitdem mit aufgehender Sonne in unserm Park, und beraubt mich der Morgenluft, weil ich ihn vermeiden will, da er eine Anfoderung von Ersatz an mich zu machen scheint. Niemals, nein, niemals mehr werde ich den Witz um Hülfe bitten, mich aus einer Verwirrung zu reißen. Die Lady Summers hatte mit mir über die angehende Liebe des Lords gescherzt; ich widersprach ihr lange in gleichem Ton, und behauptete, es wäre nichts als Selbstliebe, weil ich ihm so gerne zuhörte. Sie bestrafte mich ganz ernsthaft über diese Anklage: »Lord Rich verehret Ihre edle Wißbegierde, er sucht sie durch Mitteilung seiner Kenntnisse zu befriedigen, und seine Belohnung soll in dieser beißenden Beschuldigung bestehen?« – Ich war gerührt, weil ich nicht einmal das Ansehen einer Ungerechtigkeit dulden kann, und nun selbst eine ausübte; aber meine Lady fuhr ganz gütig fort, mir viele Beweise seiner zärtlichen Hochachtung zu wiederholen, die ich als wahre Kennzeichen der edelsten Neigung ansehen müßte; ich gestund auch, daß sie eine Rückgabe verdienten; aber da sie bei allem, was ich von meinen freundschaftlichen Gegengesinnungen sagte, immer den Kopf schüttelte, und mehr für den Lord foderte: so versicherte ich sie, daß es unmöglich sei, daß Lord Rich mehr von mir wünschen könnte, da er bei seiner schönen Griechin alles fände, was die Liebe beitragen könne, ihn glücklich zu machen. Sie schwieg freundlich, und ließ mich nicht merken, sie dächte das einzige Hindernis meiner Verbindung mit Lord Rich entdeckt zu haben. Dieser war auch einige Tage still von seiner Liebe und sehr munter, besonders an dem, wo er mit dem ruhigsten und ungezwungnesten Ton von der Heurat und Abreise seiner Assy redte. Ich war betroffen, und fürchtete mich vor dem Erbteil seines ganzen Herzens, welches ihm ihre Heurat rückfällig machte; er sagt mir nichts, die Lady aber desto mehr. »Warum, liebste Lady, wollen Sie Ihre angenommene Tochter von sich entfernen? Bin ich Ihnen unangenehm geworden?« sagte ich. Sie reichte mir die Hand, »nein, mein Kind, Sie sind mir unendlich wert, und ich werde die zärtlichste Besorgerin meines Alters gewiß vermissen; aber ich habe für den Herbst meines Lebens Früchte genug gesammlet, ohne nötig zu haben, Ihren Frühling seiner schönsten Blüte zu berauben. Sie sind jung, reizend, und fremde, was wollen Sie nach meinem Tode machen?« »Wenn ich dieses Unglück erlebe, so gehe ich zu meiner Emilia zurück.«

»Liebe Leidens, bedenken Sie sich! Ein Frauenzimmer von Ihrer Geburt und Liebenswürdigkeit muß entweder bei nahen Verwandten, oder unter dem Schutz eines würdigen Mannes sein. Lord Rich hat Ihre ganze Hochachtung; der edle Mann verdient sie auch; Sie wissen, daß Sie ihn glücklich machen können; seine Freundschaft, sein Umgang ist Ihnen angenehm; Ihr Wille, Ihre Person ist frei; die edelsten Beweggründe leiten Sie zu dieser Verbindung; machen Sie Ihrer gefundenen Mutter die Freude, in Ihnen und dem Lord Rich die echten Bildnisse männlicher und weiblicher Tugend vereint zu sehen.«

So nahe drang mir die teure Lady in mich. Ich legte meinen Kopf auf ihre Hand, die ich küßte, und mit den zärtlichsten Tränen benetzte; es war in meiner Seele, als ob ich den Widerhall der Stimme meiner geliebten zärtlichen Mutter gehört hätte. Ach, diese Tugenden waren das Band ihrer Ehe! Wie ungleich hatte ich gewählt! Die Verdienste des Lord Rich konnten sich an die Seite der vortrefflichen Eigenschaften meines Vaters setzen; mein Glück wäre wie das ihrige gewesen; aber meine Verwicklung, meine unselige Verwicklung! – Oh, Emilia, schreiben Sie mir bald, recht bald Ihre Gedanken. – Aber ich kann nicht mehr lieben; ich kann mich nicht mehr verschenken; ja die zärtliche Achtung selbst, welche ich für den Lord Rich habe, empört sich wider diesen Gedanken; mein Schicksal hat mich durch die Hand der Bosheit in den Staub geworfen; die Menschenfreundlichkeit nahm mich auf; an diese allein habe ich Ansprüche; meine Leichtgläubigkeit hat mich aller übrigen beraubet, und ich will kein fremdes, kein unverdientes Gut an mich ziehen.

Madam Leidens an Emilia

O meine Freundin! ein neues unerwartetes Übel drängt sich mir zu; ich zweifle, ob alle meine Standhaftigkeit hinreichen wird es zu ertragen, da ich ohnehin gezwungen bin, zu meiner gehässigsten Feindin, der Verstellung, meine Zuflucht zu nehmen. Aber weil in meinen itzigen Umständen mehr Aufrichtigkeit mir nichts nützen, und andern schaden würde, so will ich den fressenden Kummer in meine Brust verschließen, und selbst für das Vergnügen des Urhebers meiner Leiden die Überreste einer ehemals lächelnden Einbildungskraft verwenden. Hören Sie, meine Emilia, hören Sie, was für eine Rückkehr das Unglück macht, das Ihre Jugendfreundin verfolgt. Vor einigen Tagen mußte ich die ganze Geschichte von Lord Richs Herzen anhören; ihr letzter Teil enthielt die Abschilderung seiner Liebe für mich. »Es ist«, spricht er, »die Leidenschaft eines fünfundvierzigjährigen Mannes, die durch die Vernunft in sein Herz gebracht wurde, alle Kräfte meiner Erfahrung, meiner Kenntnis der Menschen bestärken sie.« – »Teurer Lord Rich, Sie betrügen sich; niemals hat die Vernunft für die Liebe gegen die Freundschaft gesprochen; Sie besitzen den höchsten Grad dieser edlen Neigung in meinem Herzen; lassen Sie –« – »Nichts mehr, Madam Leidens, ehe Sie mich angehört haben. Meine Vernunft machte mich zu Ihrem Freund, und wies Ihnen in meiner Hochachtung einen Platz an, den ich auch dem Verdienste eines Mannes würde gegeben haben.« – Hier rechnete er mir Tugenden und Kenntnisse zu, wovon ich sagen mußte, daß ich sie für nichts anders als schöne Gemälde liebenswürdiger Fremdlinge betrachten könnte. »Und ich (fuhr er fort) muß Ihnen in erhöhetem Maße das feine Lob zurückgeben, welches die Bescheidenheit meiner schönen Landsmänninnen von einem Fremden erhielt, da Ihnen die Vorzüge Ihres Geistes ebenso unbekannt sind als jenen die Reize ihrer Gestalt.« Hierauf beschrieb er meine mir eigenen Weiblichkeiten, wie er sie nannte, als Früchte eines feurigen Genie, und einer sanften empfindsamen Grazie, und machte aus diesem allen den Schluß; daß der Ton meines Kopfs und Herzens just derjenige wäre, welcher mit dem seinigen so genau zusammenstimmte, als nötig sei, die vollkommenste Harmonie *einer moralischen Vereinigung* zu machen. – – Das Bild seiner Glückseligkeit folgte mit so rührenden Zügen, daß ich überzeugt wurde, er kenne alle Triebfedern meiner Seele, und wisse wohin mich der Gedanke vom Wohltun führen könne. Mit aller Feinheit der Empfindungen zeichnete er einen flüchtigen Entwurf davon. O meine Emilia, es war der Abdruck meiner ehemaligen Wünsche und Hoffnungen im ehelichen Leben. Äußerst gerührt und bestürzt konnte ich meine Tränen nicht zurückhalten. Er stund von der Rasenbank auf, und ergriff meine beiden Hände; eine vieldenkende männliche Zärtlichkeit war in seinem Gesichte, als er mich betrachtete, und meine Hände an seine Brust drückte. – – »O Madam Leidens«, sagte er, »was für ein Ausdruck von tiefen Kummer ist in Ihren Gesichtszügen! Entweder hat der Tod Ihrem Herzen alle Freuden des Lebens und der Jugend entrissen, oder es liegt in Ihren Umständen irgendeine Quelle von bitterm Jammer verborgen. Sagen Sie, teure geliebte Freundin, wollen Sie nicht, können Sie nicht dieser Quelle einen Ausfluß in den Busen Ihres treuen, Ihres Sie anbetenden Freundes verschaffen?« Mein Kopf sank auf seine Hände, die noch immer die meinigen hielten. Mein Herz war beklemmter als jemals in meinem Leben. Das Bild meines Unglücks, die Verdienste dieses edelmütig liebenden Mannes, die schwere Kette meiner wiewohl falschen Verbindung, mein auf ewig verlornes Vergnügen bedrängten auf einmal meine Seele. Reden konnte ich nicht; schluchzen und seufzen mußte ich. Er schwieg tiefsinnig, und mit einer zitternden Bewegung seiner Hände sagte er in dem traurigsten, aber sanftesten Ton, indem er seinen Kopf sachte gegen den meinigen neigte: O dieser Sie quälende Kummer gibt mir ein trauriges Licht – Ihr Gemahl ist nicht tot – Eine Seele wie die Ihrige würde durch einen Zufall, den die Gesetze der Natur herbeibringen, nicht zerrissen, sondern nur niedergeschlagen. Aber der Mann ist Ihrer unwürdig, und das Andenken dieser Fesseln verwundet Ihre Seele. – Hab ich recht, oh, sagen Sie, ob ich nicht recht habe?« – Seine Rede machte mich schauern; ich konnte noch weniger die Sprache wiederfinden als vorher. Er war so gütig mir zu sagen: »Heute nichts mehr! Beruhigen Sie sich; lassen Sie mich nur Ihr Vertrauen erwerben.« – Ich erhob meine Augen, und drückte aus einer unwillkürlichen Bewegung seine Hände. »O Lord Rich –« war alles was ich aussprechen konnte. »Bestes weibliches Herz! was für ein Unmensch konnte dich mißkennen, und elend machen?« – »Lieber Lord, Sie sollen alles, alles wissen, Sie verdienen mein Vertrauen.« – Dies sagte ich, als ein Bedienter der Lady Summers kam, mich zu rufen, weil wichtige Briefe von London angekommen wären. – Ich suchte mich so viel als möglich zu fassen, und eilte zur Lady, die mir gleich die angesehene Heurat ihrer einzigen Nichte mit Mylord N** anzeigte, und sich auf den Besuch freute, den ihr Bruder und die Neuvermählten in vierzehn Tagen bei ihr ablegen würden. »Wir müssen auf ein artiges Landfest sinnen«, sagte sie, »um den jungen Leuten Freude bei ihrer alten Tante zu machen.« Hierauf gab sie mir im Aufstehen einen Brief zu lesen, den das junge Paar ihr zusammen geschrieben hatte, und entfernte sich, um den Bedienten wieder abzufertigen. Was für ein Grauen überfiel mich, meine Emilia, als ich die Hand des Lord

Derby erblickte, der nun wirklicher Gemahl der jungen Lady Alton war! Mit bebenden Füßen eilte ich in mein Zimmer, um meine Betäubung vor der Lady Summers zu verbergen. Weinen konnte ich nicht, aber ich war dem Ersticken nahe. Wie fühlte ich meine Unvorsichtigkeit nach England gegangen zu sein! Meinen Schutzort mußte ich verlieren; unmöglich war's in Summerhall zu bleiben. Ach ich gönnte dem Bösewicht sein Glücke; aber warum mußte ich abermals das Opfer davon werden? Ich ging ans Fenster, um Atem zu schöpfen, und erhob meine Augen gen Himmel; o Gott, mein Gott, der du alles zuläßt, erhalte mich in diesem Bedrängnis! Was soll ich tun? O meine Emilia, beten Sie für mich! Ein Wunder, ja ein Wunder ist's, daß ich mich sammlen konnte. – Ich beschloß, mich zu verstellen, der Lady alle Anstalten des Empfangs machen zu helfen, und dann eine Krankheit und Ermattung vorzuschützen, solange die Gäste dasein würden, und in meinem Zimmer bei zugezogenen Vorhängen zu liegen, als ob der Tag meinem Kopf, und meinen Augen schmerzte. – Ich fand in dieser äußersten Not kein anders Mittel; ich unterdrückte also meinen Jammer, und ging zur Lady, die ich noch aus dem Fenster dem zurückkehrenden Abgeschickten freundlich zurufen hörte. Die Lady erzählte mir die Größe des Reichtums und Ansehen des Hauses von Lord N**, der durch den Tod seines Bruders einziger Erbe war. Nun, sagte sie, würde ihr Bruder vergnügt sein, der sonst keinen Fehler als den Ehrgeiz hätte; seine Freude machte die ihrige. Dankbarkeit und Freundschaft, ihr unterstützet mich – Denn wo hätte sonst meine Vernunft, meine völlig zerstörte Seele die Kraft gehabt, mich aufrecht zu erhalten, mich lächeln zu lassen? Der Anteil, den ich an der Freude meiner Wohltäterin nahm, stärkte mich. Alles Übel war geschehen; wenn ich geredet hätte, würde nur das Gute, nicht das Böse, unterbrochen worden sein. Die erste Stunde war voll der größten Qual, die mein Herz jemals betroffen hatte; aber grausam würde ich gewesen sein, wenn ich das Herz der lieben Lady durch meine Entdeckungen geängstigt hätte. Sie liebt mich, sie ist gerecht und tugendhaft; der heftigste Abscheu würde sie gegen den bösen Menschen erfüllen, der nun ihr Neffe, der geliebte Gemahl ihrer Nichte ist. Vielleicht ist er auf dem Wege der Besserung – und gewiß wäre er selbst in der äußersten Sorge, wenn er wüßte, daß ich hier bin. – Er kannte mich niemals; niemals dachte er, daß das Schicksal mir einst die Gewalt geben würde, ihm so sehr zu schaden. Aber ich will sie nicht gebrauchen, diese Gewalt; ungestört soll er das Glück genießen, welches ihm das Verhängnis gibt, und meinem Herzen soll es nicht umsonst die Probe angeboten haben, in welcher die Tugend ihre wahren Ergebenen erkennt, *den Feinden wohlzutun*. Laß mich, o Vorsicht, laß mich dieses Gepräge der wahren Größe der Seele erhalten! Viele, aber milde Tränen überströmten nach diesem Gebet meine Lagerstätte. Die Wohltätigkeit, die ich meinem größten Feind gelobte, wurde durch die seligste Empfindung belohnt; mein Herz fühlte den Wert der Tugend, es fühlte, daß es durch sie edel und erhaben war. Nun falteten sich meine Hände mit der reinen Bewegung des Danks, da sie wenige Stunden vorher der Schmerz der Verzweiflung ineinander gewunden hatte. – Sanft schlief ich ein, ruhig wachte ich auch, ruhig habe ich schon einen Plan des Landfestes aufgesetzt, das die Lady geben will. – Aber bemerken Sie, meine Emilia, wie leicht sich Böses mit Gutem micht. – Einige Minuten lang war der Gedanke in mir, das Fest in kleinem so zu veranstalten, wie das vom Grafen F. auf seinem Landgut war, um den Lord in ein kleines Staunen zu setzen. Aber auch dieses verwarf ich als eine maskierte Rache, die sich in meine Einbildung schleichen wollte, da sie aus meinem Herzen verbannet war. – Ich glaube, Emilia, Rich sieht beinahe, was ich denke. Er kam erst den vierten Tag nach meiner Unterredung mit ihm zu uns. Die Lady erzählte ihm bei dem Mittagessen die Ursache, warum wir alle so beschäftiget sein, und führte ihn nachmittags in die schon bereiteten Zimmer. Ich mußte sie begleiten, und auch die Veranstaltungen für das Pachterfest vorlesen. Lord Rich schien sehr aufmerksam, lobte alles, aber sehr kurz, und begleitete alle meine Bewegungen mit Blicken, welche Neugierde und Unruhe in sich zeigten. – Lady Summers verließ uns einige Minuten, und er kam an den Tisch, wo ich italienische Blumen aussuchte und zusammenband. Mit einer sorgsamen zärtlichen Miene nahm er eine meiner Hände; »Sie sind nicht wohl, meine Freundin, Ihre Hände arbeiten zitternd; eine gewisse Hastigkeit ist in ihren Bewegungen, welche durch die angenommene Munterkeit wider ihren Willen hervorbricht; Ihr Lächeln kommt nicht aus dem Herzen; was bedeutet dieses?« – »Lord Rich, Sie machen mir bange mit Ihrer Scharf- sicht«, antwortete ich. – »Ich sehe also doch gut?« – »Fragen Sie mich nicht weiter, Mylord; meine Seele hat den äußersten Kampf erlitten, aber ich will itzt dem Vergnügen der Lady Summers alles, was mich angeht, aufopfern« – »Ich besorge nur, Sie opfern sich selbst dabei auf«, sagte der Lord. »Fürchten Sie nichts«, ant- wortete ich, »das Schicksal hat mich zum Leiden bestimmt; es wird mich dazu erhalten.« Ich sagte dies, wie mich dünkte, ruhig und lächelnd; aber Lord Rich sah mich mit Bestürzung an. »Wissen Sie, Madam Leidens, daß dies, was Sie sagen, den größten Grad von Verzweif- lung anzeigt, und mich in die tödlichste Unruhe wirft? – Reden Sie – reden Sie – mit der Lady Summers; Sie werden ein mütterliches Herz in ihr finden.« – »Ich weiß es, bester Lord! Aber es kann itzt nicht sein; bleiben Sie unbesorgt über mich; mein Zittern ist nichts anders als die letzte Bewegung eines Sturms, dem bald eine ruhige Stille folgen wird.« – »O Gott«, rief er aus, »wie lange werden Sie die Marter dauern lassen, die mir der Gedanke von Ihrem Kummer macht?« Die Lady kam zurück, und zog mich aus der Sorge weichherzig zu werden. Lord Rich ging mit einem Ansehen von trotzigem Mißvergnügen hinweg. Wir bemerkten es beide. Lady Summers sagte mir lächelnd: »Können Sie gutherzig sein und gute Leute plagen? O wenn ich denken könnte, daß eine dieser Blumen Sie als die Braut von Lord Rich zum Altare schmücken würde! – Mein Bruder soll die Vaterstelle vertreten, so wie ich die Mutter sein werde.« – »Liebste Lady«, antwortete ich in der äußersten Bewegung, »meine Widersetzung wird mir immer schmerzhafter; aber noch immer ist es mir unmöglich eine Entschließung zu fassen. Dulden Sie mich, so wie ich bin, noch einige Zeit.« Ein Strom von Tränen, den ich nicht zurückhalten konnte, machte die Lady gleichfalls weinen; aber sie versprach mir, nicht weiter in mich zu setzen.

Auszug aus einem Briefe von Lord N. an Lord B—

Du weißt, daß ich mit der reichen zierlichen *Alton* vermählt bin, und daß sie stolz darauf ist, mich in Hymens Fesseln gebracht zu haben. Einfältig brüstet sie sich, wenn ich, um das Maß ihrer albernen Denkensart zu ergründen, mit einer Miene voller Gefälligkeit nach ihren neuen Wünschen frage. Ich wollte damit eine Zeitlang meinen Scherz haben, um mein Register über weibliche Narrheiten vollzumachen, und ich habe mir einen sehr wesentlichen Dienst dadurch getan. Denn nachdem das elende Gepränge vorbei war, womit Neuvermählte einander im Triumphe herumzuführen scheinen, fragte ich meine Lady, ob sie nicht irgendeine Landreise machen wollte, und sie schlug mir einen Besuch bei ihrer Tante Summers vor, die eine langweilige Frau, aber reich und angenehm zu erben sei. – Wir schrieben ihr, und ich schickte den John mit unsrem Briefe unsern Besuch zu melden. Die Matrone nahm ihn sehr freundlich auf; während sie mit der Antwort beschäftigt war, ging John mit ihrem Hausmeister in einem Zimmer auf und ab; die

Lady hatte gleich um eine Madam Leidens geschickt. Eine Viertelstunde darauf tritt mit eilfertigem Schritte eine feine englisch gekleidete Weibsperson in den Vorsaal, und geht mit beinahe geschlossenen Augen ins Zimmer der Lady. John, wie vom Blitz gerührt, erkennt die *Sternheim* in ihr, erholt sich aber gleich, und fragt, wer diese Lady sei? Der Hausmeister erzählt, daß sie mit der Lady aus Deutschland gekommen wäre, und daß die Lady sie außerordentlich liebte; sie sei ein Engel von Güte und Klugheit, und Lord Rich, dessen Güter an der Lady ihre grenzten, würde sie heuraten. – Mein armer Teufel, John, zitterte vor Ängsten, zu der Lady gerufen zu werden, und betrieb seine Abfertigung. Die Alte kam, aber allein; John ließ sich so schnell als möglich abfertigen, und jagte zurück. – Urteile selbst wie ich von dieser Nachricht überrascht wurde! Über keinen meiner kleinen Streiche bin ich jemals so verlegen gewesen als diesen Augenblick über den, welchen ich dieser Schwärmerin gespielet hatte. Wo mag sie die Verwegenheit genommen haben, sich in England zu zeigen? Aber geht's nicht allezeit so? Die furchtsamste Kreatur wird in den Armen eines Mannes herzhaft gemacht. Ich hatte ihr also etwas von meiner Unverschämtheit mitgeteilt, welches sie mir in dem Hause der Lady Summers wieder zurückgeben konnte. Diesem wollte ich mich nicht aussetzen, indem meine Absichten unumgänglich die Beobachtung des Wohlstandes erfoderten. Ich wußte mir Dank, den John bei mir behalten zu haben; denn der listige Hund fand eher einen Ausweg als ich. Er schlug mir vor, sie entführen zu lassen; dies mußte aber bald geschehen, und der Ort ihres Aufenthalts mußte sehr entfernt sein. Ich bestimmte ihr den nämlichen Platz in den schottischen Gebürgen auf Hoptons Gütern, wo ich vor einigen Jahren die *Nancy* aufgehoben habe; und da diese von ihrem Vater, der ein Advokat war, nicht gefunden werden konnte, wer sollte eine Ausländerin da suchen? Ich gestehe Dir, es ist ein verfluchtes Schicksal für eines der artigsten Mädchen, daß sie so viele hundert Meilen von ihrem Geburtsort bei einem armen Bleiminenknecht in Schottland Haberbrod fressen muß. Aber was, zum T—, hatte sie mir auf meinem Weg nach England zu begegnen? Es ist billig, daß sie diese Frechheit bezahle. Sie ist bereits sicher an Ort und Stelle angekommen, und ich habe Befehl gegeben, daß man gut mit ihr umgehen soll. John machte die Anstalten, und weil er vom Hausmeister der Lady Summers wußte, daß Lord Rich, und die Töchter und Frau des Pfarrers öfters mit meiner Heldin im Park Unterredungen hatten, so ließ er sie im Namen der Miß Emma auf einen Augenblick in den Park rufen. Sie kam, er packte sie auf, und brachte sie, wie er sagt, mit Mühe lebendig nach Schottland. Den ganzen Weg über hat sie nichts als ein paar Gläser Wasser zu sich genommen, und, eine Ausrufung über mich unter dem Namen Derby ausgenommen, wie ein totes Bild in der Schäse gesessen. Wenn du toller Narr hier gewesen wärst, so hätte ich sie *Dir* in Verwahrung gegeben; und gewiß, wenn der heulende Genius, der Dich ehemals regierte, um sie geschwebt wäre, hättest Du sie zahm machen können, und noch eine bessere Beute an ihr gemacht, als alles Dein Gold in den Galanteriebuden zu Paris sich erkaufen kann. Denn sie ist eine der schönsten Blumen von allen, die an dem feurigen Busen Deines Freundes verwelkt sind. Sobald ich Nachricht von ihrer zweitägigen Abreise hatte, ging ich mit meiner Lady und ihrem Vater nach Summerhall, wo die Matrone im Bette lag, und um ihre Pflegtochter wehklagte. Alle Leute im Hause und im Orte, die Familie des Pfarrers, besonders Lord Rich, ein alter Knabe, der den Philosophen spielt, bejammerten den Verlust von Madam Leidens. Lady Summers flehte mich um Hülfe an; ich gab mir auch das Ansehen aller Bewegungen, sie suchen zu helfen, und erfuhr bei dieser Gelegenheit, wie sie nach England gekommen war. Jedermann rühmte ihre Reize, ihre Talente und ihr gutes Herz; die Narren machten mich toll und müde damit;

besonders Rich, der Weise, der mich zum Vertrauten seiner Leidenschaft machte, und so weise ist sich einzubilden, daß sie sich *vor ihm* geflüchtet habe, weil er sie so weit gebracht hätte, ihm die Erzählung ihrer Geschichte zu versprechen, die gewiß besonders sein müsse, indem das junge Frauenzimmer alle Merkmale der edelsten Erziehung, der vollkommensten Tugend, und der feinsten weiblichen Zärtlichkeit in ihrem Betragen hätte. Er vermutete, ein Bösewicht habe ihre Gutherzigkeit betrogen, und dadurch den Grund des Kummers gelegt, mit welchem er sie immer kämpfen sehen. War es nicht eine verdammte Sache, alles dieses anzuhören und fremde zu scheinen? Er wies mir ihr Bildnis, wohl getroffen, vor einem Tische, wo ein Gestelle mit Schmetterlingen war, von denen sie, ich weiß nicht welchen, Gebrauch zu einem Fest machen wollte, so mir zu Ehren angestellt werden sollte, und wovon sie die Erfinderin war. Der Einfall war nicht gut gewählt; sie verstund sich wenig auf die Schmetterlingsjagd, sonst hätte sie meine Fittige nicht frei gelassen. Aber ihr Bild machte mehr Eindruck auf mich als alle Züge von ihrem Charakter. Es ist, bei meinem Leben! schade um sie; und ich möchte wissen, was sie bei der Vorsicht, die sie doch so stark verehrt, verschuldet haben mag, daß sie in der schönsten Blüte ihres Lebens aus ihrem Vaterlande gerissen, zugrunde gerichtet, und in den elendesten Winkel der Erde geworfen werden mußte. Und was wollte das Verhängnis mit mir, daß ich der Henkerbube sein mußte, der diese Verurteilung vollzog? O ich schwör es, wenn ich jemals eine Tochter erziehe, so soll sie alle Stricke kennenlernen, womit die Bosheit unsers Geschlechts die Unschuld des ihrigen umringt! – Aber was hilft dies dir arme Sternheim? – – Komm zurück, wir wollen im Frühjahre sie einmal besuchen; diesen Winter muß sie ausharren, ob sie mich schon jammert.

Hier, meine Freundin, müssen Sie noch etwas von meiner Feder lesen, um eine Lücke auszufüllen, welche sich in den Papieren, wovon ich Ihnen die Auszüge mitteile, findet. Meine liebe Dame wurde nach dem Anschlag des gottlosen Lords in den Garten zu den Töchtern des Pfarrers gerufen, just, da sie eben ihren letzten Brief an meine Emilia endigte; sie steckte die ganze Rolle des Papiers zu sich, um zu verhindern, daß man nichts zum Nachteil des Lords finden möchte, ging gegen den Park zu, und da sie sich zwanzig Schritte weit an der Seite des Gartens gegen das Dorf umgesehen hatte, und niemand erblickte, ging sie zurück. Aber plötzlich zeigte sich im Park eine Weibsperson, die ihr winkte; sie eilte gegen ihr; diese Person eilte gleichfalls auf sie zu; und faßte sie an der Hand; im nämlichen Augenblicke kamen noch zwo vermummte Personen, warfen ihr eine dichte runde Kappe über den Kopf, und schleppten sie mit Gewalt fort. Ihr heftiges Sträuben, ihre Bemühung zu rufen war vergebens; man warf sie in eine Halbchäse, und jagte die ganze Nacht mit ihr fort. Essen und Trinken bot man ihr in einem Walde an; sie konnte aber und mochte nichts als ein Glas Wasser nehmen! Gleich jagte man wieder weiter; äußerst traurig und abgemattet saß sie neben einer Person in Weibskleidern, von welcher sie fest umfaßt gehalten wurde; sie bat einmal auf den Knien um Erbarmen, erhielt aber keine Antwort, und wurde endlich in der Hütte eines schottischen Bleiminenknechts auf ein elendes Bette gesetzt. Dies war alles, was sie von ihrer Entführung zu sagen wußte; denn sie war beinahe sinnlos. Ihr Tagbuch kann zum Beweis dienen, wie sehr ein heftiger Schmerz des Gemüts das edelste Herz zerritten kann. Aber eben dieses Tagbuch beweist, daß, sobald ihre Kräfte sich erholten, auch die vortrefflichen Grundsätze ihrer Erziehung wieder ihre volle Wirksamkeit erhielten.

Den Kummer, in welchen durch diesen Zufall die Lady Summers gesetzt wurde, und den Jammer meiner Emilia und den meinigen über die Nachricht von ihrem Unsichtbarwerden können Sie sich leichter selbst vorstellen, als ich ihn beschreiben könnte; zumal da alles mögliche, um auf ihre Spur zu kommen, vergebens angewandt wurde. Unvermeidliche Zufälle hielten meinen Schwager den Winter durch zurück selbst nach England zu gehen, um der Lady Summers seine Vermutungen gegen Lord Derby zu entdecken; und dieser Winter war der längste und traurigste, den jemals eine kleine Familie erlebt hat, welche durch das Unglück einer innigst geliebten Freundin elend gemacht wurde.

Madam Leidens in den schottischen Bleygebürgen

Emilia! teurer geliebter Name! Ehemals warst du mein Trost und die Stütze meines Lebens, itzt bist du eine Vermehrung meiner Leiden geworden. Die klagende Stimme, die Briefe deiner unglücklichen Freundin dringen nicht mehr zu dir, alles, alles ist mir entrissen, und noch mußte mein Herz mit der Last des bittern Kummers beschweret werden, die Angst meiner Freunde zu fühlen. Beste Lady! – liebste Emilia! warum mußte euer liebreiches Herz mit in das Los von Qual der Seele fallen, welches das Verhängnis mir Unglücklichen zuwarf? – O Gott, wie hart strafest du den einzigen Schritt meiner Abweichung von dem Pfade der bürgerlichen Gesetze! – Kann meine heimliche Heurat dich beleidiget haben? – Arme Gedanken, wo irret ihr umher? Niemand höret euch, niemand wird euch lesen; diese Blätter werden mit mir sterben und verwesen; niemand als mein Verfolger wird meinen Tod erfahren, und er wird froh sein die Zeugnisse seiner Unmenschlichkeit mit mir begraben zu wissen. O Schicksal, du siehst meine Unterwerfung, du siehst, daß ich nichts von dir bitte; du willst mich

langsam zermalmen; tue es – rette nur die Herzen meiner
tugendhaften Freunde von dem Kummer, der sie meinetwegen beängstiget!

Dritter Monat meines Elendes

Noch einen Monat hab ich durchgelebt, und finde mein
Gefühl wieder, um den ganzen Inbegriff meines Jammers
zu kennen. Selige Tage, wo seid ihr, an denen ich bei
dem ersten Anblick des Morgenlichts meine Hände
dankbar zu Gott erhob und mich meiner Erhaltung
freute? Itzt benetzen immer neue Tränen mein Auge und
mit neuem Händeringen bezeichne ich die erste Stunde
meines erneuerten Daseins. O mein Schöpfer, solltest du
wohl die bittere Zähre meines Jammers lieber sehen, als
die überfließende Träne der kindlichen Dankbarkeit?

* * *

Hoffnungslos, aller Aussichten auf Hülfe beraubt,
kämpfe ich wider mich selbst; ich werfe mir meine
Traurigkeit als ein Vergehen vor, und folge dem Zug
zum Schreiben. Eine Empfindung von besserer Zukunft
regt sich in mir. – Ach! redete sie nicht noch lauter in
meinen vergangenen Tagen? – Täuschte sie mich nicht? –
Schicksal! Hab ich mein Glück gemißbraucht? Hing
mein Herz an dem Schimmer, der mich umgab? Oder ist
der Stolz auf die Seele, die ich von dir empfing, mein
Verbrechen gewesen? – Arme, arme Kreatur, mit wem
rechte ich! Ich beseelte Handvoll Staubes empöre mich
wider die Gewalt, die mich prüft – und erhält. Willt du,
o meine Seele, willt du durch Murren und Ungeduld das
ärgste Übel in den Kelch meines Leidens gießen? –
Vergib, o Gott, vergib mir, und laß mich die Wohltaten
aufsuchen, mit denen du auch hier mein empfindliches
Herz umgeben hast.

* * *

Komm, du treue Erinnerung meiner Emilia, komm und sei Zeuge, daß das Herz deiner Freundin seine Gelübde der Tugend erneuert, daß es zu dem Wege seiner Pflichten zurückkehrt, seiner eigensinnigen Empfindlichkeit absagt, und vor den Merkmalen einer liebreichen immerdauernden Vorsicht nicht mehr die Augen verschließt. – – Beinahe drei Monate sind's, daß ich durch einen betrügerischen Ruf in dem Park von Summerhall anstatt meiner gefühlvollen freundlichen Emma einem der grausamsten Menschen in die Gewalt kam, der mich Tag und Nacht reisen machte, um mich hieher zu bringen: Derby! Niemand als du war dieser Barbarei fähig! In der Zeit, wo ich für dein Vergnügen arbeitete, zettelltest du ein neues Gewebe von Kummer für mich an. – – Ehre und Großmut müssen dir sehr unbekannt sein, weil du nicht denken konntest, daß sie mich deinen Augen entziehen, und mich schweigen heißen würden! Was für ein Spiel machst du dir aus der Trübsal eines Herzens, dessen ganze Empfindsamkeit du kennst? – Warum, o Vorsicht, warum mußten alle boshafte Anschläge dieses verdorbenen Menschen in Erfüllung kommen, und warum alle guten Entwürfe der Seele, die du mir gabst, in diese traurige Gebürge verstoßen werden?

* * *

Wie unstet macht die Eigenliebe den Gang unserer Tugend! Vor zween Tagen wollte mein Herz voll edler Entschlüsse geduldig auf dem dornichten Pfade meines unglücklichen Schicksals fortgehen, und meine Eigenliebe führt die Wiedererinnerung dazu, welche meine Blicke von dem Gegenwärtigen und Künftigen entfernt, und allein auf das unveränderliche Vergangene heftet. – Tugendlehre, Kenntnisse und Erfahrung sollen also an mir verloren sein, und ein niederträchtiger Feind soll die verdoppelte Gewalt haben, nicht nur mein äußerliches Ansehen von Glück wie ein Räuber ein Kleid von mir zu reißen, sondern meine Gesinnungen, die Übung meiner

Pflichten, und die Liebe der Tugend selbst in meiner Seele zu zerstören?

* * *

Glückliche, ja allerglücklichste Stunde meines Lebens, in der ich mein ganzes Herz wieder gefunden habe; in welcher die selige Empfindung wieder in mir erwachte, daß auch hier die väterliche Hand meines Schöpfers für die besten Güter meiner Seele gesorget hat! Er ist es, der meinen Verstand von dem Wahnsinne errettete, welcher in den ersten Wochen sich meiner bemeistern wollte; Er gab meinen rauhen Wirten Leutseligkeit und Mitleiden für mich; das reine moralische Gefühl meiner Seele erhebt sich allmählig über die Düsterheit meines Grams; die Heiterkeit des Himmels, der diese Einöde umgibt, gießt, ob ich ihn schon seufzend anblicke, ebenso viel Hoffnung und Friede in mein Herz als der zu Sternheim, Vaels und Summerhall. Diese aufgetürmten Berge reden mir von der allmächtigen Hand, welche sie schuf; überall ist die Erde mit den Zeugnissen seiner Weisheit und Güte erfüllt, und überall bin ich sein Geschöpf. Er wollte hier meine Eitelkeit begraben, und die letzten Probestunden meines Lebens sollen allein vor seinen Augen und vor dem Zeugnis meines Herzens verfließen! Vielleicht werden sie nicht lange dauern. Soll ich denn nicht suchen, sie mit dem Überrest von Tugend auszufüllen, deren Ausübung noch in meiner Gewalt geblieben ist! – Gedanke des Todes, wie wohltätig bist du, wenn du, von der Versicherung der Unsterblichkeit unserer Seele begleitet, zu uns kommst! Wie lebhaft erweckest du das Gefühl unserer Pflichten, und wie eifrig machst du unsern Willen Gutes zu tun? Dir danke ich die Überwindung meines Grams, und die erneuerten Kräfte der Tugend meiner Seele! Du machtest mich mit Lebhaftigkeit den Entschluß fassen, meine letzten Tage mit edlen Gesinnungen auszufüllen, und zu sehen, ob ich nicht auch hier Gutes tun kann.

* * *

Ja, ich kann, ich will noch Gutes tun; oh, Geduld, du Tugend des Leidenden, nicht des Glücklichen, dem alle Wünsche gewähret sind, wohne bei mir, und leite mich zu ruhiger Befolgung der Ratschlüsse des Schicksals! – Mühsam und einzeln sammlet man die Wurzeln und Kräuter, welche unsere leiblichen Übel heilen. Ebenso besorgt sollte man die Hülfsmittel unserer moralischen Krankheiten suchen; sie finden sich oft, wie jene, am nächsten Fußsteige von unserem Aufenthalt. Aber wir sind gewohnt das Gute immer in der Ferne zu suchen, und das An-der-Hand-Liegende mit Verachtung zu übersehen. Ich machte es so; meine Wünsche und meine Klagen führten meine Empfindung weit von dem, was mich umgab; wie spät erkenne ich die Wohltat, eine ganze Rolle Papier mit mir gebracht zu haben, die mir bisher in den Sammlungsstunden meines Geistes so große Dienste getan hat. War es nicht Güte der Vorsicht, die mich auf meiner beschwerlichen Reise hieher vor aller Beleidung schützte, und mir alles erhielt, was mir in den Zeiten meiner Ruhe nützen konnte?

* * *

Emilia, heilige Freundschaft, geliebtes Andenken! dein Bild steigt aus dem Schutte meiner Glückseligkeit lächelnd empor. Tränen, viele Tränen kostest du mich. – Aber komm, diese Blätter sollen dir geweihet sein! Von Jugend auf ergossen sich meine geheimsten Empfindungen in dein treues zärtliches Herz; der Zufall kann diese Papiere erhalten, sie können dir noch zukommen, und du sollst darin sehen, daß mein Herz die Tugend des deinigen, und seine Güte für mich niemals vergessen hat. Vielleicht benetzt einst die Zähre deiner freundschaftlichen Liebe diese Überbleibsel deiner unglücklichen Sophie. Auf meinem Grabe wirst du sie nicht weinen können; denn ich werde das Schlachtopfer sein, welches die Bosheit des Derby hier verscharret; und da der Gedanke an Tod und Ewigkeit meine Klagen und Wünsche endiget, so will ich dir noch den jähen Absturz beschreiben, der mich in meine frühe Grube bringt. Ich konnte es nicht eher tun; ich wurde zu sehr erschüttert, so oft ich daran dachte.

* * *

Halb leblos bin ich hier angelangt, und drei Wochen in einer Gemütsverfassung gewesen, die ich nicht beschreiben kann; was ich in dem zweiten und dritten Monat meines Aufenthalts war, zeigen die Stücke, die ich in meinen Erquickungsstunden schrieb. Urteilen Sie aber, Emilia, von der Zerrüttung meiner Empfindnisse, weil ich nicht beten konnte; ich rief auch den Tod nicht, aber, in dem vollen Gefühl des Übermaßes von Unglück, so mich betroffen, würde ich dem auf mich fallenden Blitz nicht ausgewichen sein. Ganze Tage war ich auf meinen Knien, nicht aus Unterwerfung, nicht um Gnade vom Himmel zu erflehen; Stolz, empörter Stolz war mit dem Gedanken des unverdienten Elends in meine Seele gekommen. Aber, o meine Emilia, dieser Gedanke vermehrte mein Übel, und verschloß jeder übenden Tugend meiner Umstände mein Herz; und übende Tugend allein kann den Balsam des Trosts in die Wunden der Seele träufeln. Ich empfand dieses das erstemal, als ich das arme fünfjährige Mädchen, die auf mich achthaben mußte, mit Rührung ansah, weil sie sich bemühte, meinen niedergesunknen Kopf mit ihren kleinen Händen aufzurichten; ich verstund ihre Sprache nicht, aber ihr Ton und der Ausdruck ihres Gesichts war Natur und Zärtlichkeit und Unschuld; ich schloß sie in meine Arme, und ergoß einen Strom von Tränen; es waren die ersten Trosttränen, die ich weinte, und in die Dankbarkeit meines Herzens gegen die Liebe dieses Geschöpfs mischte sich die Empfindung, daß Gott diesem armen Kinde die Gewalt gegeben hätte, mich die Süßigkeit des Mitleidens schmecken zu lassen. Von diesem Tage an rechne ich die *Wiederherstellung meiner Seele*. Ich fing nun an dankbar die kleinen Brosamen von Glückseligkeit aufzusammeln, die hier neben mir im Staube lagen. Meine erschöpften Kräfte, die Schmerzen, welche mir das Haberbrot verursachte, ließen mich meinen Tod nahe glauben; ich hatte keinen Zeugen meines Lebens mehr um mich; ich wollte meinem Schöpfer ein gelassenes, ihn liebendes Herz zurückgeben, und dieser Gedanke gab den tugendhaften Triebfedern meiner Seele ihre ganze Stärke wieder. Ich nahm meine kleine Wohltäterin zu mir in den armen abgesonderten Winkel, den ich in der Hütte besitze, ich teilte mein Lager mit ihr, und von ihr nahm ich die erste Unterweisung der armen Sprache, die hier geredet wird. Ich ging mit ihr in die Stube meiner Hauswirte; der Mann hatte lang in den Bleiminen gearbeitet, und ist nun aus Kränklichkeit unvermögend dazu geworden, bauet aber mit seiner Frau und Kindern ein kleines Stück Feld, das ihm der Graf Hopton nah an einem alten zerfallenen Schlosse gegeben, mit Haber und Hanf an; den Haber stoßen sie mit Steinen zum Gebrauch klein, und der Hanf muß sie kleiden. Es sind arme gutartige Leute, deren ganzer Reichtum wirklich in den wenigen Guineen besteht, welche sie für meine Verwahrung erhalten haben. Es freute sie, daß ich ruhiger wurde, und zu ihnen kam; jedes befliß sich, mir Unterricht in ihrer Sprache zu geben, und ich lernte in vierzehn Tagen so viel davon, um kurze Fragen zu machen, und zu beantworten. Die Leute wissen, wie weit sie mich außer dem Haus lassen dürfen, und der Mann führte mich an einem der letzten Herbsttage etwas weiter hinaus. Oh, wie arm ist hier die Natur! Man sieht, daß ihre Eingeweide bleiern sind. Mit tränenden Augen sah ich das rauhe magere Stück Feld, auf dem mein Haberbrot wächst, und den über mich fließenden Himmel an; die Erinnerung machte mich seufzen, aber ein Blick auf meinen abgezehrten Führer hieß mich zu mir selbst sagen: Ich habe mein Gutes in meiner Jugend reichlich genossen, und dieser gute Mann und seine Familie sind, solange sie leben, in Elend und Mangel gewesen; sie sind Geschöpfe des nämlichen göttlichen Urhebers, ihrem Körper fehlt keine Sehne, keine Muskel, die sie zum Genuß physikalischer Bedürfnisse nötig haben; da ist kein Unterschied unter uns; aber wie viele Teile der Fähigkeiten ihrer Seele schlafen, und sind untätig geblieben! Wie verborgen, wie unbegreiflich sind die Ursachen, die in unsrer körperlichen Einrichtung keinen Unterschied entstehen ließen, und im moralischen Wachstum und Handeln ganze Millionen Geschöpfe zurücklassen! Wie glücklich bin ich heute noch durch den erhaltenen Anbau meines Geistes und meiner Empfindung gegen Gott und Menschen! Wahres Glück, einzige Güter, die wir auf Erde sammlen und mit uns nehmen können, ich will aus Ungeduld euch nicht von mir stoßen; ich will die Gutherzigkeit meiner armen Wirte durch meine Freundlichkeit belohnen. – Eifrig lernte ich an ihrer Sprache fort, und erfuhr beim Nachforschen über ihre manchmalige Härte gegen das junge Mädchen, daß es nicht ihr Kind, sondern des Lords Derby wäre, daß die Mutter des Kindes bei ihnen gestorben sei, und der Lord nichts mehr zu dessen Unterhalt hergäbe. Ich mußte bei dieser Nachricht in meinen Winkel; ich empfand mit Schmerzen mein ganzes Unglück wieder. Die arme Mutter! Sie war schön wie ihr Kind, und jung, und gut; – bei ihrem Grabe wird das meinige sein. O Emilia, Emilia, wie kann, o wie kann ich diese Prüfung aushalten! Das gute Mädchen kam und nahm meine Hand, die über mein armes Bette hing, während mein Gesicht gegen die Wand gekehrt war. Ich hörte sie kommen; ihr Anrühren, ihre Stimme machte mich schauern, und widerwillig entriß ich ihr meine Hand. Derbys Tochter war mir verhaßt. Das arme Mädchen ging mit Weinen an den Fuß meines Lagers und wehklagte. Ich fühlte mein Unrecht, die unglückliche

Unschuld leiden zu machen; ich gelobte mir, meinen Widerwillen zu unterdrücken, und dem Kinde meines Mörders Liebe zu erweisen. Wie froh war ich, da ich mich aufrichtete und sie rief. Auf ihre kleine Brust gelehnt legte ich das Gelübte ab, ihr Güte zu erweisen. Ich werde es nicht brechen, ich hab es zu teuer erkauft!

* * *

O Derby! wie voll, wie voll machst du das Maß deiner Härte gegen mich! Heute kommt ein Bote, und bringt einen großen Pack Vorrat zur Tapezerei; niederträchtig spottet er: da mir bei Hofe die Zeit ohne Tapetenarbeit zu lang gewesen, so möchte es hier auch so sein; er schickte mir also Winterarbeit; im Frühjahre würde er es holen lassen. Es ist zu einem Kabinett; die Risse liegen dabei. – Ich will sie anfangen, ja ich will; er wird nach meinem Tode die Stücke kriegen; er soll die Überreste seiner an mir verübten Barbarei sehen, und sich erinnern, wie glücklich ich war, als er das erstemal meine Finger arbeiten sah; er wird auch denken müssen, in was für einen Abgrund von Elend er mich stürzte und darin zugrunde gehen machte.

* * *

Niemals mehr, o Schicksal! niemals mehr will ich mich dem Murren meiner Eigenliebe überlassen! Wie verkehrt heißt sie uns urteilen! Ich klagte über das, was mein Vergnügen geworden ist. Meine Arbeit erheitert meine trüben Wintertage; meine Wirte sehen mir mit roher Entzückung zu, und ich gebe ihrer Tochter Unterweisung darin. Mit frohem Stolz sah das Mädchen um sich, als sie das erste Blättchen genäht hatte. Unglück und Mangel hat schon viele erfindsam gemacht; ich bin es auch worden. Ich weiß, daß der Graf von Hopton, dem die Bleiminen zugehören, einige Meilen von hier ein Haus hat, und daß er manchmal auf einige Tage hinkömmt. Auf der letzten Reise hatte er eine Schwester bei sich, die er sehr liebt, und die als Witwe oft bei ihm ist. Auf diese Dame baue ich Hoffnungen, die mit der Dauer meines Lebens wieder rege in mir sind. Ich habe meinen Wirten den Gedanken gegeben, ihre Tochter Maria in die Dienste dieser Dame zu bringen; ich versprach sie alles zu lehren, was dazu nötig sei. Schon lehre ich sie Englisch reden und schreiben; die Tapetenarbeit kann sie, und da mich der Mangel dazu trieb, aus den Spitzen meines Halstuchs noch zwo Hauben zu machen, so hat sie auch diese Kunst gelernet; vom übrigen gebe ich ihr Unterricht bei der Arbeit. Das Mädchen ist so geschickt zum Fassen und Urteilen, daß ich oft darüber erstaune. Diese soll mir den Weg zur Freiheit bahnen; denn durch sie hoffe ich der Lady Douglaß bekannt zu werden. O Schicksal, laß mir diese Hoffnung!

* * *

Ich will meiner Emilia noch ein Nebenstück meines quälenden Schicksals erzählen. Sie wissen, wie reinlich ich immer in Wäsche war, und hier zog ich mich, ich weiß nicht wie lang, gar nicht aus; endlich kam mit meiner Überlegung das Mißvergnügen über den Kleidermangel, und beim Nachdenken war ich sehr froh, daß ich bei meiner Entführung ein ganz weißes Leinenkleid anhatte, welches ich gleich auszog, und der modischen Üppigkeit für die vielen Falten dankte, die sie darin gemacht hatte; denn ich konnte füglich drei Hemden daraus schneiden, und ein kurz Kleid daneben behalten; meine Schürze machte ich zu Halstüchern, und aus dem ersten Rock Schürzen, so daß ich mit ein wenig leichter Lauge meine Kleidung recht reinlich halten kann, und abzuwechseln weiß. Ich plätte sie mit einem warmen Stein. Die kleine *Lidy* hab ich auch nähen gelernt, und sie macht recht artige Stiche in meinem Tapetengrund. Meine Wirte säubern ihre Wohnung mir zulieb' alle Tage sehr ordentlich, und mein gekochtes Haberbrot fängt an mir wohl zu bekommen. Die Bedürfnisse der Natur sind klein, meine Emilia; ich stehe satt von dem magern Tische auf, und meine Wirte hören mich mit Erstaunen von den übrigen Teilen der Welt erzählen. Ich habe die Bildnisse meiner Eltern noch; ich wies sie den Leuten, und erzählte ihnen von meiner Erziehung und ehemaligen Lebensart, was sie fassen konnten, und ihnen gut war. Ungekünstelte mitleidige Zähren träufelten aus ihren Augen, da ich von meinem genossenen Glücke sprach, und ihnen die Geduld erklärte, die wirklich in meinem Herzen ist. Ich rede wenig von Ihnen, meine Liebe! Ich bin nicht stark genug, oft an Ihren Verlust zu denken, an Ihren Kummer um mich zu denken. Könnte ich durch mein Leiden nur Ihres um mich, und meiner gütigen Lady ihres loskaufen, ich wollte mich bemühen nicht mehr zu sagen, daß ich leide; aber das Schicksal wußte, was mich am meisten quälen würde; es wußte, daß mich meine Unschuld und meine Grundsätze trösten und beruhigen würden, es wußte, daß ich Armut und Mangel ertragen lernen würde; daher gab es mir das Gefühl von dem Weh meiner Freunde, ein Gefühl, dessen Wunde unheilbar ist, weil es ein Vergehen wäre, wenn ich mich davon loszumachen suchte. – Wie glücklich machte mich dieses Gefühl ehemals, da ich im Besitz meiner Güter jeden belauschten Wunsch meiner Freunde befriedigen, und jeden bemerkten Schmerzen lindern konnte. Zwei Jahre sind es, daß ich glänzend unter den schimmernden Haufen trat, und Aussichten von Glück vor mir hatte, mich geliebt sah, und wählen oder verwerfen konnte. – O mein Herz, warum hütetest du dich so lange vor dieser Erinnerung! Niemals mehr getrautest du dir den Namen *Seymour* zu denken, nun fragst du, was würde er sagen? und weinst – – Vergessenheit! Oh! nimm diesen Teil weg, laß ihn nimmer in mein Gedächtnis kommen; – sein Herz kannte das meine für ihn niemals, und nun ist es zu spät! – Mein Papier, ach Emilia, mein Papier geht zu Ende; ich darf nun nicht mehr viel schreiben; der Winter ist lange; ich will den

Überrest auf Erzählung meiner noch dunklen Hoffnungen erhalten. O mein Kind! einige Bogen Papier waren mein Glück, und ich darf es nicht mehr genießen! Ich will Cannevas sparen und Buchstaben hinein nähen.

Im April

O Zeit, wohltätigstes unter allen Wesen, wie viel Gutes hab ich dir zu danken! Du führtest allmählig die tiefen Eindrücke meiner Leiden und verlornen Glückseligkeit von mir weg, und stelltest sie in den Nebel der Entfernung, während du eine liebreiche Heiterkeit auf die Gegenstände verbreitetest, die mich umgeben. Die Erfahrung, welche du an der Hand führest, lehrte mich die übende Weisheit und Geduld kennen. Jede Stunde, da ich mit ihnen vertrauter wurde, verminderte die Bitterkeit meines Grams. Du, alle Wunden des Gemüts heilende Zeit, wirst auch den Balsam der Beruhigung in die Seele meiner wenigen Freunde gießen, und sie in Umstände setzen, worin sie die frohen Aussichten ihres Geschickes ohne den vergällenden Kummer um mich genießen können. Du hast der Trostgründe der Güte meines Schöpfers, die das geringste Erdwürmchen unter den Schutz kleiner Sandkörner begleitet, wieder in meine Seele gerufen; du hast mich sie in diesen rauhen Gebürgen finden lassen, den Gebrauch meiner Kenntnisse in mir erneuert, und die im Schoße des Glückes schlafenden Tugenden erweckt und geschäftig gemacht. Hier, wo die physikalische Welt wenige Gaben sparsam unter ihre traurigen Bewohner austeilt, hier habe ich den moralischen Reichtum von Tugenden und Kenntnissen in der Hütte meiner Wirte verbreitet, und mit ihnen genieße und koste ich ihre Süßigkeit. Von allem, was den Namen von Glück, Ansehen und Gewalt führt, völlig entblößt, mein Leben den Händen dieser Fremdlinge anvertraut, wurde ich ihre moralische Wohltäterin, indem ich ihre

Liebe zu Gott erweiterte, ihren Verstand erleuchtete, und ihre Herzen beruhigte, da ich durch Erzählungen von andern Weltteilen und von den Schicksalen ihrer Einwohner in den Erholungsstunden meiner armen Wirte Vergnügen um sie hergoß. Ich habe die traurigen unschuldsvollen Tage einer doppelt unglücklichen Waise durch Liebe, Sorge und Unterricht mit Blumen bestreut; von dem Genusse alles dessen, was die Menschen als Wohlsein betrachten, entfernt, genieße ich die wahren Geschenke des Himmels, *die Freude wohlzutun* und *die Ruhe des Gemüts* als Früchte der wahren Menschenliebe und erfahrner Tugend. – Reine Freude, wahre Güter! ihr werdet mich in die Ewigkeit begleiten, und für euren Besitz wird meine Seele das erste Danklied anstimmen.

Zu Ende des Brachmonats

Emilia, haben Sie sich jemals in den Platz eines Menschen stellen können, der in einem elenden Kahn auf der stürmenden See ängstlich sein Leben fühlt, und mit zitternder Hoffnung hin und her um Anschein der Hoffnung sieht? Lange stoßen ihn die Wellen herum, und lassen ihn Verzweiflung fühlen; endlich erblickt er eine Insel, die er zu erreichen hofft, mit gefalteten Händen ruft er: O Gott, ich sehe Land! – Ich, mein Kind, ich fühle alles dieses; *ich sehe Land.* Der Graf von Hopton ist in seinem Haus auf dem Gebürge, und Lady Douglaß, seine Schwester, hat die Tochter meiner Wirtin zu sich genommen. Sie ging mit ihrem Bruder und einer Tapete zur Lady, ihre Dienste anzubieten. Voller Verwunderung über ihre Arbeit und ihre Antworten hat die Lady gefragt, wer sie unterrichtet hätte, und das dankbare Herz des guten Mädchens erzählte ihr von mir, was sie wußte und empfand. Die edle Dame wurde bis zu Tränen gerührt; sie versprach dem Mädchen sogleich sie zu nehmen, ließ den jungen Leuten zu essen geben, und schickte den Sohn allein nach Hause mit zwo Guineen für seine Eltern und dem Versprechen: sie wollte vor ihrer Abreise noch selbst zu ihnen kommen. Mich ließ sie besonders grüßen und für meine Mühe mit ihrem Mädchen segnen. Ich habe sie um Papier, Feder und Dinte bitten lassen; ich will mich dieser Gelegenheit bedienen, um an meine Lady Summers zu schreiben; aber ich will der Lady Douglaß den Brief offen geben, um ihr meine Aufrichtigkeit zu zeigen. Ich würde strafbar sein, wenn ich nicht alle Gelegenheit anwendte, um meine Freiheit zu erlangen, da sich edle Mittel dazu anbieten. Ich will auch den Lord Hopton um seine Gnade für meine armen Wirte bitten; die guten Leute wissen sich vor Freude über die Versorgung ihrer Tochter und über das Geld, so sie bekommen haben, nicht zu fassen; sie liebkosen und segnen mich wechselsweise. Meine Waise lasse ich nicht zurück; das Kind würde nun, da ich sie an gutes Bezeigen gewöhnt habe, durch den Verlust doppelt unglücklich sein, und alle meine Tage würden durch ihr Andenken beunruhiget, wenn ich zum Glücke zurückkehrte, und sie dem offenbaren Elend zum Raube ließe.

* * *

Oh! Meine Freundin, es war *Vorbedeutung*, die mich in meinem letztern Blatte das Gleichnis eines auf der tobenden See irrenden Kahns finden ließ; ich war bestimmt die höchsten Schmerzen der Seele zu fühlen, und dann in dem Augenblick der Hoffnung zu sterben. Die unaussprechliche Bosheit meines Verfolgers reißt mich dahin, wie eine schäumende Welle Kahn und Menschen in den Abgrund reißt. Diese Gewalt wurde ihm gelassen, und mir alle Hülfsmittel entzogen; bald wird ein einsames Grab meine Klagen endigen, und meiner Seele die Endzwecke zeigen, warum ich dieses grausame Verhängnis erdulden mußte. Ich bin ruhig, ich bin zufrieden; mein letzter Tag wird der freudigste sein, den ich seit zwei Jahren hatte. Ihnen, meine bis in den letzten Augenblick zärtlich geliebte Freundin, wird die Lady Summers mein Paquet Papiere schicken, und Ihr Herz bei dem Gedanken, daß alles mein Leiden sich in einer seligen Ewigkeit verloren hat, beruhiget werden. Meine letzten Kräfte sind Ihnen gewidmet. Sie waren die Zeugin meines glücklichen Lebens; Sie sollen auch, so viel ich es tun kann, von dem Ende meiner trübseligen Tage wissen.

Ich war voller Hoffnungen und mit fröhlichen Aussichten umgeben, als der vertrauteste Bösewicht des Derby anlangte, um mir den verhaßten Vorschlag zu tun; ich sollte mich zu dem Lord nach London begeben; er liebe seine Gemahlin nicht, wäre auch selbst kränklich geworden, und halte sich meistens auf einem Landhause zu Windsor auf, wo ihm mein Umgang sehr angenehm sein würde. Er selbst schrieb in einem Billet: wenn ich freiwillig kommen wollte und ihn lieben würde, so denke er, sich von Lady Alton scheiden zu lassen, und unsere Heurat zu bestätigen, wie es die Gesetze und meine Verdienste erfoderten; aber wenn ich aus einer meiner ehemaligen Wunderlichkeiten diesen Vorschlag verwerfe, so möchte ich mir mein Schicksal gefallen lassen, wie er es für gut finden würde. – Dies mußte ich anhören, denn lesen wollte ich das Billet nicht; das Ärgste von dieser unerträglichen Beleidigung war, daß ich den unseligen Kerl sehen mußte, durch dessen Hand meine falsche Verbindung geschehen war. Auf das äußerste betrübt und erbittert verwarf ich alle diese unwürdigen Vorschläge, und der Barbar rächte seinen Herrn, indem er mich nach der zweiten förmlichen Absage mit der heftigsten Bosheit beim Arm und um den Leib packte, zum Hause hinaus gegen den alten Turm hinschleppte, und mit Wüten und Fluchen zu einer Türe hineinstieß, mit dem Ausdruck, daß ich da krepieren möchte, damit sein Herr und er einmal meiner loswürden. Mein Sträuben und die entsetzliche Angst, so ich hatte, ich möchte

317

mit Gewalt nach London geführet werden, hatte mich abgemattet, und halb von Sinnen gebracht; ich fiel nach meiner ganzen Länge in das mit Schutt und Morast angefüllte Gewölbe, wo ich auf den Steinen meine linke Hand und das halbe Gesicht beschädigte, und heftig aus der Nase und Mund blutete. Ich weiß nicht, wie lang ich ohne Bewußtsein dalag; als ich mich wieder fühlte, war ich ganz entkräftet und voll Schmerzen; die faule dünstige Luft, die ich atmete, beklemmte in kurzer Zeit meine Brust so sehr, daß ich an dem letzten Augenblicke meines Lebens zu sein glaubte. Ich sah nichts, aber ich fühlte mit der einen Hand, daß der Boden stark abhängig war, und besorgte daher bei der geringsten Bewegung gar in einen Keller zu fallen, wo ich nicht ohne Verzweiflung meinen Geist aufgegeben hätte. Mein Jammer und die Empfindungen, die ich davon hatte, ist nicht zu beschreiben; die ganze Nacht lag ich da; es regnete stark; das Wasser schoß unter der Türe herein auf mich zu, so daß ich ganz naß und starr wurde, und von meinem Unglück gänzlich darnieder geschlagen, mir den Tod wünschte. Ich bekam, wie mich deucht, innerliche Zückungen. So viel weiß ich noch; als ich mich wieder besinnen konnte, war ich auf meinem Bette, um welches meine armen furchtsamen Wirte stunden, und wehklagten. Meine Waise hatte meine Hand und ächzte ängstlich; ich fühlte mich sehr übel, und bat die Leute, mir den Geistlichen des Grafen von Hopton zu holen, weil ich sterben würde. Mit aufgehobenen Händen bat ich sie; der Sohn ging fort, und die Eltern erzählten mir, daß sie mir nicht hätten helfen dürfen, bis Sir John (wie sie ihn nannten) abgereiset gewesen wäre. Schreckliches Los der Armut, daß sie selten Herz genug hat, sich der Gewalt des reichen Lasters entgegenzusetzen! Der Regen hatte den Bösewicht aufgehalten, doch, sagen sie, sei er noch an die Türe des Turms gegangen, hätte sie aufgemacht und gehorcht, den Kopf verdrießlich in die Höhe geworfen, und ohne die Türe zuzuschließen, oder ihnen noch etwas zu sagen, wäre er davongegangen. Sie hätten aus Furcht vor ihm noch eine Stunde gewartet, und wären dann mit einem Licht zu mir gekommen, da sie mich denn für tot angesehen und herausgetragen hätten. Der Geistliche kam, und die Lady Douglaß mit ihm; beide betrachteten mich aufmerksam und mitleidend. Ich reichte der Lady meine Hand, der sie die ihrige mit Güte entgegengab. »Edle Lady«, sagte ich mit tränenden Augen, »Gott wird diese menschenfreundliche Bemühung um mich an Ihrer Seele belohnen; glauben Sie nur auch, daß ich es würdig bin.« Ich bemerkte, daß ihre Augen auf meine Hand und das Bildnis meiner Mutter geheftet waren; – da sagte ich ihr, »es ist meine Mutter, eine Enkelin von Lord David Watson – und hier«, indem ich die andere Hand erhob, »ist mein Vater, ein würdiger Edelmann in Deutschland; schon lange sind beide in der Ewigkeit, und bald, bald hoffe ich, bei ihnen zu sein«, setzte ich mit gefalteten Händen hinzu. Die Dame weinte, und sagte dem Geistlichen, er solle meinen Puls fühlen; er tat's, und versicherte, daß ich sehr übel wäre. Mit liebreichem Eifer sah sie um sich, und fragte, ob ich nicht weggebracht werden könnte. »Nicht ohne Lebensgefahr«, sagte der Geistliche. »Ach das ist mir leid«, sprach die liebe Dame, indem sie mir die Hand drückte. Sie ging hinaus, und der Geistliche fing an mit mir zu reden; ich sagte ihm kurz, daß ich aus einer edlen Familie stammte, und durch den schändlichen Betrug einer falschen Heurat aus meinem Vaterlande gerissen worden sei; Mylady Summers, unter deren Schutz ich gestanden, könnte ihnen Zeugnisse von mir geben. Ich hieß ihn zugleich die Papiere nehmen, welche ich an sie geschrieben hatte, und die hinter einem Brette lagen. Ich setzte selbst ohne sein Fragen ein Bekenntnis meiner Grundsätze hinzu, und bat ihn, sich mit Ihrem Mann im Briefwechsel einzulassen. Die Dame klopfte an, und kam mit Maria, der Tochter meiner Wirte, die eine Schachtel trug, zu meinem Bette. Sie hatte allerlei Labsale und Arzneien darin, wovon sie mir gab.

Die kleine Lidy kam auch herein, und warf sich bei meinem Bette auf die Knie. Die Dame betrachtete das Mädchen und mich mit zunehmender Traurigkeit. Endlich nahm sie Abschied, ließ die Maria bei mir, und der Geistliche versprach, den Morgen wieder dazusein. Aber er kam den ganzen Tag nicht; doch wurde zweimal nach mir gefragt. Ich war diesen Morgen besser, als ich gestern gewesen war; daher schrieb ich Ihnen. Nun ist's bald sechs Uhr abends, und ich werde zusehends schlechter; meine zitternde ungleiche Schrift wird es Ihnen zeigen. Wer weiß, was heute nacht aus mir wird; ich danke Gott, daß ich sterblich bin, und daß mein Herz mit dem Ihrigen noch reden konnte. Ich bin ganz gefaßt, und dem Augenblicke nah, wo Glück und Elend gleichgültig ist. –

Nachts um neun Uhr

Das letztemal, meine Emilia, habe ich meine schwachen entkräfteten Arme nach der Gegend ausgestreckt, wo Sie wohnen. Gott segne Sie, und belohne Ihre Tugend und Ihre Freundschaft gegen mich! Sie werden ein Papier bekommen, das Ihr Mann meinem Oncle, dem Grafen R., selbst übergeben soll. Es betrifft meine Güter.

Alles, was von der Familie von P. da ist, soll des Grafen Löbaus Söhnen gegeben werden. Ihr Schwager, der Amtmann, hat das Verzeichnis davon.

Was ich von meinem geliebten Vater habe, davon soll die Hälfte zu Erziehung armer Kinder gewidmet sein. Einen Teil der andern Hälfte gebe ich Ihren Kindern und meiner Freundin Rosina. Von dem andern Teil soll meinen armen hiesigen Hauswirten tausend Taler, und der unglücklichen Lidy auch so viel gegeben, von dem Überrest aber mir zu den Füßen der Grabmäler meiner Eltern ein Grabstein errichtet werden, mit der simplen Aufschrift:

Zum Andenken ihrer nicht unwürdigen
Tochter, Sophia von Sternheim –

Ich will hier unter dem Baume begraben werden, an
dessen Fuß ich dieses Frühjahr oft gekniet, und Gott um
Geduld angeflehet habe. Hier, wo mein Geist gemartert
wurde, soll mein Leib verwesen. Es ist auch mütterliche
Erde, die mich decken wird; bis ich einst in verklärter
Gestalt unter den Reihen der Tugendhaften treten, und
auch Sie, meine Emilia, wiedersehen werde. Rette indessen, o meine Freundin, rette mein Andenken von der
Schmach des Lasters! Sage: daß ich der Tugend getreu,
aber unglücklich, in den Armen des bittersten Kummers,
meine Seele voll kindlichen Vertrauens auf Gott, und voll
Liebe gegen meine Mitgeschöpfe ihrem Schöpfer zurück-
gegeben, daß ich zärtlich meine Freunde gesegnet, und
aufrichtig meinen Feinden vergeben habe. Pflanzen Sie,
meine Liebe, in Ihrem Garten eine Zypresse, um die ein
einsamer Rosenstock sich winde, an einem nahen Fels-
stein. Weihen Sie diesen Platz meinem Andenken; gehen
Sie manchmal hin; vielleicht wird es mir erlaubt sein, um
Sie zu schweben, und die zärtliche Träne zu sehen, mit
der Sie die abfallende Blüte der Rose betrachten werden.
Sie haben *auch mich* blühen und welken gesehen; nur das
letzte Neigen meines Hauptes und den letzten Seufzer
meiner Brust entzog das Schicksal Ihrem Blick. – Es ist
gut, meine Emilia; du würdest zu viel leiden, wenn du
mich sehen könntest. – Der Grund meiner Seele ist lauter
Ruhe; ich werde sanft einschlafen, denn das Verhängnis
hat mich müde, sehr müde gemacht. Lebe wohl, beste
freundschaftliche Seele; laß deine Tränen um mich ruhig
sein, wie die, die um dich in meinen trüben Augen
schwimmet. – –

Lord Seymour an Doktor T.

O Gott, warum hindert Ihre Krankheit Sie, mich auf zween Tage zu sehen! Ich bin dem Unsinn und der Wut ganz nahe. Mein Bruder *Rich*, den Sie noch aus dem Hause des ersten Gemahls meiner Mutter kennen, ist mit aller seiner stoischen Philosophie, durch eben den Streich zur Erde gedrückt. In zween Tagen reisen wir in die schottischen Bleygebürge, um – o tötender Gedanke! um das Grab des ermordeten Fräuleins von Sternheim aufzusuchen, und ihren Körper in Dumfries prächtig beerdigen zu lassen. – Wie konntest du, ewige Vorsicht, wie konntest du dem verruchtesten Bösewicht das Beste, so du jemals der Erde gabst, preisgeben? Meine Leute machen Anstalten zu unserer Reise; ich kann nichts tun; ich ringe meine Hände wie ein tobender Mensch, und schlage sie tausendmal wider meine Brust und meinen Kopf. Derby, der Elende! hat die Frechheit zu sagen, um meinetwillen, aus Eifersucht über mich habe er das edelste, liebenswürdige Geschöpfe betrogen, unglücklich gemacht, und getötet. Er beheult es nun, der wütende Hund, er beheult es. Seine Ruchlosigkeit hat ihn an den Rand des frühen Grabes geführet, vor welchem er zittert, und das ihn vor der Rache schützt, die ich an ihm ausüben würde. Hören Sie, mein Freund, hören Sie das Fürchterlichste, so jemals der Tugend begegnete, und das Ärgste, so jemals die Bosheit ausüben konnte. – Sie wissen, daß ich vor vier Monaten krank mit Mylord Crafton nach England zurückkam, und gleich zu meiner Frau Mutter nach Seymour-House ging, dem Übel meines Körpers und meiner Seele nachzuhängen. Ich fragte endlich nach Derby, itzo Lord N., man sagte mir, daß er auf seinem Landhause zu Windsor krank liege. Ich wollte seine und meine Genesung abwarten; aber etliche Tage nach meiner Frage um ihn ließ er mich zu sich bitten. Ich war nicht wohl, und schlug es ab. Einige Tage hernach reisete ich zu meinem Bruder Rich, den ich freundschaftlich ebenso finster fand, als ich es selbst war. Die brüderliche Vertraulichkeit wurde ohnehin schon durch die funfzehn Jahre gehindert, die er älter ist als ich, und seine trockne Stille munterte mich nicht auf, eine Erleichterung bei ihm zu suchen. Wir brachten vierzehn Tage hin, ohne von was anders als unsern Reisen, und auch dieses nur abgebrochen, zu reden; bis wir endlich in einer Minute zur offenherzigen Sprache kamen, da ein Kammerdiener von Lord N. einen Brief an mich brachte, worin er mich bat, mit Lord Rich zu ihm zu kommen, in einer Sache, welche das Fräulein Sternheim beträfe; ich sollte dem Lord Rich nur sagen, daß es die Dame wäre, welche er bei Lady Summers gesehen, und welche von da entführt worden sei. Ich fuhr wie aus einem schreckenden Traume auf, und schrie nur dem Kerl zu, ich würde kommen. Meinen Bruder packte ich beim Arme, und fragte ihn auf eine hastige Art nach der jungen Dame, die er in Summerhall gesehen. Mit Bewegung fragte er: ob ich sie kenne, und was ich von ihr wisse? – Ich zeigte ihm das Billet, und erzählte ihm kurz von allem, was das ewig teure geliebte Fräulein anging; ebenso kurz, so unterbrochen, erzählte er, wie er sie gesehen und geliebt hätte; ging, mir ein Bildnis von ihr zu holen, und konnte mir nicht genug von ihrem Geiste, von ihren edlen Gesinnungen, von der Traurigkeit, womit sie beladen gewesen, sagen, besonders zur Zeit, da Derbys Heurat mit Lady Alton bekannt worden. Wir waren bald entschlossen, abzureisen, und kamen in Windsor an; Lord Rich tiefsinnig, aber gesetzt; ich voll Unruh, voller Vorsätze und Entschlüsse. Schauer und Hitze eines wütenden Fiebers befielen mich beim Eintritt in Derbys Haus. Mein Haß gegen ihn war so aufgebracht, daß ich seines elenden Aussehens und der sichtbaren Schwachheit, die ihn im Bette hielt, nicht achtete. Mit stummer Feindseligkeit sah ich ihn an; er heftete seine erstorbenen Augen mit einem flehenden Blick auf mich, und streckte seine abgezehrte, rotbrennende Hand gegen mich. »Seymour«, sagte er, »ich kenne dich; aller Haß deines Herzens liegt auf mir; – aber du weißt nicht, wie viel wütende Szenen in dieser Brust wegen dir entstanden sind.« Ich hatte ihm meine Hand nicht gegeben, und sagte mit Widerwillen und trotzigem Kopfschütteln: »Ich weiß keinen Anlaß dazu als die Ungleichheit unserer Grundsätze.« Derby antwortete: »Seymour! diesen Ton hättest du nicht, wenn ich gesund wäre, und der Stolz, mit dem du von deinen Grundsätzen sprichst, ist ein ebenso großes Vergehen als der Mißbrauch, den ich von meinen Talenten machte.« Lord Rich fiel ein: daß von allem diesen die Frage nicht sein könnte, und daß Lord Derby nur Nachricht von der entführten Dame geben möchte. »Ja, Lord Rich, Sie sollen sie haben«, sagte er; »es liegt mehr Menschlichkeit in Ihrer Kälte als in Seymours kochender Empfindlichkeit. Er mag Ihnen sagen, was in der ersten Zeit unserer Bekanntschaft mit dem Fräulein von Sternheim vorging. Wir liebten sie beide zum Unsinn; aber ich bemerkte zuerst ihren vorzüglichen Hang für ihn, und wandte alles an, ihn zu zerstören. Durch Verstellung und Ränke gelung es mir, sie unter der Verfolgung des Fürsten und der dummen Bedenklichkeit des Seymours durch eine falsche Vermählung in meine Gewalt zu bekommen. Aber mein Vergnügen dauerte nicht lange; ihr zu ernsthafter Charakter ermüdete mich, und ihre geheime Neigung gegen Seymour regte sich, sobald nur meine Gedanken im geringsten von dem ihrigen entfernet waren. Die Eifersucht machte mich rachgierig, und die Veränderung meiner Umstände, durch den Tod meines Bruders, gab mir Anlaß sie auszuüben. Ich verließ sie; doch reute es mich wenige Tage hernach, und ich schickte nach dem Dorfe, wo sie sich aufgehalten hatte, aber sie war fort. Lange wußte ich nichts von ihr, bis ich sie in England bei der Tante meiner Lady fand, wo ich sie nicht lassen konnte, und entführen ließ. Es jammerte mich ihrer schon damals, aber es war kein anders Mittel. – Mein Mißvergnügen mit der Lady Alton brachte die Sternheim in meine Erinnerung zurück. Ich dachte: sie ist mein, und um von dem elenden Leben im Gebürge loszukommen, wird sie gern in meine Arme eilen. Ich dachte es um so mehr, als ich wußte, daß sie mein von der Nancy Hatton zurückgelassenes Mädchen liebreich besorgte und erzog; ich schrieb es einer Art Neigung zu, und schickte ihr darauf mit angenehmen Vorschlägen meinen vertrauten Kerl ab; aber sie verwarf alles mit äußerstem Stolz und Bitterkeit.« Hier hielt er mit Stocken und Bewegung inne, sah bald mich, bald den Lord Rich an, bis ich mit stampfenden Füßen und mit Schreien den Verfolg seiner Erzählung foderte. – »Seymour! – Rich!« sagte er mit tiefen traurigen Ton, mit ringenden Händen und stotternd, »o wäre ich Elender selbst hin, und hätte ihre Vergebung und Liebe erflehet! Mein Kerl, der Hund, wollte sie zwingen zurückzugehen. – Er wußte, wie glücklich mich ihre Gesellschaft gemacht hätte – er sperrete sie in ein altes verfallenes Gewölbe, worin sie zwölf Stunden lag, und – aus Kummer starb.« – »Sie starb«, schrie ich, »Teufel! Unmensch! Und du lebst noch nach diesem Mord? – Du lebst noch?« Lord Rich sagt, ich hätte die Stimme und das Ansehen der Raserei gehabt. Er fiel mir in die Arme, und riß mich weg in ein anderes Zimmer, lange brauchte er, mich zu besänftigen und zu dem Versprechen zu bringen, daß ich nicht reden wollte. – Er sagte: »Derby liegt auf der Folter der Reue und der Erinnerung unwiederbringlicher übel verwendeter Lebenstage; willt du deine Hand an den Gegenstand des göttlichen Gerichts legen? Glaube, mein Bruder, aller unser Schmerz ist süß gegen die Pein *seiner* Seele. – Mein Herz blutet über das unglückliche Schicksal der Sternheim; aber die Tugend und die Natur rächet sie an ihrem Verfolger; laß mich ihn, ich bitte dich, noch fragen, was er von uns gewollt hat; überwinde dich, sei großmütig, sei auch gegen das unglückliche Laster mitleidig!« Ich versprach's ihm, wollte aber bei der Unterredung zuge-

gen sein. – Der elende Mensch heulte, da wir wieder zu
ihm kamen, und foderte, daß wir nach Schottland reisen,
den Körper des Engels ausgraben lassen, und ihn in einen
zinnernen Sarg zu Dumfries beisetzen lassen sollten.
Zweitausend Guineen will er auf ihr Grabmal verwenden, worauf die Beschreibung ihrer Tugenden und ihres
Unglücks neben den Merkmalen seiner ewigen Reue
aufgezeichnet werden soll. Er bat uns, nach D. Bericht
davon zu geben; übergab uns alle Briefe, die er über sie
an seinen Freund B. geschrieben hatte, und flehte uns,
ihm zu schwören, daß wir unverzüglich abreisen wollten, damit er noch den Trost erleben möchte, daß dem
Andenken der edelsten Seele eine öffentliche Ehrenbe-
zeugung widerfahren sei. – Lord Rich redete ihm hierauf
wenige pathetische Worte zu, und ich bezwang meinen
mit der Wut kämpfenden Kummer; wir reisten sogleich
ab; – morgens gehen wir nach Dumfries. – Was für eine
Reise! – O Gott, was für eine Reise! –

Lord Rich aus den Bleygebürgen an Doktor T.

Ich glaube, Sie kennen mich nicht mehr, aber die starke
Seite meiner Seele ist mit der Ihrigen verwandt, und
Seymour ist mein Bruder. Von diesem und von dem
Gegenstand seiner Schmerzen soll ich Ihnen reden. Wir
kamen heute abend hier an; unsere Reise war traurig,
und jeder nähernde Schritt zu dieser Gegend beklemmte
unser Herz. Die ganze Erde hat keinen Winkel mehr, der
so elend, so rauh sein kann wie der Zirkel um diese
Hütte. Mit Grausamkeit hat das Schicksal in dieser
Landschaft dem boshaftesten unter allen Menschen die
Hand geboten, die empfindsamste Seele zu martern.
Wenn ich an die edle kindliche Bewegung ihres Herzens
denke, die sie bei den Schönheiten der Natur gegen ihren
Schöpfer zeigte, so fühle ich das Maß des Leidens, so
diese unfruchtbare Steine für sie enthielten; – und die

Hütte, worin sie eine so lange Zeit wohnte, ihre arme Lagerstätte, wo sie den edelsten Geist aushauchte, der jemals eine weibliche Brust belebte. – O Doktor! selbst Ihr theologischer Geist würde, wie mein philosophischer Mut, in Tränen ausgebrochen sein, wenn Sie dieses, wenn Sie den Sandhügel gesehen hätten, der an dem Fuße eines einsamen magern Baums die Überbleibsel des liebenswürdigsten Frauenzimmers bedeckt. Der arme Lord Seymour sank darauf hin, und wünschte seine Seele da auszuweinen und neben ihr begraben zu werden; ich mußte ihn mit unsern zween Leuten davon wegziehen. Im Hause wollt' er sich auf ihr Sterbebette werfen; ich ließ es aber wegnehmen, und führte ihn auf den Platz, wo die Leute sagen, daß sie meistens gesessen wäre; da liegt er seit zwo Stunden, unbeweglich auf seine Arme gestützt, sieht und hört nichts. Die Leute scheinen mir keine guten Leute zu sein; ich fürchte, sie haben ihre Hände auch zu dem Einkerkern geboten. Sie sehen scheu aus; sie beredeten sich schon etlichemal vor der Hütte allein, haben auf meine Fragen nach der Dame kurz und verwirrt geantwortet, und waren sehr betroffen, wie ich sagte, das Grab müßte morgen geöffnet werden. Ich zittre selbst davor; ich befürchte Merkmale eines gewaltsamen Todes zu finden. Was würde da aus meinem Bruder werden? Ich sage nichts von mir selbst; ich verberge meinen Jammer, um Seymours seinen nicht zu vergrößern, aber gewiß hat die Angst des Untergangs in einem Sturm, und die Qual eines lechzenden Durstes in den sandigten Gegenden von Asien meine Seele nicht so heftig angegriffen als der Gedanke an den Leiden dieses weiblichen Engels. Mein Bruder ist aus Mattigkeit eingeschlafen, er liegt auf den Kleidern unsrer Leute, die sie auf den Boden gebreitet haben; immer fährt er auf, und stößt ächzende Seufzer aus; doch beruhiget mich unser Wundarzt wegen seiner Gesundheit. Ich kann nicht schlafen, der morgende Tag quält mich voraus; ich sammle Mut, um Seymourn zu stützen, aber ich bin selbst wie ein Rohr, und ich fürchte bei dem Anblick dieser Leiche, mit ihm zu sinken. Denn ich liebte sie nicht mit der jugendlich aufwallenden Leidenschaft meines Bruders; meine Liebe war von der Art Anhänglichkeit, welche ein edeldenkender Mann für *Rechtschaffenheit, Weisheit,* und *Menschenliebe* fühlt. Niemals hab ich Verstand und Empfindungen so moralisch gesehen, als beide in ihr waren; niemals das Große mit einem so richtigen Maß wahrer Würde, und das Kleine mit einer so reizenden Leichtigkeit behandelt gesehen. Ihr Umgang hätte das Glück eines ganzen Kreises geistvoller und tugendliebender Personen gemacht; – und hier mußte sie unter aufgetürmten Steinen, bei ebenso gefühllosen Menschen, unter der höchsten Marter des Gemüts, ihren schönen Geist aufgeben! O Vorsicht! du siehst die Frage, welche in meiner Seele schwebt; aber du siehst auch die Ehrerbietung für das Unergründliche deiner Verhängnisse, welche ihren Ausdruck zurückhält! –

Fortsetzung den zweiten Tag

Doktor – Menschenfreund! nehmen Sie teil an unserer Freude. Der Engel, Sternheim, lebt noch. Eine göttliche Schickung hat sie erhalten. Seymour weint Tränen der Freude, und umfaßt die armen Wirte dieser Hütte unaufhörlich. Vor einer Stunde schleppten wir uns bleich, traurig, mit einer Totenstille gegen den kleinen Garten, wo man uns gestern das Grab gewiesen hatte. Der Mann und sein Sohn gingen unentschlossen und mit einem merklichen Widerwillen mit uns. Als wir nahe an der Stelle des Sandhügels waren, und ich den Leuten kurz sagte – *grabt auf* – sank mein Bruder an meinen Hals, und umfaßte mich, indem er mit Schmerz »o Rich!« ausrief, und seinen Kopf auf meiner Achsel verbarg. Diese Bewegung von ihm, just da die erste Schaufel voll Sand durch einen meiner Leute vom Grab gehoben wurde, durchbohrte meine Seele; ich schloß meine Arme um ihn, und erhob meine Augen zum Himmel, um Stärke für ihn und mich zu erflehen. Den nämlichen Augenblick aber fielen Mann, Frau, und Sohn vor uns auf die Knie, und baten um unsern Schutz. Ich geriet in die äußerste Bestürzung, weil ich mich vor der Entdeckung eines an der Dame verübten Mords fürchtete. »Leute! was wollt ihr, was soll euer Rufen um Schutz?« – »Wir haben unsern Lord betrogen«, riefen sie; »die Frau ist nicht gestorben, sie ist fort.« – »Wohin, Leute, wohin«, rief ich; »betrügt ihr uns nicht?« – »Nein, guter Lord, sie ist bei des Grafen Hoptons Schwester; diese hat sie zu sich genommen, und gesagt, wir sollten dem Lord melden, sie wäre tot; wir hatten die Frau lieb, und ließen sie gehen; aber wenn es nun der Lord erfährt, so wird er Rache an uns nehmen.« Seymour umarmte den Mann mit lautem Freudengeschrei, und sagte,»o mein Freund, du sollst mit mir kommen, ich will dich beschützen und belohnen. Wo ist der Graf Hopton? Wie ist dies zugegangen? – Rich – lieber Bruder Rich, wir wollen gleich abreisen.« Ich versicherte ihn, daß ich ebenso begierig sei wie er, die Dame selbst zu sehen; er solle Anstalten zur Reise machen, ich wollte indessen mit den Leuten reden. Ich beruhigte sie mit dem Verspruch, daß der Lord sie für ihre Liebe zu der Frau selbst belohnen würde; denn er habe gar nicht gerne gehört, daß John so übel mit ihr umgegangen sei; dabei gab ich ihnen eine Handvoll Guineen, und fragte sie nach dem Leben und Bezeugen der Dame. O Doktor! wie viel Glanz breitete die einfache abgekürzte Erzählung dieser Leute über die Tugend meiner Freundin aus! Gestern murrte ich über ihr hartes Schicksal; und itzt möchte ich der Vorsicht für das edle Beispiel danken, welches sie den übrigen Menschen durch die Prüfung dieser großen Seele gegeben hat. Tief, unauslöschlich sind die Züge ihres Charakters in mein Herz gegraben! – Wir reisen ab. Am Fuße des Berges schickte ich einen meiner Leute an Lord Derby mit der für ihn gewiß trostvollen Nachricht. Denn da er sich dem Zeitpunkt nähert, wo man alles versäumte Gute möchte einholen, und alles verübte Böse auslöschen können: so muß es eine Erquickung für ihn sein, die Summe seiner Vergehungen um ein so großes vermindert zu sehen.

Madam Leidens an Emilia

Tweedale, Sitz des
Grafen von Douglaß-March

Ich schreibe auf meinen Knien, um meine Dankbarkeit gegen Gott für das entzückende Gefühl von Freiheit, Leben und Freundschaft in kindlicher Demut auszudrücken. O meine geliebte, meine teure Freundin! durch wie viel Schmerzen bin ich gegangen, und wie sehr erfreut es mich, Ihren Kummer und die Sorgen meiner Lady Summers endigen zu können. Morgen schickt die Gräfin Douglaß einen Kurier an meine Lady; dieser wird auch gleich mit einem Paquet an Ihren Mann nach Harwich abgehen, um ja Ihre Unruhe nicht einen Augenblick zu verlängern. Die Auszüge von meinen mit Reißblei geschriebenen Papieren werden Ihnen zeigen, wie hart und dornigt der Weg war, welchen ich in den letztern Jahre zu gehen hatte. Aber wie angenehm ist mir der Ausgang davon geworden, da ich von der Hand der leutseligsten Tugend daraus geführt wurde! Ist dieses nicht eine Probe, daß ich mich in den Tagen meiner Prüfung der Vorsorge Gottes nicht unwürdig machte, weil sie eine der edelsten Seelen zu meiner Hülfe schickte? – Auf meinem letzten Blatte glaubte ich die letzte Nacht meines Lebens angebrochen zu sehen, und dachte auch, von der Gräfin Douglaß verlassen, zu sterben; aber um eilf Uhr kam der Geistliche mit einem Wundarzt, und morgens darauf ein von zwei Pferden getragenes Bette mit der Lady Douglaß selbst, die mir auf die liebreichste Art ihr Haus, ihre Vorsorge und Freundschaft anbot. Bald wäre mir das Übermaß meiner Freude schädlich geworden; denn indem ich der Lady Hand an meine Brust drückte, und von meinem Dank und von meiner Freude sprechen wollte, sank ich zurück; als ich erwachte, baten sie mich ruhig zu bleiben, und sagten, daß sie mit meinen Wirten verabredet hätten, sie sollten ein Grab im Garten aufwerfen, und dem Lord Derby wissen lassen, ich wäre tot; die Leute wären es zufrieden, und sie wollte mich nun in des Grafen von Hoptons Haus bringen. Nachmittags um vier Uhr fühlte ich mich stark genug, um aufzustehen, Molly kleidete mich in Gegenwart der Lady Douglaß an; ich nahm die fünf Guineen, so ich bei mir hatte, und machte sie zusammen, um sie meinen Wirten zu geben. Den Augenblick, als ich aufstund, der Lady eine Bitte wegen der guten Waise zu machen, kroch die arme kleine Lidy auf ihren Knien herein, und bat mit Schluchzen und aufgehobenen Händchen, ich sollte sie doch mitnehmen; innig gerührt sah ich sie und die Lady an, welche nach einem Augenblick Nachdenken dem Mädchen die Hand bot, und mit mitleidiger Stimme sagte: »Ja, meine Kleine, du sollst auch mitkommen.« »Gott segne Sie, teure Lady«, sagte ich, »für Ihre großmütige Menschenliebe; ich wollte Sie um Erlaubnis bitten, dieses unschuldige Opfer auch zu retten.« – »Gerne«, antwortete sie, »sehr gerne, es erfreut mich, daß Sie so zärtlich für sie sorgen.« Ich umarmte meine weinende Wirte mit Tränen, sah noch seufzend mich in der traurigen Gegend um, und reiste mit der Lady ab. Graf Hopton empfing mich mit vieler Höflichkeit; aber seine Blicke durchspürten zugleich meine ganze Person mit einem Ausdruck, als ob er abwägen wollte, ob ich mehr die Nachstellungen eines Liebhabers oder des Mitleidens einer tugendliebenden Dame verdiente. Eine Bewegung seiner Augen von Betrachtung der Lidy auf mich, machte mich erröten, und dieses ihn lächeln; ich erriet, daß er mich für ihre

Mutter hielt, und empfand die Verringerung seiner für mich vorteilhaft gefaßten Begriffe. Lady Douglaß führte mich in ein artiges Zimmer, und hieß mich zu Bette gehen; Molly war dabei und fragte die Dame, wo die kleine Lidy hinsollte? – »Hieher«, sagte Lady Douglaß, »denn Sie werden die Kleine am liebsten bei sich haben, und es gefällt mir sehr, daß Sie auch im Unglück der Pflichten der Natur getreu geblieben sind.« »Beste Lady«, fiel ich ein, »Sie – – – –«– »Keine Unruhe, meine Liebe«, sprach sie mit lebhaftem, aber liebreichem Tone, »legen Sie sich, ich komme dann zurück, aber von allem unangenehmen Vergangenen sollen Sie nicht reden –« und damit ging sie weg. – Ich warf mich aufs Bette mit der traurigen Betrachtung, daß ich den ersten freien Atemzug durch Erduldung eines widrigen Urteils bezahlen müsse. Ich wollte diese Begriffe keine Wurzeln in der Lady Douglaß fassen lassen, und verlangte Schreubzeug und Papier. Ich schrieb den andern Tag der Lady die Erklärung ihrer Zweifel wegen der kleinen Lidy, und zeigte die Beweggründe an, warum ich mich des Kindes angenommen hätte. Ich bat sie daneben mir bald Gelegenheit zu geben, Nachrichten an Lady Summers gelangen zu lassen; denn durch diese Dame würde sie auch überzeuget werden, daß alles, was ich ihr sagte, die Wahrheit sei, und daß sie ihre bisherige Güte für mich nicht zu bereuen haben würde. Sie konnte die drei Blätter kaum gelesen haben, so kam sie zu mir, und bat mich gleich beim Eintritt in das Zimmer, ihr die Unruhe zu vergeben, die sie mir gemacht hätte; aber es wäre nicht leicht möglich gewesen bei einer fremden Person einen solchen Grad von Liebe und Sorge für das Kind eines Feindes zu denken, und ich könne glauben, daß, da sie mich wegen meiner vermeinten Muttertreue geliebt habe, sie mich wegen meiner großmütigen Liebe gegen das Blut meines unwürdigen Verfolgers desto mehr liebe und bewundere. Zwo Stunden redte sie mit mir von vielen Sachen in einem feinen zärtlichen Tone fort. Die teure

Lady besitzt eine bei den Großen seltene Eigenschaft; sie nimmt Anteil an *den Leiden der Seele*, und sucht mit der edelsten feinsten Empfindung Trostworte und Hülfsmittel aus. In den Zeiten meines ehemaligen Umganges mit der großen glücklichen Welt beobachtete ich, daß ihr Mitleiden meistens für äußerliche Übel, Krankheiten, Armut usw. in Bewegung kam; Kummer des Gemüts, Schmerzen der Seele, von denen man ihnen redete oder die sie verursachten, machten wenig Eindruck, und brachten selten eine Anteil nehmende Bewegung hervor. – Aber sie werden auch selten gewöhnt, an den innerlichen Wert oder die wahre Beschaffenheit der Sachen zu denken; durch äußerlichen Glanz verblenden sie und werden verblendet. Witz hat die Stelle der *Vernunft*, eine kalte gezwungene Umarmung heißt *Freundschaft*, Pracht und Aufwand, Glück – – – O mein Kind, sollte ich jemals wieder diesem Kreise mich nähern, so will ich mit inniger Sorge alles vermeiden, was mich in den Stufen meiner Erniedrigung und meines Unglücks an den Großen und Glücklichen schmerzte. Die Gräfin Douglaß nimmt die kleine Lidy zu sich; sie sagt, ich hätte genug für das Kind getan, und es solle niemand mehr Anlaß haben, die Übung der größten Tugend als die Folge eines Fehltritts zu beurteilen; am allerwenigsten solle Derby auch nicht vermuten können, daß eine Anhänglichkeit für ihn auf irgendeine Weise Ursache an meinem Mitleiden gewesen sei. Ich sah alles Edle ihrer Beweggründe und dankte ihr zärtlich, daß sie mich nicht nur für künftigen falschen Beurteilungen schützte, sondern auch der Belästigung des Lobs enthöbe, das man meiner sogenannten Großmut noch einmal geben könnte. Meine Briefe an Lady Summers hat die Gräfin gelesen; sie wollte es nicht tun, um mich von ihrem Vertrauen in mich zu überzeugen. Die Briefe an Sie hab ich ihr durchgeblättert, weil sie aber ganz deutsch sind, so hätte die Übersetzung viele Zeit gekostet; ich redete ihr also kurz von dem Inhalt eines jedes Blatts; denn ich eilte zu sehr Ihnen Nachrichten zu geben, und gerne schlüpfte ich über das Gute darin hinweg, weil mich dünkte, daß das Vergnügen mich loben zu hören die Summe meiner innerlichen Zufriedenheit vermindert. Möchte ich doch bald Nachrichten von Lady Summers haben, und zu ihr reisen können, um mich bald, bald in die Arme meiner Emilia zu werfen. Mein Enthusiasmus für England ist erloschen; es ist nicht, wie ich geglaubt habe, das Vaterland meiner Seele. – – Ich will auf meine Güter, einsam will ich da leben und Gutes tun. Mein Geist, meine Empfindungen für die gesellschaftliche Welt sind erschöpft; ich kann ihr auch zu nichts mehr gut sein, als einigen Unglücklichen eine kleine Lehrschule von Ertragung widriger Schicksale zu halten. In Wahrheit, es ist bei der neu erheiterten Aussicht in meine künftigen Tage einer der ersten Wünsche meiner Seele gewesen, daß bei jedem Anbau eines jungen Herzens diejenigen Samenkörner meiner Erziehung eingestreuet würden, deren erquickende Früchte in der Zeit meiner härtesten Leiden reif wurden, die mein anfängliches Murren besänftigten, und mir die Stärke gaben, alle Tugenden des Unglücklichen auszuüben. Mein erneuertes Gefühl der Schönheiten unsrer physikalischen Welt kann ich Ihnen unmöglich in seiner Stärke beschreiben; es war groß, mannichfaltig, wie die schöne Aussicht dieses Edelsitzes, wo man über einen jähen Absturz an dem Flusse Tweda die fruchtbarsten Hügel von ganz Schottland übersieht, die von Schafen wimmeln. Die Sehkraft meiner Augen dünkt mich vervielfältigt, wird verfeinert, so wie sie mich in den Bleygebürgen vermindert und stumpf gemacht dünkte. Können nicht, meine Emilia, alle Kräfte meiner Seele wieder so aufleben wie das Gefühl für die wohltätigen Wunder der Schöpfung, und das von der frohen Hoffnung, die Freundin meines Herzens bald wieder zu umarmen? –

Lord Rich, von Tweedale an Doktor T.

Wenn es billig ist, daß der Stärkere nicht nur seine eigene volle Last, sondern auch die Bürde des Schwächern trage, so erfülle ich meine Pflicht, indem ich nicht nur unter dem gehäuften Maß meiner Empfindungen seufze, sondern auch das überströmende Gefühl von meinem Bruder zusammenfassen muß. Meine Briefe an Sie sind die Stütze, die meine Seele erleichtert. Seymour sitzt wirklich zu den Füßen des Gegenstandes meiner Wünsche; ich entfernte mich; ihre Augen sagte mir zwar, daß sie mich gerne bleiben sähe; aber mein Bruder hielt ihre Hand, sein Herz fühlte den sanften Druck, den die ihrige ihm vielleicht ohne ihr Wissen gab; das einige fühlte ich auch, und dieses Gefühl hieß mich gehen. Zwei Tage sind's, daß wir hier angekommen. Sechs Pferde machten Aufsehen im Schloßhofe, und die Bedienten liefen zusammen; mein Bruder warf sich vom Pferde und rief: »Ist die Gräfin Douglaß mit der Lady aus den Bleygebürgen hier?« Auf die Antwort *Ja* zog er mich am Arm mit einem eifrigen »Kommen Sie, Bruder, kommen Sie.« »Wen muß ich melden?« rief ein Diener; »Lord Rich, Lord Seymour«, rief mein Bruder hastig, und eilte dem Kerl nach, der kaum klopfen konnte, als wir schon in der Türe waren. Die Gräfin Douglaß saß der Türe gegenüber; Lady Sternheim aber mit dem Rücken gegen uns, und las der Dame etwas vor. Seymours Eindringen, und das eilende Rufen des Bedienten, wer wir wären, machte die Gräfin stutzen und meine englische Freundin den Kopf wenden. Sie fuhr mit Schrecken zusammen – »O Gott«, rief sie, und ließ das Buch auf die Erde fallen, als Seymour sich zu ihren Füßen warf; »*O die ehrlichen Leute – sie lebt – o mein göttliches, mein angebetetes Fräulein Sternheim!*« rief er mit ausgestreckten Armen. Sie sah halb außer sich ihn und mich an, wendete aber den Augenblick den Kopf weg, und ließ ihn auf ihren zitternden Arm sinken – Die Gräfin Douglaß sah mit

Staunen hin und her, ich mußte reden – aber mein erstes war auf die Sternheim zu zeigen. »Teure Gräfin, unterstützen Sie den Engel, den Sie bei sich haben! Ich bin Lord Rich, hier ist Lord Seymour –« Die Gräfin hatte sich eilends meiner Freundin genähert, die ihre beiden Armen um sie schlug und ihr Gesicht einige Minuten an der Gräfin Busen verbarg. Seymour konnte dieses Abwenden ihres Gesichts nicht ertragen, und rief in vollem Schmerzen aus – »O mein Oncle, warum mußte ich meine Liebe verbergen! Alle Qual, alle Zärtlichkeit meines Herzens kann mich nun nicht von dem Widerwillen schützen, den mir meine Nachlässigkeit zuzog! – O Sternheim, Sternheim! was soll aus mir werden, wenn ich in dem Augenblicke der Freude, sie wiedergefunden zu haben, Ihren Unmut auf mir liegen sehe? Gönnen Sie mir, oh, gönnen Sie mir nur einen gütigen Blick.« Mit dem Anblick eines Engels und der ganzen Würde der sich fühlenden Tugend richtete Lady Sternheim sich auf, reichte errötend meinem Bruder die Hand, und mit gedämpfter Stimme sagte sie: »Stehen Sie auf, Lord Seymour, ich versichere Sie, daß ich nicht den geringsten Unmut über Sie habe«; und, seufzend setzte sie hinzu, »wo wäre mein Recht dazu gewesen?« Feurig-zärtlich küßte er ihre Hand; meine Augen sanken zur Erde; aber sie näherte sich mir mit freundschaftlichen Blicken, nahm meine Hand: »Teurer Lord! was für Freundschaft! Wie haben Sie mich finden können? Hat Lady Summers es Ihnen gesagt? – Was macht sie, meine liebreiche Mutter?« Ich küßte die Hand auch, die sie mir gegeben hatte; »Lady Summers ist wohl«, antwortete ich, »und wird glücklich sein, Sie wieder zu sehen; aber nicht Lady Summers hat mich hergeleitet; Reue und Gerechtigkeit riefen meinen Bruder und mich auf.« Mit einer erhöheten Gesichtsfarbe fragte sie mich: »Ist Lord Seymour Ihr Bruder?« – »Ja, und dies von der edelsten Mutter, die jemals lebte.« Sie antwortete mir nur mit einem bedeutenden Lächeln, und wandte sich zur Gräfin Douglaß.

»Meine großmütige Erretterin«, sprach sie, »sehen hier zween unverwerfliche Zeugen der Wahrheit dessen, was ich Ihnen von meiner Geburt und meinem Leben sagte; ich danke Gott, daß er mich den Augenblick erleben lassen, wo Ihr Herz die Zufriedenheit fühlen kann, daß Ihre Güte für mich nicht verloren ist.« »Nein«, fiel Seymour ein, »niemals lebte eine Seele, welche der Verehrung der ganzen Erde würdiger wäre als die Dame, welche die Gräfin errettet haben; solang ich atmen werde, sollen Sie, edelmütige Gräfin Douglaß, den ewigen Dank dieses Herzens haben.« Mit tränenden Augen drückte er zugleich die Hand der Gräfin an seine Brust. Ich hatte mich indessen gefaßt, um etwas von unserem Überfall zu erklären. Einige Minuten waren wir alle stille. Ich nahm die Hand der Lady Sternheim; »können Sie«, fragte ich, »ohne Schaden Ihrer Ruhe und Gesundheit von Ihrem Verfolger reden hören? Er ist am Ende seines Lebens, und die größte Sorge seiner Seele windet sich unaufhörlich um das Andenken Ihrer Tugend und seiner Ungerechtigkeiten gegen Sie; sein Kummer über Ihren vermeinten Tod ist unaussprechlich; er hat mich und Lord Seymour zu sich gebeten, und uns schwören lassen, in die Bleygebürge zu reisen, um Ihre Leiche da aufzuheben, und mit allen Zeugnissen Ihrer Tugend und seiner Reue in Dumfries beizusetzen. – Ich will nicht sagen, wie traurig dieses Amt uns war. Nachdem wir so lange Zeit vergebens nach Ihnen gesucht hatten, sollten wir Sie tot wiedersehen! – Mein armer Bruder und – (ich konnte mich nicht verhindern dazu zu setzen) Ihr armer Freund Rich!« Eine Träne zitterte in ihren Augen, indem sie sagte: »Lord Derby ist grausam, sehr grausam mit mir umgegangen. Gott vergebe es ihm; ich will es von Herzen gerne tun – aber – sehen kann ich ihn niemals wieder, sein Anblick würde mir tödlich sein.« Ihr Kopf sank mit ihrer sinkenden Stimme bei den letzten Worten auf ihre Brust. Mein Seymour fühlte die rührende Verlegenheit dieser reinen Seele, und ging mit sich kämpfend ins

Fenster – Lady Sternheim stund auf und verließ uns; Seymour und ich sahen ihr bewundernd nach. Nur in schottische Leinwand gekleidet, war sie reizend schön durch ihren nach dem vollkommensten Ebenmaß gebildeten Wuchs, und den schönsten Anstand in Gang und Bewegung; und ob sie schon hager und blaß geworden, so war dennoch ihre ganze Seele mit aller ihrer Schönheit und Würde in ihren Zügen ausgedrückt. Seymour und ich sagten der Gräfin Douglaß alles, was die Lady Sternheim anging, und sie erzählte uns hingegen, was sie von ihr wußte, seitdem sie die Tochter des Bleiminenknechts zu sich genommen, und wie sie gleich gedacht hätte, diese Person müsse eine edle Erziehung haben, und in einer unglücklichen Stunde von ihrer Bestimmung entfernt worden sein; zärtliches Mitleiden habe sie eingenommen, besonders da sie ihre Sorge für das Kind gesehen habe, und sie wäre gleich entschlossen gewesen, sie zu sich zu nehmen, wenn sie mit ihrem Bruder zurückginge; die Krankheit der Dame hätte es aber früher erfodert. Sie freute sich ihrem Herzen gefolgt zu haben. Sie ging hierauf nach ihrem Gast zu sehen, und wir blieben allein. Gedankenvoll blieb ich sitzen. Seymour kam, und fiel mir mit Weinen um den Hals: »Rich! – lieber Bruder, ich bin mitten im Glücke elend, und werde es bleiben. – Ich sehe deine Liebe und deine Verdienste um sie. – Ich fühle, daß sie mißvergnügt mit mir ist; – sie hat recht, tausend recht es zu sein – Sie hat recht dir mehr Vertrauen, mehr Freundschaft zu zeigen; aber ich fühle es mit einem tötenden Kummer. Meine Gesundheit leidet schon lang auf allerlei Weise unter dieser Liebe – Ich habe sie nun gesehen; ich werde um ihrentwillen sterben, und dies ist mir genug.« Ich drückte ihn mit einer sonderbaren Bewegung an meine Brust, und ich glaube ihm etwas kalt und rauh gesagt zu haben: »Ja, Seymour, du bist im Glück unglücklich, aber andere sind's ganz; – warum müssen deine Nebenbuhler allezeit mehr Licht sehen als du? – Derby hat recht; sie zieht dich vor. Ihr Zurückhalten beweist mir alles, was er sagte. Sei ihrer würdig, und beneide mir ihre Achtung, ihr Vertrauen nicht!« – »O Rich – o mein Bruder, ist dieses, kann dieses wahr sein? Betrügt dich deine Leidenschaft nicht wie mich die meinige? – O Gott! – ich muß sie erhalten oder sterben – wer wird für mich reden: wer? Ich kann nichts sagen – und du?« »Ich will es tun«, erwiderte ich, »aber heute noch nicht; wir müssen ihre Empfindlichkeit und geschwächte Gesundheit schonen.« Zu meinen Füßen war er, er umfaßte sie: »Bester, edelster Bruder«, rief er, »fodre mein Leben, alles, ich kann nicht genug für dich tun! Du willt – du! willt für mich reden? Gott segne dich ewig, mein treuster, mein gütigster Freund!« – »Ich will nichts, liebster Seymour, als sei glücklich, sei deines Glücks würdig! Du kennst den ganzen Umfang davon nicht so wie ich; aber ich gönne, ich wünsche dir es, so groß es ist.« Die Damen kamen zurück; wir redeten von Tweedale, und unsere Freundin erzählte, wie gerührt sie gewesen, Gottes schöne Erde wiederzusehen. Dann sprach sie von ihrer Entführung und ihren ersten Tagen im Gebürge. – Abends gab sie mir ihre Papiere; ich las sie mit Seymourn durch. O Freund, was für eine Seele malt sich darin! Wie unermeßlich wäre meine Glückseligkeit gewesen! – Aber ich ersticke meine Wünsche auf ewig. Mein Bruder soll leben! – Seine Seele kann den Verlust ihrer Hoffnungen nicht noch einmal ertragen; meine Jahre und Erfahrung werden *mir* durchhelfen. Seymour muß das Maß der Zufriedenheit voll haben, sonst genießt er nichts, *mir* reicht ein Teil davon zu, dessen Wert ich kenne. Schikken Sie uns Seymours Briefe an Sie gleich; sie müssen gelesen werden, und für ihn reden.

Was wird die Vorsicht noch aus mir machen? In widrigen Begegnissen, in den empfindlichsten Erschütterungen aller Kräfte der Seele und des Lebens erhält sie mich. Gewiß nicht zum Unglück, aber zu jeder möglichen Prüfung. Allein, o meine Liebe, ganz allein, von niemand als zuredenden Freunden umgeben, stund ich an meinem Scheideweg. Lord Derby ist tot – diese beiliegenden Blätter meines Tagebuchs von Tweedale sagen Ihnen Seymours und Richs Ankunft, und den Ersatz, welchen Derby mir machen wollte. Gott lasse seine ewigen Tage glücklicher sein, als er die meinigen machte, die ihm hier in seine Gewalt gegeben waren! Lord Seymour verfolgt mein Herz; er liebte mich, o meine Emilia, er liebte mich zärtlich, rein, von dem ersten Tage, da er mich sah. Der Stolz seines Oheims, seine Abhänglichkeit von ihm, und eine übertriebene feine Empfindung von Tugend und Ehre wollte, daß er schwieg, bis ich die Versuchungen des Fürsten überwunden hätte. Sie wissen, was dieses Schweigen mir zuzog; aber Sie wissen nicht, was Lord Seymour darunter gelitten hatte. Hier, lesen Sie seine Briefe mit denen vom Lord Derby, und senden Sie sie mir mit allen den meinen an Sie zurück. Sie werden bei Derbys Briefen über den Mißbrauch von Witz, Tugend und Liebe schaudern. Hätte ich nicht selbst böse sein müssen, wenn ich seine Ränke hätte argwöhnen sollen? Was ist Seymours Herz dagegen? Ihren Rat hätte ich gewünscht, durch einen gemeinsamen Geist erhalten zu können. Die Gräfin Douglaß ist eingenommen; Lord Rich, der edle, unschätzbare Lord Rich bittet mich seine Schwester zu werden; der liebenswürdige Seymour ist täglich zu meinen Füßen! Alle Einwendungen meiner Delikatesse werden bestritten; und, o Freundin meines Herzens, du, die du alle seine Bewegungen von Jugend auf kanntest, dir kann ich, dir will ich es nicht verbergen, daß eine innerliche Stimme mich meine Vermählung mit Lord Seymour als ein von dem Schicksal gegebenes Mittel ergreifen heißt, um meiner unsteten Wanderschaft ein Ende zu machen. Und war er nicht der Mann, den mein Herz sich wünschte? Er weiß es, soll ich nun zurücke? Lord Rich, fürchte ich, würde an seinen Platz eintreten wollen. Seymour zeigte mir viele Tage die heftigste zärtlichste Liebe. Lord Rich hatte lange Unterredungen mit ihm, war aber kalt, ruhig, sah oft tiefdenkend lange mich an, und brachte mich dadurch zu dem Entschluß unverheuratet zu bleiben. Aber zwei Tage nach Seymours Briefe brachte er mir mein Tagebuch und die noch dabei gelegenen letzten Briefe von Summerhall in mein Zimmer; mit einer rührenden vielbedeutenden Miene trat er zu mir, küßte die Blätter meines Tagebuchs, drückte sie an seine Brust, und bat mich um Vergebung, eine Abschrift davon genommen zu haben, welche er aber mit der Urschrift in meine Gewalt gebe. »Aber erlauben Sie mir«, fuhr er fort, »Sie um dieses Urbild Ihrer Empfindungen zu bitten; lassen Sie, meine englische Freundin, mich diese Züge Ihrer Seele besitzen, und erhören Sie meinen Bruder Seymour. Das Paquet seiner Briefe wird Ihnen die unerfahrne Redlichkeit seines Herzens bewiesen haben. Sie werden ihn durch Annehmung seiner Hand zu dem glücklichsten und rechtschaffensten Mann machen.« Nach einigem Stillschweigen legte er seine Hand auf die Brust, sah mich zärtlich und ehrerbietig an, und fuhr mit gerührtem Ton fort: »Sie kennen die unbegrenzte Verehrung, die ewig in diesem Herzen für Sie leben wird; Sie kennen die Wünsche die ich machte, die nicht aufgehört haben, aber unterdrückt sind. Ich würde gewiß meine seligsten Tage, dafern es nur Hoffnungstage wären, nicht aufopfern, wenn ich nicht mitten unter der Anbetung, unter dem Verlangen meiner Seele, sagen müßte, und sagen könnte: Seymour sei Ihrer würdig, er verdiene Ihre Achtung und Ihr Mitleiden.« Er sah mich hier sehr aufmerksam an, und hielt inne. Mit einem halb erstickten Seufzen sagte ich: »O Lord Rich!« und er fuhr mit einem männlich freundlichen Tone fort: »Sie haben die Gewalt, einen edlen jungen Mann in der Marter einer verworfenen Liebe vergehen zu machen; wenden Sie, beste weibliche Seele, diese Gewalt zu dem Glück einer ganzen Familie an! Sie können meiner Mutter, einer würdigen Frau, den Kummer abnehmen, Ihre Söhne unverheuratet zu sehen. Ihre schwesterliche Liebe wird mich glücklich machen, und Sie werden alle Ihre Tugenden in einem großen wirksamen Kreis gesetzt sehen!« – »Teurer Lord Rich«, antwortete ich gerührt, »wie nahe dringen Sie in mich! Sehen Sie meine Bedenklichkeiten nicht?« Ich verbarg mein Gesicht mit meinen Händen; er schloß mich in seine Arme und küßte meine Stirne. »Beste, geliebteste Seele, ja, ich kenne ihre feinen Bedenklichkeiten; Sie verdienen die vermehrte Anbetung meines Bruders; aber Sie sollen den Bau seiner Hoffnung nicht zerstören. Lassen Sie mich, ich bitte Sie, ihm die Erlaubnis bringen zu hoffen.« Mit tränenden Augen sah der würdige Mann mich an; eine Zähre der meinigen fiel ihm auf seine Hand; er betrachtete sie mit inniger Rührung; als aber das anfangende Zittern seiner Hände sie bewegte, so küßte er sie hinweg, und seine Blicke blieben einige Minuten auf die Erde geheftet. Ich nahm das Original meiner Briefe und des Tagebuchs, und reichte es ihm mit der Anrede: »Nehmen Sie dieses, würdigster Mann, was Sie das Urbild meiner Seele nennen zum Unterpfand der zärtlichen und reinen Freundschaft!« – »Meine Schwester«, fiel er mir ins Wort. »Keine List, Lord Rich! Ich will ohne Kunst werden, was Sie so sehnlich wünschen, daß ich sein möge.« Er ließ sich auf ein Knie nieder, segnete mich, küßte meine Hände mit eifriger Zärtlichkeit und eilte weg. »Sagen Sie noch nichts«, rief ich ihm nach, »ich bitte Sie.« Da war ich und weinte, und entschloß mich Lady Seymour zu werden; ich bekräftigte diesen Entschluß am Ende eines Gebets an die göttliche Vorsicht.

Nachschrift. Nun weiß es Lord Seymour. Seine Entzük-
kungen gehen über die Kräfte meiner Feder. Meine
Gräfin Douglaß umarmte mich mütterlich, Lord Rich als
ein zärtlicher Bruder. Der gute Lord Seymour bewacht
mich, als ob er besorgte, es möchte jemand meine Entschließung ändern. Sein Kammerdiener ist an seine Frau
Mutter geschickt, welche an Tugend und Geist eine
zweite Lady Summers sein muß. O segnen Sie mich,
meine Freunde! Mein Herz schlägt ruhig. Wie selig
macht eine Entschließung, die von Tugend, Weisheit und
Rechtschaffenheit gebilliget wird! Nun freue ich mich
auf die Reise zu dem Grabe meiner Eltern. Zu den Füßen
ihres Leichensteins will ich mit meinem Gemahl knien,
und ihren himmlischen Segen auf diese Verbindung erflehen. Tränen des Danks will ich auf ihre Asche vergießen,
für die Liebe der Tugend und der Wohltätigkeit, die sie
in meine Seele gossen, und für die Sorge, die sie nahmen,
mir richtige Begriffe von wahrem Glück und Unglück zu
geben! – Meine Emilia werd ich umarmen, meine Untertanen sehen! O glückliche, selige Aussichten! Mein lieber
Lord Seymour sucht seinem Bruder nachzufolgen; in
allem fragt er ihn – und mit wie vieler zärtlicher Erkenntlichkeit sehe ich Lord Richs Bemühung um meine
Glückseligkeit, indem er alles versucht, den ungleichen
und oft reißenden Lauf von Seymours Charakter ins
Gleiche und Sanfte zu ändern. Er ist, sagt er, ein schöner
aber stark rauschender Bach, der im Grund eine Menge
reiner Goldkörner führt.

Lord Rich an Doctor T.

Ich komme vom Altar, wo mein Bruder eine ewige
Verbindung, und ich eine ewige Freiheit meiner Hand
beschworen. Ich gab ihm jene Hand, die mein Herz sich
lange wünschte, und von deren Mitwerbung ich abstund,
weil ich mehr Stärke in mir fühlte einen Verlust zu

ertragen, als er hat. Es war die Seele, die Gesinnungen der Lady Seymour, die ich liebte. Ihre Papiere, die sie in der vollen Aufrichtigkeit ihres Herzens schrieb, beweisen mir, daß sie das Beste mir schenkte, so in ihrer Gewalt war; wahre Hochachtung für meinen Charakter, wahres Vertrauen, zärtliche Wünsche für mein Glück. Der unauflöslich rätselhafte Eigensinn eines einmal gefaßten Vorzugs hatte schon lange und unwillkürlich die Neigung ihres Herzens gefesselt. – Ich kenne den hohen Wert ihrer Seele; ihre Freundschaft ist zärtlicher als die Umarmungen der Liebe einer andern Person. Die Herbstjahre des Lebens, in denen ich mich befinde, lassen mich alle reine Süßigkeit der Freundschaft mit Ruhe genießen. Ich werde bei diesen Glücklichen leben; der zweite Sohn soll Lord Rich, soll der Sohn meines Herzens sein! Alle Tage werde ich mit Lady Seymour sprechen, und die Schönheit ihres Geistes ist mein Eigentum; ich trage zu ihrer Glückseligkeit bei. Meine Mutter segnet mich über den Entschluß von ihrem geliebten Seymour, und mein Glück haftet an dem von den würdigsten und liebsten Personen, die ich kenne. – Bald, mein Freund, sehe ich sie und spreche sie.

Lady Seymour aus Seymourhouse an Emilia

Die erste freie Stunde meiner Bewohnung eines Familienhauses gebührte dem Dank an die Vorsicht, die allen meinen Kummer und die fürchterlichen Irrwege meines Geschicks in dem Umfang vollkommener Glückseligkeit endigte; aber die zweite Stunde gehört der treuen Freundin, die alles Leiden mit mir teilte, die mir es durch ihren Trost und ihre Liebe erleichterte, und deren Beispiel und Rat ich die Stärke meiner Anhänglichkeit an Tugend und Klugheit zu danken habe. Emilia, ich bin glücklich; ich bin es vollkommen, denn ich kann die seligsten, die heiligsten Pflichten alle Tage meines Lebens erfüllen.

Meine tugendhafte Zärtlichkeit macht das Glück meines Gemahls; meine kindliche Verehrung und Liebe wird von seiner würdigen Mutter als die Belohnung ihrer geübten Tugenden angesehen. Meine schwesterliche Freundschaft gießt Zufriedenheit in das große, aber sehr empfindliche Herz meines werten Lords Rich. Lord Seymour hat weitläuftige Güter; er ist reich, und hat mir eine unumschränkte Gewalt zum Wohltun gegeben. O mein Kind, es war gut, daß alle meine Empfindungen durch widrige Begebenheiten aufgeweckt und geprüft wurden; ich bin um so viel fähiger geworden, jeden Tropfen meines Maßes von Glückseligkeit zu schmekken. Sie wissen, daß ich Gott dankte, daß er in meinem Elende mir den Gebrauch meiner Talente zu Verminderung desselben gelassen hatte, und meinem Herzen die Freude nicht entzog, wohltätig zu sein. Ich fühle nun mit aller Stärke die verdoppelten Pflichten des Glücklichen; nun muß meine Gelassenheit, Demut, und meine Unterwerfung zur Dankbegierde werden. Meine Kenntnisse, die die Stütze meiner leidenden Eigenliebe und die Hülfsmittel waren, durch welche ich hier und da einzelne Teile von Vergnügen erreichte, sollen dem Dienst der Menschenliebe geweihet sein, sie zum Glück derer, die um mich leben, und zu Ausspähung jedes kleinen, jedes verborgenen Jammers meiner Nebenmenschen zu verwenden, um bald große, bald kleine liebreiche Hülfe ausfindig zu machen. *Kenntnisse des Geistes, Güte des Herzens* – die Erfahrung hat mir bis an dem Rande meines Grabes bewiesen, daß ihr *allein* unsere wahre irdische Glückseligkeit ausmachet! An euch stützte meine Seele sich, als der Kummer sie der Verzweiflung zuführen wollte; ihr sollt die Pfeiler meines Glücks werden; auf euch will ich in der Ruhe des Wohlseins mich lehnen, und die ewige Güte bitten, mich fähig zu machen, an der Seite meines edelmütigen menschenfreundlichen Gemahls ein Beispiel wohlverwendeter Gewalt und Reichtümer zu werden! –

Sie sehen, meine Freundin, daß alle meine Bedenklich-keiten meinen Empfindungen weichen mußten. Ich sah das Vergnügen so vieler rechtschaffenen Herzen an das Glück des meinigen gebunden, daß ich meine Hand gerne zum Unterpfand meiner Liebe für ihre Zufrieden-heit gab. Mylord will ein Schulhaus und ein Hospital nach der Einrichtung der Sternheimischen erbauen las-sen; er betreibt den Plan, weil er den Bau während unsrer deutschen Reise führen lassen will. Künftige Woche gehen wir nach Summerhall; dort wollen wir die Briefe meines Oncles von R— erwarten, und dann (sagen Sey-mour und Rich) wollen sie jede heilige Stätte besuchen, wo mich mein Kummer herumgeführet habe. Sie werden also meine Emilia sehen, und überzeugt werden, daß die erste und stärkste Neigung meines Herzens der würdig-sten Person meines Geschlechts gewidmet war. Morgen kommen Mylord Crafton und Sir Thomas Watson, mei-ner Großmutter Bruders Sohn, zu uns; ich werde aber meine übrigen Verwandten, London und den großen Kreis meiner Nachbarn erst nach unserer Zurückkunft aus Deutschland sehen.

Mylord Rich an Doktor T.

Ich bin wieder in Seymourhouse, weil mir ohne die Familie meines Bruders die ganze Erde leer ist. Mit tausendfachen geistigen Banden hat mich die Lady Sey-mour gefesselt, und die Herbsttage meines Lebens wur-den so glühend, daß unsere Reise mich beinahe mein Leben kostete. Ich sah sie in Summerhall; zu Vaels bei ihrer Emilia; in ihrem Gesindhause; in D* bei Hofe; in Sternheim bei ihren Untertanen; bei dem Grabe ihrer Eltern! – Die anbetungswürdige Frau! In allen Gelegen-heiten, in allen Stellen, wohin der Lauf des Lebens sie führt, zeigt sie sich als das echte Urbild des wahren weiblichen Genies, und der übenden Tugenden ihres

Geschlechts. – Auf unserer Rückreise wurde sie Mutter; – und was für eine Mutter! O Doktor! ich hätte mehr, viel mehr als Mensch sein müssen; wenn der Wunsch, sie zu meiner Gattin, zu der Mutter meiner Kinder zu haben, nicht tausendmal in meinem Herzen entstanden wäre! Mit wie vielem Recht besitzt die Tugend der großmütigen Aufopferung unsers Glücks die erste Stelle des Ruhms! Wie teuer kostet sie auch ein edelgewöhntes Herz! – Wundern Sie sich ja nicht, wenn sie selten ist. – Doch eine Probe wie diejenige, die *ich* machte, hat nicht leicht statt. Mit Vergnügen hab ich das Glück meines Bruders dem meinigen vorgezogen. Die Handlung reuet mich nicht, ich litt nicht nur niederträchtigen Neid, sondern allein durch das gezwungene Stillschweigen meiner Empfindungen, die ich keinem Unheiligen anvertrauen will, um die falsche Beurteilungen meiner ehrerbietigen Leidenschaft zu vermeiden, und die reine Freundschaft meiner edlen Schwester in kein zweideutiges Licht zu bringen. Ich fiel in eine düstre Melancholie, und entzog mich Seymours Hause auf einige Monate. Die Stille meines Landguts, die ich ehemals von meiner großen Reise ausruhte, gab mir diesmal kein ganzes Maß von Frieden; ich wollte mich überwinden; aber ich bin an den süßen Umgang der fühlbarsten Seele gewöhnt; ihre schönen Briefe sind nicht sie selbst. Mein Lord Rich wurde geboren, und ich flog nach Seymourhouse; eine selige Stunde war es, in welcher Lady Seymour mir dieses Kind auf die Arme gab, und mit allem Reiz ihrer seelenvollen Physionomie und Stimme sagte: »Hier haben Sie Ihren jungen Rich; Gott gebe ihm mit Ihrem Namen Ihren Geist, und Ihr Herz!« Ein entzükkender Schmerz durchdrang meine Seele. Er ruht in mir; niemand soll jemals eine Beschreibung von ihm haben. Der kleine Rich hat die Züge seiner Mutter; diese Ähnlichkeit schließt ein großes Glück für mich in sich; – wenn ich das Leben behalte, soll dieser Knabe keinen andern Hofmeister, keinen andern Begleiter auf seinen

Reisen haben als mich. – Alle Ausgaben für ihn sind meine; seine Leute sind doppelt belohnt; ich schlafe neben seinem Zimmer; ja ich baue ein Haus am Ende des Gartens, in das ich mit ihm ziehen werde, wenn er volle zwei Jahre alt sein wird. Indessen bilde ich mir die Leute, die um ihn sein werden. Dieses Kind ist die Stütze meiner Vernunft und meiner Ruhe geworden. Wie wert macht ihn mir jede Umarmung, jede zärtliche Sorge, die er von seiner Mutter erhält – und wie glücklich wächst er und sein Bruder auf! Jede Handlung ihrer Eltern sind Beispiele von Güte und Edelmütigkeit. Segen und Freude blühen in jedem Gefilde der Gebiete meines Bruders; Danksagungen und Wünsche begleiten jeden Schritt, den er mit seiner Gattin macht. Mit einer Hand stützen sie das leidende Verdienst und helfen andrer Elende ab; mit der andern streuen sie Verzierungen in der ganzen Herrschaft aus, aber dies mit der feinsten Unterscheidung. Denn die Lady Seymour sagt: niemals müsse auf dem Lande die Kunst die Natur beherrschen; man solle nur die Fußstapfen ihrer flüchtigen Durchreise und hier und da einen kleinen Platz sehen, wo sie ein wenig ausgeruht hätte. Unsere Abende, und unsere Mahlzeiten sind reizend; ein muntrer Geist und die Mäßigkeit beleben und regieren sie. Fröhlich treten wir in die Reihen der Landtänze unserer Pächter, deren Freude wir durch unsern Anteil verdoppeln. Die Gesellschaft der Lady Seymour wird von dem Verdienst gesucht, so wie Laster und Dummheit vor ihr fliehen; Sie können hoffen, in unserem Hause wechselsweise jede Schattierung von Talenten und Tugenden zu finden, die in dem Kreise von etlichen Meilen um uns wohnen. Und hier hat der Charakter meiner geliebten Lady Seymour einen neuen Glanz dadurch erhalten, daß sie die Verdienste anderer Personen ihres Geschlechts so lebhaft fühlt und schätzt. Mein Bruder ist der beste Ehemann und würdigste Gebieter von etlichen hundert Untertanen geworden; Seligkeit ist in seinem Gesichte, wenn er seinen Sohn, an der Brust der besten Frau, Tugend einsaugen sieht; und jeder Tag nimmt etwas von dem lodernden Feuer hinweg, welches in alle seine Empfindungen gedrungen wäre. Er hat die schwere Kunst gelernt, sein Glück zu genießen, ohne irgend jemand durch ein außerordentliches Geräusche mit seinem Glücke Schmerzen zu machen. Das einfache, obgleich edle Aussehen unserer Kleidung und unsers Hauses läßt auch die ärmste Familie unserer Nachbarschaft mit Zuversicht und Freude zu uns kommen. Von diesen Familien nimmt Lady Seymour von Zeit zu Zeit ein paar Töchter zu sich, und flößt durch Beispiel und liebreiches Bezeugen die Liebe der Tugend und schönen Kenntnisse in sie. Der reizende Enthusiasmus von Wohltätigkeit, die lebendige Empfindung des *Edlen* und *Guten* beseelt jeden Atemzug meiner geliebten Schwester. Sie begnügt sich nicht gut zu denken; alle ihre Gesinnungen müssen Handlungen werden. Gewiß ist niemals kein inniger Gebet zum Himmel gegangen, als die Danksagung war, welche ich die Lady Seymour für die Empfindsamkeit ihres Herzens, und für die Macht Gutes zu tun mit tränenden Augen aussprechen hörte. Wie viel Segen, wie viele Belohnung verdienen die, welche uns den Beweis geben, daß alles, was die Moral fodert, möglich sei, und daß diese Übungen den Genuß der Freuden des Lebens nicht stören, sondern sie veredeln und bestätigen, und unser wahres Glück in allen Zufällen des Lebens sind!

Zur Textgestalt und zum Sprachgebrauch
der La Roche

Die vorliegende Ausgabe bringt den Text von Sophie von La Roche, *Geschichte des Fräuleins von Sternheim*, erster Theil und zweyter Theil, Leipzig, bey Weidmanns Erben und Reich, 1771. Von dem Erstdruck erschienen schon im Jahre 1771 zwei weitere Auflagen, die jeweils einige orthographische Fehler korrigierten, aber keine die Lautung, Grammatik oder gar den Sinn beeinflussenden Änderungen vorgenommen haben. Bei dem Exemplar der Landesbibliothek Speyer (Sign. 50, 863–1.2.), das dem vorliegenden Neudruck zugrunde gelegt ist, handelt es sich um die dritte Auflage des Erstdruckes (vgl. zur Druckgeschichte Ridderhoffs »Einleitung«, S. XXXVII f.; das Speyerer Exemplar entspricht Ridderhoffs »Ausgabe C«, die wir nach modernen bibliographischen Richtlinien als A. III, als Drittauflage der Erstausgabe, bezeichnen).

Die Orthographie wurde unter Wahrung des Lautstandes und der grammatischen Eigenheiten behutsam modernisiert. Anführungszeichen wurden nach heutigen Gewohnheiten behandelt. Fremdwörter, bei denen der Lautstand betroffen war, sowie Eigennamen wurden in der originalen Schreibweise belassen, aus Substantiven bestehende Zusammensetzungen ebenfalls. Unterschiedliche Formen wurden nicht vereinheitlicht. Die rhetorisch orientierte Interpunktion unterscheidet kaum zwischen direkter und indirekter Rede und berücksichtigt einzelne Satzteile stärker als heute üblich, was sich auch im Gebrauch der Frage- und Ausrufezeichen ausdrückt. Eine behutsame Modernisierung war angezeigt, wobei zeittypische Eigenheiten nach Möglichkeit gewahrt blieben. Das Komma wurde beseitigt, wenn es den Satzzusammenhang störte, d. h. zwischen Subjekt und Verb bzw. zwischen Subjekt und Objekt sowie vor vergleichendem »als« und »wie«. Vor Nebensätzen und zwischen Hauptsätzen wurde es eingefügt, um die Satzstruktur stärker sichtbar zu machen, ebenso bei Adversativa. Belassen wurden die Kommata in allen Fällen der Aufzählung, bei Infinitivsätzen, vor »und« und »oder«, nach Konjunktionen am Satzbeginn sowie nach Möglichkeit bei als Einschübe aufgefaßten adverbialen Bestimmungen. Semikola, Doppelpunkte, Frage- und Ausrufezeichen blieben erhalten. Die Groß- und Kleinschreibung hinter den Frage- und Ausrufezeichen wurde, soweit es deren Funktion zuließ, dem heutigen Gebrauch angeglichen. Gedankenstriche wurden – auch wenn sie als

Satzschlußzeichen standen – im Satz belassen, als optische Trennungszeichen zwischen direkter Rede und Text jedoch gestrichen.

Folgende »Druckfehler«, auf die die La Roche ausdrücklich in Briefen an Wieland hingewiesen hatte, wurden in der vorliegenden Ausgabe verbessert:

1. Nach dem Erscheinen des ersten Bandes schrieb sie am 28. Juni 1771: »Mon manuscript depends de vous, je vous pris seulement de dire qu'on l'evite les Drukfehler, et qu'on n'oublie rien de ce que vous y aves laissé come par p. e. im ersten Brief 100 S. fehlt in dem Zusammenhang wie glücklich tretten Sie den Creyß deß Ehelichen Lebens an, da Sie den treuen Seegen Ihres Vatters (und alle ihre Tugenden Ihres Geschlechts mit bringen) dieses ist außgelassen« (*Wielands Briefwechsel*, Bd. 4, S. 311). Diese Einfügung ist, ohne das Wort »ihre« allerdings, als »Druckfehlerberichtigung« am Ende des zweiten Bandes angezeigt worden, sie wurde aber nicht im Text des Erstdruckes verbessert.

2. Am 27. Oktober, nachdem die La Roche sechs Exemplare des zweiten Bandes von Reich erhalten hatte, schrieb sie an Wieland: »Reich m'a envoyé 6 ex– du 2 volum. de Sternheim, [...] receves cher Ami, milles graces pour les peines que vous donait cette Phantasie – et faites moi je vous prie le plaisir, de me comuniquer les critiques, je serais charmée de les lire – car je vois de mes deux hieux quelle en merite beaucoup – mais les drukfehler lui font par ci par la du tort aussi p. e. auf der 230 seitte heißt es bey der erinnerung an Lord Seymour. und weinst über seine Vergessenheit. da *es* heissen solte – nun fragstu was würde Er sagen? u. weinst – Vergessenheit! O nimm diesen Theil meiner Geschichte aus meinem Gedächtnisse weg – mais je m'en moque ases quoique je voudrais que cela fut come il doit etre, parce que ma mauvaise destinée a voulû que cela existe de ma patte« (*Wielands Briefwechsel*, Bd. 4, S. 399). Wielands Antwort hierauf beruhigte die La Roche damit, daß gar nicht so viele Druckfehler darin seien, er darüber staune, daß es nicht zehnmal so viele seien und es ein Werk ohne Druckfehler nicht gebe: »Vous auriez tort, ma chère amie, d'imaginer que les Druckfehler en peuvent faire à cet ouvrage. Il n'y en a pas beaucoup, et je m'étonne moi, qu'il n'y en a dix fois autant. Un ouvrage sans erreurs typographiques est des ces choses qu'on n'a jamais vues. Je ne me repentirai jamais d'être l'éditeur d'un ouvrage, que je crois utile et qui, a mon avis, fait honneur a Votre sexe« (6. November 1771, *Wielands Briefwechsel*, Bd. 4, S. 404).

Nach diesen Briefstellen kann man annehmen, daß der Erstdruck der *Sternheim* keineswegs so von Druckfehlern wimmelt, wie man oft noch lesen kann. Im Dezember 1771 schrieb Wieland der Madame La Fite, die den Roman ins Französische übersetzen wollte, sie könne frei mit dem Original umgehen und auch die Fehler verbessern, die er in der kurzen Zeit vor der Drucklegung nicht mehr habe verbessern können. Auch hier ist nicht von einem schlechten Druck die Rede, sondern Wieland läßt der Übersetzerin im Rahmen dessen, was zu seiner Zeit üblich war, freie Hand, kleine Verbesserungen anzufügen (die Anmerkungen bei Ridderhoff vermerken diese Abweichungen in der französischen Übersetzung der La Fite).

Was Sophie La Roche in ihren Briefen mit »Drukfehler« bezeichnete, sind nach heutigem Verständnis redaktionelle Änderungen. Diese dürften vielfach auf Wieland zurückgehen, denn er las ja das Manuskript der *Sternheim* immer »mit der Feder in der Hand«. Besonders die zweite der oben zitierten Briefstellen Sophies zeigt, daß er gelegentlich den Sinn eingreifend veränderte.

Eine sprachliche Redaktion von Prosatexten war im 18. Jahrhundert durchaus üblich; auch Schiller oder Haller ließen sich ihre Werke durchsehen, damit etwaige durch die alemannische Mundart bedingte Formen und Wörter dem hochdeutschen Sprachgebrauch angeglichen würden. Die Sprachform des Ostmitteldeutschen – die obersächsische, »lutherische Sprache« – setzte sich erst im letzten Drittel des Jahrhunderts endgültig als hochdeutsche Schriftsprache durch. Das Ostmitteldeutsche wurde »zur Büchersprache von den klassischen Autoren unserer Nation autorisiert«, meldete 1775 Nicolais *Allgemeine Deutsche Bibliothek*. Sophie La Roche stand durch ihre Lebensumstände dieser »Büchersprache« zunächst fern. Sie sprach Dialekt, denn sie stammte aus dem Grenzgebiet des sich der einheitlichen deutschen Hochsprache am meisten widersetzenden Schwaben und Bayern. Außerdem war sie zweisprachig – Französisch und Deutsch –, sie erledigte die französische Korrespondenz ihres Mannes, schrieb ihre Privatbriefe zumeist auf französisch und sprach natürlich am Hof in Mainz und Koblenz nur französisch. Dann hatte sie, weil sie eine Frau war, nicht die intensive Sprachschulung an den klassischen Sprachen und im systematischen Unterricht der Lateinschule genossen, die Universität nicht besuchen können und war so relativ wenig mit der Sprache der Gelehrten und überhaupt nicht mit philologischen Fragen in Berührung gekommen. Daher weichen ihre Orthographie, Grammatik und Diktion oft erheblich von der »Büchersprache« ab. Im *Sternheim*-Roman wurden diese sprachlichen Abweichungen von Wieland, die Orthographie wohl vom Kopisten und sicher auch vom

Leipziger Drucker vielfach korrigiert, d. h. der Text wurde dem hochdeutschen Sprachgebrauch angeglichen.

Ein markantes Beispiel für diese Angleichung ist das Endungs-e in der Deklination und Konjugation (der Knabe, ich laufe), das überall in der *Sternheim* von dem sächsischen Drucker in Leipzig eingesetzt wurde, während Sophie es in ihren Briefen immer wegließ und als gute Schwäbin schrieb und sprach: »er will eine reiß machen« oder »die glehrte sind wunderliche leut«. Die oberdeutschen Grammatiker hatten dieses Endungs-e als »lutherisches -e« bekämpft, es als »weibisch und affektiert« bezeichnet. 1752 mußten aus dem verbesserten bayrischen Katechismus die eingefügten »-e« – etwa 900 insgesamt – wieder entfernt werden. Erst am Ende des Jahrhunderts erlahmte der Widerstand in Bayern und Schwaben gegen die obersächsische, »lutherische« Sprache.

Trotz dieser Sprachangleichung finden sich in der *Sternheim* viele Stellen, die Sophies sprachliche Eigenart durchscheinen lassen (vgl. die Zusammenstellung bei C. Riemann). Wieland tat das »Nötige«, wollte aber ihr »Genie durch sorgsame Aufmerksamkeit auf die kleinen Regelchen der Grammatik, Orthographie, Distinktionszeichen nicht aufhalten« (Brief vom 24. November 1770), und er scheint besonders im zweiten Band viel weniger an der Diktion geändert zu haben als in früheren Abschnitten. Gerade diese Abweichungen aber sind als sprachliches Dokument interessant und werden heute nicht mehr als Fehler oder Unvollkommenheiten der Autorin angekreidet, wie es die Philologen des 19. Jahrhunderts getan haben.

Einige sprachliche Eigenheiten der La Roche seien hier erwähnt. In der *Sternheim* finden sich archaische und mundartliche (alemannische) Formen wie »er redte« (redete), »wir kenneten« (kannten), »er rufte« (rief), »er stund« (stand), »geloffen« (gelaufen), »der Tod vereinigt mein Herz mit seiner Mutter ihrem« (mit dem meiner Mutter), »die Fräulein« (das F.), »die Hindernis« (das H.), »dankbarlich« (dankbar), »sie betrachteten mich mitleidend«, doppelte Verneinung wie z. B. »ich legte keinem nichts zum Argen aus«, dann »dornicht«(-ig), »ohnvermählt« (un-), »zween Tage«, aber »zwo Sachen«, »zwei Fenster« (zween mask., zwo fem., zwey neutr.), »Jast« (Erregung), während (währen d der). Einzelne Ausdrücke und zuweilen ungelenk erscheinende Konstruktionen gehen auf französischen Einfluß zurück, wie die Unsicherheit im Gebrauch von Hilfsverben »wenn ich geboren gewesen wäre« (worden wäre), von Präpositionen wie »Mangel von Unterhaltung« (an U.), »Eifersucht über mich« (auf m.). Doch zeigt Sophies Stil nur eine relativ geringe Zahl solcher Konstruktionsfehler, und auch der Gebrauch von Fremdwörtern ist geringer als der in vergleichbaren Texten; vor allem in den Bereichen, in denen im 17./18. Jahrhundert französischer Einfluß vorherrschte, gebraucht sie einige, z. B. bei der Beschreibung des Hoflebens wie »Assemblee«, »en Chauve-Souris«, »Aktrice«, bei Haushaltsgegenständen wie »Meubles« (Möbel), »Löffel von porcelain« (Porzellan) oder »Coffre« (Koffer) und »Cannevas« (Leinwand) sowie bei Verwandtschaftsbezeichnungen des Adels: »Oncle«, »Neveu«, »Niece«.

Die Eigenheit des Ausdrucks der La Roche zeigt sich in ihren originellen Prägungen und Wendungen und in der Anlehnung an die Gebrauchs- und Konversationssprache ihrer Umgebung, besonders wohl die der Frauen. So fehlen bei der La Roche das Hölzerne und Gestelzte der Gelehrtensprache, die verschachtelten Konstruktionen und der an die antiken Sprachen angelehnte Satzbau, es fehlt die ganze antike Mythologie und der gelehrte Sprach- und Wissensballast der klassisch-gelehrten Tradition. Dafür ist sie um so erfinderischer und unbekümmerter in Ausdruck und Diktion, die Höflinge sind »Mietgeister der Reichen«, sie spricht von »moralischen Schattierfarben«, von »Hirngespenster«, vom »selbstgewebten Elend«, vom »eisernen Schicksal« oder der »Biegsamkeit der Gemüter«. Gerade ihre farbige Sprache verrät die begabte Schriftstellerin, und Wieland konnte nicht umhin, diese Bildhaftigkeit zu loben. Sophie La Roches Erstlingsroman, *Geschichte des Fräuleins von Sternheim*, ist ein Dokument ihrer sprachlichen Ausdrucksfähigkeit und Originalität.

Anmerkungen

9,1 *An D.F.G.R.V.******:* An D[ie] F[rau] G[eheime] R[ätin] V[on] La Roche].

9,8 *unter den Rosen:* »sub rosas« (lat.): unter dem Siegel der Verschwiegenheit, als deren Sinnbild die Rose galt.

12,32 *Reich:* Philipp Erasmus Reich (1717–87), bedeutender Buchhändler in Leipzig, u. a. Verleger Wielands und der »Sternheim«, spielte eine bedeutende Rolle in den Anfängen des organisierten Buchhandels.

15,31 *Prädilektion:* Vorliebe.

17,9 *Der Herausgeber:* Wieland, von dem auch die Fußnoten im Text stammen.

22,37 *Kabinette:* Ein Kabinett ist ein kleineres Zimmer, ein abgeschlossenes Nebengemach im Unterschied zu den Gesellschaftsräumen.

23,10 *Ankaufsschilling:* Anzahlung.

23,29 *Festin:* Fest, Lustbarkeit, meist im Freien und weniger förmlich.

23,32 *artigen Lustwald:* schönen Park.

29,22 *dich bestreiten:* dir widersprechen, sich gegen dich stellen.

32,19 *Billet:* Mitteilung, kurzer Brief.

53,37 *A. d. H.:* Anmerkung des Herausgebers.

54,18 *versuchten Freundes:* erprobten Freundes.

59,28 *in Feuer gemalt:* emailliert.

61,5 *Haussteuer:* Hausratsgeschenke, Aussteuer.

62,22 *Montbason:* Marie de Bretagne, Herzogin von Montbazon (1612–57), wegen ihrer Schönheit und Abenteuer bekannte Gattin von Hercule de Rohan, Herzog von M. Intrigierte gegen Richelieu, wurde von Ludwig XIII. nach Rochefort verbannt, kehrte aber noch im gleichen Jahr 1643 nach dem Tod des Königs zurück und spielte noch eine Rolle in der Fronde, der Adelsrebellion gegen Kardinal Mazarin und den fürstlichen Absolutismus (1648–1653).

63,22 *Galla:* Gala. Abendliche Zusammenkunft in Hoftracht.

63,23 *Assemblee:* (frz.) Versammlung (der Hofgesellschaft im Salon).

64,23 *Niece:* (frz.) Nichte.

64,25 *Sylphidengang:* leichtfüßiger Gang. Eine »Sylphide« war in der mittelalterlichen Magie ein weiblicher Luftgeist, später dann in der Bedeutung ›anmutiges Mädchen‹ gebraucht.

66,26 *Gerechtsamen:* Rechtsansprüche.

70,22 *Physionomie:* Aussehen, besonders Gesichtsbildung.

71,16 *antipathetische:* unangenehme, unsympathische.

72,36 *Spleen:* (engl.) Melancholie.

79,29 *Vetter:* hier im weiteren Sinne (>Verwandter<) gebraucht.

82,2 *Tapetenarbeit:* Seidenstickerei.

82,37 *Neveu:* (frz.) Neffe.

84,10 *Ausflucht:* Ausflug.

84,19 *Chaisen:* leichte, gedeckte Kutschen für zwei Personen mit Sitz in Fahrtrichtung; im vorliegenden Text im Sing. auch »Schäse« geschrieben.

84,34 *Triften:* Weidewiesen.

84,34 *Scheuren:* Scheuern, Scheunen.

88,32 *Präbende:* Pfründe, kirchliches Amt, vor allem auf einem oder angeschlossen an ein Gut und vergeben vom Grundbesitzer.

94,34 *affektierte:* gab vor.

96,31 *Soupé:* leichtes Nachtessen, im 18./19. Jh. meist zwischen 22 Uhr und Mitternacht serviert, von frz. »souper«.

97,15 *Aktrice:* (frz.) Schauspielerin.

98,18 *Palatine:* Hals- bzw. Brusttuch in der Mode des 18./19. Jh.s.

100,17 *Argus:* Wachsamkeit, nach dem vieläugigen Riesen der griech. Sage Argos Panoptes (>der Allessehende<), der die in eine Kuh verwandelte Io bewachte, ohne daß es jemandem gelang, sich ihr zu nähern, da einige seiner Augen immer wach waren. Erst Hermes, Götterbote und Gott der Diebe, überwand ihn durch List.

109,17 *durchloffen:* durchlaufen (schwäbische Dialektform).

109,26 *Meubles:* (frz.) Möbel.

111,18 *Favorit:* Günstling.

112,6 *physikalischen Kräfte:* Körperkräfte.

113,19 *Auspolierung:* Vervollkommnung.

117,24 *Reißblei:* Bleistift.

121,20 *befließ:* befleißigte.

121,22 *kirre:* gefügig.

122,14 *Charte:* Karte. Hier: Blatt, Kartenspiel.

123,30 *souteniert:* bewahrt, behauptet von frz. »soutenir«.

124,37 *Ungefähr:* Zufall.

125,15 *Zollen und Spannen:* alte Längenmaße von etwa 2,5 und 20 cm, finger- und handbreit.

125,20 *Diskurs:* Gespräch.

126,4 *verwittibte:* verwitwete.

127,25 *H.:* Herausgeber.

130,4 *Bel-esprit:* (frz.) Schöngeist.

130,37 *Bunyans ›Pilgerreise‹:* John Bunyan (1628–88), engl. Schriftsteller und Laienprediger. Hauptwerk »The Pilgrim's Progress«,
dt. »Die Pilgerreise«, in Deutschland bis 1783 mindestens sech-
zehnmal aufgelegt, gehört zu den wichtigsten Quellen der Bewegung der Empfindsamkeit in der Literatur des 18. Jh.s.

131,12 *physikalischen Lehrstunden:* dem Unterricht über die physikalische, körperhafte Welt, d. h. Biologie, Geographie, Physik,
Chemie, damals häufig noch nicht getrennt im populären Lehr-
plan.

132,13 *Baromet:* Barometer.

135,2 *miltonischen:* John Milton (1608–74) schrieb »Paradise Lost«
(1667–74), ein religiöses Epos, dt. erstm. 1682.

135,15 *herkulische:* übermenschliche. Der griech. Sagenheld Hera-
kles, (lat.) Herkules, war ein Halbgott – Sohn des Zeus – und
bewies in seinen Abenteuern häufig entsprechende Körperkräfte.

136,14 *Sorbet:* (frz.) Scherbett, Eisgetränk, von den Arabern über-
kommene Art Limonade.

136,31 *Guineen:* engl. Goldmünzen zu 21 Shillings.

136,37 *Karolinen:* süddt. Goldmünzen, zuerst von Kurfürst Karl
Albert von Bayern (regierte 1726–45) geprägt, dann auch in den
angrenzenden Gebieten vertreten, galten 6 Reichstaler oder als
Handelsmünze 11 Gulden.

138,13 f. *zur linken Hand vermählt:* unstandesgemäß verheiratet.
Kinder aus solchen morganatischen Ehen zwischen einem Angehörigen eines Fürstenhauses und einer Bürgerlichen bzw. Klein-
adligen erhielten nicht Stand und Namen des Mannes und hatten
keinen Anspruch auf mit diesem Stand verbundenes Erbe.

138,25 *Menuet:* (frz.) figurenreicher Hoftanz im ¾-Takt, populär im
17. und vor allem im 18. und beginnenden 19. Jh. Galt als besonders graziös.

140,1 *Nepoten:* Neffen von lat. »nepos«. Ausgehend von den in der
Kurie im Spätma. und der Renaissance institutionalisierten ›Kar-
dinalnepoten‹, oft bereits als Kind zu Kardinälen erhobenen
Verwandten des Papstes, die dann meist als wichtigste Berater
fungierten, bezeichnete das Wort »Nepote« neben dem Ver-
wandtschaftsgrad einen Gehilfen in der Politik bzw. bei Intrigen.

143,11 *Matte:* Wiese.

147,30 *Pastille:* (frz.) Plätzchen, Bonbon; hier: (süßer) Teig.

152,17 *dreuste:* dreist.

154,18 *entlehnten:* entliehenen. Die altertümliche Form ist heute noch in »Lehnwort« repräsentiert, hat so aber eine Bedeutungsverengung erfahren.

157,4 *Delikatesse:* Empfindlichkeit.

163,23 *Bedienungen:* Ämter.

164,30 *zurücklegenden Pfennig:* Ersparnisse.

169,27 *Pharaon:* Pharao, Faro: Kartenglücksspiel, in dem auf das Erscheinen bestimmter Karten aus dem Talon des Bankhalters gewettet wird.

170,21 *Piquet:* Pikett. Kartenglücksspiel zwischen zwei Personen. In den Regeln eine Mischung aus Poker und Sechsundsechzig.

172,19 *Jast:* Erregung.

181,3 *Vauxhall:* berühmte Gartenanlage und Vergnügungspark in London um 1750 – um 1830.

181,15 *Carmoisi:* Karmesinrot. Der Erstdruck hat »Cramoisi«.

185,6 *Rollen Musikalien:* Notenrollen.

185,8 *Flütetravers:* Querflöte von frz. »flûte traversière«.

185,18 *Domino:* Maskenanzug mit langem weiten Mantel, Halbmaske und Kapuze.

186,23 f. *en Chauve-Souris:* in einer Domino-Maske, frz. »chauve-souris«: Fledermaus.

188,9 *Medicum:* (lat.) ›Arzt‹. Das lat. Nomen »medicus« wurde im Deutschen lat. dekliniert. »medicum« ist Akk., »medico« Dat.

190,21 *Katze:* Kammermädchen.

194,26 *Vergabung:* Schenkung.

195,14 *Verschreibung:* Schriftstück offizielleren Charakters.

198,37 *heureusement:* (frz.) glücklicherweise.

204,25 *Wirbeltanz:* langsamer Walzer. Das Wort »Walzer« von »walzen«, d. h. drehen, kam erst Ende des 18. Jh.s auf.

221,3 *welsches:* romanisches, allgem. fremdländisches, hier wohl: französisches.

223,26 *Fibern:* Muskelfasern, lat. »fibra«, im 18. Jh. entlehnt.

223,35 *Gradation:* stufenweise Steigerung.

232,17 *gichterischen:* zitternden.

233,22 *Vaels:* Ort bei Aachen.

254,20 *Naphta:* Erdöl.

254,36 f. *à son aise war:* sich nicht ganz wohl fühlte.

274,8 *jastige:* erregte, nervöse.

276,23 *Wasserzeit:* Eindeutschungsversuch von »Badesaison«.

278,11 *Adagio:* musikalische Tempobez. zwischen Largo und Andante; der langsame Satz von Sinfonie oder Sonate.

280,36 *Schakspears:* Shakespeares. Der Name wurde im 18. Jh. noch nicht einheitlich geschrieben.

280,36 *Thomsons:* James Thomson (1700–48), Autor der vierteiligen Dichtung »The Seasons« (1726–30, dt. erstm. 1745), die durch das Novum genauer Naturbeschreibung für die Idyllen-Literatur und Schäferdichtung von Bedeutung ist.

280,36 *Addisons:* Joseph Addison (1672–1719), engl. Essayist und Schriftsteller, Hrsg. des »Spectator«, eines Vorbildes der deutschen »moralischen Wochenschriften«, die im 18. Jh. von vielen bedeutenden Geistern herausgegeben wurden.

280,37 *Popes:* Alexander Pope (1688–1744), engl. Dichter preziöser Schäferdichtung und Philosoph.

297,3 *Pachterfest:* ländliches Fest, Bauern waren damals meist Pächter.

298,21 *Hymens Fesseln:* Ehefesseln. »Hymen« war der griech. Hochzeitsgott.

300,3 *Haberbrod:* Haferbrot.

302,24 *Halbschäse:* leichte halboffene Kutsche für zwei Personen.

314,4 *Cannevas:* grobe Leinwand, Gewebe, Gaze; frz. »Canevas«: Gitterleinen.

315,17 *Brachmonats:* Junis.

347,37 *Hofmeister:* Erzieher, Hauslehrer bis zur Universitätsreife des Schülers. Überwachte auch häufig dessen Studien an der Universität. Die »adligen Hofmeister« begleiteten junge Adlige auf der zum Abschluß der Ausbildung üblichen großen Reise durch Europa, der »grand tour«.

Dokumente zur Wirkungsgeschichte

1. *Sophie La Roche über ihren eigenen Roman (1791)*

Mein erster Versuch, die Geschichte des Fräuleins *von Sternheim*, ist die Frucht des größten Unmuths, welchen ich damals empfinden konnte. Ich trennte mich ungern von meinen beiden Töchtern, welche durch Zwang der Umstände in *Straßburg* bei St. Barbara erzogen wurden, und ich sprach öfters darüber in einem Tone voll Trauer mit meinem zu früh verstorbenen Freunde *Brechter*, Prediger in Schwaigern bei Heilbronn, einem an Verstand und Herzen höchst vortrefflichen Manne, welcher das Urbild aller Pfarrherren war, die so oft in meinen Erzählungen vorkommen, so wie seine Frau das Modell von *Emilie* in meiner *Sternheim* ist. Dieser Mann sagte mir einst: Sie jammern mich! Ihre lebhafte Seele windet sich immer um diesen Gegenstand, wie (vergeben Sie mir das Gleichniß!) die kleine papierne Schlange, welche man mit dem Kopfe auf eine Nadelspitze stellt, die auf einem Stäbchen an den Ofen befestigt ist, wo sie von der Spitze an in einer beständigen Bewegung bleibt, ohne von der Stelle zu kommen; so wie die Empfindungen Ihres Herzens Ihre Ideen treiben. Dies ist nicht gut; denn am Ende könnte wohl Ihr Geist und Ihr Character dabei verlieren. Wissen Sie was; bringen Sie alles, was Sie mir von Zeit zu Zeit zu Ihrer Erleichterung mündlich sagen, so wie Ihre Ideen sich folgen, genau zu Papier. Sie werden den Vortheil davon haben, Ihren Kopf auszuleeren; können dann in ruhigen Augenblicken es wieder lesen, und beobachten, ob Sie einige Zeit vorher in dem ungestümen Treiben Ihrer Gedanken Recht hatten oder nicht; üben zugleich Ihren Geist und erfüllen Ihre durch Abwesenheit Ihrer Töchter einsame Stunden.

Das Ganze des Vorschlags gefiel mir, und das Gleichniß hatte die Idee hervorgebracht, als ob dem Manne meine immer gleichtönenden Klagen auch etwas Langeweile gemacht hätten, wie das Anschauen dieser Papierschlange thun würde; aber die Betrachtung kam nach: was wird dein guter Mann, was der J... sagen, wenn sie dich so viel schreiben sähen, und einmal ein solches Blättchen fänden? – – Doch ich wollte nun einmal ein papiernes Mädchen erziehen, weil ich meine eigenen nicht mehr hatte, und da half mir meine Einbildungskraft aus der Verlegenheit und schuf den Plan zu Sophiens Geschichte. – Ihre Aeltern erhielten den Charakter der meinigen; ich benutzte Zufälle, die an einem benachbarten Hofe sich ereigneten, und verwebte sie in *Sophiens* Leben, welcher ich ganz natürlich meine Neigungen und Denkart schenkte, wie jeder Schriftsteller seine Lieblinge mit den seinigen auszustatten pflegt. Der Grund meiner Seele war voll Trauer; einsame Spaziergänge in einer lieblichen Gegend gossen sanfte Wehmuth dazu, und daraus entstand der gefühlvolle Ton, welcher in dieser Geschichte herrscht. Da ich nun darin die Grundsätze meiner eigenen Erziehung zeigen wollte, suchte ich zu beweisen:

»Daß, wenn das Schicksal uns auch alles nähme, was mit dem Gepräge des Glücks, der Vorzüge und des Vergnügens bezeichnet ist: wir in einem mit nützlicher Kenntniß angebauten Geiste, in tugendhaften Grundsätzen des Herzens und in wohlwollender Nächstenliebe die größten Hülfsquellen finden würden.«

Sie wissen, daß ich dem gefühlvollen Herzen der armen *Sophie* alles wegnahm, was von ihr selbst und anderen geschätzt wurde, Ansehen, guten Ruf, Vermögen wohl zu thun, Freunde, Hoffnung das Herz ihres Gemahls wieder zu gewinnen, Bücher, endlich sogar den Anblick der schönen Natur, welche immer so erquickend für sie war. Aber Unrecht und Unglück geduldig tragen, Beleidigungen vergeben, Rachbegierde zu überwinden, den Fügungen des Himmels gelassen sich unterwerfen und gütig seyn, nebst Geschicklichkeit und Arbeit, waren eben so viele Stützen, von welchen sie wechselsweise aufrecht gehalten wurde, bis die Zeit ihrer Prüfung vorbei war.

Ich genoß während der Ausarbeitung dieser mir tröstlichen Träumerei den Vortheil, von welchem *Cicero* spricht:

»Daß wir, wenn uns die wirkliche Welt nichts Angenehmes giebt, in das Gebiet der Einbildungskraft fliehen und dort die Gegenstände aufsuchen sollen, die uns eine stärkende Zerstreuung geben können.«

Ueberdies, meine Liebe! prägten sich auch Grundsätze edler Güte, mit der ganzen Schönheit ihrer Ausübung, tiefer in meine Seele; wie man behauptet daß eine Sprache, durch öftere Uebungen im Uebersetzen aus derselben, fester in unser Gedächtniß kommt und uns eigen wird. Vielleicht lag in meiner *Sternheim* Vorbedeutung und *Vorübung* von manchem Weh, das in der Folge meine Seele traf, und es war für meine so lebhafte Einbildungskraft sehr glücklich, so lange vorausgesehen zu haben, daß Geduld und Verzeihen schön sind.

Aus: Briefe über Mannheim. Zürich: Orell, Geßner, Füßli und Compagnie, 1791. S. 201–204. Wiederabgedr. in: Melusinens Sommer-Abende. Hrsg. von C. M. Wieland. Halle: N. Societäts-Buch u. Kunsthandlung, 1806. S. XXIV–XXX.

2. *Caroline Flachsland an Herder vom 14. Juni 1771*

Ich habe indeßen auch [die] Geschichte der Fräulein von Sternheim gelesen. mein ganzes Ideal von einem Frauenzimmer! sanft, zärtlich, wohlthätig, stolz und tugendhaft. und betrogen. Ich habe köstliche, herrliche Stunden beym Durchlesen gehabt. ach, wie weit bin ich noch von meinem Ideal von mir selbst weg! welche Berge stehn gethürmt vor mir! ach! ach, ich werde im Staub und in der Asche bleiben!

Aus: Herders Briefwechsel mit Caroline Flachsland. Hrsg. von Hans Schauer. Weimar: Verlag der Goethe-Ges., 1926. (Schriften der Goethe-Gesellschaft. Bd. 39.) S. 238 f.

3. *Herder an Caroline Flachsland vom 22. Juni 1771*

Das schönste Stück, und was auf mich den meisten Eindruck gemacht, ist Fräulein Sternheim, von Wieland herausgegeben. Vielleicht können Sie mir historische Nachrichten geben, wer dies Stück geschrieben hat, ob wirklich seine Freundin, wie ich fast glaube, oder Er, in den Zeiten, da er noch etwas ernsthafter und feierlicher dachte. Aber sey Verf. wer wolle; für mich hat das durchgehende Dämmernde, Dunkle, und Moralischrührende eine Würde, eine Hoheit, die ich lange, lange nicht gefunden. Ich will, wenn die Geschichte fortgesetzt und geendigt wird, gern dies Stück dreymal lesen, ehe Amadis [der neue *Amadis* von Wieland, 1771], den schönen, und von Einer Seite des menschlichen Herzens, aber auch wahrhaftig nicht von mehr[eren], sehr nützlichen Amadis, Einmal! Und das Buch widerlegt Wielanden offenbar, daß es außer der bloß *leichten* Schönheit einer menschlichen Seele, wahrhaftig eine höhere, ernsthaftere, rührende[re] Grazie giebt, die noch keine Betschwester ist, und mich unendlich mehr rührt. Lesen Sie, wenn Sie ihn noch nicht gelesen [haben], den kleinen Roman. Welche Einfalt, Moral, Wahrheit in den kleinsten Zügen, und alle werden interessant! Ja bis selbst auf alle, die W. darin tadelt. Aber welch Ende bisher! Ich blieb so betroffen, und gleichsam auf meinem Lebenswege gehemmt, daß ich, weil ich just vorigen Freitag den Roman las, und darauf Sonnabend eine Predigt machen mußte, durchaus von nichts anderm predigen konnte, als daß es unglückliche Schritte gebe, die man nachher lebenslang nicht zurückholen könnte, und was man nun thun sollte?

Aus: Herders Briefwechsel mit Caroline Flachsland. S. 241 f.

4. *Brief der Julie Bondeli vom Februar 1772*

Wer wird Ihnen Genie absprechen? – – vielleicht eine gelehrte Person, die sich in die Notwendigkeit versetzt sieht, ihre Gedanken einen nach dem andern zusammen zu buchstabieren, um zu einer klaren Idee zu gelangen. Ein solcher mag immerhin Rache an Ihnen nehmen um des Vorteils willen, den Sie haben, indem Sie Ihre Ideen gleich fertig und vollständig im Grunde Ihrer Seele vorfinden. Vielleicht wird man aber auch sagen: das ist kein Genie, weil – – weil Sie ein Weib sind, und ein Weib – – mit Ihrer gütigen Erlaubnis – – unmöglich Genie haben kann, da es doch immer nicht von der Währung sein könnte, wie dasjenige eines Mannes. – – Bewahren wir nur unser Frauenangesicht, meine Liebe, und lassen sie schwatzen; bewahren wir unsern Takt, unser Gefühl, unsern durchdringenden Scharfblick und lassen sie gewähren! Wer am schnellsten läuft, rennt oft übers Ziel hinaus, und es handelt sich nur darum, es zu erreichen. Und so wäre es denn so viel als ausgemacht, daß Sie nur ein Weibergenie haben: ein trauriges Kompositum von Takt, Empfindsamkeit, Wahrheit, durchdringendem Verstand, Feinheit und Richtigkeit in Ihren Ansichten und Bemerkungen. Ihrer Schreibart ist ohne Frage eine weibliche Grazie und Eleganz eigen, wovon Gott weiß, und nicht Sie, warum dieselbe so schön, so ergreifend ist. – – Meine liebe Sophie, lassen Sie jene nur schwatzen und fahren Sie so fort.

Aus: Mein Schreibetisch. Von Sophie von La Roche. Leipzig: Heinr. Gräf, 1799. Bd. 2. S. 300 f. [Aus dem Frz. übers.].

5. *Rezension von Haller in den »Göttingischen Anzeigen von Gelehrten Sachen«, 118. Stück, vom 3. Oktober 1771*

Ein kleiner sittlicher und empfindsamer Roman ist vom Hrn. C. M. Wieland A. 1771 angefangen worden, dessen ersten Band auf 367 S. klein Octav Weidemanns Erben und Reich gedruckt haben. Das Feine, fast Subtile des Verfassers, seine lebhafte Einbildungskraft, und die Metaphysik des Herzens finden wir hier wieder; erfreuen uns aber, daß Hr. W. selber gefühlt hat, seine Heldinn müßte keine Rachimu, keine Danae, auch keine Musarion seyn, wenn der Leser an ihrem Schicksale Theil nehmen sollte. Seine Sophie hat Religion, und hält sehr viel auf ihren Pfarrer; nur einmal setzt Hr. W. sie als eine Moralistinn einer Frommen entgegen, und giebt ihr einen grossen Vorzug. Die Shaftsburyschen Reden wider die Furcht der Hölle, und den Wunsch für den Himmel verlieren alle Kraft, wann man ihnen das Figürliche wegnimmt; das durch die eingemischten fabelhaften Begriffe etwas von der Würde des Urbildes geschwächt hat. Sophie thut gute Werke mit Begier, sie freut sich darüber, sie erlangt ihren eigenen Beyfall. Aber sollte denn der Beyfall des unendlichen Wesens nicht auch unendlich mehr des Suchens werther seyn? GOttes Beyfall ist der Himmel, sein Mißfallen ist die Hölle, beydes im Wesen und in den Folgen. Hr. W. läßt indessen seine Heldinn, durch die Verwirrung der Umstände, und durch die List eines wohlgezeichneten Lovelace, in die äusserste Gefahr für ihre Ehre gerathen; sie läßt sich durch einen erkauften Kerl, der kein Geistlicher ist, mit einem Bösewichte trauen, und entflieht mit ihm. Doch wir zweifeln nicht, Hr. W. werde Mittel finden, seine edelmüthige Schöne von aller Befleckung zu bewahren, und nicht dem Rousseau nachahmen, der seine Julie, wie das gemeinste der Weiber, fallen ließ. Hat zum Titel: Geschichte des Fräuleins von Sternheim.

6. Rezension von Merck [mit Einschub von Goethe?] in den »Frankfurter gelehrten Anzeigen« vom 14. Februar 1772

Es haben sich bey der Erscheinung des guten Fräuleins von Sternheim sehr viele ungebetne Beurtheiler eingefunden. Der Mann von der großen Welt, dessen ganze Seele aus Verstand gebaut ist, kann und darf das nicht verzeihen, was er eine Sotise du coeur nennt. Er überließ also schon lange das gute Kind ihrem Schicksal und gedachte ihrer sowenig als ein Cammerherr seiner Schwester, die einen Priester geheurathet hat. Der *Schönkünstler* fand in ihr eine schwache Nachahmung der *Clarissa*, und der *Kritiker* schleppte alle die Solöcismen und baute sie zu Haufen, wie das Tier *Kaliban* bey unserm Freund *Shakespeare*. Endlich kam auch der fromme *Eiferer* und fand in dem Geist der Wohlthätigkeit dieses liebenswürdigen Mädchens, einen gar zu großen Hang zu *guten Werken*. Allein alle die Herren irren sich, wenn sie glauben, sie beurtheilen ein Buch – – es ist eine *Menschenseele*; und wir wissen nicht, ob diese vor das Forum der großen Welt, des Ästhetikers, des Zeloten und des Kritikers gehört. Wir getrauen uns den Schritt zu entschuldigen, durch den sie sich Derbyn in die Arme warf, wann wir den Glauben an die Tugend in dem Gemälde Alexanders betrachten, da er seinem Leibarzt den Giftbecher abnahm. Zu dem Glaubenseifer kommt oft Bekehrungssucht; und mischten wir dazu ein wenig Liebe zum Ausländischen, zum Ausserordentlichen, in der Seele eines guten Kindes von 20 Jahren, die sich in einer drückenden Situation befindet, so hätten wir ohngefähr den Schlüssel zu der so genannten Sotise. Die Scene bey der *Toilette* zeigt deutlich, daß das Werk keine Composition für das Publikum ist, und *Wieland* hat es so sehr gefühlt, daß er es in seinen Anmerkungen der großen Welt vorempfunden hat. Das ganze ist gewiß ein Selbstgespräch, eine Familienunterredung, ein Aufsatz für den engeren Cirkel der Freundschaft: denn bey *Lord Rich* müssen die individuellen Züge beweisen, daß dieser Charakter zur Ehre *existirt*. Das *Journal im Bleygebürge* ist vor uns die Ergießung des edelsten Herzens in den Tagen des Kummers; und es scheint uns der Augenpunkt zu seyn, woraus die Verf. ihr ganzes System der Thätigkeit und des Wohlwollens wünscht betrachtet zu sehen. Auch der *Muth* hat uns gefallen, mit dem sie dem *Lord Rich* einzelne Blicke in ihr Herz thun und ihn das niederschreiben läßt, was ihr innerer Richter bewährt gefunden hat. Es war ihr wahrscheinlich darum zu thun, sich selbst Rechenschaft zu geben, wie sie sich in der Situation ihrer Heldinn würde betragen haben; und also betrachtet sie den Plan der Begebenheiten, wie ein *Gerüste zu ihren Sentiments*. Will der Herr Kritiker uns ins Ohr sagen, daß die Fugen des Gerüstes grob in einander gepaßt, alles nicht gehörig behauen und verklebt sey, so antworten wir dem Herrn: *Es ist ein Gerüste*. Denn wäre der Machiniste *Derby* so fein ausgezeichnet wie Richardsons Lovelace, so wäre das Ganze vielleicht ein Spinnengewebe von Charakter, zu fein, um dem ungeübteren Auge die Hand der Natur darin zu entdecken, und der Schrifttext wäre Allegorie geworden.

Aus: Frankfurter gelehrte Anzeigen vom Jahr 1772. Erste Hälfte. [Neudr.] Heilbronn: Gebr. Henninger, 1882. S. 85 f.

7. Rezension von Johann Karl August Musäus in Nicolais »Allgemeine Deutsche Bibliothek« (1772)

Wenn diese Schrift auch nicht durch den vorgesetzten Namen des Herausgebers dem Publiko empfohlen würde, so würde sie sich doch durch ihren eigenthümlichen Werth von selbst empfehlen. Weil aber die prüfenden Leser gerade die wenigsten sind, so leistet der Name des Herrn W. derselben den reellen Dienst, daß desto-mehr Hände darnach greiffen und unter diesem Stempel der innere gute Gehalt, von Lesern, die diese Art Schriften immer mit Miß-trauen in die Hand nehmen, desto minder bezweifelt wird. Ver-muthlich aus dieser Absicht hat sich Herr W. hier als Herausgeber genennet, der seinen eignen Schriften seinen Namen sonst vorzusetzen pfleget. Man giebt die Frau Geheimderäthin von la Roche als Verfasserinn dieser Geschichte an, [...].

[...]

[...] Allenthalben sind die Situationen so gewählt, wie sie sich zu dieser Absicht und der Lieblingsidee der V[erfasserin] passen, die ihrem Herzen Ehre macht: wohlthätig zu seyn und auf alle Weise seinem Nebenmenschen sich nützlich zu machen. Die V. verbindet diese Idee mit dem Charakter ihrer Heldin so genau, daß hieraus der sonderbare an das enthusiastische angränzende Schwung in der Denkungsart der Sternheim entspringt, womit Hr. W. nicht recht zufrieden zu seyn scheint. Aber in Ansehung dieses Punktes möch-ten wir lieber die V. rechtfertigen, als ihr einen Vorwurf machen. Wann der Heroismus der Hauptperson einer Geschichte nicht sowol in den Begebenheiten als vielmehr in dem moralischen Charakter derselben liegt, so muß das Wunderbare des Charakters, der Geschichte ihr eigenthümliches Interesse geben und die Begebenheit dienen nur dazu, diesen Charakter zu entwickeln. Da es nun der V. beliebt hat, das Interesse ihrer Geschichte auf den edlen moralischen Charakter der Sternheim zu stützen, wie konnte sich dieser vortheil-hafter auszeichnen, als durch ihr warmes und richtiges Gefühl der Tugend? Wir wünschten daher, daß die V. weniger durch das Wunderbare der Begebenheiten zu intereßiren gesucht hätte, dadurch würde die Geschichte weniger Körper bekommen haben, aber die Aufmerksamkeit des Lesers wäre desto stärker auf den moralischen Heroismus des Hauptcharakters geheftet worden.

[...]

Die Charaktere der Lords Seymour und Derby geben einen artigen, aber gewöhnlichen, die unschuldige freymüthige Sternheim mit den verschlagenen ausgelernten Hofleuten, einen reizenden Contrast. Die richtige Schilderung des Hofes überhaupt, ist ein Beweiß der genauen Kenntniß desselben von Seiten der V.

Aus dem Plan der Geschichte hätten wir wohl, ehe wir den zweyten Theil lasen, die heimliche Entweichung des Fräuleins mit dem Derby aus D. wegwünschen mögen. Dieser übereilte Schritt scheint mit der Denkungsart der Sternheim nicht übereinzustimmen: hierzu war die Situation noch nicht dringend genug, am wenigsten ist die

mit dem Derby so gleichsam aus dem Stegreife vollzogene Vermählung wahrscheinlich, gegen den sie noch immer Ursache hatte
mißtrauisch zu seyn. Wenn sie es für nothwendig hielt, aus D. zu
entfliehen, warum gieng sie nicht auf ihre Güter, wo sie für allen
Nachstellungen des Fürsten in Sicherheit war? Das ausdrückliche
Verbot ihres Oncles konnte dazu daran nicht hindern, denn wenn sie
ihm gehorsamen wolte, so mußte sie gar nicht aus D. sich wegbege-
ben, und daß sie das Einkommen ihrer Güter ihm überläßt, das ist
erst eine Folge des Entschlusses zu der Flucht mit dem Derby. Das
aber ein Frauenzimmer, das zu Rettung seiner Ehre genöthiget ist,
die Flucht zu ergreifen, nicht anders als an der Seite eines Gemahls
fliehen soll, das ist einer von den falschen Grundsätzen, den die V.
von der Madame Beaumont angenommen zu haben scheint, die eine
Lady sogar mit einem Peruckenmacher davon lauffen läßt. Die V.
wendet zwar alle Kunst an, die Situation dringend zu machen, sie
versetzt das Fräulein in einen hülflosen Zustand, sie ist ohne Freund,
ohne Rathgeber, und mit der furchtbaren Idee erfüllt, daß sich ihre
Anverwandten zu ihrem Verderben verschworen haben; aber der
Leser findet hier eine geflissentliche Verschweigung sicherer
Zufluchtsörter für die S. Hätte sie nicht der Fräulein von C. oder
selbst der Herzogin von W. mit ihrer gewöhnlichen Freymüthigkeit
sich entdecken und die letztere sie ins geheim, oder öffentlich in
Schutz zu nehmen, vermögen können? [...]
Die ganze Geschichte ist in Briefe eingekleidet, die meisten davon
sind von der St. Diese alle haben den guten Ton der Abhandlungen,
aber nicht den leichten naiven Ausdruck, der die Briefe eines Frauenzimmers insonderheit als schön charakterisiren sollte. Die an sich
guten moralischen und philosophischen Betrachtungen verliehren
dadurch, daß sie ein junges Fräulein sagt. Viele von diesen Betrachtungen sind zu weitschweifig, z. B. führen wir hier nur den Brief auf
der 177 S. des ersten Theils und den gleich darauf folgenden an. Der
beissende Vorwurf der Tante, daß man es der Sternheim anmerke,
daß sie die Enkelin eines Professors sey, ist daher treffend. Ihre
Denkungsart fällt auch zuweilen ins kostbare, z. B. auf der 33 S. im
2ten Theil sagt sie: Da ich nicht so glücklich war, eine Griechin der
alten Zeiten zu seyn, werde ich mich bemühen, wenigstens eine der
besten Engländerinnen zu werden. Also auch Prädilection für die
alten Griechinnen? Die Briefe des Derby entscheiden sich von den
übrigen merklich, sie sind im Geschmack der Briefe des Lovelace an
seine Freunde in der Clarisse, beyde Charaktere haben überhaupt
viel ähnliches.
Das gefällt uns überaus wohl, daß über einem und den nemlichen

Gegenstand von verschiedenen Personen von ganz verschiedener Denkungsart Briefe eingerückt sind, wo eine Sache aus mancherley Gesichtspunkten betrachtet wird. So beschreibt z. B. das Fräulein, Seymour und Derby in drey aufeinander folgenden Briefen ein ländliches Fest, daß der Graf F. oder vielmehr der Fürst der Sternheim giebt. Sie spricht davon mit der liebenswürdigen Unschuld ihres Herzens, Seymour mit widrigen Vorurtheilen, wodurch alles einen bösen Anschein bekommt, Derby erzählt die reine Wahrheit, aber mit Rücksicht auf die Erreichung seiner ehrlosen Absichten. Dieses ganze Stück ist ein vortreflicher Commentar über die Moralität an sich gleichgültiger Handlungen. Auf der 219 S. des ersten Theils wird ein Gelehrter geschildert, den das Fräulein auf dem Landguthe des Grafen von F.[!] kennen lernt. Dieses Porträt gleicht dem Hn. Wieland vollkommen, auch die darauf folgende Unterredung der Sternheim mit diesem Gelehrten scheinet ein Fragment eines wirklichen Gesprächs der V. mit dem Herausgeber zu seyn, das hier in die Geschichte schicklich eingewebt ist. Der kleine vorlaute französische Schriftsteller, der hier zum Vorschein kommt, hilft die Schilderung des edeldenkenden bescheidenen Gelehrten und angenehmen Gesellschafters noch mehr erheben.

Hier und da hat Herr W. einige Bemerkungen der Geschichte beygefügt, theils einigen Gedanken eine gemessnere Richtung zu geben, theils einige kleine Mängel anzuzeichnen. Einige Sprachfehler, als das Ort S. 59. der Chor S. 79. und einige Lieblingswörter der V., z. B. Jast von Leidenschaften, Spleen und dergleichen, die das Bürgerrecht in unsrer Sprache noch nicht haben, sind Kleinigkeiten, die bey dem übrigens correkten Ausdruck leicht zu übersehen sind. Mit Vergnügen merken wir hier noch an, daß in der *bibliotheque des Sciences et des beaux arts* eine französische Uebersetzung dieser Geschichte des Fräuleins von Sternh. angekündiget ist, wir wünschen nur, daß sie in gute Hände fällt, um wirklich übersetzt und nicht etwan travestirt zu werden. Sr.

Aus: Allgemeine Deutsche Bibliothek. Bd. 16. St. 2. 1772. S. 469–479.

8a) *Lenz an Sophie v. La Roche am 1. Mai 1775*

[...] Solange konnten Sie zusehen daß Ihre Sternheim unter fremdem Namen möchte ich beynahe sagen vor der Welt aufgeführet wurde und mit halb sovielem Glück, als wenn jedermann gewußt, aus wessen Händen dieses herrliche Geschöpf entschlüpfte. O wahrhaftig starke Seele, müssen doch Männer vor Ihnen erröthen und zittern. Lassen Sie mich aufrichtig reden, der Name des Verfassers komischer Erzählungen war keine gute Empfehlung für einen Engel des Himmels der auf Rosengewölken herabsank das menschliche Geschlecht verliebt in die Tugend zu machen, dieser Name warf einen Nebel auf die ganze Erscheinung, und ich danke Ihnen ebenso eyfrig, daß Sie ihn mir von den Augen genommen als ich Ihnen das erstemahl für Ihre Schöpfung gedankt haben würde. [...]

8b) *am 25. Juni 1775*

[...]
[...] Die Erscheinung einer Dame von Ihrem Range auf dem Parnaß (die so viele andre Sachen zu thun hat,) mußte jedermann aufmerksam machen. Mich ärgerte nichts mehr, als – Gott weiß, daß ich die Wahrheit sage, – als die dummen Noten, die mich allemal bey den seligsten Stellen in meinem Gefühle unterbrachen, gerad als wenn einem kalt Wasser aufgeschüttet wird. Gleich fühlte ich, daß in den Noten die Verfasserin nicht war, einige dunkle Klätschereyen sausten mir um die Ohren, Sie hätten dem Umgange mit Wieland vieles zu danken; ich muß Ihnen aber zur Beruhigung sagen, daß alle diese Nachrichten von Frauenzimmern kamen, bey denen ich die Quelle leicht entdeckte. Verzeihen Sie mir! Auf den Punkt ist ein kleiner Neid auch manchmal bey edlen Personen Ihres Geschlechts sehr natürlich, und mir also gar nicht einmal auffallend; nur ärgerte mich's, daß ich Niemand von meinem Geschlecht hörte, der gesunden Menschenverstand oder Edelmuth genug gehabt hätte, im Gegentheil zu behaupten: Wieland müsse Ihrem Umgange alles – alles vielleicht zu danken haben, was ihn schätzbar macht.

Aus: Briefe von und an J. M. R. Lenz. Hrsg. von Karl Freye und Wolfgang Stammler. Leipzig: Wolff, 1918. Bd. 1. S. 97 f.; 109.

9. *Lenz in »Pandämonium Germanikum« (1775), 2. Akt, 2. und 4. Szene [Auszug]*

[...]
Eine Dame, die, um nicht gesehen zu werden, hinter Wielands Rücken, unaufmerksam auf alles, was vorging, gezeichnet hatte, gibt ihm das Bild zum Sehen, er zuckt die Schultern, lächelt [bis über die

Ohren hinauf], macht ihr ein halbes Kompliment und reicht es
großmütig herum. Jedermann macht ihm Komplimente darüber, er
bedankt sich schönstens, steckt es wie halbzerstreut in die Tasche und
fängt wieder zu spielen an. Die Dame errötet. Die Palatinen der
andern Damen, die Wieland zuhören, kommen in Unordnung, weil
die Herrchen zu ungezogen werden. Wieland winkt ihnen lächelnd
zu, und Jakobi hüpft wie unsinnig von einer zur andern herum.
[. . .]

(Goethe zieht Wieland das Blatt Zeichnung aus der Tasche, das er
vorhin von der Dame eingesteckt.)
GOETHE *(hält's hoch).* Seht dieses Blatt, und hier ist die Hand, die es
    gezeichnet hat. *(Die Verfasserin der Sternheim ehrerbietig an die*
    Hand fassend.)
EINE PRÜDE *(weht sich mit dem Fächer).* O, das wäre sie nimmer
    imstande gewesen, allein zu machen.
EINE KOKETTE. Wenn man ein so groß Genie zum Beistand hat,
    wird es nicht schwer, einen Roman zu schreiben.
GOETHE. Errötest du nicht, Wieland, verstummst du nicht? Kannst
    du ein Lob ruhig anhören, das soviel Schande über dich zusam-
    menhäuft? Wie, daß du nicht deine Leier in den Winkel warfst, als
    die Dame dir das Bild gab, demütig vor ihr hinknietest und
    gestandst, du seist ein Pfuscher? Das allein hätte dir Gnade beim
    Publikum erworben, das deinem Wert nur zu viel zugestand. Seht
    dieses Bild an. *(Stellt es auf eine Höhe. Alle Männer fallen auf ihr*
    Angesicht. Rufen:)
    Sternheim! wenn du einen Werther hast, tausend Leben müßten
    ihm nicht zu kostbar sein.
PFARRER *(von der Kanzel herunter mit Händen und Füßen schla-*
    gend). Bösewichter! Unholde! Ungeheuer! Von wem habt ihr das
    Leben? Ist es euer? Habt ihr das Recht, drüber zu schalten?
EINER AUS DER GESELLSCHAFT. Herr Pfarrer, halten Sie das Maul!
    [. . .]

Aus: Jakob Michael Reinhold Lenz. Gesammelte
Schriften. Hrsg. von Franz Blei. München/Leipzig:
Georg Müller, 1910. Bd. 3. S. 16–20.

10. *Gottlieb Konrad Pfeffel in der Fabel*
»Der Dogge« (1783)

Mit einem Geist, den keine Furcht bewegte,
Sahst du schon oft der Hand des Schicksals zu,
Die sich auf deinen Nacken legte,
Und streicheltest die ehrne Hand.
O du, Sophiens Vaterland,
Germania, wann wirst du sie belohnen?
Wann? ... doch du hast für Töchter keine Kronen
Und deiner Helden edles Blut
Versteigerst du für Gold. Nun gut!
Willst du vielleicht die Heldin auch verkaufen?
Laß sehn, wie schlägst du sie mir an?
Ich will als Collectant von Thür zu Thüre laufen
Bis ich den Preis bezahlen kann.
Dann will ich nach Amerika sie schicken,
Wo mancher deiner Söhne ruht,
Um seinen neuen Freyheitshut
Mit diesem Kleinod auszuschmücken.

Aus: Jakob Kellner: »Fünf Briefe an G. K. Pfeffel«.
In: Archiv für Literaturgeschichte 12 (1884)
S. 299 f.

11. *Goethe in »Dichtung und Wahrheit«*
[geschrieben 1813]

Wer die Gesinnungen und die Denkweise der Frau von la Roche
kennt – und sie ist durch ein langes Leben und viele Schriften einem
jeden Deutschen ehrwürdig bekannt geworden – der möchte vielleicht vermuten, daß hieraus [aus der aufklärerischen Freigeistigkeit
G. M. v. La Roches und der Neigung seiner Frau zur Empfindsamkeit B. B.-C.] ein häusliches Mißverhältnis hätte entstehn müssen.
Aber keineswegs! Sie war die wunderbarste Frau, und ich wüßte ihr
keine andere zu vergleichen. Schlank und zart gebaut, eher groß als
klein, hatte sie bis in ihre höheren Jahre eine gewisse Eleganz der
Gestalt sowohl als des Betragens zu erhalten gewußt, die zwischen
dem Benehmen einer Edeldame und einer würdigen bürgerlichen
Frau gar anmutig schwebte. Im Anzuge war sie sich mehrere Jahre
gleich geblieben. Ein nettes Flügelhäubchen stand dem kleinen
Kopfe und dem feinen Gesichte gar wohl, und die braune oder graue

Kleidung gab ihrer Gegenwart Ruhe und Würde. Sie sprach gut und wußte dem, was sie sagte, durch Empfindung immer Bedeutung zu geben. Ihr Betragen war gegen jedermann vollkommen gleich. Allein durch dieses alles ist noch nicht das Eigenste ihres Wesens ausgesprochen; es zu bezeichnen ist schwer. Sie schien an allem teilzunehmen, aber im Grunde wirkte nichts auf sie. Sie war mild gegen alles und konnte alles dulden, ohne zu leiden; den Scherz ihres Mannes, die Zärtlichkeit ihrer Freunde, die Anmut ihrer Kinder, alles erwiderte sie auf gleiche Weise, und so blieb sie immer sie selbst, ohne daß ihr in der Welt durch Gutes und Böses, oder in der Literatur durch Vortreffliches und Schwaches wäre beizukommen gewesen. Dieser Sinnesart verdankt sie ihre Selbständigkeit bis in ein hohes Alter, bei manchen traurigen, ja kümmerlichen Schicksalen.

Aus: Dichtung und Wahrheit. Dritter Teil. Drei-
zehntes Buch. Stuttgart/Berlin: Cotta, 1904 (Jubi-
läumsausgabe). Bd. 24. S. 137.

12. *Eichendorff in »Der deutsche Roman« (1851)*

Jene sanfte Moral aber, wie sie an sich weibisch ist, wurde daher auch sehr bald ausdrücklich für Frauen und von Frauen debütirt, deren Romanhelden wiederum Frauen sind. Von dorther datiren selbst noch die zahlreichen Entsagungsromane der neuesten Zeit, wo die alten Jungfern, welche im Grunde nichts mehr aufzugeben haben, anstatt eines wahrhaften Aufschwungs ernster Selbstüber-windung, gegen die imaginäre Teufelei der Männer kein anderes Mittel wissen, als sich zimperlich auf eine ebenso imaginäre Frauen-würde zurückzuziehen, die eigentlich nur die weibliche Kehrseite der männlichen Biederbigkeit ist. An der Spitze dieses weiblichen Tugendbundes steht eine brave Frau, die bekannte *Sophie von Laroche*, von den gleichzeitigen *männlichen* Tugendbündlern nur durch eine sorgfältige Parure von Empfindsamkeit unterschieden, gegen die jene Biedermänner gerade sehr plump und polternd zu Felde zogen. Gleich ihr erster Roman: »Das Fräulein von Stern-heim«, eröffnet jenen feierlichen Rückzug der Damen in ihr tugend-geschmücktes Boudoir. Die Verfasserin raubt »dem gefühlvollen Herzen« ihrer Heldin Vermögen, Ansehen, guten Ruf, Freunde und Gemahl, um zu beweisen, »daß, wenn das Schicksal uns auch Alles nähme, was mit dem Gepräge des Glücks, der Vorzüge und des Vergnügens bezeichnet ist, wir in einem mit nützlicher Kenntniß angebautem Geiste, in tugendhaften Grundsätzen des Herzens und in wohlwollender Nächstenliebe die größten Hülfsquellen finden würden«. In »Rosaliens Briefen« wünscht sie unter Anderm durch die Darstellung des Hofmanns Cleberg junge Männer, die sich Hofdiensten widmen, auf den rechten Weg zu bringen; und »Melusinens Sommerabende« sind aus dem Verlangen entstanden, »aus ihren Lieblingsschriftstellern ihre Freundin Melusine unsterbliche Blumengewinde des Guten und Schönen der moralischen Welt neben Fruchtschnuren des Nützlichen sammeln zu lehren und ihre Tage damit zu schmücken«. Seltsam, während die Laroche die geistige Ahnfrau jener süßlichen Frauengeschichten geworden, ist sie, wie zur Buße, zugleich die leibliche Großmutter eines völlig andern genialen Geschlechts [ihre Enkel sind die Romantiker Clemens Brentano und Bettina von Arnim. BB-C], und nimmt sich dabei wie eine Henne aus, die unverhofft Schwäne ausgebrütet hat, und nun verwundert und ängstlich das ihr ganz fremde Element umkreist, auf welchem diese sich wiegen und zu Hause sind.

Aus: Joseph von Eichendorff: Historisch-kritische Ausgabe. Regensburg: Habel, 1965. Bd. 8. T. 2. S. 90 f.

Literaturhinweise

1. Neuere Ausgaben der »Geschichte des Fräuleins von Sternheim«

Geschichte des Fräuleins von Sternheim. Hrsg. von Kuno Ridderhoff. Berlin: Behr, 1907. (Deutsche Literaturdenkmale des 18. und 19. Jahrhunderts. Bd. 138.)

Geschichte des Fräuleins von Sternheim. Hrsg. von Fritz Brüggemann. Leipzig: Reclam, 1938. (Deutsche Literatur in Entwicklungsreihen. Reihe Aufklärung. Bd. 14. [Nachdr.: Darmstadt: Wissenschaftliche Buchgesellschaft, 1964.]

Geschichte des Fräuleins von Sternheim. Textredaktion: Marlies Korfsmeier. Mit einem Nachwort, einer Zeittafel und Bibliographie hrsg. von Günter Häntzschel. München: Winkler, 1976. (Fundgrube, Bd. 56.)

2a) Werke der Sophie von La Roche (Auswahl)

Geschichte des Fräuleins von Sternheim. Von einer Freundin derselben aus Original-Papieren und andern zuverläßigen Quellen gezogen. Hrsg. von C. M. Wieland. 2 Bde. Leipzig: Weidmanns Erben und Reich, 1771 [u. ö.].

Der Eigensinn der Liebe und Freundschaft, eine englische Erzählung, nebst einer kleinen deutschen Liebesgeschichte, aus dem Französischen. Zürich: Orell, Geßner, Füßli, 1772.

Rosaliens Briefe an ihre Freundinn Mariane von St**. 3 Bde. Altenburg: Richter, 1779–81.

Pomona für Teutschlands Töchter. Speyer: gedrukt mit Enderesischen Schriften, 1783–84.

Briefe an Lina, ein Buch für junge Frauenzimmer, die ihr Herz und ihren Verstand bilden wollen. Erster Bd.: Lina als Mädchen. Mannheim 1785.

Neuere moralische Erzählungen. Altenburg: Richter, 1786.

Tagebuch einer Reise durch die Schweiz. Altenburg: Richter, 1787.

Journal einer Reise durch Frankreich. Altenburg: Richter, 1787.

Tagebuch einer Reise durch Holland und England. Offenbach: Weiss und Brede, 1788.

Geschichte von Miß Lony und der schöne Bund. Gotha: C. W. Ettinger, 1789.

Briefe über Mannheim. Zürich: Orell, Geßner, Füßli, 1791.

Lebensbeschreibung von Friederika Baldinger, von ihr selbst verfaßt. Hrsg. und mit einer Vorrede begleitet von Sophie, Wittwe von La Roche. Offenbach: Carl Ludwig Brede, 1791.

Rosalie und Cleberg auf dem Lande. Offenbach: Weiss und Brede, 1791. [Forts. zu *Rosaliens Briefe an ihre Freundinn Mariane von St***, 1779–81.]

Erinnerungen aus meiner dritten Schweizerreise. Offenbach: Weiss und Brede, 1793.

Schönes Bild der Resignation, eine Erzählung. Leipzig: Gräff, 1795.

Briefe an Lina als Mutter. 2 Bde. Leipzig: Gräff, 1795–97. [Forts. zu *Lina als Mädchen*, 1785. 2. Aufl. Leipzig: Gräff, 1788.]

Erscheinungen am See Oneida, mit Kupfern. 3 Bde. Leipzig: Gräff, 1798.

Mein Schreibetisch. 2 Bde. Leipzig: Gräff, 1799.

Reise von Offenbach nach Weimar und Schönebeck im Jahr 1799. Leipzig: Gräff, 1800. [Dass. auch unter dem Titel: Schattenrisse abgeschiedener Stunden in Offenbach, Weimar und Schönebeck im Jahre 1799.]

Fanny und Julia, oder die Freundinnen. Leipzig: Gräff, 1801.

Liebe-Hütten. 2 Bde. Leipzig: Gräff, 1804.

Herbsttage. Leipzig: Gräff, 1805.

Melusinens Sommer-Abende. Hrsg. von C. M. Wieland. Mit dem Portrait der Verfasserin. Halle: Societäts-Buch- und Kunsthandlung, 1806.

2b) *Briefsammlungen*

Dresch, J.: Lettres inédites de Sophie La Roche. In: Revue Germanique 11 (1920) S. 135–147, 220–247; 12 (1921) S. 16–45.

Lettres de Sophie La Roche à C.-M. Wieland. Hrsg. von Victor Michel. Nancy: Berger-Levrault, 1938. (Annales de L'Est, Mémoires. Nr. 8.)

Sophie La Roche. Ihre Briefe an die Gräfin Elise zu Solms-Laubach 1787–1807. Hrsg. von Karl Kampf. Offenbach: Stadtarchiv, 1965. (Offenbacher Geschichtsblätter. Nr. 15.)

Wielands Briefwechsel. Hrsg. von der Akademie der Wissenschaften der DDR. Berlin: Akademie-Verlag, 1963 ff. [Bd. 1–5 erschienen: enthalten Briefe von und an Wieland bis Dezember 1777.]

3. Sekundärliteratur (Auswahl)

Asmus, Rudolf: G[eorg] M[ichael] de la Roche. Karlsruhe: J. Lang, 1899.

Assing, Ludmilla: Sophie von La Roche, die Freundin Wielands. Berlin: Janke, 1859.

Bach, Adolf: Aus dem Kreise der Sophie La Roche. Köln: Saaleck, 1924.

Bach, Adolf: Sophie La Roche und ihre Stellung im deutschen Geistesleben des 18. Jahrhunderts. In: Zeitschrift für Deutschkunde 40 (1926) S. 165–182.

Bovenschen, Silvia: Die imaginierte Weiblichkeit. Exemplarische Untersuchungen zu kulturgeschichtlichen und literarischen Präsentationsformen des Weiblichen. Frankfurt: Suhrkamp, 1979.

Dedner, Burghard: Topos, Ideal, und Realitätspostulat: Studien zur Darstellung des Landlebens im Roman des 18. Jahrhunderts. Tübingen: Niemeyer, 1969. (Studien zur deutschen Literatur. Bd. 16.)

Flessau, Kurt-Ingo: Der moralische Roman. Studien zur gesellschaftskritischen Trivialliteratur der Goethe-Zeit. Köln/Graz: Böhlau, 1968.

Hanstein, Adalbert von: Die Frauen in der Geschichte des deutschen Geisteslebens des 18. und 19. Jahrhunderts. Leipzig: Freund und Wittig, [1899].

Hohendahl, Peter Uwe: Empfindsamkeit und gesellschaftliches Bewußtsein: Zur Soziologie des empfindsamen Romans am Beispiel von La Vie de Marianne, Clarissa, Fräulein von Sternheim, und Werther. In: Jahrbuch der deutschen Schillergesellschaft 16 (1972) S. 176–207.

Jansen, Heinz: Sophie La Roche im Verkehr mit dem geistigen Münsterland. Nebst ungedruckten Briefen Sophies an Sprickmann. Münster: Regensbergsche Verlagsbuchhandlung, 1931.

Koenig-Warthausen, Gabriele v.: Sophie La Roche, geb. Gutermann. Schriftstellerin, Jugendliebe Wielands. 1730–1807. In: Lebensbilder aus Schwaben und Franken. Hrsg. von Max Miller und Robert Unland. Bd. 10. Stuttgart: Kohlhammer, 1966. S. 101–125.

Krull, Edith: Das Wirken der Frau im frühen deutschen Zeitschriftenwesen. Diss. Berlin 1939.

Milch, Werner: Sophie La Roche. Die Großmutter der Brentanos. Frankfurt: Societätsverlag, 1935.

Plato, Karl Th.: Sophie La Roche in Koblenz-Ehrenbreitstein. Koblenz: Görres-Verlag, 1978.

Ridderhoff, Kuno: Sophie von La Roche, die Schülerin Richardsons und Rousseaus. Diss. Göttingen 1896.

Ridderhoff, Kuno: Sophie von La Roche und Wieland. Programm der Gelehrtenschule des Johanneum. Hamburg: Herold, 1907.

Riemann, Carl: Die Sprache in Sophie La Roches Roman »Geschichte des Fräuleins von Sternheim«. Ein Beitrag zur Geschichte der Schriftsprache im 18. Jahrhundert. Wissenschaftliche Zeitschrift der Friedrich-Schiller-Universität Jena. Gesellschafts- und sprachwissenschaftliche Reihe 8 (1958/59) S. 179–193.

Spickernagel, Wilhelm: Die Geschichte des Fräuleins von Sternheim von Sophie von La Roche und Goethes Werther. Diss. Greifswald 1911.

Sudhoff, Siegfried: Sophie La Roche. In: Deutsche Dichter des 18. Jahrhunderts. Hrsg. von Benno von Wiese. Berlin: Erich Schmidt, 1977. S. 300–319.

Touaillon, Christine: Der deutsche Frauenroman des 18. Jahrhunderts. Leipzig/Wien: Braumüller, 1919.

Nachwort

1. *Zur Biographie der Sophie von La Roche.* »Die Frau von La Roche ist eine schöne, vortrefflich gewachsene Dame von mehr als mittlerer Größe, dem Ansehen nach im Alter von 30 Jahren, ob sie gleich in der Tat bereits 40 zurückgelegt hat. Ihre Gesichtszüge lassen sich unmöglich schildern, weil sie das, was sie sind, nur darum zu sein scheinen, damit die schönste unter allen Seelen einen Ausdruck haben möge, den unsere Sinne fassen können [...]. Sophiens ganzes Wesen, ihre geringsten Handlungen zeugen von der ausnehmenden Feinheit ihrer Empfindung, und einer wunderbaren, und gleichsam unter allen ihren Seelenkräften abgeredeten Geschäftigkeit derselben, bei jeder Gelegenheit die Güte ihres Herzens tätig zu machen.« So beschrieb F. H. Jacobi (Brief an Graf Chotek in Wien, 16. Juni 1771) das Aussehen und Wesen der Sophie von La Roche, als der erste Teil ihres Romans *Die Geschichte des Fräuleins von Sternheim* gerade erschienen war. Dieser erste Roman sollte die fast vierzigjährige Ehefrau des Hofrates Georg Michael Frank von La Roche zur berühmtesten Schriftstellerin Deutschlands in der zweiten Hälfte des 18. Jahrhunderts machen, wie es Johann Christoph Gottscheds Ehefrau Luise, die »Gottschedin«, in der ersten gewesen war. Von 1771 bis 1780 wurde Sophies Haus in Ehrenbreitstein (heute ein Stadtteil von Koblenz), wo ihr Mann ein hoher Verwaltungsbeamter in kurtrierischen Diensten war, zum Mittelpunkt eines wichtigen literarischen Zirkels; Sophie von La Roche führte eine ausgedehnte Korrespondenz und machte in den 1780er Jahren weite Reisen. Als Autorin zahlreicher Romane, Erzählungen, Reisetagebücher und anderer Prosaschriften blieb sie bis an ihr Lebensende schriftstellerisch tätig. Abgesehen von der *Sternheim* ist ihr Werk jedoch fast ganz in Vergessenheit geraten, und ihr Name hat sich vor allem durch ihre

kurzzeitige Verlobung mit C. M. Wieland, die sie zu dessen »Muse« machte, in der Literaturgeschichte erhalten. Mit dem Roman *Die Geschichte des Fräuleins von Sternheim* hat Sophie La Roche aber ein wichtiges literar- und kulturhistorisches Dokument geschaffen, das für die Entwicklung des deutschen Romans ebenso bedeutend ist wie für die sozial- und kulturgeschichtliche Rolle der Frau im 18. Jahrhundert.

Marie Sophie Gutermann wurde am 6. Dezember 1730 in Kaufbeuren geboren. Ihr Vater war Arzt und Gelehrter, in Lyon erzogen und weit gereist. Sophie war die Älteste von zahlreichen Geschwistern, von denen nur drei Mädchen und ein Bruder das Säuglingsalter überlebten. Die Familie Gutermann übersiedelte nach Lindau, wo der Vater Stadtphysikus wurde; mit neun Jahren kam Sophie für drei Jahre zu den Großeltern nach Biberach. Als sie in das elterliche Haus zurückkehrte, war ihr Vater inzwischen Dekan der medizinischen Fakultät in Augsburg und sein Haus ein beliebter Treffpunkt von Gelehrten geworden. Sophie wurde streng pietistisch erzogen und erlernte daneben, wie es bei Töchtern aus wohlhabenden bürgerlichen Familien üblich war, die weiblichen Beschäftigungen. »Im väterlichen Hause mußte alle Tage, neben der Arbeit an der Seite meiner Mutter, eine Betrachtung in Arndts wahrem Christenthume, am Sonntage eine Predigt von Frank in Halle gelesen und eine gehört werden [. . .]. Doch wurde ich daneben auch die beste Tänzerin, lernte französisch, zeichnen und Blumen malen, sticken, Klavier spielen, und Küche und Haushaltung besorgen«, so beschreibt Sophie viele Jahrzehnte später ihre weibliche Bildung in ihrem Lebensrückblick *Melusinens Sommerabende* (1806). Sie erwähnt dort auch, daß sie schon mit drei Jahren lesen lernte, mit fünf die Bibel las und mit zwölf als Helferin ihres Vaters bei Herrenabenden recht nützlich war, »weil mein gutes Gedächtnis mich alle Titel und alle Stellen behalten ließ, welches ich dann auch zum Auswählen der Bücher selbst benutzte«.

Mit ihrer schnellen Auffassungsgabe, ihrer feinen Beobachtung und ihrem guten Gedächtnis bildete sich Sophie ihr Leben lang selbst weiter. Sie war, wie alle literarisch tätigen oder geistig hervorragenden Frauen im 18. Jahrhundert, hauptsächlich eine Autodidaktin, da ihr eine höhere Schulbildung als Frau verschlossen war.

Bildungsanstöße kamen von den Männern ihres häuslichen Kreises. Da war zunächst der Vater, dann der Kollege des Vaters, der spätere Verlobte Bianconi, der der siebzehnjährigen Sophie Unterricht in Italienisch, Kunstgeschichte, Gesang, Mathematik – alles in französischer Sprache – gab, da der gebürtige Italiener und Leibarzt des Fürstbischofs von Augsburg Bianconi kein Deutsch verstand. Die Heirat mit dem sechzehn Jahre älteren Bianconi scheiterte schließlich am Ehevertrag, da sich der streng protestantische Vater Gutermann und der ebenso streng katholische Bianconi nicht über die Religionsklausel einigen konnten: Der Vater bestand auf einer protestantischen Erziehung der Töchter, der Verlobte auf der katholischen aller Kinder – Sophie wurde dazu, wie es zu ihrer Zeit üblich war, gar nicht erst gefragt. Sie lehnte eine heimliche Trauung mit Bianconi ab, weil sie ihren »Vater nicht betrüben wollte«, der dann ihren Liebeskummer damit beenden suchte, daß er Sophie zwang, »alle Briefe [Bianconis], Verse, schöne Alt-Arien [...] in sein Kabinett zu bringen, zu zerreißen und in einem kleinen Windofen zu verbrennen; Bianconis Portrait [...] mit der Schere in tausend Stücke zu zerschneiden.«

Die neunzehnjährige Sophie wurde dann nach Biberach in das Pfarrhaus Wieland zum Vetter des Vaters geschickt, wo sie zunächst nur durch Briefe mit ihrem zwei Jahre jüngeren Vetter Christoph Martin Wieland, der gerade mit dem Studium in Erfurt begonnen hatte, eine Seelenfreundschaft schloß, die bald zur Verlobung wurde, als Wieland 1749 für ein halbes Jahr ins Elternhaus nach Biberach zurückkehrte. Die Verlobten korrespondierten zumeist französisch, Wieland schrieb Verse auf seine »englische Sophie«, dem Urbild der Tugend; Sophie sandte Fabeln und Prosa, an denen Wieland die »kleinen Fehler der schwäbischen Mundart verbesserte« (Juli 1751), als er nunmehr in Tübingen studierte. Wieland verteidigte seine Bindung an Sophie seiner Mutter gegenüber: »Die ganze Welt ist mir ein Nichts gegen meine englische und mehr als englische Sophie [...]; wenn ich ihrer beraubt werden sollte, so schwöre ich auf das Heiligste, daß ich mein Unglück *partout* nicht überleben will« (7. März 1751). Doch Wieland überlebte die Entlobung; er weilte längst in Zürich bei Bodmer, als Sophies Abschiedsbrief kam.

Sophie fand schließlich 1753 in der zu ihrer Zeit üblichen Konvenienzehe mit dem um elf Jahre älteren, katholischen Hofrat Georg Michael Frank von La Roche ihre Versorgung, nachdem ihre Mutter 1748 gestorben war und ihr Vater sich wieder verheiratet und seinen Stiefsohn als Erben adoptiert hatte. Sophie hingegen hatte eine von der Familie gewünschte Partie ausgeschlagen und so eine Erbschaft und Versorgung verloren. Die Ehe mit La Roche führte Sophie in höfische Kreise und wurde für ihr weiteres Leben, wie für ihr literarisches Schaffen, entscheidend. Georg Michael Frank war das dreizehnte Kind eines unbemittelten Chirurgen, wurde als Vierjähriger vom Grafen Stadion, dessen illegitimer Sohn er aber wohl nicht war (Asmus, *G. M. de la Roche*, S. 2), angenommen und erhielt den Adoptivnamen »La Roche«. Beim Grafen Stadion genoß er eine gute Erziehung und feine Bildung und war sein Leben lang die rechte Hand seines Herrn und Adoptiv-Vaters, sein Sekretär, Reisebegleiter, Gesellschafter. Nach der Eheschließung siedelte Sophie zu La Roche in das Stadionsche Schloß nach Mainz über, wo der aufklärerisch gesinnte Graf Stadion der erste Minister am Hofe des Kurfürsten Emmerich Joseph von Mainz war. Hier lernte sie die Hierarchie eines kleinen katholischen Hofstaates kennen; sie mußte ihrem Mann beim Briefwechsel mit ausländischen Korrespondenten des Kurstaates helfen, auf Spaziergängen oder an der Tafel des Grafen Stadion für Anregungen zu Gesprächen sorgen, wofür sie sich Auszüge aus den verschiedensten Büchern, die ihr Mann auswählte, machte, um diese graziös und scheinbar absichtslos einzustreuen, damit sie dann von dem Grafen und der übrigen Gesellschaft weiter ausgeführt wurden. – Sophie gebar acht Kinder in Mainz, von denen fünf das Kindesalter überlebten. Die älteste Tochter, Maximiliane (»Maxe«), beeindruckte später Goethe, der nach Maxes Heirat mit dem weitaus älteren Witwer und Kaufmann Peter Brentano in Frankfurt 1774 einige Zeit ihr Haus besuchte. Unter Maximilianes zwölf Kindern waren Clemens und Bettina Brentano: Sophie von La Roche wurde »die Großmutter der Brentanos«.

1761 zog sich Graf Stadion von den Staatsgeschäften auf sein Gut Warthausen in der Nähe von Biberach zurück; die Familie La Roche folgte ihm. Als er 1768 starb, entstanden Unstimmigkeiten mit den Erben des Grafen, so daß La Roche auf eine Amtmannsstelle in Bönnigheim angewiesen war, bevor er 1770 eine Stelle als Geheimer Rat beim Kurfürsten Clemens Wenzeslaus von Trier erhielt und zu dessen Hofstaat in Ehrenbreitstein übersiedelte.

Sophie hatte kurz nach ihrer Verheiratung wieder Kontakt zu Wieland geknüpft, die Freundschaft brieflich und, seitdem der Dichter als Stadtschreiber in Biberach weilte, persönlich fortgesetzt, bis Wieland 1769 durch die Beziehungen La Roches eine Professur an der kurmainzischen Universität Erfurt erhielt und dorthin umzog. In den 1760er Jahren nahm Sophie ihre schriftstellerischen Arbeiten wieder auf, Versuche mit Erzählungen und Anekdoten. Nach dem Tode des Grafen (1768) gaben der vorübergehende Aufenthalt in Bönnigheim, wo La Roche eine Amtmannsstelle angenommen hatte, und die erzwungene Abwesenheit ihrer ältesten Töchter, die in einer Klosterschule katholisch erzogen werden mußten, Sophie vermehrten Mut und Muße, ihren 1766 begonnenen Roman auszuarbeiten, den Wieland editorisch betreute und mit Vorrede und Fußnoten versehen herausgab. *Die Geschichte des Fräuleins von Sternheim*, deren erster Teil im Mai und zweiter Teil im September 1771 erschien, war ein großer Erfolg und machte Sophie von La Roche zu einer berühmten Frau. Schon im Erscheinungsjahr erlebte der Roman drei Auflagen, 1772 eine weitere und dann noch vier in den nächsten 15 Jahren. Übersetzungen ins Französische, Englische, Holländische und Russische machten den Namen der Sophie von La Roche auch außerhalb Deutschlands bekannt.

Mit dem Erscheinen der *Sternheim* hatte die öffentliche Karriere der La Roche als Schriftstellerin begonnen, während sie schon seit ihrer Bekanntschaft mit Wieland – und man darf annehmen schon angeregt von Bianconi –, also schon über zwanzig Jahre lang sich mit dem Schreiben von Prosatexten befaßt hatte. Der Roman beruhte teilweise auf ihren persönlichen Beobachtungen, Erfahrungen und Gelesenem, aber vor allem zeichnete er ein gefühlvolles Seelenbild einer tugendhaften Frau, und zwar ganz aus der Perspektive dieser Frau, die ein Vorbild für die Töchter und Frauen des begüterten Bürgertums werden sollte. Bei dieser Thematik setzten auch die nächsten Werke der La Roche an. Während ihr Mann – seit 1770 als Geheimer Rat am Hof des Kurfürsten Clemens Wenzeslaus von Trier – dort zum Kanzler aufstieg und Sophies Haus zu einem beliebten Treffpunkt der Literaten wurde – es besuchten sie dort u. a. Wieland, die Brüder Jacobi, Goethe, Leuchsenring, Merck –, arbeitete sie an ihrem nächsten Roman *Rosaliens Briefe an ihre Freundinn Mariane von St*** (1780–81), von dem zunächst Teile in Jacobis Frauenzeitschrift *Iris* (1775/76) abgedruckt worden waren. *Rosaliens Briefe* verfolgen die Entwicklung eines jungen Mädchens, von der Verlobung und den Reisen mit ihrem Onkel bis zur jungen Ehefrau und der Geburt ihres ersten Kindes. Viel mehr noch als in der *Sternheim*, wo Intrigen weitgehend den Handlungsablauf bestimmen, werden hier die innere Bildung und die äußere Entwicklung einer Frau in den Mittelpunkt gestellt. Nach einer Reihe von moralischen Erzählungen, in denen die Autorin als Geschichtenerzählerin »eine Blume schöner Kenntnisse oder eine Frucht nützlicher Vorstellungen« liefern wollte, und nach dem Roman *Geschichte von Miß Lony und der schöne Bund* (1789) ließ Sophie erst 1791 eine Fortsetzung von *Rosaliens Briefen* unter dem Titel *Rosalie und Cleberg auf dem Lande* folgen. Als pädagogisches Werk, als Belehrung für Frauen wurden diese Romane und Erzählungen gut aufgenommen, es ist ein Lob, das von dem schriftstellerischen Werk der La Roche bis heute nur ihre pädagogischen Absichten, ihr Bemühen um die weibliche Leserschaft wahrnimmt, selten aber ihre literarische Leistung.

Seit 1780 fand Sophie vermehrt Muße zu literarischen Arbeiten; Ende September war der Kanzler La Roche unvermittelt entlassen worden, und nur durch den Verzicht seines unmittelbaren Vorgesetzten, des Ministers von Hohenfeld, auf seine eigene Pension erhielt La Roche eine Versorgung, und die Familie lebte für einige Jahre in Hohenfelds Haus in Speyer, ab 1786 dann in Offenbach, wo der lange kränkelnde La Roche 1788 starb. Seitdem ihr Mann nicht mehr als Hofbeamter tätig war, ihre Kinder längst erwachsen, die beiden Töchter verheiratet und nur der jüngste Sohn zu Hause lebte, hatte Sophie viel Zeit für sich. In diesen 1780er Jahren versuchte Sophie La Roche, sich als Schriftstellerin zu etablieren. Sie erwog schon im Mai 1781 eine Ausgabe ihrer moralischen Erzählungen auf Pränumeration und fragte bei Wieland an: »Was raten Sie mir, Bester? Ich bekenne Ihnen, wenn ich so glücklich wäre durch meine Feder dies zu erhalten, was ich zu meiner Kleidung, und für mich brauche – – u. etwas daraus zöge, das hinreichte, die Ausgabe einer Reise in Ihre Gegenden zu machen, ohne daß La Roche seine Pension zu Hilfe zu nehmen, das freute mich – meine Kinder haben kein Vermögen durch mich, wenn ich also nur durch meinen Kopf u. Herz etwas sparen helfen könnte, so wäre ich glücklich« (Michel, *Lettres*, S. 97). Es ist wohl hauptsächlich das Bedürfnis, ihren »Kopf und Herz« zu gebrauchen, das sie zum Schreiben motivierte. Darüber hinaus stellten ihr die kleinen Einkünfte die Mittel zur Verfügung, sich eigene Wünsche, z. B. Reisen, zu erfüllen und so einen Freiraum gegenüber ihrem Mann zu gewinnen.

Auch wenn Wieland ihren Projekten jetzt distanziert gegenüberstand, so erschien doch im Januar 1783 das erste von 24 Heften ihrer Zeitschrift *Pomona für Teutschlands Töchter*. Nicht die Fortsetzung von Jacobis Frauenzeitschrift *Iris* sollte diese betont von einer Frau für das weibliche Publikum herausgegebene Wochenschrift sein, sondern sie sollte »Pomona heißen, diese ist die Göttin des Herbstes. Ich bin in dem Herbst meines Lebens« (*Pomona*, Vorrede in I,1). Die Notwendigkeit der weiblichen Bildung wurde betont, Betrachtungen über weibliche Erziehung, über Kunst, Literatur, Musik, Reiseberichte wechselten ab mit jeweils einem Land oder Thema gewidmeten Sonderheften. In den als Kernstück angelegten »Briefen an Lina« beriet La Roche ein Mädchen mit einer Mischung aus empfindsamen, einfühlsamen Ratschlägen und nüchtern-praktischen Anleitungen für den Hausstand. Die Korrespondenz mit ihren Leserinnen – seit dem Beginn der moralischen Wochenschriften bis zum »Briefkasten« der modernen Unterhaltungsmagazine eine beliebte Rubrik – vermittelt einen ungeschminkten Einblick in die Rezeption der Zeitschrift und in die alltäglichen Fragen, die den breiten weiblichen Leserkreis ohne schöngeistige Prätension bewegten. In den Abhandlungen und Briefen zeigt sich trotz vieler interessanter Einzelstellen die erschreckende Leere und Unbildung der Frauen in Deutschland noch im letzten Drittel des 18. Jahrhunderts, besonders wenn man sie mit den Männern aus ähnlichen gesellschaftlichen Verhältnissen vergleicht. So klingen denn ganz verhalten erste Töne einer Kritik an dieser Ungleichheit auch bei der so sanften, nachgiebigen und versöhnlichen La Roche an: »Ich glaube wie Sie«, antwortet Sophie einer Leserin, »daß die Männer noch nie mit einer besonderen Aufmerksamkeit über unsere Ausbildung nachdachten. [...]. Wir und unsere Fähigkeiten wurden immer nur zur Hausdienerschaft gerechnet« (*Pomona*, II,1, 1784). Doch rät Sophie La Roche den Frauen, in der Beschäftigung als Hausfrau und Mutter ihr Glück zu sehen; die Herrschaft der Männer über die Frauen kritisierte sie nie, wie sie sich auch ihr Leben lang nach den Männern ihres Lebens richtete und sich krampfhaft bemühte, die Gunst des männlichen Lesepublikums und der männlichen Literaten nicht zu verscherzen. Mit der *Pomona* gab sich jedoch zum erstenmal eine Frau als Herausgeberin öffentlich zu erkennen und warb auch für Beiträge befreundeter Autorinnen wie Sophie Albrecht, Elisa von der Recke, Philippine Engelhard (geb. Gatterer) oder Caroline von Wolzogen.

Weshalb Sophie die erfolgreiche Zeitschrift aufgab – Katharina von Rußland hatte auf 500 Exemplare unterzeichnet und bezahlte sie auch –, ist nicht ganz klar. Schon im Februar 1785 schrieb Wieland, der sich nur nach längerem Drängen und dann ganz verhalten über die *Pomona* geäußert hatte, an Sophie: »Sie haben vielleicht in öffentlichen Blättern gelesen: daß Reich in Leipzig eine deutsche Einkleidung der in Paris nächstens erscheinenden *Bibliothèque universelle des Dames* unter *meiner Aufsicht* [Hervorhebung von BB-C] ankündigt.

Hoffentlich wird doch diese Enterprise nicht Ihre *Bibliothek für Lina* croisiren?« Sophies geplante *Bibliothek* erschien nicht, und das einträgliche Geschäft mit den Damenkalendern, Frauenzeitschriften und Taschenbüchern für Damen machten andere; die Beiträge lieferten Autoren von Rang und Namen einschließlich Wieland, Goethe oder Schiller. Die »Großmama« La Roche gab auf, wie auch ein Jahrzehnt später Marianne Ehrmann. Erst eine Generation später gelang es Therese Huber als Leiterin des Cottaschen *Morgenblattes* von 1816 bis zu ihrer Entlassung 1828, sich auf dem ganz von Männern beherrschten literarischen Markt als Redakteurin erfolgreich, aber abhängig, zu betätigen.

Sophie La Roche erneuerte durch weite Reisen alte Bekanntschaften und lernte die interessanten Zeitgenossen der literarischen und geistigen Welt kennen. 1784 besuchte sie die Schweiz, 1785 Paris, 1786 reiste sie nach Holland und England. Von diesen Reisen brachte sie den Stoff zu den zahlreichen Reisebeschreibungen und Tagebüchern mit; sie blieb eine gute Beobachterin von Menschen, Gegenständen und Umständen. Der kulturgeschichtliche Wert dieser Reisetagebücher ist nur vereinzelt gewürdigt worden, wie etwa Sophies Bemerkungen über London in einer englischen Übersetzung von 1933.

Ihre späten Erinnerungswerke, *Briefe über Mannheim* (1791), *Mein Schreibetisch* (1799), *Reise von Offenbach nach Weimar und Schönbeck im Jahre 1799* (1800), *Herbsttage* (1805), und das von Wieland herausgegebene Werk *Melusinens Sommerabende* (1806) bringen Reminiszenzen und Reflexionen über ihr langes und reiches Leben und ihre Freunde; die darin enthaltenen literar- und kulturgeschichtlichen Informationen und Perspektiven sind unbekannt geblieben oder als Grillen einer Greisin zu Unrecht abgetan worden.

1799 hatte Sophie mit ihrer Enkelin Sophie Brentano Weimar besucht, wo die einst verehrte »Mama« von

Goethe und Schiller kühl empfangen wurde und Goethe sie privat als »nivellierende Natur« bezeichnete: »Sie hebt das Gemeine herauf und zieht das Vorzügliche herunter und richtet das Ganze alsdann mit ihrer Sauce zu beliebigem Genuß« (Brief an Schiller, 24. Juli 1799). In das Weimarer Kunstprogramm paßte die alternde Schriftstellerin – sie zählte damals 68 Jahre – nicht, denn sie war nur eine »Dilettantin«.

Auch Wieland war der Besuch der langjährigen Freundin und Briefpartnerin, deren vertrautes Verhältnis sich seinerseits seit 1780 ganz merklich abgekühlt hatte, ein bißchen lästig. Er interessierte sich viel mehr für die Enkelin, die dann nach der Abreise glühende Briefe der Verehrung an den »lieben Vater« Wieland schickte. Die Greisin Sophie La Roche dagegen, die »schöne Seele« der 1770er Jahre, konnte längst nicht mehr die Weiblichkeitsvorstellungen der Klassik erfüllen, sie war weder eine Iphigenie noch eine Therese, Ottilie, Psyche oder gar eine Danae. Seit dem Sturz ihres Mannes – der Verlust des Amtes wurde allgemein so empfunden – war ihre gesellschaftliche Stellung zur Bedeutungslosigkeit herabgesunken, Beziehungen zu den Höfen konnte sie den aufstrebenden Literaten nicht mehr vermitteln, in ihrer eingeschränkten finanziellen Lage und besonders als alternde Witwe nach 1788 benötigte sie eher die Hilfe anderer, als daß sie durch ihre Protektion irgendwie nützen konnte.

Nach dem Riesenerfolg ihrer *Sternheim* wurde die La Roche als Frau auf das Bild der empfindsamen, tugendhaften Weiblichkeit festgelegt, auf eine Identifikation von Autorin und Heldin, die schon der Herausgeber Wieland vorbereitet hatte, als er die Autorin mit »Fräulein von Sternheim« anredete (Bovenschen). Weder als Mensch noch als Autorin konnte sie in diesen engen Grenzen von »natürlichen« Weiblichkeitsvorstellungen gefangen bleiben. Schon Caroline Flachsland war, als sie die La Roche 1772 persönlich kennenlernte, von der

»Hofdame« mit ihrer »Koketterie und Repräsentation«, die dazu noch die Gesellschaft regierte (Brief an Herder, April/Mai 1772), unangenehm berührt. Sophie konnte auch derb und auf schwäbisch fluchen, wie ihre Enkelin Bettina Brentano von ihr berichtet hat; ihre Briefe zeigen sie als ebenso interessiert an Klatsch, Eigenlob und der Promotion ihrer eigenen literarischen Produkte wie die *aller* männlichen Literaten ihrer Zeit. Solange sie am Trierer Hof eine Rolle spielte, sah man über diese Unvollkommenheiten der »Sternheim« hinweg.

Daß sie seit den 1780er Jahren als Schriftstellerin sehr produktiv war, wertete die Literaturgeschichte des 19. Jahrhunderts als »Vielschreiberei« einer »alternden Pädagogin« (Erich Schmidt in der *Allgemeinen Deutschen Biographie*, Bd. 17, 1883). Schon 1781 bemühte sie sich vergebens um ein anerkennendes Urteil Wielands über ihre Schriften. »Ich bin nur ein Weib, und wo liegts, daß Klopstock – u. die Stolberge – u. Goethe, die alle so glühend zusammen waren, nun kalt sind? Und die Jacobis, ach Wieland, wo liegt das – in Männern voll Kenntnissen – voll Seele – sagen sie mirs bitte [...]. Lesen Sie doch, es liegt meinem Herzen daran, lesen *Sie*, meine Rosalie – Wieland soll meine Rosalie lesen, u. die Güte haben – *alte* und *neue* Güte, mir was darüber zu sagen, ich bitte, bitte [...].« (Michel, *Lettres*, S. 95). Doch Wieland war zunächst anderweitig beschäftigt, und die Rezension des Romans im *Teutschen Merkur* schrieb ein anderer. In der Gestalt der »Sternheim«, der »schönen Seele«, war Sophie von La Roche den empfindsamen Literaten als Muse willkommen, als Schriftstellerin erschien sie ihnen unweiblich, nur für die Unterhaltung von Frauen geeignet und daher veraltet und zweitklassig. Ihr eigenständiges literarisches Schaffen griff weitgehend Themen und Fragen aus der Sicht einer reifen Frau auf in einer Zeit der strengen Geschlechtertrennung und eindeutigen Herrschaft männlicher Interessen und Gesichtspunkte in der deutschen Literatur. Erst Sophies Enkelin,

Bettina von Arnim, gelang wieder ein literarischer Durchbruch mit *Goethes Briefwechsel mit einem Kinde* (1835), einem gefühlvollen »Denkmal« für einen großen Dichter, in dem Bettina zugleich sich selbst darstellte.

2. *La Roche, Wieland und die Entstehung der »Sternheim«.* In einem Brief vom Dezember 1805 gesteht Wieland seiner langjährigen Freundin Sophie: »Nichts ist wohl gewisser, als daß ich, wofern uns das Schicksal nicht im Jahre 1750 zusammengebracht hätte, kein Dichter geworden wäre.« Dasselbe könnte man von Sophie La Roche sagen, nur ist – ganz im Sinne der traditionellen Rollen von Mann und Frau im 18. Jahrhundert – Sophie Wielands Muse und seelische Stütze, Wieland Sophies Lehrmeister und »Kunstrichter«. Die Entstehungsgeschichte des *Sternheim*-Romans zeigt jedoch, wie die ebenso aufmerksame wie dankbare Schülerin Sophie sich langsam verselbständigt und zur Autorin wird.

Schon in den Briefen der Verlobungszeit machte Wieland Vorschläge zu den literarischen Versuchen, die Sophie ihm vorgelegt hatte: »Sie machen mir unendlich viel Vergnügen, wenn Sie sich in der Dichtkunst immer mehr üben, wie auch in der deutschen Sprache, welche viel schöner als die französische ist. Die Fabel, welche Sie mir geschickt haben, ist ganz artig, außer daß die Wörter ›verbande, fande, erführe‹ wider die deutsche Grammatik verstoßen [...]. Doch dieses ist eine Kleinigkeit, die ich meiner liebenswürdigen Schwäbin gar gern vergebe. Ihre *Prosa* ist unvergleichlich« (Juli 1751). Bei der Arbeit an der *Sternheim* fast zwanzig Jahre später fungierte der inzwischen weit bekannte und viel gelesene Dichter Wieland noch immer als Sprachlehrer und »Kunstrichter«, dem Sophie ihr im Entstehen begriffenes Werk zunächst zur Begutachtung vorlegte. Wieland beschaffte dann auch den Verleger und trat als Herausgeber des Romans auf, ohne dabei den Namen der La Roche zu nennen; ja er gab sogar vor, die Autorin wisse nichts von der Veröffentlichung.

Die Entstehungsgeschichte der *Sternheim* läßt sich in dem regen Briefaustausch zwischen Wieland und Sophie vergleichsweise gut verfolgen. Schon 1766 legt Sophie ihrem Seelenfreund und Mentor »lettres a C.« vor, die besonders bei Wielands Frau Gefallen finden, und die Wieland für weitaus besser hält als all den »moralischen Quark« für die jungen Personen weiblichen Geschlechts, von dem Deutschland überflutet werde: »J'aime Votre manière de moraliser« (17. November 1767), fügt er hinzu. Dann ist von »moralischen Briefen« die Rede und von einer »gouvernante« Sternheim (März 1768); Wieland bekundet wieder sein Interesse und verlangt die Fortsetzung.

Doch die eigentliche Anregung zur Ausarbeitung des Erstlingsromans gab wohl der befreundete Pfarrer Brechter, wie Sophie in ihrem Lebensrückblick dargelegt hat. (Briefe über Mannheim, 1791, S. 201–204; in der vorliegenden Ausgabe, S. 363 f.) Die Phantasiegestalt der Sternheim wurde – so jedenfalls wollte es Sophie in ihren späten Jahren verstanden wissen – ein Ersatz für ihre Töchter: »Ich wollte nun einmal ein papiernes Mädchen erziehen, weil ich meine eigenen nicht mehr hatte und da half mir meine Einbildungskraft aus der Verlegenheit und schuf den Plan zu Sophiens Geschichte.« Die Sternheim als Ersatz für die eigenen Töchter? »Ein papiernes Mädchen erziehen« – also Schreiben – als Surrogat für die Mutterrolle, für die »natürliche« weibliche Bestimmung, die sie nun nicht mehr ausführen konnte? In dieser späteren Rechtfertigung ihrer – vorwiegend als unweiblich verstandenen – Beschäftigung des Schreibens hat Sophie die Ersatzfunktion ihrer literarischen Tätigkeit, das Erziehen junger Mädchen durch Bücher, überbetont, um ihr Schreiben zu legitimieren.

Aus Sophies privaten Äußerungen, während sie an der *Sternheim* arbeitete, geht jedoch ganz deutlich hervor, wie sehr sie selbst von den Problemen ihrer Heldin, deren seelischer Verfassung und Bemühen, den richtigen Lebensweg zu finden, berührt wurde, und wie sie einfach »etwas gut erzählen« konnte (*Pomona*, Bd. 3, S. 1092). Der Roman wird zur »fille Phantasque«, »fille de ma tete«, zum »Lieblingszeitvertreib«; sie spricht von »mes reveries«. Das ist mehr als der Ruf der Pflicht zur Erziehung anderer.

Immer wieder wünscht sie mehr Zeit und Muße dafür zu finden, denn ihre Sternheim geht ihr »mit ausgespannten Armen im Kopf« herum (Brief an Wieland, Februar 1770). Zwar plant sie gleichzeitig ein Hausbuch für ihre älteste Tochter »Maxe«, über deren Verheiratung die Eltern sich damals Gedanken machen mußten. Doch Sophie möchte lieber das »gewählte Vergnügen«, die *Sternheim*, fortsetzen. Wieland begutachtet die übersandten Briefe und wünscht, daß Sophie etwas von ihrem Enthusiasmus verlieren möge, während sie gerade den Enthusiasmus als die Triebfeder ihrer Handlungen, als »Gegenwehr manches unvermeidlichen Mißvergnügens« gegen den »Frost und Schnee in [ihrer] Seele« ansieht, den das Altern noch verstärken würde (25. Februar 1770). Bei aller Abhängigkeit von Wieland gewinnt sie mehr und mehr an Ausdruck und Gestaltungsfähigkeit und entwickelt damit ihre Eigenheit.

Wieland ermahnt sie, ihre originelle Art, ihre Gefühle und Ideen zu malen, zu bewahren; er warnt sie vor den empfindsamen Modewörtern, die die Damen der Gesellschaft gern aus Young, Klopstock und anderen Autoren dieser Klasse zusammenstückeln. Wieland selbst hatte nach seiner Züricher Zeit mit Bodmer längst die ihm nun suspekte Richtung der empfindsamen Gefühlsschwärmerei verlassen. Er bittet sie wiederholt um deutsche Briefe – der Briefwechsel der La Roche mit Wieland wurde erst von 1775 an von Sophie auf deutsch geführt –, damit sie sich im schriftlichen Ausdruck mehr übe; zwar erkennt Sophie die Nützlichkeit solcher Stilübungen an, doch meint sie: »Was ich Ihnen zu sagen habe, und für Sie empfinde liegt in dem gefach meiner Francösischen Wörter« (18. März 1770). War die Verkehrssprache der Briefe mit Wieland für sie das Französische, so lag die fiktionale Welt des *Sternheim*-Romans eindeutig im deutschen »gefach«. Die Charaktere, auch die englischen Lords, scheinen unter deutschen Bezeichnungen erwachsen zu sein, wie La Roche über ihre Arbeit an »mon Bößwicht« (Lord Derby) berichtet.

Bei dieser Figur falle es ihr besonders schwer, wie ein Mann zu denken, schreibt sie einmal, denn sie sei eine gute Frau und sie leide Folterqualen, wenn sie sich in die Intrigen und Eifersüchteleien hineinversetze. Wieland antwortet betont, um nicht etwa mißverstanden zu werden, in der Rolle des »Kunstrichters« und spricht dabei seine Sympathie für den »Bösewicht« aus, der doch so viel interessanter sei als der rauhe und schwermütige Lord Seymour, der keineswegs die Ehre habe, ihm zu gefallen. Sophie als »gute Frau«, Wieland als »Kunstrichter«, beide posieren in ihren etablierten Rollen, während sie offensichtlich die gelungene psychologische Wahrscheinlichkeit im Denken dieser negativen Romanfigur genießen, Sophie bei der Abfassung, Wieland bei der Beurteilung des Romans.

Am 22. April 1770 kann Sophie aus Warthausen melden, daß der erste Band fast vollendet ist, und der zweite Band »courre au grand trot dans ma tete«. Sie fragt an, ob er wohl des Druckes würdig sei. Wieland antwortet schon Ende April mit den für die Entstehungsgeschichte des Romans so charakteristischen Worten: »Allerdings, beste Freundin, verdient Ihre Sternheim gedruckt zu werden; und sie verdient es nicht nur; nach meiner vollen Überzeugung erweisen Sie Ihrem Geschlecht einen wirklichen Dienst dadurch.« Immer wieder hatte Wieland den Nutzen dieses Werkes für das weibliche Geschlecht betont, »un bien infini aux personnes de Votre sexe«

(Dezember 1769). Damit ist der *Frauen*roman geboren; das Werk wird vom Mentor Wieland aus der Taufe gehoben und dabei auf das Verdienst um das weibliche Geschlecht eingeengt.

Wieland bietet seinen Leipziger Verleger an: »Ich werde Ihr Pflegevater seyn. Reich soll sie in einer üppig gezierten, aber simpel schönen Ausgabe verlegen, und was er dafür bezahlen wird, wird immer so viel seyn, daß ihr wohltätiges Herz sich viel von diesem göttlichen Vergnügen, dem einzigen wofür es gemacht zu seyn scheint, wird verschaffen können« (Ende April 1770). Aus kaufmännischen Gründen müßten jedoch beide Bände zusammen erscheinen; er wolle den ersten Band selbst redigieren und für den Druck abschreiben lassen, während Sophie den zweiten Band fertigstellen solle. Anfang August 1770 hat Wieland einen Teil des Manuskriptes (136 Seiten) »immer mit der Feder in der Hand« gelesen; Mitte November ist die Kopie des ersten Bandes für den Druck fertig; Sophie soll Format und die Art von Lettern bestimmen, ihren Wohltätigkeitsempfänger angeben, für den das Honorar bestimmt ist, und sie soll die Honorarforderung – aber bitte nicht zu hoch, da die Autorin dem Publikum unbekannt ist – selbst dem Verleger angeben.

Über die Höhe des Honorars für den ersten Band ist nichts bekannt, für den zweiten Band bezahlte Reich 20 Dukaten an Wieland, der übrigens für seinen *Diogenes* im selben Jahr 50 Dukaten erhielt. Wieland legte eine genaue Abrechnung vor: Einen Dukaten (!) bezahlte er dem Kopisten des Manuskriptes, das restliche Geld wurde gegen die Forderungen verrechnet, die Wieland für die Betreuung des ältesten Sohnes Fritz hatte, der seit einiger Zeit zur Erziehung bei ihm weilte. Danach sollte sich Sophie den Rest (31. August 1771) von ihrem Manne auszahlen lassen. Sophie war allerdings an dem Geldbetrag sehr interessiert, ja sie scheint fast bereut zu haben, das Honorar des ersten Bandes für andere bestimmt zu haben. Sie war von der Landgräfin Karoline von Hessen-Darmstadt eingeladen und benötigte Geld für die Reise: »Wenn ich nicht eine Läpin geweßen und alles Geld meines ersten theils außgegeben hätte, ohne an meine wünsche zu denken, so könnte ich dieße Reiße machen und La Roche würde nicht geplagt [...]« (24. August 1771). Erst 1772 gab ihr Mann die Erlaubnis, das Geld dazu zu benutzen; sie reiste mit Tochter »Maxe« nach Darmstadt und Hamburg.

Im März/April 1771 waren die La Roches nach Ehrenbreitstein umgezogen, und so wurde der zweite Teil des Romans erst – oder, wenn man die Umstände des Umzugs bedenkt: schon – Anfang Juni fertig, nachdem Wieland Mitte Mai als Hausgast der La Roches eine Woche in Ehrenbreitstein verbracht hatte. Für diesen zweiten Band konnte sich Wieland nicht so recht begeistern, sein Interesse beim Korrigieren und Edieren erlahmte auch merklich. Anfang Juni hatte der erste Teil im Druck vorgelegen, der zweite Teil folgte im September. (Zum Text, zu Wielands Anteil daran und seiner Reaktion auf Sophies Kritik an den »Druckfehlern« vgl. in der vorliegenden Ausgabe den Abschnitt zur Textgestalt.)

Wieland wollte den Roman in einer ganz bestimmten Weise verstanden wissen, das wird aus der Vorrede und seinen Anmerkungen zum Text deutlich. In ersterem wollte er die schriftstellerische Tätigkeit der La Roche, einer Frau, rechtfertigen und in das rechte Licht rücken; letztere brachten oft unmißverständlich, aber immer diplomatisch seine Kritik am Text zum Ausdruck. Er wollte sich den Rücken decken, falls der Roman ungünstig aufgenommen würde. So führt Wieland in der Vorrede aus, wie er seine »Freundin« in eine Schriftstellerin verwandelt habe, und betont den »weiblichen« Charakter der Autorin. Die »Freundin« habe nie daran gedacht, »für die Welt zu schreiben oder ein Werk der Kunst hervorzubringen«; damit soll die Bescheidenheit der

Frau und ihre Natürlichkeit – die zugleich jeden Anspruch auf Kunst ausschließt – betont, ihre Weiblichkeit gewahrt werden. Auch der Anschein jeglicher Gelehrsamkeit und alles, was »Autors-Künste« genannt werden kann, müssen peinlichst vermieden werden. Dafür entschädigt die moralische Nützlichkeit; die Originalität der Bilder und des Ausdrucks läßt über die Nachlässigkeit und Mängel der Sprache hinwegsehen. Schon einige Zeitgenossen, besonders Lenz, haben Wieland wegen des pedantischen Tons der Vorrede, der die Leistung der Autorin herabzusetzen scheint, kritisiert. Wieland versuchte, die schriftstellerische Leistung der La Roche mit dem gängigen Bild der bescheidenen, tugendhaften Frau zu vereinbaren, »nützlich zu sein wünscht sie; Gutes will sie tun«, und verengte damit die Absicht und den Wert des Romans. »Kunst« und Schriftstellerei aus »Profession«, das waren zwei Bereiche, in denen die »Freundin« (sprich: die Frau) aufgrund ihrer »natürlichen« Bestimmung nichts zu suchen hatte. Beide, Sophie und Wieland, waren ängstlich bemüht, daß der Roman – und die Autorin – diese Grenzen nicht überschreite.

3. *Zur »Geschichte des Fräuleins von Sternheim«.* »Daß es getadelt und zerrissen werden wird das arme Romangen« (25. Juli 1771), das befürchtete Sophie. Doch der Roman fand eine glänzende Aufnahme und machte die La Roche zur literarischen Berühmtheit, sie wurde überall als »die Sternheim« bekannt. Herder und seine Braut äußerten sich überschwenglich darüber, ebenso Lenz und die Brüder Stolberg; Anerkennung kam aus Zürich von Bodmer und Geßner, von Julie Bondeli aus Bern; wohlwollende Rezensionen erschienen, wie die von Merck – und Goethe – in den *Frankfurter gelehrten Anzeigen* und die von Sulzer (?) in der *Allgemeinen Deutschen Bibliothek.* Wenn es Einwände gab, so richteten sie sich zunächst gegen Wielands »dumme Noten«

(Lenz), und Sulzer schrieb mit offensichtlicher Spitze gegen den »Kunstrichter« Wieland: »Die Frau hat allemal mehr Verstand als die meisten, die man für die großen Richter der deutschen Literatur ausgibt.«

Während die empfindsame Heldin und der moralische Inhalt das Interesse der Zeitgenossen von den Aufklärern, den Klopstockianern bis hin zur jungen Generation des Sturmes und Dranges fesselten, so faszinierten zunächst auch die Porträts und Beschreibungen aus ihrer Umwelt, die die La Roche in den Roman eingeflochten hatte. Sie beschreibt Warthausen im »Dritten Brief« der Sternheim an Emilia als Schloß des »Grafen von W.«, für den Graf Stadion als Vorbild diente. Dessen Schwester Maximiliane von Stadion lebte als Stiftsdame in Buchau. Diese Beschreibungen hat Wieland in einem Brief kommentiert, in dem er Warthausen für zu gewöhnlich erachtete, um das Interesse des Lesers zu befriedigen, die Porträts aber sehr lobte, sie seien keineswegs eine Paradeschau wichtiger Bekanntschaften, vielmehr verdienten es »les gens de qualité« mit persönlichen Verdiensten im günstigsten Licht im Werk zu erscheinen (9. September 1770). Wieland hat das Porträt der guten Stiftsdame in dem *Sternheim*-Roman sogar noch mit seinen eigenen Versen ausgeschmückt. Wichtiger als diese Verbeugung vor eventuellen Gönnern – im zweiten Band findet sich nichts mehr davon –, ist die Beschreibung des Herrn ** in gräflicher Damengesellschaft. Der dort gelobte Schriftsteller ist natürlich Wieland, der in vorteilhaftester Weise einem eingebildeten Schwätzer, seines Zeichens Literat aus Paris, gegenübergestellt wird. Die Szene wirft ein interessantes Licht auf das erwachte Selbstbewußtsein der deutschen Schriftsteller, besonders da die La Roche seit ihrer Verheiratung sich im Kreise des Grafen Stadion ganz im Banne der französischen Kultur und Literatur bewegen mußte.

Diese Porträts waren absichtlich in das Romangeschehen eingeflochten worden; wir sollten jedoch vorsichtig sein,

Sophie von La Roche bedenkenlos mit der Sternheim zu identifizieren. Das Bild einer jungen Dame im »Brief von St. an den Pfarrer zu S**« ist ebensowenig eine Selbstbeschreibung der La Roche, wie die Heldin und das Romangeschehen in *direkten* biographischen Bezug zur Autorin zu setzen sind. Sophie von La Roche hat sich ganz in einen fiktionalen Charakter hineinversetzt und einen empfindsamen Roman (Touaillon), ein Psychogramm dieser Seele (Hohendahl) geschrieben. Das »papierne Mädchen«, das die La Roche vorgab zu erziehen, wuchs zu einer »fille Phantasque« mit viel Herz und Charakter, zu einer »Seele«. Das ist es, was Lord Rich am Ende des Romans, als er die Papiere der Sternheim gelesen hat, findet. Lord Rich redet die Sternheim mit »beste, geliebteste Seele« an und ruft ein andermal mit Entzücken über ihre Aufzeichnungen aus: »O Freund, was für eine Seele malt sich darin!« Die Sternheim überreicht dem entsagenden Lord Rich schließlich ihre Briefe und das Tagebuch mit den Worten: »Nehmen Sie [...], was Sie das Urbild meiner Seele nennen, zum Unterpfand der zärtlichen und reinen Freundschaft!« So stellte auch die vielzitierte Rezension von Merck/Goethe das Seelenthema in den Mittelpunkt: Man beurteile kein Buch, sondern eine Menschenseele. Nicht etwa trockene Gelehrsamkeit oder nach künstlichen Regeln der Dichtkunst zusammengetragenes Geschehen – wie etwa die langatmigen Staatsromane des hochberühmten Professors Haller, der in den *Göttingischen Anzeigen von Gelehrten Sachen* den, wie er meinte, von Wieland stammenden Roman herablassend rezensiert hatte (vgl. in der vorliegenden Ausgabe, S. 366 f.) – bringt dieser Roman einer Frau, sondern die Enthüllung der innersten Seelenvorgänge der Heldin. Dazu spielt die Handlung in der realen Welt der Gegenwart, über deren Hindernisse und Umstände die Heldin dann auch am Ende selbstverständlich triumphiert. Indem die La Roche in der Sternheim eine edle Natur darstellte und so zeigte, was von einer tugendsamen Frau erwartet wurde, war die »schöne Seele« geboren, ein Frauentyp, der als Vorläuferin von Goethes Iphigenie bezeichnet worden ist (Scherer).

Deutete die Idealisierung der Heldin auf die spätere Klassik hin, so wirkte die Psychologisierung auf die junge Generation des Sturm und Drang. Die Selbstdarstellung einer empfindsamen Seele, die Zergliederung ihrer Gefühle, ihrer bewußten und unbewußten Reaktionen und Intentionen, bedeuteten eine Vertiefung der Romanheldin – Ähnliches läßt sich für die männlichen Hauptfiguren Lord Seymour und Lord Derby sagen –, wie sie bis dahin im deutschen Roman nicht vorhanden waren. Deutlich wird der Abstand zu Gellerts Erfolgsroman, dem *Leben der schwedischen Gräfin von G**** (1747–48), in dem eine vergleichsweise hölzerne Figur in der Ich-Form ihr abenteuerliches Leben erzählt. Das Schicksal treibt diese arme, aber adlige und tugendhafte Frau durch fünf Länder und läßt sie nach dem Verzicht ihres zweiten Ehemannes wieder in den Armen des ersten, lange totgeglaubten, rechtmäßigen Besitzers und Gatten enden. Weinen ist die Ausdrucksform der schwedischen Gräfin; Selbstanalyse und psychologisches Einfühlungsvermögen – auch in andere – ist die Ausdrucksform der Sternheim, sie ist eine »ganz neue Gattung von Charakter«, was nicht nur auf ihre moralischen Werte – auch die schwedische Gräfin war tugendhaft –, sondern ebenso auf ihr Erlebnis-, Reflexions- und Ausdrucksvermögen zielte. Als Frau konnte Sophie von La Roche sich viel besser in einen weiblichen Charakter versetzen als Gellert trotz dessen Betreuerrolle für Frauenbriefe und weibliches Publikum; aber die La Roche motivierte auch ihre männlichen Charaktere, vornehmlich Lord Derby durch Eifersucht und Selbstgefälligkeit und Lord Seymour durch Schwermut und Verletzbarkeit, psychologisch glaubhaft und realistisch. Nachahmung der Natur, die Wieland schon an Sophies Schreibart bewundert und gelobt hatte, wurde die Losung der Stürmer und Dränger; die Charaktere der La Roche arbeiteten dieser Forderung vor.

Schon die Zeitgenossen hatten Anklänge an die Brieftechnik der Romane Richardsons und an das Werk Rousseaus bemerkt; die La Roche jedoch als »Schülerin Richardsons und Rousseaus« (Ridderhoff) zu bezeichnen, übertreibt diese Abhängigkeit. Sicher trägt Lord Derby Züge des auf Verführung besessenen Lovelace in Richardsons *Clarissa Harlowe* (1748) und des Mr. B. in *Pamela* (1740). Sicher ähnelt die standhaft-tugendhafte Sternheim in der Grundhaltung der in ihrer Tugend bedrohten Pamela; ebenso hat die Sternheim Ähnlichkeit mit der durch die Verstrickungen des Lovelace getäuschten und zu Fall gebrachten Clarissa. Sicher gibt es in der Handlung ähnliche Motive, wie etwa die Entführung der Heldin durch den intriganten, verschmähten Liebhaber – die Sternheim als Madam Leidens aus dem englischen Park, Pamela auf der versuchten Flucht zu ihren Eltern – oder das Sterben des Bösewichts voll Reue. Statt jedoch die Parallelen in Handlungseinzelheiten und Charakteren festzustellen, sollte auf Richardsons Einfühlung in die weibliche Psychologie hingewiesen werden, eine Darstellungskunst, die erst jetzt wieder an diesem großen englischen Romanautor geschätzt wird. Daneben dürfte Richardsons puritanisches Frauenbild die streng pietistisch erzogene La Roche angeregt haben. Die leidenschaftliche Liebe wird als *die* Bedrohung der Heldin gesehen, die als Frau die sexuellen Triebe zu kanalisieren und zu sublimieren hat. Damit wird zwar die moralische Überlegenheit der Frau konstatiert, zugleich aber im Sinne der Doppelmoral der Zeit ihr die Verantwortung für die Tugend, besonders im Bereich der Liebe, zugeschoben. Wahrscheinlich hatte die La Roche die Romane Richardsons auf englisch gelesen, wie sie denn berichtet hat, daß ihr Mann gut englisch sprach, eine stattliche Sammlung von englischen Büchern besaß und sie selbst die Monate vor der Geburt ihres ersten Kindes mit dem

Erlernen des Englischen und Lesen englischer Bücher verbrachte. Für die Ausarbeitung des zweiten Bandes und den in England spielenden Szenen zog sie einen Reisebericht (John Macky, *Journey Through England and Through Scotland*, London 1722–23) heran, an dem sie besonders die »leadhills« (Bleygebürge) faszinierten. 1786 konnte sie sogar nach England reisen und ihre Beobachtungen und Erlebnisse in dem *Tagebuch einer Reise durch Holland und England* (1787) erscheinen lassen. Sophies Anglophilie ist ein Echo auf das Vordringen und die Rezeption der englischen Literatur in Deutschland, vor allem derjenigen Sternes, Thomsons, Youngs und nicht zuletzt Shakespeares. Die moralische Überlegenheit der Sternheim, die von einer englischen Großmutter abstammt, vom Schicksal nach England verschlagen wird und dort mit einem englischen Lord ihr Glück findet, mag die gesunde, moralische Kraft spiegeln, welche das deutsche Bürgertum in England im Gegensatz zum dekadent erscheinenden Frankreich verkörpert sah. Während der Adel noch vielfach Frankreich nachäffte, glaubte das Bürgertum die neue moralische Gesellschaftsordnung, die seinen bürgerlichen Vorstellungen entsprach, in England verwirklicht zu sehen.

Spätestens durch Julie Bondeli, der zweiten Verlobten Wielands in Bern, die 1762 mit Sophie in Briefwechsel trat, woraus bald eine enge Freundschaft wurde, lernte die La Roche das Werk Rousseaus kennen. Daß der gefühlsbetonte Stil von dessen *Lettres de deux amans* (1761; seit 1764 unter dem Titel *La Nouvelle Héloise*), das Lob des natürlichen Zustandes und des ländlichen Lebens im *Contrat social* (1762) seine Wirkung auf Sophie nicht verfehlt haben, ist überall im *Sternheim*-Roman zu erkennen. Im ländlichen Leben des adligen Gutsbesitzers – nicht etwa des einfachen Bauern – findet die Sternheim nach ihren Wanderungen auf dem Landsitz Seymourhouse ihr Ziel und kehrt damit zur Lebensweise ihrer Eltern zurück, nachdem sie von ihren Gütern in das ihr wesensfremde und bald verachtete Hofleben verschlagen worden war. Mit der Hofkritik verbindet sich eine Kritik am Leben des Adels, der nur für die Repräsentation und Scheinwelt des Hofes lebt; doch ist der idealisierte Gegenpol nicht etwa das Bürgertum, sondern der Landadel, dessen moralische Prinzipien allerdings denen des aufgeklärten Bürgertums des 18. Jahrhunderts sehr ähnlich sind: Der Adel einer Person liegt nicht in seiner Geburt und Abstammung, sondern in seinem edlen Charakter und seinem moralischen Handeln, die Tugend ist der wahre Gradmesser des Adels. Mögen auch Hofkritik und Lob des Landlebens wesentliche Komponenten des Werkes sein, so ragt doch der Einfluß Rousseaus auf das Frauenbild in der Sternheim hervor. Rousseau hatte in seinem pädagogischen Roman *Émile ou de l'éducation* (1762) auch die Erziehung einer Frau beschrieben, der Frau, die als liebende Gattin für Emile bestimmt ist: Sophie. So ist Sophie als Vorname der Sternheim nicht nur der Name der La Roche – und ein beliebter Mädchenname der Zeit: auch die Heldin von Hermes' Briefroman *Sophiens Reise von Memel nach Sachsen*, 1770–1772, heißt so –, sondern auch ein bewußter Hinweis auf Rousseaus Sophie.

Wenn Sophie von La Roche von Richardson und aus der pietistisch-christlichen Erziehung lernte, daß die Frau verantwortlich für die Unterdrückung der eigenen sexuellen Triebe und deren Sublimierung beim Manne in wahre, dauernde Freundschaft und Liebe in der Ehe war, so lernte sie bei Rousseau, daß der Lebenszweck der Frau darin bestand, dem Manne zu gefallen und daß alle ihre Geistesgaben und Fähigkeiten für ihre Hausfrauen- und Mutterrolle in der patriarchalisch geleiteten Familie, ja Gesellschaft, auszubilden und zu verwenden waren. Aus diesen vielfältigen moralischen Ansprüchen an die Frau, aus den Weiblichkeitskonzeptionen des Männerromans (von Richardson bis Rousseau, von Gellert bis Thümmel und Hermes) und aus einer gehörigen Portion

Selbsterhaltungstrieb ließ nun die La Roche ihre Sternheim, ihr »papiernes Mädchen«, erwachsen.

Die moralischen Ansprüche an die Frau und die von Männern und für eine patriarchalische Gesellschaft konzipierten Weiblichkeitsvorstellungen gaben den Spielraum ab, in dem die La Roche ihre Sternheim sich bewegen lassen konnte. Trotz dieses festen und engen Rahmens, der vorschrieb, wie eine tugendhafte Frau zu sein hatte und was ihr zu tun erlaubt war, stattete Sophie ihr Phantasiekind erfinderisch mit Betätigungsdrang und Überlebenswillen aus. Dabei galt es, innerhalb des von der patriarchalischen Gesellschaft für eine Frau Erlaubten zu bleiben, ja sogar in diesen engen Grenzen den moralischen Triumph der tugendhaften Frau zu feiern. Hieraus erwächst die Spannung des Romans.

Am Ende der einführenden Rahmenerzählung, bevor die Ich-Perspektive mit dem ersten Brief der Sternheim einsetzt, werden wir über den Handlungsablauf und Zweck informiert: »Nun [fängt] der fatale Zeitpunkt an, worin Sie diese liebenswürdigste junge Dame in Schwierigkeiten und Umstände verwickelt sehen werden, die den schönen Plan eines glücklichen Lebens, den sie sich gemacht hatte, auf einmal zerstörten, aber durch die Probe, auf welche sie ihren innerlichen Wert setzten, ihre Geschichte für die Besten unseres Geschlechts lehrreich machen.« Mit den »Besten unseres Geschlechts« ist deutlich das weibliche Zielpublikum angesprochen. Auf diese Funktion des Romans hatte Wieland die La Roche ja immer wieder hingesteuert. Das Romangeschehen verspricht Schwierigkeiten und widrige Umstände für die Heldin und eine Probe, die sie mit Hilfe ihrer inneren Werte bestehen wird. So ist die Sternheim dann am Hofe den Versuchungen eines selbstgefälligen Lebens, den »Fallstricken des Lasters«, ausgesetzt: leeren Vergnügungen, Luxus, Festlichkeiten, Intrigen um Macht und Geld, Spiel, Verführung, sexuellen Reizen. Sie erliegt diesen Versuchungen, weil sie in ihrer Selbstgewißheit und Naivität das leere Hofleben nicht durchschaut, sich scheinbar zum Instrument gebrauchen läßt und damit ihre Tugend gefährdet. Ihre Entscheidung, mit Derby eine geheime Ehe einzugehen und so sich vom Hofe zu entfernen, ist der tiefste Punkt ihrer Täuschung. Unter neuem Namen, als Madam Leidens, entsagt sie allem äußeren Glanz. Sie verzichtet auf die Einnahmen aus ihren Gütern, kehrt nicht auf diese zurück, kleidet sich in »streifige Leinwand«, was wie ein Bußgewand anmutet; sie reflektiert über ihre Verfehlung, bereut, kommt zur Einsicht, und erst nach einer längeren Zeit selbstlosen Handelns für andere erfolgt die Erlösung. Die Entführung in die »Bleygebürge«, ihre mitleiderregende Lage und die wie ein Wunder wirkende Errettung bilden einen letzten Schicksalsschlag, der die Erhöhung und Erlösung unterstreicht, auch wenn diese Entführung mehr eine abenteuerliche und phantasievolle Erfindung, als eine glaubhafte Auseinandersetzung mit realen Zuständen ist. In der Episode in den »Bleygebürgen« kommt der wahre Charakter der Sternheim leuchtend zum Ausdruck, die letzte und schwierigste Prüfung besteht sie glänzend: Sie gewinnt das Vertrauen ihrer Bewacher, erzieht deren Tochter zum Kammermädchen, um dem Elend entkommen zu können, lehrt die armen Tagelöhner, sich in den ihnen gesetzten Grenzen selbst zu helfen, und vertritt sogar die Mutterstelle an dem unehelichen Kind ihres Verführers, nachdem die Mutter der Kleinen in der Gefangenschaft gestorben ist. Der innere Gang der Sophie von Sternheim führt von der Eigenliebe zur Nächstenliebe, von einem ängstlichen Bemühen um die eigene Reinheit und Tugendhaftigkeit zum tätigen Leben, zu einer Tugend, die nicht um ihrer selbst willen, sondern für andere da ist. Das ist ein eminent christliches Thema in protestantischer Deutung.

Am Ende kann Lord Rich die »anbetungswürdige Frau« bewundern, denn sie ist das »echte Urbild des wahren weiblichen Genies und der übenden Tugenden«. Das mag sehr sentimental klingen, aber das »wahre weibliche Genie« der Sternheim ist nicht eine passive, sich selbst genügsame, narzistische »schöne Seele«; ihre Schönheit – ein immer wieder auftauchendes Wort, wenn von den Charaktereigenschaften und vom Wesen der Sternheim die Rede ist – ist eng mit den »übenden Tugenden« verbunden.

Diese »übenden Tugenden« werden erst allmählich entwickelt. Schon am Hofe ist die Sternheim – anders als ihre oberflächliche, intrigante Tante – tätig: sie liest, und als ihr die Bücher weggenommen worden sind, schreibt sie um so fleißiger ihre Briefe; sie macht weibliche Handarbeiten, sie gibt armen Familien Almosen. Doch gerade aus dem Almosengeben entsteht der äußerliche Anlaß ihres Unglücks: Als sie während des Landfestes dem Pfarrer Almosen für die Armen des Dorfes gibt, wird das als Rendezvous mit dem Fürsten gedeutet; und Lord Derby schleicht sich in ihr Vertrauen ein, indem er den Wohltäter der armen Familie spielt, die sie betreut hat. War das Almosengeben ein bequemes Mittel gewesen, ihr Mitleid mit den Armen zu zeigen, so war es doch keine »übende Tugend«. Erst nach ihrer Scheinehe mit Derby und nachdem sie ihn verlassen hat, sieht sie bei ihrer Freundin Emilia einen besseren Weg: in der häuslichen Fürsorge der Emilia für ihre Familie und der Fürsorge von Emilias Mann für seine »armen Pfarrkinder« findet die Sternheim – nunmehr »neugeboren« als Madam Leidens – zur Fürsorge für andere, zur »übenden Tugend«. Mit der Unterstützung der reichen Madam Hills gründet sie ein »Gesindhaus [...], worin arme Mädchen zu guten und geschickten Dienstmädchen erzogen werden«. Dann hilft sie einer verarmten Familie, indem sie deren Kinder unterrichtet, selbst einige Zeit in ihrem Hause lebt und ihnen eine ihren Mitteln angemessene Lebensweise zeigt. In England setzt sie ihre Wohltätigkeit fort, die eben nicht mehr in der einfachen Vergabe von Geld besteht, sondern darin, daß die Sternheim andere ihre Fertigkeiten lehrt, sie berät und auch ihre Arbeitskraft für andere einsetzt. Es sind ganz rudimentäre Anfänge eines Sozialprogramms unter dem Motto: »Hilf anderen, damit sie sich selbst helfen können«.

Aus heutiger Sicht mögen diese Aktivitäten der Sternheim widersprüchlich und wirkungslos erscheinen, und man mag der La Roche die fehlende Gesellschaftskritik ankreiden, da sie die Ständeordnung selbst nicht angreift (Dedner, Hohendahl). Statt Gesellschaftskritik präsentiert die La Roche einen Plan zur Verbesserung der sozialen Zustände: eine Gesindeschule, wo sie je nach individueller Eignung junge Mädchen aus dem armen Bürgertum und dem Bauernstande auf einen Beruf, der ihnen einen Lebensunterhalt gewähren würde, vorbereiten will, auf den Beruf des Dienstmädchens, der Köchin, der Kammerzofe. Die La Roche konzipiert hier einen Berufsschultyp für Mädchen aus den ärmsten Schichten (nicht aus dem wohlhabenden Bürgertum), die auf eine Dienstbotenstelle bei einer Bürgers- oder gar Adelsfamilie hofften, um der Landarbeit oder der Ausbeutung in den Manufakturen zu entgehen.

Berufsbildende Schulen gab es im 18. Jahrhundert nicht für Mädchen, die Latein- und Realschulen waren allein den Jungen vorbehalten, ebenso die Universitäten. Die Doktorpromotion der fünfzehnjährigen Professorentochter Dorothea Schlözer im Jahre 1787 sollte als akademisches Novum in Deutschland das fünfzigjährige Bestehen der Universität Göttingen feiern, nicht aber das Frauenstudium befürworten.

1771 gab es, abgesehen von Klosterschulen und privaten Pensionaten für reiche Patrizier- und Adelstöchter, keine öffentlichen Schulen für Mädchen. Bestenfalls besuchten die Mädchen der Mittel- und Unterschichten ein oder zwei Jahre eine Sonntags- oder Katechismusschule, in denen der Katechismus und Lieder auswendig gelernt wurden, manchmal auch das Lesen oder Schreiben – sprich: Buchstabenmalen – und weibliche Handarbeiten gelehrt wurden. Doch trotz der im 18. Jahrhundert eingeführten allgemeinen Schulpflicht schickten die Eltern ihre Töchter meistens nicht in die öffentlichen Schulen, bestenfalls zum Religionsunterricht. Wenn von Schulen und Schulbesuch die Rede ist, so sind es besonders bei den nichtvermögenden Schichten bis auf ganz wenige Ausnahmen ausschließlich Jungen, die diese Schulen besuchen. Die ersten Philanthropine, die zunächst vorwiegend Jungen aufnahmen, wurden erst in den 1780er Jahren gegründet; und diese wollten Kindern des Mittelstandes eine persönliche Bildung und Erziehung, aber keine Berufsausbildung vermitteln. In dem Plan der La Roche zu dem »Gesindhaus« finden sich Anklänge an die Frankeschen Stiftungen in Halle, an das Waisenhaus, wo auch arme Mädchen in Dienstbotenarbeit eingeführt wurden, indem sie diese zugleich für die Anstalten verrichteten. Doch tritt Sophie von La Roche mit ihrem Plan bewußt gegen die im Gefolge Rousseaus allgemein akzeptierten Vorstellungen auf, daß *alle* Frauen zur Gattin, Hausfrau und Mutter bestimmt seien. In Basedows *Methodenbuch für Väter und Mütter* (1770) wird das Glück aller Frauen im Ehestand gesehen, andere Ämter könne man den Frauen, so fähig sie auch dazu sein mögen, nicht anvertrauen, die ganze Erziehung der Mädchen müsse auf den Ehestand ausgerichtet sein. Gegen diese Erziehungskonzeption für die Frauen des Bürgertums, die in den folgenden Jahrzehnten für alle Frauen verbindlich, im 19. Jahrhundert das Ideal der deutschen Frau schlechthin werden sollte, macht Sophie von La Roche Unterschiede je nach Stand und Umständen geltend.

Eine Klassenkämpferin oder Kritikerin war die La Roche ebensowenig wie die männlichen Literaten ihrer Zeit, die zwar die Belange des Bürgertums gegenüber dem Adel vertraten, die klein- und nichtbürgerlichen Stände aber kaum je überhaupt wahrnahmen. Die La Roche hat an verschiedenen Stellen in gut beobachteter Beschreibung auf die arme Landbevölkerung – das städtische Milieu kommt in dem Roman nicht vor – hingewiesen und auf die Verpflichtungen der durch das Schicksal Begünstigten für diese Armen aufmerksam gemacht. Das Wahrnehmen ihrer Mitmenschen führt Sternheims »schöne Seele« zum Mitleid, das Mitleid erzeugt dann die wohltätige Handlung, die »übende Tugend«. Die Sternheim kommt zum praktischen Christentum, nicht zu Gesellschaftskritik oder gar Revolution, denn Kampf, Gewalt und Macht sind ihrem Denken fern.

Mit der »übenden Tugend« und praktischen Wohltätigkeit schafft die La Roche für ihre Sternheim einen Bereich, der für sie einen Freiraum bedeutet. Um diesen Freiraum zu verstehen, muß die Beschränktheit und Einengung einer Frau in der streng patriarchalischen Ordnung des 18. Jahrhunderts aufgezeigt werden. Für die realen Zustände gibt die Biographie der La Roche schon die wichtigsten Begrenzungen an: Ihre Bildung – abgesehen von häuslichen Fertigkeiten – und damit ihr Wertsystem und ihre Orientierung sind ganz von den Männern ihres Lebens abhängig: vom Vater, den Verlobten Bianconi und Wieland, dem Ehemann und dessen Gönner Stadion, den Pfarrern Brechter und Dumeiz. Die großen und die meisten kleinen Entscheidungen über ihr Leben treffen diese Männer: wen sie heiratet, was sie liest – nur ganz bedingt tut sich hier ein Freiraum auf, wenn sie selbst Bücher wählen, kaum jedoch ohne vorherige Erlaubnis kaufen kann –, wo sie wohnt, mit wem sie verkehrt, wo ihre Kinder erzogen werden. Sie ist immer von der Zustimmung ihrer männlichen Umgebung abhängig, sei es direkt als Erlaubnis oder indirekt als wohlwollende Anerkennung und Billigung ihres Verhaltens, ihres Auftretens, ihres Wesens, ihrer Ansichten. Erst durch ihre schriftstellerische Tätigkeit, vor allem nach dem Erfolg des *Sternheim*-Romans gewann die La Roche eine gewisse Unabhängigkeit auch gegenüber ihrem Ehemann, der sie gewähren ließ, nachdem die

Repräsentationspflichten in Ehrenbreitstein vorüber waren. »Meine Frau Pomona«, schrieb er einmal, »sitzt und brütet an ihren Hirnkindern, chacun à sa marotte!«

In der fiktionalen Welt ihres Romans versuchte die La Roche nun die engen Grenzen der patriarchalischen Gesellschaft etwas zu erweitern und der Heldin einen gewissen Handlungsspielraum zu verschaffen. Sie läßt die Sternheim als Waise auftreten – auch der väterliche Pfarrer stirbt bald, der väterlich gesinnte Onkel ist weit weg in Italien –, die selbst ihren Weg in der höfischen Gesellschaft finden muß und in der wichtigsten Entscheidung – Ehe mit Derby, Verkennen des sie liebenden Mannes Seymour – die Umstände, Personen und ihre eigenen Gefühle falsch einschätzt. Abgesehen von ihrer Tante, einer »bösen Stiefmutter«, sind die wirklich wichtigen Bezugspersonen im ersten Teil drei Männer: der Fürst, dessen Mätresse sie werden soll, den sie aber bürgerlich-tugendhaft verabscheut, Lord Derby, der sie in der Scheinehe betrügt, und Lord Seymour, den sie liebt und schließlich doch heiratet. Der Handlungsspielraum der Sternheim besteht im ersten Teil des Romans lediglich darin, daß sie sich den Ansprüchen, Angeboten, Verlockungen von Männern ausgesetzt sieht, die sie als Frau besitzen wollen, und daß sie als Waise – gegen ihren männlichen Vormund, den Grafen Löbau, und ohne einen väterlich gesinnten Berater – sich für einen dieser Männer entscheidet. Jedenfalls glaubt sie, sie müsse sich für einen entscheiden: Die Heirat soll ihren verloren geglaubten guten Ruf wieder herstellen. Diese selbständige Entscheidung für einen Mann entpuppt sich jedoch als Fehlentscheidung. Die Heirat bringt nicht das erhoffte tugendhafte Leben, den Freiraum für ihre Wohltätigkeit; sie ist dann auch nur eine Scheinehe, die ihr die Augen über sich selbst öffnet, statt sie lebenslang zu fesseln.

Mochten auch die männlichen Leser, wenn man den